Jan A. Baßler

KRONEN DER ALLMACHT

Episode 4

SCHATTEN UND LICHT

Herausgeber:
Jan Baßler, Friedrichsfelder Straße 56,
68535 Edingen-Neckarhausen
Coverdesign:
Jan Baßler, Simon Luczak
Illustration:
grandfailure/fotolia.com
Lektorat:
Björn Thesing
Druck:
Amazon Media EU S.à r.l.
5 Rue Plaetis
L-2338, Luxembourg

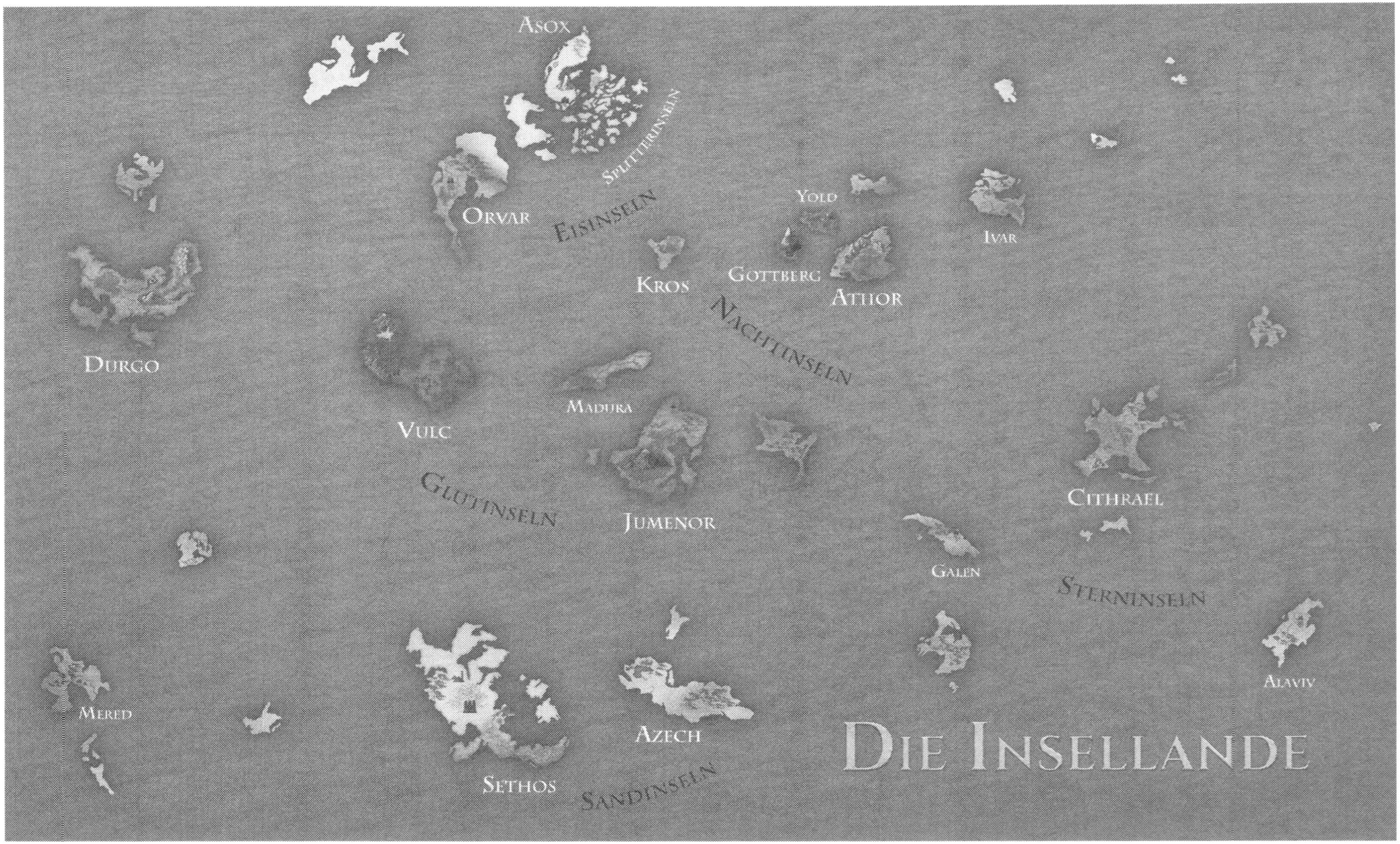
Asox
Splitterinseln
Orvar
Eisinseln
Yold
Ivar
Kros
Gottberg
Athor
Durgo
Nachtinseln
Madura
Vulc
Glutinseln
Jumenor
Cithrael
Galen
Sterninseln
Alaviv
Mered
Azech
Sethos
Sandinseln
Die Insellande

Bild zu klein? Hier findest du die Karte der Insellande in all ihrer hochauflösenden Pracht:

https://kronenderallmacht.de/landkarte/

Episode 4

Schatten und Licht

Ein geborstener Käfig

1

Der Regen war schwer und unnachgiebig in dieser Nacht. Er plätscherte hinter Gaatha auf den glatten Stein des Aussichtsturmes und sammelte sich in kleinen Pfützen, wo der Boden unter dem Gewicht der Jahrhunderte nachgegeben hatte.

Sie hob den Blick und starrte geradewegs in die nachtdunkle Wolkenmasse, die über ihr rumorte. Kein einziger der schweren Regentropfen traf ihr Gesicht. Damaels Krone verhinderte das, schützte sie und die anderen Ratsmitglieder, die in einem Kreis in der Mitte des Turmes standen, vor dem umherpeitschenden Nass.

Für einen Moment blitzten Erinnerungen des heutigen Kampfes durch ihren Kopf. Bilder von Feuer und Tod vermischt mit dem Geruch von Rauch und Schwefel. Ein Mann war vor ihren Augen von einem Feuerball in Stücke gerissen worden. Sie hatte die Attacke zu spät kommen sehen und war nicht mehr in der Lage gewesen, einen Schild zu errichten. Stattdessen war sie zur Seite gehechtet, hatte ihr eigenes Leben gerettet und das des neben ihr stehenden Mannes verdammt. Es hatte lange gedauert, die verbrannten Haut- und Organfetzen von ihrer Lederrüstung zu entfernen. So lange.

Sie schüttelte unmerklich den Kopf und versuchte, das Zittern unter Kontrolle zu bringen, das ihre Hände erfasst hatte. Solche Gedanken durfte sie nicht zulassen, nicht jetzt. Sie musste gefasst und ruhig auftreten, wenn sie diese Ratssitzung nicht in Ketten verlassen wollte.

Aber wie nur sollte sie sich aus diesem Dilemma befreien? Gab es überhaupt einen Weg oder war dies das Ende?

Sie würde lügen, wenn sie behauptete, dass ihr der Gedanke an Flucht nicht durch den Kopf gegangen wäre. Doch es war keine ernsthafte Überlegung gewesen. Schließlich gab es keinen Ort, an den sie gehen konnte, keine Menschen, bei denen sie Unterschlupf suchen könnte. Für sie gab es nichts als den magischen Bund. Ohne ihn gab es keinen Sinn in ihrem Leben.

Nein, sie würde sich den Konsequenzen ihres Handelns stellen.

»Heute«, begann Damael und Gaatha zuckte beim Klang seiner Stimme zusammen. Nun war es soweit, nun würde er sie anklagen, würde sie als Verräterin ausrufen. »Haben wir einen Sieg errungen.«

Verwundert schaute sie auf. Das regenbogenfarbene Strahlen, das von der Prismakrone ausging, war hell genug, um die Dunkelheit der Nacht zu durchbrechen und den kleinen Kreis von Hexern zu beleuchten.

»Jeder Tag, an dem wir König Viktor trotzen, an dem seine Hexer und Soldaten an unseren Mauern zerschellen, ist ein Sieg. Ganz gleich welche Gräuel ihr heute erblickt habt oder welche ihr verüben musstet, vergesst das niemals. Wir kämpfen für die Freiheit der Insellande ...«

Es würde eine Ratssitzung werden wie jede andere, erkannte Gaatha verwundert.

Aber wie konnte das sein?

Volek war am frühen Morgen dieses Tages aufgebrochen, um den ominösen Turm zu untersuchen, den Damael und sein Diener regelmäßig aufsuchten. Er hatte in Erfahrung bringen sollen, was ihr König dort versteckte und ihr sofort Bericht erstatten, sobald er den Auftrag durchgeführt hatte. Inzwischen war es fast Mitternacht, aber sie hatte immer noch nichts von ihm gehört. Und das konnte nur eines bedeuten: Damael oder einer seiner Männer hatte ihn auf frischer Tat ertappt. Es schien die einzige Möglichkeit zu sein, denn Volek war zwar ein skrupelloser Meuchelmörder, aber er war überaus loyal. Er würde sie nicht verraten. Nicht aus eigenen Stücken zumindest. Wenn ihn dagegen ein Kronenträger verhörte ...

Aber wenn das geschehen wäre, würde Gaatha zumindest eine Veränderung in dem Gebaren ihres Königs wahrnehmen, da war sie sich sicher. Damael wirkte jedoch wie immer. Er bedachte sie mit demselben Blick, den er auch Valamer und Izur zuwarf. Streng, geradezu durchdringend, aber wohlgesonnen.

»... und wir schlagen uns gut«, sprach Damael weiter. »Viktors Hexer scheitern daran, unsere Verteidigung zu durchbrechen, auch die Überzahl ihrer Streitkräfte hat sich als unerheblich erwiesen. Unsere Mauern werden sie nicht überwinden.«

»Dann machen wir weiter wie bisher?«, fragte Izur, über deren bleiches, hageres Gesicht das Licht der Krone tanzte.

Für einen Moment schien Damael irritiert von dem Einwurf der Chaoshexe, auch Gaatha war überrascht. »Was sollen wir sonst tun?«, erwiderte er.

Izur schwieg für einen Moment, nur das Plätschern des Regens war zu hören, ihr Blick wurde hart. »Wie lange sollen wir denn so weitermachen? Wir verlieren jeden Tag über fünfzig Männer, Damael.«

»Und Viktor mehr als dreihundert«, sagte Damael.

»Ja, aber kümmert ihn das?«, fragte Izur. »Er hat dreißigtausend zu entbehren. Uns dagegen werden in nicht allzu ferner Zeit die Krieger ausgehen. Was passiert dann?«

»Soweit wird es nicht kommen«, meldete sich Valamer zu Wort. Gaathas Blick fand den des gutaussehenden Hexers und bemerkte die dunklen Ringe unter seinen Augen. Sein sonst so gepflegtes blondes Haar wirkte spröde und wirr. Eine Strähne hatte sich aus dem Haarreifen gelöst und fiel ihm ins Gesicht. Sie alle waren erschöpft, ausgelaugt von den dauernden Kämpfen, aber Valamer schien besonders darunter leiden. »Die Moral von Viktors Männern wird unter den vielen Todesopfern zerbrechen. Sie werden nicht ewig weiterkämpfen, es wird ein Punkt kommen, an dem sie sich ihrem Herrn verweigern werden. Niemand geht freiwillig in den sicheren Tod, ganz gleich wie loyal und ehrenhaft sie sich geben oder wie viel Gold ihnen versprochen wird.«

»Ihr glaubt also wirklich, dass sie sich dem Willen eines Kronenträgers widersetzen?«, hörte Gaatha sich sagen. Die Anspannung und Furcht, die sie bis eben empfunden hatte, wurde von einer Woge des Zorns fortgespült. »Wie könnt ihr nur so naiv sein? Versteht ihr denn nicht, dass dies kein gewöhnlicher Krieg ist? Viktor hat nichts zu verlieren, aber alles zu gewinnen. Er wird seine Soldaten eher vernichten, als dass er sie ziehen ließe.«

»Findet ihr nicht, dass ihr es mit der Dämonisierung unseres Feindes ein wenig zu weit treibt?«, sagte Valamer. »Schon seit Tagen nehmen die Angriffswellen ab. Viktors Hexer bleiben weit hinter den Frontlinien zurück. Sie fürchten uns.«

»Valamer hat recht«, sagte Damael. »Die Intensität und Aggressivität von Viktors Vorstößen hat abgenommen. Izur allein hat hunderte seiner Männer getötet und einige seiner Hexer sind gerade so mit dem Leben davongekommen.«

Bei diesen Worten verzog Izur die Mundwinkel, für einen Augenblick senkte sie ihren Blick. Wenn Gaatha den Gedanken nicht für absurd halten würde, hätte sie angenommen, dass sie sich schämte.

»Was, wenn er uns das nur glauben machen will?«, fragte die Chaoshexe. »Wenn er auf etwas wartet?«

Wenn er auf etwas wartet, wiederholte Gaatha in Gedanken. *Wenn er auf etwas wartet ...*

Der Bund wartete ebenfalls. Bosur war schon vor Wochen ausgezogen und mit der Nachtflotte gen Sternstadt gesegelt, um Viktors Heimatland zu verwüsten, aber sie hatten immer noch keine Nachricht von ihm erhalten. Was, wenn die beiden Dinge verbunden waren? Was, wenn ...

Die Erkenntnis traf sie wie ein Blitz. »Was ist mit Bosur?«, fragte sie, bevor sie sich zurückhalten konnte.

Alle Augen richteten sich auf sie.

»Was soll mit ihm sein?«, sagte Damael in einem seltsamen Tonfall. Die

Frage schien ihn aus dem Konzept gebracht zu haben. »Ich sagte doch, dass ich euch informieren werde, sobald Wort von ihm eingetroffen ist.«

Gaatha holte tief Luft und wählte ihre nächsten Worte mit Bedacht. »Es ist fast zwei Wochen her, dass Bosur ausgezogen ist und wir haben immer noch keine Nachricht erhalten. Wir müssen die Möglichkeit in Betracht ziehen, dass auch in Zukunft keine folgen wird.«

»Was wollt ihr damit sagen?«, fragte Damael.

»Ich will damit sagen, dass Bosur vielleicht tot ist und die gesamte Nachtflotte mit ihm.«

Damael sagte nichts, mahlte nur mit den Kiefern.

»Wenn das wahr sein sollte«, sagte Izur mit einem Stirnrunzeln, »dann muss Viktor irgendwie von unserem Plan erfahren haben, woraufhin er Hexer ausgeschickt hat, die Bosur und die Nachtflotte aufgehalten haben.« Ihre Augen wurden groß. »Hexer, die bald zu seiner Armee zurückkehren werden.«

»Wir sollten uns nicht in Spekulationen verlieren«, sagte Valamer. »Es kann vielerlei Gründe geben, weshalb Bosur sich noch nicht gemeldet hat.«

»Und was, wenn es nur einen Grund gibt, Valamer?«, fragte Gaatha scharf. »Wäre es nicht unsäglich dumm von uns, diese Gefahr als Spekulation abzutun?«

Valamer bedachte sie mit einem herausfordernden Blick. »Genau so dumm wäre es, uns wegen einer haltlosen Vermutung verrückt zu machen.«

Gaatha wollte schon etwas erwidern, doch Damael kam ihr zuvor.

»Lass gut sein, Valamer«, sagte er und seufzte. Seine großgewachsene Gestalt, deren noble Haltung stets seine königliche Macht betonte, sackte kaum merklich in sich zusammen und für einen Moment offenbarte Damael das ganze Gewicht der Verantwortung, das ihn niederdrückte. »Sie haben ein Recht auf die Wahrheit und es war falsch von mir, es ihnen zu verwehren.« Sein Blick wanderte von Gaatha zu Izur und wieder zurück. »Bosur ist tot. Die Nachtflotte wurde vernichtet.«

Ich wusste es, dachte Gaatha, und dennoch traf sie die Gewissheit wie ein Messerstich. Tief in ihrem Inneren hatte sie gehofft, dass sie falsch lag, dass ihr Hass auf Damael ihr Urteilsvermögen trübte, doch dieser Illusion konnte sie sich nun nicht mehr hingeben. Bosur würde nicht zurückkommen, nie wieder würden seine rauen Hände über ihren Körper gleiten, nie wieder würde er ihr mit zitternder Stimme verkünden, wie sehr er sie liebte.

»Was?«, rief Izur aus. »Wieso, beim *Ursprung*, hast du uns das nicht schon früher erzählt? Seit wann weißt du davon?«

Wieder einmal stellte die Chaoshexe die richtigen Fragen.

»Seit ich den Pakt der Kronen mit Viktor geschlossen habe«, stellte Damael klar. »Hört zu: Ich habe beschlossen, es für mich zu behalten, weil es keinen Unterschied gemacht hätte, wenn ich es euch gesagt hätte. Was hätte euch dieses Wissen genutzt? Ihr hättet nur die Hoffnung verloren und Verzweiflung können wir uns nicht leisten.«

»Das ist über eine Woche her!«, sagte Izur. »Wir sind keine einfachen Soldaten, deren Moral durch das Verschweigen von unschönen Wahrheiten aufrechterhalten werden muss, Damael. Wir sind die Erzhexer des magischen Bundes! Wie kommst du dazu, eine solch wichtige Neuigkeit vor uns geheim zu halten?«

Gaatha fiel auf, dass Damael einen vielsagenden Blick mit Valamer wechselte. Ihr war sofort klar, was das zu bedeuten hatte. »Oh, unser König hat es nicht gänzlich für sich behalten, wie es scheint«, sagte sie. »Valamer war im Gegensatz zu uns würdig, ins Vertrauen gezogen zu werden.«

»Ihr wisst ja nicht, wovon ihr da redet«, sagte Valamer. »Damael hat seine Gründe für sein Vorgehen und ihr tätet gut daran, seine Entscheidungen zu respektieren.«

»Oh, ich glaube, ich verstehe die Gründe«, sagte Izur. »Aber es geht nicht um jene, die du genannt hast, nicht wahr, Damael? Du hast vielmehr Angst, wir könnten nicht damit umgehen, dass ein Verräter unter uns weilt.«

Damaels Augen wurden groß.

»Bitte, streite es nicht ab«, fuhr Izur fort. »Es gibt keine andere Erklärung dafür, dass Viktor so schnell auf den Auszug der Nachtflotte reagieren konnte. Einer unserer Hexer muss ihn gewarnt haben.«

Die Erzhexe hatte recht! Gaathas Nackenhaare stellten sich auf, während sie ihren Blick über die anwesenden Hexer gleiten ließ. Ein Verräter befand sich unter ihren Reihen. Aber wer konnte es nur sein?

Damael schwieg, aber sein Gesichtsausdruck sprach Bände. Offenbar war er nicht erfreut darüber, dass Izur das ausgesprochen hatte. Sein Blick huschte zu Gaatha, verweilte dort nur einen Wimpernschlag und doch lange genug, um ihr klar zu machen, dass ihre Situation viel ernster war, als sie zunächst geglaubt hatte.

Damael verdächtigte sie!

Es sollte sie nicht wundern. Wen sollte sein Misstrauen auch treffen, wenn nicht das jüngste Mitglied des magischen Rates, das sich permanent gegen ihn aussprach?

Ein Schaudern lief ihr über den Rücken. Was auch immer mit Volek passiert war, wenn auch noch herauskommen sollte, dass sie ihn auf ihren König angesetzt hatte, würde Damael sich in seiner Vermutung bestätigt sehen und hätte Grund genug, um sie zu verurteilen. Das konnte ihren Tod bedeuten.

Sie musste ihn von dieser falschen Fährte abbringen, bevor es zu spät war.

»Ich kann dir nichts vormachen, Izur«, sagte Damael widerwillig. »Das konnte ich noch nie. Es ist, wie du sagst. Einer unserer Offiziere oder einer von uns«, sagte Damael und sah jedem der Umstehenden in die Augen, »arbeitet für König Viktor. Ich habe Valamer ins Vertrauen gezogen, weil er über die meisten unserer Spione gebietet. Wenn jemand den Verräter finden kann, dann er.«

»Wir müssen angreifen«, brachte Gaatha hervor und war erstaunt, wie ruhig ihre Stimme klang.

Die drei Hexer reagierten mit verständnislosen Blicken.

»Was? Wovon redet ihr denn da? Habt ihr eben nicht zugehört?«, fragte Valamer.

»Natürlich habe ich das«, entgegnete Gaatha, »aber im Moment ist der Verräter völlig nebensächlich. Versteht ihr denn nicht, was das alles bedeutet? Izur hat es doch eben gesagt. Die Hexer, die Viktor ausgeschickt hat, um die Nachtflotte zu vernichten, werden zu seiner Armee zurückkehren. Wenn das geschieht, wird unsere arkane Überlegenheit Vergangenheit sein. Mehr Hexer bedeuten unseren Untergang. Wir müssen Viktors Armee zerschlagen, bevor das passiert.«

»Ihr wollt das Lager angreifen? Seid ihr verrückt geworden?«, fragte Valamer.

»Wieso?«, fragte Gaatha. »Viktor wird niemals mit einem Angriff unsererseits rechnen. Wir überraschen sie in der Nacht und treffen sie hart. Wenn es uns gelingt, einige ihrer Hexer auszuschalten, ist der Sieg unser.«

»Und wenn nicht, verlieren wir alles«, konterte Damael. »Eine solche Strategie lässt keinen Spielraum für Fehler.«

»Dann sollten wir uns keine erlauben«, sagte Gaatha kühl.

Damaels dunkle Augen fanden die ihren. Ihr Herz sank. Er würde nicht auf ihren Vorschlag eingehen. Solange er glaubte, dass sie für Viktor arbeitete, würde er jeden ihrer Einwände verwerfen. Doch es ging ihr auch gar nicht darum, Damael zu überzeugen. Mit etwas Glück würde ...

»Ich stimme Gaatha zu«, sagte Izur. »Wir haben die Möglichkeit, diesen Krieg mit einem Streich zu beenden und tausende von Soldatenleben zu retten. Wir sollten sie ergreifen.«

Sie hatte in der Tat Glück.

Damael schüttelte den Kopf und hob beschwichtigend die Hände. »Ihr vergesst den Verräter. Ich kann den Drang verstehen, etwas unternehmen zu wollen, Izur, das kann ich wirklich. Aber wenn Viktor von unseren Plänen erfährt – und das wird er –, dann wird er uns vernichten. Kein Überraschungseffekt, kein Sieg.«

»Wenn wir gar nichts tun, wird er uns auch vernichten«, sagte Izur. »Es wird nur ein wenig länger dauern.«

»Es gibt noch einen anderen Weg«, sagte Damael. »Ich bin in Kontakt mit König Havald von den Eisinseln. Die Chancen stehen gut, dass ich ihn davon überzeugen kann, uns mit einigen seiner Hexer zu unterstützen.«

»Ich möchte euch nicht zu nahetreten, mein König«, sagte Gaatha, »aber ihr versucht schon seit einiger Zeit, die Unterstützung der anderen Königshäuser zu gewinnen. Vergeblich, wie ich anmerken muss. Woher wollt ihr wissen, dass es diesmal gelingen wird?«

»Das könnt ihr beruhigt mir überlassen, Erzhexe Gaatha. Ich habe Erfahrung, wenn es darum geht, mit Königen zu verhandeln.«

Gaatha legte den Kopf schief, sagte aber nichts.

»Damael!«, drang ein Schrei durch den strömenden Regen und die Erzhexer wandten sich um. Ein Soldat führte einen kleinen, alten Mann aus dem Treppenhaus des Turms, den Gaatha als Damales Diener Bress erkannte. Sie spürte das Blut aus ihrem Gesicht weichen und legte die Hände zusammen, um zu verbergen, wie sehr sie zitterten. Durch Volek wusste sie, dass sich dieser Mann um Damaels Turm kümmerte. Es konnte nur einen Grund geben, weshalb er hier auftauchte.

»Ich bitte vielmals um Verzeihung, mein König«, sagte der Soldat, nachdem er in die schützende Sphäre getreten war. Wassertropfen liefen an seiner Rüstung hinunter und tropften auf den trockenen Boden. »Aber dieser Mann hat vehement darum gebeten, euch sprechen zu dürfen. Er sagt, er sei euer Diener und habe Neuigkeiten, von denen ihr umgehend erfahren müsstet.«

Bress ließ sich nicht länger zurückhalten, huschte an dem Soldaten vorbei und flüsterte seinem Herrn etwas ins Ohr. Gaatha hätte nicht gedacht, dass solch dunkle Haut wie die Damaels bleich werden konnte, doch in diesem Moment geschah genau das.

»Die Ratssitzung ist beendet«, sagte er mit seltsam belegter Stimme.

»Aber ...«, begann Izur.

»Ich sagte, sie ist beendet!«

Damael stürmte ohne ein weiteres Wort davon, Bress folgte ihm dichtauf. Als sie im Turm verschwanden, kehrte der Regen zurück. Gaatha fuhr zusammen, als ein Schwall des eisigen Wassers auf sie niederfuhr.

»Was hat es damit auf sich?«, fragte Izur, deren langes rabenschwarzes Haar nun in nassen Strähnen herabhing.

Valamer zuckte die Achseln. »Ich werde nachsehen«, sagte er und ging Damael nach.

Die Chaoshexe wandte Gaatha den Kopf zu. »Ich werde ebenfalls gehen«, sagte sie. »Es ist doch sehr ungemütlich hier draußen. Wollt ihr mich begleiten?«

Gaatha schüttelte den Kopf. »Geht ruhig, ich bleibe noch ein bisschen. Der Regen macht mir nichts aus.«

»Wie ihr wünscht.«

Gaatha drehte sich um, während Izur über den Turm schritt, und blickte durch den wabernden Regenschleier, auf die vielen Lichter, die sich in der Ferne an die Küste des Sees schmiegten.

Inzwischen zitterte sie am ganzen Körper, aber sie dachte gar nicht daran, diesen Ort zu verlassen. Sie genoss das Gefühl der eisigen Regentropfen, die ihre Kleidung durchtränkten und die Wärme aus ihrem Körper sogen. Sie genoss den Schmerz. Er bedeutete, dass sie am Leben war.

Noch.

2

Viktor hatte sich seines Harnisches entledigt und trug, genau wie Gustav, nur eine braune Leinenhose. Das Fackellicht tanzte über seinen hageren, hochgewachsenen Körper und glänzte auf den blauen Edelsteinen seiner goldenen Krone. Sein langes schwarzes Haar hatte er sich zu einem Zopf gebunden. Trotz der Krone sah er in dieser Aufmachung nicht sehr königlich aus. Seine sonst so noble Ausstrahlung war etwas Animalischem gewichen, das Gustav an einen Wolf erinnerte. Hager, definiert, gefährlich.

Viktor hob die Arme in Abwehrhaltung und nickte ihm zu. Im nächsten Moment leuchteten seine Augen zusammen mit den Edelsteinen seiner Krone auf.

Gustav ließ die Nackenmuskulatur knacken und lockerte seine Schultern. Dann hob auch er die Arme und setzte den rechten Fuß hinter den linken. Er öffnete seine Quelle, woraufhin seine Augen im Rot der Feuermagie aufloderten. Magie flutete seinen Körper, härtete seine Muskeln und kräftigte sie. Seine Sinne erweiterten sich, die Welt schien sich zu verlangsamen.

Er machte einen Schritt nach vorne, Viktor einen zur Seite. Sie begannen, sich zu umkreisen, kamen langsam näher aufeinander zu. Als sein Kontrahent in Reichweite war, schoss Gustavs Faust vor. Zwei linke Geraden, blitzschnell hintereinander ausgeführt, zischten durch die Luft. Viktor neigte beiläufig den Kopf, wich beiden Schlägen aus, duckte sich unter einem rechten Schwinger und ließ einen Aufwärtshaken in Gustavs Magengrube donnern. Der magisch potenzierte Schlag traf auf Gustavs Bauchmuskulatur und entrang ihm ein Grunzen. Er machte einen taumelnden Schritt zurück und pumpte Heilmagie in seine Leber, die einen Riss davongetragen hatte.

»Viel zu langsam«, tadelte Viktor. »Konzentriere dich, Gustav. Wenn dir mein erster Schlag schon innere Verletzungen zufügt, wie kannst du dann darauf hoffen, gegen Orrin zu bestehen?«

Orrin. Dieser zu groß geratene Hurensohn. Schon die Erwähnung seines Namens erregte Zorn in Gustav. Zorn und ... Furcht. Er hasste das Gefühl, verabscheute sich dafür, dass er es empfand. Aber er tat es. Er, Gustav Astrum, hatte Angst. Seit Orrin ihn vor einigen Tagen zu einem Zweikampf auf Leben und Tod herausgefordert hatte, hatte sie ihn nicht verlassen. Viktor war der Überzeugung, das wäre etwas Gutes. *Nur Narren und Todgeweihte empfinden keine Angst,* hatte er ihm gesagt. *Angst hält einen am Leben. Sie macht einen vorsichtig, hält die blinde Wut zurück, die einen Fehler begehen lässt.*

Gustav hatte die gegenteilige Erfahrung gemacht. Umso mehr Angst er hatte, desto wütender wurde er. Auf sich selbst, seinen Gegner, die Welt. In diesem Fall auf Viktor.

Gustav knurrte und sprang vor. Sein massiger Oberkörper drehte und wendete sich, als er wilde Schläge auf Viktor niederdonnern ließ. Dieser schloss die Deckung, presste die Unterarme fest ans Gesicht und absorbierte die Macht der Schläge, indem er sich entgegen der Schlagrichtung der Hiebe bewegte. Gustav schlug härter zu, die Wut kochte in ihm. Endlich zeigten seine Attacken Wirkung. Viktor schwankte unter einem linken Schwinger, seine Deckung öffnete sich einen Spaltbreit. Gustav ließ sofort eine rechte Gerade folgen, doch anstatt einen direkten Treffer zur kassieren, drehte sich Viktor blitzschnell zur Seite und führte Gustavs Faust mit seiner Handkante an seiner Wange vorbei.

Eine Finte!, erkannte Gustav. Viktor hatte seine Deckung absichtlich geöffnet.

Viktors andere Hand schoss vor und antwortete mit einem Rückhandschlag, der Gustavs Kopf zurückriss. Seine Wange explodierte vor Schmerz, aber er ließ sich nicht zurückdrängen. Stattdessen holte er aus, nutzte die temporäre Lücke in Viktors Deckung, und ließ einen Aufwärtshaken gegen sein Kinn sausen. Viktor sah den Schlag jedoch kommen und zog den Kopf zurück, war aber er nicht schnell genug. Gustavs Knöchel streiften seinen Kieferknochen, der sofort aus der Verankerung gerissen wurde. Viktor stolperte mit schmerzverzerrtem Gesicht zurück.

Gustav lächelte siegessicher, preschte vor, um dem Kampf mit einem brutalen Schlag ein Ende zu setzten. Er war so auf Viktors Oberkörper fixiert, dass er nicht bemerkte, wie sein Gegner das hintere Bein hob. Bevor Gustavs Faust ihr Ziel fand, schmetterte Viktors Fußballen gegen seinen Solarplexus. Es fühlte sich an, als würde er mit voller Wucht gegen einen Baumstamm rennen. Einen Baumstamm, der seinerseits auf ihn zugerast kam. Der Impuls schleuderte ihn mehrere Meter zurück, er segelte aus dem Ringbereich und zertrümmerte den Eichentisch, an dem Viktor zu speisen pflegte, als sein massiger Körper darauf krachte.

Er schüttelte benommen den Kopf und erhob sich stöhnend. Viktor renkte sich derweilen mit einer ruckartigen Handbewegung den Kieferknochen wieder ein.

»Besser, aber immer noch nicht gut genug«, sagte er dann. »Du vertraust zu sehr auf deine Boxtechnik, was dazu führt, dass du zu sehr auf die Arme deines Gegners achtest. Du hast Beine. Benutze sie.«

Gustav spuckte Blut auf den Teppichboden und funkelte seinen Onkel an.

Er wollte also, dass er seine Beine benutzte? Das konnte er haben.

Unvermittelt sprang Gustav vor und riss das Knie hoch, um es seinem Gegner in den Magen zu rammen. Viktor trat mit einer gleitenden Bewegung zur Seite und der Kniestoß ging ins Leere. Im selben Augenblick rotierte der König um die eigene Achse und schmetterte Gustav seinen Ellenbogen ins Gesicht. Gustavs Schwung verstärkte die Wirkung des Aufpralles, er wurde brutal in die Luft geworfen und donnerte auf den Teppichboden.

Er stöhnte, wand sich auf dem Boden. Seine Nase war eine formlose Masse stechenden Schmerzes, der Knorpel war zertrümmert. Blut lief ihm über das Gesicht und tropfte sein Kinn hinab. Viktor bückte sich, berührte ihn an der Stirn und ließ die Magie seiner Krone in Gustavs Körper strömen. Obwohl Heilmagie mit enormen Schmerzen verbunden war, rührte Gustav sich nicht.

Viktor trainierte ihn zwei Stunden am Tag, manchmal länger, wenn sich die Zeit zwischen den Angriffswellen fand. Gustavs Knochen wurden lediglich geheilt, um sofort wieder gebrochen zu werden. Er hatte sich inzwischen an den Schmerz gewöhnt.

Ein widerliches Knacken ertönte und seine Nase war wiederhergestellt.

Viktor streckte ihm die Hand entgegen und half ihm auf die Füße. »Welchen Fehler hast du gemacht?«, fragte er.

Gustav zog eine Grimasse. »Ich hätte nicht springen dürfen.«

»Nein, das hättest du nicht. Aber das war nicht dein eigentlicher Fehler. Weshalb bist du gesprungen?«

Gustav dachte nach. »Weil ich glaubte, ich könnte dich überrumpeln.«

Viktor schüttelte den Kopf. »Du bist gesprungen, weil du frustriert warst. Es hat dich zornig gemacht, dass deine Attacken nicht die Wirkung erzielten, die du dir gewünscht hast. Orrin wird sich nicht so schnell bewegen wie ich, die

Azurkrone verleiht mir diesbezüglich einen Vorteil, aber er wird ebenfalls versuchen, dich wütend machen. Wenn er Erfolg haben sollte, wird er dich vernichten, Gustav. Versteh mich nicht falsch, du bist ein guter Kämpfer. Du bist trotz deiner beachtlichen Masse schnell und unheimlich stark, kannst einstecken und bist praktisch furchtlos. Aber sobald die Wut in dir hochsteigt, ist das alles nichtig. Sie macht dich blind, Gustav, sie macht dich berechenbar. Du musst dich von ihr befreien.«

Gustav holte tief Luft und seufzte. »Ich weiß nicht wie, Onkel. Ich bin immer wütend ...« Er presste die Kiefer zusammen. »Immer.«

Viktor wandte sich von Gustav ab und lief langsam auf und ab. »Dann musst du lernen, deine Wut zu nutzen«, sagte er. »Im richtigen Augenblick, nicht wenn sie dich überkommt. Du musst den Zorn in dir wachsen lassen, ihn kontrollieren, und erst zuschlagen, wenn du dir des Sieges sicher bist. Gefühle trüben unser Urteilsvermögen, Gustav, deswegen müssen wir sie im Zaum halten. Noch wichtiger ist jedoch, zu wissen, wann man sie entfesselt.«

»Kannst du es mich lehren?«, fragte Gustav und senkte das Haupt.

Viktor hielt inne und sah zu seinem Neffen hinüber. »Das kann ich. Aber es liegt an dir, meine Lehren auch anzuwenden.«

»Ich werde dir gehorchen«, sagte Gustav.

Er blickte demütig zu Boden, weshalb er das Gesicht seines Onkels nicht sehen konnte. Das brauchte er aber auch nicht, um zu wissen, dass er ein selbstgefälliges Lächeln aufgesetzt hatte. Früher hätte ihn das zur Weißglut getrieben, aber damals hatte er auch eine wichtige Erkenntnis noch nicht erlangt. Viktors Selbstgefälligkeit hatte einen guten Grund. Er glaubte nicht nur besser, klüger und gerissener zu sein als alle anderen Menschen, er *war* es. Umso mehr Zeit Gustav mit ihm verbrachte, umso mehr er von ihm lernte, desto klarer wurde ihm das.

Beim *Ursprung*, er war so dumm gewesen! Jahrelang hatte er seinen Onkel für seine zur Schau getragene Überlegenheit verabscheut, war ihm aus dem Weg gegangen, anstatt sich an seiner Weisheit zu laben. Diesen Fehler würde er nicht noch einmal begehen.

»Gut. Setz dich«, sagte Viktor und deutete auf den Teppichboden.

»Trainieren wir nicht weiter?«

»Heute nicht. Das ist wichtiger.«

Viktor ließ sich im Schneidersitz nieder und Gustav nahm ihm gegenüber Platz. »Du meditierst nicht oft, oder, Gustav?«, fragte der König dann.

»Ich bevorzuge die Riten, um meine Gedanken zu fokussieren.«

Viktor nickte langsam. »Natürlich. Du musst dich bewegen, Stillstand ist für dich eine Qual. Aber mir scheint, du missverstehst die Meditation. Sie fokussiert unsere Gedanken nicht, sie erweitert sie. Das Ziel ist nicht, nichts zu denken, sondern *alles* zu denken.«

»Was muss ich tun?«

»Nimm Haltung an und schließe deine Augen«, befahl Viktor.

Gustav streckte seine mächtige Rückenmuskulatur, legte seine Hände auf die Innenseite seiner Oberschenkel und schloss die Augen.

»Ich will, dass du dir nun vorstellst, mit Orrin im Ring zu stehen«, fuhr Viktor fort. »Der Kampf hat noch nicht begonnen, ihr steht euch gegenüber. Hunderte von Menschen haben sich eingefunden, all unsere Hexer richten ihre Augen auf dich und deinen Gegner. Kannst du sie sehen?«

»Ja.«

»Gut, jetzt öffne deine Quelle und verstärke deine Imagination.«

Gustav entfesselte die Feuermagie und ließ sie durch seinen Körper schießen. Seine Gedanken wurden klarer, die Bilder farbintensiver, plastischer, fester. Er sah den riesenhaften Orrin vor sich stehen, das Licht zahlreicher Fackeln zuckte über seinen Stiernacken. Hinter ihm konnte er die Gesichter der Zuschauer ausmachen, doch sie waren verschwommen, unwichtig, nur sein Gegner zählte.

Plötzlich riss Orrin den Mund auf und lachte lauthals. Das Geräusch klang seltsam verzerrt und hallte von unsichtbaren Wänden.

»Was gibt es da zu lachen?«, brüllte Gustav.

»Oh, es ist nichts«, sagte Orrin, immer noch lachend. »Mir wird nur gerade klar, dass du das gewaltigste Muttersöhnchen bist, das mir je untergekommen ist.«

»Was sagst du da?«, knurrte Gustav.

Für einen Moment vergaß er, dass dies ein Produkt seiner eigenen Vorstellungskraft war, dass Orrin eigentlich nichts tun konnte, was Gustav nicht wollte. Aber stimmte das auch? Sein Gegenüber schien sich nicht an diese Regel zu halten.

»Nun, du hast ja wirklich eine imposante Körperstatur, nur schade, dass du immer noch am Rockzipfel deiner Mutter hängst«, sprach Orrin weiter. »Ah, vielleicht tue ich dir auch unrecht. Vielleicht hängst du nur daran, weil du ihn ihr vom Leib reißen willst. Der *Ursprung* sei mein Zeuge, ich kann dich verstehen. Sie hat ein paar wirklich ganz ausgezeichnete Titten! Kein Wunder, dass du nochmal daran nuckeln willst!«

Gustav wurde bleich vor Wut. Er schrie und stürzte sich blindlings auf seinen Kontrahenten. Bevor er ihn erreichen konnte, erfüllte ein weißes Licht den Kampfplatz. Die Welt verblasste.

Gustav blinzelte, schüttelte den Kopf und wurde sich bewusst, dass er immer noch im Prunkzelt seines Onkels saß, der ihn durchdringend musterte. Die Edelsteine seiner Krone glühten.

»Was hast du getan?«, fragte Gustav.

»Ich habe mich in deine Gedanken geschlichen, sie ein wenig gebogen.« Er tippte gegen den goldenen Ring seiner Krone. »Nur eines der vielen Wunder, die dieses Artefakt ermöglicht.«

»Dann warst du es, der diese abscheulichen Sachen über mich und Mutter gesagt hat?« Es fiel ihm schwer, seine Wut zu unterdrücken.

»Niemand hat diese Dinge gesagt, Gustav. Es war eine Illusion. Warum bringt dich das so aus der Fassung?«

»Das fragst du? Du implizierst, dass ich meine Mutter begehre! Wie kannst du so etwas überhaupt denken?«

»Liege ich denn falsch?«, fragte Viktor. Gustav spannte sich an, aber bevor er etwas erwidern konnte, hob der König die Hände. »Das ist genau das, was ich versuche, dir beizubringen. Hör auf, auch nur einen Deut darauf zu geben, was andere von dir denken. Du bist ein Hexer und so der *Ursprung* will, wirst du eines Tages König. Kümmere dich nicht um die Meinung schwächerer Männer, die einer Moral folgen, die sie unreflektiert übernommen haben. Aber was noch viel wichtiger ist, sei dir selbst darüber im Klaren, was du bist und was du willst.« Er sah ihn eindringlich an. Schwarze Augen, so dunkel, dass sie das Licht zu verschlucken schienen. »Und du willst deine Mutter, Gustav. Nein, streite es nicht ab. Ich weiß, dass es dir schwerfällt, das zu akzeptieren. Von all deinen abstoßenden Neigungen ist diese diejenige, die dich vor dir selbst zurückschrecken lässt. Aber was du nicht verstehst, ist, dass es nicht von Belang ist. Die Menschen verachten deine Gelüste nur, weil es ihnen so beigebracht wurde, wie ihnen alles beigebracht wurde. All ihre Vorstellungen, ihre Moral, ihr Ehrenkodex ... ihre *Liebe*. Alles Illusionen, nicht echter als das Trugbild, das dich eben so aufgebracht hat.«

»Ich ... ich verstehe nicht, was du mir sagen willst«, sagte Gustav gepresst.

»Ich versuche, dir zu zeigen, dass du den falschen Dingen Beachtung schenkst. Du hast dich ohne Sinn und Verstand auf Orrin gestürzt und das nur aufgrund einer Beleidigung, wie sie vorhersehbarer nicht sein könnte. Wenn dir das im echten Kampf passiert, wird dich Orrin zermalmen. Und er wird versuchen, dich zu provozieren, du wirst sehen. Was du begreifen musst, ist, dass Provokationen nicht real sind, ganz egal, ob sie der Wahrheit entsprechen oder frei erfunden sind. Sie sollen nur provozieren, das ist ihr einziger Zweck, und du fällst jedes Mal darauf herein.«

»Soll ich etwa alles tatenlos hinnehmen?«

Viktor seufzte. »Worte formen die Wirklichkeit der Menschen. Wir sind keine Menschen. Wir sind Hexer. Zu oft vergessen wir das, zu oft verhalten wir uns genau wie sie. Löse dich davon. Lass den Menschen hinter dir, Gustav, und werde endlich, was dir immer bestimmt war. Werde zum König.«

Gustav presste die Kiefer zusammen. »Zeig mir wie«, sagte er und blickte Viktor in die dunklen, lichtverschlingenden Augen.

»Wir werden dieses Gedankenexperiment wiederholen«, sagte er, »aber diesmal wirst du dir selbst überlegen, auf welche Weise dich Orrin beleidigen wird. Du wirst jedes erdenkliche Szenario durchspielen, jede Schwachstelle deinerseits offenlegen, du wirst hunderte Male immer wieder denselben Moment erleben, bis Orrin dich nicht mehr überraschen kann, bis es nichts mehr gibt, das er gegen dich verwenden kann. Du musst gleichgültig gegenüber seinen Worten werden und das wird dir nur gelingen, wenn du verstehst, dass sie nicht mehr sind als das. Worte. Lautbilder, denen ein Sinn zugesprochen wurde. Nichts weiter. Sie haben keine Macht über dich, wenn du sie ihnen nicht gewährst.«

»Haben wir dafür denn noch genug Zeit?«, fragte Gustav besorgt. »Atrux und Celeste können jeden Tag eintreffen.«

Wenn es nach Orrin gegangen wäre, hätte der Zweikampf längst stattgefunden. Gustav hatte ihn in seiner Ehre verletzt, indem er Menach, einen Erzhexer des Bundes, hinterrücks durch eine Arkanbombe tötete, während Orrin mit diesem kämpfte. Dabei nahm er dem Gladiushexer den Ruhm des Sieges und verletzte ihn obendrein schwer. Das allein hätte jedoch kein Duell gerechtfertigt, was Gustav danach tat dagegen schon. Anstatt dem Mann versöhnlich gegenüberzutreten, beleidigte er seine verstorbenen Kinder, als Orrin vor Viktor trat. Von da an gab es kein Zurück mehr. Viktor überzeugte den Kampfhexer davon, dem *Ursprung* sei Dank, mit dem Duell zu warten, bis Celeste und Atrux zurückgekehrt waren. Gustav verstand nun, dass er ihm damit das Leben gerettet hatte. Ohne Vorbereitung wäre er Orrin hoffnungslos unterlegen gewesen.

»Dann sollten wir besser beginnen«, sagte Viktor. »Schließe deine Augen, Gustav.«

3

»Habt ihr ihn schon einmal gesehen?«, fragte Bress.

Damael betrachtete das ausgezehrte Gesicht des Leichnams, das im Todesschrei erstarrt war. Selbst wenn er dem Mann schon einmal begegnet wäre, was er bezweifelte, machte es der Zustand des Kadavers unmöglich, ihn zu identifizieren. Wenn seine Tochter das Leben aus einem Menschen saugte, ließ sie nicht viel von ihm übrig.

»Ich glaube nicht«, antwortete Damael tonlos.

Sein Verstand riet ihm, den Toten zu untersuchen, seine Taschen zu durchwühlen. Vielleicht würde er so einen Hinweis auf seinen Auftraggeber finden. Aber er konnte es nicht. Er konnte überhaupt nichts tun. Der Schock war in seine Glieder gekrochen und lähmte ihn.

Sein Blick fiel auf die geborstenen Eisenstangen, die augenscheinlich von einer heftigen Explosion zertrümmert worden waren. Seine Tochter war frei und hatte bereits getötet. Es würde nicht das letzte Mal sein.

Sie musste aufgehalten werden. Er wusste, dass es getan werden musste, aber er wusste auch, dass er dazu nicht in der Lage war.

»Warum hast du mir nicht eher Bescheid gegeben?«, fragte Damael.

»Ich habe es versucht, Herr. Aber es ist in diesen Tagen nicht einfach, an euch heranzukommen.«

Damael nickte. »Bring Valamer her.«

»Herr, seid ihr euch sicher?«

Damael ignorierte die Frage. »Du musst nicht lange nach ihm suchen«, sagte er. »Er ist uns gefolgt. Er steht vor der Tür und wartet darauf, dass ich ihn hereinbitte.«

Bress verbeugte sich, das alte Gesicht vor Sorge verzerrt, und machte kehrt. Der Gedanke, dass Damael den Erzhexer in sein Geheimnis einweihen würde, sagte ihm offenbar nicht zu.

Nun, er hatte keine andere Wahl. Valamer war der Einzige, dem er vertrauen konnte. Der Einzige, dem er die Aufgabe zumuten konnte, die er selbst auszuführen nicht in der Lage war.

Dunkler Bruder meiner Seele

4

Leif wickelte sich fester in seinen Umhang ein und verschränkte die Arme vor der Brust. Dennoch fröstelte er, sein Atem bildete rauchige Wolken, die der Fahrtwind davontrug. Innerlich verfluchte er sich dafür, in Nubos keinen Mantel oder wenigstens einen Umhang gekauft zu haben. Die Kälte des Frostmeeres war unerbittlich und es würde schlimmer werden, je weiter sie in dieses Gewässer vordrangen. Als Kapitän wäre es seine Pflicht gewesen, seine Männer auf diese Reise vorzubereiten und die nötigen Anschaffungen zu tätigen - Felle, Mützen und gefütterte Stiefel –, um sie für dieses extreme Klima zu wappnen. Aber sie waren völlig überstürzt aufgebrochen und nun zahlten sie den Preis dafür. Seine Männer waren gezwungen, ihre Arbeit mit vor Kälte steifen Fingern zu verrichten, während ihnen der Wind ins ungeschützte Gesicht biss. In der Nacht mussten sie zusammenrücken, sich gegenseitig wärmen, damit sie nicht erfroren.

Unbehaglich trat Leif von einem Fuß auf den anderen und versuchte, die Blutzirkulation anzuregen. Seine Glieder fühlten sich starr und taub an. Er konnte nur hoffen, dass keiner seiner Männer der Kälte erlag. Nun, da Askon im Sterben lag, schien ein solches Opfer sinnlos.

Er seufzte und blickte über die ruhige See, die sich unter einem klaren Himmel scheinbar bis ins Unendliche erstreckte. Für ihn hatte dieser Anblick stets Freiheit bedeutet, doch in diesem Moment erschien ihm die Weite feindselig und beängstigend. Die See war demgegenüber gleichgültig, was mit den Menschen geschah, die mit ihren kleinen hölzernen Booten auf ihrem nie enden wollenden Leib umhertrieben. Irgendwie machte Leif das wütend. Der letzte Abkömmling einer Erblinie, die seit Jahrtausenden die Wirklichkeit der Menschen prägte, würde vom Angesicht dieser Erde verschwinden und nichts würde sich ändern. Nicht für die See zumindest.

Aus dem Augenwinkel sah er Boglius' bullige Gestalt herantreten und wandte sich ihm zu. Der große Mann trug wie Leif selbst nur einen dünnen Leinenumhang über seinem Brustharnisch, aber im Gegensatz zu den meisten Männern schien ihn die Kälte nicht sonderlich zu stören. Er hatte den Umhang zurückgeschlagen und offenbarte seine bloßen Arme.

»Ich verstehe nicht, wie du so herumlaufen kannst«, sagte Leif und bemerkte, dass seine Zähne klapperten.

Boglius zuckte die Achseln. »Ich genieße die frische Luft. Du weißt, wie stickig und heiß es bei ihm ist.«

Leif nickte geistesabwesend. »Wie geht es ihm?«

»Ich glaube, es dauert nicht mehr lange«, sagte Boglius nach kurzem Zögern. »Das Fieber will einfach nicht sinken und er hat Schwierigkeiten beim Schlucken. Wasser ist das Einzige, was er noch zu sich nehmen kann, und jeden Tag verliert er mehr Gewicht. Ich verstehe das nicht, Leif. An diesem letzten Abend in Nubos hat er einen so guten Eindruck gemacht. Bei den Eiern des *Ursprungs*, er war stark genug, um gegen einen schwertschwingenden Affen zu kämpfen! Was ist nur passiert?«

»Was mit Askon geschieht, können wir nicht begreifen, Boglius. Wir sind keine Hexer. Das ist ein Kampf, den er allein austragen muss.«

»Er wird ihn verlieren, Leif.«

»Ich weiß.«

Askon würde sterben und es gab nichts, was sie dagegen tun konnte. Es war das erste Mal, dass er den Gedanken zuließ.

Dabei hatte alles so vielversprechend angefangen. Askon war bei klarem Verstand gewesen, als sie aufgebrochen waren. Sie hatten ihn weder fesseln, noch knebeln müssen, selbst das Styx – das Gift, das einen Hexer von seiner Quelle trennte – hatte er freiwillig eingenommen. Er hatte sich selbst dafür entschieden, von seiner Gier loszukommen, und wenn er auch Schmerzen litt und sich sein Körper unter Krämpfen wand, er hatte nicht aufgegeben. Doch was nutzte es, wenn der Geist willig war, der Leib jedoch versagte? Das Fieber war bereits am ersten Tag über ihn gekommen und so schnell gestiegen, dass er seither zu kaum mehr fähig war, als sich in seiner Bettstatt umherzuwälzen und unverständliches Gemurmel von sich zu geben.

Boglius Faust krachte gegen das Holz der Reling. »Wieso gibt er auf?«, schrie er und mehrere Männer drehten sich verstohlen zu ihm um. »Er kann es doch nicht einfach so zu Ende gehen lassen! Gerwain ist für ihn gestorben, *ursprungsverdammt*!«

Beinahe hätte Leif ihn ermahnt, seine Stimme zu senken, doch als er in die Gesichter der umstehenden Männer blickte, ließ er davon ab. Askons Zustand war kein Geheimnis, sie wussten alle, wie es um ihn stand.

»Er tut, was er kann, dessen bin ich mir sicher. Es liegt in seiner Natur.«

Boglius sah ihm in die Augen und die Hilflosigkeit in seinem Blick traf Leif völlig unvorbereitet. »Was tun wir bloß, wenn er ...« Seine Stimme versagte, er räusperte sich. »Wohin werden wir gehen?«

Leif streckte seine Hand aus und packte den Mann bei der Schulter. »Diese

Fragen werden wir uns stellen, sobald die Zeit gekommen ist. Gemeinsam. Wir alle.« Unbewusst war er lauter geworden, sodass alle ihn hören konnten. »Aber bis es so weit ist, werden wir bei ihm bleiben. Wir werden die Hoffnung nicht aufgeben. Das ist das Mindeste, was wir für unseren König tun können.«

Boglius schluckte schwer, ein rasselnder Atemzug entfuhr seinen Lungen, und die Anspannung verließ seinen Körper. Jedenfalls ein wenig.

Plötzlich drang ein Schrei aus dem Unterdeck herauf, ein Laut, so primitiv, so unmenschlich, dass Leifs Herz einen Schlag aussetzte. Der Moment der Stille, der darauf folgte, war beinahe noch schlimmer. Das Schiff schien erstarrt, niemand rührte sich. Das war der Furcht geschuldet, diesen Ausdruck vollkommener Verzweiflung noch einmal vernehmen zu müssen.

Boglius reagierte als Erster. Er schüttelte Leifs Hand ab, fuhr herum und stürzte über das Deck, hin zu der Falltür, die ins Unterdeck führte.

Leif ließ einen Moment verstreichen, bevor er ihm nachsetzte.

Er betete selten zum *Ursprung*, denn er glaubte nicht daran, dass es etwas gab, das ihn erhörte, aber an diesem Tag tat er es trotzdem. Nun ja, genaugenommen betete er nicht, er drohte.

Wage es nicht, ihn sterben zu lassen!

Askon wanderte ziellos durch den Nebel.

Der Dunst war so dicht, dass er ihn beinahe mit den Händen greifen konnte. Er spürte ihn auf seinem Gesicht, seinen Händen. Ein kaltfeuchter Hauch, der seine Haut streifte.

Wie war er hierhergekommen und wo oder *was* war hier überhaupt? Das Letzte, woran er sich erinnern konnte, war Schmerz. Er war auf einem Schiff gewesen, auf der … *Acheron*? Irgendetwas hatte mit ihm nicht gestimmt, er war krank gewesen. Sehr krank.

Ein ungebetener Gedanke fand den Weg in seinen Verstand.

Bin ich … tot? Sieht so das Totenreich aus?, fragte er sich und sein Herz begann schneller zu schlagen.

Mit wachsendem Entsetzen sah er sich um, suchte nach etwas, das ihm begreiflich machen würde, wo er sich befand, was hier vor sich ging, doch er konnte keinen Meter weit sehen. Manchmal glaubte er, einen Schatten im Grau auszumachen, doch wenn er seinen Blick darauf richtete, schien er nie dagewesen zu sein. Das Licht war tückisch in diesem Nebel.

Ein Geräusch ließ ihn innehalten. Es war so leise, dass er zuerst glaubte, sein Verstand hätte ihm einen Streich gespielt, doch als er die Augen schloss und angestrengt lauschte, hörte er es wieder. Es war eine Stimme. Ein schwaches, entferntes Flüstern. Er konnte es nur hören, weil ansonsten absolute Stille herrschte.

»Hallo? Ist da jemand?«, rief Askon. Die Worte krochen seltsam gedämpft und kraftlos durch den dichten Nebel. Ihm wurde auf einmal bewusst, dass das Flüstern viel näher sein konnte, als er angenommen hatte.

Sein Blick zuckte umher, sein Gehörsinn war zum Zerreißen angespannt. Wieder erklang das Flüstern und er ging weiter, dorthin wo er den Ursprung des Geräusches vermutete. Ein Schatten tauchte vor ihm im Nebel auf, einer, der nicht verschwand, wenn er ihn anblickte.

»*... denk an ... Namen...*«, flüsterte er. »*... ich habe ... ich bin ...*«

Etwas an der Stimme der Gestalt ließ Askon zusammenzucken. Sie war ihm vertraut.

»Gerwain?«, sagte er. Das Flüstern verstummte. »Gerwain, bist du das?«

Der Schatten dehnte sich bedrohlich aus, als die Gestalt aufstand, und Askon wich zurück. Langsam kam sie auf ihn zu und er unterdrückte das Bedürfnis, kehrtzumachen und davonzurennen. Ein Gesicht tauchte im Nebel auf, zuerst verschwommen und undeutlich, doch als es näherkam, gab der Dunst seine Züge preis.

»Du bist es wirklich«, flüsterte Askon.

Gerwains Wangen waren eingefallen, das Gesicht blass und blutlos, die Augen stumpf, aber es bestand kein Zweifel daran, dass er es war. Es war der junge, flachsblonde Krieger, der Askon ein Freund geworden war. *Bevor er in meinen Armen starb*, erinnerte er sich mit einem Schaudern.

»Mein ... mein König?«, fragte Gerwain unsicher.

»Ja, ja, ich bin es, Gerwain. Wie bist du hierhergekommen? Was ist das für ein Ort?«

Gerwain legte den Kopf schräg und sah an sich hinunter. Askon folgte seinem Blick und wurde auf Bauchhöhe einem zackigen Riss in seinem Harnisch gewahr, der die furchtbare Wunde darunter offenbarte. Das Leder war blutdurchtränkt.

»Wisst ihr das denn nicht?«, fragte er.

»Ich ... dann ist dies ... bin ich ...?«

Gerwain lachte laut, aber humorlos. »Tot? Nein, noch nicht.«

»Wieso bin ich dann hier?«

»Was glaubt ihr denn, wo ihr seid?«, fragte Gerwain.

Askon sah zur Seite. Der Dunst hatte sich auf einmal gelichtet und gab ein zwielichtiges Schattenreich preis. Eine Welt, die er nur allzu gut kannte. Dicht an dicht standen die dunklen Nadelbäume beieinander und streckten ihre knorrigen Äste nach ihm aus. Der Nebelwald.

»Was geht hier vor?«, sagte Askon. »Eben waren wir doch noch ...«

»Ja, wo?«

»Ich weiß nicht ... nicht hier.«

Gerwain grinste schief. »Ihr seid genau dort, wo ihr sein sollt.«

»Was sagst du da? Bist das auch wirklich du, Gerwain?«

»Warum fragt ihr? Bin ich euch nicht untertänig genug? Nun, das tut mir leid. Der Tod lässt mich vieles hinterfragen, was für mich im Leben zweifelsfrei war.«

»Was hast du eben geflüstert, als ich dich gefunden habe?«, fragte Askon, ohne auf seine seltsamen Worte einzugehen.

»Ich ... habe mich daran erinnern, wer ich bin. Wer ich war. Dieser Ort macht einem das schwierig.«

»Das Jenseits?«

Gerwain kicherte. »Euer Geist, mein König.«

»Wie meinst du das?«

»Ist das so schwer zu begreifen? Einst war ich ein Mann, ein Sohn, ein Freund, ein Seemann. Ich war viele Dinge, für jeden Menschen etwas anderes. Für euch war ich ein Kriegsmeister, aber für niemanden sonst. Nun bin ich nichts weiter als eine Erinnerung. Eine Erinnerung, die im Geiste ihres Mörders um ihr Überleben kämpft.«

Askon sah erschrocken auf. »Ihres Mörders?«

»Ihr wirkt so erstaunt. Seid ihr denn kein Mörder?« Gerwain ging einen Schritt auf ihn zu, Askon trat einen zurück. »Habt ihr nicht all diese Menschen ermordet, nur um eure Gier zu stillen? Könnt ihr euch denn überhaupt an ihre Gesichter erinnern?«

Er versuchte es, doch seine Opfer verschmolzen in seinem Kopf. Nicht ein einziges Gesicht stach aus der formlosen Masse hervor. »Ich ... ich ... konnte mich nicht dagegen wehren«, sagte Askon, aber seine Stimme war brüchig. Er konnte sich nicht einmal selbst überzeugen.

»Wogegen? Es ist eine Sache zu töten, eine andere zu vergessen. Ihr habt ihnen ihre Menschlichkeit genommen. Für euch waren sie nichts weiter als Nahrung. Haben sie gebettelt, haben sie um ihr Leben gefleht?«

Eine Stimme echote durch seinen Geist. *Oh, bitte, bitte, ich will nicht sterben! Bitte, habe Erbarmen!* Askon wusste nicht mehr, wie der Mann ausgesehen hatte, aber an seine Stimme erinnerte er sich. Sie klang schrecklich, geradezu unmenschlich vor nackter Furcht. *Bitte, habe Erbarmen!*

Er presste die Hände auf die Ohren, versuchte, die Stimme zum Schweigen zu bringen, aber sie flehte weiter, wiederholte immer wieder dieselben Worte.

Gerwain packte ihn an den Handgelenken und riss seine Arme hinunter. »Ihr Feigling!«, schrie er. »Und zu euch habe ich aufgesehen! Ihr habt nicht einmal den Anstand, euren Taten ins Auge zu blicken. Bald hättet ihr auch mich vergessen. Ich war genauso wenig ein Mensch in euren Augen wie die armen Teufel, denen ihr das Leben aus dem Leib gerissen habt.«

»Nein, nein, das ist nicht wahr«, sagte Askon kopfschüttelnd.

»Ach nein? Habt ihr mich nicht nur deshalb zum Kriegsmeister ernannt, um die Moral eurer Männer zu stärken? Ihr wusstet, dass ich nicht bereit dafür war, aber es war euch egal. Ich war nur ein Mittel zum Zweck. Eure Gier hat mich getötet.« Askon taumelte zurück, schüttelte den Kopf, immer und immer wieder, aber Gerwain ließ nicht nach. »Ihr verbreitet den Tod, mein König. Jeder, der euch nahesteht, muss seiner eisigen Berührung unweigerlich anheimfallen. Euer Vater, euer Bruder ... eure Mutter.« Askon stieß gegen einen Baumstamm; er konnte Gerwain nicht mehr entgehen, der stetig näherkam. »Sie hat sich das Leben genommen, um euch zu warnen, um euch vor eurem Schicksal zu bewahren, aber ihr ... ihr seid nun einmal, wer ihr seid, Todeshexer. Nicht wahr?«

Eine Handbreit von ihm entfernt blieb Gerwain stehen, Askon presste seinen Rücken an die harte Rinde, so fest er konnte. »Woher weißt du davon?«, fragte er entsetzt.

Gerwain rollte mit den Augen. »Wollt ihr es nicht verstehen oder stellt ihr euch absichtlich dumm? Vor mir könnt ihr nichts verstecken. Ich habe euer wahres Selbst gesehen und der Anblick hat mich umgebracht. Genau wie eure Mutter. Habt ihr euch einmal gefragt, was sie sagen würde, wenn sie euch hätte sehen können?«

Askon wandte den Blick ab.

»Ihr tut es schon wieder! Versteckt euch vor der Wahrheit, vor euch selbst.«

»Bitte, lass mich in Frieden!«, flehte Askon.

Eine eisige Hand packte ihn am Hals, grub sich in sein Fleisch und ein erstickter Schrei entfuhr seiner Kehle. »Habt ihr etwa eure Opfer in Frieden gelassen? Habt ihr deren Flehen erhört?«

Askon wollte antworten, doch alles, was er herausbrachte, war ein Keuchen. Gerwains Griff war so stark, dass er fürchtete, seine Luftröhre würde zerquetscht werden. Dann verschwand der Druck plötzlich, sein Peiniger ließ von ihm ab und Askon sank keuchend an dem Baumstamm hinab.

Gerwain sah zu ihm herunter. »Könnt ihr es fühlen? Spürt ihr die Angst und die Verzweiflung, die all eure Opfer erleiden mussten?«

»Ich ... ich wollte nicht ... es tut mir so leid«, stotterte Askon mit brechender Stimme, woraufhin sich Gerwain angewidert abwandte.

»Erspart mir euer heuchlerisches Gewinsel, ich kaufe es euch nicht ab.« Er beugte sich zu ihm herunter, ein bösartiges Schimmern blitzte in den trüben

Augen auf. »Aber vielleicht habt ihr damit bei den anderen mehr Glück.«

»Den anderen?«

Askon erhielt keine Antwort, wenn man von dem grausamen Lächeln einmal absah, das Gerwains Züge verzerrte. Dann entfernte er sich langsam von ihm, verschmolz mit den Schatten des Waldes und war bald nicht mehr auszumachen. Askon war wieder allein.

Erleichtert atmete er aus, lehnte seinen Kopf zurück und schloss die Augen. Doch die Zeit der Ruhe währte nur einen Moment. Er spürte es zuerst im Boden unter seinen ausgestreckten Beinen. Ein Wühlen und Schaben. Es war, als bewegte sich etwas unter ihm, etwas, das an die Oberfläche kommen wollte. Entsetzt fuhr er auf und blickte auf den nebelverhangenen Waldboden. Dann hörte er das gedämpfte Stöhnen. Seine Augen weiteten sich, als er begriff, dass die Stimme aus dem Erdreich zu ihm heraufdrang.

Eine weitere Aufforderung brauchte er nicht.

Er sprang auf die Füße und rannte los, doch er hatte erst einen Schritt gemacht, da verfing sich sein Stiefel in etwas und er fiel der Länge nach hin. War er über eine Wurzel gestolpert? Er rollte sich auf den Rücken, sah hinter sich und erstarrte. Eine kalkweiße Hand hatte sich aus dem Boden gegraben, die langen, abgemagerten Finger suchten nach ihm und für einen Moment setzte sein Verstand aus. Er spürte den beginnenden Wahnsinn förmlich, der Besitz von ihm zu ergreifen drohte.

Hektisch robbte er zurück, weg von diesem wahrgewordenen Alptraum, nur um von etwas gepackt zu werden, das sich in seinem Schopf vergrub und ihn zu Boden riss. Er fühlte schartige Fingernägel über seine Kopfhaut kratzen. Er schrie, schlug um sich und versuchte, sich aus dem Griff zu befreien, doch da brachen gleich zwei Arme aus dem gelockerten Waldboden und ergriffen ihn seitlich an seinem Umhang. Askon schrie aus Leibeskräften, während die Ungetüme sich nach und nach aus ihren Gräbern befreiten. Ein Kopf wühlte sich aus dem Dreck, der kaum mehr etwas Menschliches an sich hatte. Das Gesicht des Wesens war ausgezehrt und verweste bereits, die toten Augen lagen in tiefen Höhlen, die zurückgehende Haut offenbarte das unheimliche Grinsen eines Totenschädels.

Askon erstarrte bei dem Anblick, sein Widerstand verebbte.

Das hatte er schon einmal gesehen. Jedes Mal, wenn er in seinem Wahn einen Menschen ausgesaugt hatte, ihm seine Lebenskraft gestohlen hatte, dann hatte er ihn so zurückgelassen. Ausgezehrt, verwelkt, leblos. Er hatte ihm alles geraubt, was ihn zu einer Person gemacht hatte, alles Lebendige zerstört.

Dies war sein Werk, erkannte er. Seine Opfer waren gekommen, um ihn zu holen. Warum sich dagegen wehren? Er hatte ihre Rache verdient.

Weitere Untote wühlten sich aus dem Boden hervor, ihr verzweifeltes Stöhnen zerriss die Stille des Waldes. Das Geräusch fuhr Askon bis ins Mark, doch er rührte sich noch immer nicht. Er schloss die Augen vor ihrem Anblick, spürte ihre eisigen Finger nach ihm greifen. Sie wälzten sich auf ihn, pressten ihr kaltes, totes Fleisch auf seines, drückten ihn nieder. Der Gestank ihrer faulenden Körper raubte ihm den Atem und schon bald war er unter ihren Leibern begraben, sodass er überhaupt keine Luft mehr bekam.

Er rang verzweifelt nach Atem, glühende Nadeln stachen in seine Lunge, eine Welle des Schmerzes durchflutete ihn. Er sagte sich, dass er es verdient hatte, dass es nur gerecht war, dass er dieselbe Pein erdulden musste wie seine Opfer, bevor der Tod ihn erlöste. Er wollte sich nicht dagegen wehren, wollte es akzeptieren.

Doch sein Überlebenswille hatte andere Pläne.

Panik überschwemmte ihn, das Herz hämmerte ihm in der Brust, seine Lungen schrien. Er wand sich unter dem Gewicht der Toten, bäumte sich auf, versuchte, sie von sich zu stoßen. Seine Muskeln zitterten, er schrie und tobte, vergrub vor lauter Verzweiflung seine Zähne in einem modrigen Arm, biss so stark hinein, wie er konnte. Es half nichts. Es waren einfach zu viele.

Die Toten würden ihn zu einem von ihnen machen.

»Was sollen wir bloß tun?«, fragte Boglius hilflos.

Leif blickte auf seinen nach Luft ringenden König hinab. Die abgemagerte Gestalt, die sich in ihrer Bettstatt wand, war kaum mehr ein Schatten seines früheren Selbst. Die Rippen wölbten sich aus seinem Brustkorb, seine Haut war leichenblass und beinahe durchscheinend.

»Ihn nicht allein lassen. Das sollten wir tun«, sagte Leif, ging neben seinem König in die Knie und ergriff seine knochigen Finger.

Askon bäumte sich auf, seine Muskeln verkrampften sich. Er riss den Mund auf und schnappte nach Luft, doch seiner Kehle entfuhr nur ein Keuchen.

Boglius setzte sich Leif gegenüber und packte Askons andere Hand. »Er ... er erstickt«, sagte er.

Leif antwortete nicht. Es gab nichts mehr zu sagen.

Askons Lungen fühlten sich an, als hätte sie jemand in Brand gesetzt. Ein heißglühender Schmerz durchzuckte sie bei jedem missglückten Atemzug und ätzte sich durch seine Blutgefäße. Er konnte sich nicht bewegen. Die Kadaver bedeckten ihn wie einen Grabhügel, ihre Masse drückte ihn in den weichen Erdboden. Dennoch gelang es ihm irgendwie, seinen rechten Arm zu sich heranzuziehen. Er fand eine Lücke zwischen den übereinanderliegenden

Untoten und stieß seine Faust mit letzter Kraft hindurch. Sein Unterarm war frei, doch seine Finger suchten vergebens nach etwas, an dem er sich festhalten und hochziehen konnte.

Endlich ebbte der Schmerz ab, selbst das Stöhnen der Toten schien leiser zu werden. Die Anspannung, die seine Muskeln ergriffen hatte, ließ nach und seine Finger erschlafften.

Ich sterbe, dachte Askon.

In diesem Moment empfand er keine Furcht mehr. Er war dem Tod schon so oft begegnet, dass er ihm auf seltsam tröstliche Weise vertraut war. Ein alter Freund, der gekommen war, ihn in seine Arme zu schließen. Das änderte aber nichts daran, dass er großes Bedauern empfand. Er hatte versagt. All jene, die er geliebt hatte, waren verdammt, ermordet von einem machthungrigen Monarchen, und nun gab es niemanden, der ihn dafür zur Rechenschaft ziehen würde.

Wut regte sich in ihm und seine Hand schloss sich zu einer Faust. Nein, so durfte es nicht enden! Er musste kämpfen!

Der Schmerz kehrte zurück, als sich sein Überlebenswille ein letztes Mal aufbäumte. Er streckte seinen freien Arm, grunzend stemmte er sich gegen die Toten, aber es war sinnlos. Da draußen war nichts, was er erreichen konnte. Es war vorbei.

Plötzlich packte etwas sein Handgelenk. Askons Finger schlossen sich sofort darum, klammerten sich verzweifelt an diese unverhoffte Chance, und im nächsten Moment wurde er mit einem kraftvollen Ruck aus dem Berg von Untoten herausgezogen.

Als Askons krampfhafte Bewegungen nachließen, wurde Leif klar, dass es gleich vorbei sein würde.

Es war meine Aufgabe, auf ihn acht zu geben, dachte er und spürte Tränen seine Augen füllen.

Er dachte daran, wie er damals auf Yold um Askon getrauert hatte, weil er geglaubt hatte, dass er bei dem Attentat auf seine Familie gestorben war. Die Erleichterung und Freude war überwältigend gewesen, als er die Tür seiner Stube aufgestoßen hatte und Askon in seinem Garten gestanden hatte.

»Mein Prinz, ihr lebt!«, hatte er gerufen und den jungen Mann an seine nackte Brust gedrückt.

»Zu wenig Kleidung, zu viel Haar!«

Leif schmunzelte und fuhr Askon mit seiner freien Hand durch das schwitzige, weiße Haar.

Askon war zu ihm gekommen, weil er ihm vertraut hatte, weil er darauf gehofft hatte, dass er ihm helfen würde. Nun würde er in seinen Armen sterben.

Ein Beben durchfuhr den Körper seines Königs, dann lag er still.

Leif sah Boglius in die Augen und es tröstete ihn, dass er in seinem Gesicht denselben Schmerz lesen konnte, den auch er empfand, dieselbe Verzweiflung. Er war nicht allein.

Ein kraftvoller Atemzug hallte auf einmal durch die enge Kajüte, Askons Oberkörper dehnte sich aus.

»Er lebt!«, rief Boglius aus. »Er atmet wieder, sieh nur Leif!«

»Ich ... sehe es«, sagte Leif ungläubig.

Sein Herz machte einen Satz, doch er gemahnte sich zur Ruhe. Es war zu früh, um Hoffnung zu schöpfen. Askon mochte noch nicht am Ende sein, doch er lag nach wie vor im Sterben.

»Kämpft, mein König«, flüsterte er.

5

Gedilli trat aus dem stickigen Schankraum der Hafentaverne und nahm einen tiefen Atemzug. Die Luft hier draußen war zwar auch nicht angenehm – in Nubos schienen die Menschen nicht viel von Abfallentsorgung zu halten –, aber sie war allemal besser als in der rauchgeschwängerten Wirtschaft, in der sich die Ausdünstungen von dutzenden schwitzenden Seemännern, Söldnern und Huren zu einer dichten Gestankswolke mischten. Eigentlich erstaunlich, dass er es fast sechs Stunden darin ausgehalten hatte.

Er machte einen schwankenden Schritt und stieß mit einem breitgebauten Kerl zusammen. Gedilli murmelte eine Entschuldigung, während er zurückstolperte, bis er an die Wand des Wirtshauses stieß. Der Mann musterte ihn feindselig. Zumindest glaubte er, dass er ihn feindselig mustere. Sein Blickfeld war ein wenig verschwommen, deswegen konnte er es nicht genau erkennen.

»Pass auf, wo du hinläufst, du Trottel!«, knurrte der Mann und marschierte weiter.

Jup, eindeutig feindselig.

Gedilli setzte sich wieder in Bewegung, vorsichtiger diesmal, drückte sich von der Wand ab und lief los. Obwohl er sich auf seinen Gang konzentrierte, bewegte er sich in Schlangenlinien. Die Menschen, die ihn passierten, wichen ihm aus, beachteten ihn aber sonst nicht weiter. Nun wusste er auch wieder, wie er sechs Stunden in der Giftwolke verbringen konnte, die andere Tavernenduft nannten.

Er war sturzbetrunken.

Das Licht der untergehenden Sonne, das auf dem Meer hinter dem Hafen funkelte, stach ihm in die Augen und er hielt sich eine Hand vors Gesicht. Eigentlich sollte man meinen, dass die Nacht besser dafür geeignet wäre, Söldner anzuheuern, aber Gedilli hatte die Erfahrung gemacht, dass die meisten Männer in Nubos nach Sonnenuntergang zu betrunken waren, um einen zusammenhängenden Satz zu formulieren.

Außerdem war das Ganze sowieso ein aussichtsloses Unterfangen. Die härtesten Söldner hatten sich nach Durgo aufgemacht, um für Viktor gegen den Bund zu kämpfen, wie man ihm gesagt hatte. Unter jenen hätte er vielleicht einige Willige gefunden. Wer so irre war, sich für ein bisschen Gold in einen Hexerkrieg zu stürzen, der würde womöglich auch in das Schloss einer Kronenträgerin einbrechen, um eine Prinzessin zu befreien. Aber sie waren fort und außer ihnen gab es in Nubos niemanden, der ihnen folgen würde. Wenn dem so wäre, hätte er sie inzwischen gefunden. Gedilli hatte in den letzten Tagen mit mehr vernarbten Halsabschneidern gesprochen als je zuvor - und das wollte etwas heißen, schließlich war er einmal Pirat gewesen.

Vura glaubte, dass er immer noch auf der Suche nach einer Mannschaft war, aber das stimmte nicht. Das hatte er längst aufgegeben. Stattdessen setzte er sich in irgendeine Bar und trank.

Er wusste, dass er es ihr sagen sollte. Sie verschwendeten hier nur ihre Zeit, mehr noch, es war gefährlich, hier länger zu bleiben als nötig. Der *Schatten* hatte sich zwar nicht mehr blicken lassen, seit Vura ihn vor drei Tagen fertig gemacht hatte, aber das hieß nicht, dass er nicht doch vorhatte, diese Rechnung zu begleichen.

Es half nichts, er musste es Vura sagen ... aber er fürchtete sich davor.

Er erreichte den großen Marktplatz und wurde der Menschentraube gewahr, die sich am Hafenbecken zusammengefunden hatte. Die Trümmer des eingestürzten Wachturms waren noch nicht beseitigt worden und türmten sich nicht weit von ihnen, auch das Wrack des ausgebrannten Schiffes stand noch auf dem Wasser. Erstaunlicherweise war es nicht untergegangen.

Hier hatte Vura gegen den *Schatten* gekämpft.

Gedilli schlenderte über den Platz auf die Menschen zu. Er wusste, was er vorfinden würde. Es waren überwiegend Frauen, viele von ihnen weinten. Vor dem verkohlten Schiff hatten sie eine kleine Gedenkstätte aufgebaut. Blumen und Kerzen bedeckten den Boden, dazwischen lagen Schnitzereien, Messer, einige Kupferstiche und andere Gegenstände, die an die Verstorbenen erinnern sollten.

Gedilli blieb abseits von der Gruppe stehen und betrachtete sie unauffällig oder versuchte es zumindest. Er konnte nicht einschätzen, wie erfolgreich er dabei war, immerhin schwankte er sogar im Stehen. Sein Blick wurde von einer jungen dunkelhaarigen Frau angezogen, einer hellhäutigen Schönheit, die ihren Sohn auf dem Arm hielt. Sie weinte bitterlich, ihr Kind dagegen sah sich nur verwirrt um und klammerte sich an seine Mutter. Es war zu jung, um zu begreifen, was geschehen war, zu jung, um zu verstehen, dass es seinen Vater nie wiedersehen würde.

Fast ein Dutzend Menschen waren in jener Nacht gestorben. Einige waren auf dem Schiff verbrannt, das Vura während ihres Kampfes mit dem *Schatten* in Flammen gesetzt hatte, andere waren unter den Trümmern des Wachturmes begraben worden, den sie mit einem Energiestrahl gefällt hatte.

Die junge Frau schrie auf einmal und fiel auf die Knie. Sie setzte ihren Sohn auf dem Boden ab, der auf wackligen Beinen neben ihr stand und ebenfalls anfing zu weinen. So viel Leid ...

Gedilli ließ den Blick schweifen und betrachtete die Verwüstung um sich herum. Der Wachturm hatte einen Teil des benachbarten Lagerhauses zerstört, als er eingefallen war. Einige Männer arbeiteten bereits daran, das Chaos zu beseitigen, aber es würde noch Tage dauern, bis sie all den Schutt auf Karren geladen und abtransportiert hatten.

So viel Zerstörung, so viel Tod. Es war schwer, sich vorzustellen, dass *Vura* dafür verantwortlich war. Sie schien so unschuldig, so rein, als könnte sie niemandem etwas zu Leide tun. Dabei wusste er es besser. Er hatte sie gesehen, damals, als sie ihre Macht auf seinem ehemaligen Schiff freigesetzt hatte. Als sie seinem Kapitän das Gesicht mit ihrem Fuß eingedrückt hatte. Niemand konnte ihr verübeln, dass sie den Piraten getötet hatte, der sich an ihr vergehen wollte, aber die Art, wie sie es getan hatte, war grausam gewesen. Daran hatte er lange nicht mehr gedacht, doch der Anblick des zerstörten Hafens brachte es ihm wieder schmerzhaft in Erinnerung.

Es war natürlich nicht ihre Absicht gewesen, diese Menschen in Gefahr zu bringen. Vura wusste nicht einmal, dass ihr Kampf Opfer gefordert hatte und Gedilli würde dafür sorgen, dass das auch so blieb. Er hatte sich mit ihr darauf geeinigt, dass sie ihr Zimmer wegen des *Schatten* auf Weiteres nicht verlassen sollte. Auf diese Weise hielt er sie von der Gedenkstätte und damit von der Wahrheit fern. Sie würde es sich niemals verzeihen, wenn sie erfuhr, was sie getan hatte.

Dennoch plagten Gedilli Zweifel, unangenehme Fragen surrten wie Stechmücken durch seinen Kopf. Hatte Vura wirklich geglaubt, sie könnte solch gewaltige Energien entfesseln, ganze *Gebäude* zerstören, und niemand würde dabei zu Schaden kommen? War sie wirklich so naiv? Oder war es etwas anderes ...

Es war beinahe so, als würde sie zu einer anderen Person werden, wenn sie diese seltsame Macht freisetzte, die das Licht in ihr bündelte. Gedilli ängstigte sich vor dieser Person und er hatte die Befürchtung, dass sie wieder in Erscheinung treten würde, wenn er Vura die Wahrheit sagte. Wenn er ihr beichtete, dass es niemanden gab, der ihnen dabei helfen konnte, Arina zu retten, dass ihr Vorhaben zum Scheitern verurteilt war. Sie würde das nicht akzeptieren, *konnte* es gar nicht. Es ging um ihre Schwester ... oder was immer sie war. Was, wenn Vura beschloss, nach Gottberg zu segeln und ihre Macht anzurufen? Wie viele Menschen würden dann sterben?

Sein Kopf pochte. Er hasste diese Fragen. Er trank, um ihnen zu entgehen.

Er seufzte, wandte sich von den Trauernden ab, torkelte über den Marktplatz und betrat abermals das verwinkelte Straßennetz der Roten Stadt. Vura und er hatten ein neues Gasthaus bezogen, gleich nachdem sie den *Schatten* besiegt hatte und Askon abgereist war. Es war heruntergekommener als das Vorherige und befand sich tiefer in der Stadt, mitten in einem wuseligen Viertel voller ausländischer Händler. Gedilli hoffte, dass dieser Umstand es dem *Schatten* erschweren würde, sie ausfindig zu machen.

Bei ihm selbst funktionierte es jedenfalls hervorragend.

Er wohnte schon seit einigen Tagen dort und trotzdem irrte er beinahe eine halbe Stunde durch das belebte Viertel, in dem sich bunt gekleidete Männer und Frauen in sonderbaren Sprachen unterhielten, bis er endlich das schiefe Holzschild fand, auf dem in krakeligen Lettern *Zum glücklichen Bräutigam* stand. Gedilli hatte keine Ahnung, wie es zu diesem Namen gekommen war. Glücklich schien in diesem Schuppen niemand zu sein und es würde ihn schwer wundern, wenn sich unter den übelriechenden, teils zahnlosen Gästen ein Bräutigam befinden würde. Beides gleichzeitig anzutreffen schien ein Ding der Unmöglichkeit.

Bevor er die Gaststube betrat, stützte er sich an der Hauswand ab und übergab sich lautstark. Neben all dem anderen Unrat, der sich auf der Straße sammelte, fiel die gelbliche Suppe kaum auf, die er hervorwürgte. Er richtete sich auf und wischte sich mit dem Ärmel den Mund ab. Es ging ihm gleich viel besser.

Drinnen ließ er sich von dem Wirt, einem dicklichen Mann mit eckig gestutztem Bart, einen Becher Wasser geben, den er in einem Zug hinunterschüttete, dann schlurfte er die Treppe hinauf. Er klopfte an die Tür seines Zimmers, erhielt jedoch keine Antwort. Er drückte die Klinke hinunter und war erleichtert, dass die Tür nicht verschlossen war. In seinem Zustand wäre es schwierig gewesen, den Schlüssel ins Schloss zu fummeln.

Vura saß in der Mitte ihrer kleinen Stube, die kaum größer als eine Kerkerzelle und in etwa so gemütlich war, im Schneidersitz. Durch ein kleines Fenster fiel der letzte Rest des Abendlichts auf ihr rotes Haar und setzte es förmlich in Flammen. Sie hatte die Augen geschlossen und drehte sich nicht zu ihm um, als er polternd eintrat.

Gedilli ließ sich ohne Umwege auf das schmale Bett fallen, dessen kratzige Strohmatratze beinahe unbequemer war als der Boden. In diesem Moment fühlte sie sich jedoch himmlisch an. Er gab der Schwere seiner Lider nach und die Welt begann, sich zu drehen.

Er hörte, wie Vura die Nase rümpfte. »Beim *Ursprung*, Gedilli. Ihr riecht, als hättet ihr in Met gebadet.«

»Söldner trinken«, murmelte er in sein Kissen. »Wenn man etwas von ihnen will, muss man das auch. Die trauen nüchternen Menschen nicht.«

»Mhm«, brummte Vura, klang aber nicht überzeugt. »Hattet ihr wenigstens Erfolg?«

»Leider nicht. Aber ich habe jemanden kennengelernt, der mich mit den richtigen Leuten in Verbindung bringen kann. Morgen erfahre ich mehr.«

Die Lüge kam ihm leicht über die Lippen. Sie war so viel einfacher als die Wahrheit.

»Wird aber auch Zeit«, meinte Vura. »Jeder Tag, den wir vergeuden, ist ein weiterer Tag, den Arina im Kerker verbringen muss. Wenn ihr nicht bald jemanden findet, müssen wir uns etwas anderes überlegen.«

»Bei so einer gefährlichen Mission kann das ein bisschen dauern«, beeilte sich Gedilli zu sagen. »Aber das wird schon. Ihr müsst nur ein wenig Geduld haben.« Er wandte mit einiger Anstrengung den Kopf und sah Vura an. Sie hatte die Augen immer noch geschlossen, schien konzentriert. »Und ihr?«, fragte er. »Habt ihr einen Fortschritt erzielt?«

Vura ließ den Kopf hängen und sah ihn an. Enttäuschung schimmerte in ihren grünen Augen. »Nein.« Sie seufzte. »Ich verstehe das einfach nicht. Als der *Schatten* mich angegriffen hat, konnte ich die Macht in mir freisetzten. Das war das erste Mal, dass ich es wirklich bewusst getan habe, dass ich die Kontrolle behielt. Wieso funktioniert es jetzt nicht mehr?«

Gedilli dachte an die Verwüstung im Hafen und fragte sich, wie viel *Kontrolle* sie wirklich gehabt hatte.

»Vielleicht ist das gut so«, sagte er. »Vielleicht könnt ihr euch dieser Kraft nur im äußersten Notfall bedienen.«

Seit dem Kampf mit dem *Schatten* versuchte sie jeden Tag, ihre mysteriöse Kraft zu entfesseln. Stundenlang meditierte sie und ließ sich von der Sonne bescheinen. Er war froh, dass es ihr nicht gelang, aber das sagte er ihr natürlich nicht.

Vura runzelte die Stirn. »Das glaube ich nicht«, sagte sie. »Das wäre doch absurd, oder nicht? Ich meine, es ist schon verrückt genug, dass ich diese ... *Fähigkeit* überhaupt besitze. Und nun soll sie eine Art Eigenleben haben? Nein, es muss einen Weg geben, wie ich sie kontrollieren kann. Ich muss ihn nur finden.«

Gedilli grunzte. »Na, wenn ihr das sagt.«

Vura hob eine Augenbraue und musterte ihn eindringlich. »Wenn ich es nicht besser wüsste«, sagte sie, »würde ich glauben, ihr wollt gar nicht, dass mir das gelingt.«

Gedilli zögerte. Sollte er ihr doch von der Gedenkstätte erzählen, die sie zu verantworten hatte? Vielleicht würde sie ihre Kräfte dann in einem anderen Licht sehen.

Doch als er in ihr sommersprossiges Gesicht blickte, da konnte er es nicht. Das hatte sie nicht verdient. Es würde sie zerbrechen.

»Aber nicht doch«, sagte er stattdessen gähnend. »Ich bin einfach nur müde.«

6

Askon sog Luft in seine Lungen und musste feststellen, dass Atmen schmerzhafter sein konnte als Ersticken. Seine Augen tränten so stark, dass er nichts sehen konnte. Eine Weile blieb er blind, doch er fühlte einen warmen Körper, an dem er sich stützte, starke Hände, die ihn davor bewahrten, zu Boden zu stürzen. Schließlich beruhigte sich seine Atmung wieder, der Schmerz ließ nach und sein Sichtfeld klärte sich. Er trat zurück und löste sich aus der Umarmung des Fremden.

»Ich wusste, dass du stark genug sein würdest.«

Askon schreckte auf. Obwohl die Welt immer noch unscharf und verschwommen war, war ihm sofort klar, dass er sich nicht mehr im Nebelwald befand. Der Geruch von altem Papier und Tinte drang ihm in die Nase, ein Gefühl von Vertrautheit breitete sich in ihm aus.

»Vater«, krächzte er, als er die langen weißen Haare erkannte, die das ernste Gesicht einrahmten. »Du hast mich gerettet.«

Revan schüttelte den Kopf. »Du hast dich selbst gerettet. Die Schuld hätte dich beinahe erdrückt, aber dein Wille war stark genug, um sie von dir zu stoßen. Du hast mich gerufen und ich bin gekommen.«

»Wo sind wir?«, fragte Askon, der den Sinn hinter den Worten seines Vaters nicht ganz verstand.

»Weißt du das denn nicht? Gib deinen Augen einen Moment Zeit.«

Einige Herzschläge verstrichen und endlich wurden die Konturen seiner Umgebung schärfer. Bücherregale an den Wänden, ein dunkles Eberfell vor einem lodernden Kamin, ein mächtiger Schreibtisch, der vor vier großen Fenstern stand, durch die das graue Sonnenlicht der Nachtinseln sickerte.

»Wir sind nicht wirklich hier in deinem Gemach, oder?«, fragte Askon.

»Das kommt darauf an, wie du die Wirklichkeit definierst, mein Sohn. Wenn du damit das meinst, was du sehen, riechen und fühlen kannst, dann ist dieser Ort real.«

»Ich sterbe, nicht wahr?«

»Du liegst im Sterben, ja. Aber noch ist dein Schicksal nicht entschieden.«

»Ich verstehe das nicht. Was ist es, das mich umbringt?«

»Du selbst. Deine Schuld verzehrt dich.« Revan seufzte. »Dieses Leid habe ich dir aufgebürdet. Es lag in meiner Verantwortung, dich Mäßigung zu lehren, dir beizubringen, deine Triebe zu kontrollieren. Doch ich habe mich dieser Verantwortung entzogen, weil ich glaubte, du seist selbst schuld an deinem Wesen.«

Askon legte den Kopf schief. Etwas störte ihn an dem Anblick seines Vaters, doch er kam nicht gleich darauf, was es war. Dann begriff er es. »Wo ist deine Krone?«, fragte er.

Er hatte seinen Vater noch nie ohne den Zacken bewehrten Ring gesehen, der sonst sein Haupt umschloss.

»Sie ist nicht mehr die meine. Du hast gesehen, wie sie mir genommen wurde.« Revan strich über die Stelle an seinem Hals, wo das vergiftete Wurfmesser eingedrungen war. »Es ist nun an dir, sie zu tragen. Doch um das zu tun, musst du wieder zu dir selbst finden.«

»Ich weiß nicht, ob ich das kann. Vater ...« Askons Stimme versagte, er sah beschämt zu Boden. »Ich ... habe schreckliche Dinge getan. Vielleicht ist es besser, wenn es hier endet. Niemand soll mehr meinetwegen leiden.«

Eine donnernde Ohrfeige explodierte auf Askons Wange und riss seinen Kopf zur Seite. »Wie kannst du solche Worte in den Mund nehmen?«, brüllte Revan. »Hast du etwa all jene vergessen, die gestorben sind, damit du leben kannst? Bedeutet dir ihr Opfer denn gar nichts?«

Askon rieb sich die gerötete Wange. »Gerwain ist für mich gestorben und er verabscheut mich.«

»Unsinn! Das war nicht Gerwain, du Narr. Es war dein schuldbeladener Geist, der seine Form angenommen hat, um dich zu peinigen. Du bist Askon

Nox, der König der Nachtinseln, beim *Ursprung*! Für dich gehen deine Soldaten freudig in den Tod. Das ist ihre Pflicht.«

»Nur weil du nichts für deine Untertanen empfunden hast, heißt das noch lange nicht, dass ich ebenso kalt sein muss!«

Revans Miene verfinsterte sich, seine blauen Augen funkelten wütend, doch dann warf er den Kopf zurück und lachte schallend. »Du wirst dich nie ändern, mein Sohn.«

Askon schmunzelte. »So wenig wie du.«

Ihre Blicke trafen sich und für einen Moment schwiegen sie.

»Ich bin nicht dein Vater«, sagte Revan.

»Ich weiß, aber es war schön, sich diesem Gedanken einen Moment hinzugeben.«

»Dann hast du also verstanden? Sag mir, wer ich bin.«

Wer sollte er schon sein? Sie befanden sich in seinem Kopf, oder nicht? »Du bist ich«, sagte Askon langsam.

Revans Gesicht verschwamm und verformte sich. Das lange Haar und der schwarze Bart zogen sich zurück, die gealterte Haut glättete sich. »Nicht ganz«, drang seine eigene Stimme aus dem Mund seines Gegenübers, doch sie rasselte bedrohlich. »Ich bin der beste Teil von dir.« Seine Augen begannen im Licht der Todesmagie zu glühen, seine Züge verzerrten sich, wurden raubtierhafter, gefährlicher. Reißzähne blitzten zwischen den halbgeöffneten Lippen auf. »Ohne mich wärst du nur ein arroganter Bengel, der keine größeren Ambitionen hat, als den Rock der nächstbesten Hure zu lüpfen! Ich gebe dir Macht, ich gebe dir Bestimmung!«

»Du bist ein Monster«, entgegnete Askon angewidert.

War es dieser Anblick, den seine Opfer hatten ertragen müssen, bevor er sich an ihrer Lebenskraft gelabt hatte?

»Ertragen?«, lachte der Dämon und Askon schrak zurück. Konnte er etwa seine Gedanken lesen? »Was scheren dich ihre Gefühle? Sie verdienen dein Mitgefühl nicht. Zusammen stehen wir über den Menschen, über ihren kleinlichen Ideen von Moral, Reue oder Liebe. All das sind nur Erfindungen, Lügen, die dein wahres Selbst in Ketten legen.«

»Du hast nichts mit meinem wahren Selbst gemein!«, sagte Askon.

»Ach nein? Hast du es etwa nicht genossen, das Leben in dich aufzunehmen? Du kannst mir nichts vormachen, Askon. Ich bin du. Deine Freude war unermesslich.«

Askon schlug die Augen nieder, Scham durchzuckte ihn wie ein Blitz. »Diese Freude kommt mit einem Preis, den ich nicht länger bereit bin zu zahlen.«

Der Dämon lachte hämisch, ging auf ihn zu und legte ihm die Arme um die

Schultern. Seine Berührung war kalt, aber sie löste in Askon keinen Schrecken aus. Er würde diesem Ungetüm nicht die Genugtuung seiner Furcht schenken.

»Dieser Preis, von dem du sprichst«, sagte der Dämon und beugte sich näher an sein Ohr heran, »existiert nur, solange ich kein Teil von dir bin. Ohne mich werden dich die Geister deiner Opfer niemals in Frieden lassen. Sie werden deine Träume heimsuchen, deine Gedanken, deinen Verstand. Die Schuld wird dich innerlich verschlingen, dich aushöhlen, bis sie das einzige Gefühl ist, zu dem du fähig bist. Jeden Tag werden die Toten dich heimsuchen, jeden Tag werden sie dich unter ihren stinkenden Leibern begraben! Willst du das wirklich?«

Nein, das wollte er nicht. Allein die Vorstellung erfüllte ihn mit Terror und der Dämon schien das zu sehen. Er lächelte, strich ihm mit einem klauenbewehrten Zeigefinger über den Hals und flüsterte: »Gib dich mir hin und befreie dich endgültig von den Gefühlen, die dich so quälen. Gemeinsam haben wir die Macht, über die Insellande zu herrschen und alles, was du dabei empfinden wirst, wird pure Freude sein. Niemandem wirst du Rechenschaft schuldig sein, nicht einmal dir selbst. Die immerwährende Ekstase vollkommener Gleichgültigkeit, die du so sehr begehrst, wird dein sein. Hör auf, dich gegen mich zu wehren. Umarme mich, anstatt mich fortzustoßen.«

Die Stimme des Dämons war zu einem säuselnden Flüstern geworden, das seine Gedanken seltsam entrückte. Seine Worte ergaben Sinn. Wieso kämpfte er überhaupt? Warum sollte er all diese Schuld auf sich nehmen, wenn es einen einfacheren Weg gab? Einen Weg, der ihm süßes Vergessen und noch süßere Freuden versprach. Warum sich dagegen wehren? Hatte er nicht schon genug gelitten? Es wäre so einfach, sich von dem Schmerz zu befreien, von der Schuld. Er brauchte nur loszulassen, seinen Widerstand aufzugeben. So einfach ...

Askon sah dem Dämon in die Augen, in diese glühenden Kugeln voller Todesmagie, und spürte, wie er sich in ihnen verlor. Wie sich sein Selbst in ihnen aufzulösen begann und all sein Schmerz mit ihm.

»Ja, so ist es gut. Lass los, gib dich mir hin«, raunte der Dämon. »Lass los ...«

Er tat es. Er ließ los, hieß das Vergessen willkommen, umarmte die Gleichgültigkeit, spürte den ... *Hunger*. Diesen allumfassenden, verzehrenden, kaum zu ertragenden Hunger nach Leben. All sein Leid, all seine Furcht, ja selbst seine Schuld verblassten angesichts dieses Verlangens. Es gab nichts, das wichtiger war, nichts, um das er sich zu sorgen brauchte, außer der Befriedigung seines Hungers. Das war sein Leben, seine Welt, sein Kosmos. So einfach ...

Etwas kämpfte sich durch seinen zerfasernden Verstand, überlagerte den Hunger. Ein Bild. Eine Erinnerung. Das strenge Gesicht einer Frau, die in einen silbernen Plattenpanzer gekleidet war. *Io, das war ihr Name*, erinnerte sich Askon. Andere folgten. Sein Bruder Nimar, dessen Frau Kara, sein Vater. Eine Stimme, leise, vertraut: *Kon, ich liebe dich, was auch geschieht. Du wirst immer mein kleiner Prinz sein.* Seine Mutter. Sie war für ihn gestorben, hatte sich geopfert, um ihn zu retten. Genau wie Gerwain ...

Der Dämon zischte, packte Askon bei den Schultern. »Nein! Lass sie gehen! Gib dich mir hin! Du brauchst sie nicht!«

Der Hunger schwoll abermals an, rollte über ihn hinweg, drohte, ihn einzunehmen, aber es war zu spät. Die Erinnerungen waren zu mächtig, hielten die auseinandertreibenden Stücke seines Ich zusammen und ließen nicht los.

Was würden all jene denken, die sich für ihn geopfert hatten, die seinetwegen umgekommen waren, wenn sie ihn jetzt sehen könnten? Am Rande des Abgrunds, abermals versucht, sich dem Verlangen hinzugeben. Im Begriff den einfachen, den feigen Weg zu wählen. Und was war mit denen, die ihm dienten, die an ihn glaubten, für ihn kämpften? Leif, Boglius und all die anderen Männer der *Acheron*. Er war es ihnen schuldig, dass er sich widersetzte, dass er dem Hunger entsagte.

Er musste den Schmerz wählen.

»NEIN!«, schrie er und stieß den Dämon von sich. »Ich habe deinen Lügen lange genug gelauscht! Was du mir anbietest, ist keine Erlösung, sondern Verdammnis! Eher sterbe ich, als mich noch einmal in dir zu verlieren!«

Sein Gegenüber stieß ein bedrohliches Knurren aus, machte zwei schnelle Schritte und packte ihn bei der Brust. Askon versuchte, ihn abermals von sich zu stoßen, doch seine Kraft war übermenschlich.

»Wie du willst!«, brüllte der Dämon und das Glühen seiner Augen intensivierte sich. »Denn auch ich wähle lieber den Tod, als mich einsperren zu lassen!« Die rasiermesserscharfen Klauen stießen in seine Brust und Askon grunzte vor Schmerz. »So komme ich wenigstens ein letztes Mal in den Genuss eines Lebens und wenn es mein eigenes ist!«

Askon spürte den beginnenden Sog, die Kraft, die sich seiner Lebensenergie bemächtigte, doch er fürchtete sich nicht. Er sah dem Dämon in die glühenden Augen und lächelte. »Tu es«, sagte er ruhig. »Setze dem Ganzen ein Ende.« Der Dämon bleckte die Zähne, die Finger, die er in Askons Fleisch gegraben hatte, zitterten. »Worauf wartest du?«

Askon sah den Konflikt in der verzerrten Miene des Dämons, sah die Verzweiflung.

»Du wirst uns nicht töten. Das Leben ist alles, was du hast. Geh zurück in den dunklen Teil meiner Seele, aus dem du hervorgekrochen bist, du erbärmliche Kreatur!«

»Nein, nein, NEIN!«, schrie das Wesen und trieb die Klauen tiefer in seine Brust. »Ich gehe nicht wieder zurück! Niemals! Du kannst mich nicht zwingen! Ich bin stärker als du!«

»Du hast es selbst gesagt«, sagte Askon. »Du bist ich und ich bin du. Ich kann dich nicht vernichten, genauso wenig, wie du mich vernichten kannst. Aber du bist nur ein Fragment meines Selbst, nicht mein ganzes Wesen und ich weiß, wer ich bin.« Askons Stimme schwoll an, nahm mehr und mehr an Kraft zu. »Ich bin Askon Nox, Sohn von Serana und Revan Nox, Freund und Schüler Io Silbertods, König der Krieger der *Acheron* und der letzte lebende Todeshexer!« Er packte den Dämon bei den Schultern und zog ihn in eine brutale Umarmung. »Niemand herrscht über mich! ICH bin der Herr meiner Quelle!«

Der Dämon wand sich verzweifelt, unfähig, sich aus seinem Griff zu lösen, und Askon konnte die aufkeimende Angst in ihm spüren. Das war der Moment, in dem die Kreatur ihre Macht über ihn verlor. Ihre Augen erloschen und mit einem Schlag fand die Magie des Todes zu Askon zurück. Seine glühenden Augen trafen die rotgeränderten des Dämons, aus denen nun offen Furcht sprach. Mehr und mehr Kraft strömte in seine Arme, er zog sein Gegenüber näher zu sich heran. Dabei drang dessen Klauenhand tiefer in seine Brust, doch er spürte keine Schmerzen mehr.

»Du willst, dass ich dich umarme, anstatt dich fortzustoßen, dass ich dich akzeptiere?«, dröhnte seine vor Macht hallende Stimme. »Dann sei es so!«

Ein verzweifeltes Heulen entfuhr der Kehle des Dämons. »NEEEE-EEEEEEEIN!«, schrie er, zappelnd und sich windend, machtlos gegen die Kraft, über die er so lange geboten hatte.

Askon kannte kein Erbarmen, drückte dessen angstverzerrtes Gesicht an seine Schulter, erstickte seinen Schrei und presste ihn an sich. Der Körper des Dämons verformte und verflüssigte sich, drang in seine Poren und wurde eins mit ihm. Er spürte ihn in sich wie ein brodelndes Geschwür, einen dunklen Tumor, den er in den tiefsten Winkel seiner Seele verbannte. Dort schloss er ihn in ein Verlies, einen stählernen Käfig seines Willens, aus dem er hoffentlich nie wieder entkommen würde. Der Dämon schrie seinen Frust hinaus, doch seine Stimme verklang und bald schon hörte Askon sie nicht mehr.

Er war allein. Die Macht gehörte wieder ihm. Er schloss die Augen und genoss das Gefühl der Magie, die durch seinen Körper floss. Es war lange her, dass er sie gespürt hatte. Fast hatte er geglaubt ...

Etwas stimmte nicht.

Er schlug die Augen wieder auf und erschrak. Das Gemach seines Vaters war verschwunden, *alles* war verschwunden. Er schwebte im völligen Nichts, einer formlosen Schwärze, die nur von dem kalten Glühen seiner Augen durchbrochen wurde. Was hatte das nun wieder zu bedeuten?

Die Magie in seinem Inneren schwoll an. Es fühlte sich an, als ob er einen Zauber wirken würde, doch er tat nichts dergleichen. Er versuchte, es zu stoppen, doch er hatte keine Kontrolle darüber, seine Quelle schien eigenständig zu handeln. Bevor er sich fragen konnte, wie das möglich war, riss die Magie ihn fort wie eine Lawine, walzte über ihn hinweg, und brach aus ihm hervor. Er schrie, als das Nichts in einem blauen Lichtblitz verging.

»Was ist gerade geschehen?«, fragte Boglius.

Leif hatte es auch gespürt, ein knisternder Windhauch, der von Askon ausgegangen war und sich im Raum ausgebreitet hatte wie eine energetische Welle. Er blickte auf seinen Herrn nieder, dessen Atmung mit jedem Moment kräftiger wurde. Farbe kehrte in seine Wangen zurück und vertrieb die geisterhafte Blässe. Die Luft schien sich in der kleinen Kajüte verändert zu haben. Sie war schwerer geworden, irgendwie aufgeladen, als würde gleich ein Gewitter über sie hereinbrechen.

Leif hatte ein ungutes Gefühl. »Ich glaube, wir sollten ...«, sagte er, kam aber nicht dazu, den Satz zu beenden.

Askons Augen öffneten sich, blaues Licht erfüllte den Raum und die angestaute Energie entlud sich schlagartig. Leif und Boglius wurden von der Druckwelle erfasst und gegen die Wand geschleudert.

Freund und Verräter

7

Die kalten Regentropfen trommelten auf Valamer nieder, während er den Turm betrachtete, der vor ihm in die Höhe ragte. Er erkannte das Gebäude als Damaels altes Domizil, das er behaust hatte, bevor er zum König ernannt worden war. Valamer war Damael und seinem Diener unauffällig hierher gefolgt, doch nun war er unschlüssig, was er als Nächstes tun sollte.

Sein Mantel war durchnässt und klebte auf seiner Haut. So spürte er den Druck des Blutstahlmessers stärker, das in einer Halterung unter seiner linken Achsel steckte. In diesem Moment fühlte es sich unendlich schwer an, obwohl die Klinge leicht wie eine Feder war. So verhielt es sich mit der Scham. Sie drückte einen nieder und in diesem Fall war das Gefühl an das Messer gebunden, das dafür bestimmt war, seinem König, seinem ältesten Freund, die Kehle durchzuschneiden.

Sein Blick bohrte sich in das Holz der schweren Tür, wollte es durchdringen, um einen Blick dahinter zu erhaschen. Um zu sehen, was auf ihn zukommen würde.

Heute musste er es tun. Er hatte es schon zu lange vor sich hergeschoben und nie hatte es eine bessere Gelegenheit gegeben. Damael war allein, von seinem Diener einmal abgesehen, und niemand wusste von diesem Ort. Er wäre ungestört. In wenigen Minuten würde alles vorbei sein und er konnte Viktor die Krone überreichen, die er so sehr begehrte. Seine Mädchen wären sicher, Lucienne wäre sicher, die Stadt wäre gerettet. Er hingegen wäre verdammt. Aber das war er ohnehin.

Die Anspannung verwandelte sich in Furcht, ließ seinen Magen zusammenschrumpeln. Was, wenn er versagte? Es war kein leichtes Unterfangen, einen Kronenträger zu töten. Selbst wenn ihre Quelle geschlossen war, durchströmte sie die Macht der Krone, machte sie aufmerksamer, schneller, gefährlicher. Er musste Damael mit einem einzigen Dolchstoß niederstrecken, denn wenn dieser Zeit hatte, seine Quelle zu öffnen, war es vorbei. Vermutlich würde Damael ihn nicht töten, nicht sofort jedenfalls. Er würde ihn überwältigen und gefangen nehmen, ihn vor allen als Verräter brandmarken. Das wäre sogar schlimmer, als zu sterben.

Beim *Ursprung*, die Vorstellung ließ ihn erzittern. Er konnte den Unglauben im Blick seines Königs förmlich sehen, die tiefsitzende Enttäuschung. Damael würde ihn verabscheuen. Lucienne würde ihn hassen, seine Töchter würden ... Nein, er konnte nicht daran denken.

Valamer fluchte. Es hätte nie soweit kommen sollen. Er hatte sich Viktor verpflichtet, weil er davon ausgegangen war, dass seine Machtübernahme ohne Krieg vonstattengehen würde. Vielleicht war das eine naive Vorstellung gewesen, aber der Plan hatte so durchdacht gewirkt. Das Vertrauen der Todeshexer gewinnen, einen Doschkar zu den Festlichkeiten einschleusen, die Todeshexer samt König töten und die Nachtkrone als Druckmittel gegen Damael einsetzten. Simpel, aber effizient. Alles, was Viktor von Valamer verlangt hatte, war, dass er den Blick der anderen Ratsmitglieder von Vulc ablenkte, wo er seine Armee aufgebaut hatte. Eine Armee, die nie hätte kämpfen sollen und es doch tat, weil ein Plan in der Wirklichkeit nicht immer so verlief wie in der Vorstellung.

Er war ein Narr gewesen, das war ihm nun klar. Aber es war zu spät. Obwohl es so schien, als hätte sich das Blatt gewendet, wusste er, dass sie diesen Krieg nicht gewinnen konnten. Für Viktor war das alles nur ein Spiel und er bestimmte die Regeln. Damael konnte nicht gegen ihn bestehen, weil er nicht so denken konnte wie er, weil er es nicht *wollte*.

Er hatte die Hexer schon vor langer Zeit aufgegeben, hatte ihr langsames Dahinscheiden akzeptiert. Tatsächlich kümmerte es ihn nicht einmal. Er hatte nie eine hohe Meinung von seinem eigenen Geschlecht gehabt, nur das Wissen der Hexer, ihr Verständnis der Welt, war es seiner Meinung nach wert, gerettet zu werden. Bevor sie vom Angesicht der Insellande verschwanden, wollte er es an die Menschen weitergeben, damit sie ihre eigenen Herrscher sein konnten.

Valamer hatte diesen Traum nie geteilt, aber er hatte sich ihm auch nicht entgegengestellt. Warum auch? Wenn Damael das Bedürfnis hatte, seine Zeit mit der Unterrichtung von Menschen zu vergeuden, dann sollte er es eben tun. Während des unvermeidlichen Untergangs der eigenen Spezies war eine Beschäftigung so gut wie jede andere.

Das hatte er jedenfalls geglaubt, als ihm das Schicksal seines Geschlechts ebenfalls gleichgültig gewesen war, bevor seine Töchter geboren worden waren. Inzwischen lagen die Dinge anders. Seine Mädchen hatten eine Zukunft verdient, sie hatten es verdient, eines Tages selbst Kinder zu bekommen und deren Kinder aufwachsen zu sehen. Unter Damaels Herrschaft würde das nicht passieren. Sie würden ziellos durch die Jahrhunderte wandeln und eines Tages allein und ohne Hoffnung sterben. Die Letzten ihrer Art.

Die Tür öffnete sich und riss ihn aus seinen Gedanken. Der grauhaarige Bress erschien im Türrahmen und sah missmutig in den Regen hinaus. Er forderte ihn mit einer Handbewegung auf, ins Innere zu treten, und verschwand dann wieder.

Valamer seufzte, holte tief Luft und versuchte, sich darauf vorzubereiten, seinen Freund zu ermorden. Es gelang ihm nicht.

Er trottete durch den Regen und trat durch die offenstehende Tür auf eine von Fackeln erleuchtete Wendeltreppe. Er folgte dem Geräusch von Bress' Schritten nach unten. Der Diener wartete am Treppenende und führte ihn in einen großen Raum, der einmal eine Gefängniszelle gewesen sein musste, wie er an den Gitterstäben erkannte, die den Raum in zwei Hälften teilten. Einige der Stäbe waren jedoch geborsten, das Metall zerrissen, die faserigen Enden nach außen gebogen, als wäre etwas mit großer Kraft hindurchgebrochen.

Damael stand vor der Öffnung und blickte auf eine mumifizierte Leiche hinab. Er hatte ihm den Rücken zugekehrt, seine Quelle war geschlossen, kein Schild schützte seinen Körper.

Valamer leckte sich über die Lippen, seine rechte Hand hob sich, wanderte bedächtig zu dem Messer unter seinem Mantel.

»Sie ist freigekommen«, sagte Damael und die Traurigkeit in seiner Stimme ließ ihn in der Bewegung innehalten.

»Wer?«, fragte er.

Damael drehte ihm den Kopf zu, seine dunklen Augen glänzten feucht. »Meine Tochter.«

Valamer ließ den Arm sinken. Der Moment war verstrichen, unwiederbringlich verloren. Abermals hatte er zu lange gezögert, abermals hatte er versagt. Wie die Male zuvor fühlte er Erleichterung. Weder hatte er seinen Freund ermordet noch würde er als Verräter gebrandmarkt. Er konnte sein Leben einige Zeit weiterführen ...

»Was? Ich verstehe nicht. Was ist das für ein Ort?«, fragte er.

»Ich habe dich belogen, Valamer. Ich habe euch alle belogen«, sagte Damael leise. »Meine Frau hat sich nicht umgebracht und sie hat auch Teja nichts zu Leide getan. Das hätte sie nie tun können. In Wahrheit war es Teja. Sie hat sie ... getrunken, Valamer. Sie hat ihrer eigenen Mutter die Lebensenergie geraubt.«

Valamer schluckte, ehrlich schockiert. »Ich weiß nicht, was ich sagen soll.«

»Du musst nichts sagen, du musst nur zuhören«, sagte Damael. »Ich wusste, dass sie verloren war. Ein kleines Mädchen, das solch eine Gier nach Lebensenergie hat, dass sie ihre eigene Mutter ...« Seine Stimme versagte, er räusperte sich. »Es hat ihr nicht einmal leidgetan. Im Gegenteil, es hat sie *fröhlich* gemacht. Von so etwas gibt es kein Zurück, keine Rettung. Ich hätte sie damals erlösen sollen, ihre Sucht, ihr Leiden beenden. Aber ... sie ist meine Tochter, verstehst du? Ich konnte es einfach nicht tun. Stattdessen habe ich sie eingesperrt. Die letzten Jahre verbrachte sie in diesem Turm, wo sie niemandem mehr Leid zufügen konnte. Aber das ist jetzt vorbei. Sie wird nicht aufhören – niemals. Ihr Hunger ist ... unstillbar.«

»Damael, wenn die anderen davon erfahren ...«

»Das werden sie nicht«, sagte der König und sah ihn eindringlich an. »Nicht, solange du es für dich behältst. Ich brauche dich jetzt, Valamer. Du musst tun, was ich nicht konnte. Du musst sie finden und ... erlösen, bevor sie die Stadt in Angst und Schrecken versetzt.«

Valamer dachte darüber nach und eine Idee begann sich in seinem Kopf zu formen. Schemenhaft noch, nur die Umrisse erkannte er, aber ihm dämmerte, dass dies der Ausweg aus seinem Dilemma bedeuten konnte. Die Chance war gering, aber womöglich musste die Welt gar nicht erfahren, was er getan hatte. Vielleicht gab es einen Weg, wie er Viktor das geben konnte, was er wollte, ohne dass sein Verrat aufgedeckt werden würde. Vielleicht, nur vielleicht, konnte er Vater und Ehemann bleiben.

»Wenn es mir auch keine Freude bereiten wird«, sagte er und bemühte sich, seine Aufregung zu verbergen, »so werde ich es doch tun. Du kannst auf mich zählen, Damael. Das weißt du.« Wenn man erst einmal genügend Übung darin hatte, war das Lügen so natürlich wie das Atmen. Der Trick war, selbst daran zu glauben. »Was ist mit ihm?«, fragte er und deutete auf die schwarzgekleidete Leiche zu ihren Füßen.

Damaels Blick wurde hart, die Traurigkeit machte der Wut Platz. »Ich will wissen, in wessen Auftrag er gehandelt hat.«

Valamer nickte und ging neben der Leiche auf ein Knie hinab. Er betrachtete das ausgezehrte Gesicht des Toten, musste aber feststellen, dass das vergebens war. Genauso gut hätte er versuchen können, einen Totenschädel zu identifizieren. Stattdessen glitten seine Hände geschickt über das Lederwams, tasteten über den Gürtel, die geschwärzten Hosen und die Stiefel. Er fand eine beachtliche Anzahl verschiedener Messer, allesamt hervorragend verarbeitet und schärfer als eine Rasierklinge. Dann drehte er den Toten auf den Bauch, was wesentlich einfacher war, als er angenommen hatte. Die Leiche war kaum schwerer als die Kleidung, die sie trug. Er wiederholte die Prozedur und fand zwei weitere Messer in ledernen Halterungen hinter den Schulterblättern.

Volltreffer!

Er hatte von einem Mann gehört, der seine Klingen auf diese Weise trug. Volek lautete sein Name, soweit er sich recht erinnerte. Ein berüchtigter Assassine, der auf den Glutinseln sein Unwesen getrieben hatte. Das hieß, bevor Gaatha ihn rekrutiert und zu ihrem persönlichen Agenten gemacht hatte. Sie hatte natürlich versucht, diesen Umstand geheim zu halten, aber an Valamer und seinen Spionen ging nur wenig vorbei.

Er richtete sich wieder auf, sah Damael an und verkniff sich ein Grinsen. Es war beinahe zu schön, um wahr zu sein. Die Frau, welche Damael ohnehin verdächtigte, die Verräterin zu sein, war dafür verantwortlich, dass seine Tochter freigekommen war. Zum ersten Mal seit einer langen Zeit schien Valamer das Glück hold zu sein.

»Und?«, fragte Damael ungeduldig.

»Es ist einer von Gaathas Männern.«

»Bist du sicher?«

»Absolut.«

Damaels Miene verfinsterte sich. »Ich wusste, dass man ihr nicht trauen kann. Dieses ... *Miststück.*«

Valamer hob überrascht die Augenbrauen. *Miststück.* So etwas hatte er Damael noch nie sagen hören. Aber mehr noch wunderte ihn die Art, wie er es aussprach. Da lag Zorn in seiner Stimme ... vielleicht sogar Hass.

»Es besteht kein Zweifel mehr«, sagte Damael. »Gaatha ist die Verräterin. Ich werde sie sogleich in Gewahrsam nehmen. Sie gehört in den Kerker.«

Wilde Entschlossenheit brannte in seinen Augen, als er sich umwandte und eiligen Schrittes davonging.

»Warte!«, rief ihm Valamer nach. Es könnte zu Problemen führen, wenn Gaatha mit den Vorwürfen konfrontiert wurde. Damael wollte es zwar nicht sehen, aber es passten zu viele Steine nicht in das Mosaik, das er sich zusammenlegte. Valamer durfte nicht riskieren, dass andere ihn darauf hinwiesen. »Was wirst du Izur und den Offizieren sagen?«

Damael hielt inne, blickte zurück. »Die Wahrheit.«

»Demnach wirst du ihnen von deiner Tochter berichten?« Damael runzelte die Stirn, wandte den Blick ab. »Das dachte ich mir«, fuhr Valamer dort. »Was bedeutet, dass du keinen Beweis für Gaathas Verrat vorzuweisen hast.«

Damael drehte sich zu ihm um. »Was schlägst du vor?«, fragte er leise.

»Du weißt, wer Viktor mit Informationen speist. Nutze das. Erlaube mir, meine Männer auf Gaatha anzusetzen und sie zu überwachen. Auf diese Weise können wir herausfinden, wie sie mit Viktor kommuniziert.«

Damael nickte langsam. »Dann hätten wir einen eindeutigen Beweis für ihre Schandtaten. Mehr noch, wir können daraus einen Vorteil ziehen, ihr falsche Informationen zuspielen und Viktor in eine Falle locken.«

Er schien fasziniert von der Idee und Valamer jubelte innerlich. Das würde ihm erst einmal Zeit verschaffen. »Genau, was ich dachte«, sagte er.

»Dennoch, ich fühle mich unwohl, sie weiterhin auf der Mauer einzusetzen«, sagte Damael.

»Wenn du sie jetzt aus dem Kampf abziehst, wird sie misstrauisch werden«, gab Valamer zu bedenken. »Sie muss weiterhin glauben, dass sie sicher ist, sonst wird sie keinen Kontakt zu Viktor aufnehmen.«

Abermals nickte Damael und schritt auf ihn zu. »Gaatha hat meine Tochter getötet«, sagte er, mühsam beherrscht. »In dem Moment, in dem sie sie freigelassen hat, hat sie sie ermordet. Dafür muss sie büßen, Valamer.«

»Das wird sie.«

Für einen Moment glitt Damaels Blick ins Leere, in Gedanken versunken, dann fokussierte er sich wieder auf ihn. Seine Stimme klang brüchig, heißer, fast so, als bereite es ihm Schmerzen, das auszusprechen. »Du musst Teja finden, bevor sie weitere Opfer fordert. Bis dahin wirst du dich nicht an der Verteidigung der Stadt beteiligen. Ich will, dass du dich auf nichts anderes konzentrierst. Verstanden?«

»Natürlich. Meine Männer werden sich derweilen um Gaathas Überwachung kümmern.«

Ein gequältes Lächeln huschte über Damaels Lippen. »Du bist ein treuer Freund, Valamer. Ich weiß nicht, was ich ohne dich tun würde.«

Valamer winkte ab und hoffte, dass er sein Unbehagen erfolgreich verbarg. Die Scham.

»Versprich mir eins ...«, begann Damael, aber seine Stimme brach ab. Er nahm einen tiefen Atemzug, legte Valamer die Hand auf die Schulter und setzte noch einmal an. »Versprich mir, dass sie nicht leiden wird.«

»Sie wird nichts spüren. Das schwöre ich dir.«

Damael schluckte schwer, seine Augen glänzten feucht, aber er nickte. »Finde sie«, sagte er.

Er löste seinen Griff um Valamers Schulter, machte kehrt und verließ den Raum. Bress, der neben der Tür gestanden und ihre Unterhaltung belauscht hatte, folgte ihm.

Als er allein war, seufzte Valamer befreiend. Er spürte das Blutstahlmesser unter seiner Achsel kaum mehr. Er musste Damael nicht töten, nicht eigenhändig zumindest. Der *Ursprung* zeigte ihm einen anderen Weg. Er musste ihn nur beschreiten.

Sein Blick fand zu der ausgemergelten Leiche zu seinen Füßen zurück. Sie lag nach wie vor auf dem Bauch, aber ihr Hals war so grotesk verdreht, dass ihr Gesicht nach oben zeigte.

Ein breites Grinsen strahlte Valamer aus dem hautüberspannten Totenschädel entgegen. Er lächelte zurück.

8

Celeste blickte auf die grüne Hügellandschaft, die in der Ferne aus dem Ozean ragte, und wusste nicht, ob sie Freude oder Bedauern verspüren sollte. Nach mehreren Wochen auf See konnte sie es zwar kaum erwarten, wieder festen Boden unter den Füßen zu spüren, doch mit der Ankunft auf Durgo ging mehr einher als das.

Ihr Blick huschte zu Atrux, der im Bug stand und die näherkommende Insel betrachtete. Es war schon einige Tage her, dass er sie geküsst und sie sich anschließend gestritten hatten, aber seither hatten sie kaum mehr miteinander gesprochen. Nicht, dass das an ihm gelegen hätte. Er hatte versucht, die Situation wieder zu entschärfen. Hatte sich sogar bei ihr entschuldigt für das, was er über sie und ihren Onkel gesagt hatte. Er wollte es wieder gutmachen, ihre Beziehung reparieren. Aber sie ließ ihn nicht. Sie hatte ihn wüst zurückgewiesen und ihm gesagt, dass er nicht um ihre Vergebung bitten brauche, da sie ohnehin nicht vorhatte, nach der Ankunft im Lager noch mit ihm zu verkehren.

Nun, da sie darüber nachdachte, konnte sie nicht erklären, wieso sie das gesagt hatte, wieso sie seine Entschuldigung nicht einfach angenommen hatte. Sie hatte es tun wollen, da war sie sicher, aber dann hatte sie etwas überkommen. Eine Ahnung, ein Impuls. Das Gefühl seiner weichen Lippen auf den ihren.

Sie schüttelte den Kopf, das lange schwarze Haar fiel ihr in das fahle Gesicht. Sie dachte wirres Zeug, vermutlich war das den Strapazen der letzten Wochen zu verdanken.

Es würde guttun, ihren Vithrimus wiederzusehen. Sie vermisste seine überlegte Art, seine Kontinuität. Wie ein unverrückbarer Fels saß er im Zentrum ihres Lebens. Eine Konstante, die ihrer Wirklichkeit eine Form gab, die ihr zeigte, worauf es ankam.

Lügnerin, meldete sich eine Stimme in ihrem Hinterkopf, doch sie beschloss, sie zu ignorieren.

Nach wie vor betrachtete sie Atrux und ohne es zu bemerken, wanderte ihr Blick seinen bloßen Arm hinunter, dessen fein ausgeprägte Muskulatur wie gemeißelt schien. Die hellrosa Haut, welche seine rechte Körperhälfte überzog, war etwas dunkler geworden, und passte nun besser zu seinem dunkelbraunen Teint. Inzwischen schien er sich von der schweren Verletzung, die ihm der

Todeshexer zugefügt hatte, erholt zu haben. Seine Körperhaltung war zu der überlegenen Eleganz zurückgekehrt, die dem Krieger zu eigen war; er bewegte sich geschmeidig, in völligem Gleichgewicht.

Seine Genesung war eindrucksvoll, wunderte Celeste aber angesichts seiner Entschlossenheit nicht. Atrux trainierte mehrere Stunden am Tag, dehnte die strapazierten Muskeln, arbeitete an seiner Kraft, seinem Gleichgewicht, seiner Ausdauer. Nie hatte Celeste einen Hexer mit vergleichbarer Körperbeherrschung gesehen oder einen, der so viel Willenskraft aufbrachte, dass er sich derart von Schmerz und Erschöpfung lösen konnte. Auf eine Weise fühlte sie sich Atrux dadurch verbunden, denn ihr war der Ehrgeiz nicht fremd, der ihn zu solchen Höchstleistungen trieb. Ihre Leidenschaft galt zwar der Zerstörungs- und Veränderungsmagie, aber sie arbeitete genauso hart daran, ihre Hexerei zu perfektionieren, wie Atrux seinen Körper perfektionierte.

Während sie ihn musterte, ertappte sie sich dabei, ihn sich nackt vorzustellen. Sie sah die wohlgeformten Muskeln, hart, aber elastisch zugleich, die dunkle Haut, den breiten Rücken, der sich zu seiner Hüfte hin verjüngte, den schmalen, aber prallen Po, der kaum merklich auf seinen grazilen Gang reagierte. Und seine Vorderseite erst! Die wundervoll geformten Bauchmuskeln, welche ein V zu seiner Leiste hin bildeten und darunter, direkt zwischen den kräftigen Muskeln seiner Oberschenkel, hing sein prächtiger ...

Sie kniff die Augen zusammen und vertrieb mit einiger Anstrengung das Bild.

Wieso hatte sie auch hingesehen, als er sich am vorigen Tag entkleidet hatte? Es war offensichtlich gewesen, dass er das ganze Schauspiel nur ihretwegen vollzogen hatte. Aus heiterem Himmel hatte er sich sein Kampfgewand vom Körper gerissen, stolzierte vollkommen nackt über das Deck und tauchte mit einem eleganten Kopfsprung in die Fluten ein. Das Schiff schoss in einer kräftigen Bö übers Wasser, viel zu schnell, als dass ein menschlicher Schwimmer hätte mithalten können – aber Atrux war kein Mensch. Seine magisch verstärkten Schwimmbewegungen katapultierten ihn aus dem Wasser wie einen Delfin. Es war ein imposanter Anblick und die Seemänner feuerten ihn begeistert an. Mehrere Minuten schwamm er so neben dem Schiff her, bevor er mit einem kräftigen Sprung wieder auf den Planken landete. Das war der Moment, in dem er sie anblickte, nur so lange, um sich zu vergewissern, dass sie ihm zugeschaut hatte, aber lange genug, damit sie den Triumph in seinen grauen Augen lesen konnte.

Dabei hatte sie ihn bereits nackt gesehen, aber es war etwas anderes gewesen, als er halb tot vor ihr gelegen hatte, starr und kraftlos. Bewegte er sich jedoch mit dieser raubtierhaften Eleganz, dann fiel es ihr schwer, den Blick abzuwenden.

Sie öffnete die Augen wieder, fand in die Gegenwart zurück, und nahm überrascht wahr, dass Atrux verschwunden war.

»Ah, da seid ihr ja wieder«, sagte eine vertraute Stimme hinter ihr. »Ich hatte schon befürchtet, ihr wärt im Stehen eingeschlafen.«

Celeste fuhr erschrocken herum und blickte in die belustigten grauen Augen des Schwertkämpfers. Als ihr klar wurde, dass Atrux schon eine Weile dort gestanden haben musste, während sie diesen frivolen Gedanken über ihn nachgehangen hatte, errötete sie. Das wiederum machte sie wütend.

»Was wollt ihr?«, fragte sie barsch.

Atrux verzog die Mundwinkel und wandte den Blick ab. Sie sah die Enttäuschung in seiner Miene und fühlte einen Stich in der Brust.

»Nichts weiter«, sagte er. »Ich dachte nur, in Anbetracht unserer baldigen Ankunft auf Durgo wärt ihr mir vielleicht etwas wohlgesonnener. Offensichtlich habe ich mich geirrt. Vergebt, dass ich versucht habe, mit euch Konversation zu führen.«

Er wartete darauf, dass sie etwas erwiderte, aber sie schwieg und so ging er achselzuckend wieder davon. Celeste sah ihm nach, wütend auf sich selbst, dass sie es nicht einmal fertigbrachte, eine normale Unterhaltung mit ihm zu führen.

Nicht mehr lange, dann kannst du Vithrimus wieder in deine Arme schließen, sagte sie sich. *Vergiss diesen aufgeblasenen Schwertkämpfer, diesen ehrlosen Ausgestoßenen, er bereitet dir nichts als Kummer. Vithrimus dagegen liebt dich und du liebst ihn.*

Der Gedanke sollte sie beruhigen, ihr Hoffnung geben, aber nichts dergleichen geschah, stattdessen meldete sich die Stimme in ihrem Hinterkopf wieder.

Lügnerin.

9

Orrins Schritte waren kaum zu überhören. Das Gewicht seines gigantischen Körpers stampfte seine Stiefel in den festgetrampelten Erdboden, wo sie tiefe Abdrücke hinterließen. In der Schneise zwischen den Zeltreihen standen ihm einige Soldaten im Weg, die sich aber zu ihm umsahen, als sie ihn näherkommen hörten. Ihre Augen weiteten sich. Orrin kannte diesen Blick. Es lag eine primitive Angst darin, die vor allem Soldaten übermannte, wenn sie ihn ansahen. Eine natürliche Reaktion. Die Furcht des Wolfes, der einen Löwen erblickte. Einen Löwen, der gerade Beute gemacht hatte.

Sie verstreuten sich eilig, machten ihm den Weg frei.

Er warf ihnen einen abschätzigen Blick zu, als er an ihnen vorbeischritt. Hatten sie etwa noch nie Blut gesehen?

Als er sein Zelt erreicht hatte, löste er die Lederriemen seines Harnisches, ließ ihn achtlos zu Boden fallen, und entledigte sich des Rüstwamses darunter. Dann ging er zu dem Wasserfass, das neben dem Zelteingang stand, und tauchte seinen Kopf hinein. Mit einem Prusten kam er wieder hervor und betrachtete das rotgefärbte Wasser, das von seiner blonden Mähne herabtropfte. Anschließend wusch er sich den Schmutz und das Blut, das es irgendwie unter seine Rüstung geschafft hatte, vom Oberkörper. Er zog sein Breitschwert aus der Scheide, ging in die Knie und rieb die roten Hautfetzen, die an der Klinge klebten, am Gras ab. Als der Stahl wieder schimmerte, hob er das Schwert vor sich und betrachtete es für einen Moment. Das rötliche Licht der untergehenden Sonne spiegelte sich darin und erweckte den Eindruck, als ob es immer noch in Blut getränkt wäre.

Seine gewaltigen Muskeln zitterten, die Klinge zuckte in seiner Hand. Verärgert steckte er das Schwert wieder weg und schloss die Finger zu einer Faust.

Es war schon eine Weile her, dass sein Breitschwert Blut gekostet hatte – die Belagerung bot einem Hexer nur selten die Gelegenheit zum Nahkampf –, aber heute hatte er Glück gehabt. Drei feindliche Soldaten waren von der Mauer gestürzt und ihm praktisch vor die Füße gefallen. Normalerweise hätten sie einen solchen Fall nicht überlebt, aber Damaels Bogenschützen hatten schon so viele von Viktors Soldaten getötet, dass sie sich vor der Mauer zu einem regelrechten Leichenberg getürmt hatten, der ihren Sturz abgefangen hatte. Ihr Glück war jedoch nur von kurzer Dauer gewesen. Nicht lange darauf hatten sie um den Tod gebettelt.

Orrin hätte sie rasch töten sollen, aber die Versuchung war zu groß gewesen, ein wenig mit ihnen zu spielen. Er hatte schon so lange keinen aufregenden Schwertkampf mehr erlebt. Ohne den Einsatz von Magie verstand sich. Andernfalls wäre es ja langweilig gewesen. Leider hatte er zu viel von den Burschen erwartet. Er hatte sich auf einen halbwegs interessanten Kampf eingestellt und war herb enttäuscht worden. Nicht einmal eine Minute hatten sie durchgehalten, dann lagen sie alle schreiend auf dem Boden. Erbärmlich. Aus lauter Frust hatte er ihnen die Gliedmaßen abgetrennt. Ihr Gekreische war kaum auszuhalten gewesen.

Er hätte wissen müssen, dass seine Feinde dadurch auf ihn aufmerksam werden würden. Diese spindeldürre Chaoshexe kämpfte ohne Ehrgefühl. Sie hatte seine Ablenkung schamlos ausgenutzt und ihm eine Arkanbombe entgegengeschleudert, die ihn beinahe in Stücke gerissen hätte. Sein Bruder Thanos hatte ihn gerade rechtzeitig mit einem magischen Impuls übers Schlachtfeld geschleudert, weg von der violetten Explosion, die fast einem Dutzend seiner Männer das Leben kostete.

Das war das Schlimmste an der ganzen Sache. Thanos lag ihm schon andauernd wegen der Herausforderung in den Ohren, die er gegenüber Gustav Astrum ausgesprochen hatte, und versuchte ihn davon abzuhalten, das Duell durchzuführen. Der Feigling fürchtete um die Sicherheit ihres Hauses. Beim *Ursprung*, sein Gewinsel war kaum auszuhalten und nun hatte er ihm auch noch das Leben gerettet. Das gab ihm einen weiteren Grund, ihm wegen seiner angeblichen Rücksichtslosigkeit auf die Nerven zu gehen.

Er hörte Schritte auf sich zukommen, schwere, stampfende Schritte, wie er sie selbst verursachte, und seufzte. Wie es schien, hatte sein Bruder nicht vor, damit zu warten.

»Bruder«, sagte Thanos und Orrin wandte sich um.

Im Gegensatz zu seiner eigenen Rüstung war kein Blut auf Thanos' Harnisch zu entdecken. Beim *Ursprung*, nicht einmal Dreck war darauf zu erkennen. Die silberne Plattenrüstung mit den filigranen Goldornamenten schimmerte in der Mittagssonne, als hätte er sie eben poliert. Ein edler Ritter mit weißem Umhang und allem Drum und Dran. Glänzend und rein, tugendhaft. Sein Bruder hatte sich stets so herrlich gekleidet. Er trug nach Außen, was er glaubte, im Inneren zu tragen. Der Heuchler.

»Ich weiß, was du sagen willst«, sagte Orrin. »Ich sehe ein, dass es keine gute Idee war, die Männer nicht rascher zu töten. Zufrieden?«

»Deshalb bin ich nicht hier.«

Orrin runzelte die Stirn. Sein Bruder wirkte besorgt, fast ein wenig ängstlich. »Weshalb dann?«, fragte er neugierig.

»König Viktor hat mich zu sich rufen lassen. Atrux und Celeste sind zurück. Wir werden sie heute Abend in seinem Prunkzelt willkommen heißen.«

Orrin lachte schallend, eine Woge der Euphorie überkam ihn. »Endlich!«, rief er aus. »Endlich werde ich meine Rache bekommen!«

»Das ist es, worüber ich mit dir reden will«, sagte Thanos vorsichtig.

»Es gibt nichts mehr zu reden. Ich habe dir gesagt, dass ich mich nicht von dem Duell abbringen lasse.«

»Bitte, Bruder, so höre wenigstens, was ich zu sagen habe.«

»Sprich, wenn es dir beliebt«, sagte Orrin, »aber sei dir darüber im Klaren, dass du unser beider Zeit verschwendest.«

Thanos seufzte und trat einen Schritt näher. »Bruder, ich weiß, wie du dich fühlst. Auch ich habe Ajax und Nera geliebt. Ich weiß, dass du Rache nehmen willst, dass du *etwas* unternehmen willst ...«

»Du weißt gar nichts!«, brüllte Orrin und Thanos schreckte zurück. »Nichts weißt du ...«, fügte Orrin etwas gefasster hinzu, selbst darüber bestürzt, dass er so schnell die Kontrolle verloren hatte.

»Bruder, du leidest. Jeder kann das sehen. Lass mich dir helfen!«

»Du kannst mir nicht helfen. Niemand kann das.«

Thanos legte ihm eine Hand auf die Schulter. Orrin betrachtete sie wie etwas, das er gerne totschlagen würde, ließ die Berührung aber geschehen.

»Genau so wenig wird es dir helfen, König Viktors Neffen abzuschlachten. Nera und Ajax werden davon nicht wieder lebendig, dein Schmerz wird nicht gelindert werden.«

»Denkst du etwa, das weiß ich nicht?«, fragte Orrin laut und stieß seinen Arm beiseite. »Nichts kann meinen Schmerz lindern, aber es wird mir dennoch unbeschreibliche Freude bereiten, diesem großmäuligen Hurensohn mein Schwert in die Eingeweide zu rammen!«

»Du verfluchter Narr«, sagte Thanos mit kaum verhohlener Wut. »Die Welt dreht sich nicht um dich, ist dir das klar? Falls es dir noch nicht aufgefallen ist, diese Belagerung verläuft alles andere als geplant. Wir brauchen jeden Hexer, den wir bekommen können und gerade jetzt, wo Celeste und Atrux endlich wieder zu uns stoßen, willst du uns einen nehmen? Wir könnten alle untergehen aufgrund deiner Launen!«

»Launen?!«, schrie Orrin beinahe schrill. »Die Astrums haben meine Kinder in den Tod geschickt! Mein Hass ist keine Laune, er ist das Einzige, was mich noch am Leben hält. Dieser Krieg kümmert mich schon lange nicht mehr.«

»Und was ist mit deinem Haus?«, schrie Thanos. »Was ist mit deiner Frau, was ist mit mir? Kümmern wir dich etwa auch nicht mehr?«

Orrin wandte den Blick ab und schwieg.

»Bruder, bitte, du hast Viktor bereits gegen dich aufgebracht!«, sagte Thanos. »Lass es dabei bewenden, bevor du noch mehr Schaden anrichtest. Tu es deiner Familie zuliebe, beim *Ursprung*!«

»Deine Furcht vor Viktor ist beschämend«, sagte Orrin herablassend.

»Und deine Ignoranz ist schlichtweg dumm. Ich diene Viktor seit nunmehr einem Jahrhundert. Ich kenne ihn. Und eines kann ich dir sagen, er ist niemand, den du dir zum Feind machen willst. Viktor hat weder ein Verständnis von Ehre noch von Gerechtigkeit, geschweige denn von Gnade. Um seine Ziele zu erreichen, ist er bereit, alles zu tun. Einfach alles. Willst du seinen Zorn ernsthaft auf dich und deine Familie ziehen?«

Orrin schnaubte. »Wenn du so große Furcht vor ihm hast, warum hast du dich seiner Sache dann überhaupt angeschlossen?«

»Weil es sonst niemanden gibt, der unser Geschlecht retten kann. Außer ihm versucht es ja nicht einmal jemand! Im Übrigen fürchte ich ihn nicht, ich habe Respekt vor ihm. Ich bin mir aber darüber im Klaren, dass er keinerlei Loyalität mir oder seinen anderen Verbündeten gegenüber empfindet. Ich habe lange genug an seiner Seite gestanden, um zu wissen, dass nichts für ihn Bedeutung hat, abgesehen von der Erfüllung seines Ziels.«

»Dann haben Viktor und ich ja etwas gemeinsam. Wer hätte das gedacht?«

Thanos setzte dazu an, etwas zu erwidern, aber Orrin schnitt ihm mit einer unwirschen Handbewegung das Wort ab. »Wie ich bereits sagte, Bruder, du verschwendest deine Zeit. Heute Nacht werde ich Gustav Astrum vor den Augen seines Onkels ausbluten lassen wie ein abgestochenes Schwein und es gibt nichts, was du dagegen unternehmen kannst.«

»Dann bist du verdammt«, sagte Thanos. Zu Orrins Erstaunen klang er nicht wütend, sondern traurig. Er blickte ihm noch einen Moment in die Augen, dann machte er kehrt und ging davon.

Orrin sah seinem Bruder kopfschüttelnd nach, sammelte seinen Harnisch ein und schlug die Zeltklappe zurück. Er warf seine Rüstung achtlos zur Seite und durchquerte das große, schlicht eingerichtete Zelt. Neben seinem Bett ließ er sich auf die Knie nieder und entzündete mit einem magischen Impuls die vielen Kerzen, die auf dem Beistelltisch standen und sich um eine metallene Tafel drängten. Darauf war ein kunstvoller Kupferstich zu sehen, über den das Kerzenlicht tanzte. Die Porträts einer jungen Frau und eines Mannes waren darauf zu sehen, deren Züge sich ähnelten. Orrin stiegen sofort Tränen in die Augen, als er es betrachtete. Liebevoll strich er mit einem Finger zuerst die Wange des Mannes, dann der Frau hinab.

»Meine Kinder«, flüsterte er.

Ajax und Nera waren sein Ein und Alles gewesen. Niemals hätte er zu hoffen gewagt, dass er einmal Kinder haben würde, und dann hatte ihm der *Ursprung* gleich zwei gewährt. Zwillinge. Die ersten, die seit Jahrhunderten geboren worden waren. Ein Wunder. Zwei Nachkommen, an die er sein Vermächtnis weitergeben konnte, die den Namen des Hauses Gladius weitergetragen hätten.

Nun waren sie Staub.

»Ich habe gute Neuigkeiten«, fuhr er fort. »Die Hexer, auf die wir gewartet haben, sind endlich zurückgekehrt. Was sagst du, Nera? Ja, so ist es. Morgen wird der schmierige Bastard für das büßen, was er über euch gesagt hat. Hmm? Natürlich würde ich mir wünschen, dass ihr ihm selbst den Kopf von den Schultern schlagen könntet. Nichts würde mich glücklicher machen ...« Seine Lippe begann zu zittern und gleich darauf schluchzte er unkontrolliert. »Ich vermisse euch so«, wimmerte er. »Fast wünschte ich, der Narr hätte die Kraft, mich zu euch zu schicken ...«

10

Etwas war passiert, als Askon die Macht über seine Quelle zurückerlangt hatte, aber er konnte nicht sagen, was es war. Irgendwie hatte er Magie gewirkt, aber er hatte es nicht bewusst getan, es war einfach geschehen. Eine Magie, wie er sie noch nie gespürt, geschweige denn beschworen hatte.

Wo bin ich jetzt schon wieder, fragte er sich und sah sich aufmerksam um.

Askon hatte nie einen gewaltigeren Saal erblickt. Durch hohe ovale Fenster fiel kaltes Sternenlicht, aber es reichte nicht annähernd aus, um die Weite des Raumes auszuleuchten. Er tat einen Schritt und das Geräusch verlor sich nach wenigen Herzschlägen in der Leere, verschluckt von der Stille. Steinsäulen, dicker als Baumstämme und vielfach so hoch, wuchsen aus dem glatten Marmorboden und verbanden diesen mit der gewölbten Decke, die Askon über sich nur erahnen konnte.

Mit einer Gewissheit, die er nicht erklären konnte, wusste er, dass dies kein Produkt seiner Phantasie war. Dieser Ort war real.

In der Ferne, einige hundert Meter entfernt, brannte ein Feuer im Zentrum des Saales auf einer Erhöhung. Von ihm ging ein unsteter Lichtkegel aus, der einige der gigantischen Säulen beschien, bevor er der übermächtigen Dunkelheit erlag.

Seine Schritte hallten zwischen den Säulen wider, während er auf die Lichtquelle zuging. Als er näherkam, erkannte er die Erhöhung, auf der das Feuer loderte, als einen Felsen. Der Stein war unbehauen, ungebändigt wuchs seine zackige Gestalt aus dem glatten Boden wie ein Geschwür. Groß und mächtig war er, aber angesichts der perfekten Symmetrie, die den Felsen umgab, wirkte er hier seltsam fehl am Platz.

Schließlich sah er, dass es sich um einen Thron handelte. Breite Stufen führten ein Podest hinauf, wo ein prunkloser Sitz samt Armlehnen in den Stein gehauen war. Darauf, noch verborgen im Schatten des flackernden Lichts über ihr, saß eine Gestalt. Askon stellten sich ihm die Nackenhaare auf. Ein Gefühl der Vertrautheit überkam ihn, aber es war hohl, unecht. Er kannte diese Person, aber gleichzeitig war ihm nie jemand fremder gewesen.

»Ich habe dich erwartet«, drang eine tiefe, durchdringende Stimme zu ihm herab, als er vor den Treppenstufen innehielt.

»Ich kenne dich«, flüsterte er mit beängstigender Gewissheit.

Der Mann erhob sich, trat einen Schritt vor und der Flammenschein badete seine Umrisse in Feuer. Askons Blut gefror.

»Bis heute erinnere ich mich an dieses Gefühl«, sagte der Mann. »Wie es sich anfühlte, in die eigenen Augen zu blicken.«

Es war, als sähe Askon in einen Spiegel. Einen Spiegel, der ihn altern ließ. Sein Bart war dicht und schwarz, die Schultern breiter, die Züge härter, aber es war unverkennbar *er*. Das Einzige, was ihn von dem Mann über ihm unterschied, war seine Jugend und - seltsamerweise - seine Augen. Sie hatten zwar dieselbe Form, aber die Iris glühte bläulich.

So etwas hatte er noch nie gesehen. Wenn ein Hexer seine Quelle öffnete, erstrahlten die Augen gänzlich, die Iris verschwand. Das Glühen musste also einen anderen Ursprung haben. Es war ein ungewohnter Anblick, der ihm Angst einjagte, wenn er auch nicht erklären konnte, wieso.

Es dauerte einen Moment, bis er seine Stimme fand. »Ist es immer noch nicht vorbei? Ist das ein weiterer Traum?«

»Wünschst du dir das?«, fragte der Mann und stieg von seinem Thron herab. Seine Bewegungen, obschon gemächlich, strahlten Kraft aus, seine körperliche Präsenz war einschüchternd. Dieser Mann war ein König durch und durch. Die feinen Kettenglieder seines dunkelroten Harnisches raschelten, der lange schwarze Umhang blähte sich hinter ihm auf. Die Rüstung war wundervoll gearbeitet und passte sich seinem Körper an, als wäre sie ihm aus der Haut gewachsen. *Blutstahl*, erkannte Askon erstaunt. Die gesamte Rüstung bestand aus dem seltenen Material. Ganze Städte waren weniger wert als dieser Harnisch.

Askon wich nicht zurück, als der König auf den marmornen Boden trat und direkt vor ihm zum Stehen kam, aber er sah ihm nicht in die Augen. Er konnte seinen Blick nicht von der Krone abwenden, die sein Gegenüber trug. Die Zacken waren länger als die Finger eines erwachsenen Mannes und so schwarz, sie schienen das Licht zu verschlucken. Ein Schatten, verdichtet und in Form gepresst.

»Es kann nur ein Traum sein«, sagte er und glaubte sich selbst nicht.

Der König schüttelte den Kopf. »Du hast eine Vision. Das Talent unserer Mutter ist erwacht, als du die Dunkelheit in dir zurückgetrieben hast. Du blickst in die Zukunft.«

»Wie kommt es dann, dass du mich sehen kannst?«

»Ich sehe alles«, sagte der König und deutete auf seine Krone. »Eine Vision lässt dich nicht einfach in die Zukunft blicken, sie lässt dich sie bereisen. Dein Geist durchquert die Nebel der Zeit, unsichtbar für alle, denen du begegnest ...

außer mir. Nichts bleibt meinen Augen verborgen.« Für einen Moment wurde das Leuchten seiner Iris stärker. »Aber halte dich nicht mit solch belanglosen Fragen auf. Die Zeit kann trügerisch sein, da sie sich in ständigem Wandel befindet. Zeitlinien können sich überkreuzen, sie können verschwimmen, dich im Unklaren lassen. Nicht so in diesem Moment. Was du hier siehst, ist die unverrückbare Zukunft und deshalb die klarste Vision, die du je haben wirst. Verschwende also nicht die wenige Zeit, die du hast. Stelle die richtigen Fragen.«

»Wie du willst«, sagte Askon, dessen Miene sich verfinsterte. »Dann stelle ich die einzige Frage, die von Bedeutung ist. Warum?«

Sein Blick war nach wie vor auf die Krone gerichtet. Ihm fiel auf, dass ihr pechschwarzer Ring, von dem die langen Zacken in die Höhe sprossen, auf seltsame Weise mit der Stirn des Königs verwachsen zu sein schien. Winzige schwarze Adern hatten sich in seine Haut rund um den Ring gegraben, so als hätte sich die Krone in seine Kopfhaut gebissen.

Der König lächelte. »Deine Verachtung ist verständlich. Du glaubst, ich hätte unsere Mutter verraten, indem ich die Krone an mich genommen habe. Aber so einfach ist es nicht.«

»Dann erkläre es mir. Sag mir, wie ich es aufhalten kann.«

»Es lässt sich nicht aufhalten und selbst wenn, wöllte ich es nicht. Unsere Mutter hatte unrecht, Kon. Die Schattenkrone hat nicht den Untergang dieser Welt zu verschulden, sie hat ihr den Frieden gebracht.«

Askon schnaubte. »Du wirst sicher verstehen, dass ich deinen Worten nicht denselben Wahrheitsgehalt beimesse wie denen meiner Mutter.«

Die schwach leuchtenden Augen wirkten belustigt. »Natürlich. Wir beide haben uns selbst nie gänzlich vertraut, nicht wahr?«

»Ich bin nicht wie du. Ich habe das Böse in mir verbannt, du heißt es mit offenen Armen willkommen.«

Der König lachte kurz auf. »Habe ich deiner Meinung nach irgendetwas mit diesem Tier gemein, das nur Tod und Ekstase kennt? Mache ich diesen Eindruck auf dich?« Er schnaubte. »Du weißt nichts, Kon, nichts. Dies ist erst der Anfang deiner Reise. Der Krieg wird hier nicht enden, er wird wachsen und sich über die ganze Welt ausbreiten. Du wirst Dinge sehen, Dinge *tun*, die dich für immer verändern werden. So viele, die du liebst, werden sterben ... so schrecklich viele. Jahre werden vergehen, bevor du verstehst ... bevor du bereit bist.« Der König machte eine Pause, blickte an ihm vorbei, scheinbar in Erinnerungen versunken. »Es spielt keine Rolle, ob du mir glaubst oder nicht. Ich habe mir ebenfalls nicht geglaubt, als ich an deiner Stelle war, und doch stehe ich nun hier. Das ist unser Schicksal. Es ist unausweichlich.«

»Wenn dem so ist, was tue ich dann hier? Warum sehe ich etwas, das ich ohnehin nicht verändern kann?«, fragte Askon. Verzweiflung nagte an ihm. Er hatte es seiner Mutter doch versprochen, er hatte es *geschworen*! Dies musste ein Traum sein, es gab keine andere Erklärung. Doch wenn er dem König in die Augen blickte, in diese unheimlich leuchtenden Augen, dann war es schwer, diesen Glauben aufrecht zu erhalten.

»Ich habe oft über diese Frage nachgedacht«, sagte der König, »bevor mir klar wurde, dass sie meine Zeit verschwendet. Sinn ist ein menschliches Konzept. Es ist unserer Arroganz geschuldet, dass wir glauben, es sei ein weltliches.«

»Du könntest auch einfach sagen, du weißt es nicht.«

»Ich habe ganz vergessen, wie ungemein witzig ich einmal war«, sagte der König schmunzelnd. »Aber dein Humor kann nicht über deinen Irrtum hinwegtäuschen. Verstehst du denn nicht? Es gibt nichts zu verhindern, Kon. Du wirst die Welt nicht vernichten, du wirst sie retten.«

»Das behauptest du und ich gebe zu, dass deine Worte, deine Erscheinung, meine Überzeugungen ins Wanken brächten, könnte ich die Fremdheit in dir nicht fühlen.«

»Die Fremdheit?«, fragte der König belustigt und hob eine Augenbraue.

»Es sind deine Augen. Da ist ... nichts in deinem Blick. Nichts Menschliches, nicht einmal Böses, nur Leere.«

Des Königs glühender Blick fand den seinen. Die Heiterkeit wich aus seinen Zügen, eiserne Kälte nahm ihren Platz ein. Er betrachtete ihn für einen Moment und Askon gelang es nur mit äußerster Willensanstrengung, seinem durchdringenden Blick standzuhalten.

»Bald schon wirst auch du durch diese Augen sehen«, raunte er und beugte sich noch näher zu ihm heran. »Wenn die Zeit kommt, wirst du dieses Opfer erbringen.«

Mit diesen Worten fuhr er herum und begann, die Stufen zu seinem Felsenthron hinaufzusteigen. Seine Blutstahlrüstung klimperte dabei beinahe melodisch.

Askon sah auf, wollte etwas erwidern, doch die gepanzerte Gestalt verschwamm vor seinen Augen, ihr langer Umhang schien sich in alle Richtungen auszudehnen, der Boden begann zu vibrieren. Er machte zwei unbeholfene Schritte zurück und wäre beinahe gestolpert.

»Deine Zeit ruft dich zurück, Kon«, sagte der König, ohne zurückzublicken, weiterhin die Stufen erklimmend. »Lass sie nicht warten.«

Inzwischen bebte der Boden, der gesamte Saal schien sich zu bewegen, die dunklen Säulen bogen und verformten sich, die Decke schmolz und tropfte auf ihn herunter.

Er warf einen letzten Blick auf den König, der sich auf dem Thron niedergelassen hatte und ihn ansah. Das Feuer über ihm loderte auf, wurde zu einer gewaltigen Stichflamme, und tauchte sein Gesicht in schwarze Schatten. Nur die langen Zacken seiner Krone waren noch zu sehen, direkt im Flammenschein und doch so schwarz und dunkel wie die Nacht.

Dann spürte er einen Sog, ein schmerzhaftes Ziehen, das seinen ganzen Körper erfasste. Er schrie auf, verlor das Gleichgewicht und fiel der Länge nach hin.

Er schlug die Augen auf und blickte auf eine niedrige Holzdecke, während er gemächlich auf und nieder schaukelte. Es dauerte eine Weile, bis er begriff, dass es sich dabei um die Bewegung des Schiffs handelte. Er war in seiner Kajüte zurück.

»Was meinst du, können wir raus?«, hörte er jemanden flüstern.

Mühsam hievte sich Askon auf die Ellenbogen hoch, unterdrückte ein Grunzen und suchte nach dem Mann, der eben gesprochen hatte.

Die Kajüte sah aus, als wäre hier ein Meteorit eingeschlagen. Einige Proviantkisten waren zertrümmert, deren Inhalt – Schiffszwieback und Pökelfleisch – sich über Boden und Wände verteilt hatte. Eine eiserne Kochpfanne lag entzweigebrochen in einer Ecke, einige Nägel hatten sich in die Holzplanken gegraben, scheinbar waren sie von einer großen Kraft fortgeschleudert worden.

Hinter drei mit Trinkwasser gefüllten Holzfässern, die wie durch ein Wunder heil geblieben waren, sah Askon ein Augenpaar auftauchen und sofort wieder verschwinden.

»Ich glaube, er ist wach«, flüsterte eine raue Stimme.

»Boglius, bist du das?«, fragte Askon und erschrak darüber, wie brüchig und heiser er klang. Seine Kehle schmerzte und das Schlucken war die reinste Qual.

Zwei Männer erhoben sich und spähten über die Fassränder.

»Ha, er lebt!«, rief Leif freudig aus.

»Und wir auch!«, sagte Boglius glücklich.

Sie sahen einander an, zuckten die Achseln und kamen hinter ihrer Deckung hervor. Askon wollte aufstehen, doch bei dem Versuch spülte eine Schmerzenswelle über ihn hinweg, die ihm Übelkeit bereitete.

»Nicht bewegen!«, befahl Leif und ließ sich neben ihm nieder. Boglius sammelte Felldecke und Kissen zusammen und übergab sie Leif, der die Decke um Askons Körper wickelte und ihm das Kissen unter den Kopf legte. Askon war zu schwach, um sich dagegen zu wehren.

»Was ist geschehen?«, fragte er.

»Nun, eigentlich wollte ich euch dieselbe Frage stellen«, sagte Leif. »Im einen Moment erstickt ihr und ihm nächsten leuchten eure Augen auf und die Welt explodiert! Die Druckwelle hat uns gegen die Wand geschleudert und dann sind hier alle möglichen Sachen durch die Gegend geflogen. Wir haben uns gerade rechtzeitig hinter diese Fässer gerettet.«

»Ja, was beim *Ursprung* war denn das?«, fragte Boglius.

»Da fällt mir ein, Boglius«, wandte sich Leif an ihn, »vielleicht solltest du die Mannschaft wissen lassen, dass hier unten alles in Ordnung ist ... Oh, und dass ihr König noch lebt.«

»Schon unterwegs«, sagte der Hüne. Er erhob sich, blickte aber noch einmal zu Askon herunter. »Wir haben uns große Sorgen gemacht, mein König. Wir dachten, wir würden euch verlieren. Macht so etwas ja nie wieder!«, sagte er streng und verschwand dann aus seinem Sichtfeld, als er die Stufen erklomm.

»Dabei hat es mir solchen Spaß gemacht!«, krächzte Askon ihm hinterher.

»Also«, fuhr Leif fort, »was ist hier passiert?«

Askon wandte den Blick ab. »Ich habe mein Schicksal gesehen«, sagte er abwesend und dachte an leuchtende Augen und in Form gepresste Schatten.

»Verständlich wie immer«, sagte Leif und hob eine buschige Augenbraue. »Ich sehe, ihr seid wieder voll da. Wollt ihr mir gütigerweise verraten, was ihr damit meint?«

»Das weiß ich selbst nicht so genau.«

Leif seufzte, sich scheinbar mit der dürftigen Antwort abfindend. »Denkt ihr denn, dass es wieder passiert?«

»Ich glaube nicht.«

Jubelrufe und Gelächter drangen zu ihnen herunter. Offenbar hatte Boglius der Mannschaft die Neuigkeiten verkündet.

»Wunderbar!«, rief Leif erleichtert aus. »Ich wöllte nur ungern von einem umherfliegenden Kochtopf erschlagen werden. Wie steht es um euren ... Hunger?«

»Jetzt wo ihr es sagt, ich könnte tatsächlich etwas zu essen vertragen. Und Durst habe ich auch, meine Kehle ist vollkommen ausgetrocknet.«

Leif lachte schallend. »Eigentlich wollte ich auf etwas anderes hinaus, aber ich glaube, ihr habt meine Frage gerade beantwortet«, sagte er und betrachtete ihn anschließend schweigend. Sein Mund war zu einem breiten Grinsen verzogen und seine Augen glänzten feucht.

»Warum seht ihr mich so an?«, fragte Askon und kniff die Augen zusammen.

»Ach, ich bin einfach so glücklich, euch wohlauf zu sehen. Diesmal habe ich ehrlich gedacht, es wäre vorbei.«

»Ihr seid der behaarteste, rührseligste Seemann, der mir je untergekommen ist, wisst ihr das?«, fragte Askon schmunzelnd.

»Und ihr seid der am scheußlichsten stinkende König, den je ein Mensch gerochen hat.«

Sie brachen beide in Gelächter aus, das bei Askon jedoch in einem Hustenanfall endete.

»Ihr erinnert euch, dass euer Herr Hunger und Durst hat?«, fragte er, als er seine Stimme wiedergefunden hatte.

»Durchaus«, sagte Leif, immer noch grinsend, und machte sich daran, die Wünsche seines Königs zu erfüllen.

11

Die kleine Kammer, die Gedilli gemietet hatte, kam Vura mit jedem Tag einengender vor. Wie ein wildes Tier lief sie im Kreis, die Dielen knarzten unter ihren Füßen, und als würde sich die Bewegung auf ihre Gedanken auswirken, drehten auch sie sich ununterbrochen um dieselbe Sache. Sie sollte nicht unruhig umherwandern, sie sollte sich auf den Boden setzen, die Augen schließen und sich konzentrieren. Aber das hatte sie bereits getan. Jeden Tag, stundenlang. Es half nichts.

Sie hatte geglaubt, dass sie nun in der Lage wäre, die Macht des Lichts herbeizurufen, wann immer sie wollte. Es hatte schließlich funktioniert, als sie sich dem *Schatten* entgegengestellt hatte, und damals war es Nacht gewesen. Sie hatte bleiches Mondlicht aufgesaugt, *ursprungsverdammt*! Da musste Sonnenlicht doch ein Kinderspiel dagegen sein. Aber das war es nicht. Wenn sie sich in die Sonne setze und ihre Quelle öffnete, dann spürte sie die Magie im Licht. Sie konnte sie in sich aufnehmen, konnte sich ihrer bedienen, wie es alle Lichthexen vermochten, aber das war es auch schon. Darüber hinaus fühlte sie rein gar nichts. Keinen Energieimpuls, keine gottgleiche Macht, die sie durchfloss. Es war frustrierend.

Dabei musste sie endlich herausfinden, wie sie ihre Kräfte kontrollierte. Sie *brauchte* sie! Für Arina.

Gedilli behauptete zwar, dass er nach Söldnern suchte, aber sie bezweifelte, dass er die Wahrheit sagte. Auch heute war er unterwegs und traf sich angeblich mit irgendwelchen Männern, die versprochen hatten, ihm weiterhelfen zu können. Es war Blödsinn. Vermutlich setzte er sich in die erstbeste Bar, die er fand, und betrank sich. Warum er ihr nicht einfach beichtete, dass ihr Vorhaben gescheitert war, verstand sie nicht. Vielleicht fürchtete er, dass sie sich erneut nach Gottberg aufmachen und allein versuchen würde, Arina zu befreien. Eine nicht ganz unbegründete Sorge. Irgendetwas musste sie ja tun, sie konnte Arina nicht in einem Kerker verrotten lassen.

Wieder einmal tauchte das Gesicht des weißhaarigen Prinzen in ihrem Geist auf. Askon Nox.

Sie hielt in ihrem rastlosen Schritt inne, ließ den Kopf hängen und seufzte.

Wenn er sich ihr doch nur angeschlossen hätte. Gemeinsam hätten sie Arina befreien können, da war sie sich sicher. Doch wieder einmal hatte sich das Schicksal gegen sie gestellt, wieder einmal war ihr ihre Hoffnung genommen worden. Der Prinz, nein der König, hatte ihr nicht geglaubt, dass Arina nichts mit dem Attentat auf seine Familie zu tun hatte. Und warum sollte er auch? Arina war eine Astrum, ein Mitglied jenes Hauses, das sein Leben zerstört hatte. Sogar für sein Leiden in Nubos war eine Astrum verantwortlich. Serja. Ihretwegen hatte der *Schatten* versucht, ihn gefangen zu nehmen. Wenn es ihm gelungen wäre und er ihn an Serja ausgeliefert hätte, dann ... Sie wollte sich lieber nicht ausmalen, was dann geschehen wäre.

Nein, sie konnte Askon wahrlich nicht verübeln, dass er Arina nicht vertraute. In seinen Augen war sie nur eine weitere Astrum, eine hinterhältige Intrigantin, die ihn benutzt und betrogen hatte. Vura wusste es besser, aber in dieser Hinsicht war sie auf sich allein gestellt. Wenn sie Arina retten wollte, dann musste sie es selbst tun.

Nur wie?

Sie hörte schwere Schritte die Treppe hinaufsteigen und spannte sich an. Das war nicht Gedilli, er bewegte sich leiser, selbst wenn er betrunken war. Sie trat von der Tür zurück und machte sich bereit, ihre Quelle zu öffnen.

»Mädchen ... da ist jemand, der dich sprechen will«, drang die raue Stimme des Wirts durch die Tür, was Vura jedoch nicht beruhigte. Er klang furchtsam, seine Stimme zitterte leicht.

»Wer will mich sprechen?«

Es dauerte einen Moment, bevor der Wirt antwortete. »Tu dir selbst einen Gefallen und komm einfach mit, Mädchen.«

Etwas stimmte hier nicht. Konnte es sein, dass der *Schatten* sie gefunden hatte? Das würde jedenfalls erklären, weshalb der Wirt so verängstigt klang.

Vura wandte sich um und blickte aus dem winzigen Fenster. Der Himmel war klar und wolkenlos, die Sonne brannte gleißend hell. Sie hatte keine Angst. Wenn sie die Macht des Lichts wirklich brauchte, dann würde sie in ihr erwachen. Das wusste sie einfach.

Entschlossen schritt sie durch die Kammer und riss die Tür mit einem Ruck auf. Ohne auf den eingeschüchterten Wirt zu achten, drängte sie sich an seinem Wanst vorbei und eilte die Treppe hinunter. Sie öffnete ihre Quelle und ließ die Macht in ihrem Inneren pulsieren. Sofort erweiterte sich ihr Bewusstsein, ihre Sinne dehnten sich aus und drangen durch Holz, Stein und Metall. Sie fühlte den *Schatten*, bevor sie ihn sah. Der große Mann hatte sich in einer Ecke des Wirtshauses niedergelassen und sah aus dem schmutzigen Fenster.

Sie sprang die letzten Stufen hinunter und blieb am Ende der Treppe stehen. Ihre glühenden Augen richteten sich auf den Hexer, der keine Anstalten machte, seine Quelle zu öffnen. Stattdessen wandte er sich von dem Fenster ab und sah zu ihr herüber.

»Guten Morgen, Lichthexe«, sagte er ruhig und deutete auf den Platz ihm gegenüber. »Setzt euch doch. Habt ihr Hunger? Ich habe den Wirt gebeten, uns ein Frühstück zu bereiten.«

Als hätte er nur auf dieses Stichwort gewartet, polterte der füllige Mann die Treppe herunter und verschwand in der Küche.

»Was wollt ihr hier?«, dröhnte Vuras machterfüllte Stimme durch den Raum.

»Ich sehe schon, ihr haltet euch nicht mit Formalitäten auf.«

»Soweit ich mich erinnere, habt ihr das bei unserem letzten Treffen auch nicht getan«, sagte sie schneidend.

Der *Schatten* verzog die Mundwinkel. »Wahrlich eine unglückliche Begegnung. Ich hoffe, ihr habt jetzt kein zu schlechtes Bild von mir.«

»Warum sollte ich? Weil ihr versucht habt, mich zu töten? Ich bitte euch, das ist unter uns Hexern doch ein Zeichen des guten Tons. Ich bin praktisch so erzogen worden.«

Für einen Moment herrschte angespannte Stille, dann brach der *Schatten* in schallendes Gelächter aus. Es war ein heiteres, unbeschwertes Lachen, laut und herzlich, das so gar nicht zu dem finsteren Äußeren des Hexers passen wollte.

»Ihr habt Humor«, sagte er, nachdem er sich wieder beruhigt hatte. »Das ist selten bei einem Mädchen eures Alters.«

»Was wollt ihr hier?«, wiederholte Vura ihre Frage, ernster diesmal. Sie musste wachsam bleiben; der Hexer war gefährlich, ganz gleich wie sympathisch er lachte.

»Mich bei euch entschuldigen. Es war nie meine Absicht, euch Schaden zuzufügen. Bitte setzt euch und lasst mich erklären.« Er deutete abermals auf den Platz vor ihm.

Vura kniff misstrauisch die glühenden Augen zusammen, näherte sich dem Tisch des Hexers aber langsam. »Warum sollte ich euch trauen?«

»Habe ich euch darum gebeten, mir zu vertrauen? Ich wünsche nur, dass ihr mir zuhört, das ist alles.«

Vura blieb vor der Tischplatte stehen und sah zu dem *Schatten* hinunter. »Wie habt ihr mich gefunden?«

Seine dunklen Augen funkelten amüsiert. »Glaubt ihr etwa, dass mir in meiner Stadt etwas verborgen bleibt? Ihr könnt euch nicht vor mir verstecken, nicht hier.«

Vura trat einen Schritt zurück und setzte sich auf die hölzerne Bank, ohne den *Schatten* aus den Augen zu lassen.

»Wollt ihr vielleicht eure Quelle schließen? Ich muss gestehen, ihr macht mich nervös«, sagte der Hexer.

»Wunderbar«, sagte sie zufrieden. »Ich werde euch zuhören, *Schatten*, aber nur solange ich euch in ein Häufchen Asche verwandeln kann.«

Der *Schatten* lachte leise. »Kluges Mädchen.«

Der Wirt eilte herbei und brachte eine Holzplatte, auf der ein Stück harter Käse, einige Scheiben kalter Braten und ein Laib Schwarzbrot ausgebreitet lagen. Er stellte mit zitternden Händen zwei hölzerne Trinkbecher vor Vura und dem *Schatten* ab und füllte sie mit Honigmet aus einem Tonkrug. Der *Schatten* nickte ihm dankend zu, woraufhin sich der füllige Mann mit tippelnden Schritten wieder entfernte. Vura fiel auf, dass er dem Hexer kein einziges Mal in die Augen gesehen hatte.

»Er fürchtet euch«, sagte sie.

Der *Schatten* schnitt eine Scheibe des Bratens mit einem Messer herunter und riss sich ein Stück Brot ab. »Aye, das tut er. Furcht ist notwendig, wenn man herrschen will«, sagte er und schob sich ein Stück Fleisch in den Mund. »Ihr esst ja gar nichts. Keine Sorge, ich habe ihm gesagt, er soll uns die gute Ware vorsetzen. Das, was er sonst anbietet, kann man wohlwollend als Nahrung bezeichnen, aber ein Genuss ist es sicher nicht.«

»Ich habe keinen Hunger und es wäre mir recht, wenn ihr zur Sache kommen würdet.«

Der *Schatten* zuckte die Achseln. »Wie ihr wünscht.« Kauend lehnte er sich zurück und betrachtete sie. »Ihr seid keine gewöhnliche Hexe, Vura. Ich würde es sehr bedauern, wenn ich euch getötet hätte, und ich bin froh, dass es mir nicht gelungen ist.«

»Dafür habt ihr es aber vehement versucht.«

»Andernfalls hättet ihr mich vernichtet oder nicht?«

»Nun, ihr wolltet Askon Nox gefangen nehmen und seine Männer umbringen. Hätte ich euch etwa gewähren lassen sollen?«

»Die meisten Menschen hätten es getan.«

»Ich bin nicht die meisten Menschen.«

»Oh nein, das seid ihr nicht«, sagte er. »Niemals zuvor habe ich solch eine

Macht gespürt, wie ihr sie in jener Nacht beschworen habt. Ihr seid einzigartig.«

Vura kniff die Augen zusammen. »Auf eure Schmeicheleien könnt ihr verzichten.«

Der *Schatten* schüttelte den Kopf. »Ich schmeichle euch nicht. Ich habe eine Feststellung gemacht. Ihr *seid* einzigartig. Ich habe mich durch sämtliche Bücher gewühlt, die ich mein Eigen nenne – und das sind ausgesprochen viele –, und ich habe keine einzige Beschreibung, Aufzeichnung oder Abhandlung gefunden, die eure Kräfte erklärt. Es gibt ... Legenden, aber mehr auch nicht. Sagt mir, woher stammt diese Macht? Wisst ihr das?«

Die Augen des *Schatten* glitzerten begierig. Weshalb auch immer er sonst gekommen war, er wollte vor allem eine Antwort auf diese Frage. Nun, Vura konnte ihm eine geben, aber sie hatte das Gefühl, dass sie ihn enttäuschen würde. »Nein«, sagte sie. »Ich weiß es nicht.«

Der *Schatten* lehnte sich zurück und seufzte. »Wie schade. Ich muss gestehen, dass mir Unwissen ein beträchtliches Unwohlsein verursacht.«

»Wieso beschäftigt euch das so?«

»Ich bin ein sehr wissensdurstiger Mann und wenn ich etwas nicht verstehe, forsche ich so lange, bis ich dem Geheimnis auf den Grund gegangen bin. Ich bin nicht euer Feind, Vura. Ich kann euch helfen.«

»Ihr wollt mir helfen?«, fragte sie und fühlte Zorn in sich aufsteigen. »Ihr, der ihr den Astrums dient? Wisst ihr eigentlich, was mir diese Familie angetan hat?«

»Ich habe Geschichten gehört«, sagte der *Schatten* vorsichtig. »Jedoch diene ich ihnen nicht. Ich diene niemandem außer mir selbst. Ich kann euch versichern, ich habe mich aus reinem Opportunismus an die Astrums gewandt.«

»Und das soll mich beschwichtigen? Dass ihr aus Eigennutz eine Familie unterstützt, die im Begriff ist, die Insellande zu erobern?«

Der *Schatten* faltete die Hände auf dem Tisch zusammen und zog eine Augenbraue hoch. »Und das wäre so schlimm? Hat nicht jedes Haus irgendwann einmal das Land erobert, über das es herrscht? Haben nicht alle Adligen ihren Willen über den der Menschen gestellt, indem sie sie zu Untertanen machten?«

Vura zog die Stirn kraus. So hatte sie das noch nie gesehen. »Ich denke schon«, sagte sie leise. »Aber das ist etwas anderes! Die Astrums sind Tyrannen! Sie sind ... böse.«

»Böse?« Der *Schatten* sprach das Wort aus, als ekelte er sich davor. »Dieser Begriff ist eine Erfindung einfältiger Menschen, um eine komplizierte Welt einfacher zu machen. Er trotzt jeglicher Objektivität. Nehmt König Viktor als Beispiel. In euren Augen ist er böse, weil er euch – wie ich annehme – persönliches Leid zugefügt hat. Auch die Hexer des Bundes und die Menschen Durgos würden ihn als böse bezeichnen, weil er ihre Ländereien angreift, ihre Leben und ihre Freiheit bedroht. Doch was ist mit seinen Untertanen, den Bürgern der Sterninseln? Würden sie das ebenso sehen?«

Vura musterte ihr Gegenüber eindringlich. Worauf wollte er hinaus?

»Wusstet ihr«, fuhr er fort, »dass unter Viktors Herrschaft, die Armut auf den Sterninseln signifikant zurückgegangen ist?«

Vura schnaubte. »Das hättet ihr einmal meinen Eltern erzählen müssen. Vielleicht hätten wir dann nicht in einer baufälligen Hütte leben müssen und es hätte etwas anderes zu Essen gegeben als trockenes Brot.«

»Oh, aber ihr seid am Leben, nicht wahr?«, sagte der Schatten. »Bevor Viktor König wurde, sind Menschen in Cithrael, dem Juwel der Sterninseln, der reichsten Stadt der Insellande, verhungert. Aber dank seiner Handelsabkommen und der Steuersenkungen, die er den Bauern erlassen hat, ist es ihm gelungen, auch die Ärmsten seiner Untertanen mit Nahrung zu versorgen. Sagt mir, wie oft ist eure Familie nur aufgrund der kostenfreien Rationen durchgekommen, die Viktor jedem bewilligt, der sie benötigt?«

Vura legte den Kopf schief. »Ihr wisst sehr viel über die Sterninseln«, sagte sie misstrauisch.

»Ich weiß sehr viel über *alles*«, korrigierte der *Schatten*.

»Und nun? Worauf wollt ihr hinaus? Viktor behandelt seine Untertanen also nicht wie den letzten Dreck. Macht das seine Invasion etwa besser? Tausende werden bei dem Krieg umkommen, den er begonnen hat.«

»Zehntausende«, sagte der *Schatten* gefühllos. »Sein Eroberungsfeldzug wird nicht beim Bund enden und ihr habt recht, er wird unvorstellbares Leid verursachen. Aber danach?« Der *Schatten* hob die Schultern. »Es ist gut möglich, dass Viktor die Insellande besser und gerechter regiert als alle vorherigen Könige. Vielleicht gelingt es ihm sogar, das Hexergeschlecht zu retten. Wer weiß? Worauf ich hinauswill: Es ist irrelevant, wer über welche Königreiche herrscht. So etwas wie eine natürliche Herrschaftsordnung gibt es nicht. Die Menschen interessiert nur, dass sie ein Dach über dem Kopf und Essen auf ihrem Teller haben. *Wer* ihnen das beschafft, *wer* den Status quo aufrechterhält, ist ohne Belang.«

Vura zögerte. Sie wusste nicht, was sie darauf antworten sollte. Wenn sie ehrlich war, fühlte sie sich von dem *Schatten* eingeschüchtert. Es war offensichtlich, dass sie ihm rhetorisch hoffnungslos unterlegen war. Aber dies war kein akademisches Streitgespräch, bei dem es auf die Schlüssigkeit der Argumente ankam. Er wollte sie davon überzeugen, dass sie ihm trauen konnte, und bisher war ihm das nicht gelungen.

»Ihr mögt recht haben«, sagte sie nach reiflicher Überlegung. »Viktor mag einen guten König abgeben, sobald er die Insellande beherrscht. Aber bis es so weit ist, wird er Unmengen an Blut vergießen und ihr wart bereit, ihn dabei zu unterstützen. Ihr hättet Askon an Serja ausgeliefert, wenn ich euch nicht aufgehalten hätte!«

»Versucht, das Ganze aus meiner Perspektive zu betrachten«, sagte der *Schatten* sanft. »Askon Nox bedeutet mir nichts; ich hatte ihn nie zuvor getroffen und das Wenige, das ich über ihn gehört hatte, sprach nicht gerade für ihn. Als er dann in meiner Stadt aufgetaucht ist, hat er seine Zeit damit zugebracht, unschuldigen Bürgern die Lebensenergie aus dem Leib zu reißen. Habt ihr je einen Mann um sein Leben flehen gesehen? Darum betteln? Es ist ein furchtbarer Anblick, aber der *edle* Askon Nox hat ihn sichtlich genossen.«

Vura blinzelte. »Er ... er war krank.«

»Das war er. Fragt sich nur, ob er jemals gesund gewesen war.«

»Was ändert das an der Tatsache, dass ihr gemeinsame Sache mit den Astrums macht?«

»Nichts.« Er machte eine Pause und sah Vura in die goldenen Augen. »Wisst ihr, dass Haus Umbra für Viktor kämpft? Bevor ich zum *Schatten* wurde, habe ich diesem Haus angehört. König Viktor ist mir also kein Fremder. Im Krieg gegen Haus Ardor hat er uns dabei geholfen, unsere Unabhängigkeit zu erkämpfen. Allerdings hat er das nicht für uns getan. Nichts, was Viktor tut, tut er für jemand anderen, aber er ist sehr überzeugend darin, allen weiszumachen, dass das Gegenteil der Fall ist. Seine Weitsicht, sein Scharfsinn und sein Verständnis von der menschlichen Natur suchen seinesgleichen und sein Wille ist wie eine Naturgewalt. Allesverzehrend und unabwendbar. Er wird über die Insellande herrschen, ich versuche nur, zu überleben.«

»Warum sitzt ihr dann hier und unterhaltet euch mit mir?«, sagte Vura gereizt. Es ärgerte sie, dass der *Schatten* so bewundernd von Viktor war. »Solltet ihr mich nicht in Ketten legen und eurem Herrn übergeben? Ich bin sicher, Viktor wird euch fürstlich belohnen.«

Der *Schatten* schmunzelte. »Der Gedanke ging mir durch den Kopf. Aber ich wähle einen anderen Weg, einen besseren, wie ich hoffe. Ich wähle euch.«

Vura runzelte die Stirn. »Mich? Was meint ihr damit?«

»Ihr seht es nicht, nicht wahr? Zu lange hat man euch zu verstehen gegeben, dass ihr nichts wert seid, dass man euch kontrollieren kann.«

»Was wollt ihr damit sagen?«

Der *Schatten* musterte sie mit einem Blick, den sie nicht einschätzen konnte. »Ich will damit sagen, dass ihr das Machtgefüge der Insellande neu anordnen könntet, wenn ihr wolltet«, sagte er, griff nach seinem Becher und nahm einen kräftigen Schluck Honigmet. »Ich glaube, dass ihr die Veranlagung besitzt, mächtiger zu werden als alle Allmachtkronen zusammengenommen.«

12

Leif fror, bitterlich sogar, und er wusste, dass er sich wieder ins Ruderdeck begeben sollte, wo die Mannschaft dicht an dicht schlief. Aber er konnte nicht schlafen, zu viele Gedanken wirbelten in seinem Kopf umher und außerdem war es unter Deck zwar einigermaßen warm, aber die Luft war stickig und roch nach tagealtem Seemannsschweiß. Die Luft hier oben, so eisig sie auch sein mochte, war dagegen so klar, so rein, dass Leif sie so gierig in seine Lungen saugte, dass er hüsteln musste. Stoßweise verließen Dunstwölkchen seinen Mund und er sah den sich auflösenden Atemfetzen nach, die über das nachtschwarze Meer fortflogen. Die Sterne funkelten kalt auf der Wasseroberfläche, Stille hatte sich über den Ozean gelegt.

Er schloss die Augen, genoss für eine Weile den friedlichen Moment. Er hatte in letzter Zeit wenig Gelegenheit gehabt, seine Gedanken zu ordnen, zur Ruhe zu kommen. Umso verärgerter wurde er, als er der Schritte gewahr wurde, die sich ihm näherten.

Seufzend wandte er sich um und öffnete die Augen.

»Könnt ihr nicht schlafen, Kapitän?«, fragte Askon.

Leif hob erstaunt die Augenbrauen. Sein König war der Letzte, mit dem er in dieser Nacht gerechnet hatte. »Dasselbe könnte ich euch fragen«, sagte er. »Nach den Strapazen, die ihr durchgemacht habt, hätte ich geglaubt, ihr schlaft eine Woche durch.«

Askon zuckte mit den Achseln. »Ich habe lange genug geschlafen.«

»Ihr solltet zurück unter Deck und euch ausruhen. Diese Kälte kann nicht gut für euch sein.« Er bedachte die dünne Felldecke, die sich Askon um den Leib geschlungen hatte, mit einem skeptischen Blick.

»Mich stört die Kälte nicht.«

Es fiel Leif schwer, das zu glauben. Selbst unter der Decke war zu erkennen, wie schmal Askons Schultern geworden waren, sein Gesicht war ausgezehrt, hager. Dennoch zitterte er nicht und auch seine eisblauen Augen ließen kein Unwohlsein erkennen.

»Ihr klingt wie Boglius. Er scheint ebenso immun gegen den Frost zu sein wie ihr«, sagte Leif.

»Nicht immun, nur gleichgültig. Und ich gebe zu, ohne diese Decke wäre es wohl kein Vergnügen für mich.«

»Trotzdem, ihr solltet nicht hier draußen sein.«

»Wahrscheinlich habt ihr recht, aber ich fühle, meine Kräfte zurückkehren. Das Essen hat geholfen.«

Leif lachte leise. »Ich habe euch noch nie so viel auf einmal verschlingen sehen.« Er schwieg einen Moment, bevor er fortfuhr. »Morgen erreichen wir Orvar. Es entspricht nicht eurem ursprünglichen Plan, aber wir werden um diesen Zwischenstopp nicht herumkommen. Wir brauchen die richtige Ausrüstung, wenn wir das Frostmeer überleben wollen.«

Eigentlich hatte Askon unverzüglich nach Asox segeln wollen, dem Regierungssitz des Königshauses Glaciens hoch im Norden, um die ehemaligen Verbündeten seines Vaters um Unterstützung im Kampf gegen Viktor zu bitten.

Askon nickte. »Es war ohnehin ein unüberlegter Plan. Ihr habt die richtige Entscheidung getroffen. Außerdem gedenke ich, die Zeit zu nutzen. Ich muss zu meiner alten Stärke zurückkehren, bevor wir den Glaciens unsere Aufwartung machen.«

»Erwartet ihr Schwierigkeiten?«

Askon besah ihn mit einem amüsierten Blick. »Ausgehend von unseren bisherigen Erlebnissen scheint die Vermutung nahe zu liegen, findet ihr nicht?«

»Eure Schlussfolgerung entbehrt nicht einer gewissen Logik«, sagte Leif grimmig. »Seid ihr dafür denn bereit?«

»Noch nicht«, gab Askon zu.

»Werdet ihr es denn sein?« Leif fühlte eine unbestimmte Angst in sich aufsteigen. Zuvor hatte er den Gedanken nicht zugelassen, zu groß war die Erleichterung über Askons unerwartete Genesung, aber natürlich hatte er unter der Oberfläche gebrodelt. Wie konnte er sicher sein, dass Askon von seiner Sucht geheilt war, dass der *kalte Sog* seine Klauen nicht wieder in seinen Verstand bohren würde?

»Ihr meint, ob ich nicht wieder damit anfange, wahllos Menschen zu töten?«, sagte Askon, seine Gedanken erratend.

»Ich habe es bewusst weniger drastisch formuliert, aber ja.«

Askon seufzte und für einen Moment schien es, als blickte er durch Leif hindurch. Seine Eisaugen waren der Welt entrückt und betrachteten etwas, was ihm verborgen blieb.

»Das Verlangen hat mich verlassen«, sagte er. »Zumindest für den Moment. Ich werde alles in meiner Macht stehende tun, damit das so bleibt, aber ... ich weiß nicht, ob ich stark genug sein werde.« Er warf Leif unter zusammengezogenen Brauen einen Blick zu. »Ist noch etwas von dem Styx übrig?«

»Ein letzter Rest«, sagte Leif irritiert.

»Dann müsst ihr mir etwas versprechen, Kapitän. Sollte ich je wieder der Dunkelheit in mir erliegen, ganz gleich ob morgen oder in zehn Jahren, versprecht, dass ihr mir das Styx verabreichen werdet! Findet einen Weg, es mir einzuflößen und dann ... dann beendet es. Ich werde nicht noch einmal die Kraft finden, dem Verlangen abzusagen, und meinetwegen soll kein Unschuldiger mehr sterben.«

Leif wollte protestieren, wollte sich gegen diesen Schwur auflehnen, aber er tat nichts dergleichen. Tief in sich wusste er, dass es keinen anderen Weg gab.

»Ich schwöre es«, sagte er ernst. »Wenn ich auch hoffe, dass dieser Tag nie kommen wird.«

Askons Anspannung wich, Erleichterung huschte über seine Züge. »Danke, Leif. Das bedeutet mir viel.«

»Ihr sagtet vorhin, ihr hättet euer Schicksal gesehen«, sagte Leif. »Was habt ihr damit gemeint? Hat dieses Versprechen vielleicht etwas damit zu tun?«

»Eines Tages, Leif, erzähle ich euch, was ich gesehen habe. Aber zuerst muss ich sicherstellen, dass es nicht Wirklichkeit wird.«

»Ich könnte euch dabei helfen. Wenn ich begreifen würde, worüber ihr redet, versteht sich.«

»Niemand kann mir helfen«, sagte Askon abwesend, den Blick in die Ferne gerichtet.

Leif hätte gern mehr erfahren, aber er sah ein, dass sein König nicht bereit war, sich ihm anzuvertrauen. Das kränkte ihn. Hatte er seine Treue, seine Loyalität etwa nicht bewiesen? Traute er ihm nicht?

»Wir *haben* euch geholfen«, sagte er kühler, als er beabsichtigt hatte.

»Ich weiß. Ohne euch und eure Männer wäre ich verloren. Glaubt nicht, das hätte ich vergessen.«

Immer noch sah Askon über das Meer, scheinbar in Gedanken versunken, und Leifs Ärger verrauchte schlagartig, als er seinen König betrachtete.

Es war die erste richtige Unterhaltung, die er mit ihm führte, seit er dem *kalten Sog* erlegen war, und er spürte eine Veränderung in ihm. Vielleicht war es nur seiner Erschöpfung geschuldet, vielleicht brauchte er nur ein wenig Zeit, aber wenn er ehrlich war, zweifelte Leif daran. Askons Blick hatte sich gewandelt, die Eisaugen waren grübelnder geworden, der schalkhafte Zug um seine Lippen tauchte nur noch flüchtig auf. Und wer konnte es ihm verübeln nach allem, was geschehen war? Nach allem, was er ... *getan* hatte.

»Mein König«, begann Leif vorsichtig, »geht es euch ... gut?«

Askon blinzelte, wandte ihm den Blick zu. »Was ist mit Gerwain geschehen? Mit seiner Leiche, meine ich.«

Leif seufzte und beschloss, die Tatsache zu ignorieren, dass Askon die Frage nicht beantworten wollte. »Gerwain war ein Krieger, aber er war auch ein Seefahrer«, sagte er. »Seine Heimat war das Meer und dort ruht er jetzt.«

»Ich hätte dabei sein sollen. Er hat es verdient, dass sein König Worte des Abschieds spricht.«

»Ihr wart nun wirklich nicht in der Lage. Sprecht jetzt zu ihm. Ich bin sicher, er wird euch hören.«

Askon nickte bedächtig und schwieg dann für eine lange Zeit.

»Gerwain Hexerklinge«, sagte er dann. »Nein ... das ist falsch. Das war nicht dein Name. Ich war es, der dir diesen Titel aufgebürdet hat, und das hätte ich niemals tun sollen. Ich habe dir Unrecht getan, Gerwain. Du hast mir das Leben gerettet und ich dankte es dir, indem ich dich benutzte, indem ich mich deiner Loyalität bediente ... und doch bist du für mich gestorben, hast dein Leben für deinen König gegeben. Das kann ich nicht ungeschehen machen, aber ich kann dir etwas versprechen. Dein Opfer wird nicht umsonst gewesen sein. Von nun an werde ich ein König sein, der den Menschen etwas zurückgibt, der sich ihrer Loyalität und Treue nicht bedient, sondern sich der Verantwortung bewusst ist, die sie mit sich bringen. Vielleicht bringt dir das Frieden, vielleicht ist es dir auch gleichgültig, aber wisse, dass ich niemals vergessen werde. Niemals.«

Askons Stimme wurde in der vollkommenen Stille weit übers Meer getragen und Leif schwelgte einen Moment in der Vorstellung, dass Gerwain seinen Worten lauschte.

Er schniefte und Askons Kopf fuhr herum.

»Heult ihr etwa schon wieder?«, fragte er, der schalkhafte Zug huschte über seine Lippen.

»Ich heule nicht, die Kälte sticht mir in den Augen«, stellte Leif richtig.

Askon schmunzelte, sagte aber nichts mehr. Schweigend standen sie beisammen, blickten über die schwarze Unendlichkeit der See und obwohl Leif das Gefühl hatte, seine Extremitäten müssten bald einfrieren, genoss er die schweigsame Gesellschaft seines Königs, die er so lange vermisst hatte.

13

»Ich? Mächtiger als die Allmachtkronen?«, fragte Vura ungläubig. »Ist das euer Ernst?«

»Allerdings«, sagte der *Schatten*.

»Das ist unmöglich. Nichts und niemand ist mächtiger als ein Kronenträger.«

Der *Schatten* riss sich ein Stück Schwarzbrot ab, biss hinein und kaute genüsslich darauf herum. »Was ist eine Allmachtkrone?«, fragte er zwischen zwei Bissen.

»Wollt ihr mich nun unterrichten?«

»Erheitert mich für einen Moment.«

Vura seufzte. »Eine Allmachtkrone ist das energiereichste, magische Artefakt, das je von Hexern erschaffen wurde.«

»Eine Allmachtkrone ist ein Gefäß«, stellte der *Schatten* richtig und spülte das Brot mit einem Schluck Honigmet hinunter. »Genau wie die Quelle eines Hexers muss sie mit magischer Energie gefüllt werden. Ihr Fassungsvermögen ist gewaltig, da gebe ich euch Recht, aber es ist endlich. Ihr dagegen braucht kein zusätzliches Gefäß, ihr braucht nicht einmal eine Quelle, ihr scheint eine direkte Verbindung mit der Lichtmagie zu haben. Ich habe gesehen, wie ihr Mondlicht aufgesogen habt, aber ich nehme an, dasselbe funktioniert mit Sonnenlicht?«

Vura nickte zögerlich.

»Das dachte ich mir. Sagt mir, Vura, ist die Kraft der Sonne endlich?«

»Nein«, sagte sie. »Nicht nach unseren Maßstäben zumindest.«

»Und wenn ihr euch dieser Macht bedienen könnt, was macht das aus euch?«

Vuras Herz schlug schneller. »Es macht mich ... allmächtig?«

Schon während sie es aussprach, kam es ihr lächerlich vor, doch der *Schatten* erweckte nicht den Eindruck, dass er ihre Aussage amüsant fand.

»Ihr könntet es sein«, sagte er. »Aber zuerst müsst ihr lernen, diese Kraft zu kontrollieren, sie euch zu Nutzen zu machen. Erst dann werdet ihr wirklich wissen, wie machtvoll ihr seid.«

»Wie kommt ihr darauf, dass ich meine Kräfte nicht kontrollieren kann?«, fragte sie herausfordernd.

Sie hoffte, dass ihm ihre Unsicherheit nicht auffiel. Es war sicher nicht die beste Idee, den *Schatten* wissen zu lassen, dass sie in Wirklichkeit keine Ahnung hatte, wie sie ihre Macht einsetzen konnte.

Der *Schatten* lächelte breit. »Euch ist klar, dass euer kleiner Helfer keine Söldner finden wird, die mit euch nach Gottberg segeln, oder?«

Vura versuchte, sich ihren Schock nicht anmerken zu lassen, glaubte aber nicht, dass ihr das gelang. »Ich ... weiß nicht, wovon ihr sprecht.«

»Hm«, sagte der *Schatten* nickend. »Dann müssen sich meine Spione wohl geirrt haben, die ihm die letzten Tage gefolgt sind. Vielleicht haben sie die Gespräche, die sie überhört haben, ja bloß erträumt.«

Vura schlug die Augen nieder. *Verflucht.*

»Oh, bitte, das muss euch nicht peinlich sein«, fuhr er fort. »Ich finde es sehr heroisch. Ihr wollt Arina Astrum befreien, nicht wahr? Hm, mir ist zu Ohren gekommen, dass Thura sie gefangen hält. Ein gewagtes Unterfangen und äußerst gefährlich. Um unbemerkt in das Schloss einer Kronenträgerin einzubrechen, braucht es ein gut ausgebildetes Team. Männer mit solch hochspezialisierten Fähigkeiten werdet ihr hier nicht finden.«

»Kommt zum Punkt, *Schatten*«, brachte Vura zwischen zusammengebissenen Zähnen hervor.

»Es gibt keinen Punkt. Es wundert mich bloß, dass ihr überhaupt auf der Suche nach Söldnern seid. Eine Hexe mit euren Gaben ist nicht auf die Hilfe von Menschen angewiesen. Ihr könntet Thuras Nachtkrone vernichten ... das heißt, wenn ihr eure Kräfte wirklich beherrschen würdet. Wenn ihr sie *verstehen* würdet.«

Er war zu klug für sie. Es war nicht leicht, sich das einzugestehen, aber es war so. Der *Schatten* war ihr so viele Schritte voraus, dass es beängstigend war. Innerhalb kürzester Zeit hatte er herausgefunden, weshalb sie hier war, was sie vorhatte und dass sie nicht so selbstsicher war, wie sie es zu sein vorgab.

Was er wohl noch alles wissen mochte? Über sie, ihre Vergangenheit ... ihre Kräfte?

»Ihr könnt es nicht kontrollieren, ist es nicht so?«, fragte er.

Vura schluckte, antwortete aber nicht.

»Wisst ihr, einer meiner Informanten in Cithrael«, sagte er beiläufig, »berichtete mir, dass Serja Astrum vor einigen Wochen schwer gedemütigt wurde. Eine junge Hexe habe sie auf offener Straße bekämpft und sie beinahe umgebracht. Ihr habt nicht zufällig etwas damit zu tun?«

»Wisst ihr das nicht bereits?«, zischte sie.

»Natürlich. Ich habe es nur als höflich erachtet, euch zu fragen. Ich nehme an, das war das erste Mal, dass ... *es* passiert ist, habe ich recht? Dass eure Macht sich manifestiert hat? Ich hätte schon von euch gehört, wenn es davor einen ähnlichen Vorfall gegeben hätte.«

»Und wenn es so wäre?«

»Dann würde ich die Vermutung aufstellen, dass eure Kräfte nur dann in Erscheinung treten, wenn ihr euch in akuter Lebensgefahr befindet.«

Vura presste die Kiefer aufeinander. Es war erschreckend, wie präzise sein Verstand arbeitete. Er hatte die Informationen, die ihm zur Verfügung standen, analysiert, in eine logische Verbindung zueinander gebracht, und die richtigen Schlüsse gezogen. Arina hatte ihr diese Form der Informationsverarbeitung beigebracht, welche die Hexer Deduktion nannten. Vura hatte geglaubt, sie wäre gut darin und hatte in Arina eine Meisterin gesehen. Sie hatte sich geirrt. Verglichen mit dem *Schatten* waren sie beide Amateure.

Ihm konnte sie nichts vormachen, er wusste alles.

»Was ... was wollt ihr von mir?«, fragte sie und zum ersten Mal, seit sie sich ihm gegenübersah, empfand sie Angst vor diesem unheimlich scharfsinnigen Mann.

»Ich will euch helfen, eure Kräfte zu kontrollieren, das ist alles.«

»Ja, aber *warum*? Was habt ihr davon?«

»Chaos«, sagte der *Schatten* und zwinkerte ihr zu. »Ich will ehrlich zu euch sein. Ich habe Serja Astrum ein Versprechen gegeben, das ich nicht halten kann. Das wird zu Problemen führen und ich *hasse* Probleme. Ihr dagegen seid ein Problem für Serja, für alle Astrums, um genau zu sein. Wie ich bereits sagte, ihr könntet das Machtgefüge durcheinanderbringen. Und ein Mann wie ich profitiert immer davon, wenn an Grundfesten der Welt gerüttelt wird.

»Dann muss ich euch enttäuschen«, sagte Vura bestimmt. »Ich will nichts mit den Astrums zu tun haben. Sobald ich Arina befreit habe, werde ich mich soweit von ihnen fernhalten wie irgend möglich. Sollen sie doch ihren Krieg gewinnen oder zur Hölle fahren. Es ist mir gleich, solange sie mich nur in Frieden lassen.«

Die Lippen des *Schatten* kräuselten sich zu einem verschlagenen Lächeln. »Es ist zumindest fragwürdig, ob sie das tun werden. Vielleicht werdet ihr gar keine andere Wahl haben, als euch in Angelegenheiten einzumischen, die ihr zu ignorieren sucht.« Er machte mit seinen langen Fingern eine wegwischende Handbewegung in der Luft. »Aber selbst wenn nichts dergleichen geschähe, würde ich euch dasselbe Angebot machen. Eure Kräfte sind ein Mysterium und es giert mich danach, mehr über sie zu erfahren. Allein die Möglichkeit, dieses Rätsel zu lösen, ist Grund genug für mich, euch meine Hilfe anzubieten.«

Vura ließ sich seine Worte durch den Kopf gehen, versuchte, die dunklen Augen ihres Gegenübers zu ergründen. »Und ihr glaubt, dass ihr mir wirklich dabei helfen könnt?«, fragte sie vorsichtig.

»Wenn ich es nicht kann, vermag es niemand. Ihr werdet in den Insellanden keinen fähigeren Hexenlehrmeister finden.«

Es fiel ihr nicht schwer, das zu glauben. Die seltsame Affenkreatur kam ihr in den Sinn, die Schnelligkeit, mit der sich der Hexer bewegt hatte – Magie, wie sie sie noch nie gesehen hatte. Der *Schatten* investierte zweifelsohne viel Zeit und Muße in die Perfektionierung seiner magischen Praktiken und das tat er schon seit Dekaden. Vura dagegen war trotz all ihrer Macht eine blutige Anfängerin; sie brauchte Hilfe, wenn sie ihr ganzes Potenzial ausschöpfen wollte.

»Wie stellt ihr euch das vor?«, hakte sie nach.

»Ich besitze ein ... nennen wir es Landhaus, nicht weit von der Stadt.« Der

Schatten griff in eine Tasche seines Mantels und legte ein gefaltetes Pergamentblatt auf den Tisch. »Mit dieser Karte werdet ihr es ohne Schwierigkeiten finden. Zu Pferd braucht ihr anderthalb Tage für die Reise. Oh, und bringt euren messerwerfenden Freund mit, wenn ihr wollt. Im Stall stehen zwei Pferde für euch bereit. Ich war so frei, sie hier unterzubringen, als ich gekommen bin. Ganz gleich wie eure Antwort ausfällt, sie gehören euch.«

»Wieso könnt ihr mich nicht hier in Nubos ausbilden?«, fragte Vura misstrauisch und überging seine Bemerkung über das großzügige Geschenk, das er ihr gemacht hatte.

»Das könnte ich, aber dann wüsste die halbe Stadt von euch und ihr habt wahrlich schon genug Aufmerksamkeit auf euch gezogen. Ihr solltet eure Kräfte an einem Ort erkunden, wo euch niemand sehen, hören oder *spüren* kann.«

Vura nickte bedächtig, ließ den Schatten aber nicht aus ihren leuchtenden Augen.

Sie war weit davon entfernt, ihm zu vertrauen. Es schien regelrecht unmöglich, die wahren Intentionen dieses Mannes zu durchdringen. Aber ihr gingen langsam die Ideen aus. Wenn sie Arina retten wollte, dann musste sie lernen, ihre Macht zu beherrschen. Und der *Schatten* stellte ihre beste Chance dar, das zu tun. Sie hatte keine Wahl, sie musste das Risiko eingehen.

»Ah, ihr nehmt meine Einladung an?«, sagte der *Schatten*. »Ich sehe es in euren Augen.«

»Das tue ich, *Schatten*.«

»Eine weise Entscheidung.« Er blickte sie einen Moment an und stand dann auf. »Bis übermorgen, Lichthexe«, sagte er und verließ das Wirtshaus.

»*Schatten*«, rief Vura ihm nach, woraufhin er kurz vor der Tür stehen blieb. »Wenn ihr mich betrügt, bringe ich zu Ende, was ich in jener Nacht begonnen habe.«

Ihre Stimme grollte vor Macht, der *Schatten* lächelte schief. »Ich wäre enttäuscht, wenn nicht«, sagte er, öffnete die Tür und trat ins Sonnenlicht.

»Ist er weg?«, hörte sie den Wirt fragen, der sich unter den Tresen zurückgezogen hatte.

Vura verschloss ihre Quelle wieder und antwortete mit gewöhnlicher Stimme: »Ja.«

»Der *Ursprung* sei gepriesen! Solange er hier ist, kann ich Kundschaft vergessen«, rief er erleichtert aus.

Vura antwortete nicht. Nun, da der *Schatten* fort war, regte sich der Appetit in ihr und sie machte sich über das Essen her, das vor ihr ausgebreitet lag. Kauend dachte sie über das nach, was ihr der *Schatten* erzählt hatte.

Er hielt es für möglich, dass sie mächtiger war als die Allmachtkronen. Was, wenn er recht hatte? Was würde das für sie bedeuten?

Nichts, dachte sie. Sie hatte nicht um diese Macht gebeten und sie würde sie nicht nutzen, um andere zu beherrschen. Das war es, was alle Menschen in ihrem Leben mit ihr getan hatten. Sie wusste, wie sich das anfühlte, wie schrecklich es war, hilflos zu sein, und sie würde dasselbe nicht mit Anderen tun. Nicht einmal mit jenen, die ihr das angetan hatten. Alles, was sie wollte, was sie sich je gewünscht hatte, war, in Frieden zu leben. Selbstbestimmt.

Das wenigstens konnte ihr diese Macht ermöglichen.

Die Eisinseln

14

»Und ihr seid sicher, dass ihr hier anlegen wollt?«

Askon musterte Boglius kurz und bemerkte die Skepsis in seinem kantigen Gesicht, dann wandte er seine Aufmerksamkeit wieder der Küstenlinie zu, auf die sie zufuhren. Er antwortete nicht.

»Ich meine«, fuhr Boglius nach einer Weile fort, »das *Anlegen* ist ja nicht das Problem. Wir brauchen schließlich Ausrüstung und Proviant und so weiter. Aber wollt ihr hier wirklich ... *bleiben*? Gibt es dort überhaupt eine Taverne?«

Die mögliche Nicht-Existenz eines Wirtshauses schien den Krieger zu ängstigen und Askon musste schmunzeln. »Ich bin sicher, es gibt eine Taverne, Boglius«, sagte er beschwichtigend. »Und wenn nicht ... tja, du wirst es ja wohl einige Tage aushalten, ohne dich besinnungslos zu betrinken, oder?«

Boglius verzog das Gesicht und legte den Kopf schief. Scheinbar war er da anderer Meinung.

»Du hast dich zu sehr an Nubos gewöhnt«, sagte Askon. »Nicht jede Stadt kann so voller Bier, Huren und Sünde sein.«

»Warum eigentlich nicht?« Es schien eine ernstgemeinte Frage zu sein. »Das Leben wäre wesentlich spaßiger für alle Beteiligten, das kann ich euch sagen. Außerdem wollt ihr doch wohl dieses *Kaff* nicht als Stadt bezeichnen? Ich meine, seht es euch doch nur einmal an!«

Askon tat es. Das rötliche Morgenlicht beschien eine kleine Siedlung in einer Bucht zwischen schneebedeckten Klippen, ein kleiner belebter Keil im Fels. Sie hatten Orvar schon vor einigen Stunden erreicht und waren seither an der Küste entlanggesegelt. Dies war die erste Siedlung, die sie entdeckt hatten. Die steinernen Hütten, die Hauben aus Schnee auf den Dächern trugen, schmiegten sich an den Hang, der zu beiden Seiten sanft zu den Klippen hinaufwuchs. Rauch kräuselte sich aus den Schornsteinen, Menschen, die in dicke Pelze gekleidet waren, marschierten geschäftig über den Hafen und beluden einmastige Fischerboote. Einige hielten in ihrer Arbeit inne, als sie der *Acheron* gewahr wurden, und starrten das riesige Kriegsschiff an.

Ein Dorf mitten im Nirgendwo der Eisinseln, das vielleicht fünfhundert Einwohner zählte. Abgeschieden, ruhig, friedlich. Perfekt, um sich zu erholen. Perfekt, um zu sich selbst zurückzufinden, nachdem man in die Zukunft geblickt und nichts als Verzweiflung gesehen hatte. Perfekt, um den drohenden Wahnsinn abzuwenden, den diese Vision mit sich brachte.

Wenn man jedoch nichts anderes als Bier, Kämpfen und Frauen im Kopf hatte – wahrscheinlich in genau der Reihenfolge –, dann war dieser Ort alles andere als perfekt.

»Wir sind nicht hier, um Urlaub zu machen«, sagte Askon. »Wir sind hier, um uns darauf vorzubereiten, in den Krieg zu ziehen.«

»Genau!«, sagte Boglius nickend. »Für viele eurer Männer wird es das letzte Mal sein, dass sie die wenigen Freuden genießen können, die das Leben zu bieten hat. Etwas, das sie hier nur schwerlich finden werden.«

»Die Armen.« Askon bedachte den Hünen mit einem mitfühlenden Blick.

»Ich kann eure Meinung nicht ändern, oder?«

Askon schüttelte den Kopf. »Dein *König* hat eine Entscheidung getroffen.« Er sprach seinen Titel mit Nachdruck aus. Manchmal musste er Boglius daran erinnern, mit wem er redete.

Boglius seufzte. »Na schön ... mein König.« Er verschränkte die Arme vor der Brust und betrachtete das näherkommende Dorf. »Vielleicht habe ich ja Glück und finde in diesem verschneiten Kuhdorf ein einigermaßen ansehnliches Weib, das willig ist, einen in den Krieg ziehenden Soldaten zu verwöhnen.« Er klang nicht sonderlich zuversichtlich.

»Beschwert er sich schon wieder?«, fragte Leif, der mit schweren Schritten über das Deck stapfte und sich zu ihnen gesellte. Bis eben hatte er mitgeholfen, das Segel einzuholen, das sie behindern würde, nun, da sie in den Hafen einfuhren.

»Er wünscht sich einen illusteren Ort, um unterzukommen«, sagte Askon achselzuckend.

»Ah, er fürchtet, zu wenig Alkohol und Huren vorzufinden, wie?«, fragte Leif grinsend. »Ein klassisches Bogliusproblem. Einfach ignorieren, mein König.«

»Was wäre ich für ein König, wenn ich die Wünsche meiner Untergebenen ignorieren würde?«, fragte Askon, seine Eisaugen funkelten amüsiert. »Nein, nein, ich erkenne sie an und zertrümmere sie dann ganz nach royaler Manier, wie es die Adligen seit jeher tun.«

Leif lachte schnaubend. »Eure Weisheit wächst mit jedem Tag eurer Regentschaft!«

»Hey, ihr wisst aber schon, dass ich immer noch hier bin?«, fragte Boglius mürrisch.

»Das kann einem nur schwerlich entgehen«, sagte Askon. »Du bist groß wie ein Ochse und stinkst sogar noch schlimmer. Deine Anwesenheit ist förmlich nicht zu über*riechen*.«

Leif lachte noch lauter, während Boglius ihnen einen bösen Blick zuwarf, etwas vor sich hin murmelnd, das nicht für die Ohren von Kindern geeignet war, und sich davonmachte.

»Jetzt habt ihr ihn vertrieben ...«, sagte Leif immer noch lachend.

Obwohl Askon ebenfalls schmunzelte, empfand er nicht dieselbe Unbeschwertheit, die er nach Außen zeigte. Es war eine Maske, die er aufsetzte, und von der er hoffte, dass sie ihn selbst täuschen würde. Doch das tat sie nicht. Er hatte in dieser Nacht kein Auge zugemacht, denn immer, wenn er es getan hatte, wenn er versucht hatte, etwas Schlaf zu finden, sah er sich diesen blauglühenden Augen gegenüber. *Seinen* Augen, durchwirkt von der Macht der Schattenkrone. Voller Magie und doch so leer ... so schrecklich leer. Nichts hatte ihm je so viel Angst gemacht wie dieser Anblick. Dabei waren es nicht die Augen, vor denen er sich fürchtete, es war das, was sie repräsentierten. Versagen. Verrat. Er hatte seiner Mutter geschworen, dass er die Schattenkrone nicht aufsetzen würde, dass er nicht zu dem dunklen Herrscher werden würde, den sie gesehen hatte. Wenn er seiner Vision jedoch Glauben schenken konnte, dann würde er diesen Eid brechen. Aber wie war das möglich? Eher starb er, als dass er sein Versprechen verriet. Welche Scheußlichkeit musste die Zukunft also bereithalten, dass er es doch tat? Was würde geschehen, das ihn seinen Schwur brechen ließ?

Was es auch war, er musste es verhindern. Er *musste* es einfach.

»Herr?«, fragte Leif. Askon sah auf, blinzelte. Wie lange hatte er schon seinen Gedanken nachgehangen? Leif sah ihn besorgt an. »Stimmt etwas nicht?«

Sollte er ihm davon erzählen? Es wäre befreiend, diese Last zu teilen, das Geheimnis zu lüften, das ihn innerlich zu ersticken drohte. Andererseits ... wenn er seine Vision aussprach, würde sie noch realer, noch *greifbarer* werden. Er wollte ihr nicht noch mehr Macht über ihn verleihen. Außerdem hatte er Leif aus gutem Grund nichts über die Schattenkrone verraten. Niemand sollte je davon erfahren. Es war zu gefährlich.

»Es ist nichts«, sagte er. »Ich habe nur über unser weiteres Vorgehen nachgedacht.«

Leifs Augen verengten sich, musterten ihn forschend. »Nun, wir tun genau das, was wir besprochen haben«, sagte er. »Zuerst besorgen wir uns die Ausrüstung, die wir für dieses Frostwetter benötigen, bevor sich meine Männer die Zehen abfrieren. Und wenn ich mir diese Kameraden mit den Harpunen dort so ansehe« Er deutete zum Hafen, »bin ich zuversichtlich, dass die Menschen dieses Dorfes genügend Felle besitzen, die wir ihnen abkaufen können. Derweilen kommt ihr wieder zu Kräften und sobald ihr bereit seid, machen wir uns nach Asox auf, um dem Königshaus einen Besuch abzustatten. Alles in allem ein recht unkomplizierter Plan. Es gibt nichts, worüber ihr euch den Kopf zerbrechen müsstet. Es sei denn, da ist noch etwas anderes, das euch auf dem Herzen liegt?«

Askon spürte Leifs fragenden Blick auf sich und sah ihm in die Augen. »Nein, alles bestens.«

Leif nickte resignierend. »Also gut. Ich werde dann mal dafür sorgen, dass die Männer mein Schiff nicht in eines dieser Fischerboote hineinmanövrieren. Das wird eng werden, dieser Hafen ist wahrlich nicht für ein Kriegsschiff gebaut worden.« Er verbeugte sich. »Mein König.«

Leif trottete davon und brüllte sofort irgendwelche Kommandos. Askon hatte nach wie vor Schwierigkeiten damit, seine Befehlsstimme zu verstehen – er klang dann wie ein röhrender Hirsch –, aber die Männer schienen dieses Problem nicht zu teilen. Askon beobachtete sie einen Moment, wie sie über das Deck wuselten und die *Acheron* zum Einlaufen bereit machten, dann sah er wieder zur schneebedeckten Küste.

Irgendwann werde ich es ihm erzählen, dachte er. *Irgendwann, wenn all das vorbei ist. Wenn ich es abgewendet habe.*

Er seufzte und schloss die Augen, spürte die eisige Brise, die ihm übers Gesicht strich und durch seine Haare wehte. Ein blauglühendes Augenpaar starrte ihm aus der Finsternis entgegen, leer und doch bohrend. Sofort schlug er die Augen wieder auf.

Irgendwann …

15

»Ich möchte anmerken, dass ich das immer noch für eine unfassbar blöde Idee halte«, sagte Gedilli und rutschte unruhig im Sattel hin und her.

»Zur Kenntnis genommen«, gab Vura zur Antwort. »Wie auch schon die hundert Male davor.«

Gedilli zog an den Zügeln und der schwarze Wallach blieb sofort stehen. Vura brachte ihr eigenes schwarzes Pferd zu einem Halt und drehte sich im Sattel zu ihm herum.

»Wisst ihr, manchmal kommt es mir so vor, als würdet ihr meine Bedenken nicht ernst nehmen«, sagte er. »Dabei musstet ihr im Nachhinein immer einsehen, dass sie begründet waren.«

»Das stimmt doch überhaupt nicht«, protestierte Vura. »Gut … damals mit

Gottberg mögt ihr richtig gelegen haben, aber was Askon Nox angeht, habt ihr eine völlig falsche Einschätzung getroffen.«

»Inwiefern?«

»Ihr habt geglaubt, dass er mich den Astrums ausliefern würde oder etwas in der Art.«

»So spezifisch habe ich mich nie ausgedrückt«, sagte Gedilli. »Ich habe von einer generellen Gefahr gesprochen und lag ich etwa falsch? Soweit ich mich erinnere, wurdet ihr von einem mordlustigen Hexer angegriffen.«

»Ja, aber ...«

»Und jetzt befinden wir uns auf dem Weg, diesem Verrückten einen Besuch abzustatten! Ihr könnt sicher nachvollziehen, dass ich gewisse Bedenken habe.«

»Glaubt ihr denn, die habe ich nicht? Aber ich muss dieses Risiko in Kauf nehmen, denn ihr lasst mir ja keine Wahl. Oder wollt ihr mich weiterhin anlügen und mir erzählen, dass es euch bald glücken wird, ein paar fähige Söldner anzuheuern?«

Gedilli schluckte schwer und konnte Vuras anklagendem Blick nicht länger standhalten. Einen Moment spielte er mit dem Gedanken, ihre Anschuldigung abzustreiten, die Lüge weiter zu spinnen, doch dann seufzte er. Es hatte keinen Sinn, sie wusste Bescheid. »Wie lange ...«, begann er, wurde jedoch von Vura unterbrochen.

»Wie lange ich schon weiß, dass ihr euer Unterfangen aufgegeben habt? Ich vermute es seit ein paar Tagen. Seit ihr jeden Abend sturzbetrunken in unsere Kammer gewankt seid. Ich bin nicht dumm, Gedilli.«

»Ich weiß, es ist nur ...« Er rang nach Worten. »Ich hatte Angst, Vura.«

Verständnislosigkeit huschte über Vuras Miene. »Angst vor was?«

Gedilli schwieg. Er blickte in die Ferne und wählte seine nächsten Worte vorsichtig. Er schämte sich dafür, dass er Vura angelogen hatte, aber ihr nun unverblümt zu sagen, dass er Zweifel an ihrer Urteilskraft hatte, würde alles nur noch schlimmer machen. Ihr Vertrauen in ihn war ohnehin schon beschädigt.

»Prinzessin Arina bedeutet euch zweifelsohne sehr viel«, sagte er. »Ich fürchtete, wenn ich euch erzählen würde, dass mein Plan missglückt ist, dass ihr ... *impulsiv* reagieren würdet.«

Vuras Augen wurden schmal. »Impulsiv inwiefern?«

»Zum Beispiel indem ihr euch von einem Mann in sein Haus einladen lasst, der vor ein paar Tagen versucht hat, euch zu töten.«

»Wenn es euch nicht passt, dann könnt ihr ja gehen!«, sagte Vura trotzig.

»Und euch allein in euer Verderben rennen lassen? Ha, das könnte euch so passen. Nein, nein, bevor uns wieder die halbe Welt um die Ohren fliegt, werdet ihr folgende Worte klar und deutlich vernehmen: Ich habe es euch ja gesagt!«

Einen Moment funkelte Vura ihn zornig an, dann warf sie den Kopf zurück und prustete los. »Ihr seid ein Schlitzohr, Gedilli«, sagte sie, als sie sich wieder beruhigt hatte. »Lügt mich tagelang schamlos an und schafft es trotzdem, den Spieß herumzudrehen. Ich kann euch nicht einmal böse sein.«

Kopfschüttelnd gab sie ihrem Pferd die Sporen und trabte über die grüne Steppe. Gedilli seufzte missmutig und folgte ihr. Er war froh, dass ihm Vura seine Unehrlichkeit nicht übelnahm, aber das änderte nichts daran, dass sich sein Magen zusammenzog, wenn er an ihren Zielort dachte. Zu sagen, er wäre besorgt, wäre die Untertreibung des Jahrhunderts. Andererseits ging er womöglich falsch an die Sache heran, dachte zu sehr in alten Mustern. Sein Verstand schrie ihm zwar zu, dass er in den sicheren Tod ritt, aber diese Einschätzung hatte er in letzter Zeit häufiger vertreten, als er zählen konnte und doch war er immer noch hier. Vielleicht sollte er sich damit abfinden, dass in Vuras Gegenwart Dinge geschahen, die er sich nicht erklären konnte.

Der Dunstalp war das beste Beispiel dafür. Ein Magiewesen, das seit weiß der *Ursprung* wie vielen Jahrtausenden lebte, hatte ihn, Gedilli, dazu auserwählt, Vuras Beschützer zu sein. Das musste doch etwas zu bedeuten haben. *Vura* musste etwas bedeuten. Wie sonst ließe sich erklären, dass sie Askon Nox gerade an jenem Abend aufgesucht hatte, als der *Schatten* sich seiner bemächtigen wollte? Wenn sie nicht gewesen wäre, wäre er nun vermutlich tot und die Rachepläne des letzten Todeshexers wären zu einem abrupten Ende gekommen. Das alles konnte kein Zufall sein.

Ja, bei dem darauffolgenden Kampf waren einige Unschuldige ins Kreuzfeuer geraten, aber konnte er dafür wirklich Vura die Schuld geben? Immerhin schienen hier höhere Kräfte am Werk zu sein. Es war zweifelsohne tragisch, aber so unvermeidbar wie seine Begegnung mit dem Dunstalp. Sicher waren auch der *Schatten* und seine überraschende Einladung Teil des kosmischen Plans. Es gefiel ihm zwar nicht, dass dieser Vura dabei helfen wollte, ihre verborgenen Kräfte zu entfesseln – denn jenen vertraute er so wenig wie dem fremden Hexer –, aber er musste lernen, sich dem Strom der Ereignisse zu fügen.

Zumindest sagte Gedilli sich das. Das war weniger anstrengend als sich jeden Tag bis zur Besinnungslosigkeit zu betrinken. Außerdem hatte er sich Vura verschworen. Er hatte es in dem Moment getan, als er auf das Angebot des Dunstalps eingegangen war und sich gegen seine ehemaligen Kameraden gestellt hatte. Damals hatte er akzeptiert, dass er Teil von etwas Größerem war. Dass *sie* etwas Größeres war.

Er sah Vura an und seine Sorgen wurden von einer Welle des Stolzes fortgespült. Sie saß sicher im Sattel, in vollkommenem Gleichgewicht, ein unverkennbares Zeichen dafür, dass sie eine ausgiebige Reitausbildung genossen hatte. Ihr fellgefütterter, dunkler Umhang, den sie extra für diese Reise erstanden hatte, fiel über das Hinterteil ihres Pferdes und verlieh ihr einen adligen Zug. Das rotgelockte Haar wirbelte im beißenden Wind um ihren Kopf herum wie eine Feuersbrunst.

Dies war seine Herrin und er ihr Diener. Nach so vielen Jahren der Verzweiflung, in denen er dem dunklen Pfad des kurzweiligen Vergnügens gefolgt war, des Vergessens, hatte er endlich wieder ein Ziel vor Augen, eine Bestimmung. Er durfte sie nicht wieder verlieren. Dies war seine Chance, seine Fehler wiedergutzumachen.

Er schnalzte mit der Zunge und sein Wallach trabte schneller, schloss zu Vura auf.

»Ihr seid ein anstrengender Weggefährte, wisst ihr das?«, fragte sie schmunzelnd.

»Tatsächlich halte ich mich eher für einen Weggefährten, dem das Leben seiner Herrin am Herzen liegt.«

Sie blickte ihn mit ihren grünen Augen an. »Glaubt nicht, das wüsste ich nicht. Ich danke euch für euren Rat, aber das hier ... das muss ich tun.«

»Ich weiß. Ihr habt eure Entscheidung getroffen und ich werde sie fortan respektieren.«

Vura nickte zufrieden. Schweigend ritten sie nebeneinander her, den Blick in die Ferne gerichtet. »Es ist schön hier, nicht wahr?«, fragte sie nach einer Weile.

Gedilli ließ seinen Blick schweifen und musste ihr recht geben.

Sie waren schon seit einigen Stunden unterwegs und hatten die Äcker und Felder außerhalb der Stadtmauern von Nubos längst hinter sich gelassen. Vor ihnen erstreckte sich eine gewaltige Steppe, deren hochgewachsene gelbgrüne Gräser im Wind wogten. Der Himmel war bewölkt, aber durch Risse in der Wolkendecke fluteten vereinzelt gewaltige Lichtsäulen hindurch und zeichneten goldene Flecken auf die Wiese. In der Ferne glitzerte ein großer See und dahinter erhoben sich die Berge des Weißgebirges, das seinen Namen aufgrund des hellen Gesteins erhalten hatte, aus dem es sich zusammensetzte.

»Es ist wirklich sehr schön«, sagte Gedilli. »Ich glaube, ich habe noch nie so weit blicken können.«

»Ja, wenn die Berge nicht wären, könnte man meinen, wir ritten über einen grünen Ozean. Was meint ihr, wie lange brauchen wir bis zu dem Landhaus?«

»Wir werden wohl den ganzen Tag unterwegs sein, bis wir den See erreichen. Allerdings müssen wir dann noch den Pfad finden, der laut Karte durch den Wald dahinter führt. Das könnte sich bei Nacht als schwierig erweisen.«

»Was schlag ihr also vor?«

»Dass wir uns eine geschützte Senke im Wald suchen, dort die Nacht verbringen und bei Morgenlicht wieder aufbrechen. Wir sollten das Anwesen dann etwa zur Mittagszeit des morgigen Tages erreichen.«

Vura schien nachzudenken. »Das klingt nach einer guten Idee.«

»Ich höre wohl nicht richtig? Ihr stimmt mir zu?«

»Nun tut mal nicht so überrascht. Es ist ohnehin klüger, dem *Schatten* bei Tag zu begegnen, wenn ich im Vollbesitz meiner Kräfte bin.«

»Wie ungewöhnlich vernünftig von euch«, sagte er lachend.

Als die Nacht hereinbrach, schlugen sie ihr Lager, wie Gedilli vorgeschlagen hatte, in einer kleinen Senke im Wald auf. Die beiden Pferde des *Schatten* hatten sie an einen Baum gebunden und ihnen Hafer gegeben, den sie lautstark verputzten. Über einem kleinen Feuer brodelte ihr eigenes Abendessen in einem kleinen, eisernen Topf: Haferschleim mit Dörrfleisch.

Gedilli füllte gerade zwei hölzerne Schalen und überreichte eine Vura, dann setzte er sich neben sie ans Feuer und begann zu essen.

»Gedilli?«, fragte Vura auf einmal.

»Hmm?«, brummte Gedilli mit vollem Mund.

»Wie seid ihr eigentlich damals auf diesem Piratenschiff gelandet? Das habt ihr mir nie erzählt.« Sie machte eine Pause und legte die Stirn in Falten. »Wenn ich so darüber nachdenke, habt ihr mir nie irgendetwas von euch erzählt.«

Gedilli schluckte, wischte sich mit dem Handrücken den Mund ab und stellte die Schale auf seine Oberschenkel. »Wieso kommt ihr gerade jetzt darauf?«, fragte er.

Sie zuckte mit den Achseln. »Ich weiß nicht. Dieser Wald, das Lagerfeuer ... es erinnert mich an den Tag, an dem ich in eurer Obhut erwacht bin. Als ihr mich vor den Piraten gerettet habt. Damals habe ich euch nicht gekannt, aber ich wusste sofort, dass ihr viel mehr seid, als ihr den Menschen glauben machen wollt. Heute weiß ich immer noch nicht mehr als das. Ich finde, das sollten wir ändern.«

Gedilli war da anderer Meinung. An seine Vergangenheit nur zu denken, ließ Gefühle in ihm aufsteigen, die er seit Jahren zu verdrängen suchte. Beim *Ursprung*, wie lange er diese Erinnerungen zurückgehalten hatte. Eine Wunde, die er lang verheilt geglaubt hatte, drohte wieder aufzureißen und ihren eitrigen Sud in seine Seele zu gießen. Nichts lag ihm ferner, als diese Qual in Worte zu fassen. Solange sie nur in seinem Kopf existierte, konnte er so tun, als wäre sie nicht real, als gehörte sie jemand anderem. Einem Menschen, den es schon lange nicht mehr gab.

Außerdem, was würde Vura von ihm denken, wenn sie die Wahrheit erfuhr?

»Da gibt es nicht viel zu erzählen«, sagte er.

Vura hob skeptisch eine Augenbraue. »Was übersetzt so viel heißt wie: *Da gibt es eine Menge zu erzählen, ich will es aber nicht.*«

Sie hatte ihre Stimme verstellt, wohl in der Absicht, Gedilli nachzuahmen, und kicherte über ihre eigene Imitation. Ihm war dagegen nicht zum Lachen zumute.

»Nun schaut doch nicht so grimmig«, sagte sie. »Was habt ihr denn? Erzählt, Gedilli, bitte. Es ist ja nicht so, als hättet ihr im Moment etwas Besseres zu tun.«

Gedilli zog eine Grimasse. Er hasste es, in eine Ecke gedrängt zu werden. »Nein«, sagte er barsch. »Meine Vergangenheit tut nichts zur Sache. Ich ...«

Ein Geräusch ließ ihn verstummen. Er legte die Schüssel beiseite und erhob sich rasch. Sein Blick suchte die umstehenden Bäume ab.

»Was ist?«

»Schhh«, machte er und presste seinen Zeigefinger auf die Lippen.

Er schloss die Augen und legte den Kopf schief, konzentrierte sich ganz auf die Stille des Waldes, die nur durch das Rascheln der Blätter unterbrochen wurde, die im Wind wogten.

Ein Knacken hinter ihm, leise, unscheinbar.

Beinahe ohne sein Zutun schlug seine Hand den langen Mantel zurück und tastete nach dem Messer in seinem Gürtel.

Ein Rascheln, nicht im Einklang mit dem Rhythmus des Windes.

Innerlich zählte er langsam bis zehn, glich seinen Herzschlag daran an. Seine Muskeln spannten sich an, obgleich seine Atmung ruhiger wurde.

Ein Kratzen, kaum wahrnehmbar, aber nah.

Er öffnete die Augen, fuhr in einer geschmeidigen Bewegung herum und warf das Messer schräg nach oben. Die Klinge zischte durch die Luft, gefolgt von einem schmatzenden Ploppen und einem schrillen Schrei. Etwas Großes, Dunkles fiel von einem dicken Ast herunter und schlug mit einem Poltern auf dem Waldboden auf.

Vura schreckte auf und sprang zurück, die weit aufgerissenen Augen auf die sich windende Kreatur gerichtet, deren schwarzes Fell im Feuerschein glänzte.

»Diesmal nicht, du hässliches Ungetüm!«, schrie Gedilli triumphierend. Er hatte bereits zwei weitere Messer in den Händen und hob sie drohend. »Eine Bewegung und du stirbst!«

Die affenartige Kreatur setzte sich mit erhobenen Händen vorsichtig auf, das tierische Gesicht zu einer Grimasse des Schmerzes verzerrt. »Aua!«, schrie es und tastete nach dem Messer, das ihm bis zum Heft in der Schulter steckte. »Wisst ihr eigentlich, wie weh das tut?«

Gedilli schnaubte. »Mein Mitleid hält sich in Grenzen. Was suchst du hier? Wolltest du uns im Auftrag deines Herrn etwa im Schlaf die Kehlen durchschneiden?«

»Mein Herr weiß nicht einmal, dass ich hier bin«, sagte der Affe. »Ich wollte nur einen Blick auf euch werfen, das ist alles. Ich war neugierig. Mein Herr hat mir gesagt, dass ihr kommen würdet.«

Gedilli machte zwei schnelle Schritte auf den Affen zu und trat ihm mit seinem Stiefel ins Gesicht, woraufhin dieser einen weiteren schrillen Schrei ausstieß. »Und das soll ich dir glauben? Sag die Wahrheit, du magisch manipulierte Missgeburt!«

»Gedilli!«, sagte Vura scharf und trat zwischen ihn und sein Opfer. »Das reicht! Er kann uns nichts mehr tun.«

Sie kniete nieder und berührte die Kreatur an der Schulter, deren Augen sich vor Furcht weiteten. »Du brauchst keine Angst vor mir zu haben. Es sei denn natürlich, du willst uns etwas Böses, dann töte ich dich in einem Herzschlag, verstanden?«, sagte sie und ihre Augen leuchteten flüchtig auf.

Der Affe nickte eifrig.

»Gut. Hast du einen Namen?«, fragte sie.

»Mein Herr nennt mich Bersek.«

»Was tut ihr denn da?«, sagte Gedilli fassungslos.

»Ich unterhalte mich mit unserem Gast. Ihr solltet es auch mal versuchen, das ist so viel zuträglicher, als mit Messern nach ihm zu werfen.«

Gedilli wollte seinen Ohren nicht trauen. War sie etwa wütend auf ihn, weil er versucht hatte, sie zu beschützen? »Vielleicht fragt ihr euren *Gast* einmal, wieso er sich nicht zu erkennen gab und uns von den Bäumen aus beobachtet hat?«

»Nun, du hast ihn gehört, Bersek«, sagte Vura.

Bersek blickte zuerst Vura, dann Gedilli in die Augen. »Menschen reagieren nicht gerade freundlich auf meinen Anblick. Ich hatte Angst, ihr würdet mich angreifen, also habe ich mich versteckt.«

»Das ist nach hinten losgegangen«, sagte Vura und betrachtete das Messer näher, das ihm aus der Schulter ragte.

Sie streckte die Hand aus, woraufhin Bersek zurückschreckte und die Zähne bleckte. »Es wird nur kurz wehtun, du wirst sehen«, versprach sie. »Danach werden die Schmerzen verflogen sein.«

Vuras mitfühlender Blick und ihre Hand auf seiner Schulter schienen ihn zu beruhigen. Er lehnte sich zurück und nickte. Vura zog das Messer mit einem Ruck aus seinem Fleisch und warf es davon. Eine Blutfontäne spritzte aus der Wunde hervor, Bersek kreischte und bäumte sich auf, aber Vura hielt ihn fest.

Ihre Augen leuchteten und sie legte ihm eine Hand auf die Wunde. Goldenes Licht sickerte zwischen ihren Fingern hervor. Der Affe schrie lauter, wehrte sich aber nicht und als sie die Hand nach einigen Sekunden zurückzog, hatte sich der blutende Riss geschlossen. Er betrachtete erstaunt seine Schulter.

»Danke«, sagte er.

»Nichts zu danken«, sagte sie grinsend. »Hast du Hunger, möchtest du etwas essen?«

»Das ist sehr freundlich von euch«, stimmte Bersek zu.

»Gedilli, seid doch so gut und füllt unserem Gast eine Schüssel.«

Gedilli murrte etwas Unverständliches, kam ihrer Aufforderung aber nach und füllte eine weitere Holzschale mit dem warmen Haferschleim. Er warf sie dem Affen zu, der sie geschickt mit einer Hand auffing und sogleich zu fressen begann. Vura holte derweilen ihre eigene Schüssel, setzte sich neben Bersek und beobachtete ihn amüsiert beim Essen. Gierig schlang er den Haferschleim hinunter, während sie ihr Abendmahl manierlich auslöffelte.

Gedilli gefiel das Ganze nicht, aber er fügte sich der Situation. Er setzte sich den beiden gegenüber, Bersek keine Sekunde aus den Augen lassend, und aß ebenfalls weiter.

Nach einer kurzen Weile rülpste der Affe lautstark und stellte die ausgeleckte Schüssel zu Boden. Um den Mund und im Fell seines Halses hingen klebrige Reste des Haferschleims.

»Sag mir, Bersek«, sagte Vura, nachdem auch sie ihr Mahl beendet hatte. »Wie kommt es, dass du sprechen kannst?«

»Mein Herr ist dafür verantwortlich«, sagte der Affe, klaubte etwas Haferschleim aus seinem Fell und steckte ihn sich in den Mund. »Er hat meinen Geist und meine Stimmbänder magisch manipuliert, als ich ein Junges war.«

Vura legte sie Stirn in Falten. »Warum?«

Bersek sah auf, einen verwirrten Ausdruck im tierischen Gesicht. »Ich weiß es nicht. Diese Frage habe ich mir nie gestellt. Ich nehme an ... ihm war danach.«

»Bist du ihm dankbar dafür?«

Die Stirn des Affenwesens zog sich zusammen. »Ihr stellt eigenartige Fragen.«

»Ich bin eben neugierig. Du etwa nicht?«

»Doch«, sagte er zuerst etwas unsicher. »Doch das bin ich. Und dafür bin ich ihm dankbar ... denke ich.«

Gedilli hörte ihrer Unterhaltung nur halb zu. Er vertraute dem Affenwesen nicht – warum auch? Vor wenigen Tagen hatte es ihn bewusstlos geschlagen und versucht, den Todeshexer in seine Gewalt zu bringen. Den jungen, flachshaarigen Krieger in dessen Gefolge hatte es sogar getötet. Und nun speisten sie mit ihm und unterhielten sich über Belanglosigkeiten, als wären sie alte Freunde?

Vuras Verhalten war ihm ein Rätsel. Sie dachte nicht wie er, sah nicht hinter jeder Ecke eine Gefahr und in jedem Fremden einen Feind, sie baute Brücken, wo er Mauern errichtete. Vielleicht war das etwas Gutes. Seine Einstellung hatte ihn am Leben gehalten, aber glücklich hatte sie ihn nie gemacht. Dennoch würde er achtsam bleiben. Einer von ihnen musste es schließlich sein.

Ein Gutes hatte das Auftauchen des Affenwesens jedenfalls. Es hatte Vura davon abgehalten, ihn weiter über seine Vergangenheit auszufragen. Das gab ihm die Möglichkeit, sich eine Strategie zu überlegen, wie er dieses Thema in Zukunft umgehen konnte. Er konnte nicht darüber reden, konnte sich dem nicht stellen.

Niemals.

16

Kereban sah seinem Bruder dabei zu, wie er versuchte, die Harpunen im Bug des kleinen Schiffes zu verstauen. Die mit Widerhaken versehenen Eisenspitzen der langen Holzspeere verfingen sich dabei in einem Fischernetz, das auf den Planken lag. Er fluchte und zog an den Harpunen, wobei er das Gleichgewicht verlor.

Kereban seufzte innerlich. Joren jagte und fischte schon seit fast zehn Jahren im Frostmeer, wie war es möglich, dass er sich dabei immer noch so ungeschickt anstellte?

Er trat einen Schritt vor und fing seinen Bruder auf, bevor dieser auf die Planken fiel.

»Oh, danke Bruder«, sagte Joren, der in seinen Armen hing wie eine Frau nach einem gewagten Tanzmanöver. Er richtete sich auf und grinste ihn an. »Immer gut, dich dabei zu haben! Du gibst einen ganz hervorragenden Robbenjäger ab. Ich sage dir, deine Talente sind als Kriegsmeister vollkommen verschwendet.«

Er hasste es, wenn Joren solche Dinge sagte. Dann malte er sich immer aus, wie es wäre, wenn er wirklich hier leben würde. Eine schreckliche Vorstellung. Es war so furchtbar langweilig hier und ... *kalt.* Die Feste der Sols war südlicher gelegen, wo häufiger die Sonne schien und nur im Winter Schnee fiel. Wo es Leben gab. Kereban verstand nicht, wieso man freiwillig in dieser Eishölle lebte. Und noch weniger verstand er, weshalb er die wenige freie Zeit, die ihm zur Verfügung stand, damit verschwendete, sich hier zu langweilen. Zusammen mit seinem linkischen, dämlichen Bruder. Jedes Jahr aufs Neue. Wieso nur?

»Danke, aber ich glaube, das Jagen überlasse ich lieber dir«, sagte Kereban.

»Ist wahrscheinlich besser so«, sagte sein Bruder und klopfte ihm auf die Schulter, wobei er sich auf die Zehenspitzen stellen musste, um ihn zu erreichen. Joren war schon immer kleiner und schmächtiger gewesen. »Neben dir mache ich nicht nur beim Kämpfen eine schlechte Figur. Du kannst einfach alles besser als ich. Aber andererseits kannst du alles besser als die meisten Männer, von daher ...«

Kereban war die Bewunderung in Jorens Blick unangenehm. Sein Bruder hatte schon immer zu ihm aufgesehen, ihn idealisiert. Dass er vor einigen Jahren zum Kriegsmeister geworden war, hatte das nur schlimmer gemacht. In seinen Augen war er nun praktisch ein Gott. Dabei war es nicht schwer gewesen, den alten Kriegsmeister von Haus Sol zu besiegen. Kereban wunderte sich bis heute, warum es niemand vor ihm getan hatte. Folon Bärentatze war über zweihundert Jahre alt gewesen, als er ihn herausgefordert hatte. Ein Greis trotz der Magie seiner Herrin. Ein Relikt aus alten Zeiten, das nur so lange überleben konnte, weil die Eisinseln seit Ewigkeiten in Frieden lebten. Der alte Mann war kein Gegner für Kereban gewesen und nun gehörte die Gunst der Zeit ihm. Beinahe schämte er sich ein wenig dafür, wie einfach er sie errungen hatte.

»Du musst Dunmer unbedingt das Kämpfen beibringen, wenn er alt genug dafür ist«, fuhr Joren fort. »Er spricht von nichts anderem als seinem Onkel, dem großen Kriegsmeister. Er will Soldat werden wie du. Seine Mutter versucht, es ihm auszureden, recht vehement sogar – du weißt ja, wie sie ist –, aber er bleibt hartnäckig. Geht nirgendwohin ohne sein Holzschwert. Kaum vier Jahre alt und hält sich schon für einen Krieger. Kannst du das glauben?«

Jorens Augen leuchteten vor Stolz, als er von seinem Sohn erzählte, der einzigen Errungenschaft, die er seinem Bruder voraus war, und Kereban spürte die vertraute Schuld.

Ah ja richtig, dachte er. *Deshalb bin ich jedes Jahr hier.* »Er ist ein guter Junge«, stimmte er zu.

»Gut? Pah, grandios! So jung und schon so furchtlos. Vor ein paar Tagen habe ich ihn zum ersten Mal auf die Jagd mitgenommen. Hat direkt eine Robbe erlegt. Mit vier! Habe ich dir das schon erzählt?«

»Du hast es erwähnt.« *So etwa drei Dutzend Mal.*

»Was für ein Wurf das war«, sagte Joren verträumt, dem es nichts auszumachen schien, dass er sich wiederholte. »Der Bursche geht mir jetzt schon bis zur Hüfte, das wird mal ein riesen Kerl, sag ich dir. Vielleicht sogar größer als du! Wenn ich nicht wüsste, wie sehr Fara mich liebt, müsste ich direkt daran zweifeln, dass er von mir ist!«, sagte er lachend.

Oh, wenn du wüsstest, dachte Kereban und die Schuld verursachte ihm Bauchschmerzen. Er versuchte schon seit einer langen Zeit, sich von diesem lästigen Gefühl loszumachen. Redete sich ein, dass es ja nicht seine Schuld war, dass Jorens erstaunlich attraktive Frau – wie auch immer sein Bruder *das* fertiggebracht hatte – vor fünf Jahren zu ihm ins Bett gekrabbelt war. Kereban hatte gerade seinen Kriegsmeistertitel gewonnen und die Herrin Sol hatte seine Familie, die seit dem Tod ihrer Eltern nur aus Joren bestand, zur Feste eingeladen, um seinen Triumph zu feiern. Der Wein war in Strömen geflossen. Sie alle waren betrunken gewesen, Joren sogar so sehr, dass er auf dem Boden der Festhalle eingeschlafen war. Das war natürlich keine Entschuldigung. Es gab keine Entschuldigung für das, was er getan hatte. Sein Bruder mochte ein Idiot sein, aber das hatte er nicht verdient. Kereban war ihm in allem voraus, war es schon immer gewesen. Er war größer, stärker, klüger, ein begnadeter Kämpfer und die Frauen lagen ihm zu Füßen. Dennoch missgönnte ihm Joren nichts davon, hatte nichts als Bewunderung für ihn übrig. Und er schlief mit seiner Frau.

Neun Monate später war Dunmer geboren worden.

»Ein guter Junge«, wiederholte Kereban ungeschickt.

Er wandte den Blick beschämt von seinem Bruder ab, spähte über die spiegelglatte Oberfläche des Frostmeeres. Was er sah, ließ ihn seine Schuld vergessen. »Joren?«, fragte er.

»Hmm?«

»Legen hier häufiger Kriegsschiffe an?«

»Kriegsschiffe? Wieso sollten ...« Er drehte sich um, folgte Kerebans Blick und verstummte.

Eine riesige Kriegsgaleere bewegte sich auf den Hafen zu. Ihre Segel waren eingezogen, weshalb er kein Sigil erkennen konnte, im Moment wurde sie allein von den Rudern angetrieben, die rhythmisch ins Wasser fuhren. *Hundertfünzig Ruderer,* überschlug Kereban. *Das heißt, es sind mindestens halb so viele Krieger an Bord.*

»Was ... was wollen die hier, Kereban?«, fragte Joren und trat einen Schritt zurück, näher an ihn heran. Er blickte zu ihm auf, die Angst im Gesicht seines Bruders war unverkennbar. »Und wer sind die überhaupt?«

Kereban musterte die Männer auf dem Deck des Schiffes. Sie alle trugen dunkle Lederharnische und schwarze Umhänge, deren hochwertige Qualität Kereban selbst auf diese Entfernung ausmachte.

»Soldaten eines Adelshauses«, erklärte er. »Piraten könnten sich eine solche

Ausrüstung nicht leisten.«

Joren entspannte sich sichtlich. »Ah, das sind gute Nachrichten!«

Manchmal überfielen Piraten Küstendörfer, wenn sie auf hoher See keine Beute gemacht hatten. Auf den Eisinseln geschah das jedoch äußerst selten. Korsaren hielten sich für gewöhnlich in den südlichen Gewässern auf, wo es wärmer war und Handelsschiffe zahlreicher anzutreffen waren.

»Aber was wollen sie denn nun hier?«, fragte Joren und kratzte sich am Kopf. »So viele Krieger in unserem kleinen Dorf ...«

»Ich weiß es nicht«, sagte Kereban. Er fuhr sich nachdenklich durch seinen langen blonden Bart.

Das Schiff lief in den Hafen ein, die langen Ruder manövrierten es sachte zu einem freien Stegplatz, der viel zu klein dafür war. Ein bärtiger Mann, der etwas Bärenartiges an sich hatte, spähte über die Reling und brüllte Befehle. Das musste der Kapitän sein. Kereban ließ seinen Blick weiter über das Deck schweifen und seine Aufmerksamkeit wurde von einem dünnen Jüngling angezogen, der mit verschränkten Armen im Bug stand. Obwohl sein Gesicht eingefallen war und er ausgezehrt wirkte, umgab ihn eine Aura der Autorität. Seine Haltung – aufrecht, mit erhobenem Kinn, nobel – drückte eine Befehlsgewalt aus, die seine jungen Jahre Lügen strafte. Dies war ein Herrscher.

Und sein Haar war weiß wie Schnee.

»Ich muss gehen«, sagte Kereban und wandte sich um.

Joren löste sich von dem Anblick des Kriegsschiffes. »Was? Jetzt schon?«, fragte er. »Du bist doch erst angekommen!«

Kereban stützte sich mit einer Hand an der Reling ab und sprang behände auf den steinernen Steg. Das kleine Bott schwankte, als sein massiger Körper es so abrupt verließ, und Joren wäre beinahe schon wieder gestolpert. »Meine Herrin muss davon erfahren.«

»Aber wir wollten doch Jagen gehen!«, sagte Joren enttäuscht.

»Ein andermal. Die Pflicht ruft.«

Joren nickte unglücklich, schien einzusehen, dass seine Aufgaben als Kriegsmeister wichtiger waren als ein brüderlicher Jagdausflug. »Müssen wir uns denn Sorgen machen?«, fragte er und beäugte das Kriegsschiff.

Kereban schüttelte den Kopf. »Das glaube ich nicht.«

Er war sich zwar nicht vollkommen sicher, ob das stimmte, aber er hielt es für unwahrscheinlich, dass diese Männer feindlich gesinnt waren.

Er wandte sich ab, wurde jedoch von Jorens Stimme zurückgehalten. »Du kommst doch wieder zurück, oder?«

Kereban blickte über die Schulter zurück. »Natürlich. Du bist schließlich mein Bruder.«

Und du sorgst für meinen Sohn.

Er verfiel in einen Laufschritt und rannte an Männern und Frauen vorbei, allesamt in dicke Felle gekleidet, die das Kriegsschiff begafften und miteinander tuschelten. Er lief die schmale Straße den Hang hinauf, steuerte auf das zweistöckige Wirtshaus zu, in dessen Stall er sein Pferd untergebracht hatte.

Er hatte keine Zeit zu verlieren. Seine Herrin musste erfahren, dass ein Hexer nach Orvar gekommen war.

MEISTERSPION

17

»Atrux, Celeste, ich freue mich, euch endlich hier begrüßen zu dürfen!«, sagte Viktor und lehnte sich in seinem rotgepolsterten Sessel zurück. »Wir haben lange auf eure Rückkehr gewartet. Setzt euch doch«, fügte er hinzu und deutete auf den Diwan vor sich.

Die beiden kamen seiner Aufforderung nach und ihm entging nicht, dass sie sich bemühten, möglichst weit voneinander entfernt zu sitzen.

»Ah«, machte Atrux und sank tiefer in die Polsterung. »Nach mehreren Wochen auf See, weiß man die Annehmlichkeiten eines Diwans wahrlich zu schätzen.«

»Ja«, sagte Viktor, »ich nehme an, mein Königzelt stellt eine willkommene Abwechslung für euch dar. Kann ich euch ein Glas Wein anbieten?« Er hob demonstrativ die goldene Karaffe vom Tisch.

»Ich werde kaum ablehnen, wenn ein König sich dazu herablässt, mir einzuschenken«, sagte Atrux und rückte sein Kristallglas vor. Celeste dagegen winkte ab.

Nachdem Viktor sein Glas gefüllt hatte, wandte er sich mit der Karaffe Gustav zu, dessen massige Gestalt in dem Sessel neben ihm kaum Platz fand. Er wollte auch ihm nachschenken, doch Gustav hob seine Handfläche über das Glas und schüttelte den Kopf.

Zufrieden stellte Viktor die Karaffe zurück auf den Tisch. Sein Neffe begann zu lernen.

»König Viktor, wir bitten, die Verzögerung zu entschuldigen«, sagte Celeste. »Aber wir sind auf unerwartete Schwierigkeiten gestoßen.«

»Das sehe ich«, sagte Viktor und ließ seinen Blick über Atrux linken Arm gleiten, der vom Schnitt seines roten Kampfgewandes entblößt wurde und eine rosa Färbung aufwies. »Wem habt ihr das zu verdanken?«, fragte er und deutete auf den Arm.

Atrux nahm einen Schluck Wein und verzog die Mundwinkel. »Der Kampfhexer des Bundes war nicht allein. Er hatte mächtige Gesellschaft.«

Viktor beugte sich neugierig vor. »Ein weiterer Hexer ist mit der Nachtflotte gezogen? Wer war er?«

Celeste räusperte sich unbehaglich. »Um ehrlich zu sein, sollte die Frage lauten: Wer *ist* er. Der Hexer ist noch am Leben, er konnte fliehen. Was seine Identität angeht: Er war sehr jung, hatte aber schneeweißes Haar. Es gibt meines Wissens nur einen Hexer der Insellande, auf den diese Beschreibung zutrifft ...«

»Askon Nox!«, unterbrach sie Gustav erregt.

Viktor blickte seinem Neffen ins Gesicht und erkannte Verwunderung, aber auch Wut darin. Er selbst hatte keine emotionale Reaktion auf diese Neuigkeit. Sein Kriegsmeister Servin hatte ihm bereits verraten, dass der Todeshexer vermutlich entkommen war, wenn auch unklar war, ob er überlebt hatte. Dieses Rätsel war nun gelüftet. Was kümmerte es ihn? Der Todeshexer konnte ihm nicht gefährlich werden, er war nur ein einziger Mann. Ein Jüngling, wenn man es genau nahm. Andererseits ... ein Jüngling, der bereits zweimal dem sicheren Tod entgangen war.

»Das sind ... überraschende Neuigkeiten«, sagte Viktor. »Wie ist ihm die Flucht gelungen?«

Celeste warf Atrux einen flüchtigen Blick zu, dann ergriff sie das Wort. »Ich habe gegen den Hexer gekämpft und muss gestehen, dass ich ihm unterlegen war. Ohne Atrux wäre ich ...« Sie brachte den Satz nicht zu Ende, senkte den Blick.

»Ich war ihm ebenfalls nicht gewachsen, mein König«, sagte Atrux schnell. »Ihm habe ich *das* zu verdanken.« Er hob den verfärbten Arm. »Ich würde heute nicht hier sitzen, wenn Celeste mich nicht aus dem Meer gefischt und sich um meine Wunden gekümmert hätte.«

Atrux sah Celeste an, aber sie wich seinem Blick aus. Wurde sie etwa rot? Interessant.

»Demnach habt ihr den Todeshexer ziehen lassen?«, fragte Viktor sie.

»Allein hätte ich ihn nicht überwältigen können«, sagte Celeste. »Ich nahm an, dass unser beider Überleben eine höhere Priorität hatte als der Tod eines einzelnen, feindlichen Hexers.«

Viktor nickte. »Ihr habt richtig gehandelt. Askon Nox ist nicht von Belang.«

»Ich würde ihn nicht unterschätzen, mein König«, meldete sich Atrux zu Wort. »Obwohl er kein ausgebildeter Kampfhexer zu sein scheint, hat er einen kurzen Schlagabtausch mit mir überlebt. Ich will nicht überheblich klingen, aber eigentlich hätte ihm das nicht möglich sein sollen.«

Nach allem, was Viktor über Atrux, den Schwertmeister der Glutinseln, gehört hatte, würde er dieselbe Behauptung anstellen. Aber vielleicht waren die Geschichten auch übertrieben ...

»Außerdem ist er im Besitz eines Allmachtartefakts«, fügte Celeste hinzu.

Nun wurde Viktor hellhörig. »Habt ihr es gesehen?«, fragte er. »Könnt ihr es beschreiben?«

»Es ging alles sehr schnell«, sagte Celeste, »aber ich glaube, es war am Knauf seines Schwertes angebracht. Ein kleiner, blauglühender Stein.«

Drachenträne ... Es gab nicht viele Allmachtartefakte und soweit Viktor bekannt war, war der Machtstein zusammen mit Königin Serena vor Jahren verschwunden. Wie er nun plötzlich in Askon Nox Besitz auftauchen konnte, war ein Mysterium und Viktor verabscheute Mysterien. Er konnte nur inadäquat auf etwas reagieren, über das er sich nicht völlig im Klaren war.

»Beunruhigend«, murmelte Viktor. »Gut, dass ich nun darüber Bescheid weiß.« Er sah Atrux in die Augen. »Aber abgesehen von dem Todeshexer verlief die Mission nach Plan? Der Hexer des Bundes ist tot?«

Atrux nickte knapp. »Er ist einen ehrenvollen Tod gestorben, wenn auch recht rasch.«

Gut. Das klang schon eher nach dem überlegenen Krieger, den Viktor erwartet hatte. Damael hatte sicherlich einen seiner besten Kampfhexer geschickt, um die Nachtflotte anzuführen, und anscheinend hatte Atrux ihn ohne Schwierigkeiten überwältigt.

Viktor wandte sich Celeste zu. »Und die Käferbomben? Haben sie ihren Zweck erfüllt?«

Die Hexe lächelte stolz. »Sie haben die gesamte Flotte vernichtet. Innerhalb eines Wimpernschlags.«

»Hm. Ein Jammer, dass wir sie nicht hier einsetzen konnten«, sagte Viktor. Er wandte sich Celeste zu. »Wie lang habt ihr und euer Onkel gebraucht, um sie zu erschaffen?«

»Fast ein Jahr, mein König.«

»Nun, so lange können wir nicht warten.« Er zuckte die Achseln, dann sah er abwechselnd Atrux und Celeste an. »Ihr seid sicher erschöpft von eurer langen Reise. Es wäre wohl das Beste, ihr erholt euch erst einmal. Heute Abend werden wir ein kleines Fest zu euren Ehren feiern und euch in unseren Reihen willkommen heißen. Ich kann euch nur raten, euch zu amüsieren, denn bald wird dazu keine Gelegenheit mehr bestehen. Morgen halten wir einen Kriegsrat ab und besprechen die Strategie unseres nächsten Angriffs. Ihr beide werdet dabei eine gewichtige Rolle spielen.«

»Wie ihr wünscht, mein König«, sagte Celeste und erhob sich gemeinsam mit Atrux.

Die beiden verbeugten sich tief und schritten auf den Zeltausgang zu.

»Oh, und Atrux?«, sagte Viktor. Der Schwertkämpfer blieb stehen und wandte sich um. Auch Celeste hielt inne. »Von nun an werdet ihr nicht mehr den Umbras unterstehen. Ich habe euch ein Zelt in meinem Lager errichten lassen. Einer meiner Männer wird euch hinführen.«

Atrux wechselte einen flüchtigen Blick mit Celeste, dem sie abermals auswich. Er verbeugte sich. »Danke, mein König.«

Viktor nickte, woraufhin die beiden das Zelt verließen.

»Was hatte das zu bedeuten?«, fragte Gustav.

Viktor warf ihm einen Seitenblick zu. Es war ungewohnt, seinen Neffen während einer Besprechung so wortkarg zu erleben. Er hatte beinahe vergessen, dass er da war. Eine willkommene Abwechslung. Vielleicht lernte er ja wirklich dazu.

»Ich habe Atrux klargemacht, dass er nicht länger Vithrimus unterstellt ist, sondern mir.«

»Das habe ich schon verstanden. Aber warum?«

»Weil ich ihn brauche.«

Gustav hob eine Augenbraue. »Einen Ausgestoßenen ohne Einfluss, ohne Truppen, ohne Macht?«

»Ich werde dich einweihen, wenn die Zeit reif ist«, sagte Viktor beschwichtigend.

Gustav verzog missmutig das Gesicht, schien aber zu akzeptieren, dass er im Moment nicht mehr darüber erfahren würde. Geduld. Ein weiteres Zeichen seines Fortschritts.

»Was tun wir wegen des Todeshexers?«, wechselte Gustav das Thema. »Ich denke, wir sollten ihn jagen.«

»Und wer soll das tun? Haben wir etwa so viele Hexer, dass wir es uns leisten könnten, einige davon auf die Jagd nach einem Mann zu schicken, von dem wir weder wissen, wo er sich befindet, noch, ob er überhaupt eine Gefahr darstellt?«

Gustav verzog die Mundwinkel, wandte den Blick ab. »Nein«, gab er zu. »Aber die Sache gefällt mir nicht. Der Todeshexer sollte Staub sein wie der Rest seiner *ursprungsverdammten* Sippe.« Seine Züge verzerrten sich vor Zorn. »Bei Uos Titten, wenn er so dumm sein sollte, hier aufzukreuzen, werde ich ihn eigenhändig erwürgen!«

Viktor seufzte. Offensichtlich war Gustavs Lernzuwachs beschränkt. Aber er konnte nicht von ihm erwarten, dass er von jetzt auf gleich all seine schlechten Gewohnheiten ablegen würde. »Du hast wahrlich andere Probleme, die deine Aufmerksamkeit erfordern«, mahnte er. »Nun, da Atrux und Celeste hier sind, wird Orrin nicht länger warten wollen. Du wirst dich ihm stellen müssen.«

»Ich bin bereit, Onkel. Du warst mir ein guter Lehrmeister.«

»Offenbar nicht gut genug, wenn du dem Todeshexer immer noch solchen Hass entgegenbringst. Er hat dich *einmal* gedemütigt und deine Gedanken werden davon nach wie vor beherrscht. Ich dachte, du hättest verstanden, dass du dich von solchen Gefühlen lossagen musst.«

Gustavs Stirn legte sich in Falten und er fuhr sich nachdenklich durch den schwarzen Bart. »Du ... du hast recht«, sagte er zerknirscht.

»Einsicht. Das ist mehr, als ich je von dir erwartet habe. Konzentrier dich auf den bevorstehenden Kampf. Um den Todeshexer kümmern wir uns ein andermal.

Der behelmte Kopf eines Soldaten erschien ihm Zelteingang. »Mein König«, sagte er und senkte das Haupt.

»Tretet ein«, befahl Viktor.

Der Soldat tat wie ihm geheißen und betrat das Zelt. »Mein Herr, ein Umbrasoldat will euch sprechen. Er wollte mir seinen Namen nicht nennen, sagte aber, ihr wüsstet, um wen es sich handelt.«

»Bringt ihn zu mir«, sagte Viktor, worauf der Mann sich verbeugte und kehrtmachte.

Gustav hob fragend eine Augenbraue. »Ein Umbrasoldat?«

»Nur dem Anschein nach. Er war Teil von Atrux' und Celestes Schiffsmannschaft, aber in Wirklichkeit untersteht der Mann mir. Ich habe die Truppen all unserer Verbündeten mit meinen Spionen unterwandert und das solltest du auch tun, wenn du eines Tages König bist. Lass die Menschen um dich herum stets in dem Glauben, dass du ihnen dein Vertrauen schenkst, aber sei nie so dumm, es wirklich zu tun.«

Ein raues Lachen, vergleichbar mit dem Knurren eines Bären, drang aus Gustavs Kehle. »Ich kann nicht glauben, wie sehr ich dich unterschätzt habe, Onkel.«

»Das ist der Sinn der Sache.«

»Was erhoffst du dir von seiner Aussage? Glaubst du, die beiden haben gelogen?«

Viktor zuckte die Achseln. »So weit würde ich nicht gehen. Aber die Menschen neigen dazu, Dinge zu verschweigen, von denen sie glauben, dass sie keine Relevanz besitzen. Lass dir von mir eines gesagt sein: *Alles* ist von Relevanz, wenn man versteht, wie man das Wissen einzusetzen hat, das einem gegeben wird. Im Übrigen geht es mir um die Antwort auf eine bestimmte Frage.«

»Und die wäre?«

»Ob Atrux wirklich so gut ist, wie sich erzählt wird.«

»Warum ist das so wichtig?«

Viktor grinste seinen Neffen an. »Weil er jemanden für mich töten muss.«

18

Valamer betrachtete die weißgestrichenen Häuser des Westviertels in der Morgensonne und versuchte, die Geräusche des Krieges auszublenden, die von der Mauer herangetragen wurden.

Er hatte keinen Erfolg.

Das Dröhnen der arkanen Explosionen, das Waffengeklirr, die fernen Schreie: die dissonante Musik des Krieges. Sie drang in sein Ohr und schien sich in seinem Kopf festzusetzen, hallte durch seine Gedanken.

Lucienne war ein Teil davon, spielte ihr Todeslied auf dem Resonanzkörper, der steinernen Stadtmauer, die unter den magischen Attacken erzitterte.

Er sollte keine Angst um sie haben. Beim *Ursprung*, wenn sie erfuhr, dass er es tat, würde sie ihn vermutlich kastrieren. Sie war eine Kampfhexe, sie konnte auf sich selbst aufpassen. Dennoch machte es ihn fast verrückt, ihr nicht zur Seite stehen zu können. Natürlich kämpften sie nicht immer gemeinsam, meistens waren sie unterschiedlichen Mauerabschnitten zugeteilt. Aber selbst dann war er wenigstens in ihrer Nähe und hatte das Gefühl, eingreifen zu können, wenn etwas geschah. Im Moment konnte er dagegen gar nichts tun. Er würde nicht einmal erfahren, wenn sie fiel ...

Er schüttelte den Kopf. So sollte er nicht denken. Lucienne war stark, in vielerlei Hinsicht war sie sogar stärker als er. Sie brauchte ihn nicht.

Er schnaubte. Welch ironisches Schicksal ihn ereilt hatte. Er hatte den Bund verraten, hatte Viktor geholfen, den Aufbau seiner Armee vor ihren Augen zu verbergen, und doch sehnte er sich danach, gegen seine Truppen zu kämpfen. Die ganze Situation war absurd. Dabei gab es nur einen Weg, wie er seine Familie ernsthaft beschützen konnte. Er musste den Auftrag durchführen, den Damael ihm erteilt hatte. Und danach den von Viktor ...

Er holte tief Luft und verdrängte seine Sorgen um Lucienne. Es war mühselig, aber es gelang ihm. Die vor ihm liegende Aufgabe erforderte seine volle Konzentration.

Bisher hatte er keine Spur von Teja gefunden, obwohl er all seine verbliebenen Spione ausgeschickt hatte. Noch in der Nacht ihres Verschwindens hatten sie die Umgebung in der Nähe des Turms abgesucht, waren von Tür zu Tür gezogen und hatten die Bewohner befragt. Man sollte meinen, dass eine dunkelhäutige Frau mit schneeweißem Haar nicht schwer zu finden war, doch niemand schien sie gesehen zu haben.

Es bestand natürlich die Möglichkeit, dass Teja bereits aus der Stadt geflohen war, aber Valamer glaubte nicht daran. Keinem der Wachposten an den Toren war etwas aufgefallen, außerdem war es unwahrscheinlich, dass sie einen solch ergiebigen Jagdgrund schon verließ. Wenn Damaels Schilderungen der Wahrheit entsprachen, würde sie sich zuerst sattfressen wollen.

Seestadt war groß und teilweise angelegt wie ein Labyrinth. Die Häuser reihten sich dicht an dicht, die Gassen waren verwinkelt und kaum einsehbar. Es war schwer, hier jemanden zu finden, der nicht gefunden werden wollte. Also musste Valamer seine Taktik ändern. Teja mochte sich verkriechen können, aber eines konnte sie nicht verbergen - ihren Hunger.

Leichen waren bisher zwar keine aufgetaucht, aber einer seiner Männer hatte ihn an dieses Viertel verwiesen, kaum zwanzig Gehminuten von Tejas Verlies entfernt. Ein Keramikhändler hatte sich hilfesuchend an die Stadtwache gewandt. Seine Tochter war seit voriger Nacht verschwunden und nicht wieder-aufgetaucht. Unter Umständen hatte die Sache nichts mit ihr zu tun, aber um das herauszufinden, war Valamer hier.

Er ging auf ein schmales Häuschen zu, das zwischen zwei größeren Bauten geradezu eingequetscht wirkte, und wollte gerade gegen die grün gestrichene Haustür klopfen, als ihm etwas auffiel. Die Farbe wurde von drei dünnen, langgezogenen Striemen durchzogen. Kratzspuren? Vielversprechend ...

Er klopfte und hörte kurz darauf, schwerfällige Schritte heraneilen. Die Tür wurde aufgezogen und ein kleiner, sehr dicklicher Mann blickte ihm aus einem aufgedunsenen Gesicht entgegen.

»Wer ...?«, begann er mürrisch, dann wurden seine Augen groß, als sein Blick auf Valamers Haarreifen fiel. »Erz... Erzhexer Valamer? Was verschafft mir die Ehre?«

»Guten Tag, guter Mann. Ich bin wegen eurer Tochter hier. Ich hörte, sie ist gestern Nacht verschwunden?«

Der Mann sah ihn ungläubig an. »Huh? Ein Erzhexer kümmert sich um das Verschwinden meiner Tochter? Trotz des Krieges? Donnerwetter! Ich weiß ja, dass wir einfachen Leute König Damael am Herzen liegen, aber das ... Ich weiß nicht, was ich sagen soll.«

Beim *Ursprung*, er würde doch nicht anfangen zu weinen?

»Ja, König Damael ist ein großzügiger Mann«, beeilte sich Valamer zu sagen. »Aber meine Zeit ist begrenzt. Wenn ihr also so gütig wärt, meine Fragen zu beantworten.«

»Wie ihr wünscht, mein Herr«, sagte der Mann und neigte demütig den Kopf.

»Ist so etwas schon einmal passiert? Neigt eure Tochter dazu, nachts auszureißen?«

Der Mann schüttelte vehement den Kopf, sein Halsfett wackelte hin und her. »Überhaupt nicht. Sie ist ein braves Kind und hilft mir stets im Laden aus. Sie würde nicht weglaufen, vor allem nicht jetzt. Sie fürchtet sich sehr ... wie wir alle.«

»Es ist eine schwere Zeit«, bestätigte Valamer. »Wie alt ist eure Tochter?«

»Sechzehn.«

»Und wieso hat sie das Haus gestern verlassen?«

Der Mann dachte einen Moment nach, eine tiefe Sorgenfalte erschien auf seiner Stirn. »Ich ... ich weiß nicht genau. Ich muss wohl im Sessel eingedöst sein, aber ich glaube, mich zu erinnern, dass Mara zur Tür ging. Sie muss irgendetwas gehört haben. Als ich aufgewacht bin, habe ich nach ihr gesucht, konnte sie aber nirgends finden. Die Tür stand offen, daran kann ich mich erinnern.«

»Danke, das hilft mir weiter«, sagte Valamer und wandte sich ab.

»Äh, Herr?«

Valamer sah über die Schulter zurück, die kleinen Schweinsäuglein blickten ihn fast flehend an. »Bringt ihr mir meine Mara zurück?«

»Ich werde tun, was in meiner Macht steht.«

Der Mann lächelte breit. »Danke Herr, danke. Ich danke euch vielmals«, sagte er überschwänglich.

Valamer nickte ihm zu, dann ging er davon. Er hörte, wie die Tür geschlossen wurde, hielt inne und seufzte. Der Mann würde seine Tochter nie wiedersehen.

Er drehte sich um und ließ seinen Blick über den Häuserblock schweifen. Ihm fiel eine Gasse zwischen den Gebäuden auf, die in der Nacht in vollkommener Dunkelheit liegen musste. Dort hatte sie es getan. Er konnte es beinahe sehen ...

Wie immer fühlte er das vertraute Prickeln in seinem Hinterkopf, wenn er sein Talent benutzte. Das hatte nichts mit Magie zu tun, sondern war eine Fähigkeit, die er sich angeeignet hatte, während er vor Jahrzehnten für den Bund spioniert hatte. Wenn man Jahre damit zubrachte, Menschen zu beobachten, ihre Gewohnheiten und Tagesabläufe zu studieren, dann lernte man zwangsläufig etwas über ihr Wesen. Inzwischen war es ihm möglich, ihre Schritte nachzuvollziehen, selbst wenn er sie nie gesehen hatte. Alles, was er brauchte, waren einige Anhaltspunkte und eine detaillierte Beschreibung ihres Charakters. Und die hatte ihm Damael gegeben.

Ein Bild formte sich in seinen Gedanken.

Eine weißhaarige Gestalt huscht über den Platz, steuert auf die Gasse zu, bleibt jedoch kurz davor stehen und wendet sich dem schmalen Haus zu. Ihr Blick fällt auf das Fenster im Erdgeschoss, orangefarbenes Licht dringt daraus hervor. Sie sieht den schlafenden Mann in seinem Sessel und das junge Mädchen. Sie geht zur Tür, zuerst zögerlich, dann eilig.

Valamers Blick fand zur grüngestrichenen Tür zurück. Obwohl er einige Schritte entfernt stand, waren die schmalen Striemen in der Farbe gut zu erkennen.

Sie klopft, kratzt mit ihren Nägeln über das Holz. Dann wartet sie. Die Tür öffnet sich, das Mädchen blickt in die Augen ihrer Mörderin, ohne es zu wissen. Die weißhaarige Gestalt packt zu, reißt das Mädchen mit sich. Gegen die Kraft einer Hexe kann sie sich nicht wehren, hilflos zappelt sie in ihrem Griff, während sie fortgeschleift wird.

Valamer setzte sich wie in Trance in Bewegung, schritt auf die Gasse zu.

Hier hat sie ihr das Leben ausgerissen, dachte er und betrat die enge Passage zwischen den Häuserreihen. Länger hatte sie nicht warten können. Sobald sie außer Sichtweite der Fenster war, hatte sie das Mädchen getötet. Aber wo war die Leiche?

Er ging die Gasse entlang, sich sorgsam umsehend.

Sie lässt von ihrem Opfer ab, hält die ausgetrocknete Hülle des Mädchens aber noch fest. Sie wirft sie sich über die Schulter und läuft weiter.

Valamer erreichte das Ende der Gasse, die nach links und rechts abzweigte und sich nach vorne hin zu einem kleinen Hof erweiterte, der von einer Handvoll zweistöckiger Wohnhäuser eingerahmt wurde. Ein kleiner, überdachter Brunnen erhob sich in der Mitte des Hofes.

Seine Suche war beendet.

Er schritt an den Brunnen heran und blickte hinab. Der Schacht war tief und offenbarte nichts als bodenlose Finsternis. Er hob den Kopf, sah sich verstohlen um und öffnete seine Quelle, nachdem er sich vergewissert hatte, dass niemand ihn beobachtete. Sein Verstand dehnte sich aus, kroch an dem feuchten Stein hinunter, glitt in das in der Tiefe liegende Wasser. Seine magischen Sinne tasteten über einen Körper, den er sogleich ergriff und in die Höhe zog. Seine golden leuchtenden Augen zogen sich zusammen, als der verkrümmte Leichnam in sein Blickfeld schwebte.

Vielleicht war das Mädchen einmal schön gewesen, vielleicht aber auch plump und dicklich wie ihr Vater; nunmehr konnte das niemand beurteilen. Ihre Glieder waren verrenkt, die pergamentartige Haut an Stellen aufgerissen, die bleichen Knochen darunter offenlegend. Ihre Nase fehlte, auch die Oberlippe war ihr durch den Sturz in den Brunnen abhandengekommen und präsentierte ihre abgebrochenen Zähne. Gestern noch war sie ein fröhliches, junges Mädchen gewesen, nun war von ihr nicht mehr übrig als dieses leblose Gerippe.

Er griff hinunter, nahm den tropfenden Leichnam in seine Arme und legte ihn behutsam neben den steinernen Brunnen. Geschwind machte er seinen Umhang los und wickelte ihn darin ein. Es war wichtig, dass niemand das Werk der Todeshexe zu Gesicht bekam. Das würde zu unangenehmen Fragen führen, die Damael in Bedrängnis bringen konnten. Davon hätte Valamer nichts. Für seine Ziele war es das Beste, wenn Damaels Machtstellung nicht ins Wanken geriet und er seine Krone behielt. Und das war zumindest fragwürdig, wenn die anderen Ratsmitglieder davon erfuhren, dass er seine Tochter - eine nach Lebensenergie süchtige Todeshexe, deren Existenz er ihnen verschwiegen hatte - auf die Stadt losgelassen hatte.

Am einfachsten wäre es, den Kadaver im Brunnen zu lassen. Aber dort würde er das Wasser vergiften und schon nach kurzer Zeit entdeckt werden. Er musste einen anderen Weg finden.

»Es tut mir leid, Kind. Du hast Besseres verdient«, flüsterte Valamer der Toten zu.

Inzwischen wusste er nicht einmal, ob er meinte, was er da sagte. Ja, es war schrecklich, was dem Mädchen passiert war, aber wenn er ehrlich war, empfand er hauptsächlich Begeisterung ob ihrer Ermordung. Sie bewies eindeutig, was er vermutet hatte.

Teja war noch hier und sie jagte. Er hatte schon eine Idee, wie er das nutzen konnte, um sie zu erwischen. Alles, was er tun musste, war, ihr eine Falle zu stellen. Er brauchte nur den richtigen Köder.

Aber zuerst musste er diese Leiche loswerden.

19

Als Celeste und Atrux aus Viktors Zelt traten, wurden sie bereits von einem Offizier mit dem blauen Umhang der Astrums erwartet. Der Mann hielt großen Abstand zu Vok und beäugte den Schreckenswaran misstrauisch, dessen kolossale Gestalt zusammengerollt neben dem Zelt lag. Celeste hatte ihm aufgetragen, regungslos auf sie zu warten, aber nun, da er seine Herrin erblickte, hob er den Kopf von den Krallen. Die plötzliche Bewegung ließ den Soldaten aufschrecken. Der Mann fing sich jedoch schnell wieder, mit erröteten Wangen ging er auf Atrux zu und salutierte stramm.

»Mein Herr, mein Name ist Darix«, sagte er. »Mir wurde aufgetragen, euch zu eurem Zelt zu geleiten.«

Ein Offizier, der den Laufburschen spielen musste?

Scheinbar war König Viktor daran gelegen, Atrux klarzumachen, für wie wichtig er ihn hielt. Was er wohl mit dem Schwertkämpfer vorhatte?

Atrux nickte dem Soldaten zu. »Danke, Darix, wir können uns sogleich aufmachen. Gebt mir einen Moment.« Er wandte sich ihr zu. »Dann heißt das wohl, wir müssen Abschied nehmen.«

Sein Lächeln war entwaffnend, geradezu einnehmend. Sie hasste, welche Wirkung er auf sie hatte. Warum war sie überhaupt noch hier? Wieso war sie nicht schon fortgegangen?

»Müssen?«, fragte sie. »Es ist weniger ein Zwang, mich von eurer Person zu lösen, als vielmehr eine Befreiung.«

Atrux zog eine Grimasse. »Wenn ihr meint. Lebt wohl, Celeste.« Er sah ihr tief in die Augen. »Danke, dass ihr mir das Leben gerettet habt. Das werde ich euch nie vergessen.«

Er wartete nicht darauf, dass sie etwas erwiderte, sondern wandte sich um und gab dem Soldaten ein Handzeichen. Der Mann lief los und Atrux folgte ihm.

»Atrux ...«, entfuhr es Celeste.

Er blieb stehen, sah über die Schulter zurück. Die Maske des Gleichmuts, die er bis eben getragen hatte, war verrutscht. Sehnsucht loderte in seinen grauen Augen. Er hatte darauf gewartet, dass sie ihn zurückhielt, hatte darauf *gehofft*. Er wollte sie immer noch.

»Ich ...«, begann sie, aber ihre Stimme brach ab.

Was war nun wieder in sie gefahren? Was wollte sie ihm sagen? Dass sie ihn begehrte? Idiotin. Diese Gefühle waren nicht echt, nichts als das hormonelle Irrlicht einer jungen Frau. Vithrimus, ihre wahre Liebe, wartete auf sie.

Ihre Miene wurde hart. »Lebt wohl.«

Die Enttäuschung in Atrux Gesicht versetzte ihr einen Stich. Er nickte knapp und ging davon, schritt hinter dem Soldaten her.

Sie sah ihm schweren Herzens nach, bis er zwischen den Zelten verschwunden war, dann machte auch sie sich auf den Weg. Vok richtete sich auf und trottete neben ihr her, sein langer Schwanz wedelte über die gesamte Breite der Straße und strich gelegentlich über die Zeltplanen zu beiden Seiten, wobei seine stachelige Schwanzspitze den Stoff aufriss. Seine Klauen hinterließen schartige Wunden in der festgetrampelten Erde. Eine Spur der Verwüstung folgte seinem Weg, aber Celeste nahm es kaum wahr. Dafür war sie zu tief in ihre Gedanken versunken.

Dabei wusste sie nicht einmal genau, was sie dachte. Atrux brachte sie immer durcheinander.

Das wird sich legen, wenn ich erst Vithrimus wiedersehe, sagte sie sich. *Ich war einfach zu lange von ihm getrennt.*

Als sie auf Durgo angelegt hatten, waren sie sofort von einer Eskorte empfangen worden, die sie zu Viktor geführt hatte. Ihr war keine Zeit geblieben, Vithrimus zu begrüßen.

Sie fragte sich, ob er sie vermisst hatte. Manchmal war es schwer, einzuschätzen, was er fühlte. Vithrimus war niemand, der über seine Gefühle sprach oder sie auch nur zeigte. Manch einer würde sogar sagen, er besäße gar keine, aber Celeste wusste, dass das nicht stimmte. Hin und wieder öffnete er sich ihr - ihr allein -, hatte ihr sogar gesagt, dass er sie liebte. Sie konnte es kaum erwarten, wieder bei ihm zu sein.

Lügnerin.

Sie blieb abrupt stehen. Woher kam diese Stimme nur immer wieder? Diese Zweifel? Sie waren unbegründet, ja geradezu lächerlich. Sie und Vithrimus waren seit Jahren ein Paar und sie vertraute ihm vollkommen.

Dann geh zu ihm.

Genau das hatte sie vor. Sie würde zu ihm gehen und ihn in die Arme schließen. Aber sie tat es nicht, rührte sich nicht.

Vok war weitergelaufen, blickte sich nun aber zu ihr um, als er bemerkte, dass sie nicht mehr bei ihm war. Er legte fragend den Kopf schief.

Warum gehorchten ihr ihre Beine nicht? Sie wollte doch zu Vithrimus, sie wollte ihm nahe sein ... Aber wollte sie das wirklich? Sie stellte sich vor, was geschehen würde, wenn sie sein Zelt betrat, wenn er sie zu seinem Bett führte ...

Ein Schauer kroch ihr über den Rücken.

Sie schloss zu Vok auf, schwang sich auf seinen Rücken und stieß ihm die Fersen in die Flanken. Der Schreckenswaran zischte fröhlich und schoss davon, raste zwischen den Zelten hindurch. Soldaten sprangen schreiend zur Seite.

Celeste lenkte Vok weg von den Menschen, an den Rand des Lagers, hin zu der Uferböschung des Sees.

Sie brauchte Zeit für sich. Zeit, um sich darüber klar zu werden, was mit ihr los war.

Der Gedankenpalast

20

Askon saß im Schneidersitz im Schnee, die Hände hatte er im Schoß gefaltet, die Augen geschlossen. Ein schwacher Wind wehte ihm die niederfallenden Schneeflocken auf den bloßen Oberkörper und heulte leise über die weite Ebene. Würde er die Augen öffnen, sähe er die Gipfel des Zackengebirges in der Ferne, verschwommen und unscharf gegen den nicht enden wollenden Schneefall, doch das würde nur seine Konzentration stören. Einzig das Gefühl der kalten, klaren Luft, die durch seine Nase in seine Lunge drang und aus seinem Mund wieder entwich, beherrschte seine Gedanken. Weder die Kälte, die unbarmherzig in seine Knochen kroch, noch der Wind oder die Nässe des schmelzenden Schnees unter ihm vermochten es, ihn aus seiner Meditation zu reißen.

Die letzten Tage hatte er kaum Schlaf gefunden, seine Träume wurden heimgesucht von glühenden Augen und dem Wehklagen der Toten. Er sah sich selbst über seinen Opfern stehen, ausgedorrten Leichen, die verrenkten Glieder verzweifelt nach ihm ausstreckend, auf seinem Kopf wippte die Schattenkrone im Takt seines Gelächters.

Nur in der Meditation fand er Frieden vor diesen Bildern. Sie half ihm, für eine Weile seine Sorgen zu vergessen, und nur im Augenblick zu existieren. Außerdem machte sie ihn stärker. Er aß regelmäßig und hatte wieder Gewicht zugelegt. Es würde nicht mehr lange dauern, bis er seine alte körperliche Konstitution zurückerlangt hatte. Allerdings würde die Meditation allein das nicht bewerkstelligen können. Dazu musste er auch trainieren.

Ein Geräusch durchbrach das Heulen des Windes und der Fluss seiner Gedanken verzweigte sich wieder. Die Kälte schlug mit einem Mal auf ihn ein, seine Glieder begannen zu zittern, doch er hielt seine Konzentration aufrecht. Er hörte das Knirschen schwerer Stiefel, die sich in den Schnee gruben, seine Augen öffneten sich. Zwei Männer näherten sich ihm, ausgehend von dem Geräusch ihrer Schritte.

Sein Blick fiel auf *Dunkelschneides* schwarzen Griff, der auf Augenhöhe vor ihm in der Luft hing. Die Schwertspitze steckte im gefrorenen Boden. Er wartete, bis die beiden herangetreten waren, wartete, bis er das Schwert durch die Luft sausen hörte. Dann katapultierte er sich mit einer ruckhaften Bewegung nach vorn, schlitterte auf den Knien über den Schnee, packte den Griff seines Schwertes, riss es aus dem Boden und drehte sich um die eigene Achse. Seine Klinge traf mit einem Klirren auf Leifs Schwert. Sofort sprang Askon auf die Füße und trat dem Kapitän mit Wucht gegen den Brustkorb, was ihn zurückstolpern ließ. Gleichzeitig riss er sein Schwert herum und blockte Boglius' Hieb ab, der von rechts oben auf ihn niedergesaust war. Er setzte nach und bedrängte den Krieger mit einer raschen Abfolge von Schwerthieben. Die Attacken waren für den massigen Mann zu schnell und er wurde in die Defensive gedrängt. Askon täuschte einen Hieb auf die Brust an, zog die Klinge jedoch im richtigen Moment zurück und schlug stattdessen auf sein Bein ein. Der plötzliche Richtungswechsel überrumpelte Boglius, der es aber trotzdem fertigbrachte, sein Schwert herunterzureißen. Er begegnete Askons Waffe in einem ungünstigen Winkel und der brutale Hieb schlug ihm beinahe das Schwert aus der Hand. Askon wollte nachsetzen, um ihn endgültig zu entwaffnen, als er eine Bewegung von der Seite ausmachte. Geistesgegenwärtig sprang er zurück und entging Leifs Schulterstoß, der ihn zu Boden geworfen hätte. Askon verpasste ihm einen kräftigen Tritt auf das Hinterteil, als er knapp an ihm vorbeistürmte. Leif verlor das Gleichgewicht und segelte mit rudernden Armen in eine Schneewehe.

Boglius verlor keine Zeit und stürzte sich auf ihn, ehe Leif den Boden erreicht hatte. Er startete seinen Angriff mit einem Überkopfhieb, der so wuchtig war, dass Askon zurücktaumelte, als er den Schlag beidhändig parierte. Fast hätte er *Dunkelschneide* fallen lassen, seine Muskeln zitterten vor Schmerz. Er fasste sich gerade rechtzeitig, um den folgenden Seitenhieb an seinem Körper vorbeizuführen. Gegen Boglius linken Schwinger konnte er jedoch nichts mehr ausrichten. Die riesige Faust des Seemanns krachte auf seine Wange, er wurde herumgeworfen und stolperte zur Seite, Blut tropfte von seinen Lippen auf den aufgewühlten Schnee. Seine rechte Gesichtshälfte fühlte sich an, als wäre sie mit einem Vorschlaghammer bearbeitet worden, aber er blendete den Schmerz aus, als Boglius sich erneut auf ihn warf. Anstatt seinem kraftvollen Schwertstreich zu begegnen, wie er es eben getan hatte, ließ er sich auf die Knie fallen und schlug Boglius mit der flachen Seite seiner Klinge gegen das Schienbein. Der große Mann schrie und fiel auf ein Knie hinab.

Ein siegessicheres Lächeln umspielte Askons Mundwinkel, den einen, der dazu noch fähig war und nicht anschwoll wie der Rest seiner rechten Gesichtshälfte. Er holte mit dem Knauf seines Schwertes aus, um Boglius mit einem Schlag auf die Schläfe in den Schnee zu schicken. Doch ehe er die Bewegung vollenden konnte, spürte er einen brutalen Hieb gegen seine Kniekehle krachen, der ihn aus dem Gleichgewicht brachte. Er rutschte aus, kippte nach hinten um, und noch während er zu Boden fiel, wand sich ein kräftiger Arm um seinen Hals und drückte zu.

Leif! Er hatte Leif vergessen!

Askon keuchte und warf sich nach hinten, in der Hoffnung, seinen Hinterkopf in Leifs Gesicht zu versenken, doch der Kapitän hatte mit dieser Aktion gerechnet und presste seinen Kopf gegen Askons Schulter, was es ihm unmöglich machte, ihn zu erreichen. Der Druck auf seine Kehle nahm zu, er wusste, er hatte nicht mehr lange, bevor er das Bewusstsein verlor. Er holte mit dem Schwert aus, um den Knauf gegen Leifs Ellenbogen zu schmettern, doch in diesem Moment kam Boglius wieder auf die Beine und schlug ihm mit einem kräftigen Hieb *Dunkelscheide* aus den verkrampften Fingern.

Das Letzte, was er sah, bevor Dunkelheit seine Sinne umfing, war die Spitze von Boglius Kurzschwert, die auf seinen Brustkorb gerichtet war.

Er erwachte mit einem Stöhnen, öffnete die Augen und kniff sie sogleich wieder zusammen. Die blendend helle Wolkenwand stach mit tausenden kleinen Nadeln in seinen Sehnerv. Vorsichtig erhob er sich in eine sitzende Position und wurde der Felldecke gewahr, in die man ihn eingewickelt hatte.

»Wie lang war ich weg?«, fragte er benommen.

»Ein paar Minuten«, sagte Leif, der zusammen mit Boglius neben ihm saß und ihm einen Wasserschlauch reichte.

Askon ergriff und entkorkte ihn, dann trank er gierig das eiskalte Wasser. »Heute hätte ich euch beinahe gehabt«, sagte er, nachdem er seinen Durst gestillt hatte.

Boglius schnaubte und eine Dampfwolke verließ seinen Rachen. Er trug wie Leif einen schweren dunklen Fellmantel, der seine Schultern noch gewaltiger erschienen ließ, als sie ohnehin schon waren. Sein Anblick erinnerte Askon an den eines zottigen Höhlenbären.

»Träumt weiter«, sagte er. »Wie fühlt sich eigentlich euer Gesicht an?«

Jetzt, da Boglius es sagte, spürte er einen pochenden Schmerz, der sich über seine rechte Gesichtshälfte zog. Askon betastete seine Wange und zuckte zusammen.

»Ich habe mich zurückgehalten«, fuhr Boglius grinsend fort. »Wenn ich gewollt hätte, bestünde euer Wangenknochen jetzt nur noch aus Knochensplittern.«

»Und wenn ich gewollt hätte, würde euer Bein am Knie enden«, erwiderte Askon.

Boglius verzog missmutig die Mundwinkel und murmelte etwas in seinen Bart hinein.

»Ihr habt schneller reagiert als gestern«, sagte Leif zustimmend. »Aber ihr habt mich aus den Augen gelassen. Das war ein großer Fehler.«

»Einer, der mir morgen nicht mehr passieren wird.«

Leif hob die Schultern. »Wir werden sehen. Wie lange gedenkt ihr, dieses Trainingsprogramm noch fortzuführen? Die Männer werden langsam unruhig. Hier gibt es nicht sonderlich viele Beschäftigungsmöglichkeiten.«

»Im Dorf gibt es doch eine Schenke oder etwa nicht?«

»Eine Schenke?«, rief Boglius lachend aus. »Eher eine flohverseuchte Hütte und der Met schmeckt wie Ziegenpisse. Frauen gibt es in diesem Fischerdorf auch keine, nun ja, zumindest keine, mit denen man freiwillig das Bett teilen möchte.«

»Was schert mich das?«, fragte Askon aufgebracht. »Die Männer werden hier solange ausharren, wie ich es für richtig halte. Ich bin ihr König und nicht ihr Spielgeselle.«

»In Nubos habt ihr eure Rolle nicht so klar umrissen«, sagte Boglius. »Ich erinnere mich an so einige Nächte, in denen ihr mit den Männern um die Häuser gezogen seid.«

Askons Blick verfinsterte sich. Das war nicht das Einzige, was er in diesen Nächten getan hatte. »Wünschst du dir diese Tage etwa zurück?«, fragte er kalt und Boglius schluckte hörbar.

»Ich glaube, was Boglius meint, ist, dass die Männer etwas nervös sind«, sagte Leif beschwichtigend. »Sie verstehen nicht, was in letzter Zeit geschehen ist, was mit *euch* geschehen ist, und vielleicht wäre es besser, sie nicht zu lange darüber nachdenken zu lassen. Soldaten brauchen eine Aufgabe, ein Ziel, sonst stellen sie nur Unfug an.«

Askon nahm einen beruhigenden Atemzug, woraufhin sich Boglius wieder entspannte. »Nur ein paar Tage, dann bin ich bereit. Dieses ... *Fieber* hat mich viel Kraft gekostet. Bei den Eiern des *Ursprungs*, ich bringe es ja nicht einmal fertig, zwei alte Männer zu verprügeln«, sagte er zwinkernd.

»Habt ihr das denn überhaupt nötig?«, fragte Leif. »Ich meine, wenn ihr wölltet, könntet ihr uns mit einem Fingerschnippen in Flammen aufgehen lassen.«

Askon wandte den Blick ab und zog sich die Felldecke enger um die Schultern.

»Oder etwa nicht?«, hakte Leif nach.

»Natürlich. Aber um Magie effektiv zu wirken, muss ich meine Gedanken voll und ganz kontrollieren können – und wie soll ich das tun, wenn ich nicht einmal die Kontrolle über meinen Körper habe?«

In Wirklichkeit hatte ihn der Kampf mit seinem inneren Dämon weit mehr gekostet als nur einige Pfunde Muskelmasse. Während er im Delirium gelegen hatte, war seine Magie verbrannt oder verraucht oder wie immer man es bezeichnen wollte. Jedenfalls war seine Quelle aufgezehrt und das hieß, dass er sie bald wieder füllen musste. Aber er fürchtete sich davor. Was, wenn der Hunger zurückkehrte, wenn er wieder dem *kalten Sog* verfiel?

»Wie ihr meint«, sagte Leif achselzuckend. »Wir haben jedenfalls genug Fellmäntel, Decken, Stiefel und Proviant, um das Klima der nördlichen Eisinseln zu überstehen. Sobald ihr bereit seid, können wir aufbrechen.«

Askon nickte, wich dem forschenden Blick aber aus, den ihm Leif zuwarf.

»Es kommt jemand«, sagte Boglius. Der Hüne hatte das Gelände hinter ihnen im Blick gehabt, den kurzen Pfad, der in das Fischerdorf führte, und erhob sich nun. Askon und Leif richteten sich ebenfalls auf und folgten seinem Blick.

Ein Mann kämpfte sich eilig den Hügel hinauf, rutschte auf dem Schnee aber immer wieder aus und fiel hin. Abbringen ließ er sich von diesen motorischen Schwierigkeiten aber nicht, unbeirrt rappelte er sich ein ums andere Mal auf und rannte weiter.

»Ich glaube, das ist Novak«, sagte Boglius mit zusammengekniffenen Augen.

»Kommt, wir gehen ihm entgegen«, sagte Askon und setzte sich in Bewegung.

Es dauerte nicht lange, da hatten sie den jungen Krieger erreicht. Um Atem ringend beugte er sich vor und versuchte zu sprechen.

»Lass dir Zeit, Novak«, sprach Leif ihm zu. »Ruhig atmen.«

Der kahlköpfige Krieger nickte, sammelte sich einen Moment und richtete sich dann auf. Die Furcht in seinem Blick war unverkennbar und Askon beschlich ein ungutes Gefühl.

»Mein Herr«, sagte er an ihn gewandt. »Es ist jemand gekommen, der euch sprechen möchte.«

Askon wechselte einen vielsagenden Blick mit Leif, dann wandte er sich wieder dem jungen Soldaten zu. »Wer?«

»Sie hat ihren Namen nicht genannt, aber Herr ... ich glaube, sie ist eine Hexe.«

Wunderbar. Gerade jetzt, da ich machtlos bin, dachte er mit einem Anflug von Schrecken.

Er streckte auffordernd die Hand aus. »Leif, gebt mir mein Schwert!«

21

Vura erwachte beim ersten Licht des Tages, das in goldenen Strahlen zwischen den Baumstämmen hindurchflutete. Sie schälte sich aus ihrer Schaffelldecke und sah sich blinzelnd um. Gedilli saß an einen Baum gelehnt und erwiderte ihren Blick. Im Schoß hatte er eines seiner langen Kampfmesser, das er mit einem Wetzstein schärfte.

»Seid ihr die ganze Nacht wach gewesen?«, fragte Vura gähnend.

»Irgendjemand musste ja ein Auge auf ihn werfen«, antwortete Gedilli und nickte in Richtung Berseks, der sich etwas abseits von Vura auf dem blanken Boden zusammengerollt hatte und leise schnarchte.

Vura schüttelte kaum merklich den Kopf. »Ihr traut ihm immer noch nicht?«

»Wieso sollte ich? Nur weil ihr euch gestern nett mit ihm unterhalten habt? Ihr scheint vergessen zu haben, dass er den jungen Krieger ermordet hat.«

Für einen Moment blitzte das Gesicht des flachsblonden Soldaten mit den abstehenden Ohren in ihrer Erinnerung auf und sie seufzte. »Das habe ich nicht vergessen«, sagte sie. »Aber er hat nur getan, was ihm sein Herr aufgetragen hat. Was soll ein Geschöpf wie er anderes tun, als jenem zu gehorchen, der es erschaffen hat? Er hat sonst niemanden auf der Welt.«

»Ihr wart nicht dabei, habt nicht gesehen, wie er sich verhalten hat. Es hat ihm *Spaß* gemacht, den Jungen abzuschlachten.«

»Und ihr?«, fragte Vura und sah ihn eindringlich an. »Wollt ihr mir etwa erzählen, dass euch das Kämpfen keine Freude bereitet, das Töten? Es fällt mir schwer, das zu glauben, so schnell wie euch ein Messer in die Hand springt.«

Gedilli senkte den Blick, sein Gesicht blieb regungslos. »Ich tue, was ich tun muss.«

»Ich wollte euch nicht beleidigen«, sagte Vura schnell, die bemerkte, wie verletzt Gedilli war. »Aber die Menschen ... oder Tiere sind nicht immer so schlecht, wie ihr glaubt.«

»Aber manchmal sind sie es. Ich wünsche mir, dass ihr recht habt. Das tue ich wirklich, aber falls nicht ...«

Er brachte den Satz nicht zu Ende, stattdessen zog er den Wetzstein ein letztes Mal über die Klinge. Dann wirbelte er das Kampfmesser in der Luft herum und ließ es geschickt in die Scheide an seinem Gürtel gleiten.

Vura nickte und schlug die Augen nieder. »Ich ... danke euch, Gedilli«, sagte sie. »Einer von uns muss so denken und ich bin froh, dass ihr mir diese Bürde abnehmt.«

Ein verlegenes Lächeln erschien auf dem gutaussehenden Gesicht des ehemaligen Piraten, das Vura ansteckte. In seiner Gegenwart fühlte sie sich geborgen, ein Gefühl, dass ihr vollkommen fremd war, wie sie mit einem Stirnrunzeln bemerkte.

»Dafür bin ich da«, sagte er und zwinkerte ihr zu.

»... GROAAAAARRRR ...«, erschallte ein unfassbar lautes, kreischendes Gähnen, das Gedilli und Vura zusammenzucken ließ. Vogelschreie und hektisches Geflatter ertönten, als eine Finkenfamilie die Flucht ergriff und den Schutz der Baumkronen verließ.

»Bei Alogs Eiern!«, rief Gedilli aufgebracht. »Was soll denn das? Willst du uns zu Tode erschrecken?«

Bersek setzte sich auf und lächelte entschuldigend, wobei er seine Reißzähne präsentierte. »Ich bitte um Verzeihung, aber der Beginn des Tages muss doch gebührend eingeleitet werden.«

»Ich leite dir gleich was anderes ein«, sagte Gedilli und legte einen Finger auf den Griff seines Kampfmessers.

Vura entfuhr ein prustendes Lachen. »Ihr zwei seid urkomisch, wisst ihr das?«

Nachdem sie ihr Nachtlager abgebaut und ein kleines Frühstück aus Dörrfleisch und Trockenfrüchten zu sich genommen hatten, verstauten sie ihr Gepäck wieder in den Satteltaschen und führten die beiden Pferde an einen Bach, wo sie saufen konnten.

Bersek beobachtete die Tiere fasziniert, während er sich halb hinter einem Baum versteckte.

»Hast du etwa noch nie ein Pferd gesehen?«, fragte ihn Vura, während sie ihrer Stute den Hals tätschelte.

»Doch, doch, aber ich war nie zuvor so nah dran«, sagte die Affenkreatur. »In Nubos komme ich nicht oft raus und wenn, dann nur in der Nacht.«

»Möchtest du es streicheln?«

Bersek runzelte die Stirn, sein Blick huschte zu dem Pferd und wieder zu Vura zurück. »Ich weiß nicht. Wird es mich nicht beißen ... oder niedertrampeln?«

»So etwas tun Pferde für gewöhnlich nicht«, sagte Vura kichernd.

»Aber bei dir könnten sie eine Ausnahme machen«, warf Gedilli ein.

»Hör nicht auf ihn«, sagte sie und warf Gedilli einen mahnenden Blick zu. »Komm, versuch es!«

Bersek blieb für einen Moment unschlüssig stehen, dann machte er einen zaghaften Schritt, ging auf das Pferd zu und streckte die Hand aus. Seine Finger berührten das glatte schwarze Fell, die Muskeln darunter zuckten, woraufhin er schnell die Hand zurückzog und erschrocken fiepte. Sein Blick fiel auf Vura, die ihm aufmunternd zunickte, und nach kurzem Zögern streckte er abermals die Hand aus. Während er die kräftigen Muskeln betastete, wurden seine Augen groß und vor Freude schürzte er die Lippen.

Vura lachte bei dem Anblick in sich hinein. Sie war fasziniert von dem sprechenden Affenwesen, das so unbegreiflich menschlich wirkte. Am Abend zuvor hatte sie sich stundenlang mit ihm unterhalten und viel über sein Leben, seine Träume und seine Leidenschaften erfahren. Er hatte ihr erzählt, dass seine größte Freude darin bestand, zu lernen und zu lesen und dass er davon träumte, eines Tages selbst etwas zu schreiben, was die Menschen begeistern würde. Momentan versuchte er sich in der Dichtkunst und Vura hätte liebend gerne eines seiner Werke gehört, aber Bersek meinte, sie wären noch nicht für die Ohren eines anderen bestimmt.

Was ein Affe wohl erdichtet?, fragte sie sich.

Das Pferd hob seine Schnauze aus dem Bach und wieherte plötzlich, was Bersek so erschreckte, dass er einen gewaltigen Satz nach hinten machte und sich an dem untersten Ast eines Baumes festklammerte, wo er die für Affen typischen *Huh-Huh*-Geräusche ausstieß.

Gedilli schnaubte. »Und von so etwas hätte ich mich fast umbringen lassen«, sagte er kopfschüttelnd. »Ich werde alt.«

Um zum Landhaus des *Schatten* zu gelangen, mussten sie tiefer in den Wald vordringen. Vura und Gedilli führten ihre Pferde am Zügel, da die Bäume und Sträucher immer dichter zusammenwuchsen und das Reiten unmöglich machten. Bersek lief ihnen auf allen vieren voraus und führte sie das ansteigende Gelände hinauf. Nach einer Weile wurde der Grund felsiger, immer wieder ragten große Brocken eines hellen Gesteins aus dem Waldboden, die fleckenweise mit Moos bewachsen waren.

»Gleich sind wir da!«, rief Bersek aufgeregt, lachte schrill und verschwand hinter einer Anhöhe.

Gedilli sah genervt zu Vura herunter, schüttelte den Kopf und seufzte. »Dieser Affe bringt mich um den Verstand.«

Vura schmunzelte, führte ihr Pferd den Hügel hinauf und blieb wie angewurzelt stehen. Auch Gedilli hielt inne, sie konnte hören, wie er scharf die Luft einzog.

Vor ihnen erhob sich eine gewaltige Felsformation, die aus demselben hellgrauen Stein bestanden wie die Brocken, die sie auf ihrem Weg gesehen hatten. Zuvor hatten die Baumkronen den Blick darauf verborgen, aber nun erstrahlte der Fels in all seiner massiven Pracht. Doch nicht das Gestein war es, das ihnen den Atem raubte, es war das Gebilde, das aus ihm herauswuchs.

»Gedilli?«, fragte Vura staunend.

»Mhm?«

»Habt ihr so etwas schon einmal gesehen?«

Er antwortete nicht, aber das war auch nicht vonnöten.

Der *Schatten* hatte es ein Landhaus genannt, aber diese Bezeichnung wurde dem Gebäude nicht annähernd gerecht, das über ihr aufragte. Es war ein Palast, ein Märchenschloss, dessen glattpoliertes Gemäuer sich an den natürlichen Felsen anschmiegte, als wäre es aus ihm herausgemeißelt worden. Spiralförmige Türme wuchsen die Steilwände hinauf, ein kuppelartiges Gebilde, auf dem die riesige Statue einer echsenartigen Bestie thronte, erhob sich aus dem Zentrum des Schlosses, das sich von dort in zwei Flügel teilte, die um den Felsen herumwuchsen. Die perfekte Symmetrie des Mauerwerks und die Präzision der vielen kleinen Details, die sich in Form von wellenartigen Linien und Spiralen in den Stein gruben, waren unwirklich.

»Hat ... *er* das geschaffen?«, flüsterte Gedilli.

»Ich denke schon«, sagte Vura, obwohl sie es kaum glauben konnte. Die Vorstellung, dass ein einziger Mann dieses Gebilde erschaffen hatte, war überwältigend. Ein solches Gebäude, ein solches *Kunstwerk*, konnte nur durch Magie errichtet werden.

Hinter der Statue der Echse erhob sich das Fundament eines mächtigen Turmes, das jedoch nach nur wenigen Metern in einer unförmigen kreisrunden Linie endete.

Scheinbar ist er noch nicht ganz fertig, dachte Vura.

Derweilen rannte Bersek eine breite Treppenempore hinauf. Bevor er jedoch mit seiner haarigen Faust auf die gewaltigen Flügeltüren an ihrem Ende einschlagen konnte, öffneten sich diese und schwangen nach Außen auf. Die dunkelgekleidete Gestalt des *Schatten* trat in die Morgensonne, warf einen Blick auf Bersek hinunter und richtete seine Aufmerksamkeit dann auf Vura und Gedilli, die immer noch am Waldrand standen. Er breitete die Arme in einer einladenden Geste aus. »Willkommen im Gedankenpalast!«, dröhnte seine tiefe Stimme über den weiten Platz.

Als Gedilli keine Anstalten machte, sich in Bewegung zu setzen, versetzte ihm Vura einen Klaps auf den Unterarm und schritt mit ihrem Pferd am Zügel voran, das Klappern der Hufe hallte von den Felswänden wider. Der ehemalige Pirat folgte ihr zaghaft. Vor den breiten Treppenstufen hielt sie inne und sah zum *Schatten* auf.

»Vura, ich freue mich sehr, dass ihr meiner Einladung gefolgt seid«, sagte dieser. »Ihr werdet es nicht bereuen, das verspreche ich euch.«

»Habt ihr all das errichtet?«, fragte sie und sah die Palastfassade hinauf.

»Aye, das habe ich.«

»Wie?«

Der *Schatten* lächelte geheimnisvoll. »Ich habe ihm nicht umsonst den Namen *Gedanken*palast gegeben.«

»Könnt ihr mich das lehren?«

»Das kommt ganz auf euch an.«

»Ich bin übrigens auch hier«, sagte Gedilli übelgelaunt. »Nur falls jemand meine Existenz anerkennen möchte.«

»Oh, aber natürlich. Willkommen in meinem Heim ... wie war noch gleich euer Name?«

Der Messerkämpfer holte tief Luft. »Gedilli«, presste er zwischen zusammengebissenen Zähnen hervor.

»Richtig, richtig ... Gedilli. Wenn ihr so freundlich wärt, die Pferde zu den Ställen zu bringen?«

Vura legte ihrem Gefährten eine Hand auf die Schulter, bevor dieser in die Luft gehen konnte. Sie warf ihm einen bittenden Blick zu und er schnaubte, nahm die Zügel ihres Pferdes aber entgegen und führte die beiden Rösser über den Hof.

»Ich hoffe, Bersek hat euch keine Schwierigkeiten gemacht«, sagte der *Schatten*.

Die Affenkreatur kauerte im Türeingang und duckte sich, als sie ihren Namen hörte.

Vura schritt die Stufen hinauf. »Aber ganz und gar nicht. Er war sehr ... nett. Ich habe seine Gesellschaft genossen. Außerdem war er uns ein guter Führer. Ohne seine Hilfe wären wir vermutlich noch Stunden durch den Wald geirrt.«

»Hm«, machte der *Schatten* und hob eine Augenbraue. »Dennoch ... ich habe ihm verboten, das Schloss zu verlassen, und ich schätze es nicht, wenn er sich mir widersetzt. Eine Strafe ist angebracht, findet ihr nicht?«

Ihr Blick fiel auf Bersek, der sie aus geweiteten Augen ansah. Da war eine unausgesprochene Bitte in seinem Blick, ein Flehen.

»Bitte, tut das nicht«, sagte sie hastig. »Er war nur neugierig und ...« Ihr kam ein Gedanke und ein Lächeln huschte über ihre Lippen. »Und seid ihr nicht derjenige, der dem Wissensdurst erlegen ist wie kaum ein anderer? Nun, Bersek war ebenfalls durstig und er hat dieses Bedürfnis gestillt. Das müsstet ihr doch verstehen, oder nicht?«

Der *Schatten* grinste. »Ah, sehr clever von euch. Wie könnte ich mich diesem Argument erwehren?«

Bersek entspannte sich sichtlich und formte mit den Lippen das Wort *Danke*. Vura nickte ihm fröhlich zu, auf seltsame Weise stolz darauf, dass der *Schatten* sie clever genannt hatte.

Gedilli kehrte zurück und sie folgten dem Hexer ins Innere des Palastes.

Vura sah mit offenem Mund zur Decke auf, die sich hoch über ihr erstreckte und von Steinsäulen getragen wurde, die dieselbe Spiralform aufwiesen wie die Türme. Sie schritten eine breite Steintreppe hinauf, die sich in der Mitte nach links und rechts teilte und zu den jeweiligen Flügeln führte.

»Ich hoffe doch, ihr habt Hunger? Ich empfinde es stets als angenehm, komplexe Gespräche beim Essen zu führen«, sagte der *Schatten* nach hinten gewandt.

»Aber sicher doch!«, kicherte Bersek,

»Dich habe ich nicht gefragt«, sagte der Hexer streng. »Wir haben ohnehin noch ein Wörtchen miteinander zu reden, mein haariger Freund.«

Bei diesen Worten sank Bersek in sich zusammen und lief noch gebeugter als zuvor. Die Aussicht von seinem Meister ausgeschimpft zu werden, schien ihm nicht zu behagen, aber wenigstens würde er einer weiteren Strafe entgehen.

»Wir danken euch für eure Gastfreundschaft und nehmen die Einladung zum Essen gerne an«, sagte Vura höflich.

»Ah, die Manieren des Hofes! Eine der wenigen Annehmlichkeiten der adligen Gesellschaft, die ich vermisse.«

Sie folgten dem *Schatten* die rechte Abzweigung hinauf, die in einen lichtdurchfluteten Gang mündete. Das Sonnenlicht strömte durch bogenförmige Fenster, in denen sich jedoch kein Glas befand. Überhaupt schien das gesamte Gebäude aus dem hellen Felsen zu bestehen, der auf diesem Hügel thronte, kein anderes Material war verbaut worden. Auch gab es keine Fresken, pompöse Verzierungen oder Statuen – mit Ausnahme der riesigen Echse auf dem Dach –, wie Vura sie aus dem Sternpalast gewohnt war. Die Schönheit des Schlosses drückte sich vielmehr durch seine schlichte Eleganz aus, durch die geschwungenen Formen der Säulen, der Makellosigkeit des verbauten Steins. Sie konnte keine Fugen oder sonstigen Hinweise dafür erkennen, dass das Gebäude aus einzelnen Blöcken zusammengesetzt war. Es schien, als sei es in einem Stück aus dem Felsen geschlagen worden.

Der *Schatten* führte sie tiefer in den Westflügel hinein, sie folgten einigen verschlungenen Gängen und betraten dann einen großen Saal, in dessen Mitte sich ein massiver Steintisch erhob, der von gepolsterten Holzstühlen umrahmt wurde und auf dem sich Gedeck für drei Personen befand. Kein Feuer brannte in dem großen Kamin zu Vuras Linken, auch die steinernen Feuerschalen an den Wänden waren nicht von Flammen gekrönt. Dennoch war der Saal in helles Licht getaucht. Durch ein großes Rundfenster strömte Sonnenlicht auf den Tisch und ließ den weißen Stein erstrahlen.

Der *Schatten* setzte sich ans Tischende und bedeutete seinen Gästen, Platz zu nehmen. Dann griff er nach einer silbernen Karaffe und füllte drei Kristallgläser mit blutrotem Wein, die er Gedilli und Vura vor die Nase setzte.

»Geh jetzt, Bersek«, sagte er. »Wir werden später miteinander sprechen.«

Vura lächelte dem Affen aufmunternd zu, der ein besorgtes Gesicht aufsetzte und sich mit hängenden Schultern aus dem Raum entfernte.

Der *Schatten* hob sein Glas und blickte zuerst Gedilli, dann Vura an. »Auf neue Freundschaften an besonderen Orten«, sagte er lächelnd.

Vura nickte ihm zu und hob ebenfalls ihr Glas, aber Gedilli schüttete den Wein in einem Zug hinunter, bevor die beiden auch nur angesetzt hatten. Anschließend griff er über den Tisch nach der Karaffe und goss sich nach.

»Ihr müsst meinen Gefährten entschuldigen«, sagte Vura. »Er traut euch nicht sonderlich.«

»Das kann ich ihm nicht verübeln. Ich habe immerhin vor wenigen Tagen versucht, seine Herrin zu töten.« Er wandte sich dem Messerkämpfer zu, der ihn mit einem durchdringenden Blick ansah. »Als Vuras Gefährte und Beschützer ist es eure Aufgabe, mir zu misstrauen, Gedilli. Ich wäre enttäuscht, wenn ihr es nicht tätet.«

»Das trifft sich hervorragend. Ich habe nämlich nicht die Absicht, damit aufzuhören.«

Der *Schatten* schmunzelte. »Ah, ihr seid ein ehrlicher Mann, Gedilli. Das schätze ich.«

»Dasselbe kann ich von euch nicht behaupten«, erwiderte Gedilli. »Ich frage mich immer noch, wieso ihr uns eingeladen habt. Vura hätte euch beinahe vernichtet und nun wollt ihr ihr helfen, noch mächtiger zu werden? Was habt ihr davon?«

Der *Schatten* lehnte sich zurück, stütze die Ellenbogen auf der Tischplatte ab und legte die Finger ineinander. Vura fiel es schwer, den Blick zu deuten, mit dem er Gedilli bedachte. Amüsierte er sich über ihn?

»*Ehrlich* und direkt. Das wird ja immer besser«, sagte er. »Um eure Frage zu beantworten: Es gibt mehrere Gründe dafür, die ich Vura alle schon genannt habe, wie euch sicher bekannt ist. Das Mysterium um Vuras Kräfte ist hierbei wohl der Gewichtigste. Gelingt es mir, dieses zu entschlüsseln, könnte das unser Verständnis von der Magie grundlegend verändern. Wisst ihr, wie die Magie in den Menschen erwacht ist, Gedilli, woher die Hexer stammen?«

»Was hat das damit zu tun?«

»Das werdet ihr sehen, sobald ihr meine Frage beantwortet.«

Gedilli hob eine Augenbraue und seufzte resignierend. »Nein, das weiß ich nicht.«

»Schade, ich nämlich auch nicht. Niemand weiß es. Die frühesten Aufzeichnungen unseres Volkes stammen von vor knapp dreitausend Jahren. Die Zeit davor liegt für uns in absoluter Dunkelheit.«

»Ich verstehe immer noch nicht, was das mit uns zu tun hat.«

»Es hat mir ihr zu tun. Sie ist die Tochter zweier gewöhnlicher Menschen und doch eine Hexe. Mehr als das.« Der *Schatten* wandte den Kopf und sah Vura direkt in die Augen. Sie fühlte sich unwohl unter dem bohrenden Blick, sah aber nicht weg. »Wenn sich bewahrheitet, was ich glaube, ist sie die mächtigste Hexe der Insellande.« Sein Blick wanderte zurück zu Gedilli und Vura atmete erleichtert aus. »Sie könnte der Schlüssel zum Geheimnis unserer Herkunft sein. Wir Hexer schwelgen gern in unserer selbstinszenierten Überlegenheit gegenüber den Menschen, aber was wäre, wenn ein jeder das Potenzial in sich trägt, Magie zu nutzen? Es mag selten passieren, ja die Chance mag gar verschwindend gering sein, aber müssten wir unser Weltverständnis nicht ändern, wenn es sich bewahrheitet? Wenn wir Hexer nur die Nachkommen jener Menschen wären, die ihr Potenzial entfalteten?«

»Selbst wenn, was kümmert es euch?«, fragte Gedilli.

»Es mag schwer nachvollziehbar sein für ein so schlichtes Gemüt wie das eurige, aber ich versuche die Welt zu verstehen, ihre Geheimnisse zu ergründen. Das Anhäufen und Erweitern von Wissen stellt für mich die höchste Tugend dar.«

Gedillis Blick huschte zu Vura hinüber. »Hat er mich gerade dumm genannt?«

»Wenn ihr das erst erfragen müsst, dann stimmt es vermutlich«, sagte der *Schatten*.

Gedilli wandte sich zu ihm um, sein Blick wurde hart, er spannte sich an. Vura dachte schon, er würde sich gleich auf den Hexer stürzen, da lachte er auf einmal lauthals. »Ihr habt ja Humor! Wer hätte das gedacht?«, sagte er, während er sich die Tränen aus den Augen wischte. »Also, ich nahm an, wir bekämen hier etwas zu essen?«, fügte er hinzu.

Vura entspannte sich. Manchmal war Gedilli ihr ein Rätsel.

Der *Schatten* grinste, hob die Hände und die silbernen Hauben, die auf einigen Tabletts saßen, schwebten davon. Darunter offenbarten sich dampfende Köstlichkeiten: Rehbraten, zartrosa geschmort, geröstete Maronen, Mandelgebäck, gedünstetes Gemüse, eine gefüllte Gans.

Vura schloss schnell den Mund, bevor ihr der Sabber das Kinn hinuntertropfen konnte. Gierig befüllte sie ihren Teller. Sie hatte bisher gar nicht bemerkt, wie hungrig sie war. Gedilli schien es ähnlich zu ergehen. Er riss der Gans einen Schenkel ab und vergrub seine Zähne in dem weichen Fleisch. Der Bratensaft wurde von seinem gestutzten Bart förmlich aufgesogen.

»Vura«, wandte sich ihr der *Schatten* zu, während sie sich an dem Rehbraten gütlich tat. »Da euer Begleiter sein Misstrauen abgelegt zu haben scheint, können wir zu einem wichtigeren Thema übergehen. Eurer ... nennen wir es der Einfachheit halber, *Ausbildung*. Ihr müsst verstehen, dass wir dabei magisches Neuland betreten. Ich weiß nicht mehr über eure Kräfte als ihr und um sie hervorzulocken, werde ich zu Methoden greifen müssen, die ... ungewöhnlich erscheinen mögen.«

Vura schluckte den Essensbrei hinunter und sah dem *Schatten* in die Augen. »Ich bin hartes Training gewohnt, keine Sorge.«

»Hm, dessen bin ich mir sicher.« Abermals musterte er sie mit diesem seltsam bohrenden Blick. »Um zu euren Fähigkeiten zurückzukommen: Es gibt einige Dinge, die ihr für mich diesbezüglich klarstellen müsst.«

»Fahrt fort«, sagte sie mit vollem Mund.

»Ich weiß bereits, dass ihr euch eurer Macht zum ersten Mal bedient habt, als ihr gegen Serja Astrum gekämpft habt. Das habt ihr mir zwar nicht mit Worten aber mit Blicken bestätigt. Was mir fehlt, ist ein tieferes Verständnis dieses Ereignisses. Wenn ich euch dabei helfen soll, diese Kraft freizusetzen, muss ich wissen, was ihr in jenem Moment gefühlt habt.«

Vura stockte. Sollte sie ihm das wirklich erzählen, sollte sie sich ihm derartig öffnen? Bei dem Gedanken fühlte sie sich unwohl, aber andererseits war sie hergekommen, damit er sie ausbildete. Wie sollte ihm das gelingen, wenn sie diese Dinge vor ihm verbarg?

»Ich ... ich war am Boden«, gab sie zu. »Sowohl sprichwörtlich als auch buchstäblich. Ich habe versucht, aus Sternstadt zu fliehen, aber Serja, sie ...«

»Wieso wolltet ihr fliehen?«, unterbrach sie der *Schatten*.

»Weil ich nicht länger von den Astrums benutzt werden wollte«, sagte sie knapp.

Es war offensichtlich, dass diese Antwort den *Schatten* nicht zufriedenstellte, aber sie würde nicht über Gustav sprechen. Das konnte sie nicht. Ihr Körper begann zu zittern, wenn sie nur an ihn dachte. Außerdem ging ihn das nun wirklich nichts an.

»Jedenfalls hat mich Serja erwischt«, fuhr sie fort. »Ich war gezwungen, gegen sie zu kämpfen, und sie ... sie war stärker als ich. Viel stärker. Als sie mit mir fertig war, lag ich am Boden – mein Körper war zerschmettert. Ich dachte, nun ist es aus. Ich werde für immer hierbleiben müssen, ich werde niemals frei sein

... und ...« Sie zögerte und sah dem *Schatten* in die Augen. Er wusste es ohnehin schon, da konnte sie es auch aussprechen. »Und ich werde Arina nicht retten können. Dann ist es plötzlich passiert. Das *Licht*. Es ... es überkam mich.«

»Es überkam euch, was meint ihr damit?«

Vura zuckte die Achseln. »Es ist schwer zu beschreiben ... Es fühlte sich an, als würde etwas in mich fahren, etwas *Fremdes*. Ich hatte keine Kontrolle darüber, es heilte meine Verletzungen und verschwand dann so plötzlich, wie es gekommen war.« Sie zuckte mit den Achseln. »Serja war davon so überrascht, dass ich sie überrumpeln konnte.«

Der *Schatten* nahm sein Kinn nachdenklich zwischen Daumen und Zeigefinger. »Hm. Und nach diesem Vorfall in Sternstadt ist es erst wieder passiert, als ihr mir begegnet seid?«

Vura schüttelte den Kopf. »Nachdem ich Serja ... besiegt hatte, stahl ich ein Fischerboot und flüchtete damit übers offene Meer. Ich wollte so viele Meilen zwischen mich und Sternstadt bringen wie möglich, also habe ich das Schiff magisch beschleunigt. Irgendwann muss ich erschöpft zusammengebrochen sein und als ich wieder erwachte, hatte mich ein Piratenschiff entdeckt.« Sie sah flüchtig zu Gedilli, der den Blick abwandte. »Meine Quelle war aufgebraucht, ich war ihnen hilflos ausgeliefert. Als sie versuchten ... sich über mich herzumachen, geschah es wieder. Diese fremde Macht fuhr in mich, erfüllte mich. Aber diesmal war es anders. Sie ... steuerte mich. Ich hatte keine Kontrolle darüber, was ich tat. Es war, als wäre ich ein Passagier in meinem eigenen Körper. Sie hat sogar gesprochen ...«

»Was hat sie gesagt?«, fragte der *Schatten* neugierig.

»Sie nannte sich das *Licht*.«

Der *Schatten* hob überrascht die Augenbrauen. »Es hat einen Namen? Faszinierend. Äußerst faszinierend«, murmelte er. »Habt ihr seither versucht, diesen Zustand ohne äußere Fremdeinwirkung zu erreichen?«

»Ja, aber ich hatte kein Glück. Die Kraft entzieht sich meinem Willen. Das einzige Mal, dass ich das Gefühl hatte, die Kontrolle zu behalten, war, als ich gegen euch gekämpft hatte. Da behielt ich das Steuer in der Hand.«

»Tatsächlich?«, fragte der *Schatten* und hob die Augenbrauen. »Dann wolltet ihr all diese Menschen töten?«

Vura fiel auf, wie Gedilli zusammenzuckte.

»Ich ... wovon sprecht ihr?«, fragte sie.

Der *Schatten* legte den Kopf schief und musterte sie. »Euch ist klar, dass ihr in jener Nacht ein Schiff in Brand gesetzt und einen Wachturm zerstört habt?«, fragte er. »Ihr habt mit Energien um euch geschleudert, die jede Vorstellungskraft übersteigen. Euch muss bewusst gewesen sein, dass das Opfer fordern würde ... oder etwa nicht?«

Vuras Blick wanderte hilfesuchend zu Gedilli, der jedoch die Augen niederschlug und plötzlich sehr vertieft in sein Essen zu sein schien.

»Ich ... ich wusste nicht ...«, stammelte sie.

»Nicht?«, sagte der *Schatten*. »Dabei habe ich euch für ein kluges Mädchen gehalten. Menschen sterben, wenn man mit Energiestrahlen um sich schießt, die Steinmauern durchschlagen, wisst ihr?«

Vuras Herz trommelte in ihrer Brust. »Wie ... wie viele habe ich ...«

»Vier Wachmänner sind bei dem Einsturz des Turms ums Leben gekommen und sechs Fischer verbrannten im Schlaf auf ihrem Schiff«, sagte der *Schatten*. »Ich habe bereits dafür gesorgt, dass ihre Familien eine angemessene Entschädigung erhalten.«

Vura hielt sich die Hand vor den Mund. Nein, das konnte nicht sein ... Ihr wurde auf einmal schlecht, Tränen füllten ihre Augen und trübten ihr die Sicht.

Sie hatte Unschuldige auf dem Gewissen. Menschen, die anderen etwas bedeutet hatten. Väter, Ehemänner, Söhne. Ausgelöscht in einem Moment blinder Zerstörungswut. Wie hatte sie so etwas tun können? Wie hatte sie so rücksichtslos, so unüberlegt handeln können?

»Könnte es vielleicht sein«, sagte der *Schatten*, »dass ihr weniger Kontrolle über euch gehabt habt, als ihr glaubt? Dass euch das *Licht* in der Gewalt hatte und euch nur weisgemacht hat, dass ihr die Entscheidungen trefft? Ausgehend von dem, was ihr mir erzählt habt, halte ich das durchaus für möglich.«

Vuras Gedanken überschlugen sich. Konnte das sein? War sie womöglich gar nicht schuld an dem Tod dieser Menschen? Der Gedanke sollte sie trösten, aber andererseits ... wäre das wirklich um so vieles besser? Das hieße, dass sie sich selbst nicht vertrauen konnte, dass sie eine Gefahr für alle in ihrer Nähe darstellte.

Ihre Hände begannen zu zittern, sie ließ ihr Besteck mit einem Klirren auf den Teller fallen und ballte die Fäuste.

Entweder war sie aus reiner Unüberlegtheit zu einer Massenmörderin geworden oder sie hatte absolut keine Kontrolle über eine so gewaltige Macht, welche – wenn der *Schatten* mit seiner Einschätzung richtig lag – ganze Städte dem Erdboden gleichmachen konnte.

»Könnt ihr mich lehren, es zu kontrollieren?«, fragte sie leise.

»Ich denke, das kann ich. Aber dazu muss ich begreifen, was mit euch geschieht und dafür muss ich eure Wandlung erneut beobachten.«

Vura seufzte bekümmert. »Aber wie soll das gehen? Ich habe euch doch gesagt, dass ich es nicht ...«

Plötzlich knallte Gedillis Handfläche auf den Tisch, Vura fuhr auf und sah ihn erschrocken an. Der Messerkämpfer hatte sich nach vorne gebeugt, seine linke Hand umklammerte seinen Hals. Essensreste fielen ihm aus dem Mund, während er röchelnd nach Luft schnappte. Seine Augen quollen aus den Höhlen, sein Gesicht lief rot an.

Vura schüttelte das Entsetzen ab, das der Anblick in ihr auslöste, und rannte um den Tisch herum. Gedilli fuhr währenddessen auf, verlor das Gleichgewicht und stürzte zu Boden, wobei er seinen Stuhl polternd umwarf.

»Gedilli!«, schrie sie und eilte zu ihm. Sie kniete neben ihm nieder und nahm seinen Kopf in ihre Hände. »Was geschieht mit ihm?« Tränen der Verzweiflung schossen ihr in die Augen.

»Er stirbt«, sagte der *Schatten*, der aufgestanden war und sich ihr langsam näherte. »Das Gift der meredianischen Seeschlange arbeitet sehr schnell. Es war in seinem Glas. Ihr solltet euch mit der Heilung beeilen. Er hat nicht mehr viel Zeit und er gerät in Panik. Je schneller sein Herz schlägt, desto schneller verteilt sich das Gift in seinem Körper.«

Gedilli beugte sich vor, versuchte, etwas zu sagen. »Ich ... habe es ... euch ... ja gesagt ...«, brachte er röchelnd hervor.

Vura starrte ihn schockiert an und öffnete ihre Quelle.

22

Askon blieb vor dem Eingang zum Wirtshaus stehen, in dem die Hexe auf ihn wartete, und umklammerte *Dunkelschneides* Griff fester. Seine Quelle war zwar aufgebraucht, aber in *Drachenträne*, dem Allmachtartefakt, das von den eisernen Klauen am Ende des Griffstücks gehalten wurde, schlummerte ein Rest magischer Energie. Es war nicht viel, aber genug, um einen Zerstörungszauber zu wirken.

Er wandte sich zu Leif, Boglius und Novak um. »Wir müssen sie überraschen, sonst haben wir keine Chance. Ich werde versuchen, ihre Verteidigung mit einem Zauber zu durchbrechen und sobald mir das gelingt, müsst ihr sie in Stücke hauen.«

Leif verschränkte die Arme vor der Brust. »Wie bitte? Wir müssen das tun? Hexer waren bisher aus gutem Grund euer Metier. Kann es sein, dass ihr nicht ganz ehrlich zu mir wart?«

Askon lächelte schuldbewusst. »Wie wäre es, wenn wir dieses Gespräch auf später verschieben?«

»Gerne. Wenn es ein Später gibt.«

Boglius zog seine Klinge, Leif und Novak taten es ihm nach. »Bringen wir es hinter uns«, sagte der Hüne.

Askon nickte, nahm einen tiefen Atemzug und stieß die Tür auf. Er stürmte mit erhobenem Schwert ins Innere, sein Blick huschte durch den Schankraum. Ein Dutzend seiner Soldaten saßen um die kleinen Tische der Taverne versammelt, allesamt nervös eine Frau anstarrend, die Platz in der Mitte des Raumes genommen hatte. Askon blieb wie angewurzelt stehen. »Ta... Tante Vesna?« Seine Stimme war kaum mehr als ein zitternder Hauch.

Die ältere Frau erhob sich, Unglauben stand ihr im Gesicht. »Du bist es wirklich!«, sagte sie und strich sich eine Locke ihres hellblonden Haares aus der Stirn. Ihre Unterlippe bebte. »Ich ... ich habe nicht zu hoffen gewagt ...« Sie verstummte, als ihr Blick auf das Schwert fiel, das Askon immer noch von sich gestreckt hielt. »Willst du mich damit erstechen oder mich lieber in die Arme nehmen?«

Askon ließ *Dunkelschneide* fallen, das mit einem Klirren auf den Boden fiel, eilte auf die hochgewachsene Frau zu und fiel ihr in die ausgestreckten Arme. Eine Weile standen sie eng umklammert da, Vesna strich ihm mit der Hand über den Rücken.

Leif räusperte sich. »Ähm ... Ich nehme an, wir müssen sie nicht in Stücke hauen, oder?«

Askon löste sich widerwillig aus der Umarmung und räusperte sich, um den Kloß zu vertreiben, der sich in seinem Hals festgesetzt hatte. Vesna verbarg es besser als er, aber sie war mindestens genauso aufgewühlt, ihn zu sehen, das konnte er an dem Glanz in ihren Augen erkennen.

Er sammelte sich einen Moment, bevor er sich zu seinen Männern umwandte. »Untersteht euch!«, rief er. »Das ist Vesna Sol, die Mutter von Kara Nox, der Ehefrau meines Bruders.«

»Sehr erfreut«, sagte sie und hob eine Hand zum Gruß.

Leif, Boglius und Novak verbeugten sich hastig. »Es ist uns eine Ehre«, sprach Leif stellvertretend für die anderen.

»Seemänner mit Manieren, das lobe ich mir«, sagte Vesna. »Aber so sehr ich es auch genieße, mit Menschen zu plaudern, die eben noch vorhatten, mich in Stücke zu hauen, Askon und ich haben einiges zu besprechen ... unter vier Augen.«

»Äh, natürlich«, sagte Leif, als er sich wieder erhoben hatte. »Männer!«, brüllte er und wandte sich damit an die Soldaten, die das Ganze neugierig beobachtet hatten. »Ihr habt die edle Dame gehört! Verziehen wir uns.«

Murrend wurden Stühle umhergerückt, Krüge in einem Zug geleert und

Mäntel angezogen, dann verließen die Männer im Entenmarsch die Wirtschaft. Leif ging als Letzter durch die Tür, warf Askon zuvor jedoch einen verschmitzten Blick zu, der so viel heißen mochte wie: *Welch attraktive Tante ihr habt.* Wenngleich seine Wortwahl vermutlich etwas ordinärer gewesen wäre.

Askon lachte leise und schüttelte den Kopf.

»Was ist so komisch?«, fragte Vesna.

»Ich glaube, du gefällst meinem Kapitän.«

»Der haarige Bursche?«

»Genau der.«

»Ich hätte es schlechter erwischen können«, sagte sie schmunzelnd. »Komm, setzen wir uns.«

Sie führte ihn an einen Tisch, wo sie sich gegenüber Platz nahmen. Sofort eilte der Wirt herbei, ein dünner Mann mit Halbglatze und fettiger Lederschürze, und brachte einen Krug Met und zwei hölzerne Becher.

»Kann ich sonst noch etwas für euch tun, Herrin?«, fragte er mit leuchtenden Augen.

»Etwas Brot und Käse, wenn ihr habt. Danke.«

Überschwänglich winkte der Mann ab. »Nicht doch, nicht doch! Ich habe zu danken, dass ihr euch dazu herablasst, in meinem bescheidenen Etablissement zu verkehren. Niemals hätte ich mir träumen lassen, dass einmal eine Sol an einem meiner Tische sitzt. Ich werde sogleich euren Wunsch erfüllen! Fliegen werde ich, fliegen!«

Bevor Vesna antworten konnte, machte der Mann kehrt und rauschte davon. Sein Gang hatte tatsächlich etwas Beflügeltes.

»Noch ein Verehrer«, sagte Askon augenzwinkernd.

Vesna lehnte sich zurück und verzog die vollen Lippen. »Wohl eher ein aufgeregter Untertan.«

Askon hatte sie schon seit einigen Jahren nicht mehr gesehen, aber wie es für Hexer üblich war, hatte sie sich in der Zeit kaum verändert. Äußerlich schien sie kaum älter als vierzig zu sein, aber in ihren Augen spiegelte sich die Weisheit von Jahrhunderten. Ihre schlanke Figur wurde von einem cremefarbenen Pelzmantel eingehüllt, über ihrer Brust verliefen silberne Kettenglieder, welche die runden Broschen an ihren Schultern verbanden, an denen der lange schwarze Umhang festgemacht war, der das Sigil ihres Hauses trug: eine goldene Scheibe von der zwölf dünne Zacken abgingen – die Sonne des Hauses Sol. Ihr blondes Haar, in das sich einige graue Strähnen geschlichen hatten, fiel ihr offen auf die Schultern, ihre hellen Augen funkelten im Flammenschein des Kamins.

Sie war früher häufig nach Gottberg gekommen, um ihre Tochter zu besuchen, und genau wie Kara hatte sie stets etwas für Askon übriggehabt. Nachdem seine Mutter verschwunden war, hatte sie ihn, wann immer er darum gebeten hatte, auf ihren Schoß genommen und ihm Heldengeschichten der Lichthexer erzählt. Sie war liebevoll und nachsichtig zu ihm gewesen, selbst in späteren Jahren, als er nicht mehr so umgänglich gewesen war und an jedem seinen Unmut ausgelassen hatte. Es mochte daran gelegen haben, dass sie ihn immer nur für einige Wochen hatte ertragen müssen, aber Askon hatte nur gute Erinnerungen an sie.

»Du bist dünn geworden, mein Greisenjunge«, sagte sie und nannte ihn bei dem Kosenamen, den sie ihm wegen seiner weißen Haare gegeben hatte, als er noch ein Kind gewesen war. »Was ist mit dir passiert?«

»Es sind ... Dinge geschehen«, sagte er ausweichend. Er wollte nicht darüber reden, für einen Augenblick wollte er so tun, als sei alles wieder beim Alten. Als wäre Vesna ihn auf Gottberg besuchen gekommen und Kara würde gleich mit seinem Bruder durch die Tür hereintreten. Es war eine schöne Vorstellung, eine friedliche Illusion, aber sie war nicht mehr als das.

»Was tust du hier, Tante Vesna?«, fragte er.

Strenggenommen war sie nicht seine Tante, aber Askon hatte sie so genannt, seit er klein gewesen war und sie hatte sich nie daran gestört.

»Was soll das heißen, was tue ich hier?«, entgegnete sie empört. »Dies sind meine Ländereien! Ich kann gehen, wohin ich will. Die Frage sollte eher lauten, was machst *du* hier? Ich konnte es kaum glauben, als mein Kriegsmeister mir erzählte, dass ein Kriegsschiff in Feresheim angelegt hat, das von einem weißhaarigen Jüngling angeführt wird. Ich war mir sicher, dass er sich irren müsse. Ich meine, wie kann es sein, dass du noch am Leben bist?«

Askon wandte den Blick ab. »Das ist eine lange Geschichte und sie ist recht hässlich.«

»Wie gut, dass ich kein kleines Mädchen mehr bin«, sagte sie und verschränkte die Arme vor der Brust. »Rede mit mir, Askon. Ich will wissen, was geschehen ist. Ich will wissen, wie meine Kara gestorben ist.«

Sie versuchte, sich nichts anmerken zu lassen, versuchte, hart zu bleiben, aber bei diesen Worten zitterten ihre Lippen, ihre strengen Augen wurden feucht.

Sie trauerte. Natürlich tat sie das. Kara war ihre Tochter gewesen. Manchmal vergaß Askon, dass er nicht der Einzige war, der in jener Nacht etwas verloren hatte.

»Ich weiß nicht, wo ich anfangen soll«, sagte er.

»Am Anfang, mein Greisenjunge. Ich will die ganze Geschichte hören.«

Askon seufzte. Sie hatte ein Recht darauf zu erfahren, was geschehen war.

Wieso ihre Tochter nicht mehr am Leben war.

Er holte tief Luft und begann mit leiser Stimme zu erzählen.

23

»Was ist? Findet ihr den Ursprung des Giftes nicht?«, fragte der *Schatten*.

Vura reagierte nicht auf seine Worte. Er stand direkt neben ihr, blickte zu ihr hinunter, während sie um das Leben ihres Gefährten kämpfte. Sie kniete neben Gedilli auf dem Boden, eine Hand hatte sie ihm um seinen Nacken gelegt, die andere lag auf seiner Brust. Der Messerkämpfer zuckte unkontrolliert, Schaum stand ihm vor dem Mund und seine Augen waren so weit verdreht, dass nur das Weiße erkennbar war. Er hatte nicht mehr viel Zeit.

Vura tat ihr Bestes, um ihn zu retten. Ihre golden leuchtenden Augen huschten über seinen Körper, als würden sie nach etwas suchen, Magie lag in der Luft. Sie versuchte, den Wirkpunkt des Giftes ausfindig zu machen, drang mit ihren magischen Sinnen tief in Gedillis Körper ein.

Es würde ihr nicht gelingen, dafür hatte er gesorgt.

Für gewöhnlich war es nicht schwierig, eine Vergiftung zu heilen. Die meisten Toxine griffen entweder die Leber, die Nieren, das Atemzentrum oder die Nerven an. Ein Hexer musste nur das betroffene Areal solange magisch überbrücken und auf diese Weise das Opfer am Leben halten, bis der Körper das Gift von allein neutralisierte. Aber der *Schatten* hatte das Toxin sorgfältig ausgewählt. *Teufelsträne* trug seinen Namen nicht umsonst. Es griff alle Organe und die Nerven an. Um es aufzuhalten, musste Vura ihre Konzentration aufteilen, jedes Areal gleichzeitig behandeln. Das war eine beachtliche mentale Leistung, die einiges an Erfahrung in der Heilmagie erforderte. Selbst den *Schatten* würde das an seine Grenzen bringen.

»Komm schon, bitte ... bitte ...«, murmelte Vura verzweifelt.

Es war offensichtlich, dass ihr Gedilli allmählich entglitt. Seine Muskeln krampften, er keuchte mehr, als dass er atmete, sein Gesicht begann blau anzulaufen.

»So wird das nicht funktionieren«, sagte der *Schatten*. »Es bedarf eines erfahrenen Heilmagiers, um dieses Gift zu neutralisieren. Vura wird das nicht gelingen. Das *Licht* hingegen ... nun, ihre Möglichkeiten sind unbegrenzt.«

Bei diesen Worten schreckte ihr Kopf hoch. Sie blickte zur Seite, dorthin, wo das Sonnenlicht durch das große runde Fenster auf den Tisch flutete. Eine massivstrahlende Lichtsäule, die den Raum erhellte.

Gedilli bäumte sich auf, blutiger Schaum schoss ihm aus dem Mund.

»Gedilli!«, schrie Vura verzweifelt.

»Jetzt oder nie«, sagte der *Schatten*.

Vura nahm die Hand von Gedillis Brust und streckte sie ins Sonnenlicht.

Na endlich! Der *Schatten* beugte sich interessiert zu ihr hinunter, betrachtete sie, wie ein Forscher eine einzigartige Blume betrachten mochte, die zum ersten Mal erblühte.

Vermutlich wäre es einfacher gewesen, Vuras Leben zu bedrohen, um die Macht in ihr zu erwecken, aber das war mit einem zu großen Risiko verbunden. Er hatte nicht das Bedürfnis, abermals gegen das *Licht* zu kämpfen und das würde er zweifelsohne tun müssen, wenn es ihn als Bedrohung wahrnahm. Gedilli zu vergiften, war ein weniger riskanter Ansatz. Er wusste zwar nicht, ob Vuras Kräfte auch dann freigesetzt würden, wenn sie sich selbst nicht in Lebensgefahr befand, aber das machte das Experiment nur umso interessanter. Auf diese Weise würde selbst ein Fehlschlag sein Wissen erweitern.

Vura sah ihn an, ein Flehen lag in den leuchtenden Augen. »Bitte ... es funktioniert nicht! Helft ihm ... Ich flehe euch an!«

Gedillis keuchende Atemgeräusche wurden flacher, die Augen quollen ihm aus den Höhlen. Vuras Hand schwebte immer noch in der Lichtsäule, doch es machte nicht den Anschein, als würde etwas passieren. Dennoch beschloss der *Schatten*, noch ein wenig zu warten. Vura wandte den Blick ab, als er keine Anstalten machte, etwas zu unternehmen, und schrie ihre Verzweiflung hinaus.

Der *Schatten* verzog das Gesicht zu einer Grimasse. Er würde gleich einschreiten müssen, bevor ...

Dann spürte er es. Etwas veränderte sich im Raum, unscheinbar und doch wahrnehmbar. Ihm kam es so vor, als würde ein plötzlicher Druckabfall einsetzen, er spürte ein Pochen in den Ohren. Die Lichtsäule krümmte sich, bog sich wie glühendes Metall und floss auf Vura zu.

Ihr Schrei wurde dröhnender, hallte von den Wänden des Saales wider.

»Ja, ja, das ist es!«, sagte der *Schatten* aufgeregt. »Weiter so!«

Fasziniert beobachtete er, wie Vuras Körper zu leuchten begann. Das Licht drang in sie ein, erfüllte sie und sickerte aus ihren Poren. Er musste einen Schritt zurücktreten und schützend einen Arm erheben, um nicht geblendet zu werden. Das ärgerte ihn, denn nun war sein Sichtfeld eingeschränkt. Er konnte gerade so eine leuchtende Hand ausmachen, die Gedilli am Nacken packte, dann fühlte er den Magieimpuls, der sich im Raum ausbreitete. Im nächsten Moment erstrahlte eine goldene Lichtexplosion, die den gesamten Saal einhüllte.

Als der *Schatten* es wagte, seine Augen wieder zu öffnen, sah er eine glühende Lichtgestalt vor Gedilli stehen, der sich halb aufgerichtet hatte und auf dem Boden saß. Er hustete schwer und spuckte mit Blut vermischten Speichel aus. Sein Gesicht war aschfahl, die Augen blutunterlaufen, aber er lebte.

»Wunderbar!«, rief der *Schatten* aus. »Das war ganz ...«

Die leeren, strahlenden Augen des *Lichts* wandten sich ihm zu und die Kälte in ihnen ließ ihn verstummen. In diesem Moment wusste er, dass er einen Fehler gemacht hatte. Sein Mund öffnete sich, doch bevor er einen Beschwichtigungsversuch unternehmen konnte, vollführte das *Licht* eine knappe Handbewegung, die seinen Körper mit einem Krachen gegen die Wand schleuderte. Mit einem erstickten Keuchen entwich die Luft aus seinen Lungen, der plötzliche Schmerz trieb ihm Tränen in die Augen. Er konnte sich nicht rühren, hilflos klebte er an der Wand, die Arme und Beine von sich gestreckt, eine unsichtbare Macht presste ihn an den Stein.

Die Lichtgestalt ging mit erhabenen Schritten auf ihn zu. Das Sonnenlicht folgte ihr wie ein goldbrennender Schweif, floss durch das runde Fenster und kanalisierte sich in ihrem Körper. Das Wesen war um ein Vielfaches mächtiger als in jener Nacht, als er ihr zum ersten Mal gegenübergestanden war. Damals hatte sie sich aber auch nur der Magie des Mondlichtes bedient. Und was war der Mond? Nur eine Reflexion der eigentlichen Lichtquelle, kaum mehr als ein Spiegel. Nun gehörte ihr die wahre Macht. Die der Sonne.

Der *Schatten* wagte es nicht, seine Quelle zu öffnen, aus Furcht, dass sie das als Provokation wahrnehmen würde. Seine Magie würde ohnehin keinen Unterschied machen. Wenn sie ihn vernichten wollte, würde er nichts dagegen tun können.

»Warte«, krächzte er, als das *Licht* einen Arm hob und den Druck erhöhte, seinen Leib zusammenpresste. »In ... meiner Tasche ...«

Der Druck ließ nach, wenngleich das *Licht* ihren Arm nicht sinken ließ, und der *Schatten* nahm einen gierigen Atemzug. Er wusste, er sollte Bersek das Signal geben, aber er konnte der Versuchung nicht widerstehen, mit dem Wesen zu reden. Wer wusste schon, wann und ob sich diese Gelegenheit wieder ergeben würde?

Die gleißende Gestalt schnippte mit den Fingern, woraufhin eine kleine Phiole seine Manteltasche verließ und zu ihr schwebte. Sie betrachtete die grünliche Flüssigkeit in dem Fläschchen, welches vor ihrem Gesicht in der Luft hing.

»Ein Gegengift«, erklärte der *Schatten*.

»Ich weiß«, hallte die machterfüllte Stimme durch den Raum. »Ich sehe die Struktur der Flüssigkeit, ihre Zusammensetzung, ihre Bedeutung. Ich sehe alles.«

»Dann siehst du ja, dass ich nie vorhatte, ihn sterben zu lassen. Alles, was ich erreichen wollte, war, mit euch zu reden ...«

Das *Licht* spreizte die Finger ihrer ausgestreckten Hand und der *Schatten* zog eine Grimasse, als seine Glieder auseinandergezogen wurden.

»Und was lässt dich glauben«, sagte sie, »dass du würdig bist, mit mir zu sprechen, Sterblicher?«

Sterblicher?

»Ich ... bin ein Hexer«, sagte der *Schatten* durch zusammengebissene Zähne. »Genau wie ihr.«

Das *Licht* lachte und verstärkte den Zug, was ihm ein Stöhnen abrang. Er hörte seine Gelenke knacken.

»Du bist ein Nichts im Vergleich zu mir«, sagte sie. »Das seid ihr alle. Staubkörner im Fluss der Zeit, die unweigerlich darin ertrinken werden.«

»Und doch ... habt ihr ... jenes Staubkorn gerettet«, sagte der *Schatten* und nickte mit einiger Anstrengung in Richtung Gedilli. Der Krieger saß nach wie vor auf dem Boden und verfolgte die Unterhaltung verblüfft.

Das *Licht* verzog die Mundwinkel, wandte den Blick ab. Es sah beinahe so aus, als wäre sie peinlich berührt.

»Oh«, sagte der *Schatten*, als er verstand. »Das habt ihr nicht für euch getan. Ihr habt ihn gerettet ... weil *sie* es wollte.«

Augen, so gleißend hell wie die Sonne, richteten sich auf ihn. Er hätte es nicht für möglich gehalten, dass etwas so Strahlendes zugleich so finster sein konnte.

»Ich beuge mich niemandes Willen«, knurrte sie. »Es war meine Entscheidung, diese ... Kreatur am Leben zu halten.« Der *Schatten* schaute zu Gedilli hinüber, dessen Gesichtsausdruck zwischen Unglauben und Empörung schwankte. »Wenn ich es nicht getan hätte, wäre Vura in nächster Zeit unaushaltbar gewesen. Sie hat die ausgesprochen nervtötende Angewohnheit, sich an diese wandelnden Fleischsäcke zu binden.« Sie schüttelte den Kopf. »Dummes Mädchen.«

»Ihr scheint nicht viel ... von ihr zu halten«, sagte der *Schatten*. »Das wundert mich, wenn man bedenkt ... wie oft ihr sie beschützt habt.«

»Es ging nie um sie. Indem ich sie schütze, bewahre ich meine eigene Existenz.«

Sie verabscheut Vura, erkannte der *Schatten*. Er sah es in ihrem Gesicht, in der Art, wie ihre Nasenflügel bebten, wenn sie ihren Namen aussprach. Das überraschte ihn. Er hatte damit gerechnet, einer abgewandelten Version von Vura gegenüberzustehen, einem Teil ihres Unterbewusstseins, der sich in dieser Form manifestierte. Doch die Lichtgestalt, die vor ihm stand, hatte nichts mit Vura gemein, hasste sie sogar. Sie war eine völlig andere Person.

»Wer ... seid ihr?«, fragte er.

Das *Licht* lächelte. »Das habt ihr mich schon einmal gefragt, erinnert ihr euch?«

Das tat er. Gleich darauf hatte sie ihm so brutal ins Gesicht geschlagen, dass er über den halben Hafen geflogen war. Sein Kiefer schmerzte, wenn er nur daran dachte. »Ich erinnere mich«, sagte er. »Ihr sagtet ... ihr wäret mein Untergang.«

»Und das bin ich immer noch.« Sie ballte ihre gespreizten Finger und die Kraft, die den *Schatten* auseinandergezogen hatte, wandelte sich abermals in ihr Gegenteil. Er grunzte, als der Druck wieder einsetzte, der ihn gegen die Wand presste. Es fühlte sich an, als würde eine unsichtbare Masse ihn langsam erdrücken. »Für andere hingegen bin ich die Erlösung«, fuhr sie fort. »Ich bin hier, um Ordnung in diese chaotische Welt zu bringen, die dein Geschlecht erschaffen hat. Eine Welt, in der ihr Männer eure Stärke nutzt, um jene zu versklaven, die einfühlsamer und klüger sind als ihr, damit ihr sie nicht zu fürchten braucht. Das hat nun ein Ende.« Die Masse wurde schwerer, die Knochen des *Schatten* knirschten, er schrie. »Ich werde euch Furcht lehren, ich werde euch Demut und Respekt lehren. Und jene, die meine Lehren abweisen, werde ich vernichten. Ich werde über euch herrschen. *Ich* ... bin eine Göttin.«

Der *Schatten* sammelte all seine Kraft und stemmte sich gegen den gewaltigen Druck. Eine Ader trat pochend an seinem Hals hervor. Er sah dem *Licht* in die strahlenden Augen. »Eine Göttin ... die ... von einem ... kleinen Mädchen ... beherrscht ... wird.«

Deshalb hasste sie Vura. Er hatte es während ihres selbstverherrlichenden Monologs begriffen. Sie hatte all diese Kraft, diese *Allmacht*, woher auch immer sie stammte, aber Vura hielt sie davon zurück, sie einzusetzen. Vura hielt sie gefangen, vermutlich ohne selbst zu wissen, was oder wie sie das tat, und ließ sie nur in Erscheinung treten, wenn es sich nicht vermeiden ließ. Wenn sie sie *brauchte*.

Die Züge des *Lichts* verzerrten sich vor Wut. Sie schrie und intensivierte den Druck, der auf ihn einschlug wie eine Flutwelle aus flüssigem Blei. Bevor sie ihn zermalmen konnte, brüllte er aus vollem Hals: »BERSEK! JETZT!«

Das *Licht* hatte keine Zeit, um zu reagieren. Bersek hatte die ganze Zeit an der Außenfassade des Palastes gehangen und nur auf das Signal gewartet. Er riss die Eisenplatte, die mit einer speziellen Halterung an das Rundfenster angebracht war, blitzschnell herunter. Als der goldene Lichtstrom versiegte, schrie das *Licht* erschrocken auf, ihr Körper glühte noch einen Moment, doch dann verblasste sie und der Saal wurde in absolute Finsternis getaucht. Er hörte, wie sie zu Boden fiel.

Im selben Moment löste sich die unsichtbare Masse, die den *Schatten* erdrückt hatte, auf. Er nahm einen tiefen Atemzug, als er an der Wand hinunterrutschte und mit dem Hintern auf dem Boden landete. Er rang keuchend nach Luft, seine Lunge brannte, als würde er ätzenden Dampf einatmen, aber er lächelte.

Sein Experiment war ein voller Erfolg gewesen.

24

»Die Prinzessin ... Arina, mochtest du sie?«, fragte Vesna und unterbrach seine Erzählung.

Askon sah auf und versuchte, sich sein Unbehagen nicht anmerken zu lassen. Scheinbar hatte er Arina doch nicht so geschickt übergangen, wie er gehofft hatte. Er hatte Vesna über Viktors Einladung, seine Reise zu den Sterninseln und seinen kurzen Aufenthalt dort berichtet, aber seine Geschichte war dünn geworden an den Stellen, die eigentlich Arina hätte füllen sollen. Es war ihm in letzter Zeit kaum möglich gewesen, über sie nachzudenken, aber nun, da er es musste, erkannte er, wie schwer es ihm immer noch fiel.

»Ich ... nein, das ist ...«, stotterte er, dann seufzte er resigniert. »Ja«, gab er zu. Warum sollte er lügen?

»Sie hat ihre Rolle also gut gespielt«, sagte Vesna und nahm sich ein Stück Brot von dem Tablett, das der Wirt gebracht hatte.

Askon wich ihrem Blick aus. Inzwischen war er sich nicht mehr so sicher, ob ihm Arina etwas vorgemacht hatte. Vura hatte ihm versichert, dass sie nichts mit dem Attentat zu tun gehabt hatte, und obwohl sie das nicht mit Sicherheit wissen konnte – die Prinzessin hätte sie ebenso täuschen können –, so ließen ihre Worte ihn doch an Arinas Schuld zweifeln. Aber das sagte er Vesna natürlich nicht. Sie würde ihn für einen liebestollen Narren halten und vielleicht war er ja genau das.

»Jedenfalls sind wir dann gemeinsam nach Gottberg gesegelt«, fuhr er fort. »Zu Arinas Gefolge gehörten ihr Kriegsmeister, sowie Ajax und Nera Gladius, die als Vertreter der Vasallenhäuser der Sterninseln der Vereinigung beiwohnten.« Askon machte eine Pause und ballte die Fäuste. »Das hätte mir damals schon eigenartig vorkommen müssen. Beim *Ursprung*, es waren beides Kampfhexer! Kein Wunder, dass Serja und Gustav zu Hause geblieben sind. Ich war ein solcher Narr.«

»Du weißt, dass das nicht wahr ist. Niemand hätte das ahnen können. Wenn dem so wäre, wäre es kein Hinterhalt gewesen«, sagte sie und lächelte ihm aufmunternd zu. »Sind das alle, die daran beteiligt waren?«

Askon schüttelte den Kopf. »Bragan Tempestas war auch involviert.« Er schnaubte abfällig. »Ich habe den alten Mann immer gemocht. Ich frage mich, was ihn dazu bewegt hat, uns derartig zu hintergehen. Er muss uns wahrlich gehasst haben.«

»Oder er war einfach nur gierig. Wer weiß, was ihm Viktor versprochen hat.«

Askon zuckte mit den Achseln. »Vielleicht. Ein Bastard war er so oder so. Wie dem auch sei, am Abend des Tages, an dem wir auf Gottberg angekommen sind, fand ein Bankett statt, um das Bündnis unserer Häuser zu feiern. Bragan und die Gladiuszwillinge waren dort und natürlich meine Familie und ... und Kara.«

Askon sah auf, bemerkte die Veränderung in seinem Gegenüber. Vesnas Haltung hatte sich gestrafft, ihre Miene war ausdruckslos, sie schien sich auf das vorzubereiten, was folgen würde.

»Sprich weiter«, forderte sie ihn auf.

»Arina tauchte nicht auf. Ihr Kriegsmeister stieß zu uns und behauptete, dass es ihr nicht gut gehen würde. Wir sind mit den Festlichkeiten fortgefahren, da wir davon ausgingen, dass sie zu uns stoßen würde, sobald es ihr besser ging.«

»Wollte sich wohl nicht die Hände schmutzig machen, das feine Prinzesschen«, murmelte Vesna. »Feiges Stück.«

Oder ..., sprang Askon auf einen Gedankenzug, der jedoch sofort wieder zum Stillstand kam. Oder was? Welche andere Erklärung konnte es für ihre Abwesenheit geben? Sie war eine Hexe und eine Prinzessin, *ursprungsverdammt*, niemand tat etwas gegen ihren Willen. Als ob das überhaupt möglich wäre. Er musste der Wahrheit ins Auge sehen. Egal, was Vura über Arina zu wissen glaubte, es entsprach nicht der Wahrheit. Arina musste von den Plänen ihres Vaters gewusst haben, alles andere war Wunschdenken.

Askon nahm einen rasselnden Atemzug. »Dann hat Bragan angefangen, meinen Vater und die Prinzessin zu beleidigen. Hat sie eine südländische Hure genannt und dergleichen. Irgendwann ist mein Vater aufgestanden, um ihn des Saales zu verweisen, und dann ... dann wurde er niedergestreckt.«

»Von einem der Hexer?«, hakte Vesna nach.

»Ich bin mir nicht sicher, es ging alles so wahnsinnig schnell, aber ich glaube nicht, dass es einer der Hexer war. Jemand hat ein Messer oder etwas Ähnliches nach ihm geworfen. Direkt in den Hals. Er ist sofort zusammengebrochen.«

Das Bild seines sterbenden Vaters schlich sich in seine Gedanken und Askon kniff die Augen zu, um es zu vertreiben.

»Hm ...«, sagte Vesna nachdenklich. »Es muss sich um eine vergiftete Klinge gehandelt haben. Der Kriegsmeister?«

»Ich weiß es nicht. Ich hatte kaum Zeit, darauf zu reagieren, im selben Moment sind die Hexer auf uns losgegangen. Bragan und die Zwillinge haben ihre Kräfte in einem Elementarsturm vereinigt, der den Tisch pulverisierte. Nimar und Kara waren sofort tot.«

»Sie hat also nicht gelitten?«, fragte Vesna, in deren Augen ein Funken Hoffnung in dem Schmerz aufblitzte.

»Ich glaube nicht, dass sie etwas gespürt hat. Aber sie hat sich den Bastarden auch nicht einfach ergeben. Von uns allen hat sie am schnellsten reagiert. Hat dem alten Bragan mit einem Blitz glatt den Arm abgerissen, bevor die Explosion sie erreichte. Sie war stark ... und tapfer.«

»Das war sie ...« Vesnas Stimme brach ab, sie presste die Lippen aufeinander, Tränen stiegen ihr in die Augen. »Oh, meine Kara«, wimmerte sie.

Askon wusste nicht, was er tun oder sagen sollte, der Anblick seiner weinenden Tante brachte ihn aus der Fassung. Sie hatte immer so unnachgiebig, so unerschütterlich gewirkt und sie nun so verzweifelt zu sehen, ließ die Trauer in ihm wieder aufkeimen.

Zum ersten Mal wurde ihm mit aller Macht bewusst, was geschehen war, was er verloren hatte. Er musste nicht mehr um sein Leben laufen, musste nicht mehr darum kämpfen, konnte seine Gefühle nicht länger mit der Macht des Todes betäuben. Plötzlich stürzte der ganze Schmerz über ihn herein.

»Ich ... ich konnte sie nicht retten«, sagte er und spürte Tränen seine Wange hinunterlaufen. »Mein Vater ... er ... ich habe ihm nie verziehen ... er war ... oh ...«, schluchzte er. »Er ... hat das nicht ... verdient. Ich konnte ihn nicht retten!«

Askon sank auf der Tischplatte zusammen, schlug die Hände über den Kopf und weinte, wie er noch nie im Leben geweint hatte. Er dachte an seinen Bruder Nimar, den er stets nur als Abbild seines Vaters gesehen hatte, den er aber nie wirklich gekannt hatte und den er auch nie kennenlernen würde. Er dachte an Kara, die immer freundlich und liebevoll zu ihm gewesen war und die ihre Mutter nie wieder in die Arme schließen würde. Er sah Io in ihrer Rüstung über ihm stehen, nachdem sie ihn zu Boden geschickt hatte, die Hand am Schwertgriff. Sie lächelte und streckte ihm ihre Hand entgegen, um ihm aufzuhelfen. Er schluchzte heftiger. Zuletzt blickte er in das vieläugige Gesicht des Nachtkrapp, spürte noch einmal seine glatte Haut unter seinen Fingern.

»Meinetwegen«, schluchzte er. »Sie starben ... meinetwegen.«

Er krümmte sich, der Schmerz seiner Seele übertrug sich auf seinen Körper, sein Magen zog sich zusammen.

Wie hatte er all die Zeit nicht an sie denken können? Wie hatte er weitermachen können, nach allem, was passiert war?

Er hatte niemanden mehr. Alle, die er jemals geliebt hatte, waren tot. Sie starben, weil er nicht stark genug gewesen war, weil er sie nicht hatte beschützen können. Er hatte sich von Viktor einlullen lassen, hatte die Falle nicht gesehen, bevor sie zugeschnappt war, und nun waren sie alle tot. Ausgelöscht, verloren ... für immer.

Es tat so weh.

Er spürte eine Berührung und zuckte zusammen. Zwei Arme schlossen sich um seinen Oberkörper und wiegten ihn sanft. Vesna war hinter ihn getreten und umarmte ihn.

»Es ist nicht deine Schuld, mein Junge«, sagte sie und er konnte an ihrer belegten Stimme erkennen, dass auch sie weinte. »Es ist nicht deine Schuld, dass du überlebt hast.«

Ein Zittern durchlief Askon, er schluchzte unkontrolliert, griff nach Vesnas Arm und drückte ihn, so fest er konnte.

»Ist schon gut, mein Junge. Ich bin bei dir. Du bist nicht mehr allein.«

Er wusste nicht, wie lange sie so dasaßen, aber es dauerte eine lange Zeit, bis seine Tränen versiegten und er wieder einen klaren Gedanken fassen konnte. Der Schmerz blieb, aber er war nicht mehr so überwältigend wie zuvor. Schließlich ließ Askon ihren Arm los und löste sich vorsichtig aus ihrer Umarmung. Mit seinem Ärmel wischte er sich die Tränen und den Rotz aus dem Gesicht.

»Verflucht ...«, murmelte er.

Vesna richtete sich auf, legte eine Hand unter sein Kinn und zwang ihn, zu ihr aufzusehen. »Schäme dich nicht für deine Tränen, Askon. Sie ehren diejenigen, die du verloren hast. Die *wir* verloren haben.«

Askon nickte, nahm ihre Hand in die seine und drückte sie sanft. »Danke, Tante Vesna.«

Sie schüttelte den Kopf und strich ihm über die Wange. Ihre Augen waren immer noch feucht. Dann wandte sie sich um und setzte sich wieder. »Dir ist klar, dass du dir nicht die Schuld geben kannst?«, fragte sie und blickte ihm forschend in die Augen.

Askon zögerte. »Ich weiß, aber es ändert nichts daran, wie ich mich fühle.«

»Du hattest nicht viel Zeit, dich mit dem auseinanderzusetzen, was geschehen ist, nicht wahr?«

»Nein, ich ... es ist zu viel passiert.«

»Es ist wichtig, den Schmerz manchmal rauszulassen, mein Greisenjunge, sonst wächst er in deinem Inneren wie ein Geschwür, das dich nach und nach vergiftet. Ich weiß, wovon ich rede. Hier, trink, das wird helfen«, sagte sie und schob ihm seinen mit Met gefüllten Becher vor die Nase.

Askon blickte den dunkelbraunen Inhalt skeptisch an, hob den Becher aber auf und stieß mit Vesna an. Sie kippten das Gebräu hinunter und Askon schlug das Holzgefäß mit aller Gewalt auf die Tischplatte, wobei er hustend und röchelnd nach Luft schnappte. Vesna schien es ähnlich zu ergehen. Ihr Gesicht war vor Ekel verzogen, sie schlug sich mit einer Faust gegen die Brust.

»Bei den Eiern des *Ursprungs*!«, sagte sie heißer und betrachtete den leeren Becher in ihrer Hand. »Was ist denn das?«

»Boglius hat recht«, meinte Askon. »Der Met schmeckt wie Ziegenpisse.«

Ihre angewiderten Blicke trafen sich, einen Moment herrschte Stille, dann brachen sie in Gelächter aus. Das Geräusch füllte einige Augenblicke den Schankraum, dann ebbte es langsam ab und schließlich schwiegen sie wieder, sich gegenseitig in die Augen schauend, ein Lächeln auf den Lippen.

»Ich bin froh, dass du hier bist«, sagte Askon nach einer Weile.

»Ich auch, mein Greisenjunge, ich auch. Ich kann kaum glauben, dass du noch am Leben bist ... Apropos, wenn du dich wieder stark genug fühlst, würde ich gerne erfahren, wie du das fertiggebracht hast.«

Askon nickte und ließ ein Seufzen vernehmen. »Glück. Damit lässt sich das Ganze am besten beschreiben. Ich hatte einfach unglaubliches Glück. Als der Elementarsturm den Tisch getroffen hat, habe ich einen magischen Schild errichtet. Ein umherfliegendes Holzstück hat ihn getroffen, bevor mich die Explosion in Stücke reißen konnte und ich wurde quer durch den Raum geschleudert. Die Hexer müssen davon ausgegangen sein, dass ich tot war. Außerdem waren sie durch Bragans Verletzung abgelenkt. Wenn man es so betrachtet, hat mir Kara wahrscheinlich das Leben gerettet. Jedenfalls konnte ich mich davonschleichen, bevor sie etwas bemerkt haben.«

»Sind sie dir nicht gefolgt? Wie bist du ihnen entkommen?«

»Erinnerst du dich an den Nachtkrapp?«

»Das furchtbare Ungeheuer, dem du mich einmal vorgestellt hast? Wie könnte ich das jemals vergessen? Ab und an verfolgt es mich in meinen Alpträumen.«

»Ja, er hatte diesen Effekt auf die meisten Menschen«, sagte Askon und lächelte wehmütig. »Ich habe es geschafft, mich zu ihm durchzuschlagen, bevor mich die Zwillinge erreichten, und habe ihn freigelassen. Er hat die beiden in Stücke gerissen. Es war kein schöner Anblick.«

»Gut«, sagte Vesna lächelnd. »Was ist mit Bragan, hat er ihn auch getötet?«

»Ich weiß es nicht. Zu dieser Zeit befand ich mich schon im Nebelwald. Aber da seine Tochter Thura die Nachtkrone trägt, gehe ich davon aus, dass er ihn erwischt hat, bevor ... bevor sie ihn zur Strecke gebracht haben.«

»Das tut mir leid. Ich weiß, wie viel dir diese ... Kreatur bedeutet hat.«

Askon zuckte die Achseln. »Er ist gestorben, während er das tat, was er liebte. Hexer töten. Für ihn hätte es kein schöneres Ende geben können, so wie er uns gehasst hat.«

»Dich hat er aber offensichtlich nicht gehasst. Du bist noch hier.«

»Nein, mich nicht. Wir waren Freunde.«

»Wenn ich ihn auch furchterregend fand, so bin ich deinem *Freund* zu Dank verpflichtet. Er hat den Mördern meiner Tochter ein Ende bereitet. Fragt sich nur, ob er auch den Attentäter erwischt hat, der deinen Vater auf dem Gewissen hat.«

Askon runzelte die Stirn. Bisher hatte er nie über den Mann nachgedacht, der für den Tod seines Vaters verantwortlich war.

»Nun, wir werden es wohl nie erfahren«, fuhr Vesna fort. »Es ist vermutlich nicht wichtig. Sag mir stattdessen, was danach geschehen ist. Du hast dich in den Nebelwald gerettet, sagst du?«

Nun begann der Teil seiner Erzählung, den er ein wenig biegen musste. Es fühlte sich nicht richtig an, Tante Vesna zu belügen, aber er hatte keine Wahl. Niemand, nicht einmal sie, durfte von der Schattenkrone erfahren. Das Wissen um ihre Existenz war zu gefährlich. Wenn sie in die falschen Hände geriet – und in diesem Falle bedeuteten die falschen Hände jedermanns Hände –, dann war die Welt dem Untergang geweiht. Daher erzählte er Vesna nur, dass er die Krieger, die ihn verfolgt hatten, überwältigt und ausgesaugt hatte und dann mit einem selbstgebauten Floß nach Yold übergesetzt war.

Von da an blieb er bei der Wahrheit. Er sprach über seinen Kampf gegen die beiden Hexer, die die Nachtflotte ausradiert hatten, und seine beginnende Todessucht, die in Nubos ihren Höhepunkt erreichte. Wenn er sich auch ungern mit dem auseinandersetzte, was er getan hatte, war es befreiend, es einmal auszusprechen. Dennoch zitterte seine Stimme, als er beschrieb, wie er nachts auf Jagd gegangen war. Er ließ kein noch so grausames Detail aus, es wäre respektlos gegenüber seinen Opfern gewesen, wenn er versuchen würde, seine Taten zu beschönigen. Das war das Mindeste, was er ihnen schuldete.

Vesna unterbrach ihn dabei nicht und zu Askons Erstaunen zeigte ihr Blick keine Verachtung, nicht einmal Anschuldigung konnte er darin erkennen, nur Mitleid.

Verachtung wäre ihm lieber gewesen. Die hätte er verstehen können.

Er fuhr mit dem Auftauchen des *Schatten* fort und wie ihn seine Männer anschließend ans Bett gefesselt und ihn mit dem Styx unter Kontrolle gehalten hatten. Seine Geschichte endete mit seiner Begegnung mit Vura, ihrem Kampf gegen den Schatten und Gerwains Tod.

»Ich habe die Ehre meiner Familie besudelt«, sagte er bitter, nachdem er geendet hatte. »Anstatt alles in meiner Macht Stehende zu tun, um sie zu rächen, habe ich mich dem *kalten Sog* hingegeben. Ich habe getötet ...« Seine Stimme zitterte. »Ich war schwach.«

»Ja, das warst du«, sagte Vesna und Askon hob den Blick. »Du hast Unschuldige ermordet und das ist schrecklich, aber du gehst zu hart mit dir ins Gericht. Ihr Todeshexer seid mit einem Fluch belastet und die Wenigsten können sich von ihm lösen, wenn er sie einmal heimgesucht hat. Dir aber ist das gelungen. Und darin warst du stark.«

Askon schnaubte. »Wenn mich meine Männer nicht zur Vernunft gebracht hätten, hätte ich niemals aufgehört. Es ist ihr Verdienst, dass ich heute hier sitze.«

»Nun reiß dich aber mal zusammen!«, donnerte Vesna. »Du bist der König der Nachtinseln, beim *Ursprung*, glaubst du etwa, dein Vater hätte sich je derartig in Selbstmitleid gesuhlt? Deine gesamte Familie wurde vor deinen Augen ermordet, du wurdest gejagt, gehetzt und warst gezwungen, mehr Menschenleben zu trinken als jemals zuvor. Daraufhin hast du einen Fehler gemacht. So etwas kommt vor. Worauf es ankommt, ist, wie du in Zukunft damit umgehst. Deine Männer brauchen dich, die Insellande brauchen dich, *ich* brauche dich, verstehst du?«

»Ich ...«

»Ob du verstehst, habe ich gefragt!«

»Ja«, sagte Askon schnell und straffte die Schultern. »Ich verstehe. Du ... du hast recht, Tante Vesna.«

Sanfter sagte sie: »Ich verstehe deinen Schmerz, Askon, aber dies ist nicht die Zeit, dich ihm hinzugeben. Du hast eine Aufgabe zu erfüllen und um das zu tun, musst du den traurigen Jungen hinter dir lassen. Du musst zum König werden. Von weniger wird sich Viktor nicht besiegen lassen.«

»Ich weiß«, sagte Askon mit einem Seufzen. »Es ist nur ... ich habe kein Leben mehr getrunken, seit ich den *kalten Sog* überwunden habe und ich ... ich fürchte mich, es wieder zu tun. Wie kann ich ein König sein, wenn ich Angst davor habe, ein Todeshexer zu sein?«

»Willst du Viktor aufhalten? Willst du ihn für jene leiden lassen, die er uns genommen hat?«, fragte sie streng.

Askon presste die Kiefer zusammen, sein Blick wurde hart. »Ja.«

Vesna beugte sich über den Tisch und ergriff seine Hand, drückte sie fest und sah ihm dabei tief in die Augen. »Du wirst es nicht allein tun müssen. Ich werde bei dir sein, mein Greisenjunge. Gemeinsam werden wir einen Weg finden, dich wieder auf Vordermann zu bringen. Gemeinsam werden wir Viktor vernichten.«

»Du wirst dich mir anschließen?«

»Denkst du etwa, ich würde diesen südländischen Hurensohn mit der Ermordung meiner Tochter davonkommen lassen? Pah, ich werde ihm seine verfluchte Azurkrone so tief in den Arsch rammen, dass er daran erstickt!«

Askon lachte laut auf. »Deine Ausdrucksweise sagt mir zu und dein Vorhaben ebenso!«

Auf einmal erschien ihm die Zukunft weniger bedrohlich als zuvor, Hoffnung erfüllte ihn wie ein wärmendes Licht. Vielleicht ließ sich sein Schicksal ja doch abwenden, vielleicht musste es nicht mit der Schattenkrone auf seinem Haupt enden. Nicht, wenn ihm jemand zur Seite stand.

Vesna kicherte, tätschelte seine Hand und lehnte sich dann wieder zurück. »Ich habe nie ein Blatt vor den Mund genommen, wie du weißt. Wie sieht eigentlich dein Plan aus? Ich meine, was hat dich zu den Eisinseln verschlagen?«

»Ich hatte gehofft, ich könnte König Havald davon überzeugen, mit mir gegen Viktors Truppen zu ziehen. Er ist der Einzige, an den ich mich wenden kann.«

Vesna verzog das Gesicht. »Ich bin ungern die Überbringerin schlechter Nachrichten, aber das ist ein hoffnungsloses Unterfangen.«

»Wie meinst du das?«

»Nun, nachdem mich Damaels Nachricht von dem Attentat auf deine Familie erreicht hat, bin ich nach Asox gesegelt, in dem Glauben, dass Havald umgehend gegen Viktor ins Feld ziehen würde. Immerhin sind seine Verbündeten dem Attentat eines anderen Königshauses zum Opfer gefallen und außerdem wurde meine Tochter, eine Sol, ermordet! Das allein ist Grund genug für einen Krieg. Du kannst dir meine Verblüffung vorstellen, als er mir verkündete, dass er diesbezüglich eine ganz andere Meinung hat.« Sie schnalzte mit der Zunge, Zorn ergriff ihre Züge. »Getobt habe ich, angeschrien habe ich ihn, aber der alte Fettsack ist feige geworden ... vielleicht war er es schon immer. Er will keine Hexerleben in einem Krieg gefährden, mit dem die Eisinseln seiner Meinung nach nichts zu tun haben.«

»Bist du sicher, dass ich ihn nicht umstimmen kann, wenn ich ihm meine Aufwartung mache?«, fragte er.

Vesna kicherte amüsiert. »Ich halte es für wahrscheinlicher, dass er dich Viktor ausliefert, mein Greisenjunge. Havald und seine Sippe hassen dich nach wie vor dafür, dass du ihre Prinzessin entehrt hast.«

»Entehrt ... so ein Blödsinn«, murmelte Askon mürrisch.

Rückblickend betrachtet war es keine gute Idee gewesen, das Königshaus der Eisinseln zu beleidigen, nur um seinem Vater eins auszuwischen. Auch wenn Revans entgleister Gesichtsausdruck, als er davon erfahren hatte, was sein Sohn mit seiner Verlobten getrieben hatte, erstklassig gewesen war. Das war es beinahe wert gewesen ... aber nur beinahe.

»Mir brauchst du das nicht zu sagen, ich kenne Kassandra«, sagte Vesna. »Dieses kleine Miststück macht, was es will und mit *wem* es will, aber erklär das mal dem alten Mann. Nein, Askon, vertrau mir. Es ist besser, du hältst dich von Havald fern. Von ihm brauchen wir keine Hilfe zu erwarten.«

Askon warf die Hände in die Luft. »Und was sollen wir dann tun? Wir können nicht einfach mit meiner Handvoll Männer Viktors Heer angreifen und außer Havald gibt es niemanden mehr, der sich uns anschließen würde!«

»Alles zu seiner Zeit, Askon«, sagte Vesna beschwichtigend. »Erst musst du wieder zu deiner alten Stärke zurückfinden, alles andere ist im Moment unwichtig.«

Was nutzt das schon, ohne Armee?, dachte Askon, sprach es aber nicht aus. Viktor hatte ein gewaltiges Heer und weiß der *Ursprung* wie viele Hexer. Von einer Schiffsmannschaft und zwei Hexern würde er sich nicht beeindrucken lassen.

Sein Blick wanderte ziellos durch den Raum, seine Gedanken rasten. Die Glaciens waren ein großes Haus, das über viele kampffähige Hexer verfügte; mit ihrer Hilfe hätten sie eine echte Chance gehabt. Beim *Ursprung*, was für eine Enttäuschung! Er wollte es kaum wahrhaben, aber er glaubte Vesna. Sie kannte das Königshaus besser als er und außerdem gab es nichts, das er Havald im Gegenzug für seine Hilfe bieten konnte. Im Moment war Askon ein mittelloser König, der keinerlei Einfluss besaß. Was also tun? An wen sollte er sich wenden?

Sein Blick blieb an einer kleinen Figur hängen, die auf dem Nebentisch stand. Es war eine grobe Schnitzerei und zeigte einen aufrechtstehenden Bären mit riesigen Tatzen, der mit weißer Farbe bepinselt war. Er runzelte die Stirn, betrachtete die Schnitzerei eingehender. Geschichten echoten durch seine Erinnerung, die er vor einer langen Zeit gehört hatte. Geschichten von Bestien und Schlachten, Blut und Tod. Geschichten über den Kampf zwischen Hexern und Ungeheuern.

Seine Augen weiteten sich, als eine Idee in seinem Kopf Gestalt anzunehmen begann.

»Am besten werfe ich in nächster Zeit ein Auge auf dich«, sagte Vesna. »Du schläfst hier im Gasthaus, nehme ich an. Ist hier noch ein Zimmer frei?«

»Äh, Leif hat das andere Zimmer«, meinte Askon abwesend.

»Leif also, soso. Das war der bärtige Kerl, nicht wahr? Wollen doch mal sehen, ob ich es ihm nicht abnehmen kann.«

Askon hörte nur mit einem Ohr hin, seine Gedanken überschlugen sich.

Das könnte funktionieren, schlussfolgerte er. *Das könnte wirklich funktionieren!*

Ein Lächeln erschien auf seinem Gesicht.

Der Köder

25

Damael flog über das Häusermeer seiner Stadt, rauschte auf die natürliche Felsformation zu, die sich im Westen erhob wie eine Insel aus dem Ozean. Die Abendsonne beschien die Zitadelle, die darauf errichtet worden war. Sie schimmerte orangerot auf den Mauern und Türmen, glitzerte auf den Glaskuppeln und Fenstern. Er schwebte darüber hinweg und flog auf den inneren Gebäudekomplex zu, der von der hohen Außenmauer umringt wurde. Dort fand er den Garten, der an seine Privatgemächer angrenzte, ein grüner Fleck inmitten des grauen Steins. Er stoppte in der Luft und glitt langsam nieder. Sein langes weißes Gewand flatterte im Wind, bis seine Füße auf dem weichen Gras aufkamen. Die Edelsteine seiner Krone erloschen, seine Augen nahmen wieder ihre natürliche, dunkle Färbung an.

Er schloss die Lider und nahm einen tiefen Atemzug, roch den Duft des Lebens in der Luft. Die Bäume, Farne und das Gras. Hörte den Flügelschlag der Libellen, die über den Teich schwirrten, das Quaken der Unken, die sich im Schilf versteckten. Spürte die Harmonie, den *Ursprung*, der ...

Er seufzte und öffnete die Augen wieder, blickte in die unstete Reflexion seines Gesichts herab, die auf der Wasseroberfläche des Teichs waberte. Wem wollte er etwas vormachen? Er spürte keine Harmonie, keinen Puls des Lebens, keinen *Ursprung*. Hatte er das jemals? Oder hatte ihm sein Verstand nur vorgegaukelt, das zu tun, weil er sonst verrückt geworden wäre?

Die Frage machte ihm Angst.

Wenn es keinen *Ursprung* gab, keine höhere Macht, die das Gewebe der Wirklichkeit durchdrang, wenn es keinen Sinn gab, dann ...

Nein, solche Gedanken durfte er sich nicht erlauben. Er war nur aufgewühlt, sein Geist war zu verstreut, um sich im *Ursprung* zu verlieren. Er hatte gehofft, dass ihm sein Garten dabei helfen würde, zu innerer Ruhe zu kommen, aber das war eine närrische Hoffnung gewesen. Zu viel war geschehen.

Damaels Garten war nicht gezähmt, keine menschliche Hand verging sich an der chaotischen Schönheit der Pflanzenwelt. Das Gras wuchs einem bis zu den Knien, verschiedenfarbige Blumen und Kräuter sprossen daraus hervor. Eichen, Buchen und Fichten gruben ihre Wurzeln, wo es ihnen gefiel. Das Leben war frei.

Er war schon eine Weile nicht mehr hier gewesen, da er es nicht gewagt hatte, seinen Posten auf dem Aussichtsturm vor den Stadtmauern zu verlassen. Doch da Viktors Angriffswellen verhaltener und berechenbarer geworden waren – er griff nur dreimal innerhalb eines Tages an –, war es ihm möglich, sich eine kurze Auszeit zu gönnen. Sich zu entspannen.

Doch nicht einmal das funktionierte. Wenn er schon den *Ursprung* nicht fühlen konnte, so hatte er doch wenigstens auf ein wenig Frieden gehofft. Aber wie sollte er Frieden empfinden, wenn er nur daran denken konnte, dass sein bester Freund Jagd auf seine Tochter machte? Wie sollte er sich auf etwas anderes konzentrieren, wenn er sie in diesem Augenblick finden mochte? Wenn er sie womöglich gerade ... erlöste? Wie würde er es tun? Mit dem Messer, einem Arkangeschoss ... seinen Händen? Beim *Ursprung*, wie er den Moment fürchtete, in dem er zu ihm kommen und es ihm sagen würde.

Du bist ein widerlicher Feigling, sagte er sich. *Du solltest es tun. Du solltest sie erlösen ...*

Aber er konnte es nicht. Er konnte nicht seine eigene Tochter töten, so fehlgeleitet, so grausam sie auch war. Stattdessen musste nun Valamer tun, wozu er zu feige war. Was für eine elende Enttäuschung er als Vater war.

Schritte näherten sich ihm und er blinzelte die Tränen weg, die ihm in die Augen gestiegen waren.

»Mein Herr«, sagte Bress, als er neben ihn trat und sich verbeugte.

Damael nickte, sagte aber nichts. Der alte Mann kümmerte sich um seine Gemächer und er hätte dessen Anwesenheit erwarten müssen. Dennoch störte sie ihn. Er wollte allein sein.

»Ich habe nicht mit euch gerechnet«, sagte Bress. »Wie ... wie geht es euch?«

Damael sah ihn an, blickte in die von Falten umgebenen, hellgrünen Augen. Kleine Edelsteine, die in einem verwitterten Gesicht schimmerten, das an faltiges Leder erinnerte. »Es geht mir gut«, sagte er.

»Was tut ihr hier?«

»Ich wollte mich entspannen. In Frieden. Allein.«

Bress verlagerte unbehaglich das Gewicht von einem Fuße auf den anderen. »Ich mache mir Sorgen um euch, Herr. Ihr wirkt ... verändert.«

»Ich habe meinen besten Freund gebeten, meine Tochter umzubringen. So etwas verändert einen, Bress.«

»Natürlich. Ich meinte nicht ...« Er verstummte, schien nach den richtigen Worten zu suchen. »Herr«, sagte er schließlich, »ihr wisst, dass ihr das Richtige getan habt, oder?«

Damael sah ihn durchdringend an, sagte aber nichts.

»Ich diene euch seit nunmehr fünfzig Jahren«, fuhr Bress fort, »und wenn ich auch nicht so weit gehen würde, mich als euren Freund zu bezeichnen, so glaube ich doch, mehr zu sein als euer Diener. Ich habe Teja aufwachsen sehen, habe mich um sie gekümmert und ich habe sie geliebt wie eine eigene Tochter. Selbst als sie eure Frau ...« Er verstummte, sprach die Scheußlichkeit nicht aus, die Teja begangen hatte. »Selbst dann habe ich nicht aufgehört, sie zu lieben. Ich habe mich um sie gekümmert, als ihr der Welt gesagt habt, sie sei tot. Ich habe euer Geheimnis all die Jahre bewahrt, obwohl ich der Meinung war, dass ihr die falsche Entscheidung getroffen habt. Wisst ihr, wenn man jemanden liebt, bedeutet das nicht immer, denjenigen festzuhalten. Manchmal muss man loslassen.« Er seufzte. »Teja ist verloren, das war sie schon immer. Ihr Hunger verschlingt sie. Sie zu erlösen, ist die richtige Entscheidung. Es war nur eine Frage der Zeit, bis sie ausbrechen würde und ...«

»Nein!«, donnerte Damael und funkelte Bress an. »Es war nicht ihre Schuld! Gaatha ist diejenige, die sie freigelassen hat! Wenn sie nicht gewesen wäre, hätte Teja ihr Leben leben können. Niemand hätte je von ihr erfahren. Es wäre vielleicht kein glückliches Leben gewesen, aber ein friedliches. Gaatha hat ihr das genommen!«

Zorn regte sich in Damael. Es war ein ungewohntes Gefühl, doch er hieß es willkommen. Es betäubte den Schmerz in seinem Inneren.

»Hat sie Teja etwa dazu gezwungen, diesen Mann auszusaugen?«, fragte Bress.

»Wie kannst du sie in Schutz nehmen? Sie ist eine Verräterin!«

Bress zog die Stirn in Falten. »Und das wisst ihr mit Sicherheit? Sie hat euch nachspioniert oder hat euch vielmehr nachspionieren lassen, aber heißt das wirklich, dass sie für Viktor arbeitet? Sie wäre während seines ersten Angriffs getötet worden, wenn ihr nicht eingegriffen hättet. Wie erklärt ihr euch das?«

Damael konnte kaum glauben, was er da hörte. Sein eigener Diener widersprach ihm? Der Zorn brodelte in ihm, erweckte Gedanken, die ihm völlig fremd waren. Er wollte Bress anschreien, ihn beleidigen, ihm sagen, dass auch er ein Verräter war, er wollte ...

Nein. Er durfte sich von dem Zorn nicht beherrschen lassen. Bress hatte Zweifel und drückte sie aus. Dafür sollte er nicht bestraft werden. Er nahm einen tiefen Atemzug und dachte stattdessen über das nach, was er gesagt hatte.

Ja, es schien, als hätte sich Gaatha in Lebensgefahr befunden, als Viktors Reiterei angegriffen hatte. Aber stimmte das auch? Oder war es von Anfang an der Plan gewesen, dass sie überlebte, hatte Viktor vielleicht sogar damit gerechnet, dass Damael eingriff? Zu diesem Zeitpunkt traute er ihm alles zu. Eigentlich genial, wenn man darüber nachdachte. Eine Kriegsheldin, die eben so mit dem Leben davongekommen war, würde niemals verdächtigt werden, gemeinsame Sache mit dem Feind zu machen.

»Du kennst Viktor nicht«, sagte Damael. »Du verstehst nicht, wie er denkt, wozu er fähig ist. Wenn du glaubst, dass Gaatha unmöglich die Verräterin sein kann, dann nur, weil *er* will, dass du das glaubst. So ist er nun einmal.«

»Vielleicht«, sagte Bress. »Aber vielleicht irrt ihr euch auch einfach.«

»Erinnere dich an deinen Platz, Bress. Du sprichst mit deinem König.«

»Und seit wann hält sich mein König für unfehlbar? Ihr wart immer derjenige, der die Neugier, das Hinterfragen, den Zweifel der Menschen gefördert hat! *Wisse, dass du nichts weißt. Wisse, dass du glaubst.* Sind das nicht eure Worte?«

Damael presste die Kiefer aufeinander und sah Bress lange in die Augen. »Weißt du, was Gaatha während der letzten Ratssitzung vorgeschlagen hat?«

Bress schüttelte den Kopf.

»Sie will, dass wir den Schutz unserer Mauern verlassen und Viktor angreifen. Der Überraschungseffekt wäre definitiv auf unserer Seite. Welche Belagerungsarmee rechnet schon damit, dass sie überfallen wird? Im Moment sind ihre Hexer in der Unterzahl und wir haben Izur. Ein gut koordinierter Angriff könnte sie überwältigen, ihre Hexer weiter dezimieren oder sogar auslöschen und den Krieg damit beenden.«

»Klingt nach keinem schlechten Plan«, sagte Bress.

»In der Tat und ich würde ihn auch in Erwägung ziehen, wenn *sie* ihn nicht vorgeschlagen hätte. Der Zeitpunkt ist einfach zu ... perfekt. Wir gewinnen langsam die Oberhand, Viktor verliert jeden Tag hunderte Männer und nun sollen wir alles auf eine Karte setzen und das Risiko eines Angriffs eingehen?« Damael schnaubte. »Das würde Viktor so passen. Solange wir einen Verräter unter uns haben, kann es keinen Überraschungsangriff geben. Wir würden direkt in eine Falle rennen.«

Er verschwieg, dass Gaatha außerdem die Vermutung geäußert hatte, dass bald weitere Hexer – jene, die die Nachtflotte vernichtet hatten – zu Viktor stoßen könnten. Sie mochte sogar recht haben, aber das änderte nichts. Sie hatte ihrem Argument nur mehr Schlagkraft verleihen und Handlungsdruck aufbauen wollen.

Und wie hatte er ihren Vorschlag abgetan? Indem er dem Rat versicherte, dass er mit König Havald von den Eisinseln in Kontakt stand, dass es nur eine Frage der Zeit war, bis er ihnen Hexer zur Unterstützung schicken würde. Eine Lüge. Havald hatte auf seine Nachricht nicht einmal geantwortet. Ein weiterer König der Insellande, der sich seinem Schwur, den magischen Bund zu achten und ihm zu gehorchen, widersetzte. Beim *Ursprung*, wie gern würde er die Macht der Krone einsetzen, um sich direkt in seinen Thronsaal zu teleportieren und ihm von Angesicht zu Angesicht gegenüberzustehen. Mal sehen, ob er dann immer noch so schweigsam wäre. Doch er konnte Seestadt nicht verlassen, Viktor würde seine Abwesenheit spüren und nur der *Ursprung* wusste, was dann geschehen würde. Er könnte die gesamte Stadt vernichten, wenn ihm danach war.

Also hatte er lügen müssen. Schon wieder. Gaatha hatte ihn dazu gezwungen.

Sein brodelnder Zorn verwandelte sich in Raserei, tobte unter der Oberfläche, unter der unbeweglichen Miene, die Damaels Gesicht wirken ließ, als bestünde es aus schwarzem Stein.

»Herr?«

Damael blinzelte, blickte Bress an, der ihn besorgt musterte. Wie lange beobachtete er ihn schon?

»Seid ihr sicher, dass mit euch alles in Ordnung ist?«, fragte er. »Ich habe euch so noch nie erlebt. Ihr wirkt ... *wütend.*«

»Das liegt vermutlich daran, dass ich es bin«, knurrte Damael. »Geh jetzt, Bress. Lass mich allein.«

»Ich weiß nicht, ob das ...«

»Geh!«, schrie Damael und die Edelsteine seiner Krone leuchteten auf.

Bress zuckte zusammen, blickte ihn verstört an und eilte dann davon.

Während sich seine Schritte entfernten, sah Damael abermals auf sein Spiegelbild im Teich hinab, doch das Leuchten seiner Krone verbarg sein Gesicht. Eine weißgewandete Gestalt, deren Haupt aus regenbogenfarbenem Licht bestand. Ein König. Ein Heiliger. Ein Feigling.

Er entließ seinen Atem mit einem zitternden Seufzen, die Krone erlosch.

Er hätte Bress nicht anschreien sollen. Er war ihm ein loyaler Diener, ein Freund. So eine Behandlung hatte er nicht verdient, auch nicht - besonders nicht - wenn er sich gegen ihn aussprach. Der Zorn war schuld daran. So gut er sich auch anfühlte, er richtete sich gegen Menschen, die ihn nicht zu verantworten hatten. Damael würde lernen müssen, ihn zu kontrollieren, ihn zu leiten und auf jene zu fokussieren, die ihn erweckt hatte. Die Mörderin seiner Tochter. Die Verräterin. Gaatha.

Die Bäume wogten in einer sanften Brise, die Blätter und das Schilf raschelten, ein Fisch stieg aus dem Wasser empor und tauchte wieder unter.

Das Leben pulsierte in Harmonie, doch Damael fühlte es nicht.

26

Celeste saß im hüfthohen Gras der Uferböschung, hatte die angewinkelten Beine mit beiden Armen umschlungen und beobachtete Vok. Der Schreckenswaran wühlte sich durch den sandigen Untergrund, benutzte sein langes, zahnbewehrtes Maul wie eine Schaufel, wobei er in den Boden hineinbiss und ganze Erdbrocken zur Seite schleuderte. Anschließend grub er mit seinen dolchartigen Krallen tiefer, auf der Suche nach etwas, dessen Beschaffenheit nur er allein kannte. Dabei zuckte die stachelige Verdickung am Ende seines Schwanzes freudig hin und her und platschte in den See, was jedes Mal eine kleine Flutwelle auslöste. Wenn er fertig gegraben hatte – Celeste glaubte inzwischen nicht mehr, dass er dabei irgendein Ziel verfolgte außer dem Graben selbst –, dann sprang er aus dem Loch heraus, in dem man ohne Probleme eine zehnköpfige Großfamilie begraben konnte, und setzte das Spiel an anderer Stelle fort.

Vok spielte nicht oft, aber nach mehreren Wochen, die er eingeengt auf einem Schiff verbracht hatte, das kaum größer als er selbst war, genoss er den Auslauf sichtlich, den ihm diese Insel bot.

Hin und wieder ließ er für einen Moment von seinen Bemühungen ab, streckte den langen Hals und blickte zu ihr herüber, einen fordernden Ausdruck in den gelben Augen, so als wolle er sagen *komm, mach mit, das macht Spaß!* Celeste schüttelte dann nur müde den Kopf, woraufhin er ein beleidigtes Knurren ausstieß und weitermachte.

Es hatte etwas Urkomisches an sich, die schwarzgeschuppte Bestie, die einen Mann mit einem Klauenhieb in zwei Hälften teilen konnte, herumtollen zu sehen wie einen Hund. Trotzdem lächelte Celeste nicht. Sie ließ den Kopf auf ihre Knie sinken und schloss die Augen. Ihre Gedanken waren schwer und kreisten träge in ihrem Kopf.

Warum bist du nicht zu ihm gegangen? Wieso sitzt du hier, anstatt in Vithrimus Armen zu liegen?

Sie hatte keine Antwort auf diese Frage, was beängstigend war. Normalerweise wusste sie genau, warum sie die Dinge tat, die sie tat.

Was würde sie Vithrimus erzählen, wenn sie ihn später bei der Feier in Viktors Prunkzelt sah? Wie würde sie ihm erklären, dass sie nicht zu ihm gekommen war? Am liebsten würde sie hierbleiben, sich vor der Welt und vor Vithrimus verstecken. Ein närrischer Gedanke, der gar nicht zu ihr passte.

Was ist nur los mit mir?

Es hatte eine Zeit gegeben, da hatte es für sie nichts Schöneres gegeben, als Vithrimus nahe zu sein. Sie war so stolz gewesen, dass er sie auserwählt hatte. So glücklich.

Lügen, flüsterte eine Stimme aus den Tiefen ihres Geistes.

Nein, das stimmte nicht! Ihr Onkel war immer gut zu ihr gewesen, hatte sich ihrer angenommen, als ihr Vater im Krieg umgekommen war. Er hatte sie das Hexen gelehrt, sie in die Geheimnisse der Veränderungsmagie eingeweiht. Ohne ihn hätte sie nie das unzertrennliche Band zwischen Tier und Mensch, zwischen Reiter und Bestie erfahren. Ihre Mutter – eine gebürtige Scintilla, die nie viel für die Bräuche der Umbras übriggehabt hatte – hätte das nicht zugelassen. Sie verdankte Vithrimus alles, er hatte sie zu der Hexe gemacht, die sie heute war. Und dafür liebte sie ihn.

Liebe? Weißt du überhaupt, was das ist?

Sie wollte die Stimme ignorieren, aber die Frage verfolgte sie. Wusste sie, was Liebe war?

Als sie darüber nachdachte, hörte sie auf einmal das Rauschen des Meeres in ihren Gedanken, sah Sternenlicht in grauen Augen funkeln, spürte weiche Lippen die ihren umschließen, ihre Zungenspitze, die ...

Sie schüttelte den Kopf, vertrieb die Erinnerung. Es gelang ihr, aber das Gefühl, das sie in ihr ausgelöst hatte, blieb bestehen. Was war das? Ihre Wangen fühlten sich heiß an, ihr Herz schlug schneller, ein Kribbeln in ihrem Bauch, das bis in ihren Schoß drang und ihn in Flammen zu setzen schien. So etwas hatte sie niemals zuvor gespürt. Auch nicht, wenn Vithrimus sie küsste. Wenn seine Hände über ihren Körper strichen, wenn er sie liebkoste, wenn er ... Sie dachte nicht gerne darüber nach. Manchmal spürte sie Schmerz, aber abgesehen davon fühlte sie ... *nichts*. Sie hatte immer geglaubt, das müsste so sein. Dass sie nicht in der Lage wäre, diese Gefühle zu empfinden.

Aber nun ... nun wusste sie, dass das nicht stimmte. Und das machte ihr Angst. Denn das würde bedeuten ...

Siehst du es endlich? Siehst du die Lüge?

Sie öffnete die Augen, hob den Kopf von ihren Knien. Wie hatte das alles begonnen? Wann hatte Vithrimus aufgehört, nur ihr Mentor zu sein? Wann war er zu ... *mehr* geworden?

Vok hatte inzwischen seine Grabungsarbeiten unterbrochen und machte eine Pause. Er lag halb auf dem sandigen Ufer, halb im seichten Wasser des Sees, eingerollt wie eine Schlange. Er schien die Kühle zu genießen.

Etwas an der Art, wie er dalag, ließ sie die Stirn runzeln. Eine Erinnerung, die einen dunklen Schatten über sie legte, kämpfte sich durch die Nebel der Zeit.

Sie konnte sie schemenhaft erkennen und spürte eine Kälte in sich aufsteigen, die sie zum Zittern brachte. Sie wehrte sich dagegen, versuchte sie wieder in die Tiefen ihres Verstandes zu verbannen. Sie wollte es nicht sehen!

Und doch musst du es.

Sie konnte die Erinnerung nicht länger zurückhalten. Die Bilder brachen über sie herein, verschlangen sie wie die zuschnappenden Kiefer eines Ungeheuers.

Celeste blickte auf ihren Schreckenswaran hinunter, der zusammengerollt auf den dunklen Steinen des Innenhofes von Schloss Schwarzstein lag, eingehüllt in einen tiefen magischen Schlaf. Sie arbeitete erst seit einem Jahr daran, seine Gestalt wachsen zu lassen, aber er war jetzt schon so groß wie ein Pferd. Vithrimus stand mit verschränkten Armen neben ihr, er hatte sich die schwere Kapuze seines Gewandes über den Kopf gezogen, um sich vor den niederfallenden Ascheflocken zu schützen.

»Du schaffst das«, sagte er. »Tu einfach, was wir besprochen haben.«

Sie hatten es nicht nur besprochen, Celeste hatte diese Praktik seit Monaten studiert und ebenso lange übte sie die magische Verarbeitung von Bluterz. Diese Zauberei war kompliziert, aber es beruhigte sie, dass Vithrimus darüber sprach, als läge ein Kinderspiel vor ihr. Sie schaute zu ihm hoch und die Zuversicht in seinem Blick machte ihr Mut.

Zwischen ihr und Voks Schnauze, die auf seinen Klauen ruhte, lag ein etwa kalbskopfgroßer Felsen. Ein Geäst aus blutroten Adern durchzog das dunkle Gestein und es fiel nicht schwer, zu erkennen, wie das Bluterz zu seinem Namen gekommen war.

Celeste holte tief Luft und breitete die Arme aus. Sie öffnete ihre Quelle, packte den Stein und ließ ihn langsam in die Luft schweben, bis er vor ihren rotleuchtenden Augen zum Stehen kam. Ihr Geist drang in den Felsen ein. Sie spürte das Bluterz in seinem Inneren pulsieren, eingeschlossen in das poröse Vulkangestein, und schloss ihre magischen Klauen darum. Sie spreizte ihre Finger und der Brocken explodierte. Das Vulkangestein fiel klackernd zu Boden, nur das rote Geäst blieb in der Luft, um das sie ihre Macht geschlungen hatte. Eine Schweißperle rann ihr über die Stirn, als sie die Verbindungen aufbrach, das harte Metall in seine Einzelteile zerlegte, bis es als roter Staub in der Luft waberte. Sie drehte ihre Handflächen nach oben und der Staub breitete sich aus, wurde zu einer großen nebligen Wolke. Sie schloss langsam die Finger und die Metallpartikel fielen herab, legten sich auf die schwarzen Schuppen des Warans wie eine hauchdünne Decke.

Celeste leckte sich über die Lippen. Nun begann der schwierige Teil. Sie musste das Bluteisen in Voks Schuppen einpflanzen und es dort versiegeln, aber wenn sie zu tief eindrang und es den Weg in seine Blutgefäße fand ... Bei dem Gedanken fühlte sie einen Speer der Furcht in ihre Brust dringen.

»Denk nicht darüber nach«, sagte Vithrimus, der ihre Nervosität zu bemerken schien. »Wir haben diesen Teil hunderte Male geübt und du hast nie einen Fehler gemacht. Du wirst auch jetzt keinen machen.«

Sein Vertrauen in sie nahm ihr den Druck von der Brust, die Furcht verflüchtigte sich. Wenn der Fürst Vulcs an dich glaubt, dann kannst auch du an dich glauben*, sagte sie sich.*

Sie schloss ihre Hände zu Fäusten, drückte so fest zu, dass ihre Knöchel weiß hervortraten. Im selben Maß pressten die Metallpartikel gegen Voks Schuppen, gruben sich langsam in sie hinein. Als sie spürte, wie das Bluteisen unter die oberste Schuppenschicht drang, entspannte sie ihre Finger etwas.

»Sehr gut«, drang Vithrimus' Stimme durch das Bollwerk ihrer Konzentration. »Nun versiegele es.«

Das Leuchten ihrer Augen intensivierte sich, als sie Magie in ihren Fingerspitzen konzentrierte. Sie streckte die Arme in die Höhe, ihren Fingern entfuhren gleißend rote Blitze. Sie verzweigten und verästelten sich, bildeten ein chaotisches Spinnennetz aus glühender Energie, das sich um den Schreckenswaran wickelte. Das gewaltige Reptil zuckte, sein Körper bäumte sich auf und ein sengender Geruch breitete sich aus, als die Bluteisenpartikel schmolzen und sich mit seinen Schuppen verbanden. Celeste biss die Zähne zusammen, hielt ihre Konzentration aufrecht, bis der Prozess vollendet war, dann stoppte sie den Energiefluss und ließ die Arme erschöpft sinken. Sie atmete schwer, betrachtete die zuckende Gestalt ihres Schreckenswarans. Rauch stieg von seinen Schuppen auf, seine Lider waren geöffnet, blickten aber ins Leere.

»Oh nein, Vok!«, schrie sie und fiel neben ihm auf die Knie.

»Es geht ihm gut«, sagte Vithrimus, der neben sie getreten war und eine Hand auf den Körper der Bestie gelegt hatte. »Aber es wird eine Weile dauern, bis er sich von der Prozedur erholt hat.«

Sie fühlte seine Arme unter ihren Schultern und ließ sich von ihm auf die Beine helfen. Sie wendete sich ihm zu, seine Hände umschlossen sanft ihre Oberarme.

»Dann ... dann habe ich es geschafft?«

Ein Lächeln teilte Vithrimus' Gesicht. »Oh ja, das hast du! Von nun an ist Voks Haut so gut wie undurchdringlich und der Blutstahl in seinen Schuppen wird magische Attacken abweisen.« Er sah sie eindringlich an, Stolz funkelte in seinen Augen. »Weißt du, ich habe es dir bisher nicht gesagt, weil ich nicht wollte, dass du dir zu viel Druck machst, aber du bist die jüngste Hexe, die es je vollbracht hat, die Blutschmelze mit ihrem Waran zu vollziehen. Nicht einmal mir ist das gelungen. Ich kann dir gar nicht sagen, wie stolz ich auf dich bin!«

Er drückte sie an sich und sie fühlte sich geborgen, glücklich. Einen Moment verlor sie sich in seiner Umarmung, genoss die Nähe zu ihm. Seine Hand streichelte über ihren Rücken.

Sie konnte sich an ihren Vater kaum erinnern, aber sie glaubte, dass er sie einmal ebenso fest in den Arm geschlossen hatte. An jenem Tag, an dem er in den Krieg gezogen und nicht wieder heimgekehrt war.

»Das habe ich nur dir zu verdanken«, sagte sie und ihre Stimme war gedämpft durch den schweren Stoff seiner Robe. »Was ist eine Hexe schon ohne ihren Lehrmeister?«

Er löste sich von ihr, hielt sie aber nah bei sich, sodass ihre Brust die seine berührte. Sie spürte seinen Herzschlag rasen und wunderte sich darüber, auch seine Atmung ging stoßweise. Er blickte zu ihr herab und da stand ein seltsamer Glanz in seinen Augen.

»Mein Sohn hat dieselben Lehren erhalten und sieh, was er daraus gemacht hat«, sagte er. »Nein, du bist etwas Besonderes.« Seine Hand streifte ihre Wange, ein Finger blieb auf ihrer Unterlippe hängen und öffnete sie einen spaltbreit. Ein Geräusch entfuhr seiner Kehle, ein heiseres Stöhnen und Celeste begann, sich unwohl zu fühlen. So hatte ihr Vater sie definitiv nie angefasst. »Mit meiner Hilfe wirst du mächtiger werden, als ich es je war. Du musst mir nur vertrauen. Vertraust du mir?«

»Ja«, sagte sie, ohne zu zögern.

Vithrimus hatte sie in seine Obhut genommen, als ihr Vater gestorben war und ihre Mutter es nicht mehr auf der lichtberaubten, luftverseuchten Insel ausgehalten hatte und zurück nach Maduro gezogen war. Er war alles, was sie hatte, der einzige Mensch, der ihr Potenzial erkannt hatte und es förderte. Wem sollte sie sonst vertrauen, wenn nicht ihm?

Er beugte sich zu ihr herunter und presste seine Lippen gegen die ihren. Sie war zu perplex, um zu reagieren. Ein Teil von ihr fühlte sich geschmeichelt, ja war geradezu entzückt, dass er sie als Frau wahrnahm, dass er sie begehrte. Aber es war nur ein kleiner Teil, der Rest von ihr war zu überrascht von der Situation, um irgendetwas anderes als Scheu zu empfinden.

Seine Zunge schlängelte sich in ihre Mundhöhle wie ein Aal, der sich in seinem Versteck verkroch. Widerwillen durchzuckte sie wie ein Stromschlag, aber sie ließ ihn gewähren, stieß ihn nicht fort. Er war Vithrimus Umbra, der Fürst Vulcs, ihm widersetzte man sich nicht. Man liebte ihn, wenn er es von einem verlangte.

Sie redete sich ein, dass sie die Berührung seiner Hand genoss, die über *ihren Bauch strich und über ihre jugendliche Brust glitt, bevor sich seine Finger in ihr vergruben. Er öffnete den Mund und stöhnte. Dann löste er sich von ihr, aber seine Hand hielt immer noch ihre Brust umklammert.*

»Komm«, sagte er und wendete sich ab.

»Was ist mit Vok?« Sie war erstaunt darüber, wie sehr ihre Stimme zitterte.

Er warf einen Blick auf die bewusstlose Kreatur. »Lass ihn schlafen. Jetzt komm, folge mir«, sagte er ungeduldig.

Und sie folgte ihm. Hinein in Schloss Schwarzstein, hinein in sein Gemach, hinein in sein Bett. Sie war sechzehn Jahre alt.

Celeste fühlte eine Träne, ihre Wange herabgleiten. Sie floss in ihren Mundwinkel, ein salziger Geschmack breitete sich auf ihren Lippen aus.

Jetzt siehst du die Wahrheit. Du hast Vithrimus nicht gewollt, nicht auf diese Art. Er hat dich dazu gezwungen, aber du hast es nicht gewagt, das zu sehen, weil es dein Leben unerträglich gemacht hätte. Vithrimus hat dein Vertrauen ausgenutzt ...

Aber konnte sie wirklich ihm die Schuld geben? Sie hatte sich nie gewehrt, hatte ihm nie gesagt, dass sie ihn nicht wollte. Woher hätte er wissen sollen, was in ihr vorging? Sie hatte es bis eben ja nicht einmal selbst gewusst. Und hatte sie etwa abgelehnt, als er ihr verkündet hatte, dass das Fürstentum an sie gehen würde anstatt an seinen Sohn? Nein, sie war übergequollen vor Dankbarkeit und Stolz.

Es war alles ihre Schuld.

Ich kann ihn nicht verlassen, dachte sie. *Nicht nach allem, was er für mich getan hat.*

Bei diesem Gedanken wollte sie heftiger weinen, die Verzweiflung aus sich herausspülen. Aber das tat sie nicht. Stattdessen blickte sie über die glatte Oberfläche des Sees, in dem sich die Mittagssonne spiegelte, ihre Miene wurde hart. Sie war eine Umbra, eine Bestienreiterin, sie musste tun, was nötig war. Tränen würden daran nichts ändern.

Doch dann dachte sie an Atrux und daran, wie sie ihn abgewiesen hatte, und ihre Willenskraft brach zusammen. Sie begann zu schluchzen wie ein kleines Kind.

27

Die Nacht hatte sich über Seestadt gelegt wie eine dunkle Decke. Kaum jemand war noch auf den Straßen unterwegs, die Fensterläden und Türen waren fest verschlossen, so als könnten sie den Krieg aussperren, der tagtäglich auf der Mauer tobte.

Valamer stand im Schatten einer Säule und sah über die Dächer seiner Stadt. Er befand sich auf dem Turm des Rathauses. Von hier konnte er das ganze Viertel überblicken, all die kleinen Höfe, Wohnhäuser, Straßen und Gassen. Seine Augen folgten einer jungen Frau, die den Rathausplatz überquerte und auf eine schmale Gasse zusteuerte. An ihrem Unterarm hing ein Weidenkorb, in dem sich etwas Brot, Käse und Obst befanden. Natürlich konnte er das auf diese Entfernung nicht erkennen, aber er wusste um den Inhalt, da er ihn selbst ausgesucht hatte. Es waren dieselben Lebensmittel, welche die anderen zwölf Männer und Frauen umhertrugen, die in einem Umkreis von etwa einer halben Meile durch die Straßen schlenderten. Das taten sie schon zum zweiten Mal in Folge – in der vorherigen Nacht war nichts vorgefallen. Sie glaubten, sie würden dem Bund bei der Aufklärung eines Verbrechens helfen, dabei waren sie nichts weiter als Beute.

Früher oder später würde die Todeshexe auftauchen, um sich einen von ihnen samt der Verpflegung zu schnappen, so hoffte Valamer zumindest. Eine kleine Gruppe seiner besten Männer beobachtete die armen Teufel von den umliegenden Hausdächern und Türmen aus. Sobald die Hexe auftauchte, würden sie Lichtsignale senden, um Valamer ihre Position anzuzeigen. Wenn alles nach Plan verlief, würde sie lange genug abgelenkt sein, während sie ihr Opfer aussagte, sodass er sie erreichen konnte, bevor sie davonlief. Der Preis für seinen Erfolg bestand in einem Menschleben, aber er war bereit, ihn zu zahlen. Valamer fühlte sich deshalb nicht schuldig, dieses Gefühl war im inzwischen fremd geworden. Wenn sein Plan aufging, würden tausende Menschen gerettet werden, der Krieg wäre beendet ... und er wäre kein Geächteter.

Doch dafür brauchte er Teja.

Die junge Frau mit dem Weidenkorb verschwand in der Gasse, entzog sich seinem Blickfeld.

Ich muss Geduld haben, sagte er sich und seufzte. *Sie wird kommen.*

Ein gewagter Plan

28

Vura betrachtete den *Schatten*, der ihr gegenüber zusammengesunken auf einem Stuhl saß. Er schien erschöpft, das lange Haar klebte ihm auf der Stirn, sein Gesicht war blass. Kein Wunder, nach allem, was geschehen war.

Auf dem Tisch standen nach wie vor die Speisen und Getränke von vorhin, doch sie blieben unberührt. Das große Rundfenster hinter Vura war inzwischen wieder unbedeckt und Sonnenlicht erfüllte den Raum. Ihr Blick fiel auf das Kristallglas, aus dem Gedilli getrunken hatte. Das Licht funkelte auf dem Rest des Weines, der im Boden des Glases schimmerte wie ein flüssiger Rubin. Wein, der Gedilli beinahe umgebracht hätte.

Aber das hatte er nicht getan. Ein Wesen mit unvorstellbarer Macht hatte ihn gerettet. Ein Wesen, das ein Teil von ihr war und ihr doch fremder erschien als irgendetwas sonst auf der Welt.

»Ich dachte ...«, sagte sie stockend. »Ich dachte immer ... sie *sei* das Licht. Die ... die Lichtmagie, wisst ihr?«

Der *Schatten* sah ihr in die Augen, als er antwortete. »Ich studiere die Magie schon mein ganzes Leben und in meinen hundertvierundfünfzig Jahren ist mir so etwas wie die personifizierte Macht des Lichts nie untergekommen. Das heißt natürlich nicht, dass es sie nicht gibt, aber ich halte es für äußerst unwahrscheinlich.«

Vura lehnte sich zurück und verschränkte die Arme vor der Brust. Ihr war auf einmal kalt geworden.

Als sie wieder zu Sinnen gekommen war, nachdem das *Licht* die Kontrolle übernommen hatte, hatte sich nicht daran erinnern können, was geschehen war. Im Gegensatz zu den vorherigen Malen, als ihre Macht sie überkommen hatte, war sie nicht einmal mehr ein Passagier im eigenen Körper gewesen. Das *Licht* hatte sie vollkommen verdrängt, hatte sie in die Dunkelheit gestoßen, so als wäre sie in einen tiefen Schlaf gesunken. Woran sie sich jedoch erinnern konnte, war, was der *Schatten* Gedilli angetan hatte.

Mehr brauchte sie nicht zu wissen.

Sie half ihrem benommenen Gefährten auf und wollte sofort aus dem Schloss fliehen, doch zu ihrem Erstaunen hielt er sie davon ab. Gedilli gab zwar einige wüste Flüche zum Besten und beschimpfte den *Schatten* in der derbsten

Piratensprache, aber er erklärte auch, dass der Hexer ein Gegengift besaß und nie vorgehabt hatte, ihn sterben zu lassen. Dennoch wunderte es sie, dass er nicht das Bedürfnis hatte, von diesem Ort zu verschwinden. Aber nachdem er ihr berichtet hatte, was das *Licht* getan, was sie *gesagt* hatte, hatte sie verstanden.

Er hatte Angst um sie ... und er hatte Angst *vor* ihr. Dieses Gefühl konnte sie nachempfinden, ihr erging es nicht anders. Da lebte ein fremdes Wesen in ihr? Etwas, das sich für eine Göttin hielt? Das alles ergab keinen Sinn.

»Könnt ihr mir sagen, was sie ist?«, fragte Vura leise.

»Ich habe eine Vermutung«, sagte der *Schatten*, »aber bevor ich mir sicher sein kann, brauche ich mehr Informationen zu euren Kräften.«

Vura nickte, den Blick starr auf die Tischplatte gerichtet.

»Wann ist eure Quelle zum ersten Mal erwacht?«, fragte der *Schatten*. »Was war der Auslöser?«

Ein Schaudern lief Vura über den Rücken. Sie presste die Lippen aufeinander, drängte die schrecklichen Erinnerungen zurück, die in ihr aufzusteigen drohten. »Mein Vater, er ... hat mir wehgetan.«

Der *Schatten* zögerte. »Ich verstehe.«

Vura bezweifelte das, sagte aber nichts.

»Ihr habt ihn getötet, nicht wahr?«

Vura sah auf, blickte dem *Schatten* flüchtig in die Augen, blieb aber stumm. Ihr Blick schien ihm alles zu sagen, was er zu wissen brauchte.

»Das dachte ich mir«, sagte er nickend. »Leid und Schmerz haben eure Macht geboren, Verzweiflung und Zorn haben sie erweckt.«

Er schwieg eine Weile und ließ Vura mit ihren Gedanken allein. Sie wünschte, er würde das nicht tun. Ihr Verstand war momentan kein Ort, an dem sie sich aufhalten wollte. Gehörte er überhaupt ihr? Wie sollte sie ihren eigenen Gedanken je wieder vertrauen, nachdem sie herausgefunden hatte, dass dieses fremde Wesen in ihr lebte? Dieses erschreckend *wahnsinnige* Wesen, das die Weltherrschaft an sich reißen wollte oder etwas in der Art. Wieso passierte gerade ihr so etwas? Hatte sie nicht schon genug gelitten? Jeder Mensch, dem sie vertraut hatte, hatte sie früher oder später verraten. Ihr Vater, ihre Mutter, Viktor, Servin, ja selbst Arina hatte sie allein gelassen. Die Einzige, auf die sie sich verlassen konnte, war sie selbst gewesen. Nun blieb ihr nicht einmal das.

»Habt ihr schon einmal von der Seelenspaltung gehört?«, fragte der *Schatten* irgendwann.

Vura schüttelte den Kopf. Ihre Hände begannen zu zittern und sie schlang die Arme fester vor ihrer Brust zusammen.

»Es ist ein Phänomen, das der Seelenhexer Dosch Zerbu in seinem frühesten Werk beschreibt«, fuhr der *Schatten* fort. »Er hat es bei einem seiner Ruun –

das sind Menschen, die zu Doschkar gewandelt werden – beobachtet. Scheinbar hat der junge Mann bisweilen mit veränderter Stimme gesprochen und ein Verhalten an den Tag gelegt, das sich mit seinem sonstigen Wesen nicht vereinbaren ließ. Für gewöhnlich hätte ein Dosch keine Mühe an einen solchen Ruun verschwendet und ihn einfach getötet, aber Zerbu war fasziniert von dem Fall und hat ihn ausgehend studiert, was vermutlich seinem Hang zur Seelenmagie geschuldet war. Jedenfalls kam er zu dem Schluss, dass sich die Seele dieses Ruun durch die körperlichen Schmerzen und die psychische Belastung durch die Einsamkeit zweigeteilt hätte, um seinen Geist zu schützen. Die andere, jüngere Hälfte, war demnach widerstandsfähiger und übernahm die Kontrolle, wenn der Ruun etwas durchmachen musste, was sein Geist nicht ausgehalten hätte. Diese andere Hälfte beschützte ihn.«

»Und ihr glaubt, dass das bei mir genauso ist? Dass meine Seele sich geteilt hat?«

»Ich halte es für wahrscheinlich, ja.«

Da war sie nun also. Die Wahrheit. Sie war von keiner mystischen Kraft erwählt worden, sie war einfach nur verrückt. »Könnt ihr mir helfen?«, fragte Vura und kämpfte gegen die Tränen.

»Vielleicht. Aber es wird nicht leicht für euch werden, Vura. Ihr werdet euch euren dunkelsten und schmerzhaftesten Erinnerungen stellen müssen. Nur so könnt ihr euer zerbrochenes Selbst wieder zusammenfügen.«

Sie schluckte schwer. »Ich weiß nicht, ob ich das kann.«

»Habt keine Angst, ihr werdet nicht allein sein. Wir werden euren Geist gemeinsam durchwandern.«

Sie sah ihm in die dunklen Augen und wusste nicht, ob sie seine Worte beruhigen oder mehr ängstigen sollten. »Was meint ihr damit?«

»Um euer fragmentiertes Selbst zusammenzufügen, müsst ihr in euer Unterbewusstsein eindringen. Wenn ihr den Ursprung der Spaltung findet, könnt ihr das *Licht* hervorlocken und wieder mit euch verbinden. Aber das wird euch nicht allein gelingen. Um das Reich eures Verstandes zu betreten, muss ich euch hineinführen und dazu müssen wir unsere Geister verschmelzen. So kann ich euch vor möglichen Gefahren beschützen und euch, wenn nötig, wieder in die Wirklichkeit zurückholen.«

»Mögliche Gefahren?«

»Nun, wenn ihr erst einmal euer Unterbewusstsein betretet, dann befindet ihr euch dort, wo das *Licht* zu Hause ist. Es könnte euer Kommen als Bedrohung ansehen – was es ja auch wäre – und sich ... wehren.« Er zuckte die Achseln. »Aber das ist nicht die einzige Gefahr, die euch erwartet. Das Unterbewusstsein ist ein dunkler Ort, voller verdrängter Sehnsüchte und Ängste, der nicht umsonst vor euch verborgen ist. Euer Geist könnte Schaden nehmen, wenn ihr euch dort zu lange aufhaltet.«

Vura schluckte. »Das alles klingt ... sehr gefährlich«, sagte sie. »Habt ihr so etwas denn schon einmal gemacht?«

»Nein, aber Dosch Zerbu hat genaue Anweisungen hinterlassen. Ich bin zuversichtlich, dass ich seine Zauber nachahmen, wenn nicht sogar verbessern kann.«

»Und Dosch Zerbu hat Erfolg gehabt?«

Der *Schatten* zögerte einen Moment, bevor er antwortete. »Der Ruun hat seine Behandlung nicht überstanden. Er wurde wahnsinnig und Zerbu sah sich gezwungen, ihn zu töten.«

Vura seufzte. »Das sind ja wunderbare Aussichten.«

»Macht euch deswegen nicht zu viele Sorgen. Zerbu ist nicht gerade zimperlich vorgegangen und der Geisteszustand des Ruun war vor seiner Behandlung bereits alles andere als stabil. Glaubt mir, was auch immer ihr durchmachen musstet, es ist nichts im Vergleich zu dem, was ein Ruun durchleidet. Er hatte nie eine Chance.«

»Aber ihr könnt euch nicht sicher sein, dass mir nicht dasselbe zustoßen wird?«

»Ich will euch nichts vormachen, es besteht ein gewisses Risiko. Aber wenn ihr euren Verstand heilen wollt, dann bleibt euch keine andere Wahl. Nur so könnt ihr jemals über die Macht gebieten, die in euch schlummert.«

Vura senkte den Blick und versank in ihren Gedanken. Sie dachte an Arina, die in einem Verlies in den Tiefen des Nachschlosses verrottete. Sie sah sie vor sich, verwahrlost, abgemagert, die schönen Augen hatten ihren Glanz verloren. Sie würde dort unten sterben, allein und ohne Hoffnung. Niemand würde ihr zu Hilfe kommen, wenn sie es nicht tat.

Sie hob den Kopf, sah dem *Schatten* in die Augen. »Wann fangen wir an?«

29

Der Schnee knirschte unter Leifs Stiefeln, während er auf das kleine Wirtshaus zustapfte und über die Frau nachdachte, die Askon Tante genannt hatte. Er hatte nicht gewusst, dass sein Herr noch Verwandtschaft hatte und er freute sich für seinen König. Vielleicht war das genau, was ihm gefehlt hatte, um wieder Kraft zu schöpfen und zu sich zurückzufinden. Die Führung einer starken Frau, die ihm den rechten Weg wies.

Und was für eine Frau das war! Hochgewachsen, aber elegant und auf eine strenge, fast schon gebieterische Art und Weise schön. Leif war bei ihrem Anblick sofort Io Silbertod in den Sinn gekommen. Wenn Vesna auch den edlen Pelzmantel einer Adligen trug, anstatt einer Plattenrüstung, so konnte er nicht über die kriegerische Gesinnung hinwegtäuschen, die die beiden ohne Zweifel teilten.

Er hatte den Eingang zum Wirtshaus erreicht, zögerte jedoch, einzutreten. Er fragte sich, ob es nicht zu früh war, die Zusammenkunft der beiden zu stören, aber andererseits waren sie schon seit mehreren Stunden da drin, die Sonne war bereits untergegangen, und er hatte keine Lust mehr, in der stinkenden Stallluft mit seinen Männern Würfelspiele zu spielen. Er war ein Kapitän, verflucht noch eins, ihm gebührte die Gaststube! Außerdem wollte er endlich erfahren, was sich zwischen Askon und seiner Tante abgespielt hatte.

Ohne weiter darüber nachzudenken, drückte er die Klinke hinunter und trat in die wohlig warme Luft des Wirtshauses ein. Vesna hob sofort den Blick und Askon wandte sich auf seinem Stuhl zu ihm herum. Leif schloss die Tür und ging auf den Tisch der beiden zu.

»Ich hoffe, ich störe nicht?«, fragte er.

»Aber nicht doch, Kapitän«, sagte Vesna und rückte auffordernd den Stuhl neben sich zurück. »Setzt euch zu uns. Askon hat mir viel von euch erzählt.«

Leifs Herz machte einen Satz, den sein Körper zu imitieren schien. Er hüpfte geradezu auf den Stuhl neben der Hexe zu und hoffte, dass ihr das nicht aufgefallen war. Das amüsierte Grinsen, mit dem sie ihn bedachte, nachdem er sich gesetzt hatte, belehrte ihn jedoch eines Besseren. »Nur Gutes, hoffe ich«, sagte er.

»Heroisches«, sagte sie zwinkernd und Leif grummelte verlegen in seinen Bart hinein. »Nein, ich meine es ernst. Nach allem, was mir Askon erzählt hat, habt ihr ihm das Leben gerettet. Dafür möchte ich euch danken.«

Sie beugte sich vor und gab Leif einen Kuss auf die bärtige Wange.

»Tante, siehst du nicht, dass unser Kapitän ganz rot wird?«, fragte Askon grinsend.

»Bisweilen habe ich diese Wirkung auf Männer.«

Leifs Kopf war leicht wie eine Feder, er spürte ihre Lippen noch immer auf seiner Haut.

So fühlt sich also der Kuss einer Hexe an. Nicht viele Seemänner sind je in den Genuss gekommen, dachte er stolz. *Womöglich bin ich sogar der erste überhaupt.*

»Ich ... äh ... bin nur meiner Pflicht nachgekommen«, sagte er.

»Nur nicht so bescheiden, Kapitän Leif. Ihr habt weit mehr getan als das. Ihr seid ein Held, gebt euch nicht für weniger aus.«

Leif senkte den Blick und zuckte mit den Schultern. »Nun, ich weiß ja nicht ...«

»Aber ich weiß es«, sagte sie und legte ihm eine Hand auf die Schulter, während sie mit der anderen ihr Haar zurückstrich. Leif wurde heiß und kalt zugleich. Sein Blick huschte zu Askon, der mühsam ein Lachen unterdrückte.

Der Wirt trat heran, brachte einen neuen Krug Met, nahm das leere Tablett und wandte sich zum Gehen. Doch bevor er sich zurückzog, hob Vesna die Hand. »Wie ist euer Name, Herr Schankwirt?«, fragte sie ihn.

»Golan, Herrin«, sagte der Mann und verbeugte sich, wobei ihm beinahe das Tablett aus der Hand gerutscht wäre.

»Golan, ich habe eine lange Reise hinter mir und würde mich gerne zur Ruhe betten. Habt ihr ein Zimmer frei?«

Golan wurde bleich. »Ich ... diese beiden hier haben die einzigen Zimmer«, sagte er und deutete abwechselnd auf Leif und Askon. »Aber das geht natürlich nicht! Ich werde sofort einen dieser räudigen Hunde hinauswerfen! Ihr da!«, blaffte er Leif an. »Packt eure Sachen und verschwindet! Die edle Dame wünscht euer Zimmer!«

Leif war so perplex, dass er zuerst nicht darauf reagierte. Zu seinem Glück ergriff Vesna wieder das Wort. »Aber, aber, wisst ihr überhaupt, mit wem ihr es hier zu tun habt? Das ist Leif, der Kapitän der *Acheron,* ein berüchtigter Seefahren und wahrhaftiger Kriegsheld! Entschuldigt euch sofort bei ihm.«

Obwohl es Leif nicht für möglich gehalten hatte, wurde Golan noch bleicher.

»Ich ... bitte vielmals um Entschuldigung, edler Leif.«

Edler Leif ... daran könnte ich mich gewöhnen. »Pah«, sagte er, winkte ab und wandte sich Vesna zu. »Ihr könnt mein Zimmer gerne haben, überhaupt kein Problem.«

Vesna schenkte ihm ein strahlendes Lächeln, das sein Herz höherschlagen ließ, dann erhob sie sich und blickte auf ihn herunter. »Wenn ihr so nett wärt, mir den Schlüssel zu geben«, sagte sie und streckte die Hand aus.

Wie in Trance kramte Leif in seiner Tasche, brachte den Schlüssel zutage und legte ihn in ihre Hand. Sie küsste ihn zum Abschied nochmals auf die Wange, dann schritt sie durch den Raum auf die Treppe zu, die zu den Gästezimmern führte. Das Trio blickte ihrem federnden Gang nach, bis sie im oberen Stockwerk verschwand.

Askon lachte laut auf, woraufhin Leif ihn verdutzt ansah, auch Golan kicherte.

»Was?«, fragte er.

»Sie hat euch gespielt wie eine Laute, Leif«, sagte Askon.

»Ein Laute, ja, das ist gut«, meinte Golan und füllte den Becher, der zuvor Vesna gehört hatte und schob ihn Leif zu. »Hier, der geht aufs Haus.«

Der Wirt wandte sich ab, immer noch lachend, und brachte das Tablett in die Küche zurück.

»Ich verstehe nicht ... Wusste sie etwa von dem Zimmer?«, fragte Leif.

»Natürlich wusste sie von dem Zimmer. Sie hat mich eben gefragt«, sagte Askon schmunzelnd.

»Beim *Ursprung* ...«, murmelte Leif und stürzte den Met hinunter, wobei er das Gesicht verzog, und pfeifend die Luft aus seiner Lunge entließ.

»Das kommt davon, wenn man sich von einer schönen Frau einlullen lasst«, sagte Askon. »Jetzt müsst ihr wohl mit euren Männern im Stall schlafen.«

Leif zuckte die Achseln. »Ich bereue nichts. Der Kuss einer Hexe ist mehr wert als die Annehmlichkeit eines Bettes ... oder reiner Luft«, fügte er mit einem schiefen Grinsen hinzu.

»Na wenn ihr das sagt. Tauschen möchte ich trotzdem nicht mit euch.«

»Das wäre auch seltsam. Sie ist immerhin eure Tante.«

»Wir sind keine Blutsverwandten«, erklärte Askon. »Wie nennt man die Mutter der Frau meines Bruders?«

»Da bin ich überfragt.«

»Ich auch, deswegen nenne ich sie seit jeher einfach Tante.«

»Scheint mir vernünftig. Was will sie eigentlich hier?«

»Sich uns anschließen. Wie ich schon sagte, ihre Tochter Kara hat meinen Bruder geheiratet. Sie wurde an jenem Abend im Nachtschloss von Viktors Attentätern getötet. Vesna will Rache.«

»Das sind ja hervorragende Neuigkeiten!«, rief Leif aus. »Also nicht, dass ihre Tochter ermordet wurde, versteht sich. Ihr wisst schon. Eine Hexe können wir gut gebrauchen. Sie hat nicht zufällig noch weitere Töchter oder ... einen Ehemann, der sich uns anschließen könnte?«

»Sie hat tatsächlich noch eine Tochter, aber die lebt auf Seradan, und ihr Ehemann ist schon vor einigen Jahren gestorben.«

»Das wird ja immer besser«, sagte Leif und lächelte verschmitzt.

»Ist das so? Tatsächlich haben wir ein ziemliches Problem. Vesna hat König Havald nämlich schon vor einer Weile einen Besuch abgestattet.«

»Und?«

Askon schüttelte den Kopf. »Havald hat kein Interesse daran, die Eisinseln zu verlassen, um gegen Viktor in den Krieg zu ziehen. Er sitzt die ganze Sache lieber aus. Und wenn Vesna ihn nicht überreden konnte, von diesem Kurs abzuweichen, wird mir das sicher nicht gelingen. Der Mann hat ein ... sagen wir, *persönliches* Problem mit mir.«

»Wer nicht?«, fragte Leif, womit er sich einen müden Blick von Askon einhandelte. »Und was machen wir jetzt?«, fuhr er unbeirrt fort. »Die Glaciens waren unsere letzte Anlaufstelle. Nun gibt es niemanden mehr, den wir um Hilfe bitten können.«

Askon sah ihn an, seine Eisaugen funkelten.

»Oh je ... ich kenne diesen Blick. Ihr habt irgendwas Wahnsinniges vor.«

»Ihr kennt mich zu gut.«

Askon erhob sich, trat an den Nebentisch und griff nach der etwa handgroßen Figur, die darauf stand. Er stellte sie vor Leif auf den Tisch, der die Schnitzerei skeptisch betrachtete. Der Künstler schien nicht sonderlich begabt zu sein, aber es ließ sich erkennen, dass das bearbeitete Holz einen Bären darstellen sollte. Die Tatzen waren riesig und asymmetrisch, auch der Kopf war zu groß für den Körper, die weiße Farbe blätterte ab.

Leifs Augen verengten sich zu Schlitzen. »Eine zweitklassige Schnitzerei? Wollt ihr Viktor damit erschlagen oder wozu soll die gut sein?«

Askon verdrehte die Augen. »Ihr habt noch nie von den Nanuks gehört, wie? Das da«, sagte er und deutete auf die Figur, »soll einer sein. Das sind die Magiewesen der Eisinseln, aus deren magischer Asche die Edelsteine der Schneekrone geschmiedet wurden. Im Gegensatz zu den anderen Magiewesen der Insellande waren diese jedoch besonders wehrhaft. Als ich klein war, hat mir Tante Vesna Geschichten über die Lichthexer erzählt, die gegen sie gekämpft haben. Unzählige von ihnen sind dabei ums Leben gekommen, es ist ein regelrechter Krieg zwischen Hexern und Nanuks ausgebrochen. Ein Krieg, den die Magiewesen trotz ihrer Entschlossenheit irgendwann verloren. Aber sie wurden nicht gänzlich vernichtet. Nachdem die Glaciens genügend von ihnen getötet hatten, um die Krone zu schmieden, haben sie einen Waffenstillstand mit den verbliebenen Kreaturen vereinbart, um weiteres Blutvergießen zu vermeiden. Dieser besteht bis zum heutigen Tag. Die Nanuks haben sich auf eine der Splitterinseln hoch im Norden zurückgezogen und eine Bedingung des Waffenstillstandes ist es, dass niemals ein Mensch oder Hexer ihr Reich betreten darf. Das zu tun, bedeutet den sicheren Tod.«

Leif seufzte. »Lasst mich raten: Ihr habt vor, sie zu betreten?«

»Es ist, als könntet ihr Gedanken lesen«, sagte Askon fröhlich. »Ich denke da an eine Art Allianz. Stellt euch nur mal vor, was wir erreichen könnten, wenn sie sich uns anschließen? Viktors Armee wäre Geschichte. Wir müssen sie nur davon überzeugen, dass seine Herrschaft eine Bedrohung für sie darstellt.«

»Sofern sie uns davor nicht auffressen«, murmelte Leif. »Bevor ich wieder völlig umsonst an euren gesunden Menschenverstand appelliere, lasst mich euch eine Frage stellen: Wieso redet ihr nicht mit eurer Tante darüber? Hat sie diesbezüglich nicht mehr Ahnung als ihr?«

Askon machte eine wegwerfende Handbewegung. »Ach, ich weiß schon, was sie sagen würde. Sie hat eine wahnsinnig schlechte Meinung von den Nanuks, weil so viele ihrer Vorfahren von ihnen in Stücke gerissen wurden. Vorurteile, ihr wisst schon. Ich bin, was Magiewesen angeht, viel aufgeschlossener.«

»Na da bin ich aber beruhigt«, sagte Leif, während ihm die Worte *in Stücke gerissen* im Kopf echoten. »Wann wollt ihr es ihr also sagen?«

»Das hat keine Eile. Ich brauche einige Tage, bis ich ... mich erholt habe.« Leif entging die unterschwellige Unsicherheit in Askons Stimme nicht. »Außerdem benötigen wir einen Führer. Die Splitterinseln sind tückisches Terrain, ohne einen Navigator wird uns garantiert ein versteckter Felsen den Rumpf aufreißen und wir enden als Futter für die Eishaie. Bis wir einen gefunden haben, wird mir schon etwas einfallen, wie ich Vesna von dem Vorhaben überzeuge.«

»Je mehr ihr redet, desto besser gefällt mir euer Plan. Ihr habt einfach ein Händchen dafür, mir eure Ideen schmackhaft zu machen.«

Askon sagte nichts, grinste ihn nur an.

Leifs Blick fiel auf das geöffnete Maul des Eisbären. Die Zähne waren im Gegensatz zum Rest sorgfältig geschnitzt worden. Sie waren lang und gebogen wie Dolche. Wenn sie der Wirklichkeit nur im Entferntesten ähnelten, dann würde so ein Nanuk keine Probleme damit haben, einem ausgewachsenen Mann den Kopf abzubeißen.

Leif griff nach seinem Krug und leerte ihn in einem widerwärtigen Zug. Es sollte nicht der letzte Humpen Ziegenpisse an diesem Abend bleiben.

Askon und Leif tranken und palaverten noch viele Stunden. Es war spät in der Nacht, als sich der junge König erschöpft in das Bett seiner kleinen Kammer fallen ließ und die Augen schloss. Das leise Schnarchen Vesnas drang durch die dünne Holzwand aus dem Nebenzimmer. Er lächelte und zum ersten Mal, seit er dem *kalten Sog* entronnen war, fiel er in einen tiefen, traumlosen Schlaf.

30

Der *Schatten* fand Bersek in seinem Gemach vor, wo er es sich auf einem gepolsterten Steinsessel bequem gemacht hatte, ein aufgeschlagenes Buch lag in seinem Schoß.

»Da bist du ja endlich«, sagte der Affe und sah auf. »Spann mich nicht länger auf die Folter. Was ist nun mit dem Mädchen?«

»Wie es scheint ...«, sagte der *Schatten* und ließ sich ihm gegenüber mit einem Seufzen auf einem Stuhl nieder. »... ist ihre Seele gespalten. Eine sehr seltene Kondition, aber nichts, was sich nicht beheben ließe. Ich denke, ich kann ihr helfen.«

»Und dann wird sie ihre Macht beherrschen können?«

Der *Schatten* zuckte die Achseln. »Vermutlich.«

»Hmm ...«, machte Bersek und blätterte weiter.

Der *Schatten* trommelte mit seinen Fingern auf der Armlehne. »Was?«, fragte er.

Bersek sah auf. »Och, nichts weiter. Ich frage mich nur, ob es so eine gute Idee ist, dem Mädchen Zugang zu Kräften zu gewähren, die jegliche Vorstellungskraft übersteigen und die nicht einmal du begreifst. Sie hätte dich eben beinahe massakriert, schon vergessen? Schon wieder.«

Der *Schatten* winkte ab. »Ich hatte alles im Griff. Mir war bewusst, dass so etwas passieren kann.«

»Na aber sicher«, sagte Bersek und widmete sich wieder seinem Buch.

»Der mögliche Gewinn wiegt das Risiko auf. Sie wird uns nützlich sein, du wirst sehen.«

»Du glaubst also, sie wird uns des Problems entledigen?«

Der *Schatten* lächelte. »Nun, da ich das *Licht* erlebt habe, bin ich mir sogar sicher. Dieses Wesen ist einzigartig. Voller Zorn, Größenwahn und Rachsucht. Wenn sie erst ein Teil von Vura ist, wird sie sich nicht helfen können. Sie wird es tun.«

Bersek nickte. »Wann werdet ihr beginnen?«

»Heute Nacht schon, wenn das *Licht* am schwächsten in ihr ist. Du hast im Übrigen ganze Arbeit geleistet gestern. Sie scheint äußerst angetan von dir zu sein.«

Bersek schnaubte. »Meinst du etwa, es würde mir schwerfallen, das Vertrauen eines kleinen Mädchens zu erringen? Sie hat mir sogar ernsthaft abgenommen, ich würde mich vor Pferden fürchten. Kannst du das glauben?« Er schüttelte kichernd den Kopf. »Aber wer kann es ihr verübeln, sieh doch nur, wie süß ich bin.« Er zog die Mundwinkel nach unten und machte große Augen.

»Zum Anbeißen. Hast du etwas Interessantes herausgefunden?«

»Eher nicht. Sie hat viel Belangloses über ihr Leben und ihre Leidenschaften erzählt, ihre Magie, ihre Studien, wie verbunden sie sich dadurch mit der Welt fühlt, blablabla ... Ich wäre vor Langeweile fast gestorben. Allerdings hat sie eine herzallerliebste Geschichte von sich und ihrer Lehrmeisterin Arina Astrum zum Besten gegeben, was immerhin deine Vermutung bestätigt, dass die beiden sich nahestehen.«

Nichts neues also, aber etwas anderes hatte der *Schatten* auch nicht erwartet. Er hatte alles über Vura in Erfahrung gebracht, was es zu wissen gab. Es hätte ihn gewundert, wenn Bersek neue Erkenntnisse gewonnen hätte. Er hatte ohnehin einen anderen Grund gehabt, ihn zu ihr zu schicken.

»Sie mag dich, das ist das Wichtigste«, sagte der *Schatten*. »Sympathie erweckt Vertrauen und bis zu einem gewissen Grad projiziert sie dieses Vertrauen auf mich. Sie kann nicht anders. Es liegt in ihrer Natur, das Beste in den Menschen zu sehen.«

»Ein Jammer, dass eine solch große Macht in den Händen dieses naiven Mädchens ist.«

»Ganz im Gegenteil«, sagte der *Schatten*. »Naivität lässt sich ausnutzen.«

Die List

31

Das Wirtshaus zum *Schwankenden Hexer* war eines der wenigen in Seestadt, die noch geöffnet hatten, und es war mit Abstand das größte. Dennoch war die Besucherzahl überschaubar, was in diesem Fall bedeutete, dass man sich einigermaßen frei im Schankraum bewegen konnte, ohne das Gefühl haben zu müssen, inmitten einer schwitzenden Masse von Körpern zerquetscht zu werden. Die Kämpfe waren für den heutigen Tag beendet und jene Soldaten, denen danach zumute war, feierten einen weiteren Tag des Überlebens.

Izur war eine von ihnen, wenn sie sich auch nicht aktiv an der Feier beteiligte. Sie saß abseits von den trinkenden Männern und Frauen, die sich um die großen Tische scharten, und hatte es sich in einer Fensternische bequem gemacht. Niemand warf einen zweiten Blick auf die dunkel gekleidete Gestalt, die sich ihre Kapuze tief ins Gesicht gezogen hatte, was es ihr erlaubte, alles ungestört zu beobachten.

Das tat sie immer, wenn sie sich einsam fühlte. Sie beobachtete.

Rechts von ihr saßen Gortak und Zivek an einem Ecktisch, zwei Kampfhexer, die den ganzen Tag auf der Mauer gestanden hatten, genau wie sie. Eine Horde junger Frauen hatte sich auf die Hexer gestürzt und Gortak schien die Aufmerksamkeit sichtlich zu genießen. Mit ausladenden Gesten prahlte er von seinen kriegerischen Triumphen, während die Mädchen kokett lachten und immer wieder Körperkontakt suchten.

Izur wusste, was sie von ihm wollten. Sie verstand das Bedürfnis nach Schutz, nach Geborgenheit, das ihnen der Kampfhexer während dieser ungewissen Zeit vermitteln konnte, und natürlich die Wohltat des Vergessens. Für eine kleine Weile wollten sie sich von dieser Welt lossagen, die so unvermittelt im Chaos versunken war, und Trost finden in der leidenschaftlichen Verbindung mit einem Mann. Manchmal wünschte sich Izur, sie wäre zu mehr fähig, als dieses Bedürfnis nur zu verstehen. Dann stellte sie sich vor, ihre Lippen an die eines anderen Menschen zu schmiegen, ganz gleich ob Mann oder Frau, und jene Gefühle zu verspüren, die für alle so selbstverständlich waren. Erregung, Freude ... Liebe. Doch es blieb bei einer Vorstellung.

Früh schon hatte sie begriffen, dass sie anders war. Körperlicher Kontakt bereitete ihr keine Freude, aber auch kein Unwohlsein. Sie war schlicht frei von jeglichem Bedürfnis nach Nähe, wenn sie auch selbst nicht begriff, wieso das so war. Es hatte eine Zeit gegeben, da hatte sie sich dagegen gewehrt, hatte dazugehören wollen. Sie hatte sich sogar einmal an Sex versucht, doch den jungen Soldaten, den sie sich damals ausgesucht hatte, hatte sie bereits nach wenigen Minuten wieder fortgeschickt. Das Gefühl seiner nackten Haut auf der ihren war ihr falsch vorgekommen und sie hatte nicht im Geringsten diese freudige Erregung gespürt, von der alle immer sprachen. An diesem Tag hatte sie sich damit abgefunden, dass die Freuden der körperlichen Nähe, ohne die andere Menschen nicht leben konnten, ihr für immer verwehrt bleiben würden. Dennoch verließ sie das Bedürfnis nicht, an dieser ihr fremden Aktivität irgendwie teilhaben zu wollen. Also hatte sie angefangen, zuzusehen, zu beobachten. Es gab kaum etwas Schöneres, als zwei Menschen, die in der gegenseitigen Umarmung Glück und Geborgenheit fanden, die sich berührten, streichelten und küssten. Sie schienen zu versuchen, ihre Körper, die Barrieren, die sie voneinander trennten, zu vereinigen, ineinander überzugehen. Eins zu werden. Es war faszinierend.

Ihr Blick fiel auf Zivek, der sich zwar mit einer jungen Frau unterhielt, aber augenscheinlich nicht näher an ihr interessiert war. Überhaupt schien er abwesend, sein Blick war grüblerisch und er antwortete abgehackt auf die Fragen, die ihm die Frau stellte. Izur hatte Zivek schon oft beobachtet und dieses Verhalten passte nicht zu ihm. Der Anführer der Kampfhexer war ein gutaussehender Mann auf eine harte, beinahe brutale Weise, und schien genau zu wissen, wie er auf Frauen wirkte. Sein dunkles Haar hatte er sich bis auf wenige Millimeter rasiert, was sein breites Gesicht, die hervorstechenden Wangenknochen und die kräftige Nackenmuskulatur besser zur Geltung brachte. Für gewöhnlich würde er die vollbusige Schönheit bezirzen, als gäbe es kein Morgen, heute jedoch schien er nicht in der Stimmung zu sein. Fast tat es ihr ein wenig leid um die junge Frau. Sie war wunderschön, ihr lockiges braunes Haar fiel voluminös auf ihre Schultern, das enge Kleid betonte ihre weiblichen Rundungen, deren Anblick für die meisten Männer beinahe unerträglich sein musste, so begehrenswert waren sie. Aber an Zivek verschwendete sie ihre Reize.

Als die Frau den Kopf zurückwarf und sich das Haar zur Seite strich, erhaschte Izur einen Blick auf ihr Gesicht. Sie kannte die junge Frau! Sie brauchte einen Moment, um sich an ihren Namen zu erinnern. Samara. Sie war eine ihrer Schülerinnen an der Universität gewesen.

Es war kaum einen Monat her, dass sie zu unterrichten aufgehört hatte, aber es kam ihr vor, als wären Jahre vergangen. Scheinbar lag es in der Natur des Krieges, dass er die glücklichen Zeiten in Vergessenheit geraten ließ. All die

Gewalt, all die Zerstörung und all der Tod ließen einem keinen Platz, an etwas anders zu denken.

Dabei bin ich so gut darin, dachte sie mit einem Anflug von Bitterkeit. *Gewalt, Zerstörung und Tod. Niemand macht mir darin etwas vor.* Sie hatte nie verstanden, woher ihr Talent für die Zerstörungsmagie kam, wieso es gerade diese Form der Magie war, in der sie sich so hervortat. So gern wollte sie etwas erschaffen, wenigstens einen Funken Licht in diese Welt bringen, aber sie löschte das Licht, tötete, anstatt Leben zu bringen.

Aber das war nicht immer so gewesen. Sie teilte Damaels Vision und wollte das Wissen weitergeben, das die Hexer über die Jahrtausende gesammelt, bevor ihr Geschlecht in Vergessenheit geriet. Der Bund hatte mehrere Universitäten auf Durgo eröffnet, die für alle Bürger frei zugänglich waren. Jeder sollte, unabhängig seines Standes, die Möglichkeit haben, seinen Wissensdurst zu befriedigen. *Das Bedürfnis nach Wissen liegt in der menschlichen Natur,* hatte ihr Damael einmal gesagt. *Leider bestimmen wenige Mächtige darüber, wer der Befriedigung dieses Bedürfnisses würdig ist. Das ist grausam. Wer dem Menschen seiner Neugier beraubt, beraubt ihn seiner Würde.*

Izur sah das genauso. Als Lehrerin war sie glücklich gewesen, hatte das Gefühl gehabt, etwas Sinnvolles zu tun. Dennoch war es nie ihre Bestimmung gewesen. So sehr es sie auch schmerzte, so sinnlos es ihr auch erschien, ihre Bestimmung war das Chaos. Sie war der Todesengel, an dem Viktors Truppen verzweifelten, sie war das brennende Schwert, vor dem seine Hexer erzitterten. So gerne wäre sie mehr als das gewesen.

Abermals fiel ihr Blick auf Zivek und sie fragte sich, ob ihm solche Gedanken manchmal auch durch den Kopf gingen. Sie fühlte sich dem Hexer in gewisser Weise verbunden, wenn sie auch kaum mehr als ein paar Worte miteinander gewechselt hatten. Zivek war ein Blitzhexer, ein Magier, der all sein Können, all sein Training in die Perfektionierung einer einzigen Arkanform fokussierte. Dieses Vorgehen war unter Hexern nicht sonderlich verbreitet, die meisten strebten eine gewisse Ausgewogenheit ihrer Kräfte an, um auf verschiedene Zauber entsprechend reagieren zu können. Die wenigen jedoch, die ein besonderes Talent für eine bestimmte Magieform besaßen und genug Zeit und Muße investierten, um es weiter zu fördern, konnten zu Legenden werden. So war Izur zu ihrem Titel gekommen – die Chaoshexe. Zivek würde früher oder später auch einen erhalten. Sie hatte den Blitzhexer oft genug seinen stählernen Kampfstab schwingen sehen, den er als Leiter für seine Blitzattacken benutzte, um das zu wissen. Die Zerstörung, die er herbeirief, war einzigartig.

Allerdings bezweifelte sie, dass er sich dafür schämte. Was das anging, war sie wohl allein.

Die Eingangstür öffnete sich und Izur sah sich um. Sie war überrascht, Gaatha eintreten zu sehen. Für gewöhnlich hatte die junge Erzhexe nicht viel übrig für gesellschaftliche Veranstaltungen dieser Art. Sie trug nach wie vor das leichte, schimmernde Kettenhemd unter ihrem weißen Ledermantel, aber selbst in dieser kriegerischen Aufmachung stahl sie Samara, die nach wie vor versuchte, Zivek zu umgarnen, gänzlich die Aufmerksamkeit. Für einen Moment wurde es still in der Schenke, als sich sowohl Männer als auch Frauen nach ihr umdrehten. Sie war nicht unbedingt schöner als die meisten Frauen, wenn ihr goldenes Haar und ihre makellose Haut auch zweifelsohne Eindruck machten. Es war vielmehr ihre Körperhaltung, der durchgestreckte Rücken, die starken Schultern, das erhobene Kinn, die ihr eine Aura physischer Kraft verlieh. Sie war nicht nur schön, sie war vor allem mächtig. Das sah jeder auf den ersten Blick. Schnell kehrten die Menschen zu ihren Gesprächen zurück, es schien Izur beinahe so, als schämten sie sich dafür, die Hexe so lange begafft zu haben. Zur Sicherheit vergrub sie sich etwas tiefer in ihrer Fensternische und betrachtete Gaatha gespannt. Wieso sie wohl hier war?

Die Hexe schritt zu dem Tisch, an dem die beiden Kampfhexer saßen, und bedeutete Zivek, ihr zu folgen. Der Mann zuckte mit den Schultern und entschuldigte sich bei Samara, die fast ein wenig erleichtert schien, dass er sie verließ. Er ging um den Tisch herum und folgte Gaatha in eine dunkle Ecke, erfreulicherweise direkt neben Izurs Versteck. Sie beugte sich kaum merklich vor, damit sie das Gespräch der beiden gegen den Lärm des Wirtshauses belauschen konnte.

»Welch Ehre, dass du uns einfache Offiziere besuchen kommst«, hörte sie Zivek sagen. »Und ich dachte, das Privileg deiner Gesellschaft wäre Bosur vorbehalten.«

»Das war es auch, aber ich fürchte, Bosur wird sich an niemandes Gesellschaft mehr erfreuen.«

»Was willst du damit sagen?« Der Übermut war aus Ziveks Stimme verschwunden, plötzlich klang er besorgt.

»Er ist tot, Zivek«, sagte Gaatha. »Schon seit Wochen, aber Damael hat beschlossen, diese Tatsache vor uns zu verheimlichen. Ich bringe mich in Schwierigkeiten, allein weil ich dir davon erzähle. Unser König hat sich nur dem Rat anvertraut und will nicht, dass wir dieses Wissen weiterverbreiten.«

»Ich verstehe nicht. Wieso hat er uns das nicht gesagt?«

»Angeblich, weil wir einen Verräter in unseren Reihen haben. Irgendjemand muss Viktor über unsere Pläne informiert haben, Sternstadt anzugreifen.«

Zivek schwieg für eine Weile. »Warum erzählst du mir das, Gaatha?«, fragte er dann.

»Du hast ein Recht darauf, es zu erfahren. Bosur war auch dein Freund.«

Zivek lachte humorlos. »Bis ich ihn an dich verloren habe. Versuch mir nicht zu erzählen, dir ginge es um mich. Ich kenne dich, also spar dir diesen gefühlsduseligen Mist. Sag mir lieber, was du von mir willst.«

»Ohne überflüssige Höflichkeiten direkt zum Punkt. Das ist eine deiner besseren Eigenschaften, Zivek. Also gut, ich brauche deine Hilfe.«

»Wobei?«

Gaatha seufzte leise. »Die Stadt zu retten.« Sie machte eine gedankenschwere Pause, ließ die Worte wirken. »Ich weiß, dass wir in der Vergangenheit unsere Meinungsverschiedenheiten hatten, aber das ist jetzt unwichtig. Der Tod hält Einzug in Seestadt und er wird so bald nicht wieder verschwinden. Das haben wir Damael zu verdanken. Nein, unterbrich mich nicht, hör mich an! Unser König hat Fehler begangen, unverzeihliche Fehler. Er ist Viktor auf dem Feld nicht gewachsen, dafür ist er nicht gerissen genug. Denk nur, wie einfach es Viktor fiel, ihn hinters Licht zu führen! Hundert tapfere Soldaten, Lamorak, Sienna, dein Vater. Sie alle starben aufgrund Damaels strategischer Inkompetenz.«

Vater?, überlegte Izur, die nicht sofort wusste, wen sie meinte. Dann fiel es ihr ein. Menach, der rüstige Erzhexer, war Ziveks Vater gewesen. Er war gemeinsam mit den beiden Kampfhexern Lamorak und Sienna gestorben, als Viktor mithilfe seiner Allmachtkrone den See einfror, und seine Reiterei in vollem Galopp vorstürmte. Die kleine Einheit aus Bogenschützen und Hexern, die sich auf eine langsame Überquerung von Viktors Truppen durch eine Floßbrücke eingestellt hatte, hatte gegen diesen plötzlichen Ansturm keine Chance. Wenn Damael nicht eingegriffen hätte, hätte es keine Überlebenden gegeben. Auch Gaatha wäre umgekommen.

Ziveks Miene verdüsterte sich. »Wage es nicht, den Tod meines Vaters für deine Zwecke zu instrumentalisieren«, zischte er. »Viktor hat eine List angewendet und Menschen sind gestorben. So etwas passiert im Krieg. Lerne, damit umzugehen.«

»Oh, aber es ist nicht das erste Mal, dass Viktor Damael überlistet hat«, sagte Gaatha. »So wie ich das sehe, führt er unseren König seit Dekaden an der Nase herum. Viktor war die treibende Kraft hinter den Kriegen des letzten halben Jahrhunderts. Er trieb einen Keil zwischen die Königreiche, ließ das Misstrauen zwischen ihnen wachsen, sodass sie sich gegenseitig mehr fürchten als uns. Viktor hat den Grundstein für diesen Krieg vor Jahren gelegt. Und Damael hat dabei zugesehen.«

»Damael ist unser König«, sagte Zivek bestimmt, so als würde das ihre Argumente außer Kraft setzen.

»Damael ist ein Narr!«

»Glaube nicht, dass ich nicht auch meine Zweifel hätte«, sagte Zivek. »Ich bin kein Idiot. Aber ich weiß nicht, wieso du gerade jetzt damit anfängst. Damael trifft im Moment die richtigen strategischen Entscheidungen, unsere Verteidigung ist undurchdringlich. Wenn wir noch eine Weile durchhalten, werden wir Viktor zurückschlagen. Er verliert zu viele Männer.«

Gaatha schnaubte abfällig. »Er verliert aber keine Hexer!«, sagte sie. »Nicht einmal Izur war bisher in der Lage, einen von ihnen zu töten und das liegt daran, dass sie sich zurückhalten. Sie versuchen ja nicht einmal, die Mauer einzunehmen, und bleiben stets hinter ihren Soldaten zurück. Das ist alles Teil von Viktors Plan, siehst du das denn nicht? Er wiegt uns in Sicherheit, macht uns glauben, dass wir gewinnen können. Wenn er dann zuschlägt, wird er uns umso härter treffen!«

Izur runzelte die Stirn. Sie hielt zwar nichts davon, dass Gaatha hinter Damaels Rücken über ihn sprach, aber ihre Worte brachten sie zum Nachdenken. Es war tatsächlich merkwürdig, dass Viktors Hexer so defensiv vorgingen. Bisher hatte sie geglaubt, sie wären schlichtweg eingeschüchtert. Immerhin war es äußerst gefährlich, sich Hexern auf erhöhter Position zu stellen – vor allem wenn sie so mächtig waren wie Izur. Aber möglicherweise war diese Ansicht ihrer Arroganz geschuldet. Vielleicht steckte System dahinter, vielleicht schickte Viktor seine Soldaten willentlich in den Tod. Ein Bauernopfer, um ... Ja, um was zu tun? Die Frage beunruhigte Izur.

»Selbst wenn du recht hast«, riss Ziveks Stimme sie aus ihren Überlegungen. »Was sollen wir dagegen tun? So wie ich es sehe, wäre es das Beste, du berichtest Damael von deinen Bedenken.«

Gaatha seufzte. »Damael wird nicht auf mich hören.«

»Hast du es denn schon versucht?«

»Oft genug«, sagte Gaatha zerknirscht. »Hör zu, ich verlange nicht von dir, dass du deinen König verrätst. Aber vielleicht fällt mir etwas auf, dass ihm entgeht. Alles, was ich will, ist, dass du meinen Worten Gehör schenkst, wenn es so weit ist.«

»Das kann ich dir geben«, sagte Zivek. »Aber ob ich deinen Worten Folge leiste, das ist eine andere Sache.«

»Das verlange ich auch nicht. Diese Entscheidung liegt bei dir.« Gaatha neigte den Hals, sah an Zivek vorbei. Ihr Blick streifte Izur, die schon fürchtete, dass sie sie entdeckt hatte, doch dann fiel ihr auf, dass sie die junge Schönheit hinter ihr betrachtete. »Dein Mädchen scheint nicht davon angetan zu sein, dass sie deine Aufmerksamkeit so lange mit mir teilen muss.«

Zivek zuckte die Achseln. »Sie hatte ohnehin nie viel davon.«

»Du solltest zu ihr gehen«, sagte Gaatha. »Sie wird dir guttun.«

»Du könntest dich zu uns setzen und Gortak bei seinen Kriegsgeschichten lauschen.«

»Du weißt, dass ich das nicht tun werde.«

»Allerdings, sonst hätte ich ja nicht gefragt«, sagte Zivek lachend.

Gaatha antwortete nicht darauf und Izur hörte die Eingangstür auf- und wieder zufallen, als die Erzhexe die Schenke verließ.

Sie lehnte sich wieder in ihre Fensternische zurück und fragte sich, ob sie Damael von diesem Vorfall erzählen sollte, aber strenggenommen hatte Gaatha nichts Unerlaubtes gesagt. Vollkommen unschuldig war ihr Verhalten aber auch nicht. Konnte sie womöglich die Verräterin sein? Hinterfragte sie deshalb Damaels Entscheidungen so rigoros? Nein, das erschien ihr unlogisch. Wer etwas zu verbergen hatte, versuchte, so wenig Aufmerksamkeit auf sich zu ziehen wie möglich. Etwas, das man von Gaatha nun wirklich nicht behaupten konnte.

Was, wenn sie recht hat?, dachte sie. *Was, wenn Viktor etwas Großes plant? Würde Damael dieses Mal darauf reagieren können?*

Ihr König war ein weiser und gerechter Herrscher und zudem ein fähiger Kriegsherr, auch wenn Gaatha etwas anderes behauptete. Sie vertraute ihm voll und ganz.

Da flüsterte ihr eine leise Stimme in ihrem Hinterkopf zu: *Menach hat ihm auch vertraut, aber was hat ihm das genutzt?*

32

Athrimus betrachtete seine schmächtige Gestalt in dem großen, bronzeeingefassten Spiegel, während seine Dienerin, Greta, die goldenen Knöpfe seines Wamses schloss. In den letzten Wochen war er noch dünner geworden, sein hageres Gesicht wirkte eingefallen, das kurze schwarze Haar glänzte fettig. Es war kein sonderlich erbauender Anblick, aber er war dennoch guter Laune. Nun, da Celeste und Atrux endlich zurück waren, wurde er auf dem Schlachtfeld nicht mehr gebraucht und würde bald damit beginnen können, die Städte Durgos zu überfallen und ihre Vorräte zu plündern. Das hieß, sofern das überhaupt noch nötig war.

Jeder wusste, dass Viktor bald einen Plan in die Tat umsetzen würde, der den Krieg mit einem Schlag beenden konnte. Bisher hatte er sich zwar nicht dazu herabgelassen, seine Verbündeten darüber aufzuklären, wie dieser aussehen würde, aber Athrimus hatte eine recht genaue Vorstellung davon, was er vorhatte. Im Gegensatz zu den anderen Hexern in Viktors Gefolge, seinem Vater eingeschlossen, gebrauchte er seinen Verstand zu mehr, als nur Befehlen zu folgen. Intelligenz und Phantasie, mehr brauchte man nicht, um die Strategie zu erdenken, der Viktor mit seinen neugewonnenen Hexern höchstwahrscheinlich folgen würde. Athrimus hatte von beidem mehr als genug.

Entweder kam der Krieg also bald zu einem Ende oder Athrimus würde die Versorgung der Truppen sicherstellen. In jedem Fall hatten die permanente Todesangst und der damit verbundene Stress bald ein Ende. Nicht mehr lang, dann würden die Zeichen der Strapazen aus seinem Gesicht verschwinden und er würde wieder aussehen wie früher.

Als ob das einen großen Unterschied machen würde, dachte er und zwinkerte seinem Spiegelbild zu.

Athrimus gab sich keinen Illusionen hin, was seine Erscheinung betraf. Eine Frau würde ihn kaum aufgrund seines Äußeren begehren, aber das war ihm auch herzlich egal. Er hatte andere Methoden, um sie sich gefügig zu machen.

»Ist das nicht so, Greta?«, fragte er laut und das Mädchen sah auf, als es den letzten Knopf geschlossen hatte.

Sie ließ die Schultern hängen und sah ihn abwesend an. Ein Speichelfaden lief aus ihrem geöffneten Mundwinkel hinunter und tropfte auf ihre füllige Brust, die halb aus ihrer Bluse gerutscht war.

»Ach, Greta!«, sagte Athrimus lachend und wischte die Flüssigkeit mit seinem Ärmel weg. »Du antwortest immer so treffend auf meine rhetorischen Fragen.«

Er schob das Mädchen beiseite, die einige tippelnde Schritte zur Seite tat, damit er seine Garderobe im Ganzen betrachten konnte. Mit einer eingeübten Armbewegung schlug er den dunklen Umhang zurück und strich den weichen Stoff seines Wamses glatt.

Besser wird es nicht, dachte er und machte kehrt.

Bevor er sein Zelt verließ, drehte er sich noch einmal zu Greta um.

»Geh aufs Bett und zieh dich aus«, sagte er. »Wenn ich zurückkomme, will ich meinen Spaß mit dir haben.«

Er sah dem Mädchen einen Moment nach, das mit mechanischen Bewegungen auf das Bett zuging, dann schlug er den Zeltvorhang zurück und schritt in die von Fackeln erleuchtete Dunkelheit der Nacht hinaus. Er stieg den kleinen Hügel hinauf, vorbei an der riesigen eingerollten Gestalt des Schreckenswarans, aus dessen Nüstern das rasselnde Geräusch seines tiefen Atems drang, auf das Zelt seines Vaters zu. Ein Poltern, das aus dem Inneren drang, ließ ihn innehalten. Er lauschte angestrengt und hörte seinen Vater fluchen. Ein Lächeln krümmte seine Lippen, das er sich aber sogleich verkniff, als er eintrat.

Vithrimus stützte sich mit den Händen auf einem Tisch ab, auf dem eine Weinkaraffe und ein Becher standen, sein Stuhl lag hinter ihm auf dem Boden. Er wandte den Kopf, als er seinen Sohn herantreten hörte, und sah ihn aus glasigen Augen an.

Er ist betrunken, dachte Athrimus belustigt. *Das ist ja fast zu einfach.*

»Vater, ist alles in Ordnung?«, fragte er. »Ich hörte ein beunruhigendes Geräusch ...«

»So, hast du das?«, knurrte Vithrimus.

Die Linien, die sich durch sein Gesicht zogen, wirkten tiefer an diesem Abend, einige zusätzliche graue Strähnen hatten sich in sein schwarzes Haar geschlichen. Selbst bei ihm machten sich die Strapazen des Krieges bemerkbar, wenngleich das nicht der einzige Grund für seine momentane Verfassung war, wie Athrimus wusste.

»Was ist geschehen?«, spielte er den Ahnungslosen.

Vithrimus winkte ab, seine Kiefermuskulatur trat hervor. »Nichts, das dich einen feuchten Dreck angehen würde!«

Mit einem Grunzen löste er seine Hände von der Tischplatte und richtete sich auf. Er tat einen schwankenden Schritt zurück, hielt kurz inne und nahm einen tiefen Atemzug. Dann drehte er sich um und stellte den Stuhl wieder auf.

»Geht es dir nicht gut? Soll ich dich bei König Viktor entschuldigen?«

Athrimus war hergekommen, um gemeinsam mit seinem Vater zu der Feier zu gehen, die König Viktor zu Ehren von Celeste und Atrux in seinem Prunkzelt abhielt.

»Mich entschuldigen?«, fuhr Vithrimus mit hochrotem Kopf auf und Athrimus hatte Mühe, ein Grinsen zu unterdrücken. »Du wirst einen Teufel tun! Mir geht es bestens, ich brauche nur etwas Wasser.«

Er streckte gebieterisch eine Hand aus und Athrimus ging ohne Umschweife zu einem Beistelltisch in einer Ecke des Zeltes, wo er einen Becher mit Wasser aus einer Karaffe füllte. Er führte stets ohne Widerworte aus, was ihm Vithrimus auftrug. Von solch einem primitiven Gefühl wie Stolz hatte er sich schon vor langer Zeit gelöst. Wenn sein Vater glauben wollte, dass er über ihn gebot, dann war ihm das nur recht. Athrimus ging zurück und reichte seinem Vater den Becher, den er ihm grob aus der Hand riss. Vithrimus trank in tiefen Zügen und wischte sich mit einer Hand den triefenden Bart ab. Einen Augenblick lang starrte er an Athrimus vorbei, so als wäre er mit seinen Gedanken woanders, dann traf ihn der Blick seiner dunklen Augen.

Der Zorn in seinem Gesicht war einer plötzlichen Unsicherheit gewichen. »Sie ist nicht zu mir gekommen«, murmelte er.

»Wer?«, stellte Athrimus sich dumm.

»Na wer wohl?«, fauchte er. »Celeste natürlich ... Viktor hat sie zu sich rufen lassen, aber das ist Stunden her. Ich habe mir Sorgen um sie gemacht, also habe ich die Soldaten befragt, die sie auf ihrer Mission begleiteten. Keiner von ihnen konnte mir sagen, wo sie ist, aber ... aber sie haben mir etwas anderes erzählt. Etwas ... Verstörendes. Ein Kuss ...«

Ein Kuss? Wovon sprach er?

Vithrimus' Blick war wieder abwesend, doch seine Apathie währte nur kurz. Er blinzelte, dann verzerrte sich seine Miene. Hass überkam seine Züge, huschte plötzlich und ekelerregend über sein Gesicht wie eine Ratte über einen Kadaver. »Dieser ursprungsverdammte Schwertkämpfer!«, sagte er mit einer Stimme, die an Donnergrollen erinnerte. »Oh, für wie wichtig sich dieser aufgeblasene Gockel hält. Viktor hat ihm einen Platz in seinem Lager zugewiesen, wusstest du das?«

Atrux ... ein Kuss. Nun begann es Athrimus zu dämmern, die Aufregung ließ sein Herz schneller schlagen. Sollten die Bilder, mit denen er seinen Vater im Traum geplagt hatte, etwa Wirklichkeit geworden sein? Das war fast zu schön, um wahr zu sein.

»Ich hörte, er hat den ersten Kampfhexer des Bundes im Zweikampf besiegt«, sagte er und diesmal konnte er sich ein Grinsen nicht verkneifen, als Vithrimus' Mundwinkel zuckte.

»Soll mich das etwa beeindrucken? Dafür ist er doch da! Das ist das Einzige, was er versteht! Glaubst du, Viktor würde sich sonst mit diesem Abtrünnigen abgeben, der von seiner eigenen Familie ins Exil geschickt wurde?«

»Nun, du hast dich doch selbst recht lange mit ihm abgegeben, oder nicht?«, fragte Athrimus. »Du warst es schließlich, der ihn in unseren Reihen willkommen geheißen hat. Ich kann mich nicht erinnern, dass du ihm je solch leidenschaftliche Gefühle entgegengebracht hast. Du scheinst ihn ja regelrecht zu hassen.«

Athrimus blickte forschend in die Augen seines Vaters, in denen sich kurz Verwirrung spiegelte.

»Ich ... ich habe ihn schon immer verabscheut«, sagte Vithrimus zuerst unsicher. »Ich habe ihn nur bei uns aufgenommen, weil ich Haus Ardor noch mehr hasse. Ich wusste, wie wütend es König Aravid machen würde, wenn ich seinem abtrünnigen Sohn Unterschlupf gewähre.« Vithrimus nickte. So, als müsste er sich selbst überzeugen. »Ja, ja so ist es gewesen. Aber wenn ich schon damals gewusst hätte, was für ein arroganter Bastard Atrux ist, dann hätte ich auf diese Genugtuung verzichtet. Er ist es nicht wert.«

Athrimus atmete erleichtert auf.

Es war gefährlich, Vithrimus seine Gefühle und Gedanken hinterfragen zu lassen. Gerade zu Beginn einer Traummanipulation konnte Selbstreflexion die gewünschten Effekte umkehren, aber in diesem Fall war es das Risiko wert gewesen. Athrimus hatte wissen müssen, wie weit der Prozess schon fortgeschritten war. In den letzten Tagen und Nächten war es ihm immer wieder gelungen, in Vithrimus' Träume einzudringen und seine Eifersucht gegenüber Atrux zu verstärken. Ihm waren bereits Veränderung in der Stimmung und im Verhalten seines Vaters aufgefallen, aber er war sich nicht sicher gewesen, ob das wirklich mit seiner Seelenmagie zu tun hatte.

Als er vor vielen Jahren begonnen hatte, seinen Vater zu manipulieren, war der Prozess langsam und zäh vonstattengegangen. Vithrimus hatte gegen die fremden Gefühle angekämpft, die er ihm im Traum eingepflanzt hatte. Es hatte ewig gedauert, bis er endlich nachgegeben hatte und er sich nicht mehr gegen das sexuelle Verlangen wehren konnte. Bis er sich über Celeste, seine Nichte und seinen Schützling, hergemacht hatte.

Inzwischen schien der Geist seines Vaters wesentlich empfänglicher für seine Seelenmagie geworden zu sein. Er gab sich ihr fast schon willentlich hin. Vielleicht war Athrimus aber auch besser darin geworden. Wie dem auch sei, nun war es an der Zeit, Vithrimus auch außerhalb seiner Träume zu beeinflussen. Seine Gefühle zu bekräftigen, sich ihm als Verbündeten anzubieten.

»Ich habe dir von Anfang an gesagt«, sagte Athrimus, »dass es ein Fehler war, Atrux bei uns aufzunehmen.«

»Das hast du«, sagte Vithrimus und zog nachdenklich die Stirn kraus.

Athrimus zuckte die Achseln. »Na ja, jetzt musst du dich ja nicht länger mit ihm herumschlagen. Nun, da Viktor sich seiner angenommen hat, ist er innerhalb seiner Dienerschaft ein freier Mann, der tun und lassen kann, was er möchte.«

Vithrimus sah auf, seine Augen drückten keine Freude aus. »Das ist er wohl«, murmelte er.

»Vater, was ist es, das dir Kummer bereitet? Wieso beschäftigt dich der Schwertmeister so?«

Für eine Weile antwortete Vithrimus nicht und Athrimus befürchtete schon, er wäre zu forsch vorgegangen, doch dann rang sich sein Vater zu einer Antwort durch.

»Ich mache mir Sorgen um deine Cousine«, brachte er hervor.

»Ich verstehe. Glaubst du, ihre Abwesenheit hat etwas mit Atrux zu tun?«

Vithrimus knirschte mit den Zähnen. »Eben das will ich herausfinden. Sie wird sich ja kaum von dieser Feier fernhalten können, die in ihrem Namen abgehalten wird.«

»Weißt du, ich könnte dir behilflich sein, Vater ...«, sagte Athrimus und beugte sich verschwörerisch vor.

Vithrimus neigte den Kopf und sah seinen Sohn durchdringend an. »Was schwebt dir vor?«

Athrimus lächelte.

Das ist tatsächlich zu einfach, dachte er.

33

Gedilli lag in dem großen Bett des Gemachs, das der *Schatten* für ihn hergerichtet hatte, und blickte zur Decke hinauf. Der Raum war spärlich eingerichtet, aber groß. Die wenigen Möbel - ein gepolsterter Sessel, ein Schreibtisch, einige Bücherregale -, bestanden allesamt aus demselben hellen Stein wie die blanken Wände. Das führte dazu, dass das Sonnenlicht, das durch zwei große, ovale Fenster fiel, den Raum in blendende Helligkeit tauchte.

Gedilli, der noch immer mit den Nachwirkungen des Giftes zu kämpfen hatte, missfiel das. Lichtspeere bohrten sich in seine Augen und stachen direkt in sein Gehirn. Als ob seine Kopfschmerzen nicht schon schlimm genug wären.

Im Moment traten seine Qualen jedoch in den Hintergrund. Er war zu abgelenkt von dem, was ihm Vura erzählt hatte. Er löste seinen Blick von der Decke und sah sie an. Sie saß neben dem Bett auf dem gepolsterten Steinsessel, die Hände im Schoss ineinandergeschlungen, und wippte nervös mit einem Bein. Die Angst waberte wie ein formloser Schrecken hinter ihren Augen.

Kein Wunder, dachte Gedilli. *Sie hat gerade erfahren, dass sie ihren Geist mit einer anderen Person teilt. Mit einer ... Göttin.*

Oder zumindest jemanden, der sich für eine Göttin hielt. Gedilli wünschte, er könnte sich einreden, dass so etwas gar nicht möglich war, dass der *Schatten* nicht wusste, wovon er sprach. Aber das blieb ihm verwehrt. Er hatte das *Licht* gesehen. Hatte sie sprechen gehört. Sie war real und sie war gefährlich. Es war ihm zwar unbegreiflich, wie das möglich war, aber es war so.

Irgendwie ergab das sogar einen Sinn. Es erklärte so einiges, was Vuras Verhalten anging. Wieso sie seinen ehemaligen Kapitän so brutal getötet hatte, warum sie keine Rücksicht auf die Menschen in Nubos genommen hatte, als sie gegen den *Schatten* gekämpft hatte. Es war schlicht nicht *sie* gewesen. Vura hatte damit nichts zu tun.

Das nahm eine große Last von seiner Seele.

»Gedilli«, sagte Vura, ohne ihn anzusehen, »ihr habt davon gewusst, nicht wahr? Von den Menschen, die ich ... die sie ... die Menschen in Nubos ...«

Gedilli seufzte. »Ja.«

»Wieso habt ihr mir nicht davon erzählt?«

»Was hätte es geändert, wenn ihr es gewusst hättet? Diese Menschen wären immer noch tot, aber ihr hättet euch schlimme Vorwürfe gemacht. Ihr hättet gelitten. Und das völlig umsonst, wie sich jetzt herausgestellt hat. Ihr wisst nun, dass ihr dafür nicht verantwortlich seid. *Sie* war das.«

Vura sagte nichts, blickte ihn nicht an.

So verhielt sie sich schon seit einer Weile. Abwesend, apathisch. Zu Beginn war es nicht ganz so schlimm gewesen. Als er aufgewacht war – die Vergiftung hatte ihn ziemlich geschwächt – und sie neben seinem Bett gesessen hatte, da war sie nur froh gewesen, dass es ihm gut ging. Doch während sie ihm davon erzählt hatte, worüber sie mit dem *Schatten* gesprochen hatte, war sie immer mehr in diesen melancholischen Zustand verfallen.

»Ihr wisst doch, dass es nicht eure Schuld ist, oder?«, fragte er besorgt.

Vura hob die Schultern. »Wenn der *Schatten* recht hat, dann war sie einmal ein Teil von mir. *Ist* ein Teil von mir. Irgendwie. Damit trage auch ich einen Teil der Schuld.«

Was sollte er ihr sagen? Er verstand nicht einmal ansatzweise, was hier vor sich ging, wie so etwas geschehen konnte. Seelenspaltung. Es klang wie etwas, was dem Helden in einer altertümlichen Sage widerfuhr. Eine Strafe der Götter oder etwas in der Art. Zu sagen, er fühlte sich überfordert, wäre eine Untertreibung epischen Ausmaßes.

»Ich will ehrlich zu euch sein«, sagte Gedilli. »Diese ganze Sache ... ich begreife sie nicht. Ich weiß nicht, woher das *Licht* kommt oder was es von euch will. Vielleicht ist sie ein Teil von euch und vielleicht auch nicht. Ich glaube nicht, dass das wichtig ist. Was ich aber mit Sicherheit weiß, ist, dass ihr ein guter Mensch seid. Ihr habt eine sanfte Seele. Hass und Gewalt liegen euch fern. Ihr kennt keine Niedertracht. Deshalb diene ich euch, deshalb glaube ich an euch. Ihr seid das genaue Gegenteil von dem Mann, dem ich zuvor gefolgt ...«

Er biss sich auf die Lippe. Zu seinem Unwohlsein blickte ihn Vura zum ersten Mal seit einer Weile an. Doch in ihren grünen Augen schimmerte keine Neugier und sie drängte ihn nicht dazu, weiterzuerzählen. Dem *Ursprung* sei Dank ...

»Ich ... ich habe Angst, Gedilli«, sagte sie und die Verzweiflung in ihrer Stimme tat ihm in der Seele weh. Das war sogar noch schlimmer als seine Kopfschmerzen.

»Ist es der *Schatten*?«, fragte er.

Sie hatte ihm davon erzählt, dass der Hexer in ihren Verstand eintreten wollte, um gemeinsam mit ihr das *Licht* zu finden und wieder mit ihr zu verschmelzen. Eine weitere Sache, die jenseits seines Verständnisses lag, die ihn dadurch aber umso mehr beunruhigte. Es war immerhin der *Schatten*, der zwielichtigste Hexer, der ihm je untergekommen war, der in ihren Geist eindringen wollte. Die Vorstellung gruselte ihn, er wollte sich gar nicht ausmalen, welchen Schrecken sie in Vura hervorrief.

»Nein«, sagte Vura. »Um ihn geht es nicht.« Sie senkte den Blick. »Ich habe Angst, dass es ... funktioniert.«

Gedilli blickte sie verständnislos an.

»Dass das *Licht* wieder eins mit mir wird.« Tränen füllten ihre Augen. »Sie ist gefährlich, Gedilli. Was wird geschehen, wenn sie wieder mit mir vereint ist? Werde ich so sein wie sie oder wird sie so sein wie ich oder werden wir zu jemand völlig anderem? Wer bin *ich* überhaupt?«

Sie weinte nun offen, Tränen rannen ihre Wangen hinab, und Gedilli fühlte sich hilflos. Sie wollte eine Antwort von ihm, *brauchte* sie, aber er konnte ihr keine geben. Es gab keine Antwort auf diese Frage. Niemand wusste das besser als er.

Bilder eines anderen Lebens, eines anderen Mannes, zogen vor seinem geistigen Auge vorüber und er verzog das Gesicht zu einer Grimasse. Er konnte ihren Schmerz nur allzu gut verstehen. Die Angst davor, nicht zu wissen, wer man war.

»Niemand weiß, wer er ist«, sagte er und Vura sah auf. Diesmal war er es, der an ihr vorbeiblickte, der etwas sah, das er seit Jahren verdrängte. »Ein jeder von uns mag zwar glauben, dass er eine Antwort darauf hat, aber das ist eine Lüge. Dafür wandeln wir uns zu schnell. Aber niemand gesteht sich das ein, denn wenn wir uns einmal verändert haben, glauben wir, wir seien schon immer so gewesen. Glaubt mir, ich weiß, wovon ich rede.«

Er sah in Vuras verweintes Gesicht, sah die Unsicherheit und Furcht darin, und erkannte, dass ihn dieselben Gefühle heimsuchten. Seit Jahren. Begraben unter einer Lüge, schwelten sie wie Kohlen unter einem Scheiterhaufen und endlich fing das Holz Feuer. Seine mentale Barriere ging in einer Stichflamme auf. Die Erinnerungen stürzten auf ihn ein und diesmal war er nicht in der Lage, sie wieder zurückzudrängen, sie wieder zu begraben. Weil er es nicht wollte. Vura brauchte ihn. Sie musste seine Geschichte hören, musste wissen, dass sie nicht allein war.

»Ihr habt gestern nach meiner Vergangenheit gefragt«, sagte er. »Ich habe mir geschworen, niemals über das zu sprechen, was ich getan habe. Beim *Ursprung*, ich habe mir sogar verboten, daran nur zu denken. Aber das war feige. Ich kann die Vergangenheit nicht ändern, so wenig, wie ich ändern kann, was sie aus mir gemacht hat.«

Er spürte Vuras Blick auf sich, aber er wagte es nicht, ihr in die Augen zu sehen.

»Ich werde euch verraten, wie ich zum Piraten geworden bin. Aber dafür muss ich euch erst von dem Mann erzählen, der mein Leben für immer verändert hat. Der *mich* für immer verändert hat.«

»Wer war er?«, fragte Vura, als er eine lange Zeit geschwiegen hatte.

Gedilli wandte den Kopf, sah ihr tief in die grünen Augen. »Der Prinz und Schwertmeister der Glutinseln – Atrux Ardor.«

34

Gedilli sah sich staunend in dem riesigen Ballsaal um. Obschon sein Vater so reich war, wie man nur sein konnte, und Gedilli in einem kleinen Palast aufgewachsen war, so hatte er doch nie so viel Prunk an so vielen Menschen gesehen. Die Gäste der Königsfamilie waren in glänzende Gewänder aus Seide und Kaschmir gekleidet, trugen goldene Reife um die Arme und Opale, Rubine sowie Amethysten funkelten an ihren Fingern. Der Geruch von Parfüm hing in der Luft. Duftnoten von Rose, Lavendel, Sandelholz und Hyazinthe vermengten sich und hüllten die Tanzenden in eine wohlriechende Wolke ein. Das schwarze Haar der Frauen war aufwendig geflochten und schimmerte im Licht der Bersteinkronleuchter, die hoch über ihnen an der vergoldeten Kuppeldecke hingen, als bestünde es aus reinster Seide.

Und erst das Königspaar!

Es war das erste Mal, dass Gedilli die beiden Hexer sah. Groß und schön waren sie, bewegten sich inmitten der reichen Kaufleute, Händler und Gildenmeister mit einer unvergleichlichen Anmut. Sie waren beide in Rot und Gold gekleidet – die Farben des Hauses Ardor. Er in eine seidene Tunika, die seine kräftigen Arme freiließ, sie in ein enganliegendes Kleid mit hohem Kragen, das ihre kurvige Figur in Szene setzte und so manchen Herrn zur Verzweiflung brachte. Doch ihre Schönheit war nicht das, was die Menschen mit Ehrfurcht erfüllte. Es war die Macht, die man in ihrer Gegenwart förmlich spüren konnte. Besonders der König strahlte sie aus. Sie emanierte von seiner Krone, einem filigranen, goldenen Kunstwerk, das blutrote Edelsteine mit feinen Golddrähten umschlungen hielt, wie der Duft einer dunklen Blume. Nur die ehrenwertesten Gäste – was gleichbedeutend mit den *reichsten* Gästen war – wagten es, sich dem Königspaar zu nähern, und selbst diese wahrten respektvollen Abstand. Eine kleine Traube dieser mächtigen Männer und Frauen umgab das Königspaar wie Motten das Licht. Gedillis Vater, ein fülliger Mann in einer seidenen Robe in Blau und Silber, war natürlich einer von ihnen und plauderte gerade mit dem König.

Gedilli bewunderte ihn dafür. Er würde kein Wort herausbringen, wenn er einem Kronenträger gegenüberstünde. Sein Vater dagegen schien sogar mit ihm zu scherzen, wenn er das Lachen des Königs richtig deutete.

Sicher, es war einfacher geworden, Teil der Hexergesellschaft zu werden, seit die adlige Geburtenrate so drastisch gesunken war. Es gab inzwischen zu wenige von ihnen, als dass sie unter sich bleiben konnten. Das hieß, sofern sie nicht vor Langeweile umkommen wollten. Selbst Hexer brauchten Gesellschaft und wenn es sich bloß um menschliche handelte. Dennoch wäre Gedilli viel zu eingeschüchtert, um mit ihnen zu hofieren. Diese Leute waren praktisch *Götter*, ihre Macht nahezu grenzenlos. Was hätte er ihnen schon zu sagen?

Nein, diese Bürde überließ er mit Freuden seinem Vater und der brauchte nun wirklich keine Hilfe dabei. Die Beziehung zum Königshaus hatte ihm schon zu einigen Vorteilen verholfen, was das Kaufmannsgewerbe anging. Die ein oder andere Steuer ließ sich so umgehen und ab und zu bekam er einen exklusiven Tipp, in welche Waren es sich zu investieren lohnte. So hatte es ihre Familie geschafft, geradezu obszön reich zu werden.

Gedillis persönlichen Ambitionen waren dagegen von wesentlich bescheidenerer Natur.

Er löste seinen Blick von dem Königspaar und sah zu einer Gruppe junger Frauen hinüber, die sich um eine reifere Dame versammelt hatte. Gedillis Herz schlug bei ihrem Anblick höher. Severina Dala. Eine hochgewachsene Frau Mitte dreißig, die in ein dunkelgrünes Ballkleid nach neuester Mode gekleidet war, das an den Seiten geschlitzt war und ihre dunkle Haut von der Schulter bis zur Taille preisgab. Sie war atemberaubend. Ihr rabenschwarzes Haar war mit edelsteinbesetzten Nadeln hochgesteckt, was ihr makelloses Gesicht in Szene setzte. Wangenknochen, an denen man sich schneiden konnte, Augen, so groß und schön, dass man in ihnen versank, Lippen, so rot und voll, dass man ...

»Du traust dich ja doch nicht, sie anzusprechen«, sagte jemand neben ihm.

Gedilli schreckte hoch und erblickte eine junge Frau, kaum mehr als ein Mädchen, das ihn verschmitzt anlächelte. Sie trug ein Kleid aus fließender Seide mit gekräuseltem Saum, ihr lockiges schwarzes Haar fiel ihr frei auf die Schultern.

»Beim *Ursprung*, Schwester«, zischte Gedilli. »Ich hasse es, wenn du dich so an mich ranschleichst.«

»Pff, ich bitte dich. Als ob ich geschlichen wäre. Ein Elefant hätte auf dich zustapfen können und du hättest es erst gemerkt, wenn er dich niedergetrampelt hätte, so wie du in das Dekolleté der Dame Dala versunken warst.« Sie kicherte. »Du weißt schon, dass sie zu alt für dich ist?«

Gedilli nahm einen beruhigenden Atemzug, der den gewünschten Effekt nicht erzielte. Niemand brachte es fertig, ihn so schnell zur Weißglut zu treiben wie seine Schwester Sistilla.

»Was weißt du schon von solchen Dingen? Du bist gerade fünfzehn geworden«, sagte er gereizt.

»Womit ich in den Insellanden als Frau gelte, schönen Dank auch. Rechnen konnte ich übrigens schon davor und mehr ist nicht nötig, um zu erkennen, dass sie *vieeeeeeeel* zu alt für dich ist. Sie zählt doppelt so viele Sommer wie du!«

Gedilli zuckte die Achseln. »Na und? Gerestat ist ebenfalls wesentlich älter als du.«

Gerestat war Sistillas Verlobter. Ihr Vater hatte ihrer Vereinigung vor wenigen Tagen seine Einwilligung erteilt. Sie würden schon nächsten Monat heiraten.

»Äh, halloho? Ich bin ja auch eine Frau, Dummerchen«, sagte sie und klopfte ihm mit der Faust gegen den Kopf. Gedilli schnaubte und stieß ihre Hand wüst beiseite. Er hasste es, wenn sie das tat. »Für uns ist es vollkommen normal, einen älteren Mann zu heiraten. Ich glaube, das liegt daran, dass Männer so viel länger brauchen, um eine gewisse geistige Reife zu erlangen. In dieser Hinsicht seid ihr wie Wein. Je länger man euch stehen lässt, desto süßer werdet ihr ... oder klüger.« Sie zog eine Grimasse. »Ich gebe zu, nicht mein bester Vergleich. Sieh dich nur an. Du bist drei Jahre älter als ich und begreifst dennoch die einfachsten sozialen Abläufe noch nicht. Wie zum Beispiel, dass dein jugendliches Männerhirn viel zu unterentwickelt für eine Frau wie der Dame Dala ist.«

»Du bist unterentwickelt«, brummte Gedilli.

»Hoho, heute bist du aber schlagfertig!«

»Ach, halt die Klappe.«

Zu seinem Erstaunen hörte Sistilla auf ihn. Sie grinste ihn zwar an, aber sie schwieg. Zumindest für einen Moment.

»Zerbrich dir darüber nicht den Kopf, du sprichst sie ja ohnehin nicht an«, sagte sie nach einigen wundervollen Sekunden der Stille. »Ob zu jung, zu dumm oder einfach zu unattraktiv, wir werden es nie erfahren. Ich nehme an, darin liegt auch eine Art Trost, nicht wahr? Wer nicht wagt, der nicht verliert ... oder so ähnlich.«

Gedilli reichte es. Er hatte ihren Spott – der durchaus seine Berechtigung hatte – lange genug ertragen. Es wurde Zeit, dass er sich wie ein Mann verhielt. Sistilla setzte gerade zu einer weiteren höhnischen Bemerkung an, da holte er tief Luft und schritt durch den Saal auf die Dame Dala zu. Seine Schwester war so verblüfft, dass anstatt einer Stichelei nur ein *Huch* ihren Mund verließ, was Gedilli förmlich beflügelte. Es kam nicht alle Tage vor, dass er Sistilla zum Schweigen brachte. Er beschleunigte seinen Schritt, wich gekonnt einigen umherwirbelnden Pärchen aus, die zum Takt des Flötenquartetts tanzten, welches auf einer seidenbespannten Erhöhung in der Mitte des Raumes spielte. Umso näher er jedoch der Dame Dala und ihrer äußerst attraktiven und äußerst weiblichen Entourage kam, desto nervöser wurde er und seine Beschwingtheit verließ ihn schneller, als sie gekommen war.

Was hatte er sich nur dabei gedacht? Er schmachtete Dala schon seit Monaten nach, seit er sie zum ersten Mal bei einer solchen Veranstaltung gesehen hatte. Sie war von solch einer strengen Schönheit, so elegant und einnehmend, so ganz anders als die jungen Mädchen, die Gefallen an Gedilli fanden. Jene verhielten sich in seiner Gegenwart wie kopflose Gänse, so als würde allein seine Anwesenheit sie um den Verstand bringen, dabei war das wohl eher dem Reichtum seiner Familie geschuldet. Sie wirkten so aufgesetzt und unecht ... so unentschieden. Diese Frau dagegen *wusste*, was sie wollte, und er hatte das ungute Gefühl, dass es wenig mit ihm zu tun hatte. Andererseits ... er *war* unverschämt reich, das musste doch für etwas gut sein, oder nicht? Vielleicht könnte er ...

Er war so in seine Überlegungen vertieft, dass er fast in die Frauengruppe hineingerannt wäre. Er stoppte abrupt und sah sich vier Schönheiten gegenüber, die ihre Unterhaltung unterbrachen und ihn neugierig musterten. Seine Aufmerksamkeit galt jedoch allein Dame Dala, welche die anderen um einen halben Kopf überragte. Ihre Haltung war so stolz, so ehrerbietig, dass er das Bedürfnis verspürte, vor ihr niederzuknien. Sie hatte den Rücken durchgebogen, die Schultern gestrafft, ihre Arme waren angewinkelt und zwischen den Händen hielt sie ein halbvolles Weinglas vor ihren umso volleren Brüsten. Zwei verführerische Hügel weiblicher Sinnlichkeit. Und erst der Blick ihrer großen, stahlgrauen Augen. Gedilli kam es so vor, als würden sie direkt durch ihn hindurchsehen, sein Innerstes erblicken und ...

Dala räusperte sich. »Seid ihr nur hergekommen, um uns zu begaffen«, sagte sie, »oder habt ihr auch ein kommunikatives Interesse an dieser Begegnung?«

Die jungen Frauen kicherten.

»Ich ... äh ...«, stammelte Gedilli. Was sollte er ihr nur sagen?

»Immer raus damit, junger Mann«, sagte Dala schmunzelnd. »Diese Lippen können doch sicher mehr, als nur gut auszusehen, oder?«

Gedilli lächelte dümmlich. Das war genau die Ermutigung, die er gebraucht hatte und plötzlich wusste er, was er zu sagen hatte. »Ich ... wollte euch nur mein Beileid aussprechen. Die Nachricht vom Tod eures Mannes hat mich sehr betrübt.«

Hervorragend! So machte man das. Ihr Mann war zwar gestorben, noch bevor Gedilli ein Auge auf die Dame Dala geworfen hatte, und es hatte ihn alles andere als betrübt, aber so fing man ein Gespräch mit einer Fremden an. Oder etwa nicht? Er wusste es nicht. Er wusste gar nichts. Die Art, wie Dala ihre Augenbraue hob und ihre vollen Lippen leicht öffnete, ließ seinen Verstand schmelzen.

»Hmm, tatsächlich?«, fragte sie. »Habt ihr ihn denn gekannt?«

»Ich ... äh ... also nein ...«

»Wieso hat euch die Nachricht dann betrübt?«

»Nun ... es ging mir dabei mehr um euch, wisst ihr? Es ... nun ja ... es ist sicher schwer ... für euch und ... eine Frau, ganz allein in eurem ...« Er hätte beinahe Alter gesagt, presste im letzten Moment aber die Lippen zusammen. »Ihr habt es sicher schwer, so ganz allein«, schloss er mit einem Seufzen ab.

Dala legte den Kopf zur Seite und betrachtete ihn amüsiert. »Oh? Ist eine Frau automatisch allein, wenn sie ihren Mann verliert?« Sie löste eine Hand von ihrem Weingleis und deutete auf die jungen Damen um sie herum. »Wirke ich denn allein auf euch?«

»Ich, nein ...« Er schüttelte den Kopf. »Ich meine nur ...«

»Ihr meint, dass ich ohne meinen Mann hilflos und verloren bin, weil eine Frau ohne die weise Führung eines Mannes von der Komplexität dieser Welt überfordert ist?«

Gedilli öffnete den Mund, brachte aber nichts heraus und seine Wangen färbten sich feuerrot. Die jungen Damen kicherten wieder. Er setzte noch einmal zu einer Erwiderung an und diesmal hatte er mehr Glück.

»Das ist ganz und gar nicht, was ich sagen wollte«, brachte er hervor. »Es tut mir sehr leid, wenn ich euch beleidigt haben sollte.«

Bevor er sich abwenden konnte, um in Scham versunken von dannen zu ziehen, lachte Dala auf eine Weise auf, wie man sie von einer feinen Dame nur selten vernahm. Es war kein spöttisches Lachen, sondern ein ehrliches, voller Humor, das ihn zurückhielt.

»Ihr seid Sevillas Sohn, habe ich recht?«, fragte sie immer noch kichernd.

Gedillis Augen weiteten sich. Er hatte sich noch nicht vorgestellt! Wo war nur sein Kopf? »Gedilli der Name. Zu euren Diensten«, sagte er mit einer angedeuteten Verbeugung. Das war der erste Satz, den er einigermaßen souverän ausgesprochen hatte und er klopfte sich mental auf die Schulter.

Dalas Blick wanderte an ihm herab, dann sah sie ihre Gefährtinnen an und machte eine wegwischende Handbewegung. Die jungen Frauen verstreuten sich und musterten Gedilli beim Vorbeigehen mit seltsamen Blicken – halb amüsiert, halb feindselig. Das irritierte ihn ein wenig, denn er wusste nicht, was er davon halten sollte.

»So, ihr seid also an mir interessiert?«, fragte Dala, als sie allein waren.

Gedilli zuckte zusammen, als hätte sie ihn geschlagen. Er wusste, wenn er versuchte, es abzustreiten, würde nur wieder Gestammel herauskommen. Es wurde Zeit, selbstbewusster aufzutreten. Ehrlicher. »Das bin ich«, sagte er.

Sie setzte ihr Glas an ihren Mund und trank den Wein mit kleinen Schlucken, wobei sie ihn nicht aus den Augen ließ. Er hielt ihrem Blick stand. Diesem eindringlichen, wunderschönen und ... beängstigenden Blick. Als sie ihr Glas wieder absetzte, war es leer. Ihre Zunge fuhr über ihre Oberlippe und sog einen Tropfen Wein auf. Gedilli schluckte.

»Ich sag euch etwas«, sagte sie und trat einen Schritt näher an ihn heran. Der Geruch ihres Parfüms stieg ihm in die Nase - stark, süß, betörend - und brachte ihn beinahe um den Verstand. »Ihr seid ein hübscher Bursche und stammt aus einer angesehenen Familie. Deshalb werde ich versuchen, euren äußerst ungeschickten Annäherungsversuch von eben zu vergessen. Ich werde nun einen Moment mit meinen Damen plaudern und einen eifrigen Diener suchen, der so pflichtbewusst ist, einer durstigen Frau ihr Glas nachzufüllen. Ich würde vorschlagen, ihr nutzt die Zeit, bis ich wiederkomme, um euch zu fassen.« Sie beugte sich zu ihm heran. »Ich vergebe selten zweite Chancen, also vergeudet sie nicht«, flüsterte sie ihm ins Ohr.

Dann wandte sie sich ab und ließ Gedilli mit einem breiten Grinsen stehen. Er sah ihr nach, wie sie elegant über den Steinboden schritt. Eine Engelsgestalt, deren dunkelgrünes Kleid unter ihrem ausladenden Becken herabfloss wie der glänzende Schweif eines Paradisvogels.

Er konnte sein Glück kaum fassen.

Er sah zur Seite, wo seine Schwester hinter den Tanzenden stand und ihn ungläubig anstarrte. Er lächelte und winkte ihr zu. Ah, welche Wohltat ihr verdutzter Gesichtsausdruck darstellte!

Doch er durfte nicht zu lange in seinem Triumph schwelgen. Dala hatte bereits ihre Freundinnen erreicht und ein Diener brachte ihr in diesem Moment ein Glas Wein, das sie beiläufig entgegennahm. Er musste zur Ruhe kommen, sich eine Strategie überlegen. Heute Nacht musste er unwiderstehlich sein. Alles darunter würde für Dala nicht gut genug sein.

Er kniff die Augen zusammen, beobachtete die Damen, die sich um Dala versammelt hatten. Ob sie wohl über ihn redeten? Die Vermutung lag nahe, denn die jungen Frauen warfen ihm immer wieder verstohlene Blicke zu. Er würde zu gerne wissen, was sie sagten.

»Ich wäre an deiner Stelle vorsichtig«, sagte jemand neben ihm. »Du wärst nicht der erste unbedarfte Narr, den sie bei lebendigem Leib verspeist.«

Gedilli wandte den Kopf und öffnete den Mund, um diesem unverschämten Kerl, der es wagte, ihn zu duzen, ordentlich die Meinung zu sagen. Doch er tat nichts dergleichen, abgesehen von einem erstickten *Hrümpf* blieb er stumm.

Neben ihm stand ein Gott. Er trug eine steife Jacke aus rotem Stoff, die seine breiten Schultern betonte und um die Hüfte hingen ihm zwei Schwerter, deren geschnitzte Elfenbeingriffe im Licht der Kronleuchter glänzten. An den Seiten war sein Kopf kahlrasiert, aber einen langen Streifen seines tiefschwarzen Haares hatte er sich zu einem dünnen Zopf gebunden, der ihm bis unter die Schulterblätter fiel. Nur der Schwertmeister des Hauses Ardor durfte eine solche Frisur tragen – Atrux Ardor, der Sohn des Königs.

»Mein ... mein Prinz«, sagte Gedilli schrill und verbeugte sich tief.

Wie war er so plötzlich aufgetaucht? Bisher war der Sohn des Königspaares den Festlichkeiten ferngeblieben, da war er sich sicher. Vermutlich war er eben erst durch die Seitentür in den Saal getreten, die sich hinter Gedilli befand.

Atrux packte ihn an der Schulter und zog ihn grob wieder nach oben. »Beim *Ursprung*, Mann, reiß dich zusammen, sonst belagert uns gleich der halbe Saal! Was glaubst du denn, warum ich mich hier hereinschleiche wie ein Dieb?«

»Ver... Verzeihung, mein Herr.«

Atrux verzog die Mundwinkel. »Und spar dir das *Mein-Herr-Gerede*. Ich bin hier nicht als dein Prinz, sondern als ein Mann, der einem Geschlechtsgenossen einen gutgemeinten Gefallen tut. Verstanden?«

Gedilli nickte. »Ja, mein ... äh ...«

»Atrux. Einfach nur Atrux.«

»A... Atrux.«

»So ist es besser«, sagte der Hexer und klopfte ihm auf die Schulter. »Also, wo war ich? Ah ja, ich wollte dich gerade vor einem äußerst schmerzhaften und frühzeitigen Tod bewahren.«

Gedilli war verwirrt. »Wovon sprecht ihr?«

»Die vollbusige Alte, die Witwe ... Wie war gleich ihr Name? Dala? Ja, so heißt sie. Ihr wollt sie doch flachlegen, oder nicht?«

Gedilli wandte den Blick ab. Es gefiel ihm nicht, wie er über seine Herzensdame sprach. »Das geht euch nichts an«, sagte er.

Kaum hatte er den Mund zugemacht, da verlor sein Gesicht alle Farbe. Wie sprach er denn mit seinem Prinzen? Er erwartete beinahe, dass Atrux die Palastwachen rufen und ihn hinauswerfen würde, stattdessen lachte der Hexer.

»Ha! So hat noch kein Mensch mit mir gesprochen. Du hast Eier, das gefällt mir! Ein Grund mehr, dich vor dem letzten Fehler deines Lebens zu bewahren.«

Gedilli sah Atrux in die grauen Augen, die amüsiert funkelten. »Was wollt ihr denn von mir, um des *Ursprungs* Willen?!«, fragte er, der sich zunehmend unwohler fühlte. Wie war er denn nur in diese groteske Situation geraten?

»Das habe ich doch schon gesagt«, meinte Atrux. »Ich will dein Leben retten. Für gewöhnlich würde ich mich zurücklehnen und dem Schicksal seinen Lauf lassen, aber heute habe ich einen seltsamen Anflug von Nächstenliebe. Kennst du das? Ein äußerst lästiges Gefühl.« Er zuckte die Achseln. »Jedenfalls solltest du dich von Dame Dala fernhalten, wenn dir etwas an deiner Existenz liegt. Deine Familie ist wesentlich reicher als ihr verstorbener Ehemann und den hat sie skrupellos für sein Erbe ermordet.«

Gedilli runzelte skeptisch die Stirn. »Ihr Mann war krank. Er ist einem Fieber erlegen.«

»Jup«, sagte Atrux und schnappte einem vorbeilaufenden Diener ein Glas Wein vom Tablett. Er nahm einen tiefen Schluck. »Ein Fieber, das ein teuflisches kleines Mittelchen namens *Siechtum* induziert hat. Ein raffiniertes Gift, hinterlässt so gut wie keine Spuren. Sie hat es in seinen Schnaps geträufelt.«

»Und woher wollt ihr das wissen, wenn es keine Spuren hinterlässt?«

»*So gut* wie keine Spuren. Zuhören, Kaufmannssohn. Ich dachte, das wäre eine unschätzbare Tugend in deinem Gewerbe?« Er hob die Schultern. »Wie dem auch sei, mein Vater hat gerne im Blick, welche Art von Menschen in seinem Palast verkehren, also habe ich den Tod des guten Herrn Dala unter die Lupe genommen. Wir Hexer verfügen über gewisse Ermittlungsmethoden, die gewöhnlichen Menschen fehlen«, sagte er zwinkernd.

Gedilli blinzelte. Die Geschichte hörte sich vollkommen absurd an und doch – wieso sollte der Prinz des Königshauses ihn belügen? Die Frage nagte an ihm. Vielleicht erlaubte er sich nur einen geschmacklosen Scherz mit ihm? Hexer hatten den Ruf, einen eigenartigen Sinn für Humor zu haben.

»Nehmen wir einmal an, es stimmt, was ihr sagt«, sagte Gedilli. »Wieso befindet sich die Dame Dala dann nicht im Kerker?«

»Mein Vater mischt sich nicht in die strafrechtlichen Belange der Menschen ein«, sagte Atrux mit einem Achselzucken. »Er war nur neugierig.«

Gedilli schnaubte. »Und er lädt sie dennoch zu einem königlichen Ball ein? Eine Mörderin? Ich glaube euch kein Wort.«

Abermals lachte Atrux. »Ah, du bist so erfrischend respektlos! *Ich glaube euch kein Wort!*«, sagte er kichernd. Dann räusperte er sich und wurde wieder ernst. »Du musst noch viel über Hexer lernen, mein unbedarfter Freund. Wenn überhaupt, dann hat es meinen Vater darin bestärkt, sie einzuladen. Er respektiert Menschen, die sich nehmen, was sie begehren. Sie hat ihren Mann ermordet, wurde zu einer wohlhabenden Frau, und niemand hegt auch nur den geringsten Verdacht. Nun ja, mit Ausnahme von meinem Vater natürlich, aber der hat euch schließlich *alle* im Blick«, sagte er und deutete mit einer ausladenden Bewegung in den Saal, dann legte er locker einen Arm um Gedillis Schultern. »Ich könnte dir so einige Geschichten über deine Familie erzählen, falls du interessiert bist. Würde deinen Horizont erweitern, das sag ich dir.«

Gedilli befreite sich unwirsch aus Atrux Umarmung und funkelte den Hexer an. »Danke, ich verzichte!«, sagte er gereizt.

»Nun sei nicht beleidigt! Ich habe dir nur helfen wollen. Glaub mir, die Dame Dala will nichts von dir außer deinem Geld. Oh sicher, sie wird dir heute Abend so manche Liebelei ins Ohr flüstern und vielleicht ließe sie dich sogar ihren Rock lüpfen, aber das wäre alles in ihrem eigenen Interesse. Schon nach wenigen Wochen wärst du ihr hoffnungslos verfallen und würdest deinen Vater anbetteln, sie heiraten zu dürfen. Sie weiß, wie sie mit Männern umzugehen hat. Kurios eigentlich, wenn man bedenkt, dass sie nicht viel für sie übrighat.«

Gedilli zog eine Augenbraue hoch und bedachte Atrux mit einem Seitenblick. Was hatte das nun wieder zu bedeuten?

»Du siehst es nicht, oder?«, fragte Atrux. »Ach, so jung, so unbedarft. Sieh genauer hin!«

Atrux nahm ihn wieder bei der Schulter und deutete auf Dala, die nach wie vor bei ihren Frauen stand und sich mit ihnen unterhielt.

»Sie plaudert mit ihren Freundinnen und weiter?«, fragte Gedilli.

»*Freundinnen.*« Atrux machte ein glucksendes Geräusch, das bei dem Krieger befremdlich wirkte. »Diese drei Teufelsweiber *leben* mit der Dame Dala. Offiziell handelt es sich bei ihnen um entfernte Verwandte, die sie in ihrer schwierigen Zeit der Trauer unterstützen.« Er beugte sich verschwörerisch zu ihm heran. »Inoffiziell dagegen ... tja, da treiben sie es alle miteinander. Hm, ich würde lügen, wenn ich das nicht gerne mal mitansehen würde.« Er sog scharf die Luft ein und schüttelte den Kopf. »Tut mir leid, Kaufmannssohn, aber *Dame* Dala steht auf *Damen.*«

Atrux Worte hefteten sich an Gedillis Verstand wie vergiftete Kletten. Als er die Frauengruppe um Dala erneut betrachtete, fielen ihm plötzlich Dinge auf, die ihm zuvor entgangen waren. Eine flüchtige Berührung, lange manikürte Finger, die über Dalas Arm strichen, ein kokettes Lachen, ein vielsagender Blick. Nun ergab die Feindseligkeit auch Sinn, die er zuvor in den Frauen zu spüren geglaubt hatte.

Er war ein Idiot.

»Nun siehst du es auch«, sagte Atrux zufrieden. »Meine Arbeit hier ist getan.«

Er klopfte ihm auf den Rücken und wandte sich zum Gehen. Gedilli blieb reglos stehen und betrachtete den wunderschönen Trümmerhaufen weiblicher

Liebe, unter dem seine Träume begraben lagen.

»Hey, ich habe dich noch gar nicht nach deinem Namen gefragt«, hörte er Atrux sagen.

»Gedilli«, sagte er tonlos, ohne sich umzusehen.

Dala löste sich in diesem Moment von ihren Damen und schritt durch den Saal auf ihn zu. Panik stieg in ihm auf. Was sollte er bloß tun?

»Willst du hier verschwinden, Gedilli?«, sagte Atrux.

Er wandte sich um. Atrux hatte die Seitentür geöffnet, die tiefer in den Palast führte. Hin zu den Privatgemächern der Königsfamilie.

»Ich ... äh ... ja?«, sagte er.

»Ist das eine Frage?«

»Ja.«

»Hm, ich kann dir die Entscheidung nicht abnehmen. Es wartet eine Entourage der besten Huren Seradans in meinen Gemächern und ich bin durchaus bereit, sie zu teilen. Ich habe ohnehin eine Pause nötig, deshalb bin ich ja hier.« Er leerte sein Weinglas und ließ es achtlos zu Boden fallen, wo es in tausend Stücke zerschellte. »Also, bist du bereit für eine Nacht, die du niemals vergessen wirst, oder willst du dich lieber mit der frauenliebenden Giftmischerin vergnügen?«

Gedilli wandte den Kopf. Dala hatte die Tanzenden erreicht und bahnte sich einen Weg durch sie hindurch. Sie lächelte, aber diesmal kam ihm ihr Lächeln weniger wundervoll als vielmehr diabolisch vor. Die Entscheidung fiel ihm nicht schwer. Er rannte förmlich durch die Seitentür, die Atrux immer noch offenhielt.

»... und so habe ich Atrux Ardor kennengelernt«, sagte Gedilli.

Vura betrachtete sein Profil. Er lag immer noch im Bett, hatte sich aber inzwischen aufgerichtet und blickte zur Decke. Seine Gesichtsfarbe war zu seinem ursprünglichen dunklen Teint zurückgekehrt, er schien sich von der Vergiftung erholt zu haben. Dennoch zeichnete Schmerz seine Züge, das Leid einer vergangenen Zeit, die ihn wieder eingeholt hatte.

»Ich weiß bis heute nicht, was er in mir gesehen hat«, fuhr Gedilli fort. »Ich glaube, er war einsam ... oder ihm war einfach nur langweilig. Ich weiß es wirklich nicht. Jedenfalls hat er Gefallen an mir gefunden und als ich meine Scheu vor ihm ablegte und einen Blick auf den Mann hinter dem Prinzentitel, hinter dem Hexer warf, da war auch ich angetan von dem, was ich sah. Atrux war so vollkommen anders als alle Menschen, die ich bisher kennengelernt hatte. Aufregender. Er war unheimlich klug, belesen und kultiviert, konnte aber auch ordinär, lustgetrieben und furchtbar brutal sein. Er war überwältigend.« Er machte eine Pause, schien in Erinnerungen zu schwelgen. »In jener Nacht wurden wir Freunde. Mehr als das. Wir wurden unzertrennlich. Wir jagten, kämpften, tranken und hurten zusammen. Es dauerte nicht lange, da hat mir Atrux angeboten, in den Palast zu ziehen, und ich tat es. Ich lernte das Königspaar kennen, wurde Teil der Hexergesellschaft. Beim *Ursprung*, war mein Vater stolz. Meine Schwester dagegen hatte Bedenken. Sie hat es nie gesagt, aber ich glaube, sie traute Atrux nicht. Nun, sie war schon immer die Klügste in unserer Familie gewesen.«

Seine Stimme versagte, er räusperte sich. Es war offensichtlich, dass es ihm schwerfiel, darüber zu sprechen. Vura ermunterte ihn auch nicht dazu. Er schien diese Geschichte vor allem sich selbst zu erzählen und sie wusste, dass er diesen Weg allein gehen musste.

»Atrux hat mich zu dem Mann gemacht, der ich heute bin«, sagte Gedilli, als er seine Stimme wiedergefunden hatte. Er zog ein Messer aus einem Gürtel und ließ es lässig durch seine Finger rotieren. »Ich war ein verwöhnter Bengel, der ein großes Jagdmesser nicht von einem Kurzschwert unterscheiden konnte, aber er änderte das. Er brachte mir das Kämpfen bei und trieb mir die Weichheit aus, die ich meiner behüteten Erziehung zu verdanken hatte. Außerdem unterwies er mich in den Geheimnissen der Hexer, ließ mich teilhaben an ihrem Wissen. Er wurde zu meinem Mentor und ich zu seinem begierigen Schüler. Das Leben, das er mir anbot, war so viel spannender und ... *sinnhafter* als das eines Kaufmannssohnes. Es war die beste Zeit meines Lebens, bis ... bis es geschah.« Gedilli nahm einen tiefen Atemzug. »Ich habe damals schon einige Jahre im Palast gelebt und Atrux stürmte mitten in der Nacht in meine Gemächer. Er wirkte ... schockiert, *aufgelöst*. So hatte ich ihn noch nie erlebt. Als er mir erzählte, was vorgefallen war, verwunderte mich das jedoch nicht. Atrux hatte mit seinem Onkel getrunken, der häufiger zu Besuch nach Seradan kam. In seinem Rausch hatte er ihm verraten, dass er sein wahrer Vater war. König Aravid wusste offenbar davon. Er war wohl damit einverstanden, dass seine Frau ein Kind mit seinem Bruder zeugte, da er selbst dazu nicht in der Lage schien und Angst um sein Erbe hatte. Das allein hätte Atrux aber nicht so außer Fassung gebracht. Er war pragmatisch. Das Problem lag darin, dass sein Vater sehr wohl ein Kind mit seiner Frau zeugte, allerdings erst lange, nachdem Atrux geboren war. Sein Bruder war zu jener Zeit acht Jahre alt. Ein schwarzhaariger Knirps mit blauen Augen. Den Augen seines Vaters. Den Augen eines Thronerben. Atrux war klar, dass das Königreich niemals an ihn gehen würde, solange Aravid einen leiblichen Sohn hatte.«

Vura schloss die Augen. Sie wusste bereits, wie es ausging. In Hexerkreisen war die Geschichte von Atrux dem Ausgestoßenen kein Geheimnis.

»Da war immer schon eine Dunkelheit in ihm«, sagte Gedilli. »Eine ... Leere. Manchmal habe ich sie gesehen, wenn ihn dieser Blick überkam, wenn seine grauen Augen ins Nichts starrten. Ich weiß nicht, woher sie kam, aber ich weiß, was sie in ihm auslöste. Atrux glaubte an nichts. Weder an den *Ursprung* noch an irgendwelche Ideale. Das machte ihn frei, zu tun, was immer er wollte. Und er *wollte* die Blutkrone. Er verriet mir nie, weshalb es ihm so nach ihr verlangte, aber er war regelrecht besessen von ihr. Wenn sein Bruder jedoch König werden würde, würde er sie nie besitzen.«

Gedilli verstummte wieder und schwieg diesmal für eine lange Zeit.

»Atrux hat mich gebeten«, sagte er schließlich, »ihm dabei zu helfen, seinen Bruder zu ermorden. Er und ich wir waren wie Brüder, ich hätte alles für ihn getan. Also habe ich zugesagt. Außerdem sollte ich mich nur um die Pferde kümmern, mit denen er zu fliehen gedachte.« Gedilli zuckte die Achseln. »Es war kein schlechter Plan. Er wollte den Mord den Kalechs in die Schuhe schieben. Zwischen den Sand- und den Glutinseln herrschen seit Jahrzehnten Spannungen und ab und an kam es zu dem ein oder anderen Scharmützel. Damals war eines der Schiffe der Kalechs gesichtet worden, das die Küstenlinie entlanggefahren war, scheinbar um die Befestigungen der Hauptstadt zu begutachten, und König Aravid erwartete einen Überfall. Es war der perfekte Zeitpunkt, um zuzuschlagen. Atrux schlich sich des Nachts in das Gemach seines Bruders, um ihm im Schlaf die Kehle durchzuschneiden. Er durfte keine Magie verwenden, sonst wäre er aufgeflogen. Alles sollte so aussehen, als hätte ein Doschkar den Mord verübt. Derweilen glaubte sein Vater, dass er sich mit mir auf einem Jagdausflug befand, was ihm ein Alibi verschaffte. Doch das hieß auch, dass er wieder verschwinden musste, sobald es erledigt war, also wartete ich mit den Fluchtpferden außerhalb des Palastes.« Gedilli seufzte. Es war ein Laut voll lang unterdrückter Qual. »Aber alles ging schief. Bis heute weiß ich nicht, was genau vorgefallen ist, sicher ist nur, dass Atrux erwischt wurde, bevor er seinen Plan in die Tat umsetzen konnte. Als die Soldaten auf den Wehrgängen in Hab-Acht-Stellung gingen, wusste ich Bescheid. Und ich wusste auch, dass ich verschwinden musste. Atrux wurde von seinem Vater nur verbannt, mich hätte er gehäutet. Ich ließ alles hinter mir und ritt die ganze Nacht hindurch, bis ich ein entlegenes Dorf erreichte, in dem ich untertauchen konnte. Ich dachte, wenn ich nur lange genug fortbliebe, würde der König mich vergessen. Letztendlich war ich nur ein Mensch, sagte ich mir. Ein Nichts verglichen mit einem Kronenträger. Wie rachsüchtig konnte er schon sein?« Er schüttelte den Kopf. »Ich war ein Idiot.«

Gedilli schluckte hörbar und Vura sah, dass Tränen seine Wangen herabrannen.

»Als ich nach einigen Monaten nach Seradan zurückkehrte, erfuhr ich, dass König Aravid meine Familie an meiner statt für meine Missetat bestraft hatte, als er mir nicht habhaft werden konnte. Er ... er hat sie alle bei lebendigem Leib verbrannt. Eigenhändig, mit magischem Feuer. Wisst ihr, was das mit einem Menschen macht? Die armen Teufel, die auf dem Scheiterhaufen verbrennen, werden wenigstens ohnmächtig von dem vielen Rauch, bevor es richtig schlimm wird. Bei magischem Feuer gibt es dagegen keinen Rauch, nur unsägliche Schmerzen. Mein Vater, meine Schwester, meine Mutter ... sie alle starben einen furchtbaren Tod, der für mich bestimmt war. Meinetwegen.«

Gedilli presste die Lippen zusammen, als er ein Schluchzen unterdrückte. Vura ertrug es kaum, ihn so zu sehen. »Gedilli, es ... es tut mir so leid«, flüsterte sie.

Er schüttelte den Kopf. »Wenn ich nicht so feige gewesen wäre, hätte ich mir die Pulsadern aufgeschnitten und mich zu ihnen gesellt. Doch ich brachte es nicht über mich. Stattdessen heuerte ich auf dem erstbesten Piratenschiff an, dass ich finden konnte, und ließ alles hinter mir. Meine Familie, meine Vergangenheit, mich selbst. Gedilli, der Kaufmannssohn, starb an diesem Tag. Ich streifte ihn ab wie eine Schlange ihre Haut und wurde zu einem Schatten, einer fadenscheinigen Ausrede eines Menschen. Ohne Moral, ohne Reue, ohne Ziel. Ich war verloren.« Er sah sie an, sein Gesicht war tränenüberströmt. »Und dann habe ich euch getroffen und alles hat sich verändert. Ihr habt mir wieder etwas gegeben, an das ich glauben kann.« Er lächelte, beugte sich aus dem Bett und strich ihr über die Schulter. »Ihr seht also, ich bin mindestens so zerrissen wie ihr. Wir alle sind das. Ich dachte, ich könnte vor meiner Vergangenheit davonlaufen, aber niemand kann das. Sie ist ein Teil von uns. Unsere Vergangenheit, unsere Erfahrungen, unsere *Qual*, all das formt und verändert uns. Manchmal so stark, dass wir uns nicht wiedererkennen, aber das bedeutet nicht, dass unser früheres Selbst verschwindet. Der *Schatten* sagt, eure Seele ist geteilt, ich sage, niemandes Seele ist eins. Ihr habt mir geholfen, wieder zu mir zurückzufinden, und wenn ich das konnte, dann schafft ihr das allemal.«

Vura nahm seine Hand in die ihre und fühlte ihre Wangen feucht werden, als ihr Tränen aus den Augen rannen. »Danke, Gedilli«, sagte sie.

»Ihr müsst das nicht allein durchstehen. Ich werde immer für euch da sein, wenn ihr mich braucht.«

Ein Kloß bildete sich in ihrem Hals. »Ich weiß.«

Sie blieben noch einige Zeit so sitzen. Schweigend sahen sie sich an, während die untergehende Sonne den Raum langsam in rotes Licht tauchte.

Die ganze Zeit über ließ Vura Gedillis Hand nicht los.

Jagd im Mondschein

35

Teja hatte sich in eine Ecke des Dachstuhles zurückgezogen und umklammerte ihre Knie. Sie wippte auf den Füßen vor und zurück, vergrub den Kopf tiefer zwischen ihren Beinen. Sie wimmerte.

Der Hunger wurde unerträglich. Sie fühlte das Verlangen in sich wie einen fleischfressenden Wurm, der sich durch ihre Eingeweide grub, der sie aushöhlte und nichts zurücklassen würde als eine leere Hülle, wenn sie ihm nicht gab, wonach es ihm gierte. Dabei wollte sie doch nichts lieber als das! Seit so vielen Jahren hatte sie schon kein Leben mehr gekostet und wie herrlich süß, wie berauschend war es gewesen, es endlich wieder zu tun!

Doch das Leben war dort draußen, hinter den schützenden Mauern dieses verlassenen Hauses. Nichts ängstigte sie mehr als der Gedanke daran, wieder unter den freien Himmel treten zu müssen. Die Welt war so unbeschreiblich groß, so weit, sie verstand nicht, wie sie sich je in ihr hatte zurechtfinden können oder wie andere Menschen es taten. Fürchteten sie nicht, dass all dieser Platz sie auseinanderriss?

Hier war es sicher. Hier schirmten sie die geneigten Wände des Daches vor der grenzenlosen Weite ab. Zunächst hatte sie versucht, sich in einem der unteren Stockwerke einzunisten, aber die Fenster hatten sie zu sehr geängstigt. Sie waren gefährliche Löcher in der Barrikade, durch die die Unendlichkeit zu ihr hereinströmen wollte. Nein, der Dachstuhl war der einzige Ort, an dem sie sich sicher fühlte. Hier gab es keine Fenster, genauso wie sie es von ihrem Zuhause gewohnt war.

Zuhause. Das war nicht dein Zuhause, du Dummkopf! Es war dein Verlies!

Sie wusste, dass es stimmte, aber das änderte nichts daran, dass sie sich dorthin zurücksehnte.

Eine Schmerzenswelle brach über ihr zusammen, sie fiel zur Seite und übergab sich. Mit einer zitternden Hand wischte sie sich den Mund ab.

Reiß dich zusammen! Du musst diesen Ort verlassen, du weißt, dass es so ist! Nicht nur, weil du deinen Durst stillen musst, auch weil Damael dich finden wird, wenn du nicht endlich aus dieser Stadt verschwindest!

Sie nickte. Ihr blieb nichts anderes übrig, sie musste nach draußen. Heute Nacht würde sie trinken und sich danach wieder hier verkriechen, ihre Kräfte sammeln, um morgen – oder vielleicht auch übermorgen – die Reise anzutreten.

Sie nahm einige tiefe Atemzüge und erhob sich. Mit einer Hand tastete sie an der Wand entlang, ging auf die geöffnete Falltür zu, durch die bleiches Sternenlicht heraufdrang. Die Übelkeit und die Krämpfe waren mit einem Mal wie weggeblasen. Fast schien es, als hätte der fleischfressende Wurm von ihr abgelassen, da sie sich entschlossen hatte, ihn zu füttern.

Vorsichtig stieg sie die Sprossenleiter hinunter. Als sie ihr Ende erreicht hatte und den Fußboden betrat, wandte sie sich um. Sie fuhr zusammen und sprang hastig an die Wand, als ihr Blick durch das Flurfenster fiel. Über der gegenüberliegenden Häuserwand glitzerte das Sternenmeer, diese unendliche schwarze Weite, unterbrochen nur von den glitzernden Punkten, die sie schon so lange nicht mehr gesehen hatte. Sie schloss die Augen, spürte ihr Herz so stark hämmern, dass sie fürchtete, es würde aus ihrer Brust springen.

Sieh hin! Du musst hinsehen!

Sie öffnete die Augen einen Spaltbreit, blickte durch das Fenster, aber konzentrierte sich auf die gegenüberliegenden Häuser, nicht auf die darüber hängende Finsternis. Irgendwie brachte sie es fertig, den Anblick ein paar Sekunden zu ertragen, dann fuhr sie herum und hechtete die Treppe hinunter, die ins Erdgeschoss führte. Sie durchquerte den Flur, zögerte aber, als sie vor der Haustür stand. Ihre Finger berührten die Klinke, doch sie traute sich nicht, sie hinunterzudrücken.

Nein, es ist zu viel. Heute schaffe ich es nicht!

Sie wandte sich um, wollte weg von der Tür und der dahinter lauernden Weite, doch sofort durchzuckte ihren Körper ein gleißender Schmerz, der sie zusammenfahren ließ. Sie stützte sich an der Wand ab, umklammerte ihren Bauch und schrie. Sie drehte sich auf den Absätzen herum, drückte die Klinke nach unten und stolperte auf die sternenbeschienene Straße hinaus. Der Schmerz ließ nach und sie atmete erleichtert ein. Verglichen mit dieser Pein war die Angst, die sie vor der Weite empfand, plötzlich nicht mehr so unerträglich. Sie durfte nur nicht nach oben sehen. Während sie durch die Straße eilte, hielt sie den Kopf gesenkt, fokussierte sich auf die Pflastersteine vor ihren Füßen.

Sie musste nur eine kleine Weile durchhalten. Den Erstbesten, der ihr über den Weg lief, würde sie in eine dunkle Gasse zerren und sich an seiner Lebensenergie berauschen. Ihr war egal, ob sie dabei gesehen wurde oder ob die Leiche entdeckt werden würde. Über so etwas konnte sie sich im Moment keine Gedanken machen.

Das Problem war nur, dass sie niemanden ausmachen konnte. Sie hörte keine Schritte, spürte keine Lebensenergie in der umliegenden Umgebung. Die Straßen waren leer. Sie war drauf und dran, wieder an eine Tür zu klopfen, wie sie es in der ersten Nacht getan hatte, als sie endlich Schritte wahrnahm. Schnell zog sie sich in den Schatten eines Hauseinganges zurück und spähte vorsichtig um die Ecke.

Eine Frau erschien am Ende der Gasse, die einen Korb unter dem Arm trug. Teja glaubte, einen Brotlaib daraus hervorstehen zu sehen. Auf einmal knurrte ihr Magen und ihr wurde bewusst, dass sie neben dem *kalten Sog* ein anderes, sehr viel menschlicheres Bedürfnis befriedigen musste.

Heute scheint mein Glückstag zu sein, dachte Teja, zog sich tiefer in den Schatten zurück und wartete darauf, dass ihr Opfer nahe genug herankam, damit sie sich auf es stürzen konnte.

36

Das Innere von Viktors Prunkzelt glich einem Festsaal und war fast ebenso groß. Von den dicken Holzpfählen, welche die dunkelrote Stoffplane trugen, hingen Öllampen herab, die von blauen Kristallgehäusen umgeben waren. Ihr kalter, blauer Schein legte sich auf die reich verzierten Teppichböden und funkelte auf den mit Wein und Häppchen bestellten Silbertabletts, die von feingekleideten Diener umhergetragen wurden. Die Möbel waren von höchster Qualität – seidenbespannte Diwane, mit Daunenfedern gepolsterte Sessel, Tische und Stühle aus geschnitztem Ebenholz. Vier hellgekleidete Musiker standen auf einem kleinen Podest und spielten eine ruhige Melodie auf ihren Flöten und Streichinstrumenten.

Das große Modell des Kampfplatzes, das Seestadt samt seiner Verteidigungsanlagen darstellte, hatte Viktor mit einer dunklen Plane verdeckt und in den Hintergrund gerückt. An diesem Abend hatte der Krieg hier keinen Platz.

Viktor saß auf seinem thronähnlichen Stuhl mit hoher, goldbesetzter Lehne und ließ gedankenverloren sein Weinglas kreisen, in dem die dunkle Flüssigkeit inzwischen einen kleinen Strudel bildete. Er ließ seinen Blick über die Anwesenden schweifen. Alle Hexer hatten sich eingefunden, standen allein oder in kleinen Gruppen zusammen oder saßen auf den Diwanen und Stühlen. Alle außer ...

»Warum ist er noch nicht hier?«, fragte Gustav.

Der massige Krieger saß neben ihm auf einem Sessel und leistete ihm Gesellschaft. Das war ungewöhnlich genug. Normalerweise hielt sich Gustav während einer Feier von ihm fern, wohl weil er – wie er ihm einmal gesagt hatte – *das Konzept des Spaßes nicht durchdrungen hätte.* Nun, dem konnte er nicht widersprechen. Beunruhigender als Gustavs plötzliches Bedürfnis nach seiner Gesellschaft war jedoch die Tatsache, wie nervös er war. Schweißflecken verunstalteten sein dunkelblaues Seidenhemd und er schien nicht zu wissen, was er mit seinen Händen tun sollte. Mal trommelte er mit den Fingern auf der Lehne seines Sessels herum, dann rieb er seine Hände aneinander, nur um nach wenigen Sekunden wieder zu der Trommelei zurückzukehren.

»Er wird kommen«, sagte Viktor. »Vermutlich will er nur einen dramatischen Auftritt hinlegen.«

Gustav warf ihm einen Seitenblick zu, nickte nervös, dann starrte er wieder zum Zelteingang. Er schlang die Finger ineinander und tippte immer wieder die Daumen gegeneinander. *Oje, oje.* So viel zu Gustavs überheblicher Behauptung, dass er für den Kampf bereit wäre.

»Sieh mich an, Gustav«, befahl Viktor. Gustav riss seinen Blick nur widerwillig vom Zelteingang los und sah ihm in die Augen. »Furcht ist etwas Natürliches. Dir steht ein Kampf auf Leben und Tod bevor, du wärst ein Narr, wenn du sie nicht empfändest. Aber wenn du sie nicht im Zaum hältst, wird sie dich verschlingen.«

Gustav wandte den Blick ab, schluckte. »Ja, Onkel.«

Er stritt nicht einmal ab, dass er Angst hatte. Das war kein gutes Zeichen.

Aber Gustav war nicht der Einzige, den Orrins mögliche Ankunft nervös machte. Thanos, der in eine sandfarbene Uniform, bestehend aus steifer Jacke und dazu passender Hose, gekleidet war, stand abseits von den anderen Hexern an einen Pfosten gelehnt und nippte an seinem Weinglas. Er wirkte abwesend und sah ebenfalls immer wieder zum Zelteingang, hielt Ausschau nach seinem Bruder und hoffte vermutlich, dass er nicht kommen würde. Er wollte diesen Zweikampf offensichtlich so wenig wie Viktor.

Sein Blick fand zu Gustav zurück, der inzwischen wieder auf der Lehne herumtrommelte. Beim *Ursprung*, er musste ihn auf andere Gedanken bringen. Es wäre ihm zwar lieber, er würde sich mental auf den bevorstehenden Kampf vorbereiten, aber niemandem war geholfen, wenn er sich in etwas hineinsteigerte.

»Der Umbrasoldat«, sagte er zu ihm, »was hältst du von seinem Bericht?«

Gustav sah ihn an, blinzelte, und zuckte mit den Achseln.

»Hast du keine Meinung dazu oder weißt du es nicht? Beides ist inakzeptabel für einen zukünftigen König.«

Gustav seufzte, seine Finger kamen zur Ruhe, schlossen sich um die Lehen. Er fixierte ihn. »Der Bericht war aufschlussreich«, sagte er.

»Inwiefern?«

»Nun, dein Spion hat uns eine detaillierte und vor allem neutrale Beschreibung von der Schlacht gegen die Nachtflotte geliefert, was uns eine objektive Betrachtung von Atrux Kampfkünsten erlaubt. Eine Information, die wichtig für den bevorstehenden Plan zu sein scheint, den du immer noch vor mir verborgen hältst.«

Viktor hörte einen leisen Vorwurf aus seiner Stimme heraus. Das war gut, seine Aufmerksamkeit begann sich auf das Gespräch zu richten, weg von den dunklen Gedanken, denen er zuvor nachgehangen hatte. Die Ablenkung schien zu funktionieren.

»Und?«, fragte er. »Wie schätzt du Atrux nun ein?«

Gustav schaute zu dem rotgekleideten Schwertkämpfer hinüber, der von Fritha und Abba Aestum belagert wurde. Die drei hatten es sich in der Nähe der Musiker auf einem Diwan bequem gemacht. Fritha hatte offenbar ein Auge auf Atrux geworfen, suchte Körperkontakt. Sie strich ihm über die Schulter und beugte sich zu ihm, um ihm etwas ins Ohr zu flüstern, während ihr Mann das Ganze gleichmütig zu beobachten schien. Nichts Ungewöhnliches unter Hexern. Wenn man Jahrhunderte lebte, verlernte man die Eifersucht, die den Menschen häufig das Leben erschwerte, und nahm den Drang nach sexueller Abwechslung als etwas Natürliches, ja sogar Notwendiges an. Zumindest hatte Viktor das gehört. Sein Geist wurde nicht durch solch niedere Triebe getrübt. Bei Gustav sah das hingegen anders aus.

Dieser betrachtete den Schwertkämpfer mit der unverhohlenen Eifersucht eines Mannes, der sich wünschte, die gleiche Wirkung auf Frauen zu haben. Da glomm sogar ein Funken des Hasses in seinen Augen, als Fritha kokett auflachte - ein eindeutiger Vorwand, um Atrux ihr verführerisches Dekolleté in dem schwarzsilbernen Kleid zu präsentieren.

»Er scheint ein ... herausragender Kämpfer zu sein«, gab Gustav widerwillig zu. »Der Kampfhexer des Bundes war kein Gegner für ihn und um ein Haar hätte er auch den Todeshexer erwischt. Er wird seinem Ruf gerecht.«

»Was ist mit den anderen Dingen, die wir erfahren haben?«, hakte Viktor nach. »Was würdest du als die wichtigste Erkenntnis charakterisieren?«

Gustav löste den Blick von dem Schwertkämpfer und stützte sein Kinn nachdenklich auf seiner Faust ab. »Die Hexe - Celeste - ist ebenfalls sehr talentiert. Nur eine Handvoll Hexer ist in der Lage, solch schwere Verletzungen zu heilen, wie Atrux sie erlitten hat. Aber das wussten wir. Vithrimus prahlt nur allzu gern mit den Fähigkeiten seiner Nichte. Ich denke, die wichtigste Erkenntnis, die wir gewonnen haben, ist vielmehr eine, die die meisten nicht als solche erkennen würden.«

Viktor nickte bedächtig. »Fahr fort.«

»Der Kuss«, sagte Gustav grinsend.

Ja, sehr gut! Dem Spion war vermutlich gar nicht bewusst gewesen, wie wichtig seine Beobachtung des Kusses zwischen Atrux und Celeste war – oder es zumindest sein könnte –, aber Gustav hatte seine Relevanz sofort erkannt. Es war erstaunlich, wie schnell er seine Denkmuster änderte.

Unwillkürlich fiel Viktors Blick auf Vithrimus, der in einem Sessel abseits der Feiernden saß. Der Fürst Vulcs schien in den letzten Tagen und Wochen gealtert zu sein. Noch mehr Grau hatte sich in sein Haar geschlichen, die Falten in seinem kantigen Gesicht wirkten tiefer, seine Augen waren von dunklen Ringen gesäumt. Außerdem war er sturzbetrunken. Er hatte schon geschwankt, als er das Zelt betreten hatte, und seither hatte er sich nicht gerade zurückgehalten. In diesem Moment leerte er sein Glas und hielt es anschließend auffordernd in die Höhe, damit es ein Diener wieder mit Wein füllte.

»Und wieso ist das relevant?«, fragte Viktor. Ihm fiel auf, dass Vithrimus' Sohn, Athrimus, seinen Vater beobachtete. Er saß für sich allein auf einem Diwan, die dürren Beine überschlagen, und schlürfte genüsslich seinen Wein. Der erbärmliche Anblick schien ihn zu amüsieren. Was hatte es wohl damit auf sich?

»Och, komm schon, Onkel«, sagte Gustav. »Alle Welt weiß doch, dass der alte Vithrimus seine Nichte vögelt. Wie sagst du immer? *Unkontrollierte Emotionen trüben unser Urteilsvermögen.*« Gustavs Grinsen wurde breiter, zufrieden mit der Imitation seines Onkels. »Wenn unser Vit erst herausfindet, dass sein Betthäschen einem jüngeren, wesentlich agileren Mann ihre Gunst erwiesen hat, dann wird es eine *Menge* unkontrollierter Emotionen geben, das kann ich dir sagen!«

Viktor war sich ziemlich sicher, dass Vithrimus das schon herausgefunden hatte. Wie ließe sich das exzessive Trinken sonst erklären? Dennoch war es eigenartig. Viktor kannte den Fürsten als einen beherrschten, geradezu gefühlskalten Mann. Einen brillanten Strategen und erbarmungslosen Hexer. Es schien absurd, dass er sich wegen einer solchen Lappalie derart aufwühlen ließ. Doch seine und Celestes Körpersprache ließ keinen anderen Schluss zu.

Die junge Hexe stand mit verschränkten Armen hinter ihrem Onkel, den Blick ins Leere gerichtet. Die beiden sprachen nicht miteinander, sahen sich nicht an. Dennoch ging Celeste nicht fort, blieb in seiner Nähe. Es schien mehr ein Zwang als eine Entscheidung zu sein. Zu Beginn hatten die beiden einige Worte gewechselt, *harsche* Worte, wie Viktor vermutete. Sie hatten zu leise gesprochen, als dass er sie hätte verstehen können, aber Vithrimus' Körpersprache hatte ihm alles verraten, was es zu wissen gab. Zwischen den beiden herrschte Streit und das an dem Tag, an dem Celeste zurückkehrte. Das konnte kein Zufall sein. Vithrimus wusste Bescheid.

Gustav lehnte sich zu ihm herüber. »So ein Liebestechtelmechtel könnte zu Problemen führen«, flüsterte er verschwörerisch.

In der Tat. Eifersucht und Missgunst konnte Zwietracht zwischen seinen Verbündeten sähen.

Das hat mir gerade noch gefehlt, dachte Viktor. *Als sei ich mit diesem Duell nicht schon genug gestraft.*

In solchen Momenten fühlte er sich seinen Mitmenschen entfremdet, so als gehörte er einer anderen Spezies an. Wie konnte ein Kuss, die Berührung zweier Lippenpaare, nur solch eine verheerende emotionale Reaktion auslösen, dass sie Vithrimus, einen mächtigen, Jahrhunderte alten Hexer, in einen schmollenden Trunkenbold verwandelte? Es entzog sich seinem Verständnis. Beim *Ursprung*, sie befanden sich im Krieg! Das Schicksal ihrer Häuser, ja der gesamten Insellande, stand auf dem Spiel und er musste sich mit solchen Kindereien herumschlagen?

Er konnte nur darauf hoffen, dass sich Vithrimus zusammenreißen würde. Er war sein mächtigster Zerstörungsmagier und sein bester General. Er brauchte ihn.

»Und, habe ich deinen Test bestanden?«, fragte Gustav, als er sich wieder in seinen Sessel zurücklehnte.

Viktor nickte zufrieden. »Du hast die wesentlichen Informationen aus dem Bericht herausgefiltert und die richtigen Schlüsse gezogen. Eine Eifersüchtelei mag nichtig erscheinen, aber wenn sie das Urteilsvermögen unserer wichtigsten Verbündeten trübt, kann sie verheerende Folgen haben. Wir müssen ein Auge darauf haben.«

Gustavs Brust schwoll vor Stolz an. Er setzte dazu an, etwas zu sagen, doch eine Bewegung am Ende des Zeltes erregte seine Aufmerksamkeit. Sein Gesicht wurde kreidebleich.

Viktor folgte seinem Blick und sog scharf die Luft ein.

Orrin Gladius betrat in voller Rüstung das Prunkzelt. Der bläuliche Schein der Kristalllampen spiegelte sich in den goldroten Schulterstücken und Panzerplatten, verlieh ihnen einen kalten Schimmer. Von seinem Vollvisierhelm wuchsen zwei schwarze Hörner in die Höhe. Er sah aus wie ein kolossaler, der Hölle entstiegener Dämon, das mächtige Breitschwert bereits in der Hand. Die Musik war zum Erliegen gekommen, die Unterhaltungen verstummt. Alle Augen hatten sich auf den einschüchternden Krieger gerichtet, der entschlossen durch das Zelt marschierte. Ein Diener huschte zur Seite, damit dessen trampelnder Schritt ihn nicht niederwalzte. Thanos drückte sich von dem Pfosten ab und stellte sich seinem Bruder in den Weg, wurde aber von einer gepanzerten Pranke beiseitegestoßen. Orrin kam vor Gustav zu einem Halt, trieb sein Schwert mit der Spitze voran in den Teppichboden und stützte seine Hände auf dem Griffstück ab. »Bist du bereit, zu sterben?«, fragte er grollend. Seine Stimme war gedämpft durch den Helm.

Gustav erhob sich, trat seinem Feind entgegen. Obwohl er gebaut war wie ein Berg, wirkte er neben der gepanzerten Gestalt beinahe schmächtig. Orrin überragte ihn um einen Kopf.

»Bist du es?«, fragte er zurück. Seine Stimme war erstaunlich fest und Viktor betrachtete seinen Neffen. Gustavs Blick war fokussiert, seine Züge angespannt, aber nicht auf eine furchtsame Art. Die Angst, die ihn bis eben beherrscht hatte, schien wie weggeblasen.

Er hasst das Warten, dachte Viktor. *Nun kann er handeln, kämpfen.*

Die beiden Männer starrten sich einen Moment an, dann lachte Orrin abschätzig. »Du hättest vielleicht deine Rüstung anziehen sollen.«

»Im Gegenteil, du hättest dir die Mühe sparen können, deine anzulegen«, erwiderte Gustav. »Nach den Regeln des Zweikampfes bestimmt der Herausgeforderte die Waffen und ich wähle – keine. Ich fordere dich zu einem Kampf nach den Regeln des *Hir al Kovak* heraus.«

Viktor bemerkte die Verblüffung in Orrins Blick.

»Ich wusste ja, dass du ein Narr bist«, schnaubte er, »aber mir war nicht klar, dass du zudem wahnsinnig bist. Du willst gegen mich nach den Regeln meiner Vorfahren kämpfen? So sei es. Ich erwarte dich draußen.«

Bevor er kehrtmachte, ergriff Viktor das Wort. »Ich werde darüber hinwegsehen, dass ihr eurem König die Begrüßung verweigert habt, aber ich dulde es nicht, dass ihr mir wortlos den Rücken zukehrt.«

Orrin zögerte. Offenbar spielte er mit dem Gedanken, seine Worte zu ignorieren, aber er besann sich eines Besseren und wandte sich noch einmal um.

»Mein König«, presste er mühsam hervor und deutete eine Verbeugung an.

Viktor nickte. »Jetzt dürft ihr gehen.«

Orrin schnaubte und machte kehrt. Nachdem seine scheppernden Schritte verklungen waren, stand Viktor auf und ergriff das Wort. »Wer diesem barbarischen Schauspiel beiwohnen will, der möge jetzt das Zelt verlassen.«

Die Anwesenden drängten hastig nach draußen und Viktor seufzte leise. Dann wandte er sich Gustav zu, der der aufgeregten Meute nachsah. »Denk an das, was du gelernt hast«, sagte er ihm. »Lass dich nicht provozieren, bleibe konzentriert und mach von deinen Beinen Gebrauch.«

Gustavs Blick fand den seinen, seine Augen schimmerten kalt. »Orrin wird sterben, Onkel, mach dir keine Sorgen.«

Viktor glaubte ihm.

37

Eine Fackel leuchtete auf. Ihr gelblicher Schein durchbrach die Dunkelheit etwa fünfhundert Meter östlich. Auf diese Entfernung wirkte sie wie eine Kerze; ein kleines Licht, das über dem Häusermeer flackerte.

Endlich, dachte Valamer. *Sie hat angebissen.*

Kurz überblickte er die Umgebung, suchte den schnellsten Weg über die Häuserdächer und fand ihn. Er trat zwei Schritte zurück, bis sein Fuß an die Brüstung des Rathausturmes stieß. Seine Augen leuchteten golden auf, als er seine Quelle öffnete. Er drückte sich von der hüfthohen Mauer ab, hechtete vor und sprang über die Brüstung. Das Dach des nächstgelegenen Gebäudes befand sich zehn Meter unter ihm, aber er bremste seinen Fall nicht ab. Er pumpte Magie in seine Beinmuskulatur, bereitete sie auf den Aufprall vor. Die Ziegel zersplitterten, als er auf dem Steildach aufkam, aber er spürte es kaum. Für einen Moment schlitterte er die Schräge hinab, doch dann rannte er los, seine Füße donnerten schnell und stark wie die Hufe eines Pferdes über das Dach. Hinter ihm rieselten die Ziegel hinunter, fielen vom Dach wie eine terracottafarbene Schneelawine, und zerbrachen auf den Pflastersteinen darunter. Valamer sprang, hechtete auf das nächste Dach auf der gegenüberliegenden Straßenseite. Er krallte sich an dem Schornstein fest, bremste seinen Schwung kurz ab, um nicht das Gleichgewicht zu verlieren, und raste weiter. Die Häuser drängten sich hier aneinander, er brauchte nur zu springen, wenn sie sich in der Höhe unterschieden.

Inzwischen hatte er seinen Rhythmus gefunden, seine Stiefel trommelten über die schmalen Ziegel des Giebels, lösten sie aber nicht. Wie ein Phantom bewegte er sich über den Straßen der Stadt hinweg, ein dunkler Schatten gegen den von Sternen übersäten Nachthimmel, schnell wie ein Pfeil und genauso leise.

Es verging kaum eine Minute, bis er den Soldaten erreicht hatte. Dieser stand auf dem Dach eines Wirtshauses und klammerte sich mit einer Hand am Schornstein fest. In der anderen hielt er die Fackel und deutete mit ihr in die Gasse vor ihm, doch Valamer war nicht auf die Richtung angewiesen. Er war nun in der Reichweite der Todeshexe und spürte das Summen ihrer Quelle. Ruckartig fuhr er herum und katapultierte sich mit einem Satz auf das Schrägdach, das sich auf der anderen Straßenseite befand, etwa zwanzig Meter entfernt. Lautlos kamen seine Stiefel auf den Ziegeln auf, er rollte sich über die Schulter ab und schloss währenddessen seine Quelle. Dann spähte er in die Gasse unter ihm.

Eine Gestalt, deren krauses weißes Haar ihren Kopf umringte wie eine struppige Mähne, hielt den Hals einer Frau umklammert und drückte sie gegen die Hauswand. Wie Valamer gehofft hatte, hatte sie ihre *Mahlzeit* nicht beendet. Immer noch saugte sie das Leben aus der bedauernswerten Frau heraus. Deren Körper war bereits so ausgemergelt, so nah daran, endgültig zu versagen, dass sie sich nicht mehr dagegen wehren konnte. Die Todeshexe war so fokussiert auf ihr Opfer, dass sie das Glühen von Valamers Quelle nicht bemerkt zu haben schien. Die Frau gab ein letztes jämmerliches Keuchen von sich, dann ließ Teja sie achtlos fallen. Sie blickte kurz auf die Leiche hinab, die alle Glieder von sich gesteckt hatte – die Arme bestanden nur noch aus hautüberspannten Knochen –, schnappte sich den Weidenkorb mit den Lebensmitteln, der neben ihr auf dem Boden lag, und huschte dann die Gasse entlang.

Valamer runzelte die Stirn. Diesmal machte sie sich nicht einmal die Mühe, die Leiche zu verstecken, ließ sie einfach auf der Straße liegen wie eine verendete Ratte. Auch ihr Gang war seltsam, sie lief vornübergebeugt, den Blick zu Boden gerichtet.

Er erhob sich und folgte ihr unauffällig. Sie lief auf ihre eigentümliche Art nah an den Häuserwänden entlang, bewegte sich in ihrem Schatten. Nach einer Weile bog sie in eine Seitengasse ein und Valamer seufzte. Wenn er ihr folgen wollte, musste er über die Gasse springen. Es waren nur etwa drei Meter, die es zu überbrücken galt, aber das Dach auf der gegenüberliegenden Seite war mindestens einen Meter höher gelegen. Er sah in die Gasse hinunter, die Pflastersteine glänzten zwei Stockwerke unter ihm silbrig im Sternenlicht. Er zuckte mit den Achseln, nahm Anlauf, rannte bis zum Rand und drückte sich mit einem kraftvollen Sprung ab. Für einen schrecklich langen Moment segelte er durch die Luft, bis seine ausgestreckten Hände die Regenrinne zu fassen bekamen. Er grunzte, als ihn der Schwung gegen die Hauswand knallen ließ. Etwas Putz bröckelte ab und rieselte zu Boden. Das Geräusch war zwar leise, aber er hielt trotzdem die Luft an. Als er weder das Aufflammen einer Quelle wahrnahm, noch das Trommeln von Füßen auf Pflastersteinen hörte, schwang er sich mit einem kräftigen Zug seiner Arme das Dach hinauf. Gerade rechtzeitig sah er Teja in einem Hauseingang verschwinden.

Zügig, aber geräuschlos, rannte er über die Dächer, bis er auf dem Gebäude stand, welches Teja betreten hatte. Er legte sein Ohr auf die Ziegel und lauschte. Schwach drangen Schritte zu ihm herauf, dann hörte er ein dumpfes Poltern, so als hätte sich jemand auf den Boden geworfen. Sie war im Dachstuhl des Hauses direkt unter ihm. Ein Lächeln stahl sich auf sein Gesicht. Sie saß in der Falle!

Valamer begab sich zur Frontseite und spähte hinunter. Er konnte ein Fenster ausmachen, das in den zweiten Stock des Gebäudes führte. Seine Eintrittskarte. Doch um sie einzulösen, würde er Magie einsetzen müssen und das hieß, dass Teja ihn spüren würde. Er musste schnell handeln, wenn er sie nicht entkommen lassen wollte.

Er holte tief Luft, schloss die Augen und konzentrierte sich. Dann machte er einen Schritt ins Nichts und ließ sich fallen. Er drehte sich in der Luft, öffnete seine Quelle und griff mit seinen magieerstarkten Fingern nach dem Fenstersims, die sich wie Enterhaken in den Stein bissen. Mit einem Bein drückte er sich von der Wand ab, machte einen Überschlag und stieß mit den Füßen voran durch das Fensterglas, das unter dem Aufprall zersplitterte. Er kam geschmeidig auf den Holzdielen auf und nutze den verbliebenen Schwung um über die Glasscherben hinwegzuhechten. Über sich hörte er hektische Schritte über den Dachboden poltern und sein Blick zuckte zu der Sprossenleiter links von ihm. Er machte sich gar nicht die Mühe, sie zu erklimmen, sondern sprang die zwei Meter mit einem kräftigen Satz hinauf.

Dunkelheit und ein muffiger Geruch empfingen ihn. Er spürte das Anschwellen magischer Energie und warf sich instinktiv zur Seite. Eine grellblaue Elementarwalze zuckte durch das Gebälk, schlug in die Dachschräge ein, vor der Valamer eben noch gestanden hatte, und zerfetzte sie. Holz, Stein und Ziegel wurden pulverisiert, die Hitze des Angriffs war gewaltig. Valamer kauerte sich zusammen, hob die Arme, um sein Gesicht vor umherfliegenden Splittern zu schützen.

Nicht einmal Izur kann so schnell so viel Energie freisetzen!, erkannte er mit Entsetzen.

Er hüllte seinen Körper in einen magischen Kokon, glaubte aber nicht, dass er ihn schützen würde, wenn ihn die Energie direkt traf. Teja brauchte nur den Strahl umzuleiten und es wäre um ihn geschehen.

Er hob den Kopf, riskierte einen Blick und sah die Todeshexe im blauen Schein ihrer Zerstörungsmagie, die aus ihren ausgestreckten Händen schoss. Ihr Gesicht war vor Anstrengung verzerrt, sie hatte die Zähne gefletscht wie ein Raubtier, ihr weißes Haar stand in alle Richtungen ab. Eine dunkle Göttin voll rachsüchtiger Macht. Sie wandte den Kopf, fixierte ihn mit ihren blauglühenden Augen und Valamer schloss mit seinem Leben ab. Doch als sie versuchte, die Energie umzuleiten, zitterten ihre Arme. Sie brüllte, schrie ihre Anstrengung hinaus. Für Valamer sah es so aus, als kämpfte sie gegen einen unsichtbaren Strom an, nur langsam brannte sich der Strahl durch die Dachschräge in seine Richtung, und er begriff, dass sie keinerlei Erfahrung in der Anwendung von Zerstörungsmagie hatte. Sie konnte die Macht, die sie entfesselt hatte, nicht kontrollieren.

Diese Erkenntnis ließ ihn aus seiner Starre erwachen. Er ließ den Kokon zerfallen, rollte sich über die Schulter zur Seite, weg von dem gleißenden Strahl reiner Energie. Er breitete die Arme aus, verband seinen Geist mit der Luft um sich herum, und schleuderte der Hexe einen heulenden Windstoß entgegen. Ihr entfuhr ein spitzer Schrei, als sie von den Füßen gehoben wurde; die Schneise der Zerstörung, die von ihren Händen ausging, traf die Decke, ließ den Giebel förmlich explodieren. Ein grellblauer Strahl schoss in den Nachthimmel wie ein umgekehrter Blitz. Ohne festen Stand war sie dem Rückstoß ihrer eigenen Attacke ausgeliefert. Sie schlitterte schreiend über den Boden, während der Arkanstrahl ihr immer mehr Momentum verlieh. Dennoch schien sie nicht in der Lage, den Fluss der Magie zu stoppen. Erst als sie mit dem Kopf voran gegen die gegenüberliegende Wand knallte, versiegte die Energie endlich. Ihre Arme fielen kraftlos zu Boden, sie sackte zusammen. Offenbar war sie bewusstlos.

Valamer hustete, die Luft war von Rauch durchwirkt, Ascheflocken wirbelten umher. Sein schulterlanges Haar fiel ihm ins Gesicht, er musste seinen opalbesetzten Haarreifen verloren haben, und erwischte sich dabei, den Boden nach ihm abzusuchen, schüttelte dann aber den Kopf. Er hatte im Moment wahrlich andere Probleme.

Während er sich der Todeshexe näherte, sah er sich um und bestaunte das Ausmaß der Zerstörung. Die vordere Dachschräge war praktisch nicht mehr vorhanden, die Ränder des riesigen Loches glühten. Davon ausgehend verlief eine gezackte Schneise durch den Giebel bis zur anderen Wand, durch die das Sternenlicht schien. Es roch nach verkohltem Holz und Schwefel.

In Damaels Tochter steckte mehr, als er erwartet hatte, *viel* mehr. Sie verfügte über gewaltige Kraft, wenn sie sie auch nicht beherrschen konnte. Aber das verwunderte ihn nicht. Es war vermutlich das erste Mal seit Jahren, dass sie Magie gewirkt hatte, niemand hatte sie je gelehrt, ihre Kräfte zu kontrollieren. Er schauderte bei dem Gedanken, zu was sie fähig wäre, wenn sie jemand in die arkanen Künste einführen würde.

Falls es ihm gelang, sie auf seine Seite zu ziehen, würde sie ihm äußerst nützlich sein. *Falls.*

Als er die reglose Hexe erreicht hatte, trat er ihr mit der Spitze seines Stiefels in die Seite, die Hände in Angriffsstellung erhoben. Er würde nicht zögern, ihr einen Blitz in den Leib zu jagen, wenn sie eine falsche Bewegung machte. Aber sie blieb still, reagierte nicht auf seinen Tritt. Er bückte sich, packte sie bei den

Schultern und hob sie in eine sitzende Position, ihr Kopf rollte auf ihre Brust. Anschließend ließ er sich hinter ihr auf den Boden nieder, umschlang ihre Arme samt ihrem Oberkörper mit seinen Beinen, nahm sie mit dem linken Arm in den Würgegriff und zog mit der freien Hand das Blutstahlmesser aus der Scheide unter seiner Achsel und legte ihr die Klinge auf die Kehle. Dann wartete er. Es dauerte nicht lange, bis sie sich in seinem Griff zu regen begann. Zuerst ging ein Zucken durch ihren Körper, dann hob sich ihr Kopf und nicht lange danach wand sie sich wie eine Furie. Sie hatte keine Chance gegen seine kräftigen Beine, die ihr die Arme an den Oberkörper nagelten, aber ihr Gefuchtel war lästig.

»Aber, aber ... ruhig jetzt!«, knurrte er.

Sie schrie und versuchte ihn zu beißen, aber er verstärkte seinen Würgegriff und drückte ihr die Klinge seines Messers gegen die Halsschlagader, was sie augenblicklich verstummen ließ. Ihr Widerstand verebbte, ein dünner Blutsfaden rann von der Klinge herab.

»So ist es brav«, sagte er.

»Wer bist du?« Sie klang außer Atem, aber ihre Stimme zitterte nicht, was er ein wenig beunruhigend fand.

»Mein Name ist Valamer und wenn es im Moment auch nicht so scheinen mag, so bin ich der einzige Freund, den du auf der Welt hast. Solltest du allerdings versuchen, deinen kleinen Lebensentzugstrick bei mir einzusetzen, dann ramm ich dir das Messer in den Hals. Hast du verstanden?«

Er übte Druck mit der Klinge aus, was sie scharf die Luft einziehen ließ. Sie bewegte den Kopf, soweit es ihr in seinem Griff möglich war, nickte langsam.

»Schön, dass wir das geklärt haben.«

»Valamer ...«, sagte sie und ließ das Wort auf ihrer Zunge vergehen, als würde sie es schmecken. »Ich erinnere mich an diesen Namen. Du bist ein Freund meines Vaters. Bist du hier, um mich zu ihm zurückzubringen?«

»Oh, er hat mich nicht geschickt, um euch einzufangen.«

Sie schwieg einen Moment. »Hat er endlich eingesehen, dass sein kleines Mädchen nicht zu retten ist? Gut für ihn. Mach schnell bitte, ja?«

Nun hatte sich ein Zittern in ihre Stimme geschlichen. Sie war also doch menschlich. Wie beruhigend.

»Damael wünscht deinen Tod«, sagte Valamer, »aber ich bin nicht hier, um dich umzubringen. Wenn ich das wollte, wärst du nie aufgewacht.«

Er fühlte, wie sie in seinem Griff zusammensackte, als sie einen erleichterten Seufzer ausstieß. »Was ... willst du dann von mir?«

Er presste seine Wange gegen ihr voluminöses Haar, seine Lippen berührten ihre Ohrmuschel fast, als er flüsterte: »Hasst du deinen Vater?«

»Er hat mich für zehn Jahre in einen Käfig gesperrt«, zischte sie. »Natürlich hasse ich ihn.«

»Würdest du ihn töten, wenn du die Gelegenheit dazu hättest?«

»Ohne zu zögern.«

Valamer lächelte. »Dann habe ich dir einen Vorschlag zu unterbreiten. Aber bevor ich dich gleich loslasse und wir uns wie zivilisierte Menschen unterhalten, brauche ich etwas von dir.«

Er löste das Messer von ihrer Kehle, es zischte, als er es durch die Luft sausen ließ. Teja zuckte zusammen. Doch alles, was sie verlor, war eine Haarlocke.

DER ZWEIKAMPF

38

Das wird ein Spaß, dachte Atrux gut gelaunt, schlug den Zeltvorhang zur Seite und trat in die kühle Nachtluft hinaus. Hunderte von dunkel gekleideten Soldaten, die zweifelsohne Orrin mitgebracht hatte, um ihn beim Kampf zu bejubeln, hatten sich auf dem großen Platz vor Viktors Königzelt versammelt und von überall strömten weitere Krieger hinzu. Atrux drängte sich durch sie hindurch und warf einen großen Kerl zur Seite, der partout keinen Platz machen wollte. Der Mann wandte sich ihm mit hochrotem Kopf zu, doch als er erkannte, dass er einen Hexer vor sich hatte, entschuldigte er sich kleinlaut und zog sich zurück. Endlich begriffen auch die übrigen Männer, wem sie den Weg versperrten und beeilten sich, eine Schneise für ihn und die anderen Hexer zu bilden.

Orrin stand im Zentrum des großen Kreises und riss sich die Panzerplatten vom Körper. Viele der Männer hielten Fackeln in die Höhe, um den Kampfplatz zu beleuchten, und ihr flammender Schein glänzte auf den Muskelbergen, die Orrin zum Vorschein brachte.

»Eine beeindruckende Körperstatur, findet ihr nicht?«, hörte er Fritha neben sich sagen.

Die Augen der Hexe funkelten amüsiert, während sie ihr schwarzes Haar zurückstrich, um ihm ihren Hals zu präsentieren. Sein Blick wanderte an ihrem silbernen Kleid hinab, dessen tiefer Ausschnitt ihre kleinen, festen Brüste in Szene setzte, und ihre hagere Figur betonte.

»Der Mann ist ein Gigant, keine Frage«, sagte Atrux.

»Schwer zu glauben, dass Gustav eine Chance gegen ihn haben soll.«

Atrux zuckte die Achseln. »Eine Kobra kann einen Bären zu Fall bringen, wenn sie schnell genug ist.«

Fritha lachte und strich ihm mit einer Hand über die Brust. »Gustav ist nun wirklich keine Kobra«, sagte sie.

Atrux sah sich um. »Wo ist denn euer Gatte?«

»Wieso? Fühlt ihr euch unwohl so allein mit mir?«, fragte sie amüsiert. »Nur keine Sorge. Abba ist kein eifersüchtiger Mann. Ganz im Gegenteil ...«

Atrux schluckte, wandte den Blick ab. Was stimmte nicht mit ihm? Die Gräfin war zwar nicht mehr die jüngste, aber durchaus ansehnlich. Irgendwie sagte ihm der Altersunterschied sogar zu. Die Vorstellung mit einer Frau zu schlafen, die ein gutes Jahrhundert älter war als er, sollte ihn erregen. All die Erfahrung ... Es bestand kein Zweifel daran, dass sie ihm eine unvergessliche Nacht bescheren würde.

Warum also ging er nicht auf ihre Annäherungsversuche ein? Schon den ganzen Abend warf sie sich förmlich auf ihn. Er brauchte nur zuzupacken und für diese Nacht würde sie ihm gehören.

Unwillkürlich sah er sich nach Celeste um, konnte aber weder sie noch ihren Onkel Vithrimus unter den Zuschauern ausmachen. Ließen sie sich das Spektakel etwa entgehen?

Ein ungutes Gefühl breitete sich in ihm aus.

Er hatte Celeste an diesem Abend immer wieder verstohlene Blicke zugeworfen und hatte bemerkt, dass etwas zwischen ihr und Vithrimus nicht stimmte. Eine dunkle Wolke des Zwists hatte über den beiden gehangen, stillschweigend zwar, aber nicht zu übersehen. Was hatte es ihn erfreut, dessen Zeuge zu sein. Bis jetzt.

Was hatte es zu bedeuten, dass die beiden nun miteinander verschwunden zu sein schienen? Hatten sie sich etwa wieder vertragen? Nichts konnte einen Streit schneller und leidenschaftlicher aus der Welt schaffen als versöhnliches Liebesspiel.

Die Vorstellung verursachte ihm an Übelkeit grenzendes Unwohlsein.

»Was schaut ihr denn so?«, fragte Fritha. »Ich dachte, ihr als *legendärer* Schwertmeister könntet dieser männlichen Narretei mehr abgewinnen.«

»Doch, ja«, murmelte er und richtete seine Aufmerksamkeit wieder auf Orrin, der inzwischen seine Rüstung abgelegt hatte.

Es schien kaum möglich, aber ohne die Panzerplatten sah er sogar noch einschüchternder aus. Eine menschliche Festung aus Sehnen, Muskeln und Fleisch. Größer und massiger als jeder Mann, den Atrux je gesehen hatte. Und gegen diese Bestie wollte Gustav mit bloßen Händen kämpfen?

Tja, auch ein Weg, sein Lebensende spektakulär zu gestalten.

Orrin ging unruhig auf und ab, atmete stoßweise, sein Herz raste. Mit einem wütenden Schrei trat er seine Brutplatte beiseite, die neben ihm zwischen den anderen Rüstungsteilen lag.

Was fiel diesem ehrenlosen Narren ein, die heiligen Regeln des *Hir al Kovak* zu fordern? Glaubte er ernsthaft, er könnte gegen ihn bestehen, einen Krieger, dessen Vorfahren diese Form des rituellen Zweikampfs erfunden hatten? Der Hochmut der Astrums kannte keine Grenzen.

Heute werden sie daran ersticken.

Sein Kopf fuhr herum, als er Viktor und seinen Neffen aus dem Zelt treten sah. Das aufgeregte Gemurmel und Gejohle der Zuschauer ebbte ab, sie bildeten rasch einen Korridor, durch den die beiden in den Kampfring traten.

Gustav hatte sich seines Seidenhemds entledigt, Schweiß glänzte auf seinem massigen, behaarten Körper. Der Blick, mit dem er Orrin bedachte, war fokussiert und kalt, aber es glomm auch ein Funke der Furcht darin. Versteckt zwar, aber Orrin war gut darin, die Angst in einem Mann zu erkennen. Er hatte viel Übung darin.

Viktors Augen sprühten dagegen vor Verachtung. Obwohl Orrin ihn um einiges überragte, brachte der König es irgendwie fertig, auf ihn herabzublicken. In diesem Moment störte ihn das aber nicht, im Gegenteil, er genoss es. Es zeigte ihm, wie sehr Viktor diesen Kampf missbilligte, wie sehr er es hasste, dass er nichts dagegen tun konnte. Beim *Ursprung*, wie gut es sich anfühlte, Zeuge seines Missfallens zu sein!

Für diesen Mann waren seine Kinder gestorben, für seine Ziele, für seinen Ruhm. Und nun würde er dafür bezahlen. Orrin würde die Zukunft seines Hauses vernichten, so wie er es mit seiner getan hatte. Nur, dass Viktor dabei würde zusehen müssen.

Der König hob die Hände und die Menge verstummte. »Eine Herausforderung wurde ausgesprochen und angenommen«, sagte er mit lauter Stimme. »Wie es der Brauch der Hexer ist, werden die beiden nun solange kämpfen, bis einer von ihnen wieder mit dem *Ursprung* vereint ist. Dabei werden sie nach den Regeln des *Hir al Kovak* keine Waffen und keine Magieform außer der Kampfmagie verwenden. Bricht einer von beiden diese Regeln, wird das Duell abgebrochen und derjenige hingerichtet. Haben beide Kämpfer diese Regeln verstanden?«

Orrin nickte, ohne Gustav dabei aus den Augen zu lassen.

»Dann beginnt«, sagte Viktor und verließ den Kampfkreis.

Ein Summen erfüllte die Luft, als Gustav und Orrin gleichzeitig ihre Quellen öffneten.

Die Feuermagie brannte durch Gustavs Körper, stählte seine Muskeln und schärfte seine Sinne. Er blickte zu Orrin auf, aus dessen Augen das Gold der Lichtmagie leuchtete. Ein Lächeln erschien auf seinem Gesicht, als dieser gemächlich auf ihn zuschritt. »Der *Ursprung* erwartet dich, Muttersöhnchen«, sagte er.

Gustav hatte keine Zeit zu antworten, denn in diesem Moment griff Orrin an. Für einen Mann seiner Größe bewegte er sich beunruhigend schnell. Gustav duckte sich gerade rechtzeitig unter einem rechten Schwinger hindurch, nur um direkt in einen linken Aufwärtshaken hineinzugeraten. Es fühlte sich an, als würde ein Amboss auf sein Gesicht fallen. Gustavs Kopf wurde zurückgeworfen, Blut schoss aus seiner Nase, er taumelte zurück.

Die Menge brüllte.

Obwohl sich die Welt um Gustav drehte, schloss er instinktiv die Deckung. Eine gute Reaktion, denn Orrin setzte sofort nach. Schläge, wuchtig wie Hammerhiebe donnerten auf ihn ein. Gustav fing sie mit seinen kräftigen Unterarmen und Schultern ab, absorbierte ihre Wucht. Das war zwar schmerzhaft, aber wirklichen Schaden richtete Orrin so nicht an. Trotzdem befand sich Gustav in einer ungünstigen Position. Er wagte nicht, seine Deckung zu öffnen, was es ihm unmöglich machte, einen Gegenangriff auszuführen. Der Kampf hatte kaum begonnen und Orrin trieb ihn bereits vor sich her, schlug unbarmherzig auf ihn ein, als wäre er ein prall gefüllter Sandsack. Ein Trainingsgerät, unfähig sich zu wehren, an dem man seinen Zorn auslassen konnte, bis es zerplatzte. Er musste einen Weg aus der Defensive herausfinden, reagieren, sonst würde genau das mit ihm passieren.

Er wartete, nahm die Treffer geduldig hin, fühlte Orrins Rhythmus. Dann, als Orrins Linke auf seine rechte Seite krachte, schlug er zu. Er drehte den Oberkörper und sein hinteres Bein schoss vor. Er konnte zwar nicht sehen, wohin er trat, aber er wusste, dass Orrins Standbein nach einem linken Schwinger direkt vor ihm sein musste. Er zielte dahin, wo er das Knie seines Gegners vermutete, und wurde mit einem Grunzen belohnt, als sein Schienbein gegen etwas Hartes stieß. Die Hiebe versiegten. Er riskierte einen Blick, öffnete die Arme einen spaltbreit, und sah direkt in Orrins lächelnde Visage. *Ursprungsverdammt …*

Orrins Faust raste durch die Öffnung, traf ihn mitten im Gesicht und schickte ihn zu Boden.

Gustav stöhnte. Wie war das möglich? In dem Tritt hatte all seine Kraft gesteckt, er hätte Orrins Oberschenkelknochen zertrümmern oder ihn wenigstens aus dem Gleichgewicht bringen sollen. Wie hatte er ihn einfach so wegstecken können?

»Ist das alles?«, fragte Orrin höhnisch.

Ich werde sterben, dachte Gustav verzweifelt. *Er ist viel besser als ich!*

»Du hättest deine Mutter für dich kämpfen lassen sollen«, fuhr sein Gegner fort. »Im Gegensatz zu dir hätte ich sie vielleicht verschont, wenn sie mir danach einen geblasen hätte. Ich hörte, darin soll sie unschlagbar sein. Aber wem erzähle ich das, du musst es ja wissen, habe ich recht?«

Einige der umstehenden Männer stimmten in sein Lachen mit ein.

Zorn regte sich in Gustav und überschattete die Furcht, die seine Glieder lähmte. Er richtete sich auf, pumpte Magie in seine Muskulatur, spülte den Schmerz aus seinem Körper. Er wollte sich auf Orrin stürzen, wollte das Grinsen aus seinem Gesicht wischen, aber er beherrschte sich.

Du musst den Zorn in dir wachsen lassen, ihn kontrollieren, und erst zuschlagen, wenn du dir des Sieges sicher bist, hallte Viktors Stimme durch seinen Geist.

Wenn er auf den Hexer losging wie ein rasender Stier, würde er verlieren. Darauf wartete dieser zu groß geratene Hurensohn nur. Er musste den Spieß umdrehen, ihn aus der Reserve locken. Das stellte zum Glück keine Herausforderung dar, Orrins wunder Nerv war alles andere als ein Geheimnis.

»Und du hättest deine Bälger besser ausbilden sollen!«, rief Gustav. »Die Versager haben sich von einem siebzehnjährigen Schnösel abschlachten lassen!« Er unterstrich seine Verachtung, indem er einen Schwall Blut auf den Rasen spuckte.

Orrins Gesicht verwandelte sich in eine wutverzerrte Grimasse. »Wovon sprichst du?«, knurrte er.

»Oh, richtig! Du kennst ja die jüngsten Neuigkeiten noch nicht. Wie dumm von mir.« Er schlug sich gegen die Stirn. »Wie es scheint, ist Askon Nox noch am Leben, was bedeutet, dass *er* deine Kinder auf dem Gewissen hat. Ein weißhaariger Bursche, der nicht mal Haare auf dem Sack hat, hat deine Bälger kaltgemacht! Die ach so großartigen Gladiushexer!«

Orrin ließ seine Arme sinken, ballte die Fäuste. Er zitterte vor Wut. »Du ... du lügst«, sagte er.

Gustav ging einen Schritt auf ihn zu. »Wieso sollte ich? Damit ich ...«

Er brachte den Satz nicht zu Ende, sondern sprang vor und streckte das hintere Bein aus. Die Ablenkung hatte funktioniert und der Tritt traf Orrin in die Magengrube, bevor er ausweichen konnte. Der blondhaarige Riese keuchte, klappte aber nicht zusammen, wie Gustav angenommen hatte. Dennoch wurde er von der Wucht des Tritts einige Meter zurückgeworfen. Gustav überlegte nicht lange, stürmte vor und katapultierte seinen massigen Körper direkt in den seines Gegners hinein. Mit einem Schrei rammte er ihm seine Schulter in die Brust, doch Orrin hatte bereits wieder einen festen Stand eingenommen und hielt dagegen. Ihre magiedurchfluteten Körper prallten zusammen und die gewaltige Energie, die dabei freigesetzt wurde, schleuderte sie beide zurück.

Gustav schlug hart auf dem Boden auf, rollte ein paar Mal herum, kam aber schnell wieder auf die Beine. Zumindest dachte er, dass er schnell gewesen wäre. Verglichen mit Orrin bewegte er sich träge. Der riesige Hexer rannte schon wieder auf ihn zu, während er sich noch orientierte. Gustav riss rasch die Deckung hoch und fing einen Ellenbogenschlag ab, der seine Knochen zum

Beben brachte. Das öffnete seine Verteidigung jedoch für einen Knieschlag seines Feindes, der ihm in die Leber fuhr. Gustav heulte auf vor Schmerz, führte die folgende rechte Gerade aber irgendwie mit einer Hand an seinem Körper vorbei und antwortete mit einem Rückanschlag, der die Haut über Orrins Wange aufplatzen ließ.

Endlich! Er hatte einen Kopftreffer gelandet!

Atrux betrachtete den Kampf fasziniert. Niemals zuvor hatte er zwei solch gewaltige Krieger aufeinander einschlagen sehen. Er fühlte sich an den Anblick zweier Bullen erinnert, die versuchten, sich gegenseitig die Hörner in den Leib zu rammen. Bei jedem Treffer erzeugten die riesigen Fäuste ein klatschendes Dröhnen, wenn sie auf den Körper ihres Kontrahenten trafen. Fritha zuckte jedes Mal zusammen.

Nachdem Atrux gesehen hatte, wie Orrin Gustav gleich zu Beginn in Bedrängnis gebracht hatte, hatte er geglaubt, der Kampf würde schnell zu Ende gehen. Stattdessen währte der Schlagabtausch nun schon einige Minuten. Eine beachtliche Zeit, wenn man bedachte, dass die beiden mit Magie vollgepumpt waren und mit übermenschlicher Kraft aufeinander einprügelten.

Gustav schien seinen Rhythmus gefunden zu haben, landete immer häufiger Treffer und verbarg sich nicht mehr so oft hinter seiner Deckung wie zu Beginn. Dennoch würde Orrin triumphieren, da war sich Atrux sicher. Gustav war kein schlechter Kämpfer und setzte seine kompakte Masse gut ein, aber Orrin war größer, seine Arme waren länger, was ihm eine größere Reichweite verschaffte, und er war erfahrener. Außerdem war er viel schneller, als es ihm mit seiner beachtlichen Masse möglich sein sollte. Dieser Mann war zum Kämpfen geboren worden.

Wie um seine Überlegungen zu bestätigen, wurde Gustav in diesem Moment von einer aggressiven Schlagabfolge abermals in die Defensive gezwungen. Orrin schlug wild und brutal auf die Deckung seines Gegners ein, nicht mehr so versiert und präzise wie zuvor, aber dafür umso härter. Jeder Treffer warf Gustav herum, ließ ihn taumeln und Atrux dachte schon, dass es nun um ihn geschehen wäre. Doch dann sprang Gustav plötzlich zur Seite – offensichtlich hatten ihn die Schläge nicht so sehr mitgenommen, wie er allen Glauben gemacht hatte –, was Orrin, dessen wuchtiger Haken ins Leere ging, aus der Balance brachte. Gustav holte aus, nutzte den Schwung seiner Hüfte, seines ganzen Körpers, und donnerte einen Schwinger gegen Orrins Schläfe, der Atrux zusammenzucken ließ. Gustav landete zwei weitere Treffer, die Orrin ins Wanken brachten, doch dann wurde er zu gierig. Er trat vor und wollte Orrin mit einer rechten Geraden fällen, doch der Schlag war schlecht platziert und

Orrin gelang es, ihm mit einer Drehung des Kopfes auszuweichen. Das brachte Gustav zu nah an seinen Gegner heran. Orrin packte mit einer Hand seinen ausgestreckten Arm und schloss die andere um seine Hüfte. Dann drehte er sich um die eigene Achse und schleuderte Gustav – dem der Schwung seines eigenen Schlages zum Verhängnis wurde – in hohem Bogen davon.

Verflucht!, dachte Atrux.

Geistesgegenwärtig packte er Fritha und warf sich mit ihr auf den Boden, als Gustav über sie hinwegflog und wie ein Geschoss in die Soldaten hinter ihnen krachte. Ein widerlich matschiges Geräusch erfüllte die Luft, das Atrux an das Zerplatzen einer Melone erinnerte.

Er rappelte sich auf, half Fritha auf die Füße, und blickte hinter sich.

Ein paar Schritte entfernt lag ein Mann, dessen Gehirn aus einer Öffnung in seiner Schädeldecke quoll, seine Gliedmaßen zuckten unkontrolliert. Andere Soldaten lagen um ihn herum verstreut, wanden sich stöhnend im Gras. Gustavs massiger Körper begrub zwei von ihnen unter sich. Der Hexer schüttelte benommen den Kopf und drückte sich mit den Armen vom Boden ab. Die beiden Soldaten keuchten und schnappten nach Luft. Gustav beachtete weder sie noch den Mann, den er getötet hatte, und taumelte wieder in den Ring, wo Orrin auf ihn wartete.

»Puh, das war knapp!«, sagte Fritha und sah ihn an. »Wenn ihr nicht gewesen wärt, würde es mir gehen wie ihm.« Sie deutete auf den Unglückseligen, dessen Körper immer noch zuckte. »Wie kann ich euch nur dafür danken?« Sie leckte sich über die Lippen.

Atrux winkte ab. »Ihr braucht mir nicht zu danken.«

»Oh, ich möchte aber.« Sie legte ihm eine Hand auf die Brust, sah ihm tief in die Augen. »Ich möchte euch gerne ... *ausgiebig* danken.«

Atrux wusste nicht, was er sagen sollte, und sein Schweigen begann peinlich zu werden. Zum Glück ergriff in diesem Moment Orrin das Wort, was Atrux einen Vorwand gab, sich von Fritha abzuwenden und seine Aufmerksamkeit wieder dem Zweikampf zu widmen. Die Hexe hob zwar eine Augenbraue, enthielt sich aber eines Kommentars.

Keuchend schritt Gustav in den Ring zurück und versuchte, seinen Gegner zu fokussieren. Das war schwieriger als angenommen, sein Sichtfeld verschwamm, die riesige Gestalt des Hexers waberte vor seinen Augen. Ihm tat alles weh, Blutergüsse überzogen seine Arme, mehrere Knochen waren gebrochen. Orrin dagegen wirkte kaum außer Atem. Er blutete über der Stirn und an der Wange, aber ansonsten schien er keine nennenswerten Wunden davongetragen zu haben. Der Mann war wie eine ins Leben getretene Granitstatue, unaufhaltsam und unzerstörbar.

Im Faustkampf werde ich ihn niemals besiegen, dachte Gustav. Wenn er eine Chance haben wollte, musste er den Kampfstil wechseln.

Er ließ Orrin bis auf wenige Meter an ihn herantreten und hob die Arme in Abwehrstellung.

»Hast du immer noch nicht genug?«, fragte ihn der Riese mit einem hämischen Grinsen. »Du weißt, dass du mich nicht besiegen kannst. Alles, was dich erwartet, sind weitere Schmerzen. Aber das muss nicht sein. Ich könnte die Sache schnell und schmerzlos beenden. Eine kleine Drehung des Genicks und es ist vorbei. Dafür musst du mir nur verraten, ob du eben die Wahrheit gesagt hast.« Orrin leckte sich über die Lippen. »Ist der Mörder meiner Kinder noch am Leben?«

Gustav lächelte. Er hatte es geschafft, Orrin unter die Haut zu gehen und seine Gedanken vom Kampf abzulenken. Die eigene Schwäche, die ihm Viktor offenbart hatte, setzte er nun gegen seinen Gegner ein.

Ohne meinen Onkel hätte ich nie auch nur den Hauch einer Chance gehabt, erkannte er demutsvoll.

»Warum?«, fragte Gustav lächelnd und präsentierte seine blutverschmierten Zähne. »Willst du ihm dafür danken, dass er dich von ihnen befreit hat?«

»Spar dir die dummen Sprüche. Ich will wissen, ob er noch lebt, damit ich ihn ausweiden kann.«

Gustav lachte leise, aber ausgiebig, schindete Zeit. Sein Körper war ein einziger offener Nerv, jede Faser schrie vor Schmerz. Leider konnte er keine Heilmagie einsetzen, denn das würde gegen die Regeln des *Hir al Kovak* verstoßen. Aber das war auch nicht nötig, er war Schmerz inzwischen gewohnt. In der letzten Woche hatte er so viel davon erdulden müssen, dass es für mehrere Lebensspannen ausreichte. Viktor hatte ihm unzählige Knochen gebrochen, seine Organe zerstört, Muskeln und Sehnen zerrissen, nur um seine Verletzungen kurz darauf wieder zu heilen. Wieder und wieder und wieder. Er konnte mit dem Schmerz umgehen. Alles, was er brauchte, war ein wenig Zeit, um sich darauf einzustellen.

»Und wenn ich es dir sage, belohnst du mich, indem du mir das Genick brichst?«, fragte Gustav immer noch kichernd.

»Ich könnte dir auch den Schädel eindrücken, wenn dir das lieber ist, oder dir das Herz herausreißen.«

»Wie soll man sich bei der verlockenden Auswahl denn entscheiden?«

Orrin wurde langsam ungeduldig, sein Atem ging stoßweise, er öffnete und schloss seine Fäuste immer wieder. Er würde sich nicht mehr länger hinhalten lassen. Aber das war in Ordnung, Gustav hatte die Schmerzen so weit unter

Kontrolle. Und er hatte einen Plan …

»Weißt du was?«, fragte er. »Ich verzichte auf dein großzügiges Angebot. Stattdessen werde ich *dir* das Herz herausreißen. Das findest du lustig wie? Hm, ich frage mich, ob deine Tochter und dein Sohn vor ihrem Ende wohl genauso hochmütig waren?«

Orrin verzog die Mundwinkel, das Glühen seiner Augen intensivierte sich. Seine Wut war wie etwas Lebendiges, das sich in diesem Moment aufbäumte und ihn in seinen roten Schleier hüllte.

Gut, er brauchte ihn wütend.

»Ja, Askon Nox, der Mörder deiner Kinder, ist noch am Leben«, sprach Gustav weiter, während er unauffällig sein Standbein in Position brachte. Ein fester Stand war das Wichtigste bei dem, was er vorhatte. »Aber du wirst nie in den Genuss kommen, dich an ihm zu rächen. Der Tod deiner Kinder wird ungesühnt bleiben. Dabei wäre es so einfach, du müsstest nur den Mut aufbringen, der Wahrheit ins Auge zu sehen. Du gibst meinem Onkel die Schuld daran, dass sie umgekommen sind, aber soll ich dir sagen, wer wirklich dafür verantwortlich ist?« Gustav hob seinen Arm, streckte anklagend einen Finger aus. »Du. Du hast sie ausgebildet, sie trainiert, du warst derjenige, der geglaubt hat, dass sie bereit waren. Wenn du jemanden für ihr Versagen bestrafen willst, dann fang bei dir an!«

Die Wut zog sich wieder zusammen, ballte sich in Orrin und brachte ihn zum Zittern. Er entließ sie mit einem Brüllen, schrie sie so kraftvoll aus sich hinaus, dass sich die Umstehenden die Ohren zuhielten. Dann griff er an, stürzte sich auf ihn wie ein tollwütiger Bär, eine muskelbepackte Masse der Vernichtung. Orrin wurde von dem blinden Bedürfnis getrieben zu töten, seinen Feind zu zerstören. Er war die fleischgewordene Brutalität. Das machte ihn nicht weniger gefährlich, aber es machte ihn nachlässig, berechenbar.

Gustav tauchte unter dem kraftvollen Haken hinweg, der ihm vermutlich den Kiefer zertrümmert hätte, und anstatt vor der nachfolgenden Geraden zurückzuweichen, machte er einen Satz nach vorne. Orrins Knöchel rutschten an seinem Schädelknochen ab und Gustav rammte ihm seinen Kopf in den Magen. Gleichzeitig packte er seinen Gegner an den Kniekehlen und zog mit aller Macht. Die entgegengesetzten Kräfte brachten ihn zu Fall. Orrin grunzte überrascht, als er zu Boden gerissen wurde. Gustav sprang ihn an, landete auf seiner Brust und prügelte mit beiden Fäusten auf ihn ein. Die ersten drei Schläge stampften Orrins Schädel regelrecht in den Erdboden, bevor er die Arme vor seinem Gesicht schließen konnte. Diesmal war er derjenige, der sich hinter seiner Deckung verstecken musste und Gustav würde ihn nicht wieder hervorlassen.

Sein Moment war gekommen.

All der Zorn, den Gustav angestaut hatte, brach über ihn herein, als er den mentalen Damm niederriss, der ihn zurückgehalten hatte. Orrins Beleidigungen echoten durch seinen Kopf, die Angst und die Verzweiflung, die er angesichts des Zweikampfs verspürt hatte. Macht brannte durch seine Adern, brachte sein Blut zum Kochen. Seine Fäuste barsten schier vor magischer Energie, als ein hämmernder Schlag nach dem anderen auf Orrins Deckung niederprasselte. Er fühlte dessen Haut unter seinen Knöcheln aufplatzen, Blut spritzte mit jedem Hieb in die Luft, die Knochen splitterten. Das Gebrüll der Menge drang an Gustavs Ohren und vermischte sich mit den lauter werdenden Schmerzensschreien seines Gegners. Gustav begann zu lachen, zu schreien, jeder Schlag war wie eine Befreiung, ein Ventil für seinen Hass.

Er hob beide Arme über den Kopf, brüllte aus vollem Hals, und konzentrierte all seine physische wie magische Kraft in den tödlichen Hieb. Dann sausten seine Pranken hinab wie das Fallbeil des Henkers. Doch anstatt Orrins Unterarme und seinen darunter liegenden Schädel in blutigen Brei zu verwandeln, schlugen seine Fäuste gegen eine unsichtbare Wand und die Welt verging in einem Lichtblitz. Der Rückschlag war so gewaltig, dass ihn der Impuls in die Luft schleuderte. Er kam einige Meter von Orrin entfernt auf dem Boden auf, wo er stöhnend liegenblieb, die Arme an die Brust gepresst. Seine Hände waren zertrümmert.

Der Schmerz war unglaublich und hinderte ihn zuerst daran, einen klaren Gedanken zu fassen. Er brauchte einen Moment, bis er begriff, was geschehen war. Orrin hatte einen magischen Schild geschaffen.

Stille hatte sich über den Kampfplatz gelegt. Gustav versuchte, sich aufzurichten, konnte aber kaum den Kopf heben. Durch einen Tränenschleier sah er Orrin mit torkelnden Schritten auf sich zukommen. Blut tropfte von seinen verrenkten Armen zu Boden, Knochensplitter ragten aus dem Fleisch, aber er hielt die zitternden Fäuste irgendwie geschlossen.

»Nein«, raunte er. »Ich lasse mich nicht von einem Astrum besiegen! DU BIST ES, DER HEUTE STERBEN WIRD!«

Er riss beide Hände in die Höhe, Blitze zuckten über seinen Körper und kanalisierten sich in einer goldleuchtenden Arkanbombe zwischen seinen Handflächen. Gustav senkte den Kopf und biss die Zähne zusammen, machte sich für den Einschlag bereit.

Doch er kam nicht.

Er riskierte einen Blick und sah, dass Orrin in der Bewegung erstarrt war. Die Energie seiner Arkanbombe war verpufft, aber er hielt seine Hände immer noch erhoben, die weit aufgerissenen Augen auf etwas gerichtet, das Gustav nicht sehen konnte. Er wandte den Kopf und sah Viktor in den Kreis treten, einen Arm erhoben, die Edelsteine seiner Krone glühten wie azurblaue Kohlen.

»Ihr habt die Regeln dieses Zweikampfes gebrochen, Orrin«, sagte er zu dem hilflosen Hexer und ging weiter auf ihn zu. »Habt ihr ernsthaft geglaubt, ich würde zulassen, dass ihr meinen Neffen auf so unehrenhafte Weise ermordet?«

Orrin antwortete nicht, aber sein Gesicht wurde mit einem Mal kreidebleich.

»Mein König, wartet!«, rief eine Stimme und Thanos trat aus der Menge hervor.

Viktor drehte dem blondhaarigen Hünen den Kopf zu, ohne den Arm sinken zu lassen.

»Ich flehe euch an, lasst meinen Bruder am Leben! Er ist nicht er selbst, der Schmerz um den Verlust seiner Kinder hat ihn um den Verstand gebracht. Unser Haus hat euch stets treu gedient. Wem ist geholfen, wenn ihr ihn nun tötet? Lasst ihn ziehen, Herr, ich bitte euch.«

Viktor bedachte ihn mit einem gleichgültigen Blick. »*Ihr* habt mir stets treu gedient, Thanos, das ist wahr. Aber was ist mit ihm? Sagt mir, hätte er meinem Neffen dieselbe Gnade erwiesen, die ihr nun von mir verlangt?«

Thanos hob flehentlich die Hände. »Er ... er ist nicht bei Sinnen! Er hat alles verloren in eurem Krieg ...«

»In *meinem* Krieg?«, fragte Viktor. Seine Stimme hatte einen bedrohlichen Ton angenommen. »In unserem Krieg, meint ihr wohl?«

»Schweig, Bruder«, sagte Orrin ruhig. »Mein Schicksal ist besiegelt. Lass mich zu meinen Kindern gehen.«

Die Blicke der Brüder trafen sich. Thanos schien einen Moment mit sich zu ringen, dann nickte er ihm zu. »Ich sehe dich auf der anderen Seite, Bruder«, sagte er. Tränen rannen ihm aus den Augen.

»Nicht zu früh, will ich hoffen«, antwortete Orrin und lächelte. Dann wandte er sich wieder Viktor zu. »Bringen wir es hinter uns.«

»So sei es«, antwortete Viktor und spreizte die Finger seiner ausgestreckten Hand. Ein gleißender Energiestrahl entsprang dem vordersten Edelstein seiner Krone und durchschoss Orrins Schädel. Der riesenhafte Hexer starb, ohne einen Laut von sich zu geben, und fiel, nachdem Viktor die Magiefäden um seinen Körper gelöst hatte, der Länge nach zu Boden. Die Erde erzitterte, als wäre ein Baumstamm gefällt worden.

Gustav entfuhr ein Lachen, das die folgende Stille wüst durchbrach. Er konnte nicht anders. Trotz der Schmerzen erfüllte ihn eine berauschende Woge der Euphorie.

Er hatte es geschafft! Er war noch am Leben!

Der Dämon spannt seine Ketten

39

Als Askon erwachte, drang bereits Sonnenlicht durch das trübe Fenster seiner Kammer und schien ihm in die Augen. Verwundert blinzelte er. So lange hatte er schon seit Ewigkeiten nicht mehr geschlafen. Er versuchte, sich an seine Träume zu erinnern, doch es gelang ihm nicht. Ein Lächeln stahl sich auf sein Gesicht. Sein Geist war endlich zur Ruhe gekommen, keine Alpträume hatten ihn in dieser Nacht geplagt. Vielleicht hatte Tante Vesna Recht gehabt, als sie sagte, dass man seine Gefühle manchmal rauslassen müsste. Der Schmerz war natürlich noch da, die Schuld, die Sorge darum, eines Tages zu dem zu werden, was er gesehen hatte, aber diese Gefühle hatten weniger Macht über ihn. Was vorher ein Sturm gewesen war, war nun zu einem Windhauch geworden.

Er schlug die Decke beiseite, stand auf und zog sich ein schwarzes Leinenhemd, eine dunkle Wollhose und seine Stiefel über, dann verließ er die Stube und ging die Treppe hinunter ins Wirtshaus. In einer Ecke saßen drei Fischer zusammen, die wohl beschlossen hatten, dass der Tag zu schön war, um ihn mit Arbeiten zu verbringen, und kippten sich stattdessen das Gebräu hinter die Binde, das in diesem Laden serviert wurde. Ansonsten war die Stube verlassen.

Golan stand hinter der Theke und putzte einen dreckigen Becher mit einem noch dreckigeren Lappen ab. Er sah von seiner fragwürdigen Arbeit auf, als Askon den Raum betrat.

»Ah, junger Herr, ihr habt guten Schlaf gefunden, wie ich sehe«, sagte er und lächelte, wobei er zahlreiche Lücken preisgab.

»Ihr seid ein scharfsinniger Beobachter, Golan. Sagt, ist Vesna schon wach?«

Golan nickte. »Die Herrin Sol hat das Haus bereits verlassen, lässt euch aber ausrichten, dass sie bald zurück sein wird.«

»Hat sie gesagt, wohin sie gegangen ist?«

»Die Herrin Sol hat mir ihre Absichten nicht mitgeteilt, nein. Setzt euch doch, ich bringe euch euer Frühstück.«

Askon zuckte mit den Achseln und kam der Aufforderung des Wirtes nach.

Was auch immer Vesna trieb, er würde es früh genug erfahren. Außerdem kam es ihm nicht ungelegen, dass er ein wenig Zeit allein mit dem Wirt verbringen konnte.

Nachdem Golan ihm sein Frühstück gebracht hatte, tat er sich aber erst an dem Brot, Käse und dem gekochten Ei gütlich. Als der Wirt den leeren Holzteller wieder an sich nahm, hielt Askon ihn mit einer Handbewegung zurück, bevor dieser sich abwenden konnte.

»Golan«, sagte er, »lebt ihr schon lange hier auf Orvar?«

Die Miene des älteren Mannes hellte sich auf, als Interesse an ihm bekundet wurde. Er lehnte sich mit einer Hand gegen die Tischplatte und hob die andere wie ein Barde, der gleich die Geschichte eines berühmten Helden vortragen würde.

»Hier geboren und aufgewachsen. Ein echter Eisinselrecke!«, sagte er stolz. »Früher, als ich so jung war wie ihr, bin ich mit meinem eigenen Boot raus aufs Frostmeer gefahren und habe die Früchte der See eingetragen. Wilde Zeiten waren das. Einmal ...«

»Faszinierend«, unterbrach ihn Askon, was ihm einen verärgerten Blick einbrachte. »Ihr habt euch nicht zufällig einmal zu den Splitterinseln hinausgewagt?«

»Den Splitterinseln?«, fragte Golan und der Ärger in seinem Gesicht wurde durch Erstaunen ersetzt. »Warum um alles in der Welt sollte ich dorthin segeln? Da hätte ich mir auch gleich einen Sack Steine um die Hüfte binden und mich über Bord werfen können. Das Ergebnis wäre dasselbe. Nein, nein ... viel zu gefährlich da oben. Außerdem gibt es dort kaum Heringe und die verkaufen sich hier am besten. Wisst ihr, das Schwierige beim Heringsfang ist ...«

»Kennt ihr vielleicht jemanden, der die Reise unternommen hat?«

»Was seid ihr denn so interessiert an den Splitterinseln?«, murrte Golan.

»Ich brauchte einen Führer, jemanden, der mein Schiff sicher durch die Gewässer navigieren kann. Ist euch so jemand bekannt?«

Golan machte große Augen. »Dahin wollt ihr? Ins Land des ewigwährenden Frosts, wo die Eishaie immer hungrig sind? Darf ich fragen, wieso?«

Askon hob die Schultern. »Och, nur so. Neugier, Abenteuerlust ... ihr versteht schon. Ich habe gehört, der Kristallwald soll atemberaubend sein.«

»Der ... der Kristallwald?«, fragte er und rieb nervös an einem Fleck auf seiner Schürze herum. »Ihr wollt doch nicht die verbotene Insel betreten? Wisst ihr denn nicht, was für Geschöpfe dort hausen?«

»Betreten? Aber nicht doch. Ich wollte mir den Wald nur mal aus der Ferne ansehen. Vielleicht ein Bild malen oder ein Gedicht darüber schreiben. Hexersachen eben, ihr versteht? Also, kennt ihr nun jemanden, der mich dorthin bringen kann oder nicht?«

Golans Blick war abweisend geworden, er verzog die Lippen und schüttelte den Kopf. »Nein, ich kenne niemanden, der das vermag, und ihr solltet dankbar darum sein. Schlagt euch diesen Unsinn lieber aus dem Kopf, bevor …«

»Der alte Stroki kann euch hinbringen«, rief jemand.

Askon wandte sich zu den Fischern in der Ecke herum, die ihr Gespräch offenbar belauscht hatten. Der Mann, der gesprochen hatte, war ein großer Kerl mit verfilztem Bart und nur einem Auge, das andere wurde von einer ledernen Augenklappe verdeckt.

»Wenn ihr uns die nächste Runde bezahlt, sag ich euch, wo ihr ihn finden könnt. Schmeckt zwar wie ranzige Buttermilch das Gebräu, aber leert sich schneller, als sich mein Geldbeutel füllt«, sagte er schief grinsend und zeigte ihm seinen leeren Krug.

»Halt die Klappe, Mervin, und hör auf, den jungen Herrn zu belästigen!«, rief ihm Golan zu, was dem Einäugigen nur ein müdes Lächeln abrang. »Hört nicht auf ihn, junger Herr. Stroki kann niemanden irgendwo hinführen, der ist nicht ganz beisammen. Würde mich wundern, wenn er überhaupt noch lebt. Hab ihn schon seit Jahren nicht mehr gesehen …«

»Er lebt«, sagte Einauge, »und es gibt niemandem im Umkreis von ein paar hundert Meilen, der sich so gut auf den Splitterinseln auskennt wie er.«

»Schenk den netten Herren nach, Golan, auf meine Rechnung«, sagte Askon und machte eine auffordernde Handbewegung, woraufhin das Trio jubilierte.

Golan verzog das Gesicht, sagte aber nichts mehr. Scheinbar hatte er endlich erkannt, dass er es mit einem unbelehrbaren Gast zu tun hatte.

Wurde auch Zeit.

Askon stand auf und ging zu den Männern hinüber, wandte sich aber nochmal zu dem Wirt um. »Oh, und Golan, sagt Vesna nicht, worüber wir gerade gesprochen haben.«

Golan kniff misstrauisch die Augen zusammen. »Wieso hätte ich ihr davon erzählen sollen?«

Gute Frage. Gut gemacht, Askon, sehr unauffällig, schalt er sich selbst. »Äh, genau. Warum solltet ihr?«

Golan hob eine Augenbraue und zog sich dann hinter die Theke zurück.

Kopfschüttelnd trat Askon an den Tisch der Fischer heran. »Also, eure ranzige Buttermilch ist auf dem Weg. Wie finde ich nun diesen Stroki?«

»Das is nich schwer. Folgt einfach dem Küstenstreifen etwa fünf Meilen nach Norden. Er lebt in einer selbstgebauten Hütte direkt am Meer. Is kaum zu übersehen, is das einzige Gebäude weit und breit.«

»Und wie kommt es, dass er sich so gut auf den Splitterinseln auskennt?«

»Na, weil der alte Stroki früher mal Eishaie gejagt hat, der Teufelskerl. Ihr Fleisch verkauft sich besser als die Möse einer Jungfrau, aber es is ne gefährliche Profession. Jedenfalls tummeln sich nirgends so viele der Biester wie dort oben. Wegen der vielen Robben, wisst ihr?«

»Klar, die Robben«, sagte Askon fachmännisch, ohne die blasseste Ahnung zu haben, was er sich unter einer Robbe vorzustellen hatte.

»Gab keinen besseren Eishaijäger im Land. Echt eine Schande ...«, sagte er und senkte den Blick, auch seine Kumpane wirkten betrübt.

»Was ist eine Schande?«

»Na, was mit ihm passiert is, natürlich«, sagte Einauge so nachdrücklich, als sei es für ihn vollkommen unverständlich, wie jemandem entgangen sein konnte, was dem Eishaifischer aus diesem entlegenen Fischerdorf zugestoßen war. »Eines Tages is er mit seiner Mannschaft rausgefahren und nich wieder zurückgekehrt. Wir dachten alle, er wär samt seinen Männern umgekommen und das stimmt auch, zumindest was seine Leute angeht. Gute Männer warn das. Er selber is nach drei Jahren wieder aufgetaucht, war aber nich mehr derselbe. Haben wohl einen Eishai erwischt, der schon zu groß geworden is ... n echtes Monstrum. Hat das Schiff zerlegt als wärs n Robbenjunges. Stroki hat sich irgendwie auf ne Splitterinsel retten können und da solange überlebt, bis ihn ein vorbeifahrendes Schiff gerettet hat, aber frag mich nich wie. Is schwierig ihm zu folgen, wenn er was erzählt.«

Auf die Nachfrage hin, wieso das so sei, ließ er seinen Zeigefinger neben der Schläfe kreisen und machte Vogelgezwitscher nach.

»Er ist verrückt?«, hakte Askon nach.

»Vollkommen durchgeknallt«, stimmte Einauge nickend zu.

»Na großartig. Wird er dann überhaupt in der Lage sein, uns zu führen?«

Einauge zuckte die Achseln. »Keine Ahnung. Bezweifle ich, ehrlich gesagt. Aber die Möglichkeit besteht immerhin, also kannste den Met auch nich mehr zurücknehmen«, sagte er grinsend und seine Kumpane lachten vor sich hin.

Wie aufs Stichwort kam Golan herbei und füllte die Becher der Männer aus einem Krug nach.

»Lasst es euch schmecken«, sagte Askon missmutig und wandte sich ab.

Er setzte sich wieder an seinen Tisch und grübelte vor sich hin. Wenn es stimmte, was Einauge gesagt hatte und Stroki der einzige Mann weit und breit war, der sich als Führer eignete, dann machte es keinen Unterschied, ob er verrückt war oder nicht. So oder so würde er versuchen müssen, mit ihm zu reden. Danach würde er abwägen, ob er für diesen Auftrag geeignet war – das hieß, Leif würde das tun müssen. Vielleicht sollte er ihm die Sache mit dem Wahnsinn aber verschweigen, wenn er ihm den Auftrag erteilte, Leif überdramatisierte solche kleineren Schwierigkeiten ständig.

Er würde die Anheuerung ja selbst übernehmen, aber er konnte Vesna nicht ohne Erklärung allein lassen und noch hatte er keinen Schimmer, wie er ihr seinen Plan unterbreiten wollte, ohne dass sie *ihn* als verrückt ansehen würde, aber alles zu seiner Zeit.

Als hätten seine Gedanken sie beschworen, öffnete sich die Tür und Vesna trat ein. Unter dem enganliegenden Pelzmantel mit dem hohen Kragen trug sie eine aufreizende dunkelblaue Bluse, die ihr Dekolleté hervorhob. Die Fischer drehten sich zu ihr um, musterten sie aber nur kurz, bevor sie sich hastig abwandten. Jede andere Frau, vor allem eine, die so aussah wie Vesna, hätten sie vermutlich unverhohlen begafft, aber die Furcht vor der Hexe überstieg ihre anrüchige Schaulust. Weise Männer.

Vesna erblickte Askon und winkte ihm auffordernd zu. »Komm, Greisenjunge, ich habe etwas für dich«, sagte sie und verschwand wieder nach draußen.

»Guten Morgen, Tante, hast du so gut geschlafen wie ich? Ja? Das freut mich aber«, murmelte Askon vor sich hin, stand mit einem Seufzen auf und folgte ihr.

Er fand Vesna in dem kleinen Stall, der an das Wirtshaus angebaut war. Nur zwei der vier Boxen waren besetzt. In der einen stand ein riesiges Vollblut mit schwarzglänzendem Fell, für das man auf dem Pferdemarkt in Drugmor gut und gerne zehn Silberstücke bekommen würde, was ein sicheres Zeichen dafür war, dass es sich um Vesnas Tier handelte. Die Hexe hatte ihn aber nicht hergebracht, um mit ihrem Pferd anzugeben. Sie stand vor der zweiten Box und wartete darauf, dass er zu ihr aufschloss. Askon ging an dem Vollblut vorbei und spähte in die Box daneben. Eine gehörnte, unterernährte Kuh, deren Rippen über dem aufgeblähten Bauch deutlich sichtbar hervortraten, stand darin und ließ ein Muhen ertönen, als sie ihn erblickte. Ihre Augen waren weit aufgerissen, die Muskeln zitterten unter dem braunen Fell.

Schweißperlen bildeten sich auf Askons Stirn, obwohl die Luft so kalt war, dass dichte Dunstwolken seinen Mund verließen.

»Was hat es mit dieser Kuh auf sich?«, fragte er, obgleich er die Antwort schon kannte.

Vesna wandte ihm den Kopf zu und sah ihn durchdringend an. »Stell dich nicht dumm, Greisenjunge. Du weißt, wieso ich sie hergebracht habe. Es wird Zeit, dass du deine Angst bekämpfst.«

Mit einem Knall schob sie den eisernen Riegel zurück und öffnete die Tür, woraufhin die Kuh nervös muhte. Vesna machte eine einladende Geste, aber Askon rührte sich nicht von der Stelle.

»Der Besitzer wird sie nicht vermissen, versprochen«, sagte sie. »Von dem Geld, das ich ihm für dieses ausgemergelte Exemplar gezahlt habe, kann er sich glatt einen neuen Kuhstall kaufen.«

Er machte immer noch keine Anstalten, sich zu bewegen.

»Askon, du kannst noch so lange Schwertmeister mit deinen Männern spielen, wir beide wissen, dass es keinen Unterschied machen wird. *Das* ist es, was du brauchst«, sagte sie und deutete auf die verdutzt dreinblickende Kuh. »Du bist ein Todeshexer – der letzte deines Geschlechts und ein mächtiger noch dazu. Du darfst dich nicht vor dieser Macht fürchten, du musst sie entfesseln! Nur so können wir Viktor die Stirn bieten. Jetzt geh dort hinein und nimm dir, was du brauchst!«

Er nickte. Sie hatte recht, er musste seine Angst überwinden. Er machte einen zögerlichen Schritt auf die Kuh zu, streckte eine Hand aus und kraulte das Tier zwischen den Hörnern, was es ein wenig zu beruhigen schien. Mit der anderen Hand fuhr er ihm über die Seite, streichelte den kräftigen Hals, wo er seinen Puls unter den Muskeln spüren konnte. Der Herzschlag war stark, aber unruhig wie ein Grashüpfer, der vor einer Eidechse floh. Der Rhythmus des Lebens erkannte immer, wann ein Raubtier in der Nähe war – und Askon war das gefährlichste Raubtier von allen, die Kuh begriff es nur noch nicht.

Er seufzte und öffnete seine Quelle, das kalte Licht des Todes erwachte in seinen Augen und glomm in der Düsternis des Stalls. Für Askon wurde die Lebenskraft des Tieres sichtbar, sie pulsierte unter seiner Haut in einem rotgoldenen Leuchten, er spürte sie unter seinen Fingern vibrieren, schmeckte sie in der Luft. Er fuhr sich mit seiner Zunge über die Lippen, ein Grollen entfuhr seiner Kehle.

Bitte, bitte tu mir nichts!, erschallte eine Stimme in seinem Kopf.

Askon erstarrte. Er hatte gerade zupacken, die Lebensenergie herausreißen wollen, doch nun hielt er inne.

Oh, bitte, bitte, ich will nicht sterben! Bitte, habe Erbarmen!

Seine Hände wurden von einem Zittern ergriffen, mit jedem Herzschlag breitete sich ein Gefühl der Kälte in seinem Inneren aus, das paradoxerweise wie Feuer durch seine Adern brannte.

Bitte, habe Erbarmen!

Er hatte kein Erbarmen gehabt. Der Mann, der ihn um sein Leben angefleht hatte, war in jener Nacht einen grauenvollen Tod gestorben ... und Askon hatte es genossen. Jeden Tropfen seiner Lebenskraft hatte er ausgekostet, hatte den Söldner, der nichts anderes verbrochen hatte, als zur falschen Zeit am falschen Ort zu sein, langsam dahingerafft, ihn seinen Tod spüren lassen.

Eben hatte er dasselbe Verlangen gefühlt, dieselbe Begierde hatte sich in ihm ausgebreitet. Töten, trinken, einverleiben ... Er spürte den Dämon an seinen Ketten rütteln, gierig bleckte er die spitzen Zähne.

Askon wankte zurück, ließ von der Kuh ab, die auf der Stelle tänzelte und ihren Schwanz umherpeitschte. Er schüttelte den Kopf.

»Ich ... ich kann nicht«, sagte er, wandte sich um und rannte an seiner Tante vorbei, die zu verblüfft war, um ihn aufzuhalten.

40

Als die Nacht hereinbrach, führte Bersek Vura und Gedilli durch das Schloss seines Meisters hin zu jenem Ort, wo das magische Ritual durchgeführt werden würde. Sie stiegen eine lange Wendeltreppe hinab, die tief unter den Erdboden führte, Bersek leuchtete ihnen mit einer Fackel den Weg. Anschließend kamen sie durch einen langen Gang, an dessen Ende eine dunkel gestrichene Tür aus Eichenholz auf sie wartete. Ein schwarzes, rechteckiges Loch in dem hellen Gestein wie ein Tintenfleck auf weißem Papier.

»Da sollen wir rein gehen?«, fragte Gedilli. »In dieses ... Verlies?«

»Das Laboratorium meines Meisters ist kein Verlies«, erklärte Bersek brüskiert. »Es ist ein Ort der Forschung, des Wissens und der Magie ... wobei die Kreaturen, die er dort einsperrt, das wohl nicht so sehen würden.« Er kicherte.

Das klingt ja traumhaft, dachte Gedilli.

Er blickte auf Vura hinab, die auf die Worte des Affen nicht reagierte. Gedilli strich ihr über die Schulter, woraufhin sie ihm ruckartig den Kopf zuwandte, so als hätte er sie aus einem Traum erweckt. Er nickte und lächelte ihr aufmunternd zu. Sie nickte zurück, aber ihr Lächeln wirkte aufgesetzt, in ihren Augen schimmerte Furcht.

Bersek hängte die Fackel in eine eiserne Halterung neben der Tür und klopfte zweimal. Nach einigen Herzschlägen öffnete sich die schwere Tür mit einem scharrenden Geräusch und Bersek ging hindurch. Gedilli wollte ihm schon folgen, als er bemerkte, dass Vura keinen Muskel rührte.

»Ihr müsst das nicht tun«, sagte er sanft. »Wir können diesen Ort verlassen und einen anderen Weg finden.«

Es schien, als wollte sie nichts lieber tun als das, aber sie schüttelte trotzdem kaum merklich den Kopf. »Es gibt keinen anderen Weg.«

Sie nahm einen tiefen Atemzug, schien sich zu wappnen, und trat ein. Gedilli folgte ihr dichtauf und als er den Raum betrat, wurden seine Augen groß. Das Licht der Öllampen, die, wie er mit einem Stirnrunzeln bemerkte, frei in der Luft unter der kuppelförmigen Decke zu hängen schienen, leuchtete auf Glasbehälter in verschiedenster Form. Sie reihten sich auf zwei großen Tischen aneinander und waren teilweise durch Schläuche und andere gläserne Apparaturen miteinander verbunden. Gelbe, rote, grüne und violette Flüssigkeiten brodelten darin, er glaubte in einem größeren Behältnis sogar etwas herumschwimmen zu sehen, aber immer, wenn er seinen Blick darauf richtete, war es verschwunden. An den Wänden reihten sich Regale, aus denen ihn die leeren Augenhöhlen verschiedener Tierschädel anstarrten, dazwischen schwebten in zylinderförmigen Glasbehältern die Kadaver seltsamer Kreaturen in einer grünlichen Flüssigkeit. Gedilli machte einen Schritt darauf zu und betrachtete eine Fledermaus, deren Haut von rötlichen Schuppen bedeckt war und deren peitschenartiger Schwanz länger als ihr gesamter Körper war. In einem anderen kauerte ein katzenähnliches Wesen, das sechs Beine vorzuweisen hatte, die alle in schartigen Klauen endeten und zwischen denen sich Schwimmhäute spannten.

Gedilli wandte angewidert den Blick ab und stellte fest, dass sich an der gegenüberliegenden Wand Käfige stapelten. In den meisten befanden sich gewöhnliche Tiere – ein Hund, eine große Eidechse, eine Gans –, aber aus dem größten Käfig starrten ihm drei Augenpaare entgegen, die zu einer Kreatur gehörten, die man beim besten Willen nicht als gewöhnlich bezeichnen konnte. Der Schädel einer Ziege, eines Löwen und eines Warans saßen auf einem Löwenkörper, der die Tatzen übereinandergeschlagen hatte und mit dem Schwanz zuckte, der, wie Gedilli jetzt erkannte, in einem weiteren Kopf endete. Der Schwanz war nämlich gar kein Schwanz, sondern eine gefleckte Python, die mit ihrer gespaltenen Zunge flatterte.

Vura schritt darauf zu und ging vor dem Käfig in die Hocke. Die drei Köpfe beugten sich interessiert zu ihr vor, auch die Python schlängelte sich durch die Luft auf sie zu.

»Geht nicht zu nah ran«, ertönte eine dunkle Stimme und sprach damit Gedillis Gedanken aus.

Der *Schatten* trat aus einer Tür, die zwischen den Regalen versteckt gewesen war.

»Ist es gefährlich?«, fragte Vura, neugierig in den Käfig spähend. Der Ziegenkopf öffnete den Mund, doch anstelle eines Bähens entfuhr ihm ein raubtierhaftes Knurren.

»Das weiß ich noch nicht, die Kreatur ist erst wenige Tage alt«, erklärte der *Schatten*. »Aber bis ich es in Erfahrung gebracht habe, tätet ihr gut daran, Vorsicht walten zu lassen.« Er trat neben Vura und blickte in den Käfig. Seine Gesichtszüge wurden weicher, ein Lächeln umspielte seine Lippen. Er sah aus wie ein stolzer Vater, der seinen neugeborenen Sohn betrachtete. »Es ist das erste Mal, dass es mir gelungen ist, mehrere lebensfähige Köpfe mit einem Leib zu verbinden. Diese Hexerei bedarf Fingerspitzengefühl, das kann ich euch sagen. So viele Nervenenden und Blutgefäße müssen miteinander verflochten und dahingehend transformiert werden, dass sie mit denen der anderen Geschöpfe kompatibel sind. Aber die Arbeit hat sich zweifelsohne gelohnt, wenn man dieses wunderschöne Wesen erblickt. Ich nenne es eine Chimäre. Gefällt sie euch?«

Vura sah zum Schatten auf, aber Gedilli konnten ihren Blick nicht deuten. »Was habt ihr mit ihr vor?«, fragte sie.

»Gar nichts. Die magische Verschmelzung ist recht instabil. In einigen Tagen wird sie verenden.«

»Warum habt ihr sie dann erschaffen?«, fragte sie fast zornig.

»Eine seltsame Frage ...« Der *Schatten* schien verwirrt. »Um zu lernen natürlich.«

Vura schien noch etwas sagen zu wollen, schüttelte dann aber den Kopf und erhob sich wieder.

»Wollen wir beginnen?«, fragte der *Schatten* und deutete neben sich auf den Boden, wo Bersek einen schwarzen Teppich ausbreitete. Vura nickte knapp und ließ sich darauf im Schneidersitz nieder, der *Schatten* setzte sich ihr auf dieselbe Weise gegenüber.

»Hier wird mit gar nichts begonnen, bevor mir nicht erklärt wird, was genau vonstattengeht«, sagte Gedilli und trat an die beiden heran.

Der *Schatten* sah ihn an, wie er ein Insekt betrachten mochte, das sich auf seiner Hand niedergelassen hatte. »Ich werde Vura den Vorgang sogleich erklären und da ihr über zwei funktionierende Ohren verfügt, kann ich euch kaum daran hindern, auch darüber in Kenntnis gesetzt zu werden.«

»Sehr schön«, sagte Gedilli und verschränkte die Arme vor der Brust. »Außerdem verlange ich eine Entschuldigung.«

»Ihr verlangt?«

»Ganz recht, ich verlange. Höfliche Menschen tun so etwas, nachdem sie einen vergiftet haben.«

Die Augen des *Schatten* verengten sich, aber nachdem er einen kurzen Blick auf Vura geworfen hatte, seufzte er. »Es tut mir leid«, brachte er hervor.

»Seht ihr, das war doch gar nicht so schwer. Fühlt ihr euch jetzt nicht besser?«

Der *Schatten* zog gelangweilt eine Augenbraue hoch, aber Vura musste sich ein Schmunzeln verkneifen, wie Gedilli zufrieden bemerkte.

»Seid ihr fertig?«, fragte der Hexer und Gedilli lächelte süffisant.

Der *Schatten* wandte sich Vura zu, eine Hand verschwand in einer Tasche seines Mantels und brachte etwas zutage, das wie verwelkte Eichenblätter aussah. »Das hier sind die getrockneten Blätter des Idrabaumes. Sie enthalten einen bemerkenswerten Stoff, der seine Wirkung entfaltet, sobald er von der

Mundschleimhaut aufgenommen wird. Bevor ich mit der Hexerei beginne, werden wir beide einige von ihnen kauen. Das wird euren Geist öffnen und es mir ermöglichen, einzutreten.«

Er reichte ihr ein paar Blätter, den Rest behielt er in der Hand. Vura hielt sie sich dicht vors Gesicht und betrachtete sie misstrauisch. »Ist das wirklich notwendig?«, fragte sie.

»Anders lässt sich die mentale Barriere nicht überwinden, die uns voneinander trennt. Aber das ist nichts, wovor ihr euch zu fürchten braucht. Es wird nur euer Bewusstsein erweitern.«

»Und das wird euch in meinen Geist treten lassen?«

»Nein, es wird nur die Tür öffnen. Hindurchtreten werde ich mithilfe von Seelenmagie, aber diese Praktik ist recht kompliziert und schwierig zu erklären. Worauf es ankommt, ist, dass ihr auf diese Weise in Areale eures Geistes vordringen könnt, die euch üblicherweise verschlossen bleiben oder von denen ihr gar nicht wusstet, dass sie existieren.«

»Werdet ihr währenddessen bei mir sein?«

»Oh ja, ohne mich könntet ihr euch in den Wirrungen eures Geistes verirren und würdet Gefahr laufen, nicht mehr herauszufinden. Haltet euch also immer an mich, ich werde euer Ankerpunkt sein, der euch mit der äußeren Welt verbindet. Sollten wir auf Schwierigkeiten stoßen, kann ich euch jederzeit zurückholen.«

Vura nickte abwesend. »Was ist mit ... *ihr*? Wie werden wir sie finden und was geschieht, wenn es uns gelungen ist?«

»Jeder Geist ist einzigartig, weshalb ihr selbst einen Weg hindurchfinden müsst. Ich kann euch dabei nur bedingt helfen. Wenn es euch jedoch gelungen ist, das *Licht* zu lokalisieren, müsst ihr sie berühren. Sie kann nur so lange getrennt von euch existieren, wie sie von euch abgeschottet ist. Berührt ihr sie, werden sich eure mentalen Projektionen verbinden und ihr werdet wieder eins sein.« Er hob die Blätter in seiner Hand. »Seid ihr bereit?«

Vura sah sich hilfesuchend nach Gedilli um.

»Ich werde nicht von eurer Seite weichen«, sagte er.

Sie nickte ernst und wandte sich wieder dem *Schatten* zu. Dieser steckte sich die Blätter in den Mund und sie tat es ihm nach. Während sie darauf herumkaute, zog sie eine Grimasse wie ein Kind, das in eine Zitrone biss, aber schon nach wenigen Augenblicken entspannten sich ihre Züge und ihr entfuhr ein Seufzen. Sie schwankte leicht im Sitzen, ihr Oberkörper wippte hin und her, so als bewegte sie sich zu einer Melodie, die nur sie hören konnte.

»Schließt nun die Augen, Vura«, sagte der *Schatten*. Seine Stimme hatte einen beruhigenden Tonfall angenommen, war tief und gleichmäßig geworden.

»Entspannt euch, lasst alle bewussten Gedanken fahren und spürt das Gewicht eures Körpers, das euch in den Boden drückt, spürt die Luft, die eure Lunge füllt. Konzentriert euch auf diese Gefühle, verankert euch im Hier und Jetzt, spürt eure Existenz, euer Leben.« Er machte eine Pause, Vuras Atmung war tiefer geworden, ein Ausdruck völligen Friedens glättete ihre Gesichtszüge. »Ich möchte, dass ihr euch nun einen Ort vorstellt, an dem ihr euch vollkommen sicher fühlt, wo ihr Harmonie und Glück empfindet.« Der *Schatten* machte eine kurze Pause. »Habt ihr einen solchen Ort gefunden?«

»Ja«, sagte Vura mit einer Stimme so schwer wie Blei.

»Gut. Füllt euren Geist damit aus, lasst ihn eure Gedanken überlagern, sie durchdringen, bis ihr an nichts mehr denkt außer diesen Ort. Geht in ihm auf, spürt ihn, wie ihr zuvor euren Körper gespürt habt, und macht ihn zu eurer neuen Wirklichkeit.«

Vuras Bewegungen waren zum Stillstand gekommen, sie saß völlig regungslos da, ihre Atmung war kaum mehr wahrnehmbar.

Die Augen des *Schatten* leuchteten rot auf und Gedilli fühlte ein Prickeln in der Luft. »Eine Tür erscheint an eurem Ort«, sagte er. »Eine Tür aus dunklem Holz mit einer silbernen Klinke und einem silbernen Schloss. Könnt ihr sie sehen?«

Ein Nicken. Sehr langsam senkte und hob sich ihr Kinn.

»Ihr spürt das Gewicht eines Schlüssels in eurer Hand, fühlt das kühle Metall auf eurer Haut. Fühlt ihr ihn, seht ihr ihn?«

Ein Nicken.

»Geht zu der Tür und steckt ihn ins Schloss. Dreht ihn und öffnet die Pforte ...«

Das Glühen seiner Augen wurde intensiver, sein Körper streckte sich, er hob den Blick, dann verließ ihn die Spannung plötzlich und sein Kopf sank auf seine Brust hinab. Gedilli fühlte das Prickeln der Magie nach wie vor im Raum. Die Augen des *Schatten* waren geschlossen, aber durch die Lider sickerte das rotglühende Licht.

Gedilli blinzelte verwirrt. Das war es schon? Er hatte eine spektakulärere Vorstellung erwartet.

»Spielt ihr Schach?«, sagte eine raue Stimme, die ihn auffahren ließ.

Er löste den Blick von den sich reglos gegenübersitzenden Gestalten und sah zu Bersek hinunter, der lautlos an ihn herangetreten war. Er hatte ganz vergessen, dass der Affe hier war.

»Wieso?«, fragte er.

»Nun, es wird eine Weile dauern, bis die beiden wieder aufwachen, da dachte ich, wir könnten uns genauso gut ein wenig die Zeit vertreiben.«

»Dachtest du, ja?« Gedilli rümpfte die Nase. »Ich spiele nicht mit magisch manipulierten Affen, die mich in dunklen Gassen anfallen. Ist so eine Eigenart von mir.«

»Du hast doch nur Angst, gegen einen Affen zu verlieren.«

Die dunklen Augen glitzerten spöttisch in dem behaarten Gesicht und Gedilli verschränkte die Arme vor der Brust. »Hol das verdammte Spiel, dann werde ich dir zeigen, wer hier verliert!«

TRAUMNEBEL

41

Vura trat einen Schritt von der Tür zurück, die frei auf den weißen Marmorplatten des Trainingsfeldes stand. Nichts geschah. Sie hatte den Schlüssel herumgedreht, wie der *Schatten* gesagt hatte, aber sie wartete vergebens darauf, dass sich die Tür öffnete.

Sie zuckte die Achseln und wandte sich um, ließ den Blick über die Baumwipfel des Palastgartens schweifen, die das rechteckige Trainingsfeld einrahmten. Die Sonne schien und sie spürte die warmen Strahlen auf ihrer Haut, die Vögel sangen, ein leichter Windhauch spielte mit den Blättern, der Geruch von feuchtem Gras lag in der Luft. Sie seufzte. Hier hatte sie sich stets am wohlsten gefühlt. Im Palast hatte sie immer damit rechnen müssen, dem König oder seiner Schwester über den Weg zu laufen oder schlimmer noch – Gustav. Menschen, für die sie nichts weiter als das lästige Anhängsel eines gebärfreudigen Beckens war. Es war eine fremde, abweisende Umgebung für sie gewesen, so absonderlich wie die Adligen, die darin lebten.

Aber hier war das anders, dies war ein Ort der Magie, wo sie ihre Macht als Hexe erkundet und entfaltet hatte. Dieser Ort gehörte ihr. Hier gab es niemanden, der ihr sagte, was sie zu tun hatte.

Na ja, abgesehen von ...

»Schülerin«, ertönte eine vertraute Stimme, die Vuras Herz höherschlagen ließ, »bist du bereit für deine heutige Lektion?«

Sie fuhr herum, halb damit rechnend, dass sie sich die Stimme nur eingebildet hatte, aber da stand sie – Arina, in all ihrer royalen Pracht. Sie hatte die Hände in die Hüften gestemmt, das schwarzgelockte Haar fiel ihr frei auf die Schultern, ein Lächeln entblößte ihre makellosen Zähne.

»Bist du ... bist du es wirklich?«, fragte Vura mit zitternder Stimme.

Arina zog fragend die dunklen Brauen zusammen. »Natürlich. So wirklich, wie ich nur sein kann.«

Die Prinzessin stieß einen überraschten Schrei aus, als ihr Vura ihr in die Arme fiel, sie taumelte zurück und lachte. »Womit habe ich denn das verdient?«

Vura hob den Kopf, blickte zu ihr auf, ohne sie loszulassen. »Du warst so lange fort. Ich ... ich dachte, ich hätte dich verloren«, sagte sie. Tränen schimmerten in ihren Augen.

»Fort?«, fragte Arina kopfschüttelnd. »Ich bin nie weg gewesen, Vura.«

Jetzt erst fiel ihr auf, dass ihre Stimme seltsam verzerrt klang und ein leises Echo hervorrief, aber sie beschloss, es zu ignorieren.

Vura drückte ihre Lehrmeisterin fest an sich, Tränen liefen ihr über das Gesicht.

»Wir haben keine Zeit für so etwas!«, dröhnte die Stimme des *Schatten* wie ein Vorschlaghammer, der den Traum zertrümmerte, dem sie sich hingegeben hatte.

Sie löste sich aus Arinas Armen und wandte sich um. Der *Schatten* schloss in diesem Moment die dunkle Tür, durch die er hindurchgetreten war, aber sie erhaschte einen kurzen Blick auf das, was dahinter lag. Eine rauchige Finsternis, die seltsam schimmerte und sich bewegte wie ein Ölteppich, der sich über das Wasser zog.

Ist das sein Verstand?, fragte sie sich beunruhigt.

Einige Strähnen seines langen schwarzen Haares wehten ihm ins Gesicht, als er auf die beiden zuschritt. »Ihr könnt ein andermal in Erinnerungen schwelgen. Wir haben Wichtigeres zu tun.«

Vura sah zu Arina hoch, die den Neuankömmling skeptisch musterte.

»Aber ... aber sie wirkt so real«, sagte sie und wischte sich die Tränen aus dem Gesicht.

»Oh, sie *ist* real. So wie alles hier«, sagte er und breitete die Arme aus.

»Wie kann das sein? Ich dachte, wir befinden uns in meinen Gedanken?«

»Und was könnte realer sein als ein Gedanke? Die Welt?« Der *Schatten* lachte leise, so als amüsierte er sich über einen Scherz, den nur er verstand. »Alles, was ihr wahrnehmt, was ihr seht, was ihr hört, was ihr schmeckt und fühlt, was ihr *erfahrt*, sind nur Informationen, die von eurem Gehirn verarbeitet werden. Erst in eurem Verstand werden sie zur Wirklichkeit oder zu dem, was ihr für die Wirklichkeit haltet. Gedanken erschaffen die Welt, versteht ihr?«

»Vura, wer ist dieser Mann?«, fragte Arina. »Ich habe ihn hier noch nie gesehen. Redet er immer solch wunderlichen Unsinn?«

Vura kicherte. »Meistens. Er nennt sich der *Schatten*«, erklärte sie.

»Soso, der *Schatten*. Ein wenig ... einfallslos, findest du nicht?«

Der *Schatten* seufzte kaum hörbar. »Kommt, wir müssen das *Licht* finden, bevor die Wirkung der Idrablätter nachlässt«, sagte er und ging davon.

Vura blickte Arina in die Augen und ein Splitter fuhr ihr ins Herz bei dem Gedanken, sie schon wieder verlassen zu müssen. Sie drückte sie noch einmal an sich, sog tief den Duft ihres Haaröles ein.

»Leb wohl«, sagte sie und riss sich von ihr los. Sie schaute sich nicht um, während sie hinter dem *Schatten* herlief, aus Angst, dass sie es sonst nicht über sich bringen würde, sie zu verlassen.

»Was ... was ist sie? Wieso ist sie hier?«, fragte sie, als sie zu dem Hexer aufgeschlossen war.

»Was soll sie schon sein?«, sagte der *Schatten*, ohne sie anzusehen. »Sie ist Arina, die Prinzessin der Sterninseln, so wie ihr sie euch vorstellt, und sie ist hier, weil sie euch offenbar wichtig ist. Alle Menschen, die unser Selbst definieren, existieren in der ein oder anderen Form in unserem Geist. Sie sind ein Teil von uns und wir von ihnen.«

Das Tappen ihrer Schritte verstummte, als sie die Marmorplatten hinter sich ließen und den weichen Rasen betraten. Sie gingen auf den gepflasterten Weg zu, der in geschlungenen Pfaden durch den kleinen Wald führte, der sich hinter der Wiese erstreckte ... oder es zumindest sollte. Denn als Vura den Kopf hob, konnte sie ihn nicht sehen. Die Wiese endete in einem Nebel, der so dicht war, dass er nichts erkennen ließ außer einer weißen, dunstigen Wand. Es war ein unheimlicher Anblick und sie fragte sich, wieso ihr das nicht schon früher aufgefallen war. Oder war der Nebel zuvor gar nicht da gewesen? Sie schauderte.

»Was ist das?«, fragte sie und verschaffte ihrer Ratlosigkeit Ausdruck.

Der *Schatten* wurde langsamer und blieb vor der nebligen Wand stehen, die sich bis zum Himmel erstreckte. Er blickte zu ihr herunter. »Euer Unterbewusstsein.«

Sie spürte die Kälte, die von den Nebelschwaden ausging und eine Gänsehaut kroch ihre Unterarme hinauf. »Was erwartet uns dort?«

Die dünnen Lippen des *Schatten* verzogen sich zu einem Lächeln. »Das werden wir gleich herausfinden«, sagte er, machte einen Schritt und verschwand im Nebel.

Vura zögerte einen Moment, sah seiner verblassenden Silhouette hinterher, dann folgte sie ihm und der eisige Nebel verschluckte sie.

42

Der Dunst war kalt, fühlte sich aber seltsam trocken auf ihrer Haut an, so als bestünde er aus weißem Staub. Es war ein unwirklicher Ort ohne Anfang und Ende, und Vura verspürte das Bedürfnis, den *Schatten* bei der Hand zu nehmen, konnte sich aber beherrschen. Sie wusste, wenn sie sich nur einen Schritt von ihm entfernte, wäre er für sie in der nebligen Unendlichkeit verloren – und damit auch sie. Der *Schatten* war ihr Ankerpunkt, der sie mit der äußeren Welt verband, sie durfte ihn nicht aus den Augen lassen, sonst wäre sie womöglich für alle Zeit hier gefangen. Eine Vorstellung, die sie mit Entsetzen erfüllte.

Sie konnte nicht sagen, wie lange sie durch den Nebel wanderten. Minuten oder gar Stunden mochten vergangen sein, die Zeit schien hier anderen Regeln zu gehorchen. Es herrschte vollkommene Stille, ihre Schritte verursachten keinerlei Geräusch, doch dann hörte sie plötzlich etwas. Ein seltsam verzerrtes Jammern, weit entfernt und nah zugleich. Es schwoll an und fiel dann wieder in sich zusammen und als sie den Kopf wandte, glaubte sie einen unförmigen Schatten im Nebel zu erkennen, der sich ebenso ausdehnte und wieder zusammenschrumpfte. Ein rotes Augenpaar glühte schwach in etwas, das ein Kopf sein mochte.

»Seht nicht hin«, warnte sie der *Schatten* und seine Stimme drang wie aus weiter Ferne an ihr Ohr.

»Was ... ist es?«, fragte sie, unfähig ihren Blick abzuwenden.

Die Umrisse des Schattens schwollen wieder an, nun konnte sie Hörner erkennen, die aus seinem Haupt stießen, die roten Augen folgten ihr.

»Ich sagte, ihr sollt nicht hinsehen«, sagte der *Schatten*, packte ihren Kopf mit einer Hand, riss ihn herum und zwang sie, ihren Blick abzuwenden. Im Augenwinkel waberte das schattenhafte Ungetüm, aber sie sah es nicht noch einmal an. »Das, was ihr hier seht und hört«, fuhr er fort, »sind die formlosen Ängste, die ihr als Kind durchlitten habt. Das Monster unter dem Bett, der Nachtkrapp, der einen holt, wenn man nicht artig ist. Hier, in den Tiefen eures Geistes, leben sie nach wie vor, aber sie sind kraftlos, verblasst. Nichts weiter als Schatten im Nebel. Macht sie nicht stärker, als sie sind, indem ihr sie anblickt und ihnen eine Form gebt.«

Vura beherzigte seinen Ratschlag und konzentrierte sich auf ihre Füße, die sie durch den Dunst kaum zu sehen vermochte. Den Rest des Weges verblieb sie so, obwohl immer wieder ein Heulen oder ein Knurren durch den Nebel hallte. Geräusche, die es einem schwer machten, sich nicht nach ihnen umzusehen, aber sie blieb standhaft. Selbst als sie Flügelschlagen über sich vernahm und ein großer Schatten auf sie fiel, gelang es ihr – wenn auch nur mit Mühe –, nicht hinaufzublicken.

Nach einer gefühlten Ewigkeit lichtete sich der Nebel ein wenig und sie hob den Kopf. Vor ihr ragte ein Brunnen empor, drei nackte Frauen räkelten sich in seinem Zentrum, Dunstschwaden umflossen ihre Gestalten. Dahinter führte eine breite steinerne Treppe zu vergoldeten Flügeltüren, die in das Gemäuer eines gewaltigen Gebäudes eingelassen waren, das sich hinter dem Nebelschleier schemenhaft abzeichnete wie ein dunkler Berg.

Vura blieb stehen und starrte die glänzenden Türen an, als seien sie das Tor zur Hölle und Dämonen könnten jeden Augenblick daraus hervorbrechen.

»Das ist also der Sternpalast«, sagte der *Schatten*. »Ich hätte nie gedacht, dass ich ihn einmal mit eigenen Augen sehen würde.«

»Ihr sagtet, das *Licht* schützt mich vor meinen dunkelsten Erinnerungen, richtig?«, fragte Vura.

»Davon gehe ich aus, ja.«

Ein Zittern durchlief Vura. »Dann werden wir sie da drin finden.«

Sie wusste, dass wenn sie jetzt zögerte, sie niemals den Mut aufbringen würde, weiterzugehen. Also dachte sie nicht weiter darüber nach und lief los. Die leisen Schritte des *Schatten* folgten ihr, als sie an dem Brunnen vorbeiging und die Treppen hinaufschritt. Sie legte ihre Hand auf eine der vergoldeten Klinken der doppelflügeligen Tür, drückte sie hinunter und stieß die Tür mit einem Fußtritt auf. Dahinter erwartete sie eine von züngelnden Fackeln unterbrochene Dunkelheit. Sie holte tief Luft und trat ein.

Eine Haarlocke

43

Damael stand auf dem Aussichtsturm, der sich zweihundert Meter hinter den Stadtmauern erhob, hatte die Arme hinter dem Rücken verschränkt und ließ seinen Blick über das Lichtermeer in der Ferne schweifen, das von den Lagerfeuern und Fackeln erschaffen wurde, die zwischen den vielen Zelten flackerten. Es war ein schöner Anblick, sogar friedlich. Jedenfalls solange man sich der Fantasie hingab, dass es riesige Glühwürmchen waren, die am Ufer des Sees tanzten und nicht die Lagerfeuer einer Invasionsarmee. Dahinter spiegelte sich die weißsilberne Mondsichel im See, die schon im Begriff war unterzugehen. Bald würde wieder ihr gleißendes Gegenstück über den Himmel herrschen und die Glühwürmchen würden sich zurückziehen.

Damael seufzte. Er wünschte, es wären Glühwürmchen. Die würde er nicht umbringen müssen.

Viktor würde heute keinen weiteren Versuch wagen, die Mauern zu erstürmen. Er würde ohnehin scheitern, wie all die Tage und Nächte zuvor. Seine Armee brach an ihren Mauern wie eine Sturmwelle an den Felsen einer Klippe. Nach jedem Angriff musste er seine Toten auf Schubkarren laden, um sie vom Kampfplatz wegzuschaffen. Jeden Tag brannte ein Leichenhügel so groß wie ein Haus. Diese Verluste konnte er nicht mehr lange verkraften. Viktor, der mächtigste König der Insellande, war dabei, den Krieg zu verlieren. Trotzdem empfand Damael keine Genugtuung, nicht einmal Erleichterung. Nur Schmerz.

Er hatte die Magieentladung in der Stadt gespürt, hatte den blauen Arkanstrahl gesehen, der in den Himmel geschossen war. Es war schwer gewesen, der Versuchung zu widerstehen, dorthin zu eilen. Seine Tochter ein letztes Mal zu sehen. Aber er hatte nicht nachgegeben. Er wusste, er wäre nicht stark genug gewesen, es mitanzusehen. Er hätte Valamer aufgehalten und Teja hätte niemals Frieden gefunden.

Stunden waren seither vergangen und inzwischen war der Gedanke zu ihm durchgedrungen, dass seine Tochter tot war. Nur akzeptieren konnte er ihn noch nicht.

Wie sollte er sich über ihren bevorstehenden Sieg freuen, wenn er sein Kind verloren hatte? Wie sollte er sich jemals wieder an irgendetwas erfreuen?

Damael war kein rachsüchtiger Mensch, er verabscheute Gewalt in jeglicher Form. Aber wenn er an Gaatha dachte, dann *brodelte* etwas in ihm. Sengende Lava, die ihn von innen heraus verbrennen würde, wenn er sich nicht bald von ihr befreien, sie ausstoßen konnte.

Teja mochte verloren gewesen sein, dazu verdammt, auf ewig ihrem Hunger ausgeliefert zu sein. Sie war unfähig, eine menschliche Bindung einzugehen, aber daran trug sie keine Schuld. Jahrelang war er für sie da gewesen, hatte ihr vorgelesen, sich an ihren Kunstwerken, ihren Skizzen und Gemälden erfreut. Er hatte sich so liebevoll um sie gekümmert, wie es ihm möglich war. Ganz egal, was sie getan hatte oder wie sie ihn behandelte, sie war seine Tochter gewesen ... und Gaatha hatte sie ihm genommen. Dafür würde die Hexe bezahlen. Und wenn es so weit war, würde das Feuer in ihm erlöschen, das spürte er.

Er hörte jemanden die Treppen heraufkommen und presste die Kiefer zusammen. Der Moment, vor dem er sich so lange gefürchtet hatte, war gekommen. Der Moment der Gewissheit. Als die Schritte über die Steinplatten des Turmdachs hallten, wandte er sich um.

Valamer sah erschöpft aus. Sein blondes schulterlanges Haar saß ihm unordentlich auf dem Kopf, kein Haarreifen hielt es zurück. Das allein wäre genug, um Damael Sorge zu bereiten. Valamer trug *immer* einen Haarreifen. Doch das war nicht alles. Der dunkle Umhang, den er über einem grauen Hemd trug, war schmutzig und wies Brandflecken auf. Er machte den Eindruck, als habe er einen Kampf hinter sich. Als er näher trat, stieg Damael außerdem der Geruch nach verbranntem Holz in die Nase.

»Damael ...«, begann er, doch seine Stimme versagte und er sah ihn aus wässrigen Augen an.

Damael schluckte. »Ich ... habe das Aufleuchten am Nachthimmel gesehen. Die Todesmagie gespürt. Hat sie ... ist sie?«

Valamer ließ den Kopf hängen. »Es tut mir so leid, mein Freund.«

»Mir auch«, sagte Damael und spürte Tränen seine Wangen hinabrinnen. »Mir auch.« Er nahm einen rasselnden Atemzug, versuchte, das Schluchzen zu unterdrücken, das ihn zu übermannen drohte. »Hat sie gelitten?«

»Es ist schnell gegangen«, sagte Valamer leise.

»Wo ist ... ihr Körper?«

Valamer sah zu Boden. »Sie war stark, Damael. Ich musste schnell und ... *entschlossen* handeln. Glaub mir, das hättest du nicht sehen wollen. Den Rest von ihr habe ich an Ort und Stelle verbrannt.«

Damael räusperte sich, überspielte ein Wimmern, das seiner Kehle entfleucht war.

»Das heißt«, sagte Valamer, »ich habe nicht *alles* dem Feuer übergeben.«

Der Erzhexer griff in seine Tasche und streckte ihm eine Haarlocke entgegen, weiß wie Schnee. Damaels Hand zitterte, als er sie entgegennahm. Er betrachtete die gekräuselte Haarlocke einen Moment, dann hielt er sie sich unter die Nase und nahm einen tiefen Atemzug. Der Geruch ließ eine Erinnerung aus den Tiefen seines Geistes aufsteigen.

Er sah sich selbst, wie er Teja auf die Arme nahm. Sie war so klein und zerbrechlich, konnte nicht älter als vier gewesen sein. Sie jauchzte vor Freude, als er sie in die Höhe warf, wieder auffing und sein Gesicht in ihren Haaren vergrub. Er liebte den Geruch ihrer Haare. Sie rochen genau wie die ihrer Mutter.

Diesmal wehrte sich Damael nicht gegen das Schluchzen und gab sich seinem Schmerz hin. Valamer musterte ihn unbehaglich, sagte aber nichts.

»Danke, Valamer«, brachte er nach einer Weile hervor. »Ich habe etwas Schreckliches von dir verlangt. Etwas, das niemand von einem anderen Menschen verlangen sollte, schon gar nicht von einem Freund.«

»Du hattest keine Wahl«, sagte Valamer. »Von dir hängt das Überleben dieser Stadt und die Freiheit der Insellande ab. Du kannst dich nicht mit anderen Dingen belasten.«

Damael schüttelte den Kopf, er lächelte traurig. »Ich weiß nicht, was ich ohne dich tun würde, Valamer. Du hast meine Teja erlöst. Dafür stehe ich ewig in deiner Schuld.«

Ein seltsamer Ausdruck huschte über Valamers Gesicht. Wenn Damael es nicht besser wüsste, würde er sagen, er empfände Scham. Ein absurder Gedanke.

»Du bist mein König, Damael, und mein Freund«, sagte Valamer und legte ihm eine Hand auf die Schulter. »Meine Treue ist dir gewiss und du schuldest mir gar nichts.«

Damael tätschelte die Hand seines Freundes. »Geh zu deiner Frau, Valamer. Sie vermisst dich bestimmt.«

»Bist du sicher, dass du allein sein willst?«

»Absolut«, sagte Damael.

Valamer nickte, sah ihm in die Augen und löste die Hand von seiner Schulter. Dann wandte er sich um und ging davon.

Damael widmete seine Aufmerksamkeit wieder den Lichtern in der Ferne, während er den Schritten seines Freundes lauschte, die sich langsam entfernten. Als dieser das Turmdach verließ und die Treppe hinunterstieg, fiel die Maske der Beherrschung, die Damael mühsam aufrechterhalten hatte. Sein Körper verlor jegliche Spannung, er hielt sich mit beiden Händen an der Brüstung fest, während er von einem Heulkrampf geschüttelt wurde. Schluchzend und wimmernd sackte er zusammen, glitt an der Brüstung hinab, bis er auf dem Boden kniete, die Hände hielten kraftlos den Stein umklammert.

»Mein kleines Mädchen ... ist tot.« Er wusste nicht, wieso er das sagte, die Worte schmerzten ihn. Er wiederholte sie. Wieder und wieder, vielleicht um sich selbst davon zu überzeugen, dass sie wahr waren.

Nun hatte er niemanden mehr.

44

Dunkelschneide zuckte nach links und rechts, klirrte zuerst gegen Boglius' Schwert, dann gegen das von Leif. Askon sprang zurück, um sich Raum zu verschaffen. Seine Stiefel schlitterten über den Schnee, während seine Kontrahenten ihn langsam umkreisten.

»Stroki heißt der Mann? Und er kann uns zu den Splitterinseln führen?«, fragte Leif, während er vorsprang und einen Seitenhieb vollführte, dem Askon mit einer Körperdrehung auswich. Gleichzeitig parierte er den Stoß, den Boglius auf seine Schulter niedersausen ließ. Er antwortete mit einer blitzschnellen Kombination, seine Klinge vollführte eine Reihe präzise ausgeführter Hiebe, die abwechselnd auf Leif und Boglius niedergingen und sie zurückdrängten. Auf diese Weise durchkreuzte er ihren Versuch, ihn zu flankieren. Wenn man gegen zwei Gegner gleichzeitig kämpfte, war es von zentraler Wichtigkeit, zu verhindern, dass sie einen umkreisten. Man musste sie vor sich hertreiben, durfte ihnen keine Möglichkeit geben, von zwei Seiten auf einen einzudringen. Man musste den Kampf kontrollieren und ihn schnell beenden. So hatte es ihm Io beigebracht.

Stahl traf auf Stahl und dann traf hartes Leder auf weiches Fleisch, als Askons Stiefel in Boglius' Lendengegend fuhr, was den großen Mann aufheulen ließ.

»Genau das habe ich doch eben gesagt«, erklärte Askon beiläufig.

Er machte einen Schritt zur Seite, duckte sich unter Leifs Hieb hinweg und donnerte ihm die flache Seite seiner Klinge gegen das Knie. Leif brüllte auf, ließ seine Waffe fallen und hüpfte auf einem Bein davon. Boglius hatte sich derweilen in den Schnee fallen lassen und hielt sich den Schritt, sein Gesicht war schmerzverzerrt.

»Das war nicht fair«, presste er zwischen zusammengebissenen Zähnen hervor. »Ich dachte, wir schlagen nur mit halber Kraft zu. Ein Übungskampf, habt ihr gesagt, wie die davor!«

Askon zuckte mit den Achseln. »Hab's mir anders überlegt.«

»Mistkerl«, grummelte Boglius.

»Wie habt ihr euren König gerade genannt?«, fragte Askon und hob amüsiert eine Augenbraue.

»Ich habe euch einen Mistkerl genannt! Ihr habt es doch nur nicht verkraftet, dass ich euch gestern die gewaltigste Backpfeife in der Geschichte der Backpfeifen verpasst habe!«

Unwillkürlich rieb sich Askon die Wange, die sich inzwischen gelblich verfärbt hatte. »Es gab Zeiten, da wärt ihr für so etwas geköpft worden. Seid froh, dass ich die Strafe zu einem kräftigen Tritt in die Eier abgemildert habe«, sagte er grinsend.

Leif hatte eine schmerzmildernde Runde vollendet und kam wieder herbeigehumpelt. »Und wo finde ich diesen Stroki genau?«, führte er ihre Unterhaltung von eben fort.

»Ihr müsst dem Küstenstreifen fünf Meilen nach Norden folgen. Seine Hütte ist scheinbar die einzige im Umkreis. Nicht zu übersehen, habe ich mir sagen lassen.«

»Fünf Meilen«, murmelte Leif unglücklich in seinen Bart hinein.

»Was soll das ganze Gerede von diesem Stroki und den Splitterinseln eigentlich?«, fragte Boglius und stand behutsam auf, sich immer noch den Schritt haltend.

»Och, das ist nur der neueste, vor Raffinesse sprühender Plan unseres Königs«, erklärte Leif. »Da die Glaciens offenbar kein Interesse daran haben, sich am Krieg zu beteiligen, besuchen wir stattdessen menschenfressenden Ungeheuer, die auf einer Insel leben, die so schwer zugänglich ist, dass die meisten auf dem Weg dorthin Schiffbruch erleiden. Dann fragen wir sie, ob sie nicht Lust haben, sich uns im Kampf gegen Viktor anzuschließen.«

Boglius blinzelte und schaute abwechselnd Leif und seinen König an.

»Also wenn ihr es so ausdrückt, klingt das Ganze ziemlich wahnsinnig«, beschwerte sich Askon.

Leif wandte ihm den Kopf zu und zog eine Augenbraue hoch. »Ist meine Beschreibung etwa nicht zutreffend?«

Askon dachte nach. »Eigentlich habt ihr unsere Unternehmung recht gut zusammengefasst«, gab er zu.

»Das klingt nach einer Menge Spaß!«, rief Boglius fröhlich und handelte sich einen schockierten Blick von Leif ein.

»Sind deine Ohren erfroren? Hast du nicht gehört, was ich eben gesagt habe?«

»Alles, was ich gehört habe, war, dass wir endlich von diesem schneebedeckten Scheißhaufen von einer Insel wegkommen«, sagte Boglius. »Wenn ich noch lange in diesem stinkenden Stall schlafen und dieses widerliche Gebräu trinken muss, dann häng ich mich auf! Wann soll's denn losgehen, Herr?«

»Seht ihr, Leif, das ist genau die ignorant-loyale Einstellung, die ich von meinen Männern erwarte«, sagte Askon gutgelaunt, was Leif mit einem Kopfschütteln abtat. »Was deine Frage angeht, Boglius, über die Einzelheiten unseres Abenteuers bin ich mir noch nicht im Klaren.«

Leif rollte mit den Augen. »Mit anderen Worten, er hat keine Ahnung.«

»Ihr seid heute aber ein Miesmacher«, murrte Askon. »Seid wohl immer noch nicht darüber hinweg, dass Vesna euch an eurer Nase, oder sollte ich lieber sagen, an eurem besten Stück herumgeführt hat, hm?«

»Was? Davon weiß ich ja gar nichts!«, sagte Boglius aufgeregt. »Das hat nicht zufällig etwas damit zu tun, weshalb er gestern plötzlich seinen Schlafplatz in den Stall verlegt hat?«

Askon beugte sich neugierig näher an Boglius heran. »Was hat er euch denn erzählt, weshalb er das getan hat?«, fragte er.

»Er meinte, die Dielen unter seinem Bett hätten nachgegeben und der Wirt müsse sie reparieren.«

Askon prustete los. »Etwas hat nachgegeben, aber die Dielen waren es sicher nicht!«

»Ja, ja, sehr witzig«, meinte Leif und zog ein Gesicht, als hätte er in eine Zitrone gebissen. »Wo wir gerade von ihr sprechen«, sagte er dann und deutete an Askon vorbei, scheinbar erleichtert, dass er die Aufmerksamkeit von sich ablenken konnte.

Askon wandte sich um und sah Vesnas hochgewachsene Gestalt einige hundert Meter entfernt über die Ebene wandern. In dem cremefarbenen Pelzmantel, der mit der Schneelandschaft zu verschmelzen schien, war sie kaum zu sehen, nur ihr blondes Haar schimmerte im Sonnenlicht und hob sich von dem glitzernden Weiß ab.

»Entschuldigt mich für einen Moment«, murmelte Askon und ging ihr entgegen.

Seit dem Vorfall im Stall an diesem Morgen hatte er Vesna nicht gesehen, war ihr aus dem Weg gegangen. Er schämte sich dafür, dass sie Zeuge seiner Schwäche geworden war, dass sie ihn so gesehen hatte. Ängstlich, unentschlossen ... feige. Ein Todeshexer, der sich davor fürchtete, ein Leben zu nehmen. Lachhaft. Aber seine Scham war nicht der einzige Grund, weshalb er Vesna gemieden hatte. Er hatte auch Angst. Angst davor, dass sie ihn weiter bedrängen und versuchen würde, ihn dazu zu überreden, sich seiner Todesmagie zu bedienen.

Sie verstand es einfach nicht. Wie konnte sie auch? Sie war eine Lichthexe, sie kannte den *kalten Sog* nicht, das geifernde Verlangen, das einen heimsuchte, wenn man sich an der Macht des Lebens berauschte. Sie brauchte sich nur in die Sonne zu legen und die Magie des Lichts zu trinken. So einfach, so folgenlos ... Was wusste sie schon von seinem Leid?

»Du kämpfst gut«, sagte die Hexe, als er sie erreicht hatte.

»Wie lange hast du uns schon beobachtet?«

»Lange genug, um zu dieser Einschätzung zu kommen. Ich kenne wenige Hexer, die so mit einer Klinge umgehen können wie du.«

»Ich hatte eine gute Lehrmeisterin«, sagte Askon achselzuckend.

»Ah, die berühmte Io Silbertod!« Sie schüttelte den Kopf, ein Schmunzeln stand ihr auf den Lippen. »Ich hatte immer großen Respekt für sie übrig, wenn es mir auch ein Rätsel ist, warum man als Frau das Kriegshandwerk erlernt. Kinder zu bekommen und sie heranwachsen zu sehen, ist doch eigentlich gar nicht so schlecht, wenn man es damit vergleicht, sich gegenseitig die Schädel einzuschlagen.« Sie zuckte die Achseln. »Nun, ich nehme an, jede Frau hat eigene Vorstellungen von einem erfüllten Leben.«

»So scheint es.«

Vesna verzog die Mundwinkel, sie seufzte und kam einen Schritt auf ihn zu. »Es tut mir leid, dass ich dich so bedrängt habe, Greisenjunge. Ich bin ... ungeduldig geworden.«

»Du musst dich nicht ...«

»Nein, lass mich erklären. Ich habe gesehen, wie sehr dich das Erlebnis mitgenommen hat.« Askon zog eine Grimasse, widersprach aber nicht. »Bevor du hier aufgetaucht bist, habe ich geglaubt, dass meiner Kara keine Gerechtigkeit widerfahren würde, dass Viktor ungeschoren davonkommen würde. Das hat mich innerlich zerfressen, aber ich wagte auch nicht, allein gegen ihn zu Felde zu ziehen. Damit hätte ich nichts erreicht außer einem frühzeitigen Tod. Dann bist du gekommen und ich habe wieder Hoffnung geschöpft. Du bist mächtiger als ich, mächtiger als die meisten Hexer, um genau zu sein. Mit dir an meiner Seite kann ich etwas gegen den Bastard ausrichten, der meine Tochter ermordet hat, verstehst du? Ich wollte es nicht wahrhaben, dass du im Moment nicht auf dem Zenit deiner Kräfte bist, dass ich länger warten muss. Das war unfair und ... rücksichtlos dir gegenüber. Du hast viel durchmachen müssen, mehr als die meisten Menschen verkraften. Ich hätte deinen Schmerz akzeptieren müssen.«

An ihrem Gesichtsausdruck erkannte Askon, dass sie es ernst meinte. Sie litt offensichtlich darunter, dass sie ihn in die Enge getrieben hatte. Sein Ärger verflog schlagartig. »Ich weiß, wie du dich fühlst, Tante, und ich verspreche dir, dass ich bald bereit sein werde, aber ... ich brauche etwas Zeit. Das ist alles.«

Hoffe ich zumindest.

Vesna lächelte und legte ihm die Hände um die Schultern. »Du bist so vernünftig und erwachsen geworden, Greisenjunge. So kenne ich dich ja gar nicht.«

»Ich muss mich auch erst daran gewöhnen«, sagte er und dachte darüber nach, ob sie dasselbe immer noch sagen würde, wenn sie von seinen Plänen erfuhr.

Sie drückte sanft zu und löste ihre Hände dann wieder. »Wenn du später bereit für einige Runden alkoholhaltige Ziegenpisse bist, lass es mich wissen.«

»Sicher doch, Tante.«

»Oh, und bring den Bärtigen mit. Er fängt an, mir zu gefallen. Ich glaube, ich werde mit ihm schlafen«, sagte sie und betrachtete Leif.

Askon versuchte, sich nicht anmerken zu lassen, wie sehr ihn diese Aussage verstörte. Er scheiterte. »Äh, sicher ... das ... wird ihm bestimmt zusagen«, stammelte er.

Vesna kicherte. »Seit wann bist du denn so verkrampft, Greisenjunge? Soweit ich mich erinnere, war das Anhäufen von Bettgeschichten so etwas wie dein Hobby. Auch eine ältere Dame darf mal ihren Spaß haben. Es ist viel zu lange her, dass dieser Körper von einem Mann berührt wurde.«

»Ich ... geh dann mal wieder zurück«, sagte Askon kopfschüttelnd und wandte sich um.

Vesnas Lachen folgte ihm.

45

Die Morgendämmerung würde bald die Dunkelheit vertreiben, als Valamer endlich in das Zimmer trat, das für ihn und Lucienne in einem Gasthof nicht unweit der Mauern zurechtgemacht worden war. Ihr Haus war zu weit vom Kampfgeschehen entfernt, weshalb sie ihre Töchter in der Obhut ihres Kindermädchens zurückgelassen hatten. Valamer vermisste die beiden zwar, aber in der Nähe der Zitadelle waren sie sicherer.

Das leise Schnarchen seiner Frau begrüßte ihn und beinahe hätte er laut aufgelacht. Es war ein so banaler Laut, so wunderbar gewöhnlich angesichts der Schrecken, die jeden Tag auf sie lauerten. Er schloss die Augen. Lächelnd lauschte er dem Geräusch und stellte sich vor, dass er von einem langen Tag an der Universität heimgekehrt wäre, an dem er bis spät in die Nacht Vorlesungen gehalten und sich um die Belange der Studenten gekümmert hatte. Das war seit einigen Jahren seine Hauptaufgabe, seit es Damael nicht mehr für nötig erachtet hatte, die großen Häuser der Insellande in dem Maß auszuspionieren, wie er es früher getan hatte. Der gutgläubige Narr.

Er seufzte. Dann schlüpfte er aus seinen Klamotten, stieg ins Bett und schmiegte sich an den warmen Körper seiner Frau. Er vergrub sein Gesicht in ihrem silbernen Haar, sog tief ihren Duft ein, versuchte, den Gestank zu übertünchen, der ihm neuerdings immer in der Nase lag. Der stechende Gestank des Verrats, der ihn einhüllte, als würde er sich damit parfümieren.

Lucienne regte sich unter seiner Berührung. »Va... Valamer?«, fragte sie verschlafen und wandte ihm den Kopf zu. Sie blinzelte, dann sah sie ihm in die Augen. »Da bist du ja wieder. Hast du den Auftrag endlich ausgeführt, von dem du mir nichts erzählen darfst?«, fragte sie und ihm entging der anklagende Unterton in ihrer Stimme nicht.

»Du weißt, dass ich keine Wahl hatte«, sagte er. »Damael hat um meine Diskretion gebeten und den Wunsch meines Königs kann ich nicht einmal meiner Frau zuliebe ignorieren. Aber ja, jetzt ist es vorbei.«

»Dann wirst du morgen wieder auf der Mauer stehen?«

»Ja.« Er strich ihr über das Haar. »Hast du Mia und Sia heute gesehen?«

Sie nickte. »Nach den Kämpfen hatte ich die Gelegenheit.«

»Wie geht es ihnen?«

»Sie haben Angst, Valamer«, sagte sie besorgt. »Runda hat mir erzählt, dass sie sich den ganzen Tag in ihrem Zimmer verkriechen und zum *Ursprung* beten. Sie begreifen, was vor sich geht. Ich habe ihnen gesagt, dass sie sich nicht zu fürchten brauchen, dass wir bald wieder bei ihnen sein werden.«

Er umschlang sie mit einem Arm, presste sie an sich.

»Ich habe nicht gelogen«, beteuerte sie. »Viktor verliert jeden Tag hunderte von Männern, all seine Vorstöße scheitern. Er kann seine Niederlage vermutlich schon schmecken. Der Krieg wird bald vorbei sein, Valamer. Ich spüre es.«

»Das wird er. Schneller als du denkst.«

Aber nicht so, wie du es dir vorstellst, dachte er und die Schuld lag ihm wie ein Stein im Magen. Trotzdem tat er das Richtige, das stand außer Frage. Es war nicht von Bedeutung, wie der Krieg endete, wichtig war nur, dass er endete. Denn was auch immer Lucienne glauben mochte, sie würden niemals siegen. Sie waren alle nur Figuren auf Viktors Spielbrett, er bewegte selbst diejenigen, die nichts von seiner Hand ahnten. Wenn die Hexer des Bundes glaubten, dass sie siegen konnten, dann nur, weil er wollte, dass sie es taten. Es gab nur einen Weg, lebend aus diesem Krieg herauszukommen. Man musste Viktor geben, wonach es ihm verlangte.

Und Valamer würde es tun, was es ihn auch kosten mochte.

»Ich liebe dich«, sagte er.

Sie lächelte. »Ich liebe dich auch, Valamer.«

Er küsste sie, damit sie der verräterischen Träne nicht gewahr wurde, die ihm aus dem Auge rann.

Du würdest mich nicht mehr lieben, wenn du wüsstest, was ich getan habe.

Daran bestand kein Zweifel. In ihren Augen hätte er sie, ihre Töchter und alles, wofür der Bund stand, verraten. Frieden, Einigkeit, Harmonie. Aber wenn alles nach Plan verlief, würde sie es nie erfahren. Er würde ihr Ehemann bleiben. Das war etwas, worauf er nie zu hoffen gewagt hatte.

Er schmiegte sich an sie, schloss die Augen und verfiel sogleich in einen tiefen Schlaf.

Licht in der Finsternis

46

Der Flur, den Vura und der *Schatten* entlanggingen, war nicht derselbe wie jener, der durch den echten Sternpalast führte. Die hellen Kalksteinstatuen der vergangenen Helden und Hexer, die sie passierten, schienen zwar auf den ersten Blick identisch zu sein, aber dieser Eindruck verflüchtigte sich, wenn sie ihre Gesichter betrachtete. Sie hatten keine. Die Vorderseiten ihrer Köpfe waren leer, bestanden nur aus glattem Stein. Außerdem verliefen die Wände, wie Vura mit einem Stirnrunzeln bemerkte, ins Nichts. Es gab keine Decke, nur tiefschwarze Dunkelheit, die sich über ihr erstreckte. Das Sonderbarste aber war das Licht oder vielmehr die Abwesenheit desselben. Der lange Flur war düster. Wären die Fackeln an den Wänden nicht gewesen, läge er in vollkommener Finsternis. Seltsam daran war, dass hinter den hohen Fenstern die Sonne schien. Vura konnte ihren gleißenden Schein deutlich hinter den Scheiben erkennen und doch vermochte es das Licht nicht, durch das Glas zu dringen. Es war unheimlich, die Sonne zu sehen und doch durch die Dunkelheit zu schreiten.

Zu ihrer Rechten entdeckte Vura eine Tür, die es nicht geben sollte. Sie blieb vor ihr stehen und sah sich nach dem *Schatten* um, der ihr mit einer Handbewegung zu verstehen gab, dass sie sie öffnen sollte. Vura tat es und blickte in den riesigen, von baumhohen Säulen gespickten Thronsaal des Sternpalastes. Das war merkwürdig, denn der Thronsaal befand sich im Zentrum des Palastes und nicht im Ostflügel, aber sie wunderte sich nicht weiter darüber. An einen Ort, an dem die Sonne schien und dennoch Dunkelheit herrschte und die Wände in formloser Finsternis endeten, konnte man nicht mit Logik herangehen.

In der Ferne saß jemand auf dem kristallenen Thron, der entgegen der sonstigen Umgebung in gleißendem Licht erstrahlte. Gegen das grelle Leuchten war die Gestalt nicht zu erkennen, aber Vura wusste sofort, um wen es sich handelte.

»Viktor Astrum«, sagte der *Schatten*. Wer sonst sollte auf dem Lichtthron sitzen?

»Lang lebe der König«, sagte Vura bitter und zog die Tür wieder zu.

»Wollen wir nicht hineingehen?«

»Hier werden wir sie nicht finden«, sagte Vura mit einer Gewissheit, von der sie selbst nicht genau wusste, woher sie rührte, und ging weiter den Flur entlang. »Ihr seid ihm schon einmal begegnet, nicht wahr?«, fragte sie.

»Viktor? Ja. Woher wisst ihr das?«

»Ich wusste es nicht, aber da war etwas in eurer Stimme, als ihr seinen Namen ausgesprochen habt. Abscheu oder sogar Hass.«

»Ihr habt ein gutes Ohr. Ich werde darauf acht geben müssen.«

Vura sah zu ihm auf. »Wieso wolltet ihr ihm dann Askon ausliefern, wenn ihr so über ihn denkt?«

»Weil ich weiß, wozu er fähig ist«, sagte er. »Viktor hat dafür gesorgt, dass sich mein Haus gegen König Aravid Ardor auflehnte. Er hat meine Familie in einen verheerenden Krieg getrieben, der ihnen nichts einbrachte als Tod und Leid, und dabei ist es ihm gelungen, ihnen weiszumachen, sie hätten etwas gewonnen. Das glauben sie bis heute.« Er schnaubte. »Idioten.«

»Ihr habt im Unabhängigkeitskrieg gekämpft?«

»Unabhängigkeit?« Der *Schatten* lachte kurz und schallend, aber humorlos. »Das Einzige, wovon sich die Umbras unabhängig gemacht haben, ist ihr Rückgrat. Sie haben lediglich einen Unterdrücker gegen einen anderen getauscht. Nun sind sie eben auf Viktors Gnade angewiesen, auf seine Getreide- und Wasserlieferungen, wofür sie ihn im Gegenzug mit Bluterz versorgen. Klingt für mich nach demselben lausigen Pakt, den sie zuvor mit Haus Ardor geschlossen hatten, nur dass für jenen nicht Tausende sterben mussten.«

Vura wusste, wovon er sprach. Arina hatte sie über alle relevanten Kriege der letzten Jahrhunderte aufgeklärt. Wenn sie sich recht erinnerte, dann lebte Haus Umbra auf einer verseuchten Vulkaninsel, deren Boden weder sauberes Trinkwasser hervorbrachte noch Ackerbau ermöglichte. Deshalb waren sie darauf angewiesen, dass andere Häuser sie mit Nahrung versorgten. Für Jahrhunderte hatte das Königshaus Ardor diese Aufgabe bereitwillig erfüllt, denn in Vulcs Mienen lagerten ergiebige Bluterzvorkommen und für die Warenlieferungen bekamen sie im Gegenzug den Löwenanteil des abgebauten Minerals. Der Rest war immer noch ausreichend, um die Umbras reich zu machen, aber wie es sich mit den Menschen und der Gier verhielt, genügte ihnen das irgendwann nicht mehr. In Viktor fanden sie einen Handelspartner, der ihnen bessere Konditionen für ihr Bluterz anbot, und es wurde ein Vertrag aufgesetzt. Haus Ardor nahm die Annäherung ihres Vasallenhauses an den verfeindeten König jedoch nicht leichtfertig hin. Sie errichteten eine Seeblockade, die alle Lieferungen nach Vulc unterband. Vermutlich dachten sie, dass sie das kleinere Haus durch diese Machtdemonstration wieder zur Vernunft bringen konnten, doch offensichtlich hatten sie die Entschlossenheit ihrer Vasallen unterschätzt.

Die Umbras griffen die Schiffe an und es kam zu einem verheerenden Krieg, der beiden Seiten schwer zusetzte. Mit Viktors Hilfe, der die Umbras mit Truppen und Schiffen versorgte, siegte das kleine Haus schlussendlich und sagte sich von ihrem Königshaus los. Der Bund erkannte ihre Unabhängigkeit im Nachhinein an, um weitere Kämpfe zu verhindern.

»Ohne Viktors Einmischung wäre es nie so weit gekommen«, fuhr der *Schatten* fort. »Er war es, der meinem Bruder, Fürst Vithrimus, die Flausen von der Unabhängigkeit in den Kopf gesetzt hat. Dieser gerissene Bastard hat einen der schlimmsten Kriege in der Geschichte der Insellande vom Zaun gebrochen und dafür hat er nicht einmal seine Allmachtkrone benötigt. Seine Worte haben genügt.«

»Ja, das klingt nach Viktor«, sagte Vura und dachte an das gefährliche Funkeln in den Augen des Königs.

Der lange Flur kam zu einem Ende und öffnete sich zu einem Saal, dessen gewaltige Ausmaße Vura ein Keuchen abrangen. Sie blickte staunend hinauf, hunderte, wenn nicht tausende von freischwebenden Treppen führten vom Boden in die Luft. Es war ein wahres Treppenpandämonium, kreuz und quer zogen sie sich durch den Raum und verloren sich in der Weite, wobei nicht abzusehen war, wohin sie führten oder ob sie überhaupt ein Ziel hatten.

»Und jetzt?«, fragte der *Schatten*.

»Ich hatte gehofft, ihr könntet mir das sagen.«

»Das hier sind die Wirrungen *eures* Geistes. Ihr müsst entscheiden, welchen Weg wir gehen.«

Unsicher schritt sie voran und trat unter den Stufen hindurch, die sich über ihr spannten wie ein gewaltiges, steinernes Spinnennetz. Eine Weile wanderte sie ziellos umher, besah die Treppenaufgänge und versuchte einen Anhaltspunkt dafür zu finden, welchen sie wählen sollte. Alle unterschieden sie sich, waren mal breiter, mal schmaler, mal gingen sie steiler empor, mal wanden sie sich wie ein Schweineschwanz.

Sie blieb stehen. Hilflos sah sie sich zum *Schatten* um. »Wie soll ich den Richtigen finden?«

»So wie ihr wusstet, dass sich das *Licht* nicht im Thronsaal aufhielt. Vertraut eurem Instinkt. Ihr werdet die richtige Treppe erkennen, wenn ihr sie seht.« Er unterbrach sich, dann fügte er hinzu. »Denke ich.«

Vura schluckte. Wie sollte sie das anstellen? Sie wusste ja nicht einmal, wonach sie Ausschau halten musste.

Sie ließ den Blick abermals schweifen, vergeblich. Sie hatte die Hoffnung schon fast aufgegeben, als sie es plötzlich sah. Es war eine Wendeltreppe, die im Gegensatz zu allen anderen Treppen kerzengerade in die Höhe wuchs und sich in der wabernden Finsternis viele hundert Meter über ihr verlor. Ihr Anblick stellte Vura die Nackenhaare auf. Von dem langen gewundenen Ding ging eine Bedrohung aus, sie ragte aus dem schwarzen Schlund heraus wie ein riesiger gewundener Reißzahn. Allein die Vorstellung, sie zu besteigen, jagte ihr eine Heidenangst ein. Sie hatte den richtigen Weg gefunden.

»Da entlang«, sagte Vura und schritt auf die Wendeltreppe zu.

Als sie vor ihr zum Stehen kamen, legte der *Schatten* den Kopf in den Nacken und sah hinauf. »Für gewöhnlich hasse ich Menschen, die das Offensichtliche aussprechen, aber ... das ist verdammt hoch.«

Ein Lachen hallte durch den Saal, das die beiden zusammenzucken ließ. Vura sah sich unbehaglich um, auch der *Schatten* ließ den Blick schweifen. Wieder ertönte das Lachen, von der anderen Seite diesmal. Vura fuhr herum und erhaschte einen Blick auf eine kleine Gestalt, ganz in weiß gekleidet. Sie verschwand hinter einem Treppenaufgang, kam jedoch auf der anderen Seite nicht wieder hervor.

»Ist das eine dieser Kinderängste, von denen ihr gesprochen habt?«, fragte Vura, wenngleich sie nicht das Gefühl hatte, dass von der Gestalt eine Bedrohung ausging.

Die Gesichtszüge des *Schatten* waren entgleist, er wirkte, als hätte er einen Geist gesehen.

»*Schatten*? Ist alles in Ordnung?«, fragte sie, als er sich nach einigen Sekunden immer noch nicht rührte.

Er blinzelte, sah zu ihr herunter. »Ja ... ja, alles ist in Ordnung. Lasst uns weitergehen.«

Vura legte die Stirn in Falten. Sie war alles andere als überzeugt von seiner Beteuerung, folgte ihm aber, als er die Wendeltreppe betrat. Wortlos erklommen sie die Stufen, als das Lachen abermals zu ihnen heraufdrang. Es war ein herzhaftes Lachen, glücklich und voller Lebensfreude, wie es nur ein Kind ausstoßen konnte. Vura beugte sich über das steinerne Treppengeländer und blickte hinab. Etwa zehn Meter unter sich sah sie ein kleines Mädchen in einem weißen Kleid. Sie hatte langes schwarzes Haar, war ausgesprochen mager und sehr bleich, aber ein Lächeln strahlte über ihr Gesicht, das Vura sofort ansteckte. Das Mädchen winkte ihr zu und Vura winkte zurück.

»Kommt Vura, wir müssen uns beeilen«, drängte der *Schatten* und ihr fiel auf, dass er darauf bedacht war, ihrem Blick nicht nach unten zu folgen. Mit einem Mal begriff sie. Das Mädchen war gar kein Teil ihres Verstandes, sie gehörte zu seinem. Scheinbar war ihre geistige Verbindung keine Einbahnstraße.

»Wer ist sie?«, fragte sie ihn.

»Das ist ohne Belang ...«

»Papaaaa!«, rief das Mädchen lachend und beantwortete somit die Frage, der er ausweichen wollte. »Spielst du mit mir?«

Der *Schatten* wandte sich um und sah nun doch nach unten. Einen Herzschlag lang blickte er das kleine Mädchen an und eine tiefe Traurigkeit huschte über sein Gesicht. Dann schüttelte er den Kopf und stieg weiter die Stufen hinauf. Vura sah noch einmal über das Geländer hinab, doch das Mädchen war verschwunden. Hastig eilte sie den sich entfernenden Schritten des *Schatten* hinterher.

»Ihr habt eine Tochter?«, fragte sie, als sie zu ihm aufgeschlossen war. Sie hatte Mühe, mit ihm Schritt zu halten. Seine langen Beine nahmen immer zwei Stufen auf einmal. »Ist ihr etwas zugestoßen?«

Die Tatsache, dass der *Schatten* einmal so etwas wie eine Beziehung zu einem anderen menschlichen Wesen gehabt haben mochte, erstaunte und schockierte sie zugleich. Den Eindruck, den sie bislang von ihm gewonnen hatte, konnte man bestenfalls als emotional distanziert und schlimmstenfalls als gefühllos bezeichnen. Sie hatte angenommen, sein Leben wäre von nichts anderem erfüllt als der magischen Forschung, grausamen Experimenten an Tieren, und vielleicht einer gewissen Zuneigung für seine affenartige Kreation. Aber dass er eine Tochter hatte oder gehabt hatte, änderte alles. Womöglich schlug ja doch ein Herz in seiner Brust.

»Wie lautet ihr Name?«, fragte sie, als er nicht antwortete.

Der *Schatten* hielt abrupt an und fuhr zu ihr herum. Sie wäre beinahe in ihn hineingelaufen, kam aber rechtzeitig zu einem Halt. Seine Augen bohrten sich in sie hinein wie Pfeilspitzen. »Wenn ich euch diese eine Frage beantworte, lasst ihr mich dann in Ruhe und wir können uns wieder unserer eigentlichen Aufgabe widmen? Ihr erinnert euch vielleicht noch: Euren Geist heilen?«

Vura, deren Neugier geweckt worden war, empfand das nicht gerade als ein befriedigendes Angebot, aber der Blick seiner dunklen Augen machte ihr klar, dass sie kein anderes erhalten würde. »Na schön, wie ihr wollt. Wie lautet also ihr Name?«

Für einen Moment verzog sich der Ärger aus seinem Gesicht und seine Züge wurden weicher.

»Celeste«, sagte er.

47

Nun war Celeste doch an jenem Ort, den sie den ganzen Tag gemieden hatte. In dem Zelt ihres Onkels.

Öllampen hingen in eisernen Halterungen an den schwarzlackierten Säulen, die das Zeltdach trugen, und warfen ihren warmen Schein auf die reich verzierten Teppiche, die den Boden bedeckten. Nach Wochen auf dem harten, schwankenden Untergrund des Schiffes, fühlte sich der Teppichboden für sie an, als würde sie auf Watte stehen oder auf der weichen Zunge eines Ungeheuers, das sie gleich verschlingen würde. Bei dem Gedanken fiel ihr Blick auf Vithrimus, der sich mit zitternden Händen ein Glas Wein einschenkte. Der dunkle Traubennektar schwappte über den Rand und rann sein Kinn hinab, als er das Glas zu schnell an seinen Mund setzte.

Sie hatte damit gerechnet, dass Vithrimus aufgebracht sein würde, vielleicht sogar wütend darüber, dass sie ihn missachtet hatte, dass sie nicht zu ihm gekommen war. Aber das? Vithrimus, ein betrunkenes Wrack? Beim *Ursprung*, das hatte sie nicht erwartet.

Sie hatten während der Feier in Viktors Zelt nicht viel miteinander gesprochen, aber das Wenige, das Vithrimus ihr gesagt hatte, war aussagekräftig genug gewesen. Als sie versucht hatte, ihre Abwesenheit zu erklären – irgendetwas von wegen wie erschöpft sie von der langen Reise war –, da hatte er sie regelrecht angefahren und mit wüsten Worten zum Verstummen gebracht. Seither hatten sie kaum mehr ein Wort miteinander gewechselt. Als sie das Zelt verlassen hatten, um den Zweikampf zwischen Gustav und Orrin zu sehen – wie auch immer diese Torheit zustande gekommen war –, hatte Vithrimus sie am Arm gepackt und fortgezerrt. Sie hatte sich losgerissen, aber das war der einzige Ausdruck des Trotzes, den sie zustande gebracht hatte. Schließlich war sie ihm gefolgt, wie sie es immer tat, und nun war sie hier. In seinem Zelt.

Ihr Blick fiel auf das große, mit schwarzen Seidenlaken bespannte Bett. Ein dunkler Fleck auf dem kostbaren Teppichboden, ein bodenloses Loch, das alles Licht einsaugte. Sie schluckte heftig, versuchte, den fauligen Geschmack zu vertreiben, der sich in ihrem Mund ausbreitete.

Vithrimus war währenddessen damit beschäftigt, sich ein zweites Glas Wein einzuschenken, war aber offenbar überfordert von der Aufgabe. Die Hälfte der Flüssigkeit landete auf dem Boden, wo sie vom Teppich aufgesogen wurde. Er stellte die Karaffe umständlich auf den Tisch zurück und torkelte auf sie zu, wobei er noch mehr Wein verschüttete. Er kam vor ihr zum Stehen oder in seinem Fall zum Schwanken und starrte sie aus glasigen Augen an. Gegen ihren Willen löste sein strenger, fast bösartiger Blick Unbehagen in ihr aus und sie fühlte sich wieder wie ein junges Mädchen, das ihre Zurechtweisung erwartete.

»Es ist ... der Schwertmeister ... nicht wahr?«, sagte er abgehackt und brach damit das Schweigen, mit dem er sie gestraft hatte. Er sprach jedes Wort sorgfältig aus, sodass man das Lallen in seiner Stimme kaum erkennen konnte.

»Was?«, fragte Celeste, die im ersten Moment nicht verstand, was er meinte.

Vithrimus' Gesicht verzerrte sich vor Zorn. »Stell dich nicht dumm!«, brüllte er und Celeste schrak zurück.

Was ist nur mit ihm? Er hat mich noch nie angeschrien.

»Ich weiß nicht, wovon du sprichst«, sagte sie so ruhig, wie es ihr möglich war.

»Du wagst es, mir derart ins Gesicht zu lügen?« Er zog jedes Wort in die Länge, nicht weil er betrunken war - nicht nur jedenfalls -, sondern um jede Silbe drohend zu betonen. Er wollte ihr Angst machen, sie einschüchtern - und es wirkte. »Ich weiß um deine Unzucht mit dem Ausgestoßenen, ich weiß um den KUSS.« Er spie das Wort aus, als sei es eine faulige Frucht, an der er beinahe erstickt wäre.

Jetzt verstand sie endlich. Einer der Soldaten musste ihm erzählt haben, was sich in jener sternenbeschienenen Nacht zwischen ihr und Atrux zugetragen hatte. Aber wieso hatte er das getan? Ihrer Erfahrung nach scherten sich Krieger nicht um solche Dinge. Hatte Vithrimus seinen Männern etwa befohlen, sie zu beobachten und ihm Bericht zu erstatten? Sie hatte ihren Onkel nie für eifersüchtig gehalten, es wunderte sie gar, dass er zu diesem Gefühl fähig war. Andererseits hatte es nie einen Grund für ihn gegeben, eifersüchtig zu werden. Auf Schloss Schwarzstein war sie selten in Kontakt mit anderen Männern gekommen und wenn doch, dann waren es Diener, Stallburschen oder Soldaten. Vithrimus sah gewöhnliche Menschen nicht als Konkurrenz an, für ihn waren sie hilflose Kreaturen, die ohne die Führung eines Stärkeren zugrunde gehen mussten. Atrux Ardor, der ehemalige Prinz der Glutinseln, spielte jedoch in einer anderen Liga.

Sie setzte zu einer Antwort an und bemerkte erstaunt, dass ihr die Worte fehlten.

»Warst du deswegen den ganzen Tag fort?«, sagte Vithrimus, als sie nichts herausbrachte. »Damit du dich mit ihm vergnügen kannst, ohne dass die lüsternen Blicke meiner Männer auf dir ruhen? Du elende Hure ...«

Das Wort traf sie härter als ein Faustschlag. »Ich ... ich wollte nicht ... er hat ...«, stammelte sie.

Sie wollte sich verteidigen, wollte ihm sagen, dass sie nichts dergleichen getan hatte, dass sie keine Hure war, aber die Worte wollten ihren Mund nicht verlassen. Sie war entsetzt darüber, wie er mit ihr sprach, was er ihr vorwarf, aber sie schämte sich auch, fühlte sich ertappt. Denn auf eine Weise hatte er Recht. Atrux *war* der Grund, weswegen sie ihn nicht aufgesucht hatte.

»Was wolltest du nicht?«, schrie er sie an, warf das Weinglas von sich, das an einem Schrank zerschellte, und packte sie bei den Schultern. Seine Finger gruben sich unangenehm in ihr Fleisch, aber sie wehrte sich nicht, stand wie erstarrt da und blickte ihm in die wässrigen Augen. »Mich zum Narren halten? Mir glauben machen, dass du mich liebst, während du in Wahrheit diesem ... diesem Brudermörder verfallen bist?«

»Er hat seinen Bruder nicht getötet«, platzte es aus ihr heraus. Wieso war sie in der Lage, ihn zu verteidigen, aber nicht sich selbst?

»Natürlich nicht!«, rief Vithrimus aus und drückte fester zu. »Was fällt mir ein, deinen Liebhaber zu verunglimpfen? Ich stelle das sogleich richtig: Er ist bei dem Versuch kläglich *gescheitert*, seinen kleinen Bruder zu ermorden. Ist es so besser?«

»Du tust mir weh«, sagte Celeste.

Er starrte sie an, seine Finger bauten noch mehr Druck auf und Celeste zuckte vor Schmerz zusammen. Dann löste er seinen Griff plötzlich und taumelte einen Schritt zurück.

»Es tut mir leid ...«, murmelte er und in diesem Moment wirkte er, als wäre er aus einem dunklen Traum erwacht. Er blickte sich blinzelnd um und schüttelte den Kopf.

»Ich weiß nicht, was in dich gefahren ist«, sagte Celeste, die endlich das Gefühl der Schuld zu überwinden begann, das sie daran hinderte, ihm die Stirn zu bieten, »aber ich werde mich nicht von dir behandeln lassen, als wäre ich eine Dirne. Wir werden morgen in Ruhe über alles reden, wenn du deinen Rausch ausgeschlafen hast.«

Sie wandte sich ab.

»Celeste, warte«, sagte er leise, fast flüsternd. Er befahl nicht, er bat nicht einmal, er bettelte. Es war ein so kläglicher Laut und so schockierend konträr zu seinem vorigen Verhalten, dass sie innehielt und sich wieder zu ihm umdrehte. »Ich ... ich liebe dich.«

Celeste sah ihn verständnislos an. Keine Spur des verzweifelten Zornes war mehr in seinem Gesicht zu erkennen. Sein Mund war halb geöffnet, die Augen weit aufgerissen, Unverständnis schimmerten in ihnen, Hilflosigkeit. Es kam ihr eher so vor, als würde sie einem Kind gegenüberstehen und nicht dem Fürsten Vulcs.

Was ist nur mit ihm passiert? Hat ihn der Krieg etwa so mitgenommen, dass er nicht mehr weiß, was er tut?

Sie konnte es sich nicht vorstellen. Sie hatte ihn zwar nie im Kampf erlebt, aber gemessen an den Geschichten, die sie über ihn gehört hatte, war Vithrimus alles andere als ein Pazifist. Während des Kriegs gegen Haus Ardor musste er mit seinem Schreckenswaran furchtbar unter seinen Feinden gewütet haben. Er wäre der Letzte, dem die Gräuel des Krieges aufs Gemüt schlugen.

»Zuerst nennst du mich eine Hure«, sagte Celeste, »und nun sagst du mir, dass du mich liebst? Du machst mir Angst, Vithrimus.«

»So hätte ich dich nicht nennen sollen. Ich weiß nicht, wieso ich das getan habe, ich weiß nicht ... weshalb ich mich so *seltsam* fühle. Manchmal kommt es mir so vor, als ob da Gedanken, *Gefühle* in mir sind, die nicht mir gehören.«

In seinen ratlosen Blick mischte sich ein Schimmer der Furcht, der Celeste mehr verstörte als alles andere, was er an diesem Abend getan hatte. Er machte wieder einen Schritt auf sie zu und sie ließ zu, dass er sie in den Arm nahm, sich an sie schmiegte. Sein schweißnasses Gesicht lag auf ihrem Schlüsselbein, sie konnte seinen heißen Atem auf ihrem Hals spüren.

»Ich brauche dich, Celeste. Du weißt gar nicht, wie sehr ...«

Ein Schluchzen ertönte und ihr erster Gedanke war, dass sich ein Mädchen unter dem Bett verstecken musste. Die Vorstellung war einfach zu absurd, dass es von Vithrimus stammte. Doch als sich sein Brustkorb im Rhythmus des Wimmerns hob und senkte, da hatte sie keine Wahl. Sie musste das Unfassbare akzeptieren. Vithrimus weinte.

Mit einem Mal wurden die Abneigung und der Zorn, die sein Verhalten in ihr ausgelöst hatten, von seinen Tränen fortgespült. Wie von selbst schlossen sich ihre Arme um seinen Körper. Etwas war mit ihm geschehen, etwas Grauenvolles, und er brauchte ihre Hilfe. Sie würde sie ihm nicht verwehren. Das war das Mindeste, was sie für ihn tun konnte.

»Ich bin hier, Vithrimus«, sagte sie sanft.

Ein erleichtertes Stöhnen mischte sich in das Schluchzen und sie spürte etwas Feuchtes an ihrem Hals. Im ersten Moment hielt sie es für seine tränenheiße Wange, doch dann nahm sie ein Saugen und Ziehen wahr und begriff, dass es sein Mund war, der ihren Hals bearbeitete wie der Saugnapf eines Oktopoden. Ekel erfüllte sie. Sie löste die Umarmung und stieß ihn mit beiden Armen von sich. Vithrimus wurde von dem plötzlichen Stoß vollkommen überrascht, stolperte einige Schritte zurück, verlor das Gleichgewicht und fiel unsanft auf den Hintern. Sofort richtete er sich wieder auf, schwankte jedoch bedrohlich. Sein Gesichtsausdruck hatte sich verändert. Von Reue oder Schmerz war keine Spur mehr zu erkennen. Zorn war alles, was sie darin las.

»Wie kannst du es wagen!«, schrie er. »Mich abzuweisen, nachdem ich bereit bin, über deinen Verrat hinwegzusehen!«

»Meinen Verrat?« Endlich regte sich auch in ihr der Zorn, erwachte brüllend wie ein Bär aus dem Winterschlaf. »Atrux hat mich geküsst, aber ich habe ihn fortgestoßen, weil ich dich nicht verletzen wollte! Weil ich glaubte, du würdest mich lieben! Wie habe ich nur so dumm sein können? Du hast mich mein ganzes Leben lang nur benutzt!«

Vithrimus' Mundwinkel zuckte. »Hüte deine Zunge!«, zischte er. »Ich habe dich bei mir aufgenommen, nachdem dein Vater sich hat umbringen lassen. Wenn es nach deiner schwachsinnigen Mutter gegangen wäre, würdest du heute mit ihr auf dieser versumpften Insel leben, die sie Heimat nennt. Du wärest weich und schwach und deine aufregendste Beschäftigung bestünde darin, dich mit den gewöhnlichen Hofdamen darüber zu unterhalten, welcher Stallbursche seinen Hosenschritt am besten ausfüllt! ICH habe dich zu dem gemacht, was du heute bist, sogar zur Erbin meines Fürstentums habe ich dich ernannt! Und du dankst es mir, indem du dich diesem stumpfsinnigen Schwertkämpfer hingibst?!«

Celeste ballte die Fäuste, die Wut tobte so wild durch ihren Körper, dass ihre Muskeln sich verkrampften. Wie hatte sie so lange nicht sehen können, wer er wirklich war? Erst jetzt, da er hasserfüllt vor ihr stand, weil er fürchtete, sie könnte einem anderen die Gunst ihres Schoßes erwiesen haben, erkannte sie die Wahrheit. Er war kein weiser Hexer, der in ihr eine würdige Nachfolgerin gesehen hatte, sondern ein geiler alter Bock, der das Vertrauen eines jungen Mädchens schamlos ausgenutzt hatte. Er mochte sie als Erbin seines Fürstentums ernannt haben, aber nur, weil sein Sohn ein Taugenichts war. Er sah in ihr keine ebenbürtige Hexe, keine Herrscherin. Nein, alles, was sie für ihn war, war sein Besitz.

»Als ob du das für mich getan hättest!«, schrie sie und Tränen quollen ihr aus den Augen. »Was blieb dir denn anderes übrig, nachdem dein Sohn so kläglich dabei versagt hat, in deine Fußstapfen zu treten? Ich bin die Einzige, die über die Macht und das Wissen verfügt, das Vermächtnis der Umbras am Leben zu halten, und das weißt du genau!«

Vithrimus kam auf sie zu, ruckartig, bedrohlich, aber sie ließ sich davon nicht einschüchtern. Sie zuckte nicht einmal, als er kaum eine Handbreit von ihr entfernt zum Stehen kam. Sein weingeschwängerter Atem drang ihr in die Nase, aber sie hielt sowohl dem ekelerregenden Geruch als auch seinem funkelnden Blick stand.

»Vielleicht war es ein Fehler, dass ich so viel Vertrauen in dich gehabt habe«, knurrte er.

»Warum? Weil ich dich nicht deinen Schaft in mich stecken lasse? Das also erwartet der große Vithrimus Umbra für seine Lehren. Dass man für ihn die Beine breit macht!«

Das Geräusch, das durch das Zelt hallte, als seine flache Hand mit aller Wucht gegen ihre Wange klatschte, erinnerte an einen knallenden Peitschenhieb. Sie taumelte zur Seite, hielt sich die schmerzende Gesichtshälfte und sah ungläubig zu ihrem Onkel auf.

»So lasse ich nicht mit mir reden!«, brüllte er. »Du warst doch diejenige, die sich an mich geschmiegt hat wie eine sethonische Dirne! Die mit ihren Reizen gespielt und mich beinahe um den Verstand gebracht hat! Ich habe dir nur gegeben, wonach du förmlich geschrien hast! Hüte dich, mir das vorzuwerfen!«

Natürlich, es liegt an mir, dachte sie bitter. *Wie kann es auch anders sein?*

Tränen strömten ihr heiß über die Wangen, sie zitterte, aber ihr Zorn war verraucht. Die Ohrfeige hatte ihn seltsamerweise verschwinden lassen, anstatt ihn zu verstärken. Verachtung war alles, wozu sie noch zu fühlen im Stande war. Verachtung und Ekel.

Sie sah ihm in die wässrigen Augen, aus denen seine fiebrige Wut sprach, und zeigte ihm ihre Abneigung, steckte all ihre Abscheu in diesen Blick. Seine verzerrte Miene glättete sich ein wenig, ein Schatten huschte über sein Gesicht, und wieder schien er einen Moment verwirrt, so als erkannte er erst jetzt, was er getan oder gesagt hatte.

»Celeste, ich ...«, begann er, aber sie ließ ihn nicht ausreden. Sie hatte genug gehört.

Sie fuhr so abrupt herum, dass ihr langes schwarzes Haar wie ein Pferdeschweif ausschlug, und ging mit zügigen Schritten auf den schweren Vorhang zu. Vithrimus versuchte nicht, sie aufzuhalten, vielleicht weil er wusste, dass es ein hoffnungsloses Unterfangen wäre. Sie riss den Vorhang zur Seite und trat in die Dunkelheit der Nacht hinaus, ein kalter Wind kühlte ihre heißen Tränen.

Vithrimus hatte ihr sein wahres Gesicht gezeigt und obwohl die Erkenntnis schmerzte, dass sie es so lange nicht erkannt hatte, ging damit auch etwas Gutes einher. Freiheit. Es hielt sie nun nichts mehr davon ab, das zu tun, was *sie* wollte.

Sie schritt zügig den Hügel hinunter und ging zwischen den Zeltreihen der gemeinen Soldaten entlang. Sie bemerkte nicht, wie sich Athrimus aus dem Schatten von Vithrimus' Zelt löste und ihr in einigem Abstand folgte.

48

Das Ende der Wendeltreppe kam plötzlich und angesichts ihrer unvorstellbaren Länge viel zu früh. Der *Schatten,* der vor ihr her geschritten war, blieb stehen und sie spähte an ihm vorbei. Dort war keine Tür, die Stufen führten direkt in einen Raum, durch den Sonnenlicht zu ihnen herunterschien. Licht? Das verwunderte Vura. Inzwischen mussten sie die wabernde Finsternis durchschritten haben, die sie vom Boden aus gesehen hatten. Sie hatte geglaubt, dass es hier düsterer wäre.

Der *Schatten* trat beiseite und streckte auffordernd einen Arm aus. »Nach euch«, sagte er.

Vura schritt an ihm vorbei und betrat den Raum zögernd. Sie erkannte ihn sofort als ihr altes Gemach, das sie im Sternpalast bewohnt hatte. Sonnenlicht fiel durch die Fenster und ließ den hellen Boden erstrahlen, Staubpartikel tanzten in der Luft. Entgegen dem bedrohlichen Gefühl, das sie beim Anblick der Treppe empfunden hatte, wirkte es hier sehr friedlich, fast schon idyllisch. Ihr Blick fiel auf das mit Seidenlaken bezogene Bett und ein Lächeln breitete sich auf ihrem Gesicht aus, als sie dem Mann gewahr wurde, der daran angelehnt auf dem Boden saß.

»Servin!«, rief sie und lief dem Kriegsmeister entgegen.

»Herrin Vura«, sagte er und erhob sich. Seine Erscheinung war eindrucksvoll wie immer. Unter einem hüftlangen cremefarbenen Stoffmantel trug er ein karmesinrotes Kaschmirhemd, das mit goldenen Stickereien besetzt war. Der aufwendige Korbgriff seines Rapiers lugte an der linken Seite seiner Hüfte empor, befestigt an einen Waffengürtel, in den funkelnde Opale eingesetzt waren. Sein grauweißes Haar zierte sein altersloses, kantiges Gesicht wie der Schnee den Gipfel eines Berges. »Ihr habt mich lange nicht mehr besucht.«

Vuras Stirn legte sich in Falten. Was er damit wohl meinte? War er nicht nur die mentale Projektion ihrer Vorstellung, die sie von Servin hatte? Konnte man eine Vorstellung denn besuchen?

Ja, das kann man, erkannte sie. *Wenn man an sie denkt.* Vielleicht war das seine Art zu sagen, dass sie schon lange nicht mehr an ihn gedacht hatte. Und damit hatte er recht. In letzter Zeit war ihr die Erinnerung an den Kriegsmeister immer mehr entglitten, so wie alles, was vor ihrer Flucht geschehen war. Ihr früheres Leben kam ihr inzwischen wie ein Traum vor oder wie etwas, das eine andere Person erlebt hatte und das sie nur aus Geschichten kannte.

»Was tust du hier, Servin?«, fragte sie.

Servins graue Augen sahen an ihr vorbei, er ließ die Hand auf den Schwertgriff sinken. »Wer ist das, Vura?«

Sie wandte den Kopf und sah den *Schatten* eintreten. »Ein Freund von mir. Er ist nicht gefährlich.« Sie dachte kurz über das Gesagte nach. »Das stimmt so nicht, er ist sehr gefährlich. Aber nicht für mich ... zumindest nicht mehr.«

Servin behielt die Hand am Schwertgriff, wendete ihr aber wieder seinen Blick zu. »Er sollte nicht hier sein.«

Sie zuckte die Achseln. »Er ist es aber. Hör zu, Servin, so sehr ich mich freue, euch zu sehen, ich bin nicht euretwegen hier, ich ...«

»Ich weiß, weshalb ihr hier seid«, unterbrach er sie.

»Ach ja?«

»Ihr wollt dort hindurchgehen«, sagte er und deutete zur Seite, wo eine schiefe, aus groben Brettern zusammengenagelte Tür in die Wand eingelassen war, die so gar nicht zu der schlichten Eleganz des Zimmers passen wollte. Vuras Herz setzte einen Schlag aus. Sie erkannte sie sofort. Es war dieselbe Tür, die in die Hütte führte, welche sie mit ihren Eltern bewohnt hatte. Nur die massive Eisenstange, die sie der Länge nach verriegelte, war ihr neu.

»Will ich das?«, fragte sie und bemerkte, dass ihre Stimme zitterte.

»Ich hoffe nicht«, sagte Servin. »Hinter dieser Tür lauert alles, was ihr zu vergessen sucht. Geht nicht hindurch, Vura. Tut euch das nicht an.«

»Bist du deshalb hier? Um mich davon abzuhalten?«

»Ich habe stets versucht, euch vor den Schrecken zu bewahren, die dieser Ort und eure Vergangenheit für euch bereithielten. Ich will euch beschützen.«

»Und doch habt ihr mich verlassen«, sagte Vura und war überrascht, wie viel Zorn in ihrer Stimme mitschwang. Sie hatte bisher keine Zeit gehabt, sich damit auseinanderzusetzen, aber nun, da sie Servin gegenüberstand, erkannte sie, wie enttäuscht sie von ihm war. Er hatte ihr nicht einmal Lebewohl gesagt, als er sich mit Arina nach Gottberg aufgemacht hatte, um eine Königsfamilie zu ermorden. Um *Askons* Familie zu ermorden ...

»Ihr seid nicht der Mann, für den ich euch gehalten habe«, sagte Vura. »Die Dinge, die ihr getan habt ...« Sie schüttelte den Kopf. »Auf euren *Schutz* kann ich verzichten.«

Servin antwortete nicht, senkte nur beschämt den Blick. Sie hörte den *Schatten* neben sich treten, sah ihn aber nicht an. »Gehen wir«, sagte er.

Vura nickte und warf Servin einen letzten Blick zu, der nach wie vor auf den Boden starrte. Sie wandte sich von ihm ab und ging auf die Tür zu. Mit zitternden Fingern griff sie nach der Eisenstange, die sich erst löste, als sie kräftig daran zerrte, und ließ sie mit einem Scheppern auf den Boden fallen. Dann ergriff sie die provisorische Klinke, die ihr Vater aus einem Hufeisen zurechtgebogen hatte. Sie wollte sie gerade hinunterdrücken, als Servins Stimme sie zurückhielt.

»Was hofft ihr, dort in der Dunkelheit zu finden?«, fragte er.

Vura sah über die Schulter zurück. »Das *Licht*«, sagte sie und öffnete die Tür.

49

Die *Seeschlange* schnitt durch die Wellen, ein mächtiger Wind trieb das schlanke Schiff über den Ozean.

Servin hatte die Unterarme auf der Reling abgestützt, die Augen geschlossen und genoss das Gefühl der feinen Gischt, die sein Gesicht benetzte. Das Rauschen des Meeres hatte eine beruhigende Wirkung auf ihn und zum ersten Mal, seit sie ihre Reise angetreten hatten, fühlte er Frieden. Dass er in diesen schäbigen Kleidern ein solches Gefühl empfinden konnte, hatte er für ein Ding der Unmöglichkeit gehalten. Er trug eine steife schwarze Weste über einem dunklen Hemd, dazu schwarze Hosen und Stiefel, abgerundet durch einen kratzigen schwarzen Leinenumhang. So farblos, so einfallslos, so langweilig. Zugegeben, gut um bei Nacht in ein Schloss einzubrechen, aber wo war der Komfort? Er vermisste das Gefühl von Seide auf seiner Haut, den Duft parfümierten Stoffes, aber er beschloss, sich davon in diesem Moment nicht stören zu lassen. Er würde sich nicht selbst den inneren Frieden verderben, den er so lange ...

»Arggh!«, schrie Jobokles und Servin seufzte. So viel zu seinem inneren Frieden.

Er wandte den Kopf und betrachtete den kahlköpfigen Riesen, der auf einer für ihn viel zu kleinen Kiste saß und seine Faust auf den Fassdeckel krachen ließ, wobei einige Kupfermünzen klimperten. »*Drachenatem*!«, brüllte er und benannte damit die Würfelkombination, die einem den sofortigen Sieg einbrachte. »Schon wieder? Bei Alogs Eiern, wenn ihr mich übers Ohr haut, dann reiß ich euch die Ohren ab und verfüttere sie an die Haie!«

Die Männer, die ihm gegenübersaßen, wurden kreidebleich. Der ältere der beiden, ein braungebrannter Mann mit stahlgrauem Haar, machte keine Anstalten, sich der Münzen zu bemächtigen, die er eben gewonnen hatte.

»Wir ... wir können die Runde wiederholen, überhaupt kein Problem«, sagte er.

»Jobokles, hör auf, unseren Kapitän zu bedrohen, und gib ihm sein Geld«, befahl Tryndin, der etwas abseits von den Spielenden auf den Planken saß, seinen Rücken lässig gegen die Reling gelehnt, die Augen geschlossen. »Er hat es ehrlich gewonnen.«

Jobokles verzog missmutig das Gesicht, aber er nahm die Faust vom Tisch und machte eine unwirsche Handbewegung, um dem älteren Mann zu signalisieren, dass er die Münzen vom Tisch nehmen sollte. Dieser streckte zögerlich die Hand aus und klaubte vorsichtig eine nach der anderen auf, den Riesen dabei nicht aus den Augen lassend, als wäre er ein schlafender Höhlenbär, der bei dem kleinsten Geräusch aufwachen konnte. Als er alle Münzen in seinen Beutel geworfen hatte, drehte er sich zu Tryndin um und nickte ihm dankend zu.

»Ich hasse dieses Spiel«, sagte Jobokles unzufrieden.

»Solange bis du gewinnst«, entgegnete Tryndin.

Servin richtete sich auf, schlenderte zu dem Bogenschützen hinüber und ließ sich neben ihm auf dem Boden nieder. »Du hast unseren Jobokles ja immer noch gut im Griff«, sagte er.

Tryndin wandte ihm den Kopf zu und öffnete die Augen. »Er weiß, was gut für ihn ist. Wenn nicht irgendwer sein Temperament zügeln würde, hätte ihm schon längst jemand im Schlaf die Kehle durchgeschnitten.«

»Oder wäre bei dem Versuch gestorben«, gab Servin zu bedenken.

»Auch eine Möglichkeit. Wobei ich das bezweifle. Jobokles schläft wie ein Toter.«

»Wenn es nur so wäre«, sagte Servin wehmütig. »Tote schnarchen nicht.«

Tryndin lachte leise. »Nein, das tun sie für gewöhnlich nicht.«

Servin ließ seinen Blick über das harte Gesicht des Kriegers schweifen, das von einem seltenen Lächeln aufgehellt wurde. Das entbehrungsreiche Leben hatte seine Spuren hinterlassen, hatte feine Linien in sein Gesicht gegraben und einige Narben zu verantworten. Insbesondere der helle Schlitz, der seine Augenbraue teilte und von einer Streitaxt stammte, die ihm um ein Haar das Auge herausgerissen hätte, war auffällig.

»Ich habe dich vermisst«, sagte Servin auf einmal. Die Worte überraschten ihn selbst, aber nun, da er sie ausgesprochen hatte, bereute er sie nicht. Sie fühlten sich richtig an.

Ein ernster Ausdruck erschien auf den Zügen des Bogenschützens und ließ die Heiterkeit daraus verschwinden. »Ich dich auch, Kriegsmeister«, sagte er leise.

Servin sah ihm in die Augen. »Ich habe auf dich gewartet. Du hättest zu mir kommen können …«

Tryndin schüttelte den Kopf. »Oh, Kriegsmeister, weißt du denn immer noch so wenig von der Welt?«

»Wovon sprichst du?«

»Du bist Servin Heldenfluch, ein legendärer Schwertkämpfer und Kriegsmeister des mächtigsten Königshauses der Insellande. Für dich gelten andere Regeln als für mich. Ich kann nicht so einfach in den Palast spazieren und offen das Bett mit einem Mann teilen. Weißt du, was das für mich bedeuten würde?«

»Ich kann mich nicht erinnern, dass dich das früher abgehalten hätte.«

»Das war etwas anderes«, sagte Tryndin. »Wir befanden uns im Krieg. Den Männern ist egal, was man treibt, solange man nur seinen Teil zum Kampf beiträgt. Dort zählt nur das Überleben. Aber in Sternstadt?« Tryndin schnaubte. »Das ist eine ganz andere Sache. Im Übrigen wäre meine Frau alles andere als begeistert ...«

Servin schrak zurück, als wäre er geschlagen worden. »Deine ... deine Frau? Ich wusste nicht ...«

»Natürlich nicht«, schnitt ihm Tryndin das Wort ab. »Du hast nie gefragt. Genauso wenig, wie du nach meinen Söhnen gefragt hast.«

»Du bist Vater?«

»Drei Jungs«, bestätigte Tryndin.

Servin wandte beschämt den Blick ab, er kam sich unheimlich dumm vor. Wenn er das gewusst hätte, hätte er Tryndin niemals gebeten, ihn zu begleiten. Ein Familienvater hatte auf einer Selbstmordmission nichts zu suchen. Und um nichts anderes handelte es sich bei ihrem Auftrag, Prinzessin Arina aus dem Nachtschloss zu befreien. Servin wusste das und König Viktor wusste es auch. Aber er war eben nicht nur ein mächtiger König und gerissener Stratege, er war auch ein Vater. Ein Vater, dessen Tochter Qualen litt und wogegen er nichts unternehmen konnte, außer seinen Kriegsmeister auszuschicken, um sie aus den Klauen einer Kronenträgerin zu retten. Ein verzweifelter, ja geradezu erbärmlicher Versuch, aber Alternativen blieben ihm keine. Also tat er es.

»Das wusste ich nicht«, sagte Servin unnötigerweise.

»Wir haben uns nie viel voneinander erzählt, Kriegsmeister. Weder du noch ich suchten diese Art der Verbundenheit.«

»Vielleicht hätten wir das tun sollen.«

»Vielleicht, Kriegsmeister ... aber das liegt in der Vergangenheit.«

Ihre Blicke trafen sich und Servin fühlte eine tiefe Trauer in sich aufsteigen. Den Schmerz über den Verlust von etwas, das er nie gehabt hatte.

»Ha! *Drachenatem*!«, rief Jobokles triumphierend aus. Der große Mann griff mit einer Pranke über den Tisch und sammelte die Münzen ein, die er zuvor verloren hatte. »Ich liebe dieses Spiel!«

Tryndin schüttelte den Kopf und verdrehte die Augen.

»Nun müsst ihr euch dem mächtigen Jobokles also doch geschlagen geben!«, pries er sich selbst. »Nehmt es nicht zu schwer, das ist der Lauf der Dinge, so unaufhaltsam wie der Aufstieg der Sonne. Ich bin eben ...« Seine Stimme brach ab und er ließ die Münzen fallen, die klirrend auf den Fassdeckel fielen. Etwas in der Ferne schien seine Aufmerksamkeit erregt zu haben und seinem Gesichtsausdruck nach zu urteilen, gefiel ihm nicht, was er sah. »Was zum …?«, rief er aus, erhob sich ruckartig und deutete über das Meer.

Die beiden Männer, die mit ihm spielten, drehten sich um und sprangen augenblicklich auf die Füße. Das wettergegerbte Gesicht ihres Kapitäns war kreidebleich geworden, blankes Entsetzen stand ihm in den Augen.

Servin und Tryndin wechselten einen kurzen Blick, dann kamen sie rasch auf die Beine und sahen über das Meer.

»Beim *Ursprung* …«, entfuhr es Servin.

Ein dunkler Fleck verdunkelte einen Teil des blauen Himmels, eine gewaltige Gewitterwolke, schwarz wie die Nacht und doch immer wieder aufleuchtend, wenn grelle Blitze aus ihrer zerklüfteten Gestalt brachen.

Servins Brauen zogen sich zusammen, er fühlte eine Gänsehaut seinen Arm entlangkriechen. Dies war kein natürlicher Anblick. Der Himmel war klar, am Horizont türmte sich keine Wolkenfront. Das Gewitter schien auf einen kleinen Bereich beschränkt, über dem die tiefdunklen Wolken kreisten wie in einem Strudel.

Die Crew, bestehend aus einem Dutzend Seemännern, wurde unruhig, aufgeregte Rufe hallten über das Deck.

»Was ist das?«, flüsterte Tryndin.

»Ich habe keine Ahnung«, antwortete Servin. »Aber wir werden es bald herausfinden. Es kommt direkt auf uns zu.«

»Alle Mann bereitmachen!«, brüllte der Kapitän. »Holt das Segel ein, bindet euch irgendwo fest und betet zum *Ursprung*!«

Servin löste seinen Blick von den dunklen Strudelwolken, schritt über das Deck auf den Kapitän zu und packte ihn am Unterarm, als dieser sich umwandte. Dessen Kopf fuhr herum, die Augen vor Furcht geweitet.

»Was geht hier vor?«, fragte Servin unwirsch.

»Wir werden vermutlich alle sterben, das geht hier vor«, sagte der Mann mit zitternder Stimme. »Ein Weltenverschlinger ist aus den Tiefen aufgestiegen, ein Ungeheuer der altvorderen Zeit!«

»Was faselt ihr denn da?«

»Seid ihr schwer von Begriff? Ein Leviathan ist gekommen, um uns zu holen!«

50

Das Zelt, das Viktors Männer für Atrux errichtet hatten, befand sich im westlichen Bereich des Lagers auf einer kleinen Anhöhe, weit entfernt von den Zelten seiner ehemaligen Gastgeber, den Umbras. Bisher hatte sich das Interesse des Königs an ihm in Grenzen gehalten, aber scheinbar hatte sich das seit seiner Rückkehr geändert. Indem Viktor ihm einen Platz zwischen den Soldaten der Sterninseln und seinen Vasallenhäusern zuwies, machte er ihm deutlich, dass er seinem direkten Befehl unterstellt war und nicht länger dem von Vithrimus. Atrux sollte es recht sein, der Fürst Vulcs hatte ihn ohnehin nur bei sich aufgenommen, um seinem Vater, König Aravid Ardor, eins auszuwischen. Viktor würde besseren Gebrauch von seinen Talenten machen, das stand fest.

Während er durch das Lager schlenderte, hörte er die Männer lautstark über das Duell diskutieren, dessen Zeuge sie geworden waren. Es kam nicht alle Tage vor, dass zwei Hexer gegeneinander antraten. Atrux hatte den Kampf zwar auch beeindruckend gefunden, aber ihn beschäftigte eher, was danach passiert war.

Nachdem Orrin für seinen Regelverstoß exekutiert worden war, hatte sein Bruder dessen Leichnam vom Platz getragen. Viktor verschwand kurz darauf mit Gustav in seinem Zelt und die Zuschauermenge löste sich auf. Atrux wollte sich ebenfalls zum Gehen wenden, wurde jedoch von Fritha Aestum zurückgehalten, die ihm den Weg versperrte.

»Meine Geduld ist zu Ende, Schwertkämpfer«, sagte sie. »Wollt ihr nun mit mir schlafen, oder nicht?«

Die Unverblümtheit der Frage ließ Atrux schmunzeln. »Was würde euer Mann wohl dazu sagen?«

»Vermutlich gar nichts. Er mag es nicht, wenn wir uns über unsere Bettgeschichten unterhalten. Wisst ihr, wir haben eine Übereinkunft, was das betrifft.«

So war das also. »Schön für euch.«

Fritha verschränkte die Arme vor der Brust, was ihren Busen auf betörende Art zusammenpresste. »Ich bin es nicht gewohnt, das zweimal fragen zu müssen, aber bei euch mache ich eine Ausnahme. Soll ich euch nun zu eurem Zelt begleiten?«

»Äh, nein danke«, hörte Atrux sich sagen.

Ihr Gesichtsausdruck, der zuerst Verblüffung, dann Empörung und schließlich unverhohlene Wut zeigte, erübrigte jedes weitere Wort. Sie stapfte beleidigt davon, wobei sie ihren Hüftschwung so ausladend und provokant wie möglich vollführte, was in ihrem engen Kleid einen ganz phantastischen Effekt erzielte.

Während Atrux daran zurückdachte, schüttelte er den Kopf. Er hatte die Hexe abgewiesen, wie man ein Stück Gebäck ausschlug, weil man schon gegessen hatte. Dabei hatte er schon eine ganze Weile nichts mehr *gegessen* und er verspürte einen regelrechten Heißhunger – aber eben nicht auf sie.

Atrux erreichte sein Zelt, schob den Vorhang beiseite und trat ins Innere.

Die schöne Hexe könnte in diesem Moment in seinem Arm liegen. Er hätte ihr das Kleid vom Körper reißen, ihre nackte Haut auf seiner fühlen können. Ein bekümmertes Seufzen entfleuchte seiner Kehle.

Er machte sich nicht die Mühe, die Kerzen und Lampen zu entzünden, das Bett fand er auch so.

Er hätte eine Nacht voll Lust und Leidenschaft erleben können. Stattdessen ging er allein durch die Dunkelheit seines Zeltes. Und warum eigentlich? Weil ihm die eine Frau, die er nicht haben konnte, nicht aus dem Kopf gehen wollte? Lächerlich.

Du bist ein Idiot, Atrux, sagte er sich. *Ein liebestoller Idiot.*

Trotz allem freute er sich auf sein Bett, auch wenn er allein darin liegen musste. Nach mehreren Wochen auf See würden die weichen Laken eine Wohltat sein. Er wollte sich gerade in sie hineinfallen lassen, da erstarrte er. Einen Moment lang fragte er sich, ob er halluzinierte, ob es nun schon so weit gekommen war, dass er von ihr träumte, während er wach war. Er blinzelte. Sie war immer noch da.

Celeste lag nackt zwischen den Laken, die Beine überschlagen, den Oberkörper auf den Unterarmen abgestützt, sodass ihre zierlichen Brüste frech hervorstanden. Ihre Alabasterhaut glühte in dem silbernen Sternenlicht förmlich, das durch die Zeltplane sickerte. Das rabenschwarze Haar fiel ihr ungehemmt auf die Schultern, eine einzelne Strähne durchkreuzte ihr sonst so strenges Elfengesicht, das nun weich, nahezu scheu wirkte. Als sie sich aufrichtete und aus dem Bett stieg, fiel sein Blick auf das dunkle V, das zwischen ihren weißen Beinen hervorstach, und er fühlte Blut in seine Lenden schießen. Einen Moment blieb sie vor dem Bett stehen, offenbarte ihm die schlanke Pracht ihres unbedeckten Körpers.

»Celeste ... was ...«, hauchte er, verstummte aber, als sie mit zwei schnellen Schritten bei ihm war und einen Finger auf seine Lippen legte.

»Tu dir selbst einen Gefallen und halt einmal in deinem Leben die Klappe«, raunte sie und presste ihre Lippen auf die seinen.

Zuerst erwiderte er den Kuss zögerlich, überwältigt von dem elektrisierenden Gefühl, das ihre sich berührenden Münder in ihm auslöste. Doch als ihre Hände über seine Schultern glitten, sie sich an ihn schmiegte und er ihre harten Brustwarzen durch den dünnen Stoff seines Gewandes an seiner Brust spürte, da küsste er sie heftiger. Ihre Zungen umschlangen einander. Celeste entfuhr ein Stöhnen, als sich seine Finger in ihr schwarzes Haar gruben. Ihre Hände versanken ihrerseits in den harten Muskeln seines Rückens, ihre langen Nägel bohrten sich in sein Kampfgewand. Mit einem Ruck zerfetzte sie den Stoff, riss ihn ihm stürmisch vom Oberkörper. Ihre Fingernägel hinterließen blutige Striemen auf seinem Leib und Atrux sog scharf die Luft ein vor Erregung.

Die sexuelle Spannung, die sich über Wochen zwischen ihnen aufgebaut hatte, entlud sich in einem stürmischen Blitzgewitter. Wie zwei ausgehungerte Schakale fielen sie über einander her, verschlangen einander, rissen und zogen, bissen und kratzten.

Atrux packte sie an der Taille und warf sie aufs Bett. Mit einer fast wütenden Geste befreite er sich von dem zerrissenen Gewand, das um seine Hüfte hing. Celeste spreizte die Beine, hieß ihn willkommen. Doch anstatt sich auf sie zu stürzen, ließ er sich auf die Knie nieder, packte ihre Oberschenkel und versank mit seinem Kopf zwischen ihnen. Sie jauchzte, als seine Zunge an ihren Schamlippen entlangfuhr, sie neckten und zwickten, und schließlich mit der Zungenspitze in sie eindrang. Sie bog den Rücken durch wie eine Katze, riss den Kopf in den Nacken und verschaffte ihrer Ekstase mit einem Schrei Ausdruck. Er hätte ihr mehr gegeben, sie länger verwöhnt, aber ihre Hände schlossen sich um seinen Kopf. Sie packte ihn bei seinem langen Zopf und zog ihn daran empor. Sie wollte nicht länger warten, wollte *ihn*, und er gab ihrem Verlangen mit Freuden nach. Seine kräftigen Arme stützten sich auf dem Bett ab, ihre Beine umschlangen seinen Körper, zogen ihn an sich. Sie sahen sich in die Augen, als sie sich verbanden und für einen Moment ebbte das Gewitter ab, so als hätten sie das Auge des Sturms erreicht. Langsam, behutsam drang er in sie ein, sie beide kosteten diesen Moment aus, den Augenblick der Verschmelzung. Mit einem Seufzen versanken sie ineinander und das Auge des Sturms zog vorbei. Das Gewitter brach von Neuem über sie hinein, heftiger und stürmischer als zuvor. Ihre Körper verwoben sich, verkeilten sich ineinander, schneeweiße Haut vermengte sich mit tiefdunkler, Hände stießen aufeinander, Münder umschlangen einander.

Atrux verlor sich im Augenblick, verlor sich in der körperlichen Nähe zu jener Frau, die seinen Geist beherrschte wie keine andere je zuvor, die ihn berauschte wie der süßeste Wein.

Während die frisch Verliebten ihr Glück lautstark hinausschrien, lag Athrimus im Gras neben dem Zelt, hatte die Arme hinter dem Kopf verschränkt, lauschte ihrem ekstatischen Liebeslied und lächelte zufrieden.

Er war Celeste zu Atrux' Zelt gefolgt und hatte beobachtet, wie sie darin verschwunden war. Er hatte nicht lange warten müssen, bis auch der Schwertmeister aufgetaucht war.

Es ist beinahe zu schön, um wahr zu sein, dachte er gut gelaunt. *Die Illusion ist tatsächlich Wahrheit geworden! Vater wird vollkommen durchdrehen. Vielleicht wird er sie gar erschlagen, das Leben aus der Schlampe herausprügeln!*

So wie er auf seine Traummanipulation angeschlagen hatte, wäre das nicht undenkbar. Aber vielleicht sollte er seine Erwartungen zügeln. Kein Mensch hatte *so* viel Glück.

Oder vielleicht doch?

51

Servin konnte es kaum glauben. Er würde einen Leviathan sehen! Gut, das Biest würde ihn auch töten, aber davon ließ er sich nicht die Laune verderben. Ein Teil von ihm hatte die kolossalen Magiewesen stets als Mythos abgetan, obwohl ihre Existenz gut dokumentiert war. Der Schreckensherrscher Bardan soll sogar eines getötet und aus seiner Asche die Schattenkrone geschmiedet haben. Dennoch, es war ihm immer schwergefallen, sich vorzustellen, dass etwas so Großes, etwas so *Mächtiges*, existieren konnte.

Die meisten Männer hatten sich mit Tauen an der Reling festgebunden, aber Servin hatte den Mast gewählt. Er würde sich die Chance nicht entgehen lassen, dem Wesen in die Augen zu blicken. Er stand aufrecht mit dem Rücken an dem Holzstamm, das Seil hatte er sich um die Körpermitte geschlungen. Jobokles und Tryndin saßen ihm gegenüber und klammerten sich an die Taue, die sie an der Reling befestigt hatten. Sie waren nicht angebunden, obwohl sie dadurch Gefahr liefen, vom Schiff geschleudert zu werden. Allerdings würden sie so auch nicht in die Tiefe gezogen werden, falls sie untergingen. Das würde ihren unweigerlichen Tod durch Ertrinken aber nur hinauszögern.

Der Sturm hatte sie inzwischen erreicht, über ihnen rumorte die dunkle Wolkenmasse, unter ihnen kochte die See. Das Schiff bewegte sich in dem stärker werdenden Wellengang auf und nieder, kalter Regen wurde von einem kräftigen Wind über das Deck gepeitscht.

Servin kniff die Augen zusammen und blickte auf. Es war ein unwirklicher

Anblick. Direkt über ihnen wirbelten die dunklen Wolken, vermengten sich und rissen wieder auseinander, einem Sog folgend, der vom Zentrum des Sturms ausging. Doch wenn er in die Ferne blickte, sah er ringsum blauen Himmel, der von keiner Wolke gestört wurde. Sie befanden sich in einem Miniatursturm, der dem Leviathan folgte wie ein dunkler Lakai seinem Meister. Donnergrollen erfüllte die Luft, als ein Blitz nicht unweit des Schiffes ins Wasser fuhr und die Welt in einem grellen Gleißen verschwand. Servin blinzelte, um die hellen Flecken zu vertreiben, die sein Sichtfeld erfüllten. Dann sah er es ...

Ein Felsen ragte etwa eine halbe Meile entfernt aus dem Wasser, der sich zunehmend in einen Berg verwandelte. Höher und höher wuchs er, stieß aus den Fluten wie die Finne eines Hais ...

Servin stutzte. Der Vergleich könnte treffender nicht sein und endlich begriff er – es *war* eine Finne. Das gewaltige, schwarz glänzende Gebilde, das er für einen Felsen gehalten hatte, war die Rückenflosse eines Lebewesens. Sie zerteilte das Meer, pflügte durch die Wellen, weiß schäumende Gischt vor sich hertreibend – und sie kam direkt auf sie zu.

Wenn dies allein eine Flosse des Ungeheuers sein sollte, wie groß musste dann ihr ganzer Leib sein? Servin konnte es sich nicht vorstellen, konnte nicht begreifen, wie etwas Lebendes so riesenhaft, so ehrfurchtgebietend sein konnte. Was war ein Mensch verglichen mit diesem Ungetüm? Niemals hatte Servin solche Furcht empfunden. Es war nicht die Angst vor dem Tod oder den bevorstehenden Schmerzen, es war die Angst eines Menschen, der sich einer fleischgewordenen Naturgewalt gegenübersah, der zum ersten Mal begriff, wie klein und unbedeutend er war.

Schreie hallten über das Deck, als die Männer das Ungeheuer erblickten.

Das Schiff kippte zur Seite, als es von einer wütenden Welle erfasst wurde. Ein Wasserschwall traf die Reling mit gewaltiger Wucht und zersplitterte einen Teil des Holzes nur wenige Meter von Jobokles entfernt, schäumende Gischt schwappte über das Deck. Servin dachte schon, sie würden in den tobenden Wassermassen untergehen, doch dann erfasste sie eine weitere Welle, die das Schiff in die entgegengesetzte Richtung kippte. Ein Seemann, der sich wie Jobokles und Tryndin nicht hatte anbinden wollen, verlor bei der Bewegung den Halt und rutschte schreiend über die Planken, direkt auf die neugeschaffene Öffnung in der Reling zu. Jobokles löste eine Hand von dem Tau, an das er sich festklammerte, warf seinen gewaltigen Körper zur Seite und packte den Mann am Gürtel. Dieser war bereits halb durch die Öffnung gerutscht und blickte schreiend und mit den Armen rudernd in das aufgewühlte Meer unter ihm. Jobokles hievte ihn mit einem Brüllen zurück auf das Schiff, schlang einen mächtigen Arm um seinen Körper und drückte ihn an seine Brust wie eine Mutter ihr Kind.

Dann hatte der Leviathan sie erreicht.

Das Schiff ächzte, als es von der Welle in die Höhe gehoben wurde, die der gewaltige Leib des Ungeheuers vor sich herschob. Unaufhaltsam kam die schwarzhäutige Finne auf sie zu und würde das Schiff ebenso zerteilen wie die See.

Servin blickte in die Fluten und erschauderte, als er dem unermesslichen Schatten gewahr wurde, der unter dem Schiff hindurchschwamm. Schwarz und endlos wie der Nachthimmel. Er hob den Kopf wieder, sah die Finne näherkommen, und schloss die Augen. Er hatte gehofft, dass sein Leben an ihm vorbeiziehen würde, dass er einen letzten Blick auf jene erhaschen würde, die ihm etwas bedeuteten, doch nichts dergleichen geschah. Alles, woran er denken konnte, war, dass er in dieser *ursprungsverdammten* Garderobe umkommen würde, deren kratzige Beschaffenheit er nicht einmal seinem schlimmsten Feind wünschte. Was gäbe er dafür, ein letztes Mal die wohlige Umarmung von feinster Seide auf seiner Haut zu spüren ...

Das Schiff bebte, wurde herumgerissen, Servin entfuhr ein Schrei und er schlug die Augen wieder auf. Die Finne war knapp an ihnen vorbeigerauscht, doch die mächtige Welle hatte ihr Schiff zur Seite geschleudert, das nun hilflos um sich selbst kreiste. Nach wie vor tobte der Sturm um sie herum, das Meer brodelte, aber sie hatten überlebt. Servin konnte es kaum glauben. Er wollte schon einen Jubelschrei ausstoßen, als ihr Schiff abermals erzitterte. Etwas krachte, zersplitterte, Servins Kopf wurde herumgeworfen, die Männer schrien. Dabei ließen die Orkanwinde bereits nach, die See wurde allmählich ruhiger, das Blau des Himmels war nicht mehr weit entfernt. Der Leviathan hatte sie passiert. Was hatte sie also getroffen?

Es hatte sich nicht nach einer Welle angefühlt, der Einschlag war punktueller gewesen. Servin ließ seinen Blick über das Wasser gleiten und hielt inne. Seine Augen verengten sich zu Schlitzen. Da war etwas, das sich zwischen den Fluten bewegte, aber er konnte es nicht richtig erkennen. Er zog das Messer aus der Scheide an seinem Gürtel und zerteilte das um seine Hüfte geschlungene Tau mit einem einzigen Schnitt. Er machte einen Schritt nach vorne und stellte fest, dass seine Beine wackliger waren, als er vermutet hatte. Das Heulen des Windes drang an sein Ohr, aber er glaubte, noch etwas anderes zu vernehmen. Ein Lachen, vielstimmig und verzerrt, doch so leise, dass es sich ebenso gut um eine Sinnestäuschung handeln konnte. Er torkelte zur Reling, beugte sich darüber und starrte angestrengt ins Wasser, dorthin, wo er eben die Bewegung ausgemacht hatte. Die Jubelschreie der Männer ließen ihn zusammenzucken, aber er ließ sich nicht ablenken. Schließlich sah er es. Wenige Fuß von ihrem Schiff entfernt verband sich die schäumende Gischt auf der Wasseroberfläche und stieg in die Höhe, eine seltsame Gestalt bildend. Hörner aus weißem Schaum, Klauen aus Gischt, gelbglühende Augen in einem wölfischen Gesicht.

»Verflucht noch eins!«, ertönte eine Stimme neben ihm und riss Servin von dem unwirklichen Anblick los. Der Kapitän war herangetreten und sah die Schiffsseite hinunter. »Ich dachte, wir hätten es unbeschadet überstanden. Nun ja, das wäre wohl zu viel des Glücks gewesen.«

Servin blickte zurück, doch die Gestalt war verschwunden, war vielleicht nie dagewesen. Er schüttelte irritiert den Kopf und folgte den Augen des Kapitäns. Einige Planken waren an der Seite gesplittert, durch ein Leck gelangte Wasser ins untere Deck.

»Werden wir ... untergehen?«, fragte Servin besorgt, der es als besonders grausame Wendung des Schicksals erachten würde, wenn sie nun doch ertrinken mussten.

Der wettergegerbte Mann schüttelte den Kopf. »Wahrscheinlich nicht, aber bis nach Gottberg schaffen wir es auf keinen Fall. Wir werden in Nubos einen Zwischenstopp einlegen müssen, um das Schiff zu reparieren. Aber hey, halb so schlimm, wir sind noch am Leben!«, sagte er fröhlich und klopfte Servin auf die Schulter.

»Habt ihr so etwas schon einmal erlebt?«

Der Mann schnaubte. »Aber nicht doch! Die wenigsten bezeugen den Aufstieg eines Leviathans und können später davon berichten. Niemand weiß, wie viele es von ihnen gibt, aber gewiss ist, dass sie nur selten an die Oberfläche kommen. Wir haben also unfassbares Pech und unverschämtes Glück im gleichen Augenblick gehabt!« Mit diesen Worten drehte er sich um, reckte beide Arme in die Höhe und brüllte abermals: »Wir sind noch am Leben!«, was mit lautem Johlen der Mannschaft begrüßt wurde.

Tryndin und Jobokles, der nach wie vor den kreidebleichen Seemann, den er gerettet hatte, mit einem Arm umklammert hielt, schlossen zu ihm auf.

»Erfahrung, auf die ich lieber verzichtet hätte, Nummer vierhundertachtzig: Einer Sagengestalt in die Quere kommen«, sagte Tryndin. »Diesmal dachte ich wirklich, es wäre um uns geschehen.«

»Aja?«, lachte Jobokles. »Frag ihn mal.« Er schüttelte den Mann an seiner Seite, der nur apathisch hin und her wankte.

»Willst du den armen Kerl nicht loslassen?«, fragte Servin.

Der Seemann blickte bei seinen Worten auf und schüttelte mit weit aufgerissenen Augen den Kopf.

»Ich glaube, er fühlt sich ganz wohl an meiner Brust«, sagte der Riese lachend.

Servin schaute sich noch einmal um, dem Sturmzentrum nachblickend, das sich immer weiter von ihnen entfernte.

»Wie geht es jetzt weiter?«, hörte er Tryndin fragen, der besorgt das Leck musterte.

Servin zuckte die Achseln. »Der Kapitän meinte, wir müssen in Nubos Halt machen.«

»Ha! In der berüchtigten Roten Stadt?«, rief Jobokles aufgeregt. »Dann komme ich ja doch noch einmal in den Genuss einer vollbusigen Frau!«

Tryndin erwiderte etwas darauf, doch Servin hörte nicht mehr hin. Ein gelbglühendes Augenpaar hatte sich in seine Gedanken geschlichen und ein leises, vielstimmiges Lachen hallte durch seinen Geist.

Er schauderte.

Ein alter Bekannter

52

Vura hatte erwartet, dass sich hinter der Tür das ärmliche Heim ihrer Eltern verbergen würde, doch stattdessen fand sie sich erneut im Palastgarten wieder. Diesmal versanken die Baumkronen jedoch in der Dunkelheit der Nacht, nur fahles Sternenlicht schimmerte blass auf den Blättern. Ein gepflasterter Weg führte in das kleine Waldstück, das sich vor ihr auftat, und als sie dem gewundenen Pfad mit ihrem Blick folgte, stachen eisigen Klauen der Furcht in ihr Herz.

Sie trat einen Schritt zurück, sah die dunklen Baumstämme mit vor Schrecken geweiteten Augen an, machte kehrt und stieß mit dem *Schatten* zusammen. Er legte den Kopf schief, als sie an ihm vorbeiglitt und wie angewurzelt stehen blieb – die Tür war verschwunden. Noch beängstigender war aber, dass auf dieser Seite derselbe gewundene Weg in dasselbe Waldstück führte, das sich eben vor ihr erstreckt hatte. Dabei hätte sich dort der Speisesaal des Sternpalastes befinden sollen. Sie drehte sich abermals um, nur um erneut dasselbe zu erblicken. Egal welchen Weg sie einschlug, er würde immer in den Wald hineinführen.

»Ihr kennt diesen Ort, wie ich annehme?«, drang die Stimme des *Schatten* durch die beginnende Panik, die sich in ihr ausbreitete.

»Ich ... ich will zurück«, sagte sie. »Bringt mich zurück!«

»Nun beruhigt euch erst einmal, es ist doch gar nichts geschehen«, sagte der *Schatten*.

Sie trat an ihn heran, blickte hilfesuchend zu ihm auf, ihr sommersprossiges Gesicht vor Verzweiflung verzerrt. »Ich weiß aber, was geschehen wird! Und ich will nicht ... ich ... ich kann es nicht noch einmal ertragen!«

Der *Schatten* schien endlich zu begreifen, wie verängstigt sie war, doch anstatt ihr zu helfen, lächelte er. »Dann haben wie unser Ziel erreicht, Vura. Das ist es, was wir wollten. Hier, in dieser Erinnerung, werdet ihr sie finden.«

»Ich will aber nicht! Ich ...«, begann sie, doch dann blieben ihr die Worte im Halse stecken, als sie den Mann sah, der hinter dem *Schatten* aus dem Wald trat. Sie erkannte ihn sofort, obwohl sie nur seine Umrisse ausmachen konnte; groß, breit und schrecklich. Er schritt ihr gemächlich, aber bestimmt entgegen wie ein gewaltiger Wolf, der wusste, dass er seine Beute lange genug gehetzt hatte, dass sie zu erschöpft war, um ihm zu entkommen.

Vura taumelte zurück, ihr Herz schlug ihr in der Brust wie eine Trommel. Sie wollte sich umdrehen und davonlaufen, doch sie wusste mit erschreckender Gewissheit, dass sie ihm dadurch nur in die Arme laufen würde. Es war unmöglich, ihm zu entkommen, denn das alles war längst geschehen.

»Helft mir ...«, wisperte sie.

Der *Schatten* betrachtete den näherkommenden Mann neugierig. »Wer mag das wohl sein? Ein alter Bekannter von euch?«

Er drehte sich halb zu ihr um. »Helft mir, bitte«, wiederholte sie.

»Das kann ich nicht, Vura. Dies ist euer Geist, ich habe hier keine Macht.«

»Dann holt mich zurück!«, schrie sie.

Er antwortete nicht, sah sie nicht einmal an. Sie konnte Gustavs Schritte schon hören. Das Sternenlicht beschien seine Gestalt, sie erkannte seine groben Züge, das grimmige Lächeln, das in dem breiten Gesicht aufblitzte.

»*Schatten*!«, brüllte sie und spürte, wie die Panik sie ungehemmt durchflutete. Pulsierend strahlte sie von ihrem hämmernden Herzschlag aus und drang wie brennende Säure bis zu ihren Finger- und Zehenspitzen vor.

Der *Schatten* tat noch immer nichts und in diesem Moment wurde ihr bewusst, dass sich das auch nicht ändern würde. Er wollte wissen, was geschehen würde. Für ihn war sie nichts weiter als eine der eigentümlichen Kreaturen, die er in seinen Käfigen hielt. Ihre Furcht und ihr Schmerz waren ihm gleichgültig, solange er dadurch etwas lernen konnte. Wie hatte sie ihm jemals vertrauen können? Sie war so dumm ...

Gustav kam näher und sie schrie, doch sie bemerkte es gar nicht, hörte es nicht. Es war so natürlich wie das Atmen. Sie fuhr herum und rannte davon wie ein aufgescheuchtes Reh. Ihre Bedenken von zuvor waren irrelevant geworden, ihr Denken war ausgeschaltet, die Panik handelte für sie. Sie war kaum drei Schritte weit gekommen, als sie so abrupt stehen blieb, dass sie auf die Knie stürzte. Gustav kam auch von der anderen Seite auf sie zu. Egal wohin sie sich wendete, er war da. Es gab kein Entkommen! Auf allen vieren kroch sie vor ihm davon, seine schweren Schritte erschütterten den Boden. Sie wandte den Blick ab, rollte sich auf dem feuchten Gras zusammen und wiegte sich vor und zurück. Ihre Schreie waren zu einem hysterischen Schluchzen verkommen.

Die Schritte kamen zu einem Halt, sie hörte Gustav lachen, rau und verächtlich. Das Geräusch ließ sie erschaudern. Ihr Schluchzen wurde zu einem Wimmern, Tränen strömten ihr über das Gesicht. Sie zuckte zusammen, als eine prankenartige Hand ihr über die Schulter strich. Übelkeit stieg in ihr auf. Eher wollte sie sterben, als noch einmal ...

Die Welt erstrahlte in gleißendem Licht. Es war so hell, dass sie die Arme vor dem Gesicht zusammenschlagen musste, sie hörte den *Schatten* aufschreien. Es währte nur einen Augenblick, doch als es vorbei war und sie die Arme wieder herunternahm, tanzten gelbe Flecke über ihr Sichtfeld – sie sog scharf die Luft ein.

Über ihr stand das schönste Wesen, das sie jemals gesehen hatte. In einem elfengleichen Gesicht leuchteten zwei kleine Sonnen, wo man die Augen vermutete, schimmerndes Haar, das aus flüssigem Gold zu bestehen schien, umwehte ihr Haupt wie eine heilige Aura. Ihre Haut war weiß wie Alabaster und leuchtete von innen heraus, so als fließe flüssiges Licht durch ihre Adern. Sie hatte nichts an, war gänzlich nackt, doch das wirkte nicht ordinär oder aufreizend. Es schien vollkommen natürlich, *richtig*. Es wäre eine Untat, diese überirdische Schönheit zu verhüllen.

»Du brauchst keine Angst mehr zu haben«, sagte das *Licht* mit einer Stimme, die zwischen den Bäumen hallte wie melodisches Donnergrollen. »Ich habe ihn fortgeschickt.«

Vura setzte sich auf und sah sich um – Gustav war verschwunden. Eine Woge der Erleichterung spülte über sie hinweg. »Danke«, hauchte sie.

Der goldene Blick ging an ihr vorbei. »Was macht er hier?«

Vura wandte den Kopf. Der *Schatten* stand einige Schritte hinter ihr und rieb sich die Augen.

»Er ... er hat mir dabei geholfen, dich zu finden«, sagte sie und erhob sich auf zitternden Beinen.

Vom Boden hatte die leuchtende Gestalt riesig gewirkt, doch nun, da sie vor ihr stand, fiel Vura auf, dass sie genauso groß – oder klein – war wie sie.

Die Sonnen zogen sich zusammen. »Und wieso hast du mich gesucht? Was willst du hier?«

»Vura, tut es! Jetzt!«, rief der *Schatten*.

Zunächst ergaben seine Worte keinen Sinn. Die Panik verließ ihre Glieder nur widerwillig und die Gedanken krochen schwerfällig durch ihren Verstand. Dann aber begriff sie. Der Blick, mit dem sie das *Licht* bedachte, wurde kalt und entschlossen wie der eines Jägers, bevor er den Pfeil von der Sehne ließ. Ihre Augen wurden schmal und sie hechtete unvermittelt nach vorn, streckte die Fingerspitzen nach dem *Licht* aus. Doch die Lichtgestalt hob nur die Brauen, machte einen Schritt zur Seite – eine beiläufige Bewegung – und Vura fiel der Länge nach auf den Boden.

Das *Licht* sah zu ihr herunter, Enttäuschung und Wut brannten in ihren Augen. »Du bist also hier, um mich zu töten! Und das nach allem, was ich für dich getan habe?«

»Dich ... töten? Nein, nein ... das ist nicht, was ich ...«

»Nicht, was du wolltest?«, fragte das *Licht* und das Grollen in ihrer Stimme nahm zu. »Was glaubst du, was passiert, wenn du mich berührst, wenn unsere Seelen verschmelzen? Keine von uns wird das überleben!«

»Das ist nicht, was der *Schatten* gesagt hat ...«, sagte Vura und erhob sich langsam.

Der Kopf des *Lichts* fuhr herum und der *Schatten* trat unwillkürlich einen Schritt zurück, als ihr Blick ihn traf. »Ich hätte euch ohne Umschweife töten sollen.«

Der *Schatten* hob beschwichtigend die Hände und setzte dazu an, etwas zu sagen, doch das *Licht* streckte einen Arm aus und seinem Mund entfuhr nur ein langgezogener Schrei, als er von den Füßen gehoben und in den Nachthimmel geschossen wurde wie ein menschlicher Armbrustbolzen. Er verschwand zwischen den Sternen.

»Was hast du mit ihm gemacht?«, fragte Vura entsetzt.

»Ich habe ihn aus unserem Verstand verbannt.«

Ohne den Schatten *komme ich nicht mehr zurück.* Ein Lächeln krümmte die Lippen des *Lichts*, das keinerlei Wärme ausstrahlte. *Genau darum ging es ihr!*, erkannte Vura mit Schrecken.

»Was ist, hat es dir die Sprache verschlagen?«, fragte das *Licht*. »Hast du etwa geglaubt, ich würde zulassen, dass du mit diesem namenlosen Wichtigtuer hierherkommst und uns beide vernichtest?«

»Ich weiß nicht, was ich dachte«, gab Vura zu. »Ich weiß nur, dass ich dich nicht wieder freilassen kann. Du hast all diese Menschen getötet ... du bist gefährlich.«

Das *Licht* zog die Stirn kraus, schien zu überlegen. »Ah, du sprichst von Nubos! Nun, wenn ich meine Macht entfalte, dann ist es nur natürlich, dass einige Menschen vergehen.« Das *Licht* lachte. »Sie sind bloß winzig kleine Kerzen in einem Meer aus Dunkelheit, die unweigerlich in ihr versinken werden, sie wurden lediglich nur ein wenig früher gelöscht. Ich dagegen, Vura, ich bin die Sonne. Ich brenne ewig.«

Vura schreckte vor ihr zurück, vor dem Glühen in ihren Augen. »Du bist ... verrückt«, stellte sie fest.

»Verrückt? Weil ich meine Macht als das anerkenne, was sie ist? Verstehst du denn nicht, Vura? Du hast eine Göttin zur Welt gebracht!« Sie breitete die Arme aus. »Hier, in der Dunkelheit deines Geistes, in all dem Schmerz und all dem Leid, bin ich geboren worden!«

Eine Göttin. Das Wort rotierte durch ihren Geist und plötzlich ergab alles einen Sinn, das Puzzle setzte sich zusammen.

Der *Schatten* hatte sie gefragt, wann ihre Quelle erwacht war und nun verstand sie, wieso. Es war in einem Moment völliger Verzweiflung geschehen und in jenem Augenblick hatte ihr Verstand etwas getan. Er hatte jemanden geschaffen – *etwas*. Etwas, das im Gegensatz zu ihr keine Furcht hatte, das so stark und mächtig war, dass niemand es kontrollieren konnte – eine Göttin. Eine Phantasie war Wirklichkeit geworden.

»Du hast ihn getötet«, wisperte Vura.

»Von wem sprichst du?«

»Von meinem Vater. Du ... hast mich von ihm befreit. Ich dachte ...«

»Natürlich habe ich das. Deshalb bin ich ins Leben getreten, weil du zu schwach warst, es selbst zu tun.«

Vura wankte, ihr Blick verschwamm. Tausend Gedanken rasten ihr durch den Kopf, ihr schwindelte. »Aber wieso ... wieso hast du dann nicht auch Gustav ...«

»Wieso ich Gustav nicht getötet habe, fragst du? Warum ich es zugelassen habe, dass er dir antut, was dir schon dein Vater angetan hat? Ganz einfach, weil Viktor mich nie hätte gehen lassen, wenn ich ihm gezeigt hätte, wozu ich fähig bin. Ich durfte erst in Erscheinung treten, als Viktor die Sterninseln verlassen hatte. Aber ich habe dir geholfen, die Erinnerungen an Gustav zu verdrängen. Ich habe sie hier in meinem Reich verschlossen, wo sie dir nicht schaden können. Dich hätte der Schmerz zerbrochen, aber mich macht er stärker.« Das Leuchten der Sonnen wurde intensiver, bedrohlicher. »Und wie dankst du mir für das, was ich für dich getan habe?«

Das *Licht* kam auf sie zu, blieb jedoch zwei Schritte von ihr entfernt stehen.

Sie ist vorsichtig. Trotz all ihrer Macht fürchtet sie, dass ich sie berühre.

Vura wusste, dass sie genau das tun musste, ganz gleich, was dabei mit ihr geschehen mochte. Vielleicht hatte das *Licht* sogar recht und sie würden beide sterben, aber es machte keinen Unterschied. Ihr Geist hatte ein Wesen hervorgebracht, das nichts als Schmerz und Leid kannte. Sie würde weitere Menschen töten oder wie sie es nannte: *winzig kleine Kerzen löschen*. Das lag in ihrer Natur.

»Aber ich sollte dir nicht böse sein«, fuhr das *Licht* sanfter fort. »Du kannst nichts dafür, dass du den Lügen des *Schatten* erlegen bist. Du hast dich dein ganzes Leben lang von Männern herumschubsen und manipulieren lassen. So bist du eben. Aber keine Sorge, das hat jetzt ein Ende. Fortan wird dich niemand mehr benutzen.«

»Was meinst du damit?«, fragte Vura.

Das *Licht* sah sich mit eindringlichem Blick um, so als versuchte, sie das Traumgewebe zu durchdringen, das sie umgab. »Es ist schon eigenartig, ich habe all diese Macht, diese göttliche Kraft, und doch ist es mir nie gelungen, diesen Ort zu verlassen.« Ihre Augen fanden zu ihr zurück, ein Funken des Hasses brannte in den strahlenden Pupillen. »Nur wenn du dich in größter Not befindest, wenn Furcht und Panik dich zu verschlingen drohen, kann ich die Tür öffnen, die mir sonst verschlossen bleibt, und selbst dann habe ich nie viel Zeit, bevor dein Geist mich wieder zurückdrängt. Ich habe nie verstanden, wie dir das möglich ist.« Sie zuckte mit den Schultern. »Aber das ist jetzt egal, denn nun bist du ja hier. Und das bedeutet, dass du mich nicht davon abhalten kannst, die Kontrolle zu übernehmen.«

Ein teuflisches Lächeln erschien auf ihrem engelsgleichen Gesicht, das Vura einen gezackten Dolch der Furcht in die Eingeweide rammte. »Das kannst du nicht tun!«, sagte sie, wohlwissend, dass das nicht stimmte.

»Oh, da bin ich anderer Meinung. Du hast die Verriegelung entfernt, schon vergessen?«

Vura fluchte innerlich, als sie an die Eisenstange dachte, welche die Tür verschlossen hatte.

Das *Licht* trat einige Schritte zurück und breitete die Arme aus, woraufhin hinter ihr ein gleißender, rechteckiger Strahl erschien, der die Umrisse einer Tür bildete.

»Glaub mir, es ist zu deinem Besten«, sagte sie. »Irgendwann hättest du uns beide in den Tod getrieben.« Die Tür materialisierte sich, die schiefen Holzplanken wurden sichtbar. »Das heißt dann wohl Lebewohl, Vura. Bestell Gustav einen Gruß von mir!«

Bei dem Namen ihres Peinigers erwachte Vura endlich aus ihrer Starre und machte einen Satz, versuchte das *Licht* zu erreichen, doch die leuchtende Gestalt lächelte nur und verschwand so schnell hinter der Tür wie ein Fuchs in seinem Bau. Vura stolperte ins Nichts – von der Tür war keine Spur mehr zu sehen.

»Nein!«, schrie sie und sah sich verzweifelt um.

Wohin sie auch blickte, überall erwartete sie derselbe Weg, an dessen Ende sich dieselben Bäume in den Nachthimmel erhoben. Sie befand sich in einem kreisrunden Verlies und bei dem Gedanken daran, was als Nächstes geschehen würde, schnürte sich ihr die Kehle zu. Wie sollte sie nur von hier entkommen?

Erneut hörte sie seine Schritte, bevor sie ihn sah, diese dumpfen, schweren Schritte.

Sie schrie.

53

Gedilli blickte auf das Spielfeld hinab, betrachtete die übermächtige Armee der schwarzen Figuren, die seine weißen zu einem kümmerlichen Rest dezimiert hatte, verschränkte die Arme und löste sie wieder, rieb sich den Hals, trommelte mit dem Zeigefinger auf der Tischplatte und seufzte, dann verschränkte er die Arme erneut.

»Wollt ihn nun euren Zug machen oder nicht?«, fragte Bersek, der ihm gegenüber auf einem Stuhl hockte.

»Ich überlege noch«, sagte Gedilli, ohne aufzusehen.

»Ihr überlegt schon sehr lange.«

Nun sah Gedilli doch auf und der hämische Zug, der die Affenlippen umspielte, schien ihn dazu aufzufordern, sein pelziges Gegenüber zu erwürgen. »Gut Ding will Weile haben«, sagte er beherrscht, ganz so als läge ihm der Gedanke fern, jemanden erwürgen zu wollen.

»Ausgehend von euren vorhergehenden, erschreckend langwierigen Zügen«, sagte Bersek, »sehe ich mich genötigt, den Wahrheitsgehalt dieser Aussage in Frage zu stellen.«

Ich stelle gleich den Wahrheitsgehalt deiner räudigen Affenmutter in Frage, dachte Gedilli, der zwar selbst nicht genau wusste, was er damit meinte, dessen strategisches Denkvermögen aber sogleich zurückkehrte, nachdem er diese mentale Beleidigung ausgesprochen hatte.

Er nahm den Kopf seines Läufers, bewegte ihn diagonal übers Spielfeld und schlug einen schwarzen Bauern.

»Ihr seid dran«, sagte er und lächelte zufrieden.

Berseks behaarte Hand huschte über das Spielfeld und ehe er sich versah, wurde Gedillis Läufer von einem Pferd niedergetrampelt. Der Affe hatte nicht einmal über den Zug nachdenken müssen und der ehemalige Pirat schluckte. Das war die letzte Spielfigur, die ihm noch von Nutzen hätte sein können.

»Es sieht nicht gut für euch aus«, sprach Bersek das Offensichtliche aus.

»Bilde dir nur nichts darauf ein!«, sagte Gedilli gereizt. »Das liegt alles nur an ...« Er sah sich um. »Dieser Bestie da! Wie soll sich denn ein normaler Mensch konzentrieren, wenn einen dieses dreiköpfige Ungetüm anstarrt?«

Tatsächlich war ihm am Anfang unwohl gewesen, so nah an der Chimäre zu sitzen – der kleine Tisch, auf dem sie spielten, war kaum drei Schritte von dem Käfig entfernt. Er hatte ständig das Gefühl, der Ziegenkopf nickte ihm zu, was er ausgesprochen beunruhigend fand. Aber zugegebenermaßen hatte er das schnell vergessen, nachdem das Spiel in Fahrt gekommen war und Bersek ihn mit jedem Zug weiter in die Mangel genommen hatte. Von da an war er sehr konzentriert gewesen, gewillt, unter keinen Umständen gegen einen Affen zu verlieren. Etwas, worin er spektakulär versagte.

»Aber, aber, Gedilli, solche Ausreden sind doch unter eurer Würde!«, sagte Bersek. »Es ist keine Schande, von mir besiegt zu werden. Selbst der *Schatten* hat es längst aufgegeben, gegen mich gewinnen zu wollen und – vergebt mir, dass ich so offen spreche – der denkt erheblich schneller als ihr.«

»Wenn das stimmen würde, dann hätte er doch wohl davon abgesehen, dich impertinente Kreatur klüger zu machen, als gut für dich ist.«

Bersek schürzte die Lippen, aber bevor er etwas darauf erwidern konnte, ertönte ein Keuchen, das den Kopf des Affen herumfahren ließ. Gedilli folgte seinem Blick und sah den *Schatten*, der bis eben regungslos im Schneidersitz gesessen hatte, den Kopf schütteln.

»Meister!«, rief Bersek und sprang auf.

Gedilli warf einen Blick auf das Schachbrett und zuckte die Achseln. *Tja, nun werden wir wohl nie erfahren, wer gewonnen hätte*, dachte er. *Wie überaus schade.*

»Hol die Ketten!«, rief der *Schatten* seinem tierischen Diener zu, der sogleich zu einer Holztruhe rannte, die im hinteren Teil des Raumes an der Wand stand. An der Dringlichkeit in seiner Stimme erkannte Gedilli, dass etwas nicht stimmte. Er blickte auf Vura hinab, die nach wie vor unbeweglich im Schneidersitz saß. Schnell stand er auf und ging auf den Schatten zu.

»Was ist geschehen?«, fragte er. »Wieso ist Vura noch nicht wieder wach?«

Der *Schatten* antwortete nicht, würdigte ihn keines Blickes. Er erhob sich ruckartig, wankte einen Moment und schritt dann eilig an ihm vorbei. Gedilli packte ihn grob an der Schulter. »He, ich habe euch was gefragt, verdammt!«

Der *Schatten* fuhr zu ihm herum, seine Augen glühten rot auf und bevor Gedilli reagieren konnte, schlug er ihm mit der Handfläche auf die Brust, dass es ihn von den Füßen riss. Der Aufprall auf den harten Steinboden trieb ihm die Luft aus den Lungen.

»Aus dem Weg!«, sagte der Hexer unnötigerweise und verschwand aus seinem Sichtfeld.

Während Gedilli hustend am Boden lag, dachte er darüber nach, ob er es schaffen würde, dem *Schatten* ein Messer ins Auge zu rammen, bevor dieser ihn aufhalten konnte. Er bezweifelte es, aber der Gedanke war trotzdem schön. Nach einer Weile richtete er sich halb auf und sah den Hexer aus dem Nebenzimmer treten. Er hielt ein kleines Fläschchen mit einer gelben Flüssigkeit in der Hand. Er ging neben Vura in die Knie, entkorkte die Flasche, legte ihren Kopf zurück und flößte ihr einen Schluck des Trunks ein.

Gedillis Alarmglocken läuteten. Er schnellte auf die Füße, ein Messer sprang in seine Hand. »Was gebt ihr ihr da?«, fragte er, holte aus und zielte auf die Halsschlagader des *Schatten*.

Der Hexer warf ihm einen Seitenblick zu, schien von dem erhobenen Messer aber unbeeindruckt. »Seid so gut und legt das Messer weg, bevor ihr euch noch verletzt.«

Er machte eine kreisende Handbewegung und Gedillis Hand wurde hinuntergerissen, die Finger öffneten sich und die Klinge fiel klirrend zu Boden.

»So ist es besser«, sagte der *Schatten*.

Ursprungsverdammte *Hexer!*, dachte Gedilli, hob das Messer auf und steckte es in die Scheide unter seiner Achsel.

Der *Schatten* wandte sich Bersek zu, der eine schwere Metallkette aus fingerdicken Stahlgliedern heranschleppte und sie vor Vura auf den Boden warf. Dann machte sich der Affe daran, sie um ihren zierlichen Körper zu wickeln. Gedilli trat näher heran und ihm fiel auf, dass die Kettenglieder im Lampenschein rötlich schimmerten. *Blutstahl!*, erkannte er erstaunt.

»Würdet ihr mir gütigerweise erklären«, sagte Gedilli, »wieso ihr meine Herrin in Ketten legt und was ihr ihr da eben eingeflößt habt?«

Der *Schatten* drehte ihm den Kopf zu. »Ich habe ihr Styx gegeben, ein Gift, das sie von ihrer Quelle trennt. Und ich lege sie in Ketten, weil sie nicht mehr eure Herrin sein wird, wenn sie aufwacht.«

»Was soll das nun wieder heißen?«

Der Hexer verzog die Mundwinkel. »Das werdet ihr gleich sehen.« Er sah auf Bersek hinab. »Ist alles fest?«

Der Affe überprüfte den Sitz der Ketten, die er eng um Vuras Körper geschlungen hatte wie eine metallene Würgeschlange. Dann nickte er. »Sie wird sich nicht befreien können.«

»Ich schwöre, *Schatten*, wenn ihr ...«, knurrte Gedilli, wurde aber sofort unterbrochen.

»Ja, ja, ich kann es mir vorstellen«, sagte der Hexer. »Spart euch eure leeren Drohungen, wir haben wirklich ...«

Ein Stöhnen ließ ihn verstummen. Vura schlug die Augen auf und nahm einen tiefen, rasselnden Atemzug. Bersek sprang zurück, auch der *Schatten* ging auf Abstand, während Gedilli einen Schritt auf sie zu machte.

»Vura?«, fragte er und sah ihr in die Augen.

»Gedilli ... was ... warum habt ihr mich in Ketten gelegt?«, fragte sie und sah an sich hinunter.

Es waren dieselben tiefgrünen Augen, die er kannte, wie Smaragde funkelten sie in dem sommersprossigen Gesicht.

»Ich hatte damit nichts zu tun. Er war das«, sagte Gedilli und deutete mit einer Kopfbewegung in Richtung des *Schatten*.

Ihr Blick huschte zu ihm. »Was ist denn in euch gefahren? Lasst mich frei!«

Der Hexer schüttelte den Kopf. »Ihr könnt mir nichts vormachen. Ich weiß, wer ihr seid.«

»Natürlich wisst ihr das!«, sagte Vura. »Gedilli, sagt ihm, dass er mich losmachen soll!«

Gedillis Augen verengten sich. Etwas an der Art, wie sie ihn ansah, war ... *falsch*. Ihr Blick erinnerte ihn an den einer Statue, die er in Seradan gesehen hatte, als er noch klein gewesen war. Dort standen noch einige Tempel der alten Götter und sein Vater hatte einmal mit ihm den der Lichtgöttin Uo besucht. Ihre Statue war doppelt so groß wie ein Mann gewesen, sie hatte die marmornen Hände herrisch erhoben und in ihrem schönen Gesicht brannte ein gebieterisches Feuer. Der rechtschaffene Zorn einer rachsüchtigen Göttin. Genau so sah ihn Vura in diesem Moment an. Nur, dass er sich sicher war, dass das nicht Vura war.

»Wer ist sie?«, fragte er den *Schatten*.

»Ihr wisst, wer sie ist«, sagte der Hexer. »Ihr habt sie heute schon einmal gesehen.«

Nicht-Vuras herrischer Blick schwankte zwischen Gedilli und dem *Schatten* hin und her, dann legte sie den Kopf in den Nacken und lachte schallend. Als sie wieder sprach, war ihre Stimme tiefer, ein machterfülltes Dröhnen schwang darin mit. »Ihr glaubt, ihr könntet das *Licht* in Ketten legen? Oh, ihr armen Sterblichen, es wird mir ein Vergnügen sein, euch zu töten. Besonders euch, Gedilli! Beim *Ursprung*, ich habe nie verstanden, wieso Vura euch vertraut. Ihr seid nichts weiter als ein arroganter Halunke, ein Pirat und Halsabschneider, der als Kind zu viel mit Messern gespielt hat!« Sie versuchte, sich aufzurichten, die Ketten spannten, ihr Gesicht verzerrte sich zu einer Grimasse puren Hasses. »ERZITTERT VOR MEINEM ANBLICK!«, brülle sie.

»Ähm ...«, sagte Gedilli, nachdem er einige Augenblicke abgewartet hatte, in denen nichts geschah. »War es das ... oder kommt da noch was?«

Das *Licht* setzte ein Gesicht auf, das zwischen Hilflosigkeit und Verwirrung schwankte. Sie wand sich in ihren Ketten, kniff die Augen zusammen und öffnete sie wieder, so als erwartete sie, dass sie gleich erglühen würden – was sie nicht taten.

»Spart euch die Mühe«, sagte der *Schatten* und wedelte mit dem kleinen

Fläschchen. »Es wird euch nicht gelingen, oh große Göttin.«

»Was ... was habt ihr mit mir gemacht?«

»Nichts weiter. Ihr seid lediglich nicht mehr dazu fähig, eine Verbindung mit eurer Quelle herzustellen, solange die Wirkung des Gifts anhält.«

»Dafür werdet ihr büßen, *Schatten*«, knurrte das *Licht*.

»Das bezweifle ich. Wenn ich euch regelmäßig das Styx verabreiche, bleibt ihr machtlos. Ich kann euch hier unten so lange festhalten, wie ich will.«

Das *Licht* schwieg eine Weile, während es weiterhin versuchte, den Hexer mit Blicken zu töten. Gedilli wäre nicht überrascht, wenn es ihr gelingen würde. »Wo ist Vura?«, fragte er. »Was hast du mit ihr gemacht?«

Smaragdgrüne Augen bohrten sich in ihn hinein. »Ich habe gar nichts mit ihr gemacht. Sie hat sich in einen Bereich ihres Verstandes vorgewagt, den sie besser gemieden hätte. Nun ist sie dort gefangen. Ich fürchte, ihr werdet euch an mich gewöhnen müssen.«

Gedilli wandte sich dem *Schatten* zu. »Könnt ihr noch einmal in ihren Geist eintreten und sie zurückholen?«

»Ich fürchte, das ist unmöglich«, sagte der *Schatten*. »Vura hat sich mir freiwillig geöffnet, aber ich bezweifle, dass *sie* das tun wird. Eure Herrin ist auf sich gestellt. Wir können nur warten und hoffen, dass sie von allein wieder zurückkommt.«

Gedilli hörte wenig Zuversicht in seiner Stimme und ihm sank das Herz. »Und was ist ... wenn sie nicht wieder zurückkommt?«

Der *Schatten* sah ihn an wie ein Arzt, der einem Vater erklären musste, dass seine Tochter dem Fieber erliegen würde. »Dann töte ich sie«, sagte er.

Die Hölle

54

Vura hatte aufgehört zu zählen, wie oft sich Gustav schon an ihr vergangen hatte. Wie oft er aus dem Wald getreten, sie niedergeworfen, ihr die Kleider vom Leib gerissen und sie mit Gewalt genommen hatte. Wieder und wieder und wieder. Die Zeit gehorchte hier anderen Regeln ... unbarmherzigen Regeln.

Sie wehrte sich jedes Mal. Kratzte, biss und schlug auf ihn ein, aber er war zu stark, nichts von alledem beeindruckte ihn. Natürlich hatte sie versucht, ihre Quelle zu öffnen, aber auch das gelang ihr nicht. Hier, in diesem sich endlos wiederholenden Alptraum, hatte sie keine Macht, sie war ein hilfloses Kätzchen, das sich einem geifernden Jagdhund gegenübersah. Sie hatte gehofft, dass sie irgendwann den Verstand verlieren würde, damit sie wenigstens diese Tortur nicht immer wieder durchleben musste, aber selbst das blieb ihr verwehrt.

Sobald Gustav von ihr abließ, ihren geschundenen, blutenden Körper im Gras zurücklassend, und zurück in den Wald schritt, heilten all ihre Wunden und selbst ihr Geist schien sich zu erholen. Die Panik verflüchtigte sich für einen Moment und sie schöpfte Hoffnung, glaubte, dass dies das letzte Mal gewesen war und es nun vorbei sein würde.

Das war grausamer als alles andere. Denn es war diese Hoffnung, die es ihr unmöglich machte, aufzugeben. Die verhinderte, dass ihr Verstand in tausend Stücke zerbrach. Zusammenhanglose, gleichgültige, friedliche Stücke. Es war diese Hoffnung, die sie dazu brachte, sich immer wieder gegen ihn zu wehren, obwohl sie wusste, dass es sinnlos war. Alles war sinnlos.

Es würde niemals aufhören. Doch sie konnte weder sterben, noch in die gleichgültigen Gefilde des Wahnsinns eintreten.

So fühlte sich die Hölle an.

55

Der *Schatten* stand mit dem Rücken an die Wand gelehnt und beobachtete Gedilli, der im Raum auf und ab ging. Dieser warf dem *Licht*, das nach wie vor gefesselt auf dem Boden saß, immer wieder verstohlene Blicke zu. Die Chimäre schien von seiner Nervosität angesteckt worden zu sein und peitschte ihren Schlangenschwanz umher, die drei Köpfe schwankten unruhig. Das wiederum scheuchte die übrigen Tiere auf und brachte sie dazu, mit ihren Flügeln oder sonstigen Gliedmaßen gegen die Gitterstäbe ihrer Käfige zu schlagen. Ihr Geschrei erfüllte den Raum.

Gedilli blieb unvermittelt stehen, sah den *Schatten* an. »Es muss einen anderen Weg geben«, zischte er. »Ihr könnt sie nicht umbringen!«

Der *Schatten* seufzte. »Wie oft muss ich euch noch sagen, dass sie zu gefährlich ist, als dass wir sie am Leben lassen könnten?«

»Das ist doch Schwachsinn!«, sagte er erregt. »Sind wir nicht genau deswegen hier, in diesem gruseligen Kellerloch? Ihren kleinen Lichttrick wird sie hier nicht anwenden können und wenn ihr sie hierbehaltet und ihr regelmäßig dieses ... *Strüks* verabreicht, dann kann sie doch niemandem schaden!«

»Ich habe nicht mehr viel davon«, erklärte der *Schatten* geduldig, »und was geschieht, wenn es mir ausgeht? Soweit wir wissen, ist dies das erste Mal, dass das *Licht* vollkommen frei über Vuras Körper herrscht. Wer weiß, wozu sie fähig ist – selbst ohne die Macht der Sonne? Vura hat diese Nacht, um sich zu befreien, danach werde ich tun, was ich tun muss.«

Gedilli beugte sich zu ihm heran, seine Nasenflügel bebten. »Das kann ich nicht zulassen«, sagte er.

»Ich zweifle nicht an eurer Entschlossenheit, Gedilli, so irrelevant sie auch ist.«

»Wir werden sehen.«

Die dunklen Augen des Messerkämpfers funkelten ihn einen Moment mit einer Mordlust an, die jedem anderen Menschen eine Heidenangst eingejagt hätte. Der *Schatten* lächelte jedoch nur müde. Daraufhin schnaubte Gedilli, wandte sich mit einem Ruck ab und fuhr damit fort, im Raum auf und ab zu gehen.

Der Blick des *Schatten* fand zu der gefesselten Gestalt in der Mitte des Raumes zurück und er schluckte hörbar, als er bemerkte, dass das *Licht* ihn anstarrte. Schnell sah er woanders hin. Unter dem Blick dieses Wesens fühlte er sich unwohl. Obwohl er wusste, dass sie durch das Styx machtlos war, lag in ihren Augen eine unheimliche Kraft, ein verlöschtes Inferno, das nur darauf wartete, sich erneut zu entzünden.

Alles ist schiefgelaufen, dachte er und erlaubte sich einen seltenen Moment des Selbstmitleids. Für gewöhnlich hielt er nicht viel von dieser zweifelhaften Praxis, der sich so viele Menschen hingaben, aber in Anbetracht der Umstände hielt er es für angebracht. Vura würde nicht zurückkehren. Er hatte gesehen, wie hilflos und angsterfüllt sie an diesem Ort gewesen war, den das *Licht* sein Heim nannte. Aus eigener Kraft würde sie es niemals schaffen, von dort zu fliehen. Der Tagesanbruch ließ nicht mehr lange auf sich warten und dann würde er das Mädchen töten müssen.

Der Gedanke verursachte ihm Übelkeit.

Es sollte ihn nicht kümmern und er redete sich ein, dass es das nur tat, weil sein größerer Plan nun zum Scheitern verurteilt war, aber das stimmte nicht.

Du hast sie zurückgelassen, genau wie du Celeste zurückgelassen hast.

Der Gedanke kam ungebeten, aber da er durch seinen Kopf gespukt war, konnte er ihn nicht mehr vertreiben, genauso wenig wie er das Bild des kleinen schwarzhaarigen Mädchens vertreiben konnte, seit er ihr in Vuras Gedankenpalast begegnet war. Es war so lange her, dass er ihr Lachen gehört, ihr freudestrahlendes Gesicht gesehen hatte. Er hatte gehofft, dass es ihm endlich gelungen wäre, sie zu vergessen. Wie ein schöner Traum, der einem am Morgen entglitt, wenn man ihn zu fassen versuchte.

Als ob du sie jemals vergessen könntest. Verdrängen, das ja, aber vergessen? Niemals ...

Vura hatte sie ihm wieder ins Gedächtnis gerufen, hatte Celeste, seine kleine Tochter, aus den Tiefen seines Verstandes an die Oberfläche geholt. Sie war das Einzige, was er an seinem alten Leben vermisste, was er bedauerte, aufgegeben zu haben. Er fragte sich, wie sie heute wohl aussehen mochte? Ob sie zu einer mächtigen Hexe herangewachsen war? Dessen war er sich sicher. Ihr Schreckenswaran musste groß und fürchterlich sein, wie es sein eigener gewesen war ... bevor ihn der gebündelte Arkanangriff dreier Hexer auseinandergerissen hatte. Wenn er die Augen schloss, konnte er ihn immer noch schreien hören.

Der Hexer, der damals in den Tiefen des Meeres versunken war, hatte Candac geheißen. Doch als er allein auf einem Stück Treibholz erwacht war, inmitten brennender Schiffstrümmer und aufgedunsener Leichen – wie er überlebt hatte, war ihm bis heute ein Rätsel –, da hatte er sich geschworen, nie wieder zurückzukehren, sich nie wieder an den Kriegen der Hexer zu beteiligen, nie wieder ihre Spiele zu spielen. An diesem Tag hatte er Candac hinter sich gelassen und war zum *Schatten* geworden.

Doch mit dieser Entscheidung hatte er auch seine Tochter verloren.

Ob sie heute dasselbe durchmacht wie ich? Kämpft sie in Viktors Krieg?

Er hoffte, dass sie es nicht tat, aber rational wie er war, wusste er, wie selten die Hoffnung der Menschen der Wirklichkeit entsprach. Er war so in Gedanken versunken, dass er das Knacken nicht vernahm, mit dem sich das *Licht* die Schultergelenke ausrenkte und langsam aus ihren Fesseln schlüpfte.

Der Preis des Todes

56

Das Feuer brannte so hell gegen den dunklen Nachthimmel, dass Askon seine Augen mit einer Hand abschirmen musste. Das Knacken der Baumstämme war ohrenbetäubend, ein Funkensturm stob vor ihm in die Luft, als eine Eiche unter dem Druck der Flammen nachgab und der Länge nach zu Boden stürzte. Er spürte die Hitze am ganzen Körper, Schweiß lief ihm übers Gesicht, Blasen bildeten sich auf seiner Stirn, der Schnee schmolz unter seinen Füßen. Er blickte sich um, suchte nach einem Ausweg aus dem Inferno, aber es gab keinen. Die Flammen waren überall.

Wie war er hierhergekommen? Er versuchte sich daran zu erinnern, was geschehen war, aber einen Gedanken zu fassen, war, wie nach einer Nebelschwade zu greifen.

Ein langgezogener Schrei übertönte das Knistern des Feuers und echote seltsam verzerrt durch den brennenden Wald. Askon drehte den Kopf, wandte sich um und ging dem Geräusch entgegen. Ein glühender Ast ging vor ihm nieder und schlug pfeifend und zischend in den Schnee ein. Askon erschrak und sprang zurück, das Herz hämmerte ihm in der Brust. Fast wäre er erschlagen worden. Er machte einen Bogen um das Hindernis, als der Schrei erneut ertönte, näher diesmal. Die Stimme schien vertraut, aber so schrill und schmerzerfüllt, wie sie war, konnte er sich nicht sicher sein. Eine Senke tat sich vor ihm auf, umgeben von lodernden Bäumen. In ihrem Zentrum sah er sie.

»Vesna!«, brüllte er und rannte zu ihr hinunter.

Sie blickte ihn an, die brennenden Arme erhoben, das Gesicht eine schmerzverzerrte Grimasse. Die Flammen hatten ihr die Kleider vom Leib gebrannt und schmolzen ihr das Fleisch von den Knochen. Ihre Haare waren zu Asche verwandelt worden, aber ihr Gesicht war auf wundersame Weise vom Feuer verschont geblieben.

»Beim *Ursprung*, Tante Vesna!«, sagte er schockiert, riss sich den Umhang von den Schultern und wickelte sie darin ein, versuchte das Feuer zu ersticken, doch der Stoff ging plötzlich in einer Stichflamme auf. Askon sprang zurück und landete auf dem Rücken im Schnee. Vesna riss den Kopf in den Nacken und schrie ein letztes verzweifeltes Mal. Dann sackte sie in sich zusammen, ihr Körper zerbröselte zu einem glühenden Haufen Asche. Der Geruch ihres brennenden Fleisches brachte Askon zum Würgen.

»Nein ... das kann nicht ... das darf nicht«, stammelte er und streckte die Hand nach den im Wind davontreibenden grauen Flocken aus, die einmal seine Tante gewesen waren.

Ein Tränenschleier legte sich über seine Augen, doch sein Blick hob sich, als er eine Bewegung über sich wahrnahm. Eine Gestalt wanderte wie selbstverständlich durch die Flammen hindurch, trat auf die Lichtung und stieg zu ihm herab. Die Luft flimmerte so stark, dass er nichts Genaueres erkennen konnte, aber durch seine Trauer stieß ein Stachel der Furcht. Rote Augen, glühend wie Kohlen, bohrten sich in ihn hinein.

Askon schreckte mit einem stummen Schrei auf den Lippen hoch und sah sich panisch um. Hektisch atmete er ein und aus, sein Herz raste. Es dauerte eine Weile, bis er begriff, dass er sich in seiner Kammer befand. Er riss sich die Decke von seinem schweißnassen Leib und setzte sich auf die Bettkante. Die Sonne war noch nicht aufgegangen, es war stockfinster im Zimmer. Sein Herz hämmerte. Er schloss die Augen, aber sofort kamen ihm das Feuer und Vesnas fürchterliche Schreie in den Sinn und er öffnete sie wieder.

Das war kein Traum. Er wünschte, es wäre einer, aber dafür waren die Bilder zu klar, die Hitze zu real gewesen.

Es war eine Vision. Ich habe die Zukunft gesehen.

Der Gedanke stellte ihm die Nackenhaare auf und die Fragen überschlugen sich in seinem Kopf. Wo war dieser Wald, den er gesehen hatte, und wieso waren sie dort? Ließ sich Vesnas Tod verhindern? Wer hatte ihr das angetan? Oder sollte die Frage lauten, wer würde ihr das antun?

Es war zu viel. Er konnte sie nicht auch noch verlieren. Die Panik schnürte ihm die Kehle zu, der Raum drehte sich um ihn. Plötzlich prasselten die Bilder jener furchtbaren Nacht im Speisesaal des Nachtschlosses wieder auf ihn ein. Hitze, Schreie, eine blendende Explosion, sein Vater, der auf seinem Thron zusammenbricht.

Askon krümmte sich zusammen, presste die Fäuste auf die Schläfen, stöhnte. Ein Zittern überkam ihn, es fühlte sich an, als würde unter seiner Haut eine Horde Ameisen umherkrabbeln. Ihre winzigen Körper wühlten sich durch ihn hindurch, fraßen sich in seinen Brustkorb und schlossen sich um sein Herz, zerquetschten es. Verzweifelt rang er nach Luft.

Ich sterbe! Ich sterbe!

Nein, das stimmte nicht. Er wusste, wie sich der Tod anfühlte und das war er nicht, wenn das Gefühl ihm auch nahekam.

Sein keuchender Atem sog wieder etwas Luft ein, sein Brustkorb dehnte sich aus. Er zwang seine Wahrnehmung aus seinem Inneren heraus und konzentrierte sich auf das dunkle Zimmer, das einzig durch einen dünnen Strahl Sternenlicht beschienen wurde, der sich durch ein enges, schlitzartiges Fenster zwängte. Er lauschte dem eisigen Wind, der durch den Dachgiebel heulte, spürte die kalte Luft auf seiner schweißnassen Haut. Die dunklen Gedanken verstreuten sich. Allmählich beruhigte sich sein Herzschlag, sein hektischer Atem wurde gleichmäßiger.

Er hatte die Kontrolle über sich und seine Gedanken zurückgewonnen, nun musste er sie in die richtigen Bahnen lenken. Vesna durfte nicht sterben. Das musste er verhindern. Er *musste* es einfach. Aber wie? Was hatte ihm die Vision gezeigt und welche Schlüsse konnte er daraus ziehen?

Schnee. Es hatte Schnee gelegen. Der Waldboden war darunter begraben gewesen. Es musste also auf den Eisinseln geschehen, vielleicht hatte er sogar den Kristallwald gesehen, jenen Ort, den er aufzusuchen gedachte. Die Heimat der Nanuks. Hieß das, dass Vesna ihn begleiten, dass sie gemeinsam zu den Magiewesen sprechen würden? Waren sie etwa schuld an Vesnas Tod?

Er ballte die Fäuste und biss die Zähne zusammen. Was nutzte es ihm, in die Zukunft zu blicken, wenn er nur einen zusammenhanglosen Ausschnitt erhaschte?

Ein lautes Schnarchen, das aus dem Nebenzimmer ertönte, zerriss das Heulen des Windes. Es klang wie das Röhren eines Hirsches. Leif. So betrunken wie Vesna war, nahm sie es vermutlich nicht einmal wahr.

Es tat gut zu wissen, dass die beiden wohlauf waren, wenn ihm auch kurz die Bilder des gestrigen Abends in den Sinn kamen. Er hätte liebend gern auf den Anblick verzichtet, wie Leif seiner Tante die Zunge in den Hals gesteckt hatte. Das spontane Besäufnis, an dem sich alle Männer der *Acheron* beteiligt hatten, war irgendwann vollkommen außer Kontrolle geraten. Er spürte den Alkohol immer noch durch seine Adern rauschen.

Er nahm einen tiefen Atemzug und seufzte. Was sollte er nun tun? Wie konnte er Vesna beschützen?

Ich kann niemanden beschützen, dachte er. *Ich kann ja nicht einmal meine Quelle auffüllen. Was ist ein Hexer ohne seine Macht?*

Er traf eine Entscheidung. Mit einem Ruck stand er auf, zog sich an und schritt aus dem Zimmer. Er stieg die Stufen hinab, durchquerte das Wirtshaus und trat hinaus in die eisige Nachtluft. Knirschend gruben sich seine Stiefel in den Schnee, dann stieß er die Tür zum Stall auf und begab sich ins Innere. Sternenlicht drang durch die kleinen Fenster an der Seite, ein kalter Schimmer erhellte den Raum. Askon ging an Vesnas Pferd vorbei und sah in die Box daneben. Die Kuh lag nicht schlafend am Boden, sondern stand vor der vergitterten Tür und blickte ihn aus ihren großen, braunen Augen an, so als hätte sie ihn erwartet.

Die Vision hatte ihm nicht gezeigt, wie es dazu kommen würde, dass Vesna von den Flammen verschlungen wurde, aber sie hatte ihm offenbart, dass er nicht in der Lage war, sie zu retten. Das konnte er nicht zulassen. Seine Angst würde ihn nicht länger davon abhalten, dass er sich der Macht verweigerte, die er so bitter benötigte, um die Menschen zu beschützen, die ihm etwas bedeuteten.

Als er den Riegel zurückschob, war das Eisen so kalt, dass es seine Finger verbrannte. Er ging einen Schritt auf das Tier zu, das ihm sogar die Schnauze entgegenstreckte und weißen Nebel aus seinen Nüstern blähte.

Du darfst nicht zögern.

Seine Hand schoss vor, packte die Kuh am Hals, seine Augen glühten auf. Das Tier bäumte sich auf, versuchte zurückzuweichen, doch Askon hatte seine magischen Klauen schon in dessen Lebensenergie gegraben. Er stöhnte, als Kraft in seine Quelle schoss, während die Kuh panisch muhte. Ihre Vorderläufe gaben nach, als die Muskeln zusammenschrumpelten, ihre Augen verloren ihren Glanz, wurden trüb. Askons freie Hand schloss sich um den breiten Schädel des Tieres, das Strahlen seiner Augen intensivierte sich.

Der euphorische Rausch, der von ihm Besitz ergriff, ließ ihn seine Vorsicht vergessen. Er genoss jeden Tropfen der Macht wie einen erlesenen Wein, war aber enttäuscht, dass es sich nur um die Lebenskraft eines Tieres handelte. So viel dumpfer und weniger süß als die eines Menschen.

Der Dämon riss an seinen Ketten, spannte sie, dehnte sie und endlich erkannte Askon, was mit ihm geschah. Er lehnte sich gegen das Verlangen, trank jedoch weiter – nichts konnte den Sog der Energie jetzt noch aufhalten. Verzweifelt versuchte er, den Dämon zurückzudrängen, doch seine Ketten wurden immer lockerer, die einzelnen Glieder begannen sich zu lösen. Die Bestie geiferte vor Vorfreude. Askon durchwanderte seinen Geist, suchte panisch nach etwas, das gegen die Begierde ankam. Einen Ankerpunkt, an dem er sich festhalten konnte, sodass ihn der *kalte Sog* nicht wieder mit sich riss.

Die sterbende Kuh schlug auf dem Boden auf, das Pferd daneben wieherte schrill, Askon hob den Kopf, schrie, und fand endlich, was er suchte, tief in seinen Erinnerungen verborgen.

Die Welt rückte in den Hintergrund.

Askon saß auf dem Boden vor dem brennenden Kamin und spielte mit der hölzernen Figur eines Kriegers. Er ließ ihn mit beiden Händen auf und nieder hüpfen und machte dabei die zischenden Geräusche seines Schwertes nach.

Die Tür knarrte, er drehte sich um, ließ die Figur fallen und streckte die Arme aus.

»Papa!«, rief er.

Revan trat ins Zimmer ein, ohne auf den Ausruf seines Sohnes zu reagieren. In einer Hand hielt er einen hölzernen Eimer an einem Eisenhenkel, den er auf den Boden stellte.

»Was hast du denn da?«, fragte Askon.

»Es ist etwas für dich. Sieh hinein.«

Der kleine Askon stand auf, watschelte zu dem Eimer hinüber und machte große Augen. »Für mich?«, fragte er ungläubig.

Revan nickte. »Nimm ihn heraus.«

Askon bückte sich und nahm die riesige Erdkröte, die fast so groß war wie sein Kopf, in beide Hände und hob sie aus dem Eimer. Er lachte, als sie mit den Beinen strampelte.

»Spiel ein wenig mit ihr, macht dich mit ihr bekannt«, sagte Revan.

Verwunderung spiegelte sich auf dem Gesicht des Jungen. Sein Vater hatte noch nie von ihm verlangt, zu spielen, wenn überhaupt, dann hatte er es ihm verboten. Aber er dachte nicht weiter darüber nach, wieso ihm dieses Glück zuteilwurde, er genoss es einfach.

Er setzte die Kröte auf den Boden, die sofort davonhüpfte. Er jauchzte und jagte ihr nach.

»Ich werde sie Warz nennen, Papa, weil sie so warzig ist!«, rief er fröhlich, aber Revan antwortete nicht.

Fast eine Stunde vergnügte er sich mit seinem neuen Haustier, während sein Vater auf einem Stuhl saß und ihn dabei beobachtete, wie er die Kröte gegen seinen Holzritter kämpfen ließ und so tat, als wäre sie ein gewaltiges Ungeheuer.

»Es reicht«, sagte Revan streng. Askon hielt inne und blickte zu ihm auf, den Holzritter in der einen Hand, während die andere die große Kröte am Davonspringen hinderte. »Nimm sie auf deinen Schoß.«

Askon gehorchte, ließ das Spielzeug fallen und nahm die Kröte mit beiden Händen auf seinen Schoß, wo sie unzufrieden quakte.

»Weißt du noch, was du letzte Woche getan hast, als deine Augen aufgeleuchtet sind?«, fragte Revan.

Askon nickte.

»Hast du geübt, wie ich es dir gesagt habe? Kannst du sie zum Leuchten bringen?«

Ein stolzes Lächeln erschien auf seinem Gesicht. »Ja, Papa, ich war fleißig. Sieh her!«

Die Augen des Jungen leuchteten blau auf, ein Summen vibrierte in der Luft.

»Sehr gut. Nun schau auf die Kröte in deiner Hand, fühle sie mit deinen Händen, rieche sie. Fällt dir etwas auf?«

»Sie ... sie leuchtet, Papa ... und ich spüre etwas. Es ist warm und ... und zittert.«

»Es vibriert«, korrigierte Revan. »Das ist das Leben, was du fühlst. Die Macht deiner Quelle reagiert darauf. Sie lechzt danach. Gib ihr nach, reiß das Leben aus der Kröte heraus.«

Askon blickte erschrocken auf. »Was? Wieso?«

»Weil du ein Todeshexer bist, mein Sohn. Deine Quelle ist erwacht und nun musst du sie mit magischer Energie füllen.«

»Aber ... wird das Warz nicht umbringen?«

»Diese Kröte wird sterben, ja, aber die Kraft, die in ihr steckt, wird dir gehören.«

Askon sah auf die Kröte in seinen Händen hinunter, dann fand sein Blick wieder den seines Vaters. Tränen standen ihm in den leuchtenden Augen. »Ich will ihre Kraft nicht. Ich will, dass sie herumspringen und mit mir spielen kann.«

»Tu, was ich dir sage, Askon!«, donnerte Revan und er zuckte zusammen.

»Ich will ... sie aber nicht töten ...«, schluchzte er.

»Gut. Ein Leben zu nehmen, sollte niemals ein Vergnügen sein. Hörst du? Niemals. Und jetzt tu es!«

Askons schloss die Arme beschützend um Warz, was der Kröte ein weiteres Quaken abgewann. »Nein, ich will nicht!«

Revans Augen leuchteten auf, er schnippte mit den Fingern und Askons Arme wurden auseinandergerissen. Seine Unterlippe zitterte, Tränen tropften an seinem Kinn herab, als er hilflos mitansehen musste, wie die Kröte in die Luft gehoben wurde. Vor seinen Augen blieb sie hängen, wild mit den Füßen rudernd. Er sah angstvoll zu Revan auf, der eine kleine Flamme erschuf, die über seiner Handfläche schwebte. Sein Vater pustete darauf und ein Funkenregen ging auf die Kröte nieder, deren feuchte Haut zischte und brodelte. Sie quakte panisch, Askon kam es vor, als ob sie schreien würde.

»Tu ihr nicht weh, Papa, bitte!«, brüllte er und Revan hielt inne, der Funkenregen erlosch.

»Die Kröte wird sterben, Askon, ob du willst oder nicht. Es liegt an dir, ob sie langsam verbrennt oder du ihr diese unnötigen Qualen ersparst.«

Die unsichtbare Macht, die Askons Arme hielt, ließ von ihm ab, er konnte sich wieder bewegen.

»Bitte, Papa ...«, wimmerte er und wusste, dass es vergebens war.

Revan verzog die Mundwinkel und pustete wieder auf seine Handfläche, die Funken drangen Warz ins Fleisch, er zuckte in der Luft. Askon stieg der Geruch seines brennenden Leibes in die Nase, er spürte seine Qualen. Mit einem Schluchzen packte er die Kröte, ignorierte die Schmerzen des Feuers, das seine Finger verbrannte, und gab dem Sog seiner Quelle nach.

Warz erstarrte, sein verzweifeltes Zucken hatte ein Ende. Als der vertrocknete Körper der Kröte vor Askon niederklatschte, erlosch die Flamme in Revans Hand. Ein Lächeln stand ihm auf den Lippen.

»Gut gemacht, mein Sohn.«

Askon antwortete nicht. Er schluchzte, seine Tränen fielen auf Warz herab wie Regentropfen.

»Unsere Macht hat einen Preis …«, sagte Revan und legte ihm die Hand auf das weiße Haar. » … und wir dürfen ihn niemals vergessen. Erinnere dich stets daran, was du in diesem Moment fühlst. Trag den Schmerz in dir und verliere ihn nicht, damit du dir immer im Klaren darüber bist, was es bedeutet, ein Leben zu nehmen. Du bist ein Todeshexer, du verbreitest den Tod, aber du darfst es niemals leichtsinnig tun. Bedenke den Preis …«

Askon sah zu seinem Vater auf, das Gesicht wutverzerrt. »Ich hasse dich!«

Revan nahm die Hand zurück und legte den Kopf schief. Bedauern lag in seinem Blick. »Eines Tages wirst du verstehen, mein Sohn.«

Askon taumelte zurück, weg von dem ausgemergelten Kadaver der Kuh, der vor ihm lag.

Magie rauschte durch seine Adern, die Luft flimmerte, seine Augen glühten, aber die Ekstase von eben war wie weggeblasen, abgelöst durch eine tief in ihm verankerte Trauer, von der er bisher gar nicht gewusst hatte, dass sie existierte. Er blickte in die zusammengeschrumpelten Augen der Kuh, sah immer noch die Angst und Panik darin. Eine einzelne Träne rann ihm die Wange herab und fiel auf den eiskalten Boden, wo sie sofort gefror.

»Ich verstehe nun, Vater«, flüsterte er. »Ich verstehe nun …«

Drei Köpfe und viele Messer

57

Gedilli lief nach wie vor auf und ab, passend zu seinen Gedanken, die ebenfalls in den immer gleichen Bahnen liefen. Dabei wurde sein Verstand hauptsächlich von einer Feststellung und einer Frage dominiert, die sich immerzu abwechselten: *Ich darf nicht zulassen, dass er sie tötet! Aber was bei den Eiern des* Ursprungs *soll ich dagegen tun?*

Es schien unmöglich, den Hexer zu überrumpeln. Gedilli hatte das Gefühl, seine dunklen Augen würden direkt in seine Seele blicken. Vermutlich war ihm längst klar, dass Gedilli etwas versuchen würde. Er war zu schlau und zu schnell, als dass er sich ein Messer ins Auge oder in die Schläfe rammen ließ, irgendwohin, wo er danach nicht mehr in der Lage war, Gedilli einen Feuerball ins Gesicht zu werfen. So oder so, er würde es versuchen müssen. Er war Vuras Beschützer, wenn er bei der Ausführung seiner Pflicht sterben sollte, dann war es eben so.

Er versuchte gerade, sich mit dem Gedanken anzufreunden – womit er nur mäßigen Erfolg hatte –, als das Klirren von Ketten seinen Kopf herumfahren ließ.

Dann ging alles sehr schnell.

Die Augen des *Lichts* erstrahlten und Gedilli blieb verdutzt stehen. Hatte der *Schatten* nicht gesagt, sie sei machtlos? Im nächsten Moment sprang sie in die Höhe, die Kettenglieder rasselten an ihr hinunter und endlich schien auch der *Schatten* zu begreifen, was vor sich ging. Er drückte sich von der Wand ab und öffnete seine Quelle, die Augen erstrahlten blutrot. Mit einem Schattensprung stürzte er sich auf das *Licht,* wirbelnde Finsternis hinter sich herziehend, doch seine Gegnerin reagierte schnell. Sie vollführte eine Drehung in der Luft und ließ seinen Faustschlag an ihr vorbeigleiten, der ansonsten ihren Solarplexus getroffen hätte. Während der *Schatten* an ihr vorbeisauste, verpasste sie ihm einen kraftvollen Tritt ins Kreuz. Der Hexer wurde durch den Raum geschleudert, sein Mantel flatterte hinter ihm her, und sein Körper schlug in die dunkle Holztür ein wie das Geschoss eines Katapults. Gedilli duckte sich und schlug die Hände über dem Kopf zusammen, als Holzsplitter durch die Luft flogen. Die Tiere hinter ihm tobten in ihren Käfigen und veranstalteten ein furchtbares Geschrei. Er sah auf und bemerkte, dass ein rechteckiges Loch in der Wand prangte. Nur ein zerstörter Kranz aus nach außen gebogenen, zersplitterten Brettern erinnerte noch daran, dass dort einmal eine Tür gehangen hatte.

Sein Blick huschte zum *Licht,* die ihre Hand erhoben und auf ihn gerichtet hatte. Er hob defensiv die Hände und sah im Augenwinkel, dass Bersek dasselbe tat. In Gedanken sprach er ein Gebet. Das *Licht* legte lächelnd den Kopf zur Seite, machte eine Handbewegung und hechtete dann durch die rechteckige Öffnung in der Wand.

Ich lebe noch, dachte Gedilli verwundert und sah an sich hinunter. *Höchst eigenartig.*

Bersek schien es ähnlich zu gehen. Er betastete seinen behaarten Brustkorb, als könne er nicht glauben, dass er noch vorhanden war. Ihre verdutzten Blicke trafen sich, als plötzlich das Geräusch von quietschendem Metall das ängstliche Geschnatter und Geschrei der Tiere übertönte. Eine Mischung aus einem Grollen, Blöken und Zischen hallte durch den Raum.

Ein ungutes Gefühl machte sich in Gedillis Magengegend breit. Er erkannte den wachsenden Schrecken in Berseks Affengesicht, als sie beide quälend langsam den Kopf drehten wie zwei Männer, die eine Flutwelle heranrauschen hörten.

»Bei den Titten der Lichtgöttin …«, hauchte Gedilli.

Das dreiköpfige Ungeheuer setzte seine Löwentatze über die Schwelle der geöffneten Käfigtür. Der Schlangenschwanz peitschte, die drei Augenpaare glitzerten bösartig.

Das Miststück hatte die Bestie befreit!

58

Als sich die Chimäre für den Sprung bereit machte und der muskulöse Löwenkörper sich anspannte, erstarrte Gedilli für einen Moment. Er wusste, dass er schnellstmöglich fliehen sollte, wusste, dass stehenzubleiben verheerend war, aber er konnte nicht anders. Der Anblick der dreiköpfigen Kreatur, die sich gleich auf ihn stürzen würde, lähmte ihn. Als die Chimäre sprang und mit ausgestreckten Tatzen auf ihn zuflog, klappte Gedillis Kinn hinunter, seine Augen weiteten sich und ihm dämmerte, dass er mit einem ausgesprochen bescheuerten Gesichtsausdruck aus dieser Welt scheiden würde. Umso überraschter war er, als ihn ein kräftiger Schlag gegen die Hüfte zur Seite warf und außer Reichweite der durch die Luft sausenden Krallen brachte. Im Fallen drehte er den Kopf und begriff, dass es Bersek war, der ihn mit einem Fußtritt gerettet hatte, was ihn so ärgerte, dass er endlich aus seiner Starre erwachte.

Zuerst macht dich dieser Affe beim Schach fertig und nun muss er dir auch noch das Leben retten. Reiß dich zusammen, Mann!

Er fing seinen Sturz mit einer Rolle ab, im Hochkommen glitten seine Hände über den Gürtel und zogen zwei Wurfmesser aus den Scheiden. Mit einer fließenden Bewegung fuhr er herum und schleuderte dem Biest, das über den Boden schlitterte, weil sein Angriff ins Leere gegangen war, die Klingen in die Flanke. Mit einem Schmatzen gruben sich die Messer bis zum Heft in ihr Fleisch, die Bestie bäumte sich auf die Hinterläufe auf und die drei Köpfe kreischten fürchterlich. Der lange Hals des Reptilienschädels drehte sich und die gelben Augen fixierten ihn, während der restliche Körper seiner Bewegung folgte und sich ihm zuwandte. Gedilli schluckte und zog zwei weitere Messer, als der Löwe angriffslustig knurrte. Doch bevor sich die Bestie erneut auf ihn stürzte, zerschellte eine Flasche an dem Ziegenkopf und ihr grünlicher Inhalt ergoss sich über seinem weißen Fell.

Bersek, der auf den Tisch mit den gläsernen Laborutensilien geklettert war, hatte sie geworfen.

Abermals brüllte die Kreatur, Dampf stieg von dem blökenden Ziegenschädel auf, scheinbar war die Flüssigkeit ätzend. Sie schüttelte wie wild die Köpfe hin und her, dann fiel der Blick ihrer fünf Augen - ein Auge des Ziegenkopfes war zu einer gallertartigen Masse geschmolzen - auf Bersek, der das für Affen typische *Huhuhuhu*-Geräusch ausstieß und sich mit beiden Fäusten auf den Brustkorb klopfte. Das Biest grollte und hechtete auf ihn zu - doch darauf hatte Bersek nur gewartet. Kurz bevor ihn die scharfen Krallen in Stücke rissen, sprang er vom Tisch, der unter der gewaltigen Wucht, mit der die schwere Kreatur auf ihn niederstürzte, zusammenbrach. Ein infernalisches Klirren erfüllte die Luft, als die Glasbehältnisse, die darauf standen, zersplitterten. Dabei vermischten sich die brodelnden Flüssigkeiten, eine purpurfarbene Dampfwolke hüllte die Bestie ein, etwas explodierte, ein Lichtblitz erfüllte den Raum, der Gedilli blendete.

Er blinzelte sich die Tränen aus den Augen und sah die Chimäre inmitten einer Rauchwolke toben. Ihre rechte Flanke hatte Feuer gefangen, ihre Kiefer schnappten rasend durch die Luft, sie schrie. Bersek hing mit einer Hand an einem Bücherregal und sah auf das Monster hinunter.

Gedilli sog tief die rauchgeschwängerte Luft ein, hob eines seiner Messer, zielte und warf. Die Klinge grub sich in das noch intakte Auge des Ziegenkopfes. Sofort verlor der Kopf jegliche Spannung und fiel auf die linke Seite, wo er nutzlos herabhing.

Einer weniger.

Gedilli schleuderte das zweite Messer, aber der Waran riss im selben Moment den Kopf hoch, weshalb es sich nur in dessen Hals bohrte, anstatt in seinen Hirnstamm. Der Waran zischte und eine Blutfontäne schoss ihm aus dem Maul. Der Löwenkopf fuhr zu ihm herum. Die Tatzen der Chimäre huschten über den mit Glassplittern übersäten Boden, in ihren Augen glitzerte Mordlust. Sie sprintete auf ihn zu, die Flammen, die ihre Flanke einhüllten, züngelten hinter ihr her. Gedilli stieß einen Kriegsschrei aus und rannte der Bestie entgegen, wobei er die beiden längeren Kampfmesser aus ihren Scheiden an seinem Gürtel zog. Er ließ sich im vollen Sprint auf die Knie fallen, duckte sich unter einem fauchenden Tatzenhieb hinweg, und schlitzte dem Biest die rechte Seite auf, während er an ihr vorbeischlitterte. Er kam geschickt auf die Beine, fuhr herum, und wollte abermals auf die Kreatur einstechen, als ihm ein Peitschenhieb des Schlangenschwanzes gegen die Brust schlug und ihn zu Boden schickte. Die Chimäre fuhr sofort zu ihm herum, das Löwenmaul öffnete sich und stieß ein Knurren aus.

»Messer!«, brüllte Bersek plötzlich und bevor die Bestie sich auf ihn stürzte, warf Gedilli eine seiner Klingen auf gut Glück in die Luft. Er sah einen Schatten über sich hinweghuschen, als die Chimäre einen Satz machte und riss die Hände vors Gesicht, den tödlichen Biss des Löwenkopfes erwartend.

Stattdessen heulte die Kreatur vor Schmerz auf.

Gedilli nahm die Hände hinunter und sah Bersek auf ihrem Rücken sitzen, ihr immer wieder die lange Klinge des Kampfmessers in den Nacken rammend. Der Löwe brüllte und schnappte verzweifelt nach dem Affen auf seinem Rücken. Gedilli nutze die Chance und stieß sein Messer nach der ungeschützten Kehle des Löwen, als dieser den Kopf in den Nacken riss. Dummerweise hatte er nicht bemerkt, dass die Aufmerksamkeit des Warankopfes immer noch ihm gegolten hatte. Das Reptil schnappte nach ihm, zwei Reihen spitzer, gebogener Zähne gruben sich in seinen Unterarm, bevor das Messer sein Ziel erreicht hatte. Gedilli schrie auf, seine Finger öffneten sich und die Waffe fiel ihm aus der Hand.

Die Chimäre versuchte, Bersek abzuschütteln, indem sie wild hin und her sprang. Gedilli fand sich in der ungünstigen Position wieder, ebenso hin- und hergerissen zu werden, da die kräftigen Kiefer des Warans nicht von ihm abließen. Die spitzen Zähne sägten bei jeder Bewegung tiefer in sein Fleisch, während er hilflos über den Boden geschliffen wurde. Seine Hand fummelte an seinem Gürtel herum, aber er erkannte mit Schrecken, dass er all seine Messer schon geworfen hatte. Er besaß nur noch jene in seinen Stiefeln, aber an die kam er im Moment beim besten Willen nicht heran. Als die Kreatur mit voller Wucht gegen eines der Regale an der Wand krachte, sah sich Bersek gezwungen, von ihrem Rücken zu springen, um nicht zerquetscht zu werden. Gedilli dagegen konnte nicht ausweichen und knallte so brutal gegen das massive Holz, dass sein Innerstes erzitterte. Das Regal kippte um, verfehlte ihn um ein Haar, und dessen Inhalt verteilte sich auf dem Steinboden. Dabei zerbrachen die Glasbehälter, in denen sich die Kadaver der missgestalteten Geschöpfe befunden hatten. Die grünliche Flüssigkeit ergoss sich über den Boden und Gedilli brachte es trotz des quälenden Schmerzes fertig, sich zu ekeln, als der leblose Körper des sechsbeinigen Katzenwesens neben ihm angespült wurde.

Ein grollendes Knurren ließ ihn aufsehen, der Blick zweier vor Zorn brennender Raubtieraugen traf den seinen, Speichel troff aus dem geöffneten Löwenmaul auf ihn herunter. Die Panik stieß seinen Ekel brutal beiseite. Er hing nach wie vor hilflos unter der Kreatur, die Kiefer des Warans hielten ihn eisern umschlossen und er hatte keine Waffe, mit der er sich verteidigen konnte. Dann fiel sein Blick auf das Messer, das in dem Hals des Warans steckte.

Als der Löwe sich herabbeugte, um ihm das Gesicht abzubeißen, schoss Gedillis freie Hand blitzschnell vor, riss das Messer aus dem Hals des Warans und stieß es dem Löwenkopf ins geöffnete Maul. Die Bestie biss irritiert zu, aber Gedilli hatte den Arm längst zurückgezogen, und als sich die Kiefer mit einem wütenden Schmatzen schlossen, trieb sich der Löwe das Messer direkt ins Gehirn. Augenblicklich verlor der massige Körper der Chimäre jegliche Spannung und sackte über Gedilli zusammen, der Löwenkopf fuhr auf seinen Brustkorb nieder, und ein quietschendes Stöhnen entfuhr ihm, als alle Luft aus seiner Lunge getrieben wurde.

Gedilli hob den Kopf – das war die einzige Bewegung, zu der er fähig war –, sein gesamter Körper war unter dem Kadaver der Bestie begraben. Immerhin stand sie nicht mehr in Flammen, Rauchschwaden stiegen von dem verkohlten Fell auf. Sein linker Arm steckte unterdessen nach wie vor im Maul des Warans, der – wie er jetzt bemerkte – noch zu leben schien und ihn aus kleinen gelben Augen anfunkelte. Der Schmerz war erstaunlich.

»Hi… Hilfe«, hauchte Gedilli und sah sich nach Bersek um, der ein paar Schritte neben ihm stand. Doch der Affe beachtete ihn nicht, sein Blick war auf die rechteckige Öffnung in der Wand gerichtet und jetzt nahm Gedilli die Geräusche wahr, die dahinter ertönten. Grunzen, Schreie, ein Knall erschallte und das Leuchten eines Blitzes flutete in den Raum.

Das Licht kämpft gegen den Schatten, dachte Gedilli und musste unwillkürlich kichern, als ihm die allegorische Bedeutung seines Gedankens bewusst wurde. Die Schmerzen und der Blutverlust stiegen ihm offenbar zu Kopf. Als Bersek jedoch Hals über Kopf auf die zerstörte Tür zustürzte, verging ihm das

Lächeln.

»Hey ... bleib hier du ... du ... verfluchter Affe!« Eine bessere Beleidigung wollte ihm nicht in den Sinn kommen. Er schob es darauf, dass es ihn ein wenig ablenkte, dass seine Eingeweide langsam zu Mus zerquetscht wurden. »Du ... kannst mich ... doch nicht einfach ... so zurücklassen!«

Offensichtlich konnte er es und als er durch die holzgesäumte Öffnung in der Wand schlüpfte, stieß Gedilli einen wüsten Fluch aus. Er ließ den Kopf auf den Boden sacken und sah, dass das sechsbeinige Katzenwesen auf der Pfütze aus grünem Schleim auf ihn zufloss.

Schon klar, dachte er und seufzte. *Schon klar.*

59

Gustavs prankenartige Hände nagelten Vuras Unterarme auf den Boden, sein schwerer Körper lag auf ihr. Sie spuckte ihm ins Gesicht, stemmte sich mit aller Macht gegen ihn, strampelte mit den Beinen, aber jeglicher Widerstand war vergebens. Schmerzen zitterten bei jedem Stoß durch ihren Unterleib und verteilten sich von dort in jeden Winkel ihres Körpers. Das Schlimmste aber war das Lächeln mit dem er sie dabei bedachte. Dieses überlegene, höhnische Grinsen, das ihr zu verstehen gab, wie klein und unbedeutend sie war. Wie schwach. Tränen der Wut, des Schmerzes und der Scham liefen ihr übers Gesicht. Sie bäumte sich auf und schrie, aber er drückte sie nieder, beiläufig, überlegen, mächtig.

Irgendwann hatte sie keine Kraft mehr, sie sackte auf das feuchte Gras zurück, ihr Blick verschwamm und sie schloss für einen Moment die Augen. Als sie sie wieder öffnete, fühlte sie Sonnenlicht auf ihrem Gesicht, die Schmerzen waren verschwunden. Verwundert setzte sie sich auf und erkannte, dass sie auf den marmornen Platten des Trainingsfeldes saß. Gustav war weg ...

Ein hysterisches Lachen entfuhr ihrer Kehle, abermals liefen ihr Tränen über die Wangen, aber diesmal waren es Tränen der Freude, der Erleichterung. Endlich war es vorbei. Endlich hatte diese Hölle ein Ende.

Ein Schatten fiel auf sie und sie wandte den Kopf. Zwei Gestalten waren zu ihr herangetreten, die gegen die Sonne nur als schwarze Silhouette zu erkennen waren. Vura erhob sich auf wackeligen Beinen und musterte die beiden genauer, als sich ihre Augen an das Licht gewöhnt hatten. Arina und Servin standen vor ihr.

»Bin ich tot?«, fragte sie hoffnungsvoll.

Servin lächelte traurig und schüttelte den Kopf. Er deutete hinter sie und sie folgte der Bewegung mit ihrem Blick. Die Freude, die sie bis eben durchflutet hatte, wurde aus ihr herausgespült und durch siedende Verzweiflung ersetzt. Sie stöhnte. Fünf Schritte hinter ihr war eine rechteckige Ausstanzung in der Luft, als hätte jemand ein Fenster in den Schleier der Wirklichkeit geschnitten, das den Blick freigab auf eine andere Welt. In dieser Welt war es Nacht, eine dunkle, nur von kaltem Sternenlicht beschienene Nacht, und dort sah sie sich selbst am Boden liegen. Die feuerrote Mähne lag zerzaust um ihr ausdrucksloses Gesicht herum, ein gewaltiger Mann lag auf ihr, drückte sie nieder.

Vura wandte den Blick ab, biss sich auf die Unterlippe. »Es ist noch nicht vorbei?«

»Ich fürchte nicht«, sagte Servin.

Sie sah ihn an, einen flehenden Ausdruck im Gesicht. »Bitte, mach, dass es aufhört!«, wimmerte sie. Als er den Blick gen Boden richtete, wandte sie sich Arina zu. »Bitte, Arina, ich ertrage es nicht! Erlöse mich von ihm!«

»Das kann ich nicht«, sagte sie. »Das kannst nur du selbst.«

Alle Kraft verließ ihren Körper, sie ließ sich auf die Knie fallen, ihr Kopf fiel ihr auf die Brust. »Ich habe es versucht. Immer und immer wieder habe ich es versucht, aber er ist zu stark.«

Servin beugte sich zu ihr herunter, hob ihr Kinn, zwang sie, ihm in die grauen Augen zu blicken. »Natürlich ist er das«, sagte er sanft. »Du kannst dich nicht von ihm befreien, indem du ihn überwältigst. Das ist unmöglich, denn so ist es nicht geschehen.«

»Kann ich nicht hier bei euch bleiben?«, fragte sie.

Arina nahm ihre Hand und zog sie wieder auf die Füße. »Dies ist ein Zufluchtsort für deinen Geist, Vura. Deine Verzweiflung war so groß, dass du dich hierher geflüchtet hast und ja, wenn du willst, kannst du hierbleiben. Niemand wird dir je wieder schaden können, aber ... du wirst auch nie wieder zurückkehren.«

Vuras Herz machte einen Satz, ein Lächeln zog sich von einem Ohr zum anderen. »Das ist mir egal, solange ich nur nicht wieder zu *ihm* muss. Das ertrage ich nicht.«

»Das kannst du natürlich«, sagte Servin. »Diese Tür dort hinter dir wird sich schließen und du wirst für alle Zeit hier bei uns sein. Doch du weißt, was das bedeutet.«

Sie zögerte. »Was meint ihr damit?«

»Vura«, sagte Arina, »wir sind ein Teil von dir. Wir erzählen dir nur, was du längst weißt.«

Arina hatte recht. Sie wusste, was es bedeuten würde, wenn sie nicht wieder zurückkehrte, aber sie wollte es nicht wahrhaben. Denn das hieße, sich dem zu stellen, was sie dann tun musste.

»Ich kann es einfach nicht ...«, sagte sie.

»Dann wird das *Licht* für alle Zeit über deinen Körper herrschen«, sagte Arina. »Und ich ... ich werde in meinem Verlies auf Gottberg bleiben.«

»Gedilli wird sterben. Das *Licht* wird ihn nicht am Leben lassen«, fügte Servin hinzu. »Und er wird nicht ihr einziges Opfer bleiben.«

»Ich weiß«, hauchte Vura. »Ich weiß ...« Sie schloss die Augen und nahm einen tiefen Atemzug. »Was muss ich tun?«, fragte sie mit festerer Stimme. Der Gedanke daran, zurückzukehren, erfüllte sie mit Schrecken, aber sie hatte keine andere Wahl. Sie hatte das *Licht* in die Welt geholt, nun war es an ihr, sie wieder zu vernichten. Es lag in ihrer Verantwortung.

»Auch das weißt du schon«, sagte Arina.

»Sag es mir trotzdem.«

Arina seufzte und strich ihr über die Wange, lächelte sie an wie eine Mutter, die ihrem Kind beichten musste, dass es sehr weh tun würde, seinen gebrochenen Knochen wieder einzurenken. »Die Erinnerung an das, was Gustav dir angetan hat, war lange Zeit in deinem Innersten begraben. Sie war zwar für dich greifbar und du hast auch unter ihr gelitten, aber das *Licht* hat den Großteil des Schmerzes absorbiert, hat ihn vor dir verschlossen. Doch nun ist sie fort und all das Leid stürzt ungehemmt auf dich ein. Es fühlt sich an, als würdest du dieses Trauma wieder und wieder erleben und es gibt nur eine Möglichkeit, wie du den Kreislauf durchbrechen kannst.«

»Du musst es akzeptieren«, sagte Servin. »Was geschehen ist, lässt sich nicht ungeschehen machen, was Gustav dir angetan hat, wird für immer ein Teil von dir sein. Sich dagegen zu wehren, ist sinnlos. Nur wenn du dich dem Schmerz hingibst, kannst du ihn überwinden.«

Vura ließ den Kopf hängen, eine Welle der Verzweiflung brandete über sie hinweg. »Ich muss es noch einmal durchmachen«, sagte sie tonlos.

»Ja«, erwiderte Arina mit belegter Stimme. Sie nahm sanft Vuras Kopf in beide Hände und zwang sie, zu ihr aufzusehen. »Aber du musst es nicht allein durchstehen. Du bist niemals allein, Vura. Wir sind immer bei dir, all die guten Erinnerungen, all das Licht in deinem Leben ist immer bei dir, selbst in den dunkelsten Stunden.«

Sie spürte Servins Hand auf ihrer Schulter. »Schmerz ist endlich, aber wir, die Erinnerungen an die Menschen, die du liebst, wir bleiben und wir machen dich stärker, als es all die Strahlen der Sonne vermögen. Das ist etwas, was das *Licht* nie verstehen wird, weil sie nie etwas anderes gekannt hat als Einsamkeit und Schmerz. Denk an uns, wenn deine Welt in Finsternis zu ertrinken droht und halt dich an uns fest.«

Vura stiegen wieder Tränen in die Augen, ein Kloß bildete sich in ihrem Hals. Sie lächelte Servin wehmütig an. »Ich vermisse dich, Kriegsmeister«, sagte sie. »Trotz allem, was du getan hast. Werde ich dich je wiedersehen?«

Servin zuckte die Achseln. »Wer weiß das schon? Aber ganz gleich, ob es geschieht oder nicht, in deinen Gedanken werde ich immer bei dir sein.«

Vura nickte und wischte sich die Tränen aus dem Gesicht, dann sah sie ihre alte Lehrmeisterin an. »Ich werde dich retten, Arina, das schwöre ich.«

»Das weiß ich, meine Schülerin, aber zuerst musst du dich selbst retten.«

Sie sah Arina in die Augen und fand Mut in ihrem haselnussbraunen Blick. Sie wollte sich gerade umdrehen, als eine Stimme sie zurückhielt.

»Nicht so hastig.«

Eine weitere Gestalt war auf den Trainingsplatz getreten und schritt über die Marmorplatten auf sie zu. Es war Gedilli, dessen kurzgeschnittenes schwarzgelocktes Haar in der Sonne glänzte. »Ich bin vielleicht noch nicht so lange in euren Gedanken wie diese beiden«, sagte er und deutete abwechselnd auf Arina und Servin. »Aber auch ich habe euch etwas mitzugeben.«

»Ihr habt auf euch warten lassen«, sagte Vura schmunzelnd, als er herangetreten war.

»Nun, ich wollte euren alten Freunden nicht ihren Auftritt stehlen. Ihr wisst ja, wie bescheiden ich bin.«

»Die Demut in Person«, kicherte sie.

Er griff hinter seinen Rücken und zog ein funkelndes Messer aus dem Gürtel, das er ihr reichte. »Ihr wisst, was ihr damit zu tun habt.«

Sie betrachtete die Klinge für einen Moment, dann streckte sie die Finger danach aus und nahm sie entgegen.

»Aber denkt daran«, sagte Gedilli, »benutzt es erst, wenn die Zeit gekommen ist, nicht eher. Sonst wird es niemals aufhören.«

»Nun geh«, sagte Arina. »Und stell dich ihm.«

Sie nickte ernst, trat einen Schritt zurück und betrachtete das ungleiche Trio für einen Moment. Gedilli zwinkerte ihr zu, Arina schenkte ihr ein Lächeln und Servin neigte den Kopf in einer angedeuteten Verbeugung.

Wir sind immer bei dir.

Sie wandte sich um, blickte durch das Fenster in die nachtdunkle Welt dahinter. Gustav hatte sich inzwischen wieder von ihr abgewendet und verschwand im Wald, ihr geschundener Körper lag ausgestreckt im Gras. Bei dem Anblick drohten sie wieder Verzweiflung und Furcht zu übermannen, aber sie kämpfte sie nieder, ließ nur einen einzigen Gedanken zu, der ihr Innerstes erfüllte wie ein wärmendes Licht.

Wir sind immer bei dir.

Sie packte den Griff des Messers fester und schritt durch das Portal.

Der unterschätzte Sohn

60

Athrimus beobachtete amüsiert, wie sein Vater zuerst die Weinkaraffe gegen die Bettkante warf und danach den Tisch, auf dem sie gestanden hatte, mit bloßen Händen auseinanderriss. Er tobte wie ein wildes Tier, schrie und spuckte, sein Kopf war hochrot, sein Gesicht hassverzerrt.

»Ich ... werde ihn töten«, brachte er zwischen zusammengebissenen Zähnen hervor. »Ich werde ihn ausweiden wie ein Schwein, ihm seine eigene Leber in den Mund stopfen und ihn daran ersticken lassen!«

Er ließ von seinem hölzernen Opfer ab, von dem nur Trümmerteile übrig waren, und stapfte an Athrimus vorbei. Sein flammensprühender Blick war mehr als entschlossen und Athrimus begriff, dass er seine blumige Drohung ernst meinte.

»Das ist keine gute Idee, Vater«, rief er ihm hinterher und ein Anflug von Panik schwang in seiner Stimme mit. Vithrimus reagierte nicht auf seine Worte, schritt unbeirrt weiter.

Athrimus war klar gewesen, dass es seinen Vater in Rage bringen würde, wenn er ihm erzählte, was in Atrux' Zelt vorgegangen war, aber er hatte nicht damit gerechnet, dass er so ungestüm reagieren würde. Offenbar hatte seine Seelenmanipulation sogar besser angeschlagen, als er geglaubt hatte. Vithrimus schien zu keinem klaren Gedanken fähig, war völlig von den Gefühlen eingenommen, die Athrimus in ihm geweckt und genährt hatte. Das war ein Problem.

»Vater, bleib stehen! Tu das nicht! Viktor wird dich dafür hinrichten!«, schrie er, aber Vithrimus stapfte unbeirrt weiter. »Dasselbe hat er mit Orrin getan!«

Das ließ ihn innehalten. Er drehte sich zu Athrimus um und beäugte ihn skeptisch. »Orrin hat verloren?«

»Oh ja. Er hat die Regeln des *Hir al Kovak* gebrochen, als ihm klar wurde, dass er den Kampf nicht gewinnen konnte. Dafür hat ihm Viktor eigenhändig das Gehirn aus dem Schädel gebrannt.«

Athrimus hatte den Kampf nicht gesehen, er war seinem Vater und Celeste sofort gefolgt, als sie sich von der Gruppe entfernt hatten, aber er hatte sich bei einem Soldaten erkundigt, wie er ausgegangen war.

»Und was hat das mit mir zu tun?«, fragte Vithrimus.

Athrimus sprach langsam und deutlich, um sicherzugehen, dass die Bedeutung seiner Worte in Vithrimus hass- und alkoholvernebeltem Verstand ankamen. »Was glaubst du, wird Viktor tun, wenn du Atrux ermordest, Vater?«

Vithrimus schnaubte abfällig. »Atrux ist ein Ausgestoßener, ein im Exil lebender Hexer. Ich bin der *Fürst* Vulcs. Wenn mir danach ist, ihn wie eine Kakerlake zu zertreten, dann tue ich das!«

»So einfach ist das nicht. Atrux ist ein mächtiger Hexer und Viktor braucht ihn für den Krieg. Denkst du etwa, er hat ihm ohne Grund einen Platz unter seinen Soldaten zugewiesen? Er hat damit klar gemacht, dass Atrux ihm persönlich unterstellt ist. Wenn du ihn angreifst, ist das, als würdest du Viktor angreifen.«

Vithrimus' Blick klärte sich ein wenig, Unsicherheit machte sich auf seinen Zügen breit. Das beruhigte Athrimus. Scheinbar war er so weit bei Verstand, dass er begriff, was es für Folgen haben konnte, wenn er sich Viktor widersetzte.

»Ich ... ich kann ihn nicht ... er muss ... er MUSS sterben!«, brüllte Vithrimus. »Celeste gehört mir und mir allein!«

Du alter Narr, dachte Athrimus mit einem Anflug von Stolz. *Sie hat dir noch nie gehört, ohne mich wölltest du sie nicht einmal.*

Laut sagte er: »Natürlich tut sie das, Vater. Und wenn du Atrux dafür umbringen willst, dass er sich mit ihr vergnügt hat ...« Er machte eine kurze Pause, um sich an dem Gesichtsausdruck seines Vaters zu erfreuen, den er bei dem Wort *vergnügt* zeigte. Es sah aus, als würde er sich entweder jeden Moment übergeben oder in einen Heulkrampf ausbrechen. »... dann ist das dein gutes Recht. Du hast diesen Ehrlosen bei dir aufgenommen, als er um Asyl gebeten hat, und nun vergeht er sich an deiner Auserwählten? Für dieses Vergehen muss er büßen.« Vithrimus nickte zustimmend und Athrimus unterdrückte ein siegessicheres Lächeln. »Aber du musst es geschickt anstellen. Du darfst Viktor nicht erzürnen.«

Vithrimus' Augen wurden schmal. »Das klingt, als hättest du einen Plan.«

»Den habe ich, Vater.«

»Spuck es aus«, sagte Vithrimus ungeduldig, als er nicht weitersprach.

»Arok. Überlass Atrux deinem Schreckenswaran.«

»Das ist dein großer Plan? Ich soll ihm Arok auf den Hals hetzen? Da kann ich ihm gleich selbst den Kopf abschlagen. Für Viktor wird es keinen Unterschied machen.«

»Nicht, wenn es im Schlachtgetümmel geschieht.«

»Was meinst du damit? Ein Schreckenswaran ist bei der Belagerung nutzlos. Er gibt ein zu großes Ziel ab.«

Prinzipiell hatte sein Vater recht, deshalb hatte Viktor den Schreckenswaran bisher nicht auf dem Schlachtfeld eingesetzt. Aber er wusste inzwischen, wie sein König dachte. Athrimus mochte ein miserabler Krieger sein, aber was ihm an Kampfkraft fehlte, glich er mit Intelligenz wieder aus. Er hatte Viktors strategische Züge genau analysiert und es war offensichtlich, dass er etwas Großes plante. In der letzten Woche waren seine Angriffe zurückhaltender geworden, nachdem er erkannt hatte, dass die Verteidigung des Bundes zu stark war. Viktor versuchte gar nicht mehr, die Stadt zu erobern, sondern stellte seine Hexer hinter den Frontlinien auf, von wo aus sie die Hexer auf der Mauer beschäftigten. Die gewöhnlichen Soldaten starben bei ihrem Ansturm zwar zu hunderten, aber das Leben seiner Hexer war so mehr oder weniger gesichert. Viktor opferte seine Bauern, um den Bund glauben zu machen, dass er die Oberhand hatte. Aber das hatte jetzt ein Ende. Celeste und Atrux waren zurückgekehrt, zwei starke Hexer, die ihm bisher gefehlt hatten. Nun würde er mit voller Macht angreifen.

»Viktor wird dich morgen Abend bitten, Arok in den Kampf zu führen, du wirst schon sehen«, sagte Athrimus. »Auch Celeste wird er mit ihrem Schreckenswaran in die Schlacht schicken. Er nutzt den Umstand, dass der Bund nichts davon weiß, dass zwei seiner Hexer und ein zusätzlicher Schreckenswaran zu ihm gestoßen sind. Seit Wochen wiegt er sie in Sicherheit, hält sich zurück, aber nun wird er mit voller Härte zuschlagen.«

Vithrimus' Stirn legte sich in Falten. »Viktor hat niemanden in seinen Plan eingeweiht. Woher willst du das alles wissen? «

Athrimus grinste. »Weil ich es genauso machen würde. Und bisher hat Viktor noch immer so gehandelt, wie ich es getan hätte.«

Sein Vater schien eine Weile über seine Worte nachzudenken. Die Skepsis in seiner Miene verflüchtigte sich und seine dünnen Lippen verzogen sich zu einem Lächeln. »Wenn das stimmt, dann ...«

»Dann kannst du Atrux von Arok in Stücke reißen lassen, nachdem er seine Aufgabe erfüllt hat. In dem allgemeinen Getümmel wird es Viktor nicht weiter auffallen und falls doch, sagst du ihm eben, dass du für einen Moment die Kontrolle über Arok verloren hast. Es wird ihm ohnehin egal sein, wenn er den Krieg gewonnen hat.«

Aber Celeste wird es nicht egal sein, dachte Athrimus. Sie würde ihn auf ewig hassen, denn sie wusste, dass Arok nie ohne den ausdrücklichen Befehl seines Herren handeln würde. Und wenn sich die Schlampe erst von ihm abwandte, hatte sein Vater gar keine andere Wahl, als Athrimus seinen rechtmäßigen Platz als Erben des Fürstentums zuzugestehen. Dann könnte er endlich die letzte Phase seines Plans einleiten und seinen Vater in den Selbstmord treiben.

Inzwischen hatte er dessen Verstand so fest im Griff, dass das keine Herausforderung mehr darstellte. Dann würde endlich *er* Herrscher über Vulc sein!

»Ich glaube selbst nicht, was ich da sage, aber«, sagte Vithrimus, »ich bin beeindruckt, Sohn. Wie es scheint, habe ich dich all die Jahre unterschätzt.«

Athrimus lächelte. »Du machst dir keine Vorstellungen, Vater.«

Licht gegen Schatten

61

Der *Schatten* stöhnte und rollte auf die Seite. Er richtete sich halb auf und sah sich benommen um. Die Straße aus Holzsplittern, die von der zerstörten Tür bis zu ihm führte, erklärte ihm die erstaunlichen Schmerzen, die seinen gesamten Körper durchfuhren. So fühlte es sich also an, wenn man durch eine massive Eichentür hindurchgeschleudert wurde. Eine Erfahrung, auf die er getrost hätte verzichten können.

Mit einem Grunzen erhob er sich, Staub und Holzteilchen rieselten von ihm hinunter. Er bewegte den Hals ruckartig nach rechts und nach links, was ein lautes Knacken hervorrief, und ließ die Schultern kreisen.

Dieses verfluchte Gör! Wie hatte sie die Wirkung des Styx umgehen können? Das Gift hätte sie für mehrere Stunden wehrlos machen müssen. Eigentlich sollte es ihr nicht möglich sein, ihre Quelle zu öffnen, bevor es abklang. Andererseits sollte es auch unmöglich sein, die Lichtmagie der Himmelskörper anzuziehen und zu bündeln, und doch tat sie es. Die naturgegebenen Regeln schienen bei ihr nicht zu gelten.

Das *Licht* erschien hinter der zerstörten Tür und riss ihn aus seinen Überlegungen. Sie betrat den langen von Fackeln erleuchteten Flur. Ihre Augen leuchteten golden, ihr rotes Haar umwehte ihr Haupt, als wäre es unter Wasser. Der *Schatten* ballte die Fäuste und öffnete seine Quelle.

Einen Augenblick lang standen die beiden regungslos da und starrten sich an, darauf wartend, dass der andere eine Bewegung machte. Ein Lächeln zuckte über die Lippen des *Lichts* und der *Schatten* spürte die Energie, die sie in ihrem Inneren anstaute. Als sie die Arme nach vorne riss und einen Schrei ausstieß, schoss ein gleißender Strahl gebündelten Sonnenlichts aus ihren Händen. Der *Schatten* überkreuzte die Arme vor der Brust und schloss einen magischen Schild um sich. Die Wucht, mit der der Energiestrahl einschlug, überraschte ihn und hätte ihn beinahe von den Füßen gerissen. Er knurrte und lehnte sich dagegen, seine Stiefel schlitterten über den glatten Steinboden, während die gebündelte Macht von dem Schild abprallte und den hellen Stein der Wände und Decke schwarz färbte. Er spürte die sengende Hitze durch den Schild dringen, Schweiß lief ihm über das Gesicht, Blasen bildeten sich auf seinen Unterarmen, sein Mantel begann zu qualmen. Er würde diese Zerstörungskraft nicht lange aufhalten können, aber in dem engen Gang hatte er auch keine Möglichkeit, auszuweichen. Seine einzige Chance bestand darin, sich auf den Boden fallen zu lassen und darauf zu hoffen, dass der Strahl über ihn hinwegschoss, um dann einen Gegenangriff einzuleiten. Er wollte eben das tun, als die brennende Lichtsäule plötzlich versiegte. Der Druck auf seinen Schild verschwand, was dazu führte, dass er unbeholfen nach vorne stolperte – direkt in einen Faustschlag des *Lichts* hinein. Sein Kopf wurde herumgerissen, er spuckte Blut auf die verkohlte, rauchende Wand, brachte es aber fertig, die Arme zu heben und die Deckung zu schließen, als ein wütender Tornado aus Faustschlägen und Tritten auf ihn niederging, der ihn zurücktaumeln ließ. Er pumpte Kampfmagie durch seine Venen, härtete seine Muskeln, potenzierte seine Körperkraft und presste die Unterarme dich an den Oberkörper. Das *Licht* kämpfte wild, rücksichtslos und brutal, achtete kaum darauf, ihre eigene Deckung aufrechtzuerhalten. Mehrmals hätte er einen harten Konter vollführen können, doch er wartete, steckte die Schläge ein und ließ sie glauben, dass sie die Oberhand hatte. Er brauchte nicht lange, um das Muster ihrer Angriffe zu durchschauen.

Das war ein Fehler, Mädchen, dachte er mit einem selbstsicheren Grinsen.

Sie vollführte einen Tritt gegen seine Schläfe, den er mit einer Hand abblockte, und da er den nachfolgenden linken Schwinger schon vorausgesehen hatte, duckte er sich darunter hinweg und entfaltete seine Macht. Seine Gestalt verschwamm, wabernde Dunkelheit schwirrte hinter ihm her wie ein finsterer Schweif, als er sich mit einem Schattensprung an dem *Licht* vorbeikatapultierte. Er konzentrierte seine Macht in einem Blitz, dessen verheerende Kraft in seiner Hand bebte, und fuhr herum, um ihn ihr in den Rücken zu schießen. Doch als er den Arm ausstreckte und die knisternde, rotleuchtende Energie entließ, erkannte er mit Erstaunen, dass seine Feindin gar nicht hinter ihm stand. Plötzlich traf ihn ein Schlag in der Körpermitte wie ein Hammer den Amboss. Er wurde von den Füßen gehoben, davongeschleudert, der Blitz, der aus seiner Hand schoss, prallte unkontrolliert von den Wänden ab, Steinsplitter flogen durch die Luft. Er kam hart auf dem Boden auf und sein Körper überschlug sich mehrmals, bevor sein geschundener Leib zu einem Halt kam. Im ersten Moment, in dem der *Schatten* sich stöhnend auf alle viere erhob, wusste er nicht, was schlimmer war: Der Schmerz oder die Tatsache, dass sich das *Licht* genauso schnell bewegt hatte wie er. Als er versuchte, sich aufzurichten, und seine gebrochenen Rippen vehement protestierten, wurde ihm das jedoch klar. Eindeutig die Schmerzen.

»Bleibt liegen und ich bereite euch ein schnelles Ende«, hörte er die hallende Stimme des *Lichts* sagen.

»Das ... hättet ihr wohl gern«, grunzte er und schaffte es irgendwie, aufzustehen. »Ihr habt mich überrumpelt, aber hier unten könnt ihr eure Macht nicht anrufen. Ohne die Sonne seid ihr mir nicht gewachsen, Mädchen.«

Er war selbst überrascht, wie überzeugt seine Stimme klang, dabei versuchte er nur ein wenig Zeit zu schinden. Heilmagie floss durch seinen Körper und ließ die gebrochenen Knochen wieder zusammenwachsen. Es schmerzte ungeheuerlich, aber er ließ sich nichts anmerken, presste nur die Kiefer aufeinander.

Das *Licht* lachte so laut und dröhnend, dass der *Schatten* das Bedürfnis verspürte, sich die Ohren zuzuhalten. »Oh, um euch zu besiegen, brauche ich meine göttliche Macht nicht«, sagte sie immer noch kichernd. »Wisst ihr, Vura benutzte nur einen Bruchteil unserer Quelle und selbst dessen bediente sie sich ineffizient. Es war ein einziges Trauerspiel, ihr dabei zuzusehen, wie ungeschickt sie mit unserer Macht umging. Eigentlich sollte ich euch dafür danken, dass ihr sie zu mir gebracht habt. Nun bin ich das weinerliche Balg endlich los.«

»Ich helfe doch gern«, sagte der *Schatten.* »Aber sagt mir, wenn ihr so mächtig seid, wie ihr behauptet, wie kommt es dann, dass ihr Vura nicht ohne meine Hilfe überwältigen konntet? Sie muss euch ja gut im Griff gehabt haben.«

Obwohl die Gestalt des *Lichts* von einem schwachen Leuchten umgeben war, verfinsterte sich ihre Miene sichtlich.

»Für sie wart ihr nicht mehr als ein Hund«, drehte der *Schatten* die rhetorische Klinge, »den man auf seine Feinde hetzt, wenn man ihn braucht, und der danach genauso schnell wieder im Zwinger verschwindet, wie man ihn herausgelassen hat.«

»Niemand nennt mich einen ... *Hund*«, sagte sie und ihre Stimme zitterte vor Zorn. »Ich bin eine Göttin, du elender Wurm!«

Dem *Schatten* war klar, dass sie gleich angreifen würde. Die Schmerzen in seinem Brustkorb waren verschwunden, seine Verletzungen geheilt, aber er behielt die gekrümmte Haltung bei. Er musste sie überraschen, sonst war er erledigt. »Eine Göttin, die sich von einem kleinen Mädchen hat in die Knie zwingen lassen«, spottete er.

Am Rande nahm er wahr, dass aus dem Laboratorium hinter ihm verstörende Geräusche ertönten. Einem Klirren, das sich anhörte, als würden tausende Spiegel auf einmal zerschellen, folgte ein bestialisches Brüllen. Nur der *Ursprung* allein wusste, was da drinnen vor sich ging.

»Nichts dergleichen hat sie getan!«, schrie das *Licht* über den Lärm hinweg. »Vura ist vergangen und vergessen, sie wird nie wieder zurückkehren!«

»Leugnet es ruhig, aber ihr wisst so gut wie ich, dass euch dieser Körper nicht gehört. Vura hat euch jahrelang in Schach gehalten, ohne überhaupt zu wissen, was sie tut. Was lässt euch glauben, dass sie sich nicht zurückholen kann, was ihr gestohlen habt?«

Kurz flackerte Unsicherheit in ihren strahlenden Augen auf, doch dann wurde ihre Miene wieder hart. »Vura ist in der Dunkelheit der Qual gefangen, in der ich geboren wurde. Für sie gibt es daraus kein Entkommen.« Sie hob eine Hand, die vor elektrischer Energie flimmerte. »Können wir weitermachen? Ihr zaubert schon recht lange, inzwischen sollten eure Wunden verheilt sein.«

Dieses Miststück, dachte der *Schatten* und versuchte, sich seine Überraschung nicht anmerken zu lassen. »Wie überaus zuvorkommend von euch, dass ihr ...«

Mitten im Satz vollführte er einen Schattensprung und hoffte, sie dadurch überrumpeln zu können. Es war eine Verzweiflungstat, das wusste er, aber er musste handeln. Während die Fackeln an den Wänden so schnell an ihm vorüberzogen, dass sie zu einem einzigen orangefarbenen Lichtstrahl verschmolzen, streckte er seinen rechten Arm zur Seite aus und bückte sich. Wenn sein Unterarm in der Geschwindigkeit, mit der er sich bewegte, gegen den Hals seiner Gegnerin traf, würde er dem Mädchen glatt den Kopf von den Schultern reißen. Doch obwohl er die zwanzig Schritte, die er von ihr entfernt gestanden hatte, in dem Bruchteil eines Augenblicks zurücklegte, reichte dem *Licht* diese Zeit aus, auf seine mörderische Attacke zu reagieren. Kurz bevor er sie erreicht hatte, sprang sie in die Höhe und ihr ausgestreckter Körper vollführte eine perfekte Drehung in der Luft. Er rauschte unter ihr hindurch und spürte einen brutalen Fausthieb zwischen seine Schulterblätter krachen, der ihn abermals von den Füßen hob. Er schlug mit der Wucht eines herabstürzenden Meteoriten auf den Steinboden ein, die Rippen, die er eben mühselig geheilt hatte, zerbrachen wie trockene Zweige, auch sein Schlüsselbein sowie sein linkes Handgelenk gaben unter dem Impuls nach. Diesmal ließ ihm das *Licht* jedoch keine Zeit, sich zu erholen, er spürte, wie sie Magie in einem Arkanangriff konzentrierte. Er ignorierte die Höllenqualen, die durch seinen Körper pulsierten, presste beide Hände auf den Boden und drückte sich mit einem magischen Schub vom Boden ab. Während er durch die Luft wirbelte, schlug ein goldener Blitz an der Stelle ein, wo er gelegen hatte, und riss einen Krater in den Stein. Der *Schatten* kam dahinter mit einem Knie auf dem Boden auf, fixierte das *Licht* – die sichtlich überrascht davon war, dass er ihrem Angriff entgangen war – und entließ eine Flammensäule aus beiden Händen. Das tobende Inferno verschlang das *Licht*, hüllte den Gang in seiner ganzen Höhe und Breite ein, die Hitze ließ den Stein schmelzen.

Das kann sie gar nicht überleben, redete sich der *Schatten* ein.

Dann geschah das Unfassbare. Zwei Hände schossen aus der Flammenwand hervor, packten ihn am Kragen und zogen ihn mit einem Ruck heran. Das Feuer versiegte, als sein Gesicht Bekanntschaft mit der Stirn seiner Feindin machte und sich seine Nase in einen blutigen Klumpen verwandelte. Er taumelte zurück, verlor das Gleichgewicht und fiel zum dritten Mal zu Boden.

Dieses Mal würde er nicht wieder aufstehen ...

Sein Kopf dröhnte, ein Tränenschleier trübte seine Sicht. Mühsam hob er den Kopf, versuchte etwas zu sagen, doch der Stiefel des *Lichts* krachte gegen seinen Kopf und die Welt versank in Dunkelheit.

62

Nachdem Vura durch das Portal getreten war, fand sie sich am Boden liegend und in den Sternenhimmel blickend wieder. Sie fühlte keine Schmerzen, aber durch das nasse Gras unter ihr war Kälte in ihre Glieder gekrochen. Ihre Bewegungen waren steif, als sie aufstand und zum Waldrand sah. Sie wusste, was geschehen würde, und doch begann sie zu zittern, als sie Gustav aus dem Schatten der Bäume ins Sternenlicht treten sah. Sie ballte die Fäuste, schloss ihre Hand fest um den kalten Stahl des Messers und spannte die Muskeln an. Sie würde sich nicht gegen ihn wehren, aber das hieß nicht, dass sie sich ergeben musste, dass sie ihm nicht trotzen konnte.

Sie ließ seine massige Gestalt nicht aus den Augen, während seine schweren Schritte lauter wurden, weder wankte sie, noch trat sie zurück. Sie starrte ihn an, ohne zu blinzeln. Selbst als er direkt vor ihr zum Stehen kam und sie mit seinen kleinen dunklen Augen musterte, reckte sie das Kinn in die Höhe und hielt seinem gierigen Blick stand. Dann spuckte sie ihm ins Gesicht. Ihr Speichel lief ihm wie eine schaumige Träne über die Wange, aber es schien ihn nicht zu kümmern. Er packte sie grob und warf sie zu Boden.

Sie schrie nicht, als er sich über sie beugte und die Hose hinunterzog, sie schrie nicht, als seine Pranken ihre Handgelenke packten und sie an den Boden nagelten, sie schrie nicht einmal, als er tat, was er schon so viele Male zuvor getan hatte. Sie ertrug es, den Schmerz, die Wut, den Hass, die Scham. Sie tat es, weil sie wusste, dass dies der einzige Weg war, sich von diesen Gefühlen zu lösen, sich von *ihm* zu befreien, von der Macht, die er über sie ausübte.

Währenddessen sah sie ihm ins Gesicht, in dieses breite, grobschlächtige Gesicht, das sie mehr verabscheute, als irgendetwas sonst auf der Welt, aber sie sah nicht wirklich ihn an. Sie blickte durch ihn hindurch wie durch einen finsteren, hässlichen Schleier, der versuchte, all das Schöne, das sie erlebt hatte, vor ihr zu verbergen.

Dahinter erblickte sie Servin, dessen Füße über den Boden glitten wie die eines Tänzers, während er mit ihr die Schwerter kreuzte. Er lachte, als sie einen Ausfall machte und über seinen ausgestreckten Fuß stolperte. »Ihr seid ein bisschen tot«, sagte er lachend, das Schwert drohend über ihr erhoben und sie stimmte in das Lachen mit ein.

Sie erblickte Arina, die eine eiserne Murmel in einen Hamster mit Flügeln verwandelte und ihre vollen Lippen zu einem Lächeln verzog, als Vura kichern musste. »Eines Tages wirst du das auch können. Vielleicht sogar noch besser als ich. Die Anlagen dafür hast du jedenfalls«, hörte Vura sie sagen.

Sie erblickte Gedilli umgeben von dunklen Nadelbäumen, der einen Stock über das Feuer hielt, an dem ein Eichhörnchen über den Flammen schmorte. »Eine Hexe schenkt einem Piraten ihr Vertrauen. Der *Ursprung* scheint doch einen Sinn für Humor zu haben«, sagte er schmunzelnd.

Sie klammerte sich an all jene, die sie liebte, die sie glücklich machten, und wusste, dass diese Gefühle stärker und beständiger waren, als das Leid, das ihr in diesem Moment widerfuhr.

Sie ertrug es, weil sie wusste, dass es vorübergehen würde. Und das tat es.

Irgendwann ließ Gustav von ihr ab, zog sich die Hose hoch und ließ sie liegen wie ein gebrauchtes Spielzeug, an dem er das Interesse verloren hatte. Vura fand in die Gegenwart zurück und stand ruckartig auf.

»Gustav«, knurrte sie und der riesige Mann hielt inne. Er sah halb über die Schulter, einen hämischen Ausdruck im Gesicht. »Ich habe etwas für dich«, sagte sie. Das Messer, das ihr Gedilli gegeben hatte, schimmerte kalt in ihrer Hand.

Sie wartete nicht, bis er sich zu ihr umgedreht hatte, sondern spurtete los, schwang das Messer von unten nach oben und trieb ihm die Klinge bis zum Heft in den Schritt. Gustav heulte schrill auf, sein Körper bog sich nach hinten durch. Eine Pranke versuchte sie zu packen, doch Vura ließ sich auf die Knie fallen, zog die Klinge wieder heraus und rammte sie ihm abermals in die Weichteile. Wieder und wieder stach sie zu, warmes Blut spritzte ihr ins Gesicht wie ein Sommerregen. Gustav schrie wie ein abgestochenes Schwein; er fiel auf die Knie herab und hielt sich mit beiden Händen die Stelle, wo früher seine Geschlechtsteile gewesen waren. Blut pumpte zwischen seinen Fingern aus dem deformierten Fleischkrater hervor.

Vura erhob sich und ging um den wimmernden Mann herum. Ihr Kleid war blutdurchtränkt, auch ihr Gesicht und die Haare waren von dem roten Lebenssaft überzogen, der im Sternenlicht silbrig glänzte. Nur ihre Zähne erstrahlten weiß in dem wahnsinnigen Lächeln, das sie aufgesetzt hatte. Sie blickte Gustav in das knochenbleiche Gesicht, seine Atmung ging stoßweise, der Schock hatte schon eingesetzt. Nicht einmal leiden konnte er richtig. Mit einem wütenden Schrei packte sie mit der einen Hand seinen Hinterkopf und rammte ihm mit der anderen die Klinge ins Auge. Das Wimmern verstummte, einen Augenblick lang blieb Gustav auf den Knien sitzen, dann kippte er zur Seite und fiel leblos zu Boden.

Sie sah zuerst ihn an, dann ihre blutverschmierten Hände. Sie lachte, aber schon nach kurzer Zeit verwandelte sich ihr Lachen in ein Schluchzen, dann in ein Schreien. Sie schrie ihrem toten Peiniger all ihren Zorn entgegen, all ihr Leid und all ihre Erleichterung. Er hatte keine Macht mehr über sie. Es war vorbei.

Ein Lichtschimmer erstrahlte hinter ihr und sie drehte sich um. Da stand plötzlich eine Tür mitten auf der Lichtung, eine schiefe, aus unterschiedlich langen Brettern zusammengenagelte Tür. Sie ging mit wackligen Schritten darauf zu und öffnete sie. Sonnenlicht schien ihr entgegen, aber sie drehte sich noch einmal um und warf der geschundenen Leiche einen letzten Blick zu. Sie traute der Ruhe nicht, fürchtete, Gustav könnte sich wieder erheben. Doch er blieb liegen. Diesmal für immer.

Sie wandte sich um und trat in ihr altes Gemach ein. Servin erwartete sie schon. Er stand neben dem Bett und musterte ihre blutüberströmte Gestalt. »Ich wusste, dass ihr es schaffen würdet«, sagte er.

»Ohne euch wäre es mir nicht gelungen.«

Servin zuckte die Achseln. »Wir sind du.«

Als sie sich in dem Raum umblickte und dem runden Loch im Boden gewahr wurde, wo die Wendeltreppe hinunter in den gewaltigen Treppensaal führte, wurde ihr bewusst, dass der schwierigste Teil ihrer Prüfung noch vor ihr lag.

»Servin?«, fragte sie und sah zu dem grauhaarigen Krieger auf. »Kannst du mich zu den anderen führen?«

Der Kriegsmeister nickte. »Aber was ist mit dem *Licht*? Wie gedenkt ihr, sie zu finden?«

Sie dachte einen Moment über die Frage nach, dann zuckte ein Lächeln über ihre Lippen. »Oh, ich weiß genau, wo sie steckt.«

63

Der *Schatten* lag reglos auf dem Boden, die langen Arme und Beine von sich gestreckt. Das *Licht* sah auf ihn hinab, wie ein Jäger ein verwundetes Reh ansehen mochte, dem er sein Messer zwischen die Rippen stoßen wollte. Sie hob die Hand und erschuf eine Sonnenkugel, die als gleißende Murmel begann und sich schnell in eine brennend heiße Kugel von der Größe eines menschlichen Kopfes verwandelte. Sie holte aus, bereit den *Schatten* zu pulverisieren, hielt dann aber abrupt inne. Ein Stöhnen entfuhr ihrer Kehle, sie taumelte zurück und die Energie ihres Arkangeschosses verpuffte, als sie ihre Konzentration fallenließ.

»Nein!«, schrie sie. »Das ist unmöglich! Wie hat sie ...?«

Sie spürte sie ganz deutlich. Ein grässliches Schaben in jenem Teil ihres Verstandes, den sie zu ihrer neuen Heimat gemacht hatte. Wie ein Käfer, der unter ihrer Haut genistet hatte und sich nun aus ihr herausfraß. Sie legte den Kopf in den Nacken, versuchte, sich dem Sog zu erwehren, der sie in ihre Gedankenwelt zog, und gab ihm schließlich nach, als sie begriff, dass sie keine andere Wahl hatte. Wenn Vura den Palast verließ und einen Weg durch den Nebel fand, einen Weg zum Bewusstsein, dann wäre sie wieder genau dort, wo sie angefangen hatte. Gefangen, allein, abgeschottet. Das durfte sie nicht zulassen. Sie musste es beenden.

Ihre Augenlider flatterten, als sie in die Welt zurückkehrte, von der sie geglaubt hatte, sie hinter sich gelassen zu haben. Sie bekam nicht mehr mit, dass Bersek den Flur betrat. Er sah zuerst seinen am Boden liegenden und recht tot wirkenden Meister an, dann trafen seine Augen das *Licht*, die reglos über ihm stand.

Entschlossenheit brannte in seinem Blick, als er sich auf sie zubewegte.

Seelenzwist

64

Vura stand im Säulenwald des Thronsaals und blickte auf den strahlenden Thron aus durchsichtigem Bergkristall, der von den Sonnenstrahlen, die durch das fünfzackige Fenster hinter ihm fielen, in ein gleißend helles Juwel verwandelt wurde. Wie sie erwartet hatte, saß Viktor nicht darauf, zweifelsohne vertrieben von seiner neuen Okkupantin. Aber wo war sie?

Komm schon, dachte sie. *Ich warte auf dich!*

Sie hoffte inständig, dass ihre Anwesenheit genügen würde, um sie anzulocken. Wenn sie sich erst durch den Nebel kämpfen musste, würde sie es niemals rechtzeitig schaffen, um Gedilli, den *Schatten* und Bersek zu retten. Das *Licht* musste zu ihr kommen.

Es verstrichen einige quälend lange Augenblicke, dann zuckte ein Lichtblitz durch den Saal, der so hell war, dass sich Vura beide Hände vors Gesicht halten musste. Sie nahm sie vorsichtig wieder herunter und sah *sie* vor ihrem Thron stehen – die Lichtgöttin, nackt und schön, in all ihrer entsetzlichen Pracht. Sie strahlte heller als der kristallene Herrschersessel hinter ihr. Die zwei kleinen Sonnen in ihrem Gesicht sahen auf sie herunter, musterten das verkrustete Blut, das ihren Oberkörper bedeckte, und ihr Mundwinkel zuckte.

»Du hast es also aus dem Alptraum herausgeschafft. Denkst du, das beeindruckt mich?« Ihre Stimme war machterfüllt und einschüchternd wie immer, doch ihr Gesichtsausdruck, der zwischen Verunsicherung und Wut zu schwanken schien, sprach eine andere Sprache.

»Ich denke, du hast Angst«, sagte Vura. »Ich denke, du fürchtest dich vor mir.«

Das *Licht* lachte, aber es klang gezwungen und aus ihren Augen sprach keinerlei Amüsement. »Eine Göttin fürchtet sich nicht vor einem Mädchen.«

»Auch nicht vor dem Mädchen, das die Göttin erschaffen hat?«

Die Miene des *Lichts* wurde mit einem Mal so hart wie Eis und genauso kalt. »Du hättest gemeinsam mit mir über diese Welt herrschen können«, sagte sie. »Aber du hast dich dazu entschlossen, dich gegen mich zu stellen. Das bedauere ich. Ich hatte nie den Wunsch, dich zu töten, aber du lässt mir keine andere Wahl.«

Das Leuchten ihrer Gestalt wurde stärker, ein Summen breitete sich aus,

Macht lag in der Luft.

»Niemand wird heute getötet«, sagte Vura und ihre Augen erstrahlten ebenfalls in goldenem Licht, als sie ihre Quelle öffnete. »Weder du noch ich. Wir werden zusammenfinden und unsere Individualität aufgeben. Das ist alles.«

»Und du denkst, das lasse ich zu? Wie hast du dir das vorgestellt? Dass ich mich auf den Rücken lege, aufgebe?« Das *Licht* schnaubte verächtlich. »Ich bin nicht wie du, Vura. Ich bin kein schwaches, manipulierbares Mädchen, das unter der Grausamkeit der Welt zerbricht. Ich bin eine Göttin! Allein bist du mir nicht gewachsen.«

Vura lächelte. »Ich bin nicht allein.«

Drei Gestalten lösten sich aus den Schatten der großen Säulen, wo sie sich bisher vor dem *Licht* verborgen hatten, und stellten sich hinter Vura auf.

»Gedilli, Servin und Arina ... soso«, kicherte das *Licht*. »Die drei Menschen, denen du dein Vertrauen geschenkt hast und von denen dich zwei bereits verraten haben. Was erhoffst du dir von ihnen?«

»Das kannst du nicht begreifen«, sagte Vura. »Du bist eine Göttin, das *Licht*, geboren in der Dunkelheit. Mächtiger als alle Könige, stärker als die Allmacht ihrer Kronen. Und doch so einsam. Denn trotz all deiner Macht hast du niemanden, warst schon immer allein. Gesellschaft haben dir nur die Schatten geleistet. Du kennst weder Liebe noch Freundschaft, nur den Schmerz. Dafür bemitleide ich dich.«

»Ich bin nicht so schwach wie du! Ich brauche niemanden, schon gar nicht solch illusorische Gestalten«, schrie das *Licht*. »Sie sind nicht einmal real! Sie sind nichts als mentale Projektionen ... Gedanken!«

Vura erinnerte sich an das, was ihr der *Schatten* vorher gesagt hatte, und lächelte breit. »Nichts ist realer als ein Gedanke.«

Plötzlich schwirrte ein silberner Blitz durch die Luft, das *Licht* schrie und taumelte zurück. Ungläubig starrte sie auf ihre Schulter, wo sich Gedillis Wurfmesser hineingefressen hatte. Rotes Blut lief über ihre schimmernde Haut.

»Die Göttin kann also bluten«, rief der ehemalige Korsar.

Das *Licht* bedachte ihn mit einem so hasserfüllten Blick, dass er einen Nachtkrapp in die Flucht geschlagen hätte. Sie richtete den rechten Arm auf ihn – der Linke hing schlaff herab und schien durch das Wurfmesser gelähmt – und schoss ihm einen gleißenden Lichtstrahl entgegen.

Gedilli sprang zur Seite und auch Vura warf sich auf den Boden, als sich der Strahl durch mehrere Steinsäulen brannte, die krachend niedergingen. Für einen Moment war der halbe Saal in eine gewaltige Schutt- und Staubwolke gehüllt, was Vura und ihren Gefährten die Möglichkeit gab, ungesehen auszuscheren und sich hinter anderen Säulen zu verbergen.

»WO BIST DU?«, brüllte das *Licht*. »ZEIG DICH, DU FEIGES MISTSTÜCK!«

Vura trat hinter der Säule hervor und brüllte: »Hier bin ich!«

Das *Licht* wandte sich ihr zu, Blitze knisterten über ihren Arm, als sie erneut einen Lichtstrahl auflud, doch bevor sie ihn abfeuern konnte, traf sie das marmorne Trümmerstück einer zerstörten Säule in den Rücken. Sie fiel von dem Podest, auf dem der Thron stand, und kam hart auf den Boden auf. Sie stöhnte, erhob sich aber erstaunlich schnell wieder, wenn ihre gekrümmte Haltung auch deutlich machte, dass sie es unter großen Schmerzen tat. Ihr Blick fand Arina, die hinter einer Säule hervorgekommen war, weitere Steinbrocken schwebten über ihren Händen. Das *Licht* grunzte bedrohlich, als sie ihre Energie in einer Sonnenkugel bündelte, die in ihrer Hand wuchs.

Vura schleuderte ihr einen goldenen Blitz gegen die Brust, der die angestaute Magie verpuffen ließ und sie ins Taumeln brachte. Eine grauhaarige Gestalt schoss hinter ihrer Deckung hervor, stürzte sich von hinten auf sie, schnell wie ein Schatten. Servins Rapier sang, als es durch die Luft sauste, und das *Licht* schrie, als es ihre Kniekehlen durchtrennte. Sie fiel auf alle viere, fuhr jedoch herum, einen zuckenden Blitz um sich schießend, aber Servin war so schnell wieder verschwunden, wie er aufgetaucht war. Alles, was sie erreichte, war, eine weitere Säule zu zerschmettern, die in einem Sturm aus Steinsplittern explodierte.

Vura schützte sich mit einem magischen Schild vor den umherfliegenden Geschossen, die harmlos daran abprallten. Dann kanalisierte sie ihre Macht in einem Windstoß, der das *Licht* erfasste und auf die in Mitleidenschaft gezogene Säulenallee schleuderte, die zum Thron hinaufführte. Arina sprang herbei und schlug unsichtbare, magische Krallen in den Körper des *Lichts*, nagelte sie an den Boden. Servin und Gedilli eilten ebenfalls heran und warfen sich auf sie. Das *Licht* schrie, zuckte und wand sich, aber sie hatte zu viel Blut verloren und kam nicht gegen die vereinte Kraft von Arinas Magie und den Muskeln der beiden Krieger an.

Vura schritt zu ihr, ging um das Knäuel aus menschlichen Leibern herum und sah von oben auf die Grimasse aus Wut und Verzweiflung herab, zu der das Gesicht des *Lichts* geworden war. Sie ließ sich auf ein Knie nieder, ihre Hand näherte sich der Stirn der selbsternannten Göttin.

»Bitte, tu das nicht!«, keuchte das *Licht* und die Furcht in ihrer Stimme ließ sie innehalten. »Du tötest uns beide! Weder mich noch dich wird es mehr geben, wenn du mich berührst! Willst du das wirklich?«

Vura sah sie voller Mitleid an, das Wesen, das in seinem Leben nie Zuneigung, geschweige denn Liebe erfahren hatte, nur Einsamkeit und Leid kannte und doch um seine Existenz fürchtete.

»Nein, aber du lässt mir keine andere Wahl«, sagte sie. »Ohne dich wäre ich nicht mehr am Leben oder ich wäre wahnsinnig. Du hast mich gerettet und dafür danke ich dir. Aber du bist gefährlich und was immer mit mir geschehen wird, wenn ich dich berühre, ich muss es auf mich nehmen.«

Das *Licht* wollte noch etwas sagen, aber Vura nahm all ihren Mut zusammen und ließ die Hand auf ihre Stirn sinken, bevor sie es aussprechen konnte. Ein brennender Schmerz durchzuckte ihren Körper, sie schrie und hörte das *Licht* ebenso schreien, zwei Laute, die sich verbanden und zu einem einzigen verschmolzen. Ihre Körper gingen in einer Lichtexplosion auf, die Gedilli, Servin, Arina und den gesamten Thronsaal verschlang.

Das Erste, was sie sah, als sie die Augen aufschlug, war der kräftige Affenkörper Berseks, der mit ausgestreckten Armen auf sie zuraste. Er hatte die Zähne gebleckt, seine Augen funkelten bedrohlich, was ihr unmissverständlich deutlich machte, dass er sie nicht ansprang, um sie zu umarmen. Das alles nahm sie im Bruchteil einer Sekunde wahr. Es war, als hätte sich die Welt verlangsamt oder als wäre sie schneller geworden, was vermutlich ein und dasselbe war. Sie bemerkte sogar die Überraschung auf Berseks Gesicht, während sie sich zur Seite drehte und seiner Flugbahn auswich. Er ruderte mit den Armen, als er an ihr vorbeisegelte – in Wirklichkeit schoss er vermutlich vorbei. Sie beschrieb mit ihrem rechten Arm einen Halbkreis in der Luft und ihre Handkante traf seine Schläfe. Sein Kopf wurde brutal nach hinten gerissen und als er auf dem Boden aufkam, kullerte er über die Steinplatten. Der reglose Körper seines Meisters brachte ihn zu einem Halt, sein pelziger Schädel fiel auf die Brust des *Schatten* und blieb dort liegen, so als wären die beiden ein Liebespaar.

Sie streckte ihre magischen Sinne aus und tastete die Ohnmächtigen ab. Sowohl der *Schatten* als auch Bersek atmeten und ihre Herzen schlugen gleichmäßig. Dann vernahm sie ein seltsames Geräusch und wandte sich um. Ihr Blick fiel auf die rußgeschwärzten Wände des langen Flures und ihr fiel der Kampf ein, den sie hier mit dem *Schatten* ausgetragen hatte. Sie stutzte. War das wirklich *sie* gewesen?

Das Geräusch ertönte erneut und diesmal konnte sie es als Keuchen identifizieren, das aus dem Laboratorium drang.

Gedilli!, schoss es ihr durch den Kopf. Sie rannte den Flur entlang und schlüpfte durch die Öffnung in der Wand. Das Chaos, das sich ihr dahinter darbot, ließ sie innehalten. Der Raum sah aus, als wäre eine Arkanbombe eingeschlagen. Der Boden war übersäht mit Glassplittern, die in einer gelbbraunen Pfütze schwammen, von der übelriechende Dämpfe aufstiegen. Die Trümmerteile eines Tisches lagen überall verstreut, mehrere Regale waren umgekippt und ihr Inhalt, darunter auch die Kadaver der eingelegten Geschöpfe, war auf dem Boden verteilt. Was ihren Kiefer jedoch auf ihre Brust fallen ließ, war die riesige dreiköpfige Löwenkreatur, die im Zentrum der Zerstörung lag. Zwei Messer steckten in ihrer Seite und in ihrem Nacken klaffte eine hässliche Wunde, die ihre Wirbelknochen offenlegte.

Sie näherte sich ihr vorsichtig, dann regte sich der Kadaver plötzlich und sie sprang zurück, nahm ihre Kampfposition ein.

»*Hilfeeee ...*«, sprach das Wesen und sie hätte beinahe vor Schreck geschrien.

Wieder zuckte der Löwenkörper, doch endlich begriff sie, dass die Bewegung von unterhalb der Kreatur herrührte, genau wie die Stimme.

»Gedilli!«, keuchte sie und machte einen Satz. Mit einer Hand packte sie den Löwenkopf bei der Mähne und warf ihn mit einer beiläufig wirkenden Bewegung von sich. Der Kadaver flog durch die Luft und schmetterte mit einem dumpfen Schlag gegen die Wand. Darunter kam Gedilli zum Vorschein, der hustend und keuchend nach Luft rang. Sein linker Unterarm war übel zugerichtet und blutüberströmt, aber ansonsten schien er unverletzt zu sein. Vura ließ sich neben ihm auf ein Knie nieder und beugte sich über ihn, aber er beachtete sie zuerst gar nicht. Als er zu Atem gekommen war, packte er den Körper einer haarlosen, sechsbeinigen Katze mit einer Hand und warf das Geschöpf angewidert von sich.

»Gedilli, es ist alles in Ordnung, ich bin es«, sagte sie beruhigend.

Zum ersten Mal sah Gedilli sie an und schreckte sogleich zurück. »Vu... Vura?«

Sie dachte lange darüber nach. Sehr lange. »Ich ... ich denke schon«, sagte sie dann.

Gedilli verkrampfte sich. »Was soll das heißen? Ist ... ist *sie* weg?«

Auch darüber dachte sie eine Weile nach. »Ja und nein.«

Er musterte sie argwöhnisch. »Wer seid ihr? Das *Licht* oder Vura?«

Darüber dachte sie am längsten nach. »Ich glaube ... ich bin beide? Oder keine von beiden? Ich bin mir nicht sicher.«

»Aha«, meinte Gedilli, den diese Antwort nicht im Ansatz zu befriedigen schien. »Wollt ihr mich noch töten?«

Sie schüttelte entsetzt den Kopf.

»Haltet ihr euch für eine Göttin und hegt Welteroberungspläne oder sowas?«

Wieder schüttelte sie den Kopf.

»Kann ich euch Vura nennen?«

Sie nickte.

»Na, dann ist doch wieder alles beim Alten«, sagte er beruhigt und seine Unbeschwertheit entlockte ihr ein Lachen.

Die Vernunft des Wahnsinns

65

Thura stützte sich am Fensterrahmen ab und blickte hinaus auf die dunstverhangene Weite des Nebelwaldes, die sich Gottberg hinaufwand. Nicht zum ersten Mal fragte sie sich, was aus Collin und den anderen Männern geworden war, die sie dort hineingeschickt hatte. Natürlich waren sie tot, daran bestand kein Zweifel, aber wie nur hatte der schwer verletzte Todeshexer das fertiggebracht? Und was war überhaupt aus ihm geworden? War er ebenfalls gestorben oder hatte er entkommen können und hatte es irgendwie von dieser Insel geschafft? Oder war er gar noch hier?

Ein Schauer lief ihr über den Rücken.

Vielleicht wartete er nur auf seine Chance, sich an ihr zu rächen. Was wusste sie schon über diesen Ort, diesen gottverdammten Wald, dieses kalte, finstere Schloss? Ein Prinz dieser Ländereien konnte sich auf Pfaden bewegen, die sie nicht einmal erahnte. Soweit sie wusste, konnte er in diesem Moment in einem Geheimversteck in der Mauer lauern und sie beobachten.

Ruckartig fuhr sie herum, ihre weit aufgerissenen Augen suchten das Gemach ab, das einst Revan Nox gehört hatte. Ein Feuer brannte im Kamin, dessen zuckender Flammenschein sich mit dem grauen Sonnenlicht verband, das durch die Fenster fiel. Schatten tanzten über die vollgestopften Bücherregale, die sich an den Wänden reihten, und gaukelten ihr vor, dass sich etwas zwischen ihnen bewegte.

Sie schüttelte den Kopf und zuckte zusammen, als die Krone eine Schmerzenswelle durch ihren Körper jagte. Ein Stöhnen entfuhr ihrer Kehle, sie wankte zu dem Schreibtisch hinüber und ließ sich auf den gepolsterten Stuhl sinken. Ihre Hände zitterten unkontrolliert, kalter Schweiß glänzte auf ihrer Stirn, ihr Sichtfeld verschwamm.

Wie sollte sie sich vor ihren Feinden schützen, wenn sie dauernd von diesen Schmerzen geplagt wurde? In letzter Zeit überkamen sie die Anfälle immer häufiger. Es begann mit einem unerträglichen Stechen in ihrem Kopf, so als würde sich die Krone in ihren Schädelknochen beißen, und breitete sich von dort in ihrem ganzen Körper aus. Als wäre das ständige Pochen, das Dröhnen der Krone, nicht schon schlimm genug, das sie ununterbrochen peinigte.

Endlich ließ das Stechen nach, sie nahm einige beruhigende Atemzüge und brachte ihre zitternden Muskeln wieder unter Kontrolle. Der Schmerz verließ ihren Körper und augenblicklich kehrten die Gedanken an den jungen Todeshexer zurück.

»Du solltest dich lieber mit Problemen beschäftigen, die dich tatsächlich umbringen können.«

Thura erschrak und sprang auf die Beine. Es war die Stimme ihrer dunklen Schwester, aber sie hallte nicht in ihrem Kopf wider. Sie hatte sie *gehört*, hier in diesem Raum. Sie drehte sich langsam um die eigene Achse, suchte nach dem Ursprung der Stimme.

»Hier bin ich!«

Thuras Kopf zuckte zur Seite, wo ein mannshoher Silberspiegel an die Wand gelehnt war. Was sie darin erblickte, ließ ihren Atem stocken. Ihr Spiegelbild nahm fast den gesamten Spiegel ein, so als stünde sie direkt davor, dabei hatte sie sich nicht von dem Schreibtisch entfernt.

»Was schaust du denn so verdutzt? Noch nie ein sprechendes Spiegelbild gesehen?«, sagte ihre Reflexion lachend.

Thura machte einen wackligen Schritt auf den Spiegel zu. Die alte, silberhaarige Frau, die ihr daraus entgegensah, erschien ihr seltsam fremd, obwohl sie ihr exaktes Ebenbild war. Sie trug dasselbe dunkelgrüne Kleid, denselben schwarzen Umhang, dasselbe Wolfsfell, das ihre Schultern drapierte. Und doch ... ihr Gesichtsausdruck war ein anderer, sie wirkte gelassener, stärker, die silberzackige Krone schien ihr keine Schmerzen zu bereiten.

»Ich werde verrückt«, murmelte Thura.

Ihr Spiegelbild schnaubte amüsiert. »Ich bitte dich, du *bist* verrückt. Du warst es schon seit einiger Zeit, lange bevor du hier auf Gottberg gelandet bist. Nichts Ungewöhnliches für eine Frau, die seit über zweihundert Jahren lebt. Der menschliche Verstand ist einfach nicht für eine so lange Lebenszeit ausgelegt. Das sollte dich aber nicht beunruhigen, immerhin entspringt deinem Wahnsinn deine einzige Chance auf Rettung.«

»Und die wäre?«

»Na, ich natürlich, du dumme Gans. Du musst nur anfangen, auf mich zu hören.«

Thura seufzte kraftlos. »Also schön ... sag mir, was ich deiner Meinung nach tun soll.«

Ihr Spiegelbild betrachtete sie aus hellblauen Augen, ein Lächeln umspielte ihre Mundwinkel. »Nimm die Krone ab und verlasse diesen Ort. Setz die Segel und geh irgendwo hin, wo dich niemand finden wird und lebe deine letzten Jahre in Frieden. Andernfalls wird dich hier nur der Tod ereilen.«

Thura lachte schrill. »Ich soll die Krone aufgeben? Sie ist alles, was mich am

Leben hält, was mich vor Viktors Rache beschützt!«

Ihr Spiegelbild schüttelte den Kopf. »Die Krone vergiftet deinen Geist und seien wir ehrlich, auch ohne ihren Einfluss hast du Probleme genug«, sagte sie und deutete an sich hinunter. »Und selbst wenn du bei klarem Verstand wärst, was willst du denn tun? Du hast gegen Viktor nichts in der Hand außer seiner Tochter und scheinbar bedeutet sie ihm nicht viel. Das Beste wäre, du lässt sie frei. Viktor ist nicht dafür bekannt, nachtragend zu sein. Wenn du ihr die Freiheit schenkst und verschwindest, wird er dich vermutlich in Ruhe lassen.«

»Du vergisst, dass ich den Doschkar habe!«

»Richtig, richtig. Der Gotttöter, dem du so sehr vertraust, dass du dich ohne magischen Schild nicht mehr in deinem Schloss aufhalten kannst.«

Thura rümpfte die Nase. »Eine Vorsichtsmaßnahme, bis er seine Loyalität eindeutig bewiesen hat, nichts weiter.«

»Und wie soll das geschehen? Was genau soll er tun? Arina umbringen? Ich denke, das wäre ein eindeutiger Beweis. Aber du fürchtest dich vor diesem Schritt, nicht wahr? So rational und überlegt Viktor auch vorgeht, wenn du seine Tochter tötest, ist er geradezu gezwungen, dich zu vernichten. Andernfalls würde er das Gesicht verlieren.«

»Es ... es wird sich eine andere Möglichkeit finden.«

Ihr Spiegelbild seufzte und sah sie voll Mitleid an. »Hör endlich auf mit diesem Irrsinn. Leg die Krone ab, ich weiß, dass du es willst. Befreie dich von dem Schmerz. Leg sie ab.« Ihre Stimme war zu einem Flüstern geworden, säuselnd, lockend, verführerisch. »Du wirst sehen, es wird dir guttun. Leg sie ab. Befreie dich von ihr.«

Beinahe ohne ihr Zutun hob Thura die Hände, führte sie langsam zu Krone. Es wäre wirklich schön, sich von dem Druck zu befreien, wenigstens für einen Augenblick.

»Leg sie ab. Befreie dich von ihr.«

Ihre Finger berührten das kalte Metall.

»Leg sie ab.«

Ein dumpfes Poltern ließ sie hochschrecken. Was war das? Das Poltern ertönte erneut und diesmal konnte sie das Geräusch als Klopfen einordnen.

»Meine Königin?«, drang die tiefe Stimme des Doschkar durch die Tür. »Ich bringe euer Abendmahl.«

Thura sah zur Seite, blickte in den Spiegel, aber sie sah nur sich selbst, wie sie verstört vor dem Schreibtisch stand, die Hände immer noch erhoben. Schnell ließ sie die Arme sinken.

»Meine Königin?«, fragte der Doschkar noch einmal.

»Stell es vor die Tür«, sagte Thura unwirsch. »Ich wünsche keine Gesellschaft.«

Sie hörte, wie er das Tablett auf dem Steinboden abstellte, dann entfernten sich die Schritte des Doschkar.

Was war nur in sie gefahren? Fast hätte sie die Krone abgelegt und solange sie nicht wusste, wem sie trauen konnte, war das zu gefährlich. Jeder ihrer Männer konnte für Viktor arbeiten. Jeder einzelne von ihnen.

Doch ihr Spiegelbild hatte recht, teilweise zumindest. Sie benötigte eine Pause, musste sich von der Last der Krone erholen. Sie brauchte einen Ort, wo sie sicher war, geschützt vor den Augen ihrer Männer.

Ein Lächeln erschien auf ihrem Gesicht. Sie wusste genau, wo sie einen solchen Ort finden würde.

SCHATTENSPIEL

66

Der *Schatten* schlug die Augen auf und sah ein sommersprossiges Mädchengesicht über ihm schweben, das ihn eindringlich ansah. Er zuckte vor Schreck zusammen und kroch ruckartig von ihr weg. Das *Licht* hob abwehrend die Hände, als seine Augen im Rot der Feuermagie aufleuchteten. Dann sah er Bersek heranspringen.

»Meister, nicht!«, rief er. »Es ist Vura!«

Der *Schatten* stieß schmerzhaft mit dem Kopf gegen die Wand des Ganges und sah abwechselnd von Vura zu Bersek. »Vura? Seid ihr das wirklich?«

Sein Verstand schrie ihm zu, dass das nur eine Falle sein konnte. Er hatte den dunklen Ort in Vuras Geist gesehen, an den das *Licht* sie verbannt hatte. Es war unmöglich, dass sie von dort entkommen war. Aber warum war er dann am Leben?

»Ich bin es, *Schatten*«, sagte sie. »Habt keine Angst, ich werde euch nichts tun.« Sie sprach leise, schüchtern, so als schämte sie sich dafür, dass sie das erwähnen musste.

Er sah sie an, suchte in ihren Augen nach dem machtbesessenen Funkeln, welches das *Licht* verraten würde, fand es jedoch nicht. Allem Anschein nach handelte es sich bei dem rotgelockten Mädchen, das vor ihm stand, tatsächlich um Vura.

Er verschloss seine Quelle, stützte sich an der Wand ab und seufzte erleichtert. Jetzt erst bemerkte er, dass er sich bewegte, ohne Schmerzen zu empfinden. Dabei war sein Körper zerschmettert gewesen. Vorsichtig tastete er nach seiner Nase, die das *Licht* mit einem Kopfstoß zertrümmert hatte. Sie war kerzengerade und abgesehen von dem getrockneten Blut, das unter seinen Nasenlöchern klebte, deutete nichts darauf hin, dass sie gebrochen gewesen war.

»Ihr habt ... mich geheilt?«, fragte er.

Vura sah verlegen zu Boden und nickte.

Der *Schatten* erhob sich keuchend, doch seine Beine waren weich wie Pudding und er wäre gestürzt, wenn er sich nicht mit einer Hand an der Wand abgefangen hätte. Bersek kam auf ihn zu und sah ihn besorgt an. »Ist alles in Ordnung, Herr?«

Der *Schatten* winkte ab. »Erschöpfung, das ist alles.« Er sah wieder Vura an. »Heißt das, ihr habt das *Licht* ... besiegt? Habt ihr es berührt?«

Vura nickte. »Das *Licht* ist fort.«

Es fiel ihm immer noch schwer, das zu glauben, aber alles deutete darauf hin, dass sie die Wahrheit sagte. Auch wenn sie falsch lag. Das *Licht* war keineswegs fort. Es war ein Teil von ihr.

»Hört ihr das, *Schatten*?«, sagte eine Stimme und der Hexer hob den Blick. Gedilli stand etwas abseits, lehnte mit verschränkten Armen an der Wand und musterte ihn. Seine feine Kleidung war zerrissen und blutbefleckt; er sah aus, als hätte er einen harten Kampf hinter sich. »Sie hat es geschafft, wie ich es euch gesagt habe! Beim *Ursprung*, ihr wolltet sie umbringen!«

»Ich bin froh, dass ich das nicht tun musste«, sagte der *Schatten*.

»Ach ja?« Gedilli drückte sich von der Wand ab und schritt auf ihn zu. Eine Hand ruhte auf dem Griff eines seiner Messer. »Ich hatte den Eindruck, ihr könntet es kaum erwarten.«

»Absurdes Gerede«, sagte der *Schatten* gereizt.

Vura hob die Hand und hinderte Gedilli daran, näher an den Hexer heranzutreten. »Beruhigt euch, Gedilli«, sagte sie. »Er hat sich nur darauf vorbereitet, das zu tun, was er glaubte, tun zu müssen. Und damit hatte er vollkommen recht. Niemand weiß besser, wie gefährlich das *Licht* ist als ich.«

Gedilli verzog missmutig die Mundwinkel, enthielt sich aber eines weiteren Kommentars.

»Eine weise Betrachtungsweise«, sagte der *Schatten*. »Ich freue mich, dass ihr keinen Groll hegt.«

»Im Gegenteil, ich bin euch dankbar«, sagte Vura. »Euer Plan war zwar nicht sonderlich ausgereift, aber ohne euch hätte ich das *Licht* niemals überwunden.« Sie wandte den Blick ab. »Ich wusste ja nicht einmal, dass sie existiert, dass sie in mir ist. Eines Tages hätte sie weitere Opfer gefordert. Dank euch wird das nicht geschehen.«

»Das war nicht mein Verdienst. Das habt ihr ganz allein geschafft.«

Sie sah ihn an. »Ihr wisst, wie ich es meine. Wie geht es nun weiter?«

»Erst einmal werden wir uns alle ausruhen. Es war ein harter, langer Tag und ich sehne mich nach meinem Bett. Morgen werden wir dann sehen, ob ihr über dieselben Kräfte verfügt, über die das *Licht* gebot.«

»Natürlich«, sagte Vura. »Ihr müsst erschöpft sein.«

»Seid ihr das etwa nicht?«

Sie neigte den Kopf, runzelte die Stirn. »Vermutlich sollte ich es sein, aber ... das ist nicht der Fall. Ich habe mich nie stärker gefühlt.«

Kein Wunder. Sie verfügt das erste Mal in ihrem Leben über ihre volle

Macht.

»Nun, ihr werdet mir altem Mann nachsehen, dass ich eure jugendliche Energie nicht teile. Mein Gemach ruft ...«

Bersek räusperte sich. »Äh, Herr? Vorher solltet ihr etwas sehen«, sagte er und deutete in Richtung Labor.

Den *Schatten* beschlich ein ungutes Gefühl.

Später sank er erschöpft in den Sessel vor seinem steinernen Schreibtisch, faltete die Hände auf der Tischplatte und bettete die Stirn darauf. Er zuckte zusammen, als er seine frisch verheilte Nase berührte, und verzog das Gesicht. Zwar hatte Vura all seine Knochen wieder zusammenwachsen lassen, aber seine Nerven erinnerten sich noch an die Schmerzen. Es würde eine Weile dauern, bis sie eingesehen hatten, dass die Wunden schon verheilt waren.

Narr, schalt er sich selbst. *Dieses Mal hättest du dich beinahe verkalkuliert.*

Wenn er ehrlich war, konnte er das *beinahe* weglassen. Die Wahrheit war, dass er die Situation völlig falsch eingeschätzt hatte, obwohl er es besser hätte wissen sollen. Bevor er sich in Vuras Geist begeben hatte, war er dem *Licht* schon zweimal begegnet und beide Male hätte sie ihn um ein Haar getötet. Es war seiner Arroganz geschuldet, dass er sich nicht eingestanden hatte, dass ihre Macht zu groß war, um kontrolliert zu werden.

»Das war nicht gerade deine beste Idee«, hörte er Bersek sagen. Die Affenkreatur kam mit hängenden Armen herangeschlurft. »Wenn das Mädchen ihr wahnsinniges Alter Ego nicht selbständig besiegt hätte, wäre es um uns geschehen. Du hast nicht geglaubt, dass sie dazu in der Lage ist, oder?«

»Nein«, antwortete der *Schatten* verdrießlich.

Eine weitere Fehleinschätzung, die er zu verantworten hatte. Vura war stärker, als er es ihr zugetraut hatte. Sie hatte die dunklen Erinnerungen überwunden, die ihren Geist versklavt hatten. Dann war ihr zudem gelungen, wozu er selbst nicht fähig gewesen war. Sie hatte das *Licht* besiegt.

»Na, da können wir aber von Glück reden, dass du dich so phänomenal geirrt hast!«, sagte Bersek und schürzte die Affenlippen, was er es zu tun pflegte, wenn er ihn verspottete. Für gewöhnlich ließ er ihm das nicht durchgehen, aber heute hatte er es verdient. »Das Labor können wir jedenfalls erst einmal vergessen.«

Das Labor. Für einige wunderbare Momente war es ihm gelungen, die Gedanken daran zu verdrängen. Nun sah er das Schlachtfeld wieder vor sich, in das es sich verwandelt hatte. In diesem Raum hatte sich die Arbeit von Jahrzehnten befunden! Erst vor wenigen Wochen hatte er angefangen, die Präparate, Substanzen, Laborutensilien und die Ergebnisse seiner Forschungen von seinem Turm in Nubos hierher zu verlagern. Nun wünschte er, er hätte damit ein wenig gewartet. In der Roten Stadt befand sich zwar immer noch ein Großteil seiner Arbeit, aber dennoch schmerzte ihn der Verlust des Laboratoriums immens.

»Übrigens, du warst dir doch nicht sicher, ob die Chimäre gefährlich ist«, fügte Bersek hinzu. »Diesbezüglich habe ich eine Erkenntnis anzubieten, die ich anhand empirischer Untersuchungen gewonnen habe.« Er machte eine bedeutungsschwere Pause. »Sie ist verflucht gefährlich!«

Der *Schatten* hob den Kopf, sah Bersek an. »Bist du fertig? Es bringt niemandem etwas, wenn du ewig darauf herumreitest. Ich sehe ja ein, dass ich mich ein wenig ... verschätzt habe.«

»Ein *wenig*?«, sagte Bersek ungläubig, woraufhin der *Schatten* beschwichtigend die Hand hob.

»Also schön. Ich habe mich kolossal geirrt. War das nicht deine Wortwahl?«

»Phänomenal«, korrigierte Bersek. »Aber mit kolossal könnte ich mich auch anfreunden.«

»Wie dem auch sei. Es ist ja alles gut gegangen. Es mag sich nicht wie ein Erfolg anfühlen, aber wir sind am Leben und haben unser Ziel erreicht.«

»Was nicht dein Verdienst war.«

Der *Schatten* rieb sich die Schläfe. »Das hast du schon erwähnt«, brachte er mühsam beherrscht hervor.

Bersek setzte zu einer Erwiderung an, schien es sich jedoch anders zu überlegen, als er den Blick seines Meisters bemerkte. Der *Schatten* behandelte Bersek wie einen Ebenbürtigen. Zwar wurde er von ihm Meister und Herr genannt, doch das war mehr ein Ausdruck der Gewohnheit, denn seiner Unterwürfigkeit. Aber diese Ebenbürtigkeit hatte ihre Grenzen und Bersek wusste, wann er sie erreichte. Dies war ein solcher Moment und der Affe zog es vor, zu schweigen, anstatt den *Schatten* weiter zu reizen.

Flügelschlagen ertönte, dann wurde der von Kerzen erhellte Raum von einem durchdringenden Leuchten beschienen. Der *Schatten* blickte zur Seite und sah seinen Sonnenfalken hinter dem Fenster sitzen, dessen gleißendes Gefieder die Dunkelheit der Nacht durchbrach. Er stand auf, öffnete das Fenster und ließ das Geschöpf herein, das mit einem Flügelschlag auf dem Schreibtisch landete. Er ließ sich wieder auf den Sessel fallen und nahm den kleinen hölzernen Zylinder vom Fuß des Falken entgegen. Dieser flatterte daraufhin in die Höhe und flog durchs Zimmer auf seine Stange zu, die am Ende eines eisernen Pfahls auf ihn wartete. Dort ließ er sich nieder und stieß einen spitzen Schrei aus. Er forderte sein wohlverdientes Mahl, aber der *Schatten* war zu erschöpft, um aufzustehen. Das konnte Bersek später übernehmen.

Er öffnete den Zylinder und las die Nachricht.

»Was gibt es Neues?«, fragte Bersek.

Der *Schatten* bedachte ihn mit einem Seitenblick. »Serja ist in Nubos eingetroffen.«

Die Nachricht stammte von seinen Agenten, denen er aufgetragen hatte, den Hafen zu überwachen und ihn unverzüglich wissen zu lassen, wenn die Hexe eintraf. Er hatte Serja nicht darüber informiert, dass er den Todeshexer nicht in seiner Gewalt hatte. Viktors Schwester war für ihr impulsives Wesen bekannt und er wollte ihre Missgunst nicht auf sich ziehen. Natürlich würde das dennoch passieren, sobald sie herausfand, dass sie die Reise umsonst unternommen hatte, aber wenn alles nach Plan verlief, brauchte ihn das nicht zu kümmern.

»Ein wenig früh oder nicht?«, gab Bersek zu bedenken. »Wir wissen doch gar nicht, ob Vura ihre Kräfte beherrschen kann.«

»Das werde ich morgen in Erfahrung bringen. Aber ganz gleich, was dabei herauskommt, du wirst dich nach Nubos begeben und tun, was wir besprochen haben.«

»Wann soll ich aufbrechen?«

»So früh wie möglich. Ruh dich ein paar Stunden aus, aber reite los, bevor die Sonne aufgeht.« Er sah sich nach dem Sonnenfalken um, der den Kopf schief gelegt hatte und ihn mit bohrendem Blick musterte. Das Geschöpf wartete nach wie vor auf seine Belohnung. »Ich werde dir Phönix hinterherschicken, falls sich herausstellt, dass Vura noch nicht bereit ist. Er wird dann im Turm mit neuen Anweisungen auf dich warten. Vergewissere dich morgen Nacht, ob er dort ist, bevor du deinen Posten einnimmst. Ansonsten sollte Vura in zwei Tagen in Nubos eintreffen. Du weißt, was dann zu tun ist.«

»Und du bist sicher, dass das Mädchen es tun wird?«, fragte Bersek skeptisch. »Sie scheint sich nicht verändert zu haben.«

Der *Schatten* lächelte. »Du hast das *Licht* doch selbst gesehen. Dieses Wesen trug einen Hass in sich, wie ich ihn nur selten erlebt habe. Vura mag den Anschein erwecken, dass sie dasselbe unbedarfte Mädchen von früher ist und sie mag es sogar selbst glauben, aber ich weiß es besser. Dieser Hass ist nun ein Teil von ihr und er wird sich gegen all jene richten, die ihr Leid zugefügt haben.«

»Ich hoffe, du irrst dich nicht wieder. Wenn sie uns Serja nicht vom Hals schafft, dann müssen wir einen anderen Weg finden, uns aus diesem Schlamassel mit den Astrums zu befreien.«

Es war in der Tat ein Schlamassel. Er hatte der Schwester des mächtigsten Königs der Insellande etwas versprochen, das er ihr nicht geben konnte. Nun würde er in ihrer Schuld stehen, was ihn unweigerlich wieder in die Welt der Hexer hineinziehen würde. In ihre Intrigen, Machtspiele und Kriege. Sicher, er konnte Serja vernichten, wenn er wollte, doch das wäre keine gute Idee. Viktor würde nicht lange brauchen, um herauszufinden, dass er für den Tod seiner Schwester verantwortlich war, und der Vergeltung des Sternkönigs konnte niemand entkommen. Wenn dagegen jemand anderes Serja ausschaltete, vorzugsweise jemand, der kein Geheimnis daraus machte, dass er – oder sie – Serja hasste und schon einmal versucht hatte, sie zu töten ... Nun, das wäre etwas anderes.

»Ich irre mich nicht«, sagte der *Schatten* mit Nachdruck. »Und jetzt geh, ruh dich aus. Du hast einen langen Ritt vor dir.«

Bersek warf ihm einen Blick zu, der für seinen Geschmack ein wenig zu impertinent war, aber er gehorchte ihm und verließ das Gemach.

»Wieso habe ich ihn nur das Sprechen gelehrt?«, murmelte der *Schatten*. »Vorlautes Biest ...«

Phönix kreischte, so als antwortete er ihm darauf, und der *Schatten* sah die Kreatur an. Der Sonnenfalke flatterte hektisch mit den Flügeln und schrie ein weiteres Mal. Der *Schatten* seufzte. Er hatte vergessen, Bersek aufzutragen, dem Vogel sein Futter zu bringen.

Er erhob sich schwerfällig und verließ das Gemach. Er wanderte durch den dunklen Palast, stieg die breite Treppe zur unteren Etage hinunter, blieb aber nach wenigen Schritten stehen, als er das tapsende Geräusch von blanken Füßen auf Stein hörte und blickte über das Geländer nach unten. Eine gespensterhafte Gestalt huschte den breiten Flur vor dem Treppenaufgang entlang. Das Mondlicht beschien Vuras weißes Nachthemd, verlieh ihm einen milchigen Schimmer. Sie folgte einem einstudierten Bewegungsmuster, ließ grazil die Arme kreisen, drehte und wendete sich in völligem Gleichgewicht, sprang in die Höhe, ihr Kleid umspielte sie wie ein weißes Tuch im Wind.

Der *Schatten* stützte sich mit den Unterarmen auf dem Geländer ab und beobachtete sie für eine Weile. Er selbst schätzte die Riten. Sie waren eine hervorragende Übung, die sowohl den Körper als auch den Geist stählte. Doch wenn er selbst einen Ritus lief, dann sahen seine Bemühungen nicht im Entferntesten so elegant aus. Beherrscht, präzise und effizient, das ja, aber ihm fehlte die verspielte Grazie, mit der Vura über den Steinboden schwebte. Es war wunderschön. Sie machte einen wahren Tanz aus den uralten Bewegungen von *Sechnut*, dem Ritus des Lichts. Fast war er enttäuscht, als ihre im Mondlicht schimmernde Gestalt innehielt und sie ihre Faust in die Handfläche schlug.

Der *Schatten* richtete sich auf und stieg die Stufen weiter hinab. »Findet ihr keinen Schlaf?«, fragte er und Vura wandte sich zu ihm um. Sie schien nicht überrascht, offenbar hatte sie ihn schon zuvor bemerkt.

»So wenig wie ihr, wie es scheint«, sagte sie.

»Oh, der Schlaf meidet mich nur selten. Ich habe noch etwas zu erledigen, das ist alles.« Er hatte den Treppenabsatz erreicht und trat zu Vura heran, musterte sie. »Wie fühlt ihr euch?«

Der Ritus schien sie nicht außer Atem gebracht zu haben. Der dünne Schweißfilm auf ihrer Stirn war kaum zu erkennen.

»Stark«, sagte sie. »Energiegeladen ... deshalb kann ich auch nicht schlafen. Ich kann nicht einfach so daliegen, ich muss mich bewegen.«

»Hm, eine Nebenwirkung der Idrawurzel«, vermutete der *Schatten*. »Das kann schon einmal vorkommen. Es wird bald abklingen und dann werdet ihr so erschöpft sein wie nie zuvor in eurem Leben, das kann ich euch versprechen. Aber ich habe eigentlich nicht nach eurem körperlichen Befinden gefragt. Ich meinte, wie fühlt sich euer ... *Geist* an?«

Vura schlug die Augen nieder, schien zu überlegen. »Gut, denke ich«, sagte sie. »Ehrlich gesagt, merke ich keinen Unterschied, abgesehen davon, dass ich ihre Erinnerungen teile.« Sie sah ihn verlegen an. »Es tut mir wirklich leid, dass ich ... dass *sie* euch so übel zugesetzt hat. Ich bekomme das Geräusch nicht aus dem Kopf, dass eure Nase gemacht hat, als sie ...« Sie schüttelte sich.

Der *Schatten* grinste. »Halb so schlimm. Es war ja nicht das erste Mal, dass sie mich verprügelt hat.«

Vura lächelte breit, wich seinem Blick aber aus. Es schien, als ob sie noch etwas sagen wollte, schüttelte dann aber den Kopf.

»Was ist? Sagt es ruhig.«

Vura sah ihn unsicher an. »Es ist nur ... das *Licht* sagte, wenn ich sie berühre, würden wir beide sterben. Woher weiß ich, dass das nicht passiert ist? Woher weiß ich, dass ich ... wirklich *ich* bin?«

»Das *Licht* hatte nicht ganz unrecht«, sagte der *Schatten*, »wenn es sich auch etwas dramatisch ausdrückte. Weder Vura noch das *Licht* existieren in ihrer früheren Form, aber das heißt nicht, dass sie tot sind.«

Vura hob eine Augenbraue. »Ihr drückt euch gerne so unpräzise aus, kann das sein?«

»Eine Angewohnheit von mir«, sagte der *Schatten* schmunzelnd. »Was ich damit sagen will, ist, dass eure Seele wieder eins ist, was zwangsläufig bedeutet, dass es eure gesplitterten Hälften nicht mehr gibt.«

»Heißt das, ich könnte demnächst Welteroberungspläne schmieden und wahllos Menschen töten, die ja bloß kleine Lichter sind?«, fragte sie. Sie bemühte sich, die Frage albern klingen zu lassen, aber der *Schatten* erkannte echte Sorge in ihrem Blick.

Er schüttelte den Kopf. »Darüber würde ich mir keine Gedanken machen. Wie gesagt, das *Licht* gibt es nicht mehr. Außerdem war sie trotz all ihrer Macht immer schwächer als Vura, das wisst ihr. Ihr seid nun jemand anderes. Ihr müsst nur herausfinden, wer.«

»Ich fühle mich aber nicht wie jemand anderes«, sagte sie.

»Umso besser«, sagte der *Schatten.* »Und nun geht, schlaft ein bisschen. Ihr werdet eure Energie morgen brauchen.«

Vura runzelte die Stirn, betrachtete ihn mit einem seltsamen Blick.

»Was ist?«, fragte er.

»Nichts. Ihr seid nur nicht der, für den ich euch hielt.«

»Für wen habt ihr mich denn gehalten?«

Sie hob die Schultern. »Für jemand Schlimmeres.«

Sie wandte sich ab, tappte mit ihren nackten Füßen über den Steinboden. Der *Schatten* sah ihr nach, ihre Worte verweilten in seinen Gedanken wie der Geruch eines aufdringlichen Parfüms. Ein Duft, zu süß und schwer, um natürlich zu sein.

Er schüttelte den Kopf und machte kehrt, ging durch die finsteren Flure zur Vorratskammer, wo er zwei lebende Mäuse aus einem Käfig in einen kleinen Sack steckte. Dann begab er sich wieder zurück zu seinem Gemach. Er warf Phönix eine Maus zu, die erschrocken fiepste. Der Sonnenfalke schnappte sie aus der Luft, erstickte ihren Schrei, und schlang sie in einem Stück herunter. Der *Schatten* trat an den Vogel heran, ließ die andere Maus am Schwanz von seinen Fingerspitzen baumeln und hielt sie ihm vor den Schnabel. Eine schnelle Bewegung und auch diese Maus endete zwischen den kräftigen Kiefern. Während er sie herunterwürgte, strich der *Schatten* ihm übers Gefieder. Phönix ließ die Berührung geschehen, beachtete ihn aber nicht. Scheinbar war er beleidigt, dass er so lange auf sein Mahl hatte warten müssen.

»Launischer Vogel«, murmelte er.

Nachdem er aus seinen Kleidern geschlüpft war, begab er sich ins Bett, machte eine Handbewegung und ein Windstoß fegte durch das Zimmer, der alle Kerzen löschte. Phönix schrie noch einmal verstört auf und schüttelte das Gefieder, war dann aber still.

Der *Schatten* war vollkommen ausgelaugt, aber dennoch fand er keinen Schlaf. Ein seltsames Gefühl hielt ihn wach, das er nicht gleich benennen konnte. Er warf sich in seiner Bettstatt umher, ein sommersprossiges Gesicht verfolgte ihn. Reue. So hieß es.

Zwar verriet er Vura nicht – immerhin hatte er ihr gegeben, weshalb sie gekommen war –, aber er war nicht ehrlich zu ihr gewesen, was seine Beweggründe anging. Er benutzte sie, ließ sie an unsichtbaren Fäden tanzen, ohne dass sie auch nur etwas ahnte. Die eigentliche Frage aber lautete, wieso ihn das kümmerte. Er war ihr nichts schuldig und sonderlich beeindruckend fand er das Mädchen auch nicht. Im Gegenteil, ihre Naivität und ihr Frohsinn waren ihm zuwider. Warum also fühlte er sich schuldig?

Es dauerte lange, bis er endlich eingeschlafen war, aber selbst in seinen Träumen fand er keine Ruhe. Ein kleines, mageres Mädchen in einem weißen Kleid verfolgte ihn, aber er lief vor ihm davon und es konnte ihn nicht erreichen. Wenn er sich nach ihm umsah, schien seine Haarfarbe und Gestalt zu wechseln. Mal war es älter, mal jünger, mal rot- und mal schwarzhaarig.

67

Vura trat aus dem Palast und folgte dem *Schatten* die breite Treppe hinunter, die auf den felsigen Vorhof führte, der von der grüngekrönten Wand des Waldrandes eingerahmt wurde. Gedilli ging neben ihr her, setzte sich aber lässig auf die unterste Stufe und ließ sie weiterziehen. Diesen Weg musste sie allein gehen. Der *Schatten* blieb im Zentrum des Platzes stehen und Vura schloss zu ihm auf. Wie üblich war er in einen langen schwarzen Mantel gehüllt, der in einer sanften Brise um seine lange Gestalt flatterte, doch darunter trug er zur Abwechslung ein weißes Hemd, was seine düstere Erscheinung etwas aufhellte.

»Was jetzt?«, fragte Vura.

Der *Schatten* hob den Blick und neigte den Kopf, so als lauschte er den Geräuschen um sich herum. »Jetzt verankert ihr euch in diesem Moment. Das ist etwas, was ihr immer tun solltet, bevor ihr Magie wirkt, sofern es möglich ist. Ich bin sicher, dass euch das beigebracht wurde. Falls nicht, verstehen die Astrums erschreckend wenig von Magie.«

»Ich kann nicht für die anderen Astrums sprechen, aber Arina, meine Lehrmeisterin, wusste, was sie tat. Sie hat mir beigebracht, eins mit der Umwelt zu werden.«

»Ausgezeichnet. Dann tut das jetzt.«

Vura war aufgeregt und ein wenig nervös, was die Aufgabe erschweren würde. Ruhe und Konzentration waren vonnöten, um sich mit der Umgebung zu verbinden, aber ihre Gedanken waren von Zweifeln beherrscht. Dies war der Moment der Entscheidung und sie fürchtete sich davor, was geschehen könnte.

Was, wenn sie die mysteriöse Kraft nicht herbeirufen konnte, wenn diese ganze Tortur umsonst gewesen war? Arina wäre verdammt. Ohne die Macht der Sonne hatte Vura keine Chance, sie zu befreien.

»Ihr werdet die Macht in euch nicht finden, wenn ihr euch euren Zweifeln hingebt«, sagte der *Schatten*, der zu erraten schien, was in ihr vorging. »Ihr habt das *Licht* in euch aufgenommen, es ist jetzt ein Teil von euch. Aber um es zu entfesseln, müsst ihr euch konzentrieren, ihr müsst euer Innerstes erforschen. Angst hat bei einer solchen Suche keinen Platz.«

Die ruhige Stimme des *Schatten* half ihr, ihre Verzweiflung niederzukämpfen, sie unter vernünftigeren Gedanken zu begraben. Ihre Angst war irrational. Sie war aufgeregt, das war alles. Sie musste dem *Schatten* vertrauen. Er wusste, was zu tun war.

Sie zwang sich, einen tiefen Atemzug zu nehmen. Die kühle Luft, die von dem frischen Geruch des tauschweren Waldes durchwirkt war, füllte ihre Lungen und augenblicklich beruhigte sich ihr klopfendes Herz. Einige Vögel zwitscherten in den Baumkronen, der Wind fuhr raschelnd durch das Blattwerk. Das Morgenlicht, das von Osten her über die Baumwipfel flutete, fiel auf das helle Gemäuer des Schlosses und ließ es in blendender Herrlichkeit erstrahlen. Sie spürte das Licht um sich herum. Es fühlte sich an wie etwas Greifbares, ein feiner Sprühnebel goldenen Wassers. Allumfassend, wärmend, machtvoll. Sie ließ jeden zweifelbeladenen Gedanken fahren, konzentrierte sich auf das Gefühl des Lichts auf ihrer Haut, der Luft in ihren Lungen, der felsigen Erde unter ihren Füßen. Sie war hier, sie war jetzt.

»Ausgezeichnet«, sagte der *Schatten*. »Öffnet nun eure Quelle, dehnt euren Verstand aus.«

Vuras Augen leuchteten auf und ihr Geist weitete sich aus. Sie spürte ihre Umwelt nicht nur, sie verstand sie; begriff die Zusammensetzung des Gerölls unter ihren Füßen, des harten Gesteins, das aus dem Berg wuchs und aus dem der *Schatten* seinen Palast erschaffen hatte. Sogar das Leben um sie herum verstand sie. Den Energiefluss der Bäume, die ihre Wurzeln tief in die Erde gegraben hatten, wo sie Mineralstoffe und Wasser aufnahmen, und deren Blattwerk die Macht der Sonne trank, genau wie sie es tat. Die Asseln, Käfer, Würmer und Ameisen, die über das vermodernde Laub krabbelten und den lockeren Boden zerwühlten, die totes Gewebe in sich aufnahmen und in verdauter Form wieder abgaben, was wiederum die Wurzeln der Pflanzen und Bäume in sich aufsogen. Sie verstand den ewigen Kreislauf des Sterbens und Wiederauflebens, die Harmonie des Lebens, dessen organische Vollkommenheit niemals verging, weitergegeben von Lebewesen zu Lebewesen.

»Und nun, zieht euren Geist wieder zusammen«, hörte sie den *Schatten* sagen. »Taucht in euren Körper ein, forscht nach der Macht, die in euch verborgen ist.«

Vura folgte seiner Anweisung und zog ihren Verstand zusammen. Ihre Umwelt verblasste, wurde zu dem externalen Grau, der unverständlichen Masse an Sinneseindrücken, mit der sich gewöhnliche Menschen zufriedengeben mussten. Doch gleichzeitig leuchtete ihr eigener Körper auf; sie fühlte, sie *sah*, wie ihr Herz sich zusammenzog und das Blut mit jedem Schlag durch ihre Adern rauschte. Sie sah, wie ihre Lunge winzige Teile aus der Luft extrahierte und in den Blutkreislauf überführte. Sie sah, wie ihre Nieren die giftigen Stoffe aus ihrem Blut filterten und wie ihr Magen das Frühstück verdaute, das sie zuvor eingenommen hatte. Sie verstand ihren Körper – und ihre Quelle. Wie ein Brennofen glühte sie in ihrem Inneren, ein schwelender Hort der Macht, der ihr ganzes Wesen durchdrang. Doch da war nichts, was sie nicht schon kannte. Das Licht drang durch ihre Poren und floss in ihre Quelle, aber es bündelte sich nicht, wurde nicht von ihr angezogen.

Nach einer Weile stieß sie einen Seufzer aus, ließ ihre Konzentration fallen und blickte den *Schatten* an. »Ich ... fühle nichts«, sagte sie und spürte erneut Verzweiflung in sich aufsteigen.

»Ich dagegen fühle eine Menge«, sagte der *Schatten.* »Ihr seid mächtiger geworden, eure Quelle strotzt nur so vor magischer Energie. Das ist ein eindeutiges Zeichen dafür, dass ihr euer wahres Potenzial freigesetzt habt. Der Teil von euch, den das *Licht* für sich beanspruchte, gehört euch. Das heißt, dass ihr auch über die Kraft verfügt, die sie beschwören konnte. Ihr müsst sie nur finden.«

»Aber wie?«, fragte Vura. »Ich spüre sie nicht.«

Der Blick des *Schatten* wurde eindringlicher, schien sich förmlich in sie hineinzubohren. »Ich bin sicher, wenn ich euch keine Wahl ließe, wäre es ein Kinderspiel für euch. Dazu bräuchte ich euch nur anzugreifen. Der Verstand tendiert dazu, Dinge zu tun, die wir nicht für möglich halten, wenn das eigene Leben bedroht wird.«

Vura wich kaum merklich vor ihm zurück, sie spannte sich an. Sie wusste, wozu der *Schatten* fähig war. Spätestens seit er Gedilli vergiftet hatte, nur um das *Licht* hervorzulocken – etwas, das sie ihm nie gänzlich verzeihen würde –, wusste sie das. Er würde sie bekämpfen, wenn er glaubte, dass sie dadurch zu ihrer Macht finden würde, das stand außer Frage. Aber würde sie es überleben, falls er sich irrte?

»Doch das werde ich nicht tun«, sagte der *Schatten* und Vura atmete erleichtert aus. »Ihr müsst lernen, diesen Zustand ohne äußere Einflussnahme zu erreichen. Ich denke, eure Gefühle sind der Schlüssel. Ihr müsst nur die richtigen in euch hervorrufen, um die Macht freizusetzen. Was glaubt ihr, welche das sind?«

Vuras Lippen zogen sich zu einem Strich zusammen. »Furcht und Verzweiflung ... Todesangst.«

Der *Schatten* schüttelte den Kopf. »Das sind die Gefühle, die *ihr* empfunden habt und dazu führten, dass das *Licht* die Kontrolle über euch übernahm. Fragt euch stattdessen, was das *Licht* fühlte. Ihr kennt sie besser als jeder andere, wart sogar in jenem Teil eures Verstandes gefangen, der sie hervorgebracht hat. Was fühlte sie, wenn sie ihre Macht entfesselte?«

Vura dachte nach, rief sich die gleißende Erscheinung des *Lichts* in Erinnerung, die bohrenden Augen, die Feindseligkeit in ihrem Blick. »Zorn und Hass. Ihr Wesen war erfüllt davon«, sagte sie.

»Dann macht euch diese Gefühle zu Nutze. Lasst sie in euch wachsen und nährt euch an ihnen.«

Vura schüttelte den Kopf. »Ich glaube nicht, dass ich das kann. Ich hasse nicht.«

»Seid ihr euch da sicher?«, fragte der *Schatten* und sein wissendes Lächeln verunsicherte sie. »Habt ihr es denn jemals versucht?«

Das hatte sie, doch es war ihr nie gelungen. Egal, was ihr angetan wurde, wie viel Leid sie auch erdulden musste, so etwas wie Hass hatte sie für ihre Peiniger nie empfunden. Weder für ihren Vater noch für Serja oder Viktor, ja nicht einmal für Gustav. Abscheu, Angst, Ekel, das ja, aber niemals Hass. Das hätte bedeutet, dass sie ihnen denselben Schmerz wünschte, den sie ihr zugefügt hatten, aber dieses Bedürfnis war ihr fremd.

»Wie stellt ihr euch das vor?«, fragte sie dennoch.

»Geht zurück zu dem dunklen Ort in eurem Geist. Alles andere wird sich ergeben, ihr werdet sehen.«

Vura versteifte sich. Sie wollte nicht wieder dorthin gehen. Dieser Ort war ihre persönliche Hölle und sie wusste, obwohl sie Gustav erdolcht hatte, würde er wieder auf sie warten. Das würde er immer tun. Er war ein Teil von ihr. Ein Gedanke, ein Gefühl, das sie nie verlassen würde. Sie konnte es nicht tun.

Dann stellte sie sich vor, wie Arina halb verhungert und frierend in einer dunklen Gefängniszelle hockte, allein und ohne Hoffnung.

Sie holte zitternd Luft, nahm all ihren Mut zusammen und schloss die Augen. Sie dachte an jene Nacht zurück, als sie nach dem Bankett zur Feier der Ankunft des Todeshexers allein durch den Palastgarten gelaufen war. Sie stellte sich Gustav vor, wie er aus dem Gebüsch sprang und sie niederwarf, seine Pranke verschloss ihren Mund, damit sie nicht schreien konnte. Diesmal fühlte sie keine Schmerzen, es war nur eine Erinnerung, sie war darin nicht eingeschlossen wie zuvor, aber die Vorstellung entwickelte dennoch einen Sog, einen schrecklichen Strudel, der sie immer tiefer hineinzog und ihre Gedanken umherwirbelte. Sie fragte sich, wie es überhaupt dazu hatte kommen können, dass sie nachts durch den Palastgarten gelaufen war. *Serja hat mich darum gebeten,* erinnerte sie sich. Was hatte sie gesagt? *Sei so gut und geh meinem Sohn nach. Er wandert bestimmt wieder durch den Garten und ich mache mir Sorgen um ihn. Deine Gesellschaft besänftigt ihn immer.* Zum ersten Mal fragte sie sich, ob die Schwester des Königs gewusst hatte, was in dieser Nacht geschehen würde. Hatte sie Vura ihrem Sohn vorgeworfen, wie man ein Stück Fleisch einem Raubtier vorwarf?

Wut regte sich in ihr.

Gustav warf sie herum, drückte sie in den Dreck, benutzte sie wie ein Spielzeug und in ihrer Vorstellung stand seine Mutter hinter ihm und feuerte ihn an. Sie lachte ihr grausam überhebliches Lachen und schlug amüsiert die Hände zusammen. Klatschte Beifall, während ihr Sohn sich an ihr verging.

Die Wut wuchs.

Viktor Astrum gesellte sich dazu und sah voll königlichen Gleichmuts auf sie herab. Seine Stimme hallte über die Lichtung, obwohl er die Lippen nicht bewegte. *Beim* Ursprung*, ich würde dich nackt an einen Pfahl binden und jeden gottverdammten Adligen der Insellande auf dich steigen lassen, wenn das bedeuten sollte, dass mein Haus am Leben bliebe.*

Die Wut verwandelte sich in Zorn, brannte durch sie hindurch wie ein glühender Tropfen flüssigen Stahls.

Für keinen von ihnen war sie ein Mensch gewesen. Nur ein fruchtbarer Schoß, dem die Nachkommen ihres Hauses entspringen würden. Nur ein Mittel, um diesen Zweck zu erreichen. Ein Ding, mit dem man tun und lassen konnte, was man wollte, dem freier Wille abgesprochen wurde.

Ihr Zorn erfüllte sie, ließ ihren Körper erbeben. Wie würde es ihnen gefallen, wenn das Ding sich wehrte? Wenn es ihnen zeigte, dass es wohl einen eigenen Willen hatte und mächtiger war, als sie es sich je erträumen konnten? Würden sie sich genauso hilflos fühlen, genauso verzweifelt?

Sie starrte in ihre Gesichter, sah die Lust in Gustavs Augen, die Bosheit in Serjas und die Gleichgültigkeit in Viktors. Sie glaubten, dass sie ihre Macht ungestraft ausüben konnten. Sie sahen in ihr keine Bedrohung.

In ihren Gedanken warf sie Gustav von sich, schmetterte ihn gegen einen Baumstamm und die Astrums erstarrten. Der Hexer schüttelte benommen den Kopf, Unverständnis und Furcht spiegelten sich in seinem Gesicht. Vura stand auf, Licht sickerte aus ihren Poren, sie erstrahlte wie eine Heilige, eine Lichtgestalt aus einer anderen Welt. Sie genoss das Entsetzten, das sich auf Viktors

Züge stahl, die Angst, die aus Serjas Augen sprach. Ihre Hände schossen vor und sie entfesselte ihre Magie. Zum ersten Mal in ihrem Leben stellte sich Vura vor, wie sie anderen Menschen Schmerzen zufügte, wie sie Macht über sie ausübte, und ... es fühlte sich gut an.

»Das ist es! Weiter so!«, drang die aufgeregte Stimme des *Schatten* zu ihr durch.

Sie öffnete die Augen, kehrte in die wirkliche Welt zurück und stellte überrascht fest, dass ihre Füße den Boden nicht mehr berührten. Sie schwebte eine Handbreit über dem felsigen Grund, ein schimmerndes Leuchten umgab ihren Körper. Sie wandte den Kopf und sah, dass das Palastgemäuer in Schatten getaucht war. Vura stahl der Umgebung die Sonnenstrahlen. In einem gebündelten Strahl schossen sie über das grünblättrige Meer des Waldes und ergossen sich in ihre Quelle.

Sie fühlte ihre Macht, die Allmacht der Sonne, doch da loderte auch der Hass in ihrem Inneren. Das Verlangen, jene zu bestrafen, die ihr Leid zugefügt hatten. Rache. Es war ein fremdes Gefühl, das sie durchströmte, aber es berauschte sie. Niemand konnte ihr etwas anhaben, niemand konnte sie ausnutzen, sie kontrollieren.

Sie breitete die Arme aus und flog in die Höhe. Ein Wind kam auf, der tosend in die Baumwipfel fuhr, Steine, Staub und Felsbrocken erhoben sich in die Luft, folgten ihrem Aufstieg. Über der Baumlinie hielt sie inne, blickte über den wogenden Wald hinweg. Ihr rotes Haar glänzte, als bestünde es aus seidenen Goldfäden.

Der lange Mantel wurde des *Schatten* wurde von dem heftigen Wind umhergerissen, sein schwarzes Haar peitschte ihm ins Gesicht, doch er rührte sich nicht. Er hatte den Kopf in den Nacken gelegt und sah voll Faszination zu der gleißenden Lichtgestalt auf, die über den Baumwipfeln schwebte. Ihre Macht war entsetzlich. Doch war es nur brutale Kraft, über die sie gebot, oder steckte mehr in ihr?

»Vura!«, brüllte er über den tosenden Wind hinweg.

Sie sah zu ihm herunter und für einen Moment sah er in ihr die Machtgier des *Lichts*, den Hass und die Zerstörungswut, und aus dem Hauch wurde ein Orkan der Furcht, der ihn zurücktrieb. Er war drauf und dran, davonzulaufen, doch dann wurden ihre Züge sanfter und der Eindruck verschwand. Vielleicht hatte er es sich nur eingebildet. Der Sturmwind ebbte ab, das schwebende Geröll senke sich langsam wieder zu Boden und Vura flog zu ihm herunter.

»Es hat funktioniert!«, sagte sie aufgeregt und ihre Stimme war tief und dröhnend, verzerrt von den gewaltigen Energien, die ihren Körper durchströmten.

»Wie ich euch gesagt habe«, sagte der *Schatten*. »Die Energie der Sonne fließt durch eure Quelle, was euch so mächtig wie eine Allmachtkrone macht. Doch lasst uns sehen, was wirklich in euch steckt. Seid ihr vertraut mit der magischen Kunst der Konstruktion?«

»Meine Lehrmeisterin brachte mir die Grundpfeiler dieser Praktik bei, ja.«

»Dann hat sie mit euch vermutlich an den eisernen Murmeln trainiert. Ihr solltet geometrische Formen und Ähnliches bilden, oder?«

Vura nickte.

»Ihr habt euch also nie an etwas Größerem, Komplexeren versucht ...« Der *Schatten* wandte den Kopf und deutete das Palastgemäuer hinauf. »Seht ihr das Fundament des Turmes hinter der Statue meines Schreckenswarans? Ich kam bisher nicht dazu, ihn zu vollenden. Wieso nehmt ihr mir die Arbeit nicht ab?«

»*Ich* soll das tun?«, fragte sie überrascht. »Ich bin ja schon daran gescheitert, die Figur eines Vogels zu konstruieren, und ihr wollt, dass ich einen ganzen Turm aus dem Nichts erschaffe?«

Der *Schatten* schüttelte den Kopf. »Nicht aus dem Nichts. Das Baumaterial befindet sich überall um euch herum. Ihr seid keine unerfahrene Schülerin mehr, ihr seid viel mehr als das. Zerlegt den Fels in seine Einzelteile und setzt ihn wieder neu zusammen, so wie ihr es euch wünscht«, sagte er.

Vura starrte ihn einen Moment an, dann sah sie nach oben und fixierte das Turmfundament. »Wie soll er aussehen?«

»Kopiert die Spiralform des Fundaments und lasst ihn so hoch wachsen, wie ihr wollt, aber vergesst die Treppenstufen im Inneren nicht.«

Die Lichtgestalt lächelte grimmig und flog davon, der gebündelte Sonnenstrahl folgte ihr. Sie schwebte am Palastgemäuer empor, glitt an den schlanken Türmen vorbei und hielt hoch über dem Turmfundament inne, das sich hinter der Statue des Schreckenswarans erhob. Sie streckte die Arme aus und das Leuchten, das von ihrem Körper ausging, intensivierte sich. Zunächst geschah nichts, doch dann ließ ein lautes Knallen, ein Brechen und Bersten, den *Schatten* zusammenfahren. Risse erschienen in dem hellen Felsgestein, an das sich der Palast anschmiegte. Gewaltige Brocken lösten sich, als der Fels explodierte, Staub und Steinsplitter flogen in alle Richtungen davon. Doch die Trümmer fielen nicht herab, sondern zogen sich zusammen, bildeten eine wabernde Wolke aus Stein. Vuras Hände bewegten sich in fließenden Muster durch die Luft und die Steinwolke dehnte sich aus, während die Bruchstücke zu immer kleineren Teilen zerrissen, bis der Himmel erfüllt war von einem hellfarbigen, dichten Nebel, der sich Vuras Bewegungen anpasste. Er glitt über die Kuppeldächer des Palastes, wand sich zwischen den Türmen hindurch und zuckte über dem Fundament des Turmes wie eine brodelnde Gewitterwolke. Dann riss Vura die Arme in die Höhe und der Staub schoss säulenartig in die Höhe, bildete die unsteten Umrisse eines Turmes. Ganz langsam verdichteten sich die Staubpartikel von unten nach oben, der wabernde Nebel nahm Gestalt an und wurde fest. Glattes Mauerwerk, das sich spiralförmig nach oben wand, schimmerte im strahlenden Licht, das von Vura ausging. Immer höher wuchs der Turm, während beständig weitere Felsen um den Palast herum explodierten. Ihre wabernden Partikel bildeten einen Kranz aus Rinnsalen, hellgraue Bäche, die in das Zentrum strömten und sich mit dem emporsteigenden Turm verbanden.

Es war wunderschön und schrecklich zugleich.

Ihre Macht ist absolut, dachte der *Schatten* schaudernd. Niemand, der nicht jahrelang die Konstruktion studiert hatte, sollte dazu in der Lage sein, Magie auf diese Weise einzusetzen. Und schon gar nicht so schnell. Ihn selbst hätte es viele Wochen gekostet, dieses Ausmaß an Felsgestein zu pulverisieren und neu anzuordnen. Sie tat das in wenigen Augenblicken. Es war, als verfügte sie über eine Allmachtkrone, die ihre Magie leitete und ihr Zugang zu Techniken gewährte, die ihr eigentlich verborgen sein sollten.

Ein Lächeln kräuselte seine dünnen Lippen, während er das strahlende Mädchen betrachtete, das einen halben Berg neu anordnete.

Seine Mühe war nicht verschwendet gewesen; Vura war mächtiger, als er es je für möglich gehalten hatte. Sie würde Serja mit einem Fingerschnippen vernichten und wenn er Glück hatte, konnte sie es sogar mit Viktor und seiner Krone aufnehmen.

Sie würde all seine Probleme lösen.

Gedilli hielt in jeder Hand einen Zügel und führte die beiden schwarzen Pferde über den unebenen Grund des felsigen Hofs, der sich vor dem Palast ausbreitete. Während er auf Vura und den *Schatten* zuging, warf er einen Blick zurück und betrachtete den Turm, der sich aus dem Zentrum des Palastes erhob. Er war höher als alle anderen Türme, überragte sie um das Doppelte, die gewundene Spitze, die Gedilli an ein Schneckenhaus erinnerte, berührte die Wolkenfetzen, die über den blauen Himmel zogen.

Ein ehrfürchtiges Kribbeln fuhr ihm durch die Magengegend. Er musste sich erst daran gewöhnen, dass Vura nun zu solchen Wundern fähig war. Hexerei war ihm nicht fremd, aber was Vura getan hatte, unterschied sich grundlegend von allem, was er bisher gesehen hatte. Das war Magie der höchsten Stufe, Allmachtzauberei, und etwas daran machte ihm Angst.

Sie sah genauso aus wie das Licht, dachte er. *Und sie war sogar noch mächtiger. Wie viel von jenem Wesen, das sich für eine Göttin hielt, ist in ihr?*

Die Hufe klapperten auf dem Fels, ein Pferd schnaubte, und Vura drehte sich bei dem Geräusch herum. Sie lächelte Gedilli strahlend an. Das gleißende, machtvolle Wesen war wieder zu einer jungen Frau geworden und plötzlich erschienen ihm seine Bedenken lächerlich. Vura hatte nichts mit dem *Licht* gemein. Ihre neugewonnene Kraft machte ihn nervös, weil er sie nicht verstand, das war alles.

»Herrin«, sagte er und verbeugte sich. »Alles ist bereit. Ich habe euer Gepäck in den Satteltaschen verstaut und die Vorräte aufgefüllt.«

»Danke, Gedilli«, sagte sie.

»Es ist seltsam, euch schon so früh wieder gehen zu lassen«, sagte der *Schatten,* der neben ihr stand. »Ich dachte, euer Training würde mehr Zeit in Anspruch nehmen. Aber da ich nun gesehen habe, wozu ihr fähig seid« Er deutete auf den neuerrichteten Turm, »wäre es blanker Hohn, euch weiter belehren zu wollen. Es gibt nichts, das ich euch beibringen kann.«

»Tut nicht so bescheiden«, sagte Vura lächelnd. »Es gibt sicher eine Menge, was ihr mir beibringen könntet. Aber ich habe mich hier schon zu lange aufgehalten und die Zeit drängt.«

»Was gedenkt ihr mit eurer neuentfachten Macht zu tun, wenn ihr mir die Frage erlaubt?«

Vura sah sich kurz nach Gedilli um, dann wandte sie sich wieder dem *Schatten* zu. »Das wisst ihr doch. Eine Freundin braucht meine Hilfe.«

»Sie kann sich sehr glücklich schätzen. Eure Hilfe vermag Königreiche zu stürzen«, sagte der *Schatten.* »Aber bevor ihr geht, möchte ich euch um etwas bitten.«

»Was immer ihr wollt, *Schatten.* Ich stehe in eurer Schuld.«

Der Hexer hob die Hände und schüttelte den Kopf. »Nicht doch, es war auch in meinem Interesse, eure Kräfte zu studieren. Ihr seid eine wahrlich faszinierende Laune der Natur, wenn ihr mir den Ausdruck gestattet. Daran schließt sich auch meine Bitte an. Falls ihr je die Möglichkeit habt, dann könnt ihr jederzeit zu mir zurückkommen. Ich würde gerne einige Experimente durchführen, um eure geheimnisvolle Macht besser zu verstehen. Wie ich bereits sagte, ihr könntet das Rätsel um die Herkunft der Hexer lösen.«

»Ich werde daran denken«, sagte Vura, »aber ich kann euch nichts versprechen. Ich weiß nicht, wohin mich der Pfad führen wird, dem ich folge.«

»Falls er euch jemals wieder in diese Gegend verschlagen sollte, wisst ihr ja, wo ihr mich findet«, sagte er zwinkernd.

»Wollen wir dann?«, fragte Gedilli, der allmählich ungeduldig zu werden begann. Er konnte es kaum erwarten, diesen seltsamen Ort endlich zu verlassen.

»Gleich«, meinte Vura. Sie sah sich um. »Wo ist eigentlich Bersek? Wird er sich nicht von uns verabschieden?«

»Er ist auf der Jagd«, sagte der *Schatten* und Gedilli fand, dass ihm die Antwort zu schnell über die Lippen gekommen war, fast so als hätte er sie sich gedanklich zurechtgelegt. »Für gewöhnlich kommt er erst am späten Nachmittag zurück.«

»Das ist aber schade. Ich hätte ihm gern Lebwohl gesagt.«

»Es ist zwar nicht dasselbe, aber ich werde es ihm ausrichten. Vielleicht begegnet ihr ihm eines Tages ja wieder.«

»Das wäre schön.«

Gedilli trat an Vura heran und reichte ihr die Zügel ihres Wallachs. Sie nahm sie entgegen und sprang behände in den Sattel.

»Lebt wohl, *Schatten*«, sagte sie. »Dafür, dass ihr mich vor wenigen Tagen umbringen wolltet, kann ich euch inzwischen ganz gut leiden. Ihr seid mir zwar ein wenig unheimlich, aber ich schätze, das liegt nun mal in *eurer* Natur.«

Der *Schatten* lachte und Gedilli war überrascht darüber, wie aufrichtig es klang. *Er scheint sie wirklich zu mögen.*

»Eure Ehrlichkeit ist mir ein Quell der Freude, Lichtherrin Vura«, sagte er. »Möge euch der *Ursprung* wohlgesinnt sein, wobei ich glaube, dass ihr seine Unterstützung nicht mehr benötigt.«

Die beiden sahen sich an, dann schnalzte Vura mit der Zunge und wendete ihr Pferd. Gedilli saß noch nicht auf, sondern ging einen Schritt auf den *Schatten* zu. Die Freude wich aus dessen Blick und machte der unterschwelligen Herablassung Platz, die er für Gedilli reserviert hatte.

»Wohin soll ich die Pferde bringen, sobald wir in Nubos angekommen sind?«, fragte der ehemalige Pirat.

»Nirgendwohin. Sie gehören euch.«

Gedilli hob die Augenbrauen. »Ist das euer Ernst? Das sind prächtige Tiere aus guter Zucht. Auf dem Pferdemarkt müssen sie ein kleines Vermögen einbringen.«

Es missfiel ihm, ein Geschenk von dem Hexer anzunehmen. Seiner Erfahrung nach war ein Geschenk stets an eine Erwartung gebunden und das Letzte, was er wollte, war, dem *Schatten* etwas schuldig zu sein.

»So klein wäre es nicht«, sagte der *Schatten* lächelnd. »Aber nehmt sie nur, ich bestehe darauf. Seht es als Abschiedsgeschenk, eine kleine Erinnerung an mich und unsere gemeinsame Zeit.«

»Keine Sorge, ich für meinen Teil werde immer daran denken«, sagte Gedilli. »Eine beinahe tödliche Vergiftung ist doch eher ein einschneidendes Erlebnis, das sich nur schwer vergessen lässt.«

Das Lächeln des *Schatten* wurde breiter. »Ich hatte euch nicht für nachtragend gehalten.«

»Da sieht man einmal, dass auch ihr euch irren könnt.«

Er wandte sich ab und schwang sich in den Sattel. Er sah auf den Hexer hinab. »Ich hoffe, wir sehen uns nie wieder«, sagte er.

»Nur die wenigsten Hoffnungen werden Realität. Sie sind per Definition ein Wunsch, eine Erwartungshaltung, dass ein bestimmtes Ereignis eintritt, ohne dass Gewissheit darüber besteht. Ich würde an eurer Stelle also nicht zu sehr darauf vertrauen.«

»Ihr hört euch gerne reden, nicht wahr?«

»Es gehört zu den wenigen Freuden meines Lebens«, gab der *Schatten* nickend zu.

Gedilli schüttelte den Kopf, ergriff die Zügel und lenkte sein Pferd zur Seite. Er klopfte mit seinen Hacken in die Flanken des Tieres und trabte zu Vura, die am Rand des Felsenhofs auf ihn wartete.

»Macht es gut, Gedilli«, rief ihm der *Schatten* hinterher. »Gebt gut auf eure Herrin acht!«

Er wandte sich noch einmal zu dem Hexer um. Reglos stand er da und sah ihm nach, ein Schmunzeln auf den Lippen. Gedilli konnte sich nicht helfen, aber irgendwie hatte er das Gefühl, dass er mehr von dieser Begegnung gewonnen hatte als sie.

Epilog

Arina wurde von einem Geräusch aus dem Schlaf gerissen, das nicht zu ihrem Verlies passen wollte. Im ersten Moment wusste sie nicht, ob sie noch träumte, denn wie war es möglich, dass sie eine andere Person atmen hörte? Dann nahm sie ein Seufzen wahr, gefolgt von einem Kichern. Sie setzte sich ruckartig auf und presste ihren Rücken an die kalte Steinwand.

»Wer ... wer ist da?«, fragte sie mit zitternder Stimme. Ihre Kehle schmerzte, so lang hatte sie schon nicht mehr gesprochen.

»Niemand, Mädchen«, sagte eine Frau, deren Stimme sie zu erkennen glaubte.

»Thura? Seid ihr das?«

»Hmm, gut geraten«, sagte sie und ihre Stimme klang seltsam belegt, fast so als hätte sie getrunken. »Du brauchst keine Furcht zu haben. Ich ruhe mich nur ein wenig aus.«

Arina zog die Beine an den Oberkörper heran und umschloss sie mit den Armen. »Warum seid ihr hier? Was wollt ihr von mir?«

»Das habe ich dir doch gerade gesagt, Mädchen. Ich will gar nichts von dir, ich will mich nur ein wenig ausruhen. Die Krone ist so schwer. Du kannst dir nicht vorstellen, wie gut es tut, sie für einen Moment abzusetzen. Soooo gut ...«

Wovon sprach sie da? War das ein Trick?

Das Versteck unter ihrem Strohsack kam ihr in den Sinn, wo sie die Öllampe und ihre Vorräte aufbewahrte, die ihr ein unbekannter Wohltäter gegeben hatten. Vielleicht hatte Thura sie entdeckt und spielte nun ein grausames Spielchen mit ihr.

Unauffällig robbte sie nach vorn, tastete mit ihrem Fuß nach der Strohmatratze.

»Du siehst wirklich furchtbar aus, wenn ich das so sagen darf«, sagte Thura und kicherte. »Bin ich das etwa gewesen? Ich glaube, du hast ein Bad verdient. Das scheint mir mehr als angemessen.«

Es musste ein Trick sein. Ihre Peinigerin hatte kein einziges Mal nach ihr gesehen, seit sie mit Servin hier aufgetaucht war, und nun wollte sie ihr ein Bad einlassen? Was ging hier vor?

Ihre Zehen tasteten über die Erhebung in ihrer Matratze. Es war alles noch da, erkannte sie erleichtert. Thura hatte ihr Versteck nicht gefunden.

»Was ist denn, Mädchen? Warum sagst du nichts? Willst du dich denn nicht waschen?«

»Doch ... ich ... das will ich«, stotterte sie.

»Ich werde mich darum kümmern, aber zuerst bleibe ich noch eine Weile hier und genieße den Frieden. Es stinkt gewaltig hier drin, weißt du das? Wahrscheinlich nicht, du bist daran gewöhnt. Mir macht es nichts aus, ich bemerke es nur. Eigentlich finde ich den Geruch sogar ganz angenehm. Alles ist angenehm, wenn einem dieser Druck vom Schädel genommen wird, findest du nicht?«

»Doch, doch«, sagte Arina, ohne zu wissen, was sie meinte.

»Es tut mir leid, wenn ich dir Unannehmlichkeiten bereite, Mädchen. Es ist nichts Persönliches, das kannst du mir glauben.«

Unannehmlichkeiten, echote das Wort durch Arinas Gedanken, während ihre ausgebrannten Augenhöhlen schmerzhaft pochten. *Unannehmlichkeiten* ...

»Vielleicht kann ich ja versuchen, deinen Aufenthalt hier ein bisschen angenehmer zu gestalten«, fuhr Thura heiter fort. »Ich war in letzter Zeit sehr beschäftigt ... stand ein wenig neben mir. Da hatte ich keine Zeit, mir über deine Situation Gedanken zu machen. Aber jetzt geht es mir besser ... viel besser.« Sie seufzte befreiend. »Wenn man es genau betrachtet, dann trägt dein Vater die Schuld an deiner misslichen Lage. Mir brauchst du nicht böse sein.«

»Ihr habt mich geblendet!«, entfuhr es Arina, bevor sie sich besinnen konnte.

»Ja, richtig, das habe ich getan. Oder war es jemand anderes? Was sagst du? Ich war es? Nun, das tut mir natürlich leid.«

Irgendetwas stimmt hier ganz und gar nicht, dachte Arina. An wen hatte Thura die Frage gerichtet und wichtiger noch, wer hatte ihr geantwortet?

Arina begann zu dämmern, dass die Kronenträgerin kein sadistisches Spiel mit ihr spielte, aber noch wusste sie nicht, ob die Alternative besser war. Wahnsinn war unberechenbar. Dennoch, womöglich ließ sich der Situation etwas abgewinnen. Sie wusste nach wie vor so gut wie nichts über die Intentionen ihres Vaters, wieso er Haus Nox verraten hatte, was er damit bezweckte.

»Wie habt ihr das gemeint, Viktor sei schuld an meiner Lage?«, fragte sie vorsichtig.

»Na wie wohl, Mädchen? Dein Vater hat diese ganze Intrige doch initiiert. Er ist der Puppenspieler, wir anderen sind nur seine Marionetten.«

»Intrige? Wovon genau sprecht ihr?«

Thura machte ein glucksendes Geräusch. »Oh, du armes Mädchen. Ich wollte es ja nicht glauben, aber du wusstest wirklich nicht Bescheid oder?« Sie kicherte. »Dein Vater führt Krieg, mein Kind, obwohl er das eigentlich nicht wollte. Wenn es nach ihm gegangen wäre, dann hätte er Damael mit der vereinten Macht der Azur- und Nachtkrone zur Aufgabe gezwungen. Aber so einfach habe ich es ihm nicht gemacht. Ich habe Revan die Krone aus seinen kalten, toten Händen gerissen und Viktor wird dasselbe mit mir tun müssen, wenn er sie haben will!«

Arina schluckte schwer. »Was ist mit dem Prinzen, Askon Nox? Ist er tot?«

»Empfindet ihr etwa etwas für diesen aufgeblasenen Bengel? Ich nahm an, ihr hättet besseren Geschmack, aber wie sagt man so schön: Wo die Liebe hinfällt.«

Sie kicherte abermals, das schrille Geräusch tat Arina in den Ohren weh. »Ihr habt meine Frage nicht beantwortet«, sagte sie.

»Nicht? Ah, ja. Wie lautet die Frage noch einmal?«

»Ob der Prinz noch am Leben ist.«

»Ha!«, rief Thura aus. »Ich weiß es nicht! Ist das nicht komisch?«

Arinas Herz machte einen Satz. »Was soll das heißen, ihr wisst es nicht?«

»Nun, dass ich es eben nicht weiß, du dumme Gans!«, fauchte Thura. Der plötzliche Stimmungsumschwung erschreckte Arina, doch zu ihrer Erleichterung fuhr sie in ruhigerem Tonfall fort. »Seine ganze Familie wurde abgeschlachtet, aber irgendwie hat er es fertiggebracht zu fliehen und dabei sein Haustier zu befreien. Das Biest hat meinen ... meinen Vater und die anderen Hexer getötet. Ich habe Männer nach ihm ausgeschickt, aber sie sind nicht zurückgekehrt. Nur der *Ursprung* weiß, was aus ihm geworden ist ... Können wir nicht über etwas anderes reden? Dieses Thema schlägt mir aufs Gemüt.«

»Wir können über alles sprechen, was ihr wünscht«, sagte Arina und versuchte angestrengt, sich nicht anmerken zu lassen, welche Freude sie empfand.

Der Prinz lebte! Sie hatte nicht geglaubt, noch einmal solche Euphorie zu erleben in diesem lichtlosen Kerker, aber die Nachricht beflügelte sie und befreite sie von einem Teil der Schuld, die auf ihr lastete.

»Was sagst du da? Nein, das glaube ich nicht, das würde sie nicht tun«, sagte Thura unvermittelt.

»Sprecht ihr mit mir?«

»Steh auf!«, schrie sie plötzlich und Arina zuckte zusammen. Sie kam zögerlich auf die Füße und kauerte sich in eine Ecke ihres Verlieses.

»Was habt ihr?«, fragte sie ängstlich, aber Thura antwortete nicht.

Sie hörte die Hexe durch das Zimmer schreiten, dann folgte Geraschel, als sie sich an ihrem Strohsack zu schaffen machte.

»Was ist das?«, fragte sie zuerst verblüfft und dann lauter, fast schrill: »*Was ist das?!*«

Thura hatte ihr Versteck gefunden – nun war es aus. Der Gedanke hatte etwas Tröstliches, endlich würden ihre Qualen ein Ende haben. Wenigstens hatte sie zuvor erfahren dürfen, dass Askon am Leben war. Dafür war sie dankbar.

Sie hörte Thura einen weiteren Schritt machen, dann spürte sie lange Finger in ihr Haar krallen. Ihr Kopf wurde mit einem Ruck herumgerissen, der sie auf die Zehenspitzen zwang. »Wer hat dir das gegeben!«, brüllte sie ihr ins Ohr. Sie zog fester, verdrehte ihr schmerzhaft den Hals.

»Ich weiß es nicht!«, sagte Arina, so ruhig sie konnte.

Thuras Faust krachte in ihren Magen. Der Schmerz kam so plötzlich und war so gewaltig, dass sie zusammenklappte, doch Thura hielt sie weiterhin bei den Haaren gepackt und zwang sie, aufrecht stehen zu bleiben.

»Lüg mich nicht an, du kleine Schlampe! Sag mir, wer dir das gegeben hat!«

»Ich weiß es nicht ...«, wimmerte Arina.

Thuras Griff löste sich und sie fiel kraftlos auf alle viere. Abermals explodierten Schmerzen in ihrem Magen – wahrscheinlich hatte Thura sie getreten –, sie fiel auf die Seite und krümmte sich zusammen.

»Lüg.« Ein weiterer Tritt. »Mich.« *Tritt.* »Nicht.« *Tritt.* »An!«

Zuletzt ließ sie ihren Stiefel gegen Arinas Schläfe krachen. Ihr Körper verlor alle Spannung und sie wurde für einen Moment bewusstlos. Als sie wieder zu sich kam, pulsierte ihr Schädel schmerzhaft. Warmes Blut lief ihr übers Gesicht, das Atmen bereitete ihr Mühe.

»Ich ... lüge ... nicht«, sagte sie kraftlos.

»Niemandem kann ich trauen, sie alle verraten mich ...«, murmelte Thura. »Natürlich ist das von Bedeutung! Viktor muss einen Spion eingeschleust haben ... Es interessiert mich nicht, was du denkst. Nicht einmal hier bin ich sicher!«

Während Thura sprach, hörte Arina sie auf- und abgehen und ihr wurde bewusst, dass sie sie, zumindest für den Moment, nicht mehr beachtete. Scheinbar war sie in ein Streitgespräch mit sich selbst verwickelt und Arina würde einen Teufel tun, sie dabei zu stören. Sie machte sich klein, versteckte das Gesicht unter ihren Armen und hoffte, dass sie einfach verschwinden würde.

»Du hast mich dazu gebracht, sie abzusetzen, dieser Fehler wird mir nicht noch einmal passieren.«

Thuras Schritte hielten inne, einen Augenblick herrschte Stille, dann jaulte sie auf, so als verspürte sie einen großen Schmerz.

»Es war bestimmt ihr Wärter. Wahrscheinlich hat sie für ihn die Beine breit gemacht, die kleine Hure.«

Ihre Stimme hörte sich verändert an, hatte einen tieferen Klang angenommen und schien wieder gefestigter.

Schritte, dann das Knarzen der schweren Tür, ein dumpfer Schlag, als sie wieder ins Schloss fiel. Stille.

Arina nahm einen rasselnden Atemzug, bewegte sich aber nicht.

Thuras Geschrei ertönte gedämpft durch die Steinwände. Ein Mann sprach, sie glaubte, einen flehenden Ton auszumachen. Dann ließ sie ein markerschütternder Schrei zusammenzucken, der von einem widerwärtigen Knacken und Schaben untermalt wurde. Als der Schrei endlich abbrach, folgte eine unnatürliche Stille. Arinas eigener Atem kam ihr wie das Schnauben eines Ungeheuers vor.

Sie blieb zitternd in der Dunkelheit liegen, darauf wartend, dass Thura zurückkehren und sie dasselbe Schicksal erleiden würde wie der arme Wärter dort draußen.

Erinnerungen stiegen in ihr auf wie Luftblasen aus den Tiefen eines dunklen Sees. Sie sah das lächelnde Gesicht ihres Vaters, der dem Vogel nachblickte, den er für sie wieder zum Leben erweckt hatte, die von Leid gezeichnete Miene ihrer Mutter, als sie sich für immer von ihr verabschiedete, das schalkhafte Grinsen des Prinzen, so unbekümmert und überheblich, die grünen Augen ihrer Schwester, Vuras Augen, die trotz all ihrer Pein immer fröhlich zu sein schienen. Sie war bereit.

Doch Thura kam nicht. Noch nicht.

Arina war allein mit der Dunkelheit. Und wartete ...

Fortsetzung folgt: Episode 5 der „Kronen der Allmacht"-Serie erscheint schon im ersten Quartal 2020 ...

KRONEN DER ALLMACHT

Liebe Leserin, lieber Leser,

wenn dir mein Buch gefallen hat (ich finde, wir sind beim Du, schließlich hast du einen beträchtlichen Teil deiner Zeit in meinem Kopf verbracht), dann besuch mich doch mal im Web. Du findest mich auf Facebook, Instagram und meiner Website. Dort gibt's Neuigkeiten zu meinen Projekten, Zusatzmaterial zur „Kronen der Allmacht"-Reihe (z.B. Textpassagen aus den kommenden Bänden), Auszüge aus meinem Autorenalltag und das Wichtigste: Dir entgeht kein Buchstart, was zugegebenermaßen in unserem beidseitigen Interesse ist. Also ran an das Digitalgerät deiner Wahl (Smartphone, PC, Kühlschrank oder was auch immer heutzutage einen Internetanschluss hat) und lass mir einen Like da bzw. trag dich in den Newsletter ein (oder beides)!

https://www.facebook.com/KronenDerAllmacht/

https://www.instagram.com/jan.bassler/

https://kronenderallmacht.de/

Printed in Poland
by Amazon Fulfillment
Poland Sp. z o.o., Wrocław

52769772R00207